毛泽东时代的中国

毛泽东时代的中国

纪念毛泽东诞辰110周年重点图书

庞松 著

第一卷

北京出版社
中共党史出版社

第一卷目录

1949—1956

第一章　文治武功创开国……………………………7

一、毛泽东时代最强音：中国人站立起来了……………………9

二、毛泽东部署："解放全国，是为至要"……………………23

三、制定新中国的外交方针……………………………………37

四、陈云主持财经：当得一个"能"字…………………………49

五、毛泽东提纲挈领：不要四面出击…………………………59

第二章　不可避免的较量……………………………65

一、未雨绸缪，深谋远虑……………………………………67

二、"参战利益极大，不参战损害极大"………………………71

三、抗兵相加勇者胜……………………………………………78

四、同仇敌忾，胜利源泉………………………………………86

五、毛泽东掷地有声：能战然后能和…………………………93

第三章　改天换地　民主改革……………………105

一、土地改革的根本目的是解放生产力………………………107

二、农村土地制度的伟大变革…………………………………113

三、铲除反动政权残余的社会基础……………………………………124
四、搬掉生产道路上的“绊脚石”……………………………………133
五、改革婚姻制度与移风易俗…………………………………………138
六、荡涤旧社会的污泥浊水……………………………………………144

第四章 统筹兼顾 四面八方…………………151

一、毛泽东批示：划分公私阵地，不要垄断一切……………………153
二、陈云评价：城乡交流是活跃中国经济的关键……………………162
三、周恩来说：封锁缩短了我国经济独立的过程……………………170
四、毛泽东论证：以新的生产力去动摇私有基础……………………176

第五章 国家生活 步入新轨…………………187

一、刘少奇解说基本口号：民主化与工业化…………………………189
二、周恩来一字之改：民族工作要慎重“稳”进………………………196
三、毛泽东箴言：观念形态的东西是大炮打不进去的………203
四、清除“三害”“五毒”，毛泽东称“天下大定”…………………215
五、领导建设新中国的核心力量………………………………………228
六、经济恢复与社会变迁………………………………………………234

第一卷目录 1949—1956

第六章　前进的航标和灯塔……………………243

一、毛泽东扳起手指：好比"过桥"与"渡河"……………………245

二、"桥"和"船"：罗迈的报告解决了问题……………………249

三、"照耀我们各项工作的灯塔"……………………253

四、统一思想：既反对遥遥无期，又反对急躁冒进…………258

五、工业化战略和编制第一个五年计划……………………265

第七章　工业化发轫和三大改造…………275

一、调集工业大军，掀起建设热潮……………………277

二、统购统销："两害相权取其轻"……………………288

三、农业社大发展：新建、巩固与整顿……………………294

四、宁可慢一点：从供销入手改造手工业……………………303

五、资本主义工商业：边维持，边改造……………………307

第八章　过渡时期的国家建设…………317

一、宪政开端：民主政治发展的里程碑……………………319

二、因势利导：国内政治关系的适度调整……………………336

三、文化总动员和思想领域“认真的开火”……………………347
四、执政考验:增强党的团结,制止分裂活动……………………357
五、毛泽东训词:建军已进到掌握现代技术阶段……………………366

第九章 国际舞台 崭露锋芒……………………379

一、日内瓦开篇:打开协商解决国际争端的道路……………………381
二、万隆精神:不同的制度是可以和平共处的……………………391
三、弥足珍贵:中苏友好合作与扩大对外交往……………………403
四、一张一弛:中美关系的折冲……………………413

第十章 高潮迭起 计日程功……………………421

一、一马当先:提早实现农业合作化……………………423
二、大势所趋:废除私有制的社会景观……………………438
三、不怕背“包袱”:急促完成手工业改造……………………452
四、奠基立业:前所未有的深刻社会变革……………………457

第一章

文治武功创开国

MAOZEDONGSHIDAIDEZHONGGUO

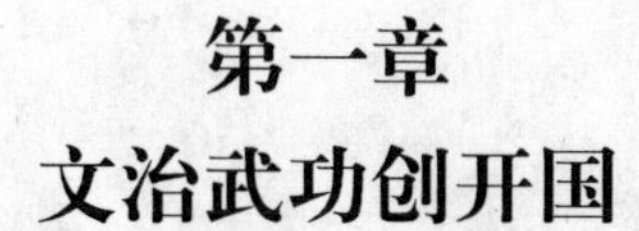

第一章 文治武功创开国

公元1949年，中国发生的事变震撼了世界。

掀开历史的这一页，统治中国22年的国民党反动政府在人民大革命的洪流席卷下一朝覆亡。整个中国大陆，英勇的人民解放军摧枯拉朽般扫荡着国民党残余军事力量。从中心城市到穷乡僻壤，旧政权纷纷土崩瓦解，人民大众无不箪食壶浆迎接自己的解放。在擘画伟大事变的中心北平，以毛泽东为主要代表的中国共产党人，同国内各民主党派，无党派民主人士，各人民团体，各地区、各民族以及海外华侨的代表，济济一堂，共商建国大计。旧中国灭亡了，新中国正在诞生。这是20世纪上半叶震惊世界的最伟大的历史事件之一。中国的历史开辟了一个新的时代。在共和国创业奠基的奋斗历程中成长起来的一代中国人，包括世界上关注中国发展的各方人士，习惯于把这个新时代称为——毛泽东时代。

一、毛泽东时代最强音：中国人站立起来了

开国盛会和建国纲领

1949年9月21日，经过新政协筹备会历时三个多月的紧张工作和充分准备，中国人民政治协商会议第一届全体会议在北平中南海怀仁堂隆重开幕。出席大会的有党派代表14个单位，区域代表9个单位，军队代表6个单位，团体代表16个单位，共45个单位，正式代表510人，候补代表77人，特别邀请代表75人，共计662人。

◆ 1949年9月21日至30日，中国人民政治协商会议第一次全体会议在北平举行。会议由中国共产党、各民主党派、各人民团体、各地区、人民解放军、各少数民族、海外华侨及其他爱国人士和代表参加。

中国共产党作为发起政协会议的最大的党派代表单位，代表名额与中国国民党革命委员

◆ 周恩来在中国人民政治协商会议第一次全体会议开幕式上作题为《关于草拟中国人民政治协商会议共同纲领的经过及其特点》的报告。

会、中国民主同盟相当，同为正式代表16人，候补代表2人。出席会议的中国共产党正式代表为毛泽东（首席代表）、刘少奇、周恩来、林伯渠、董必武、陈云、彭真、郑位三、王稼祥、陆定一、吴玉章、徐特立、刘澜涛、李维汉、李克农、安子文；候补代表为邢西萍(徐冰)、齐燕铭，共18人。出席大会的共产党人还有：中国人民解放军代表朱德、聂荣臻、贺龙、徐向前、刘伯承、粟裕等；解放区代表薄一波、陈毅、高岗、黄克诚、乌兰夫等；工会、妇联、青联代表李立三、蔡畅、廖承志等；新民主主义青年团代表冯文彬、蒋南翔、胡耀邦等作为党派代表出席大会。他们是拥有450万党员的中国共产党的杰出代表者。

◆ 宋庆龄作为特邀代表在中国人民政治协商会议第一次全体会议开幕式上发言。

为争取民主而奋斗、积极参加筹备新政协的11个民主党派，包括中国国民党革命委员会、中国民主同盟、民主建国会、中国民主促进会、中国农工民主党、中国人民救国会、三民主义同志联合会、中国国民党民主促进会、中国致公党、九三学社、台湾民主自治同盟，分别派出以李济深、张澜、黄炎培、马叙伦、彭泽民、李章达、谭平山、蔡廷锴、陈其尤、许德珩、谢雪红为首席代表的党派代表出席大会。以郭沫若为首席代表的无党派民主人士作为一个特殊的党派单位出席大会。

大会特别邀请代表，列在首位的是中国民主革命的伟大先行者孙中山先生的夫人，在整个中国革命进程中始终站在正义一边的坚强战士——宋庆龄。另外，有清末戊戌变法领导人梁启超之子梁思成；前清翰林张元济、海军耆宿萨镇冰；老同盟会员张难先；曾任北洋政府司法总长兼教育总长的章士钊和曾任司法总长的江庸；曾任国民党南京政府和谈代表团首席代表张治中，前国民党军起义将领程潜、傅作义、董其武等。出席大会的各界知名人士有：作家沈雁冰，美术家徐悲鸿，京剧表演艺术家梅兰芳，科学家茅以升、侯德榜、竺可桢，实业家陈叔通、李烛尘、胡子昂，华侨领袖陈嘉庚、司徒美堂，等等。这样宏大的代表阵容，不仅表明帝国主义和国民党反动派已完全孤立，更展现了即将诞生的新国家社会基础的广大和全中国爱国民主力量空前的大团结。

这是中国近代历史上具有划时代意义的空前盛会。它在中国人民解放战争和中国人民革命取得全国胜利的基础上召开，就是要集中全国人民的意志，宣告中华人民共和国的成立，制定中国人民自己的宪章，组织中国人民自己的中央

政府。这是中国光辉灿烂的人民新世纪的伟大开端。

9月21日举行第一次全体大会，一致推出毛泽东等89人组成大会主席团。毛泽东致开幕词说：全国人民渴望的政治协商会议现在开幕了。现在的中国人民政治协商会议是在完全新的基础之上召开的，它具有代表全中国人民的性质，它获得全国人民的信任和拥护。因此，中国人民政治协商会议宣布自己执行全国人民代表大会的职权。

接着，毛泽东作为中华人民共和国的主要缔造者，讲了一段令全民族振奋并传之久远的话

◆ 1949年9月21日，毛泽东在中国人民政治协商会议第一届全体会议上致开幕词，他说："我们的工作将写在人类的历史上，它将表明：占人类总数四分之一的中国人从此站立起来了。"

——诸位代表先生们：我们有一个共同的感觉，这就是我们的工作将写在人类的历史上，它将表明：占人类总数四分之一的中国人从此站立起来了。毛泽东的这段话，犹如新时代的最强音，道出了全场近千位代表和来宾此时此刻的共同心声，喊出了饱受屈辱、历尽苦难的中国各族人民的百年渴望。为了实现这个目标，中国人民曾经付出怎样巨大的代价，进行了多少可歌可泣的斗争，才换得这一天的到来。

中国人民政治协商会议第一届全体会议，从9月21日开幕到30日闭幕，除两天休会外，共开了八天。大会始终洋溢着民主、团结、严肃的气氛。与会代表怀着躬逢开国盛世的使命感，共议建设大计，大家畅所欲言，集思广益，充分进行讨论协商。山河百战归民主，代表们个个体念创业的艰辛，人人珍视这千载一时的建国机会。

9月27日，政协全体会议一致通过《中国人民政治协商会议组织法》，规定：中国人民政协全体会议，在普选的全国人民代表大会召开以前，执行全国人民代表大会的职权，即：制定或修改中央人民政府组织法；选举中央人民政府委员会，并付之以行使国家权力的职权；就有关全国人民民主革命事业或国家建设事业的根本大计或重要措施，向中央人民政府提出决议案。在全国人民代表大会召开以后，中国人民政协全体会议就有关国家建设的根本大计或重要措施，向全国人民代表大会或中央人民政府提出建议案。

大会一致通过《中华人民共和国中央人民政府组织法》，规定：中华人民共和国政府是基于民主集中原则的人民代表大会制的政府。中央人民政府委员会对外代表中华人民共和国，对内领导国家政权。中央人民政府委员会组织政务院，以为国家政务的最高执行机关；组织人民革命军

事委员会，以为国家军事的最高统辖机关；组织最高人民法院及最高人民检察署，以为国家的最高审判机关及检察机关。

大会一致通过四项决议案：1.中华人民共和国的国都定于北平，自即日起，改名北平为北京。2.中华人民共和国的纪年采用公元。3.在中华人民共和国的国歌正式制定前，以《义勇军进行曲》为国歌。4.中华人民共和国的国旗为红地五星旗，象征中国人民革命大团结。

9月29日，政协全体会议一致通过《中国人民政治协商会议共同纲领》。《共同纲领》作为中国人民革命建国的基本纲领，分序言和总纲、政权机构、军事制度、经济政策、文化教育政策、民族政策、外交政策，共7章60条。这个纲领是全中国人民的意志和利益的集中表现，是一百多年来特别是最近二十多年以来中国人民革命斗争经验的总结，也是中华人民共和国在相当长一个时期内的施政准则。《共同纲领》对新国家的国体、政体和大政方针等作了明确的规定：

中华人民共和国为新民主主义即人民民主主义的国家，实行工人阶级领导的、以工农联盟为基础的人民民主专政，以工人阶级为领导；反对帝国主义、封建主义和官僚资本主义，为中国的独立、民主、和平、统一和富强而奋斗。

◆ 在中国人民政治协商会议第一次全体会议上，代表们以举手表决方式通过议案。

中华人民共和国的国家政权属于人民。国家最高政权机关为全国人民代表大会。人民依法有选举权和被选举权；有思想、言论、出版、集会、结社、通讯、人身、居住、迁徙、宗教信仰及示威游行的自由权；并均有保卫祖国、遵守法律、遵守劳动纪律、爱护公共财产、应征公役兵役和缴纳赋税的义务。

中华人民共和国经济建设的根本方针，是以

◆ 1949年9月27日政协一届全体会议通过的中华人民共和国国旗旗样(五星红旗)。

中华人民共和国国歌

（义勇军进行曲）

起来！
不愿做奴隶的人们！
把我们的血肉，
筑成我们新的长城！
中华民族到了最危险的时候，
每个人被迫着发出最後的吼声！
起来！
起来！
起来！
我们万众一心，
冒着敌人的炮火，前进，
冒着敌人的炮火前进！
前进！
前进！
进！

◆ 中华人民共和国国歌（义勇军进行曲）。

公私兼顾、劳资两利、城乡互助、内外交流的政策，达到发展生产、繁荣经济之目的；国家应在各个方面调剂国营经济、合作社经济、农民和手工业者的个体经济、私人资本主义经济和国家资本主义经济，使各种社会经济成分在国营经济领导下，分工合作，各得其所，以促进整个社会经济的发展。

《共同纲领》还规定：国家的军事制度是建立统一的军队，受中央人民政府人民革命军事委员会统率，实行统一的指挥，统一的制度，统一的编制，统一的纪律。国家实行新民主主义的，即民族的、科学的、大众的文化教育政策。国家的民族政策是：中华人民共和国境内各民族一律平等，实行团结互助，反对帝国主义和各民族内部的人民公敌，并在各少数民族聚居的地区实行民族的区域自治。国家外交政策的总原则为：保障本国独立、自由和领土主权的完整，拥护国际的持久和平和各国人民间的友好合作，反对帝国主义的侵略政策和战争政策。

这部建国纲领的创制，凝聚了共和国缔造者们的心血和智慧。在纲领拟定的过程中，以毛泽东为代表的中国共产党人从基本国情出发，提出了完整可行、稳健务实的立国方案，又虚怀若谷，认真听取其他民主党派和无党派民主人士的意见，反复讨论、修改。各民主党派和无党派人士亦本着共同负责的精神，竭智尽虑，积极贡献意见，使建国纲领进一步臻于完备。这突出体现了中国共产党领导下的党派协商精神，成为新中国政治生活的重要象征。

中国民主同盟主任委员张澜在政协会议上赞许道：共同纲领是新中国的一个人民大宪章。它确定了新中国的政治理论和政治制度，它有了"革命到底"的大方针，它有了稳步建设的大原则。它的内容丰富，它的文字质朴。中国今天应做的，要做的，和能够做的，这个纲领都一一标举出来了。中国将来应做的，要做的，但今日事实上还不能够做的，这个纲领就暂时保留不说。它没有高调，它更没有空想。这真是切合实际，切合人民今天需要的共同纲领。《共同纲领》的制定和通过表明，中国共产党的最低纲领即新民主主义纲领，已被集中代表各民主党派、各人民团体、各民主阶级、各少数民族、海外华侨及其他爱国民主分子意志的中国人民政治协商会议所一致接受，成为新中国的建设蓝图。由于它切合实际而又坚定明确，清楚地指出了哪些事是应该做而且必须做的，哪些事是不应该做而且不允许做的，所以成为全国各族人民共同遵守的大宪章，实际上具有临时宪法的性质。在整个新民主主义建设时期，它是规范和衡量全国一切党派、团体、个人的行为活动的共同准则。对此，刘少奇代表中国共产党在政协会议上郑重宣布：中国共产党当完全遵守《共同纲领》的一切规定，并号召全国人民为彻底实现这一纲领而奋斗。

9月30日，政协全体会议举行第八次大会。大会选举毛泽东、周恩来、李济深、沈钧儒、郭沫若、陈叔通等180人组成第一届中国人民政治协商会议全国委员会。选举毛泽东为中央人民政府委员会主席，朱德、刘少奇、宋庆龄、李济深、张澜、高岗为副主席；选举周恩来等56人为委员，组成中央人民政府委员会。

当日下午6时，全体会议代表来到天安门前举行人民英雄纪念碑奠基典礼。周恩来代表大会主席团在肃穆的气氛下致词说：我们中国人民政治协商会议第一届全体会议为号召人民纪念死者，鼓舞生者，特决定在中华人民共和国首都北京建立一个为国牺牲的人民英雄纪念碑。在

◆ 1949年9月30日，中国人民政治协商会议第一次全体会议选举毛泽东为中华人民共和国中央人民政府主席，刘少奇、朱德、宋庆龄、李济深、张澜、高岗为副主席。左起：刘少奇、朱德、毛泽东、宋庆龄、李济深、张澜等在大会主席台上。

◆ 1949年9月30日18时，政协第一次全体会议的代表在天安门广场举行人民英雄纪念碑奠基典礼。图为毛泽东为纪念碑奠基。

◆ 1949年9月30日，周恩来在人民英雄纪念碑奠基典礼上讲话。

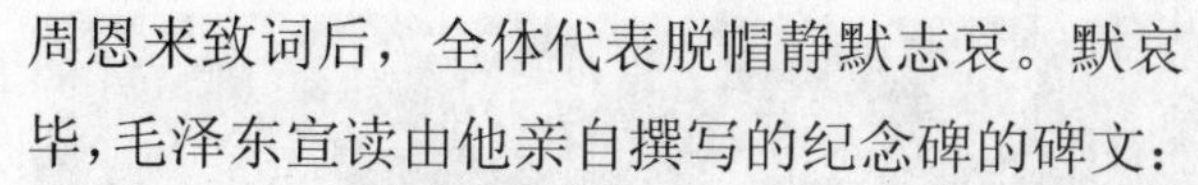

周恩来致词后，全体代表脱帽静默志哀。默哀毕，毛泽东宣读由他亲自撰写的纪念碑的碑文：

三年以来，在人民解放战争和人民革命中牺牲的人民英雄们永垂不朽！

三十年以来，在人民解放战争和人民革命中牺牲的人民英雄们永垂不朽！

由此上溯到一千八百四十年，从那时起，为了反对内外敌人，争取民族独立和人民自由幸福，在历次斗争中牺牲的人民英雄们永垂不朽！

随后举行奠基仪式。中国共产党首席代表毛泽东和人民政协各单位的首席代表，一一执锹铲土，表达他们对革命先烈的崇敬。在中国人民历尽艰难困苦，终于迎来人民革命的伟大胜利的日子里，中国共产党和全国人民一道，深切缅怀为国捐躯的2800万革命英烈，谨记他们为中华民族独立和中国人民解放事业抛头颅、洒热血，前仆后继，英勇斗争的辉煌业绩。毛泽东在他写的纪念碑碑文中，着意表明了中国共产党对由旧民主主义革命到新民主主义革命的历史延续性的特别尊重。

◆ 1949年9月，中国人民政治协商会议第一届全体会议在北平中南海举行。图为中南海新华门前庆祝会议召开的群众队伍。

◆ 人民英雄纪念碑。

9月30日，大会一致通过《宣言》，向全国同胞、也向全世界庄严宣布：中华人民共和国现已宣告成立，中国人民业已有了自己的中央政府。中国人民政协第一届全体会议宣告了旧中国的灭亡和新中国的诞生，为实现中国的独立、民主、和平、统一和富强作出了不可磨灭的贡献。饱受民族屈辱、历尽战争苦难的中国人民，终于迎来了百年企盼的建国机会。

走进历史的凯旋门

1949年10月1日，新产生的中央人民政府委员会在新的首都北京就职。下午2时，中央人民政府委员会第一次会议一致决议：宣告中华人民共和国中央人民政府的成立；接受《中国人民政治协商会议共同纲领》为本政府的施政方针；

◆ 毛泽东主席向全世界庄严宣告："中华人民共和国中央人民政府已于本日成立了。"

任命周恩来为中央人民政府政务院总理，毛泽东为中央革命军事委员会主席，朱德为中国人民解放军总司令，沈钧儒为最高人民法院院长，罗荣桓为最高人民检察署检察长，并责成他们从速组成各政府机关，推行各项政府工作等。

下午3时，首都三十万军民在天安门隆重举行庆祝中华人民共和国中央人民政府成立典礼，史称"开国大典"。

在全场热烈的欢呼声中，毛泽东主席在天安门城楼上宣读中央人民政府公告，庄严宣告："中华人民共和国中央人民政府已于本日成立了"，"本政府为代表中华人民共和国全国人民的唯一合法政府"。军乐队奏起新定的中华人民共和国国歌——《义勇军进行曲》，共和国的第一面国旗——五星红旗在54响礼炮的轰鸣中徐徐升起。随后举行阅兵式，朱德总司令乘车检阅中国人民

◆ 1949年10月1日，伟大的中华人民共和国宣告成立。中国历史从此揭开新的篇章。图为首都三十万军民在天安门广场隆重举行开国大典。

解放军受阅部队，宣读《中国人民解放军总部命令》；各军兵种部队列成整齐方阵，以胜利之师的步伐通过天安门；新组建的人民空军飞行编队，矫健地飞越首都上空。

盛大的阅兵式结束后，工人、农民、学生和市民队伍开始游行，人民群众以当家作主的无比喜悦欢庆新中国的诞生。在万众欢腾的游行队伍里，“人民共和国万岁！”“毛主席万岁！”的口号声响入云霄；毛泽东在扩音机前大声地应答：“同志们万岁！”“人民万岁!”这此起彼应的呼喊，蕴含着领袖与人民水乳交融的深刻历史内涵。首都北京沉浸在狂欢里，直至深夜。全国已经解放的各大城市这一天都举行了热烈的庆祝活动。

◆ 第一面五星红旗在天安门广场上空迎风飘扬。

◆ 国庆之夜的天安门广场。

◆ 中国人民解放军总司令朱德在阅兵总指挥聂荣臻陪同下，检阅中国人民解放军陆海空三军部队。

◆ 装甲部队通过检阅台。

◆ 全国各族人民热烈欢呼新中国的诞生。图为1949年10月2日上海市百万群众举行盛大庆祝游行。

毛泽东作为中国共产党领导集体的核心，中华人民共和国的主要缔造者，他的响亮名字，是指引新中国胜利前进的一面旗帜。在建国前夕召开的中华全国青年第一次代表大会上，周恩来有一个关于《学习毛泽东》的著名讲演。他说：毛泽东是在中国的土壤中生长出来的巨大人物。是从人民当中生长出来的，是跟中国人民血肉相连的，是跟中国的大地、中国的社会密切相关的，是从中国近百年来和“五四”以来的革命运动、多少年革命历史的经验教训中产生的人民领袖。他是最能坚持原则又最能灵活运用的领袖。在中国革命的许多历史关键时刻，他的方向都是正确的。毛泽东善于把领导者的觉悟、领导者的智慧变成群众的力量。他所提出的原则总是照顾大多数，为着大多数人民的利益。正因为毛泽东坚持把马克思列宁主义的普遍真理具体化在中国土壤上，生长出来成为群众的力量，所以中国革命得到如此伟大的胜利。到今天，不仅中国共产党尊敬他，凡是得到革命胜利果实的人民，一定都会逐渐心悦诚服地信服他。①

历经中国革命艰辛曲折的千锤百炼，毛泽东正值清醒认识个人在历史中的地位和作用的完全成熟期。在全国解放前夜召开的中共七届二中全会上，毛泽东鲜明地告诫全党：务必继续保持谦虚、谨慎、不骄、不躁的作风，务必继续保持艰苦奋斗的作风；提议党内一不作寿，二不送礼，三少敬酒，四少拍掌，五不以人名作地名，六不要把中国同志和马、恩、列、斯平列。在同党外人士的交往中，有参加过辛亥革命的老前辈，当面夸赞毛泽东是“最伟大的人物”，“打遍全国无敌手的军事家”，“经历几个朝代都没有人能跟毛主席相比”。毛泽东总是耐心地解释说：“这是人民的功劳，共产党的功劳，包括大家在内的功劳”，始终保持清醒的头脑。毛泽东带领着中国共产党，以绝不重蹈“李自成的覆辙”为鞭策，怀着“进京赶考”的谨慎，走上在全国范围内执掌政权的道路。他坚信，摆脱封建王朝“其兴也浡焉，其亡也忽焉”的周期率，中国共产党已经找到一条新路，就是民主。只有让人民来监督政府，政府才不敢松懈。只有人人起来负责，才不会人亡政息。

以毛泽东为领导核心，包括刘少奇、周恩来、任弼时②、朱德、陈云等在内，组成了共和国第一代领导集体。在过去漫长的斗争生涯中，他们以革命为第一职业，经历了无数难以想像的艰难困苦，积聚了极其丰富的政治智慧和政治经验，完全具备领导和治理一个大国、大党的领袖素质。在他们周围，荟萃着一大批久经考验的党政军领导人。他们既会指挥打仗，又会组织生产；既懂得系统的革命理论，又掌握一定的文化科学知识，并且大都处在人生阅历、经验、智慧、才能和精力的鼎盛时期，不愧为文韬武略、治国经邦的一批通才。正因为有这样团结务实、精明强干的组织力量，毛泽东充满自信地预言：“我们不但善于破坏一个旧世界，我们还将善于建设一个新世界！”

经过长期革命实践的检验，充分尊重历史形成的领导格局，中国共产党全党真诚地拥护和维护毛泽东在领导集体中的核心地位，从总体上、全局上服膺毛泽东高人一筹的政治经验和政治智慧。特别尊崇毛泽东最能坚持原则，又最能灵活运用；最善于把握方向，又最善于实现方向；最善于把普遍原理具体化，又最善于把领导者的觉悟转变为千百万群众的力量的伟大政治家素质。在毛泽东的率先垂范下，共和国的第一代领导人

①《周恩来选集》上卷，人民出版社，1980年版，第331～338页。

②任弼时，时任中共中央书记处书记，伟大的马克思主义者和杰出的无产阶级革命家，是中国共产党和中国人民解放军的卓越领导人，他为新民主主义革命在中国的胜利和新中国的诞生作出了重大贡献，不幸于1950年10月27日因病早逝。此后，陈云正式递补为中共中央书记处书记。

形成了谦虚谨慎，廉洁务实，励精图治，密切联系群众，全心全意为人民服务，为中国最广大人民谋利益的政治风范，赢得了全国各阶层、各民族人民真诚的拥护和由衷的敬佩。

在开国之初，除了革命的基本力量工农大众、革命知识分子以外，不同程度参加革命的民族资产阶级、上层小资产阶级的政治代表、各民主党派和无党派民主人士，都表达了对结束旧中国黑暗历史具有关键影响的人民领袖毛泽东的真诚景仰。这是符合历史的逻辑的。随着毛泽东向全世界宣告“中国人从此站立起来了”，由近代中国屈辱历史中走过来的一代中国人，更加深了对这位伟大人物建树的丰功伟绩的历史认知。

从开国大典的这一天起，在天安门城楼向全世界庄严宣告中华人民共和国中央人民政府成立的毛泽东，理所固然、势所必至地成为中国人民心目中空前的民族英雄；毛泽东的名字被所公认为引导前进方向的一面旗帜，进而被公推为新中国的象征。在中国特定的社会历史和政治文化背景下，开始了某种社会意识和精神现象的建构，相应地产生了人们习惯以毛泽东的名字相称的一整个时代。这个延续27年的“毛泽东时代”，对当代中国的发展乃至世界对新中国的重新估量和认识，影响至深。

中央人民政府开始工作

开国大典过后，中央人民政府各机构立即开始组建。中华人民共和国中央人民政府，是在全中国境内统一行使国家权力的中央政权，是代表全中国人民的惟一合法政府。它的组成，充分体现了共产党领导的多党合作、团结建国的精神。

根据中央人民政府组织法，由中央人民政府委员会组织政务院，以为国家政务的最高执行机关。政务院设政治法律、财政经济、文化教育、人

◆ 1949年10月1日下午，在中央人民政府委员会举行的第一次会议上，中央人民政府主席、副主席及委员宣布就职。图为毛泽东在会上讲话。

◆ 周恩来在中央人民政府委员会第一次会议上讲话。

民监察四个指导性委员会，以及各部、会、院、署、行共30个工作部门。其中，有关财政经济的就有16个部门，这反映了经济建设在新的政府工作中占有重要地位。

鉴于各民主党派在为争取中国人民解放事业胜利的斗争中作出了应有的贡献，中共中央非常重视政府机构中对民主人士的安排。有关民主人士的任职名单，大多是由周恩来提出报党中央决定，再同各民主党派反复协商后正式提名。经慎重酝酿、仔细斟酌，各民主党派主要领导人和无党派民主人士代表人物，都大都安排进了中央政府及其所属各机构。如民主建国会的黄炎培，在旧中国曾多次拒绝做官、并无意参加新政府，周恩来两次亲自上门劝说，使他深受感动，欣然出任政务院副总理职务。同任政务院副总理的还有无党派民主人士郭沫若。老同盟会会员何香凝，冯玉祥夫人李德全，章伯钧、史良，著名教育家马叙伦，农学家李书城和林业学家梁希等，都经过精心安排，担任政府部长级职务。这种广纳群贤参政议政的做法，生动反映了共产党人立党为公，执政为民，不谋一己私利的坦荡胸怀，受到了各民主党派、民主人士的由衷敬佩。中国共产党与党外人士长期合作共事的真诚，极大地调动了各民主党派、无党派民主人士参加建设新中国的积极性。

10月19日，中央人民政府委员会举行第三次会议，通过任命了中央人民政府各机构负责人。从中央人民政府领导成员的构成来看：中央人民政府副主席6人，其中共产党员3人，民主党派和无党派民主人士3人；中央人民政府委员

56人，其中共产党员29人，民主人士27人。政务院副总理4人，其中共产党员2人，民主人士2人；政务委员15人，其中共产党员6人，民主人士9人；在政务院所属4个委员会和30个工作部门中，担任正职的共产党员29人，民主人士14人。出任中央人民政府各委、部正职的民主人士，有权独立负责地领导各自部门的工作。另有一批民主人士在各部、会、院、署、行中担任副职。这样的成员结构，一方面可以弥补共产党管理这样大的国家在许多方面经验的不足，另一方面有利于团结和带动社会各阶级、各阶层的人民为建设新中国共同奋斗。

新的人民政权是在彻底打碎旧的国家机器的基础上建立的。在夺取全国胜利的进程中，1948年9月经华北临时人民代表大会选举产生的华北人民政府，具有较齐备的工作机构，并积累了政权建设和经济建设的经验，直接为成立中央人民政府作了组织上的准备。10月25日，政务院第二次会议决定：呈请中央人民政府主席发布命令，宣布华北人民政府于月底结束工作，其所辖五省二市归中央直属，中央人民政府各部、会、院、署、行以华北人民政府为基础建立工作机构。这种整建制的组建方式，不仅解决了中央政府所急需的大量干部的来源问题，而且使中央人民政府一经宣布成立，即正常运转开始工作。

11月1日，中央人民政府各机构正式开始办公。新的中央人民政府，以全心全意为人民服务为宗旨，将共产党卓有成效的民主集中制和密切联系群众的优良传统，贯彻到对国家事务的管理中。共产党的干部和人民解放军在新区工作中表现出谦虚谨慎、艰苦奋斗的作风和严明的纪律，令人耳目一新。执政的共产党强有力的领导和党的统一严密的组织，保证了中央政令在全国贯彻执行。这些情况表明，中华人民共和国政府是中国历史上不曾有过的、真正在全国范围内从中央直至最基层有效行使权力的坚强的政府。

中国革命的胜利和中华人民共和国的成立，结束了100多年来帝国主义勾结封建统治者压迫剥削中国各族人民的历史，使半殖民地半封建的中国成为拥有独立主权的国家；同时，从根本上结束了中国自晚清政府、北洋政府到国民党政府统治下，内外战乱频仍、国家四分五裂的局面，形成以人民民主为基础的空前统一的新国家。民族独立、人民解放，是中国由近代衰落开始走向强盛的历史转折点，它为中国社会以自己内部有组织的力量向着现代化迈进，创建了最重要的前提条件。

二、毛泽东部署：“解放全国，是为至要”

聚歼残敌：大迂回、大穿插、大包围

中华人民共和国成立时，人民解放战争已获得基本胜利，但还没有完全结束。国民党还有上百万军队在华南、西南和沿海岛屿负隅顽抗。在新解放地区，国民党溃逃时遗留下大批残余力量，他们同当地封建恶霸势力相勾结，以土匪游击战争方式同人民政权作斗争，妄图东山再起，卷土重来。为此，毛泽东在党内指示中强调“解放全国，是为至要”。朱德总司令发布《中国人民解放军总部命令》，命令人民解放军全体指战员迅速肃清国民党反动军队的残余，解放一切尚未解放的国土，同时肃清土匪和其他一切反革命匪徒，镇压他们的一切反抗和捣乱行为。

为了迅速彻底地歼灭国民党残余势力，不给

◆ 1949年10月，中国人民解放军向两广进军，追歼国民党残军。

敌人喘息和逃逸的机会，毛泽东根据解放战争战略追击的形势和特点，明确提出人民解放军在消灭残余敌人的作战中，必须实行大迂回、大穿插、大包围的作战方针，即完全不理会敌人的防线而远远超过它，迂回并占领它的后方，迫其不得不与解放军作战，并一举歼灭它。这样，可避免尾敌追击的打法将敌驱向不利于行军作战的云贵高原、个别海岛或逃往国外。遵照中央军委、解放军总部的命令和部署，人民解放军以摧枯拉朽之势，向国民党军事残余力量展开了大规模的最后围歼。

在中南、华南，林彪、罗荣桓率领第四野战军主力，于10月初发起衡(阳)宝(庆)战役，歼灭白崇禧主力四个师，断其东出广东，西退滇、黔的道路，迫其全军退入广西境内。已突进粤北的四野部队和二野四兵团迅即发起广东战役，分三路向广州合围，于10月14日解放了华南最大的城市广州。陈赓指挥二野四兵团日夜兼程、勇猛追击，将全力西逃的余汉谋集团的主力4万人包围在阳江、阳春地区聚而歼之。11月6日，四野以九个军的兵力发起广西战役，以大迂回、大穿插的果敢行动，截断敌人西逃南撤之路，并发扬不怕疲劳连续作战精神，追歼逃敌一直到中越边境的镇南关(今睦南关)。11月29日，广西省省会桂林解放，12月4日南宁解放。白崇禧集团除李弥所部两万余人逃往缅甸外，在容县、博白、廉江、钦州地区被全部歼灭，广西全境解放。

在华东，陈毅、粟裕率领第三野战军解放了以漳州为中心的闽南，于10月15日发动厦门战役。我军偷袭渡海，经两天的激烈战斗，解放了厦门全岛。10月24日夜，三野十兵团发动进攻金门岛战役。由于对敌情、海情缺乏周密调查研究，船只准备不充分，作战指挥不严密，我先头部队三个团登岛后，因渡船搁浅援军不继而遭重大

损失。毛泽东要求各级领导干部主要是军以上领导干部，必须以金门岛事件引为深戒，务必力戒轻敌急躁，稳步地有计划地歼灭残敌。金门岛战役虽然失利，但我登岛部队顽强战斗，英勇献身的精神是永不磨灭的。

在西南，刘伯承、邓小平率领第二野战军于10月底隐蔽完成向湘西的集结，11月1日以数十万人马突袭川湘鄂边和湘黔边敌人薄弱部位，西出贵州，直入川南，截断川敌逃往康、滇的退路。同时进击川东，从东、南、西三面向重庆合围。30日凌晨，坐镇重庆指挥的蒋介石偕其军政要员狼狈登上飞机逃往成都。当日下午，西南最大的中心城市重庆解放。在解放大军的军事震慑和政治瓦解工作的推动下，12月9日，国民党云南省主席卢汉在昆明宣布起义；西康省主席刘文辉等在雅安联名通电起义。云南、西康两省宣告和平解放，蒋介石仓皇飞往台湾。随后举行成都战役，敌军五个兵团中有四个兵团举行战场起义，胡宗南只身逃往海南岛。解放大西南战役是解放全中国的关键一役。它歼灭了国民党最后一支基干部队，宣告了蒋介石“确保西南，准备反攻”的梦想彻底破灭，标志着“蒋家王朝”在大陆统治的最后终结。随着1950年人民解放军向西昌地区挺进，西南诸省除西藏以外全部解放。

◆ 1949年11月30日，新疆喀什市人民载歌载舞欢庆解放。

◆ 1949年11月下旬，中国人民解放军在川南地区歼灭国民党宋希濂部五个师和罗广文兵团。11月30日，蒋介石匆忙逃离重庆，当天重庆解放。图为重庆市民夹道欢迎中国人民解放军入城。

◆ 1949年12月9日，国民党云南省主席卢汉在昆明宣布起义。国民党西康省主席刘文辉等在雅安联名通电起义。至此，云南、西康两地和平解放。图为人民解放军在昆明举行入城式后，宋任穷会见卢汉(右)。

在西北，解放陕、甘、宁、青的战役在建国前夕已告结束，新疆也宣布和平解放。为了接管新疆的防务和改编起义部队，遵照中共中央和中央军委的指示，由彭德怀、贺龙率领的第一野战军承担进军新疆的艰巨任务。10月上旬，第一兵团王震部出发进疆，沿途穿越渺无人烟的戈壁荒滩，涉过风沙弥漫的沙漠瀚海，历1000多公里的艰苦跋涉，于10月20日进驻新疆首府迪化（今乌鲁木齐），胜利完成了挺进西北边陲的壮举。12月，人民解放军扫荡了陕南、陇南的残敌，西北地区全部解放。

随着解放全国大陆的战斗基本结束，中央军委部署了解放海南岛和东南沿海诸岛屿的战役。在认真吸取金门战役失利教训的基础上，第四野战军渡海作战部队为解放海南岛作了充分的准备工作，征集、修复大小船只2000余条，雇请船工4000余名，培训6000多名水手，积极进行海上练兵，掌握航海本领和海上作战的多种战术技术，为渡海作战打下良好基础。从1950年3月起，我军连续派出4支先遣部队共8000余人，在冯白驹率领的琼崖纵队的有力接应下，成功地偷渡琼州海峡，为主力部队登陆作战创造了有利条件。4月16日晚，渡海作战兵团两个军的主力部队从雷州半岛南端各港湾同时起锚，发动大规模渡海战役。部队在海上与巡航的敌舰进行彻夜战斗，击沉敌舰1艘，击伤2艘，创下木船打军舰的奇迹。渡海主力部队在琼崖纵队和先遣部队的有力策应下，全部登上预定登陆地段，向守敌展开大规模的围歼战。23日，我军解放了海口市，随即兵分三路向南追击，共歼残敌3.3万人。至5月1日，我国第二大岛屿海南岛宣告解放。

1950年5月，第四野战军和广东军区江防部队在珠江口一带，向位于香港、澳门之间海面上的万山群岛发动渡海作战，各部队以缴获敌人的小炮艇、登陆艇、运输船和民用船，同国民党海军几十艘舰艇往复作战，寻机抢占各岛屿登陆点。经两个多月的战斗，至8月4日全部解放了

◆ 1949年12月27日，中国人民解放军解放成都市，取得西南战役的基本胜利。

1956

◆ 1950年3月5日，中国人民解放军发起海南岛战役，至4月30日，全部解放海南岛。

◆ 1950年5月1日，海南岛海口市人民群众举行全岛解放庆祝集会。

万山群岛，拔除了国民党军队在华南沿海的最后立足点。在此前的几个月里，第三野战军在浙江沿海一带对位于东海上的交通要冲舟山群岛持续发动渡海作战，逐次攻取其外围岛屿。海南岛战役结束后，国民党为保存实力，急令舟山群岛守军撤退台湾，我军于5月16日在舟山本岛登陆，并相继解放了周围诸岛。舟山群岛的解放，打破了台湾国民党对长江口的封锁，为保卫沪、宁、杭地区的海防安全提供了重要的海上屏障。

截止到1950年10月，中国人民解放军经过一年的紧张艰苦作战，共歼灭大陆和海岛上残存的国民党正规军128万余人，收编改造了170余万起义投诚的国民党军官兵，使整个人民解放战争消灭国民党军队的总数达到807万余人，实现了除西藏、台湾和少数几个海岛以外的全部中国领土的解放。这一伟大胜利，为各级地方政权的建立、各项社会改革的开展和国民经济的恢复创造了必要的条件。

剿灭土匪：建立革命新秩序

随着人民解放军的胜利进军，各新解放地区按照《共同纲领》的规定，迅即建立临时的过渡性政权——军事管制委员会，并由上而下地委任人员组成地方人民政府，以便集中领导肃清反革命残余势力的斗争，接管国民党的一切公共机关、产业和物资，恢复和维护社会秩序，组织恢复生产。为了使军事管制委员会具有广泛的群众基础，使人民民主专政从一开始就成为统一战线的政权，各地军事管制委员会成立时，都遵照中共中央和中央人民政府的要求，吸收了相当数量的民主人士和其他爱国人士参加。军事管制制度

◆ 中国人民解放军部队在深山密林中清剿土匪。仅1950年一年，便剿灭国民党残匪160万。

的实行，避免了新旧政权交替、社会剧烈变动时期可能产生的动荡和破坏，保证了社会正常秩序的建立和生产事业的恢复。经过短暂过渡，军事管制委员会随着军管任务的完成而告结束，各级人民政府开始有效地行使地方国家权力。

1949年12月，中央人民政府决定设立东北、华东、中南、西南、西北五个大行政区，并任命负责人员组成大区行政机构，东北称人民政府，华东、中南、西南、西北称军政委员会。另在中央人民政府下设华北事务部，负责华北地区的行政事务。1950年1月，政务院发布省、市、县人民政府组织通则，对各级地方政权的隶属关系、组成、职权、机构等作了明确规定，使各级地方政权的建立有了初步的法规依据。到1951年9月，全国各大区、省、直辖市、市直到两千多个县、数十万个乡都建立了人民政府，形成从中央到地方、直到基层的一整套政权机构。地方各级人民政府一经建立，即发动广大人民群众开展清匪反霸、减租减息等各项斗争，安定社会秩序和恢复当地的工农业生产，使纷繁复杂的政府工作迅速打开局面。

建国之初，新解放地区面临的一个突出问题是匪患十分严重。这些土匪不同于旧中国啸聚山林、打家劫舍的一般土匪，而是国民党在撤逃台湾时，有计划地布置大批特务和党政军骨干分子潜往各地，网罗地方团队、反动地主武装、帮会骨干和惯匪拼凑起来的反动武装；此外，一大批溃败的国民党军残兵散卒也就地转化为政治土匪。上述形形色色的新老土匪武装相互勾结，形成一股股猖獗的反动势力，他们以推翻共产党领导的人民政权为政治目的，提出“反共救国”、“抗粮抗税”等反动口号，有计划、有组织地进行暴乱颠覆活动，妄图等待时机配合台湾国民党军反攻大陆。在地方各级人民政权建立过程中，多有土匪武装四出袭扰、疯狂作恶。他们抢劫物资，破坏交通，烧毁仓库，袭击乡、区、县人民政府，杀害

◆ 新中国建立初期，国民党留下的特务、政治土匪和其他反革命分子的活动十分猖獗。人民解放军进行剿匪作战，全国开展镇压反革命运动，中国的社会秩序得到了空前的安定。图为云南省的藏族民兵向剿匪部队报告匪情。

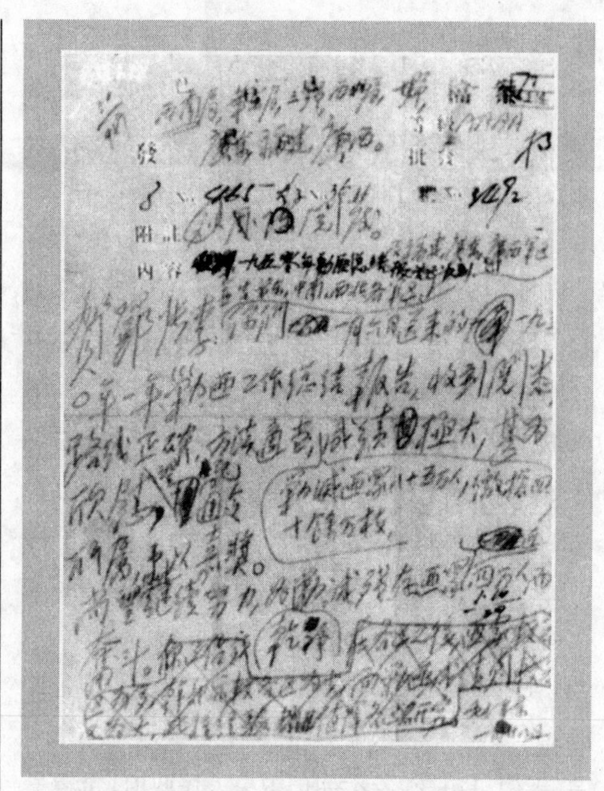

◆ 剿匪战斗取得巨大胜利。到 1953 年，基本上消除了旧中国长期无法解决的匪患。图为 1951 年 1 月 28 日毛泽东关于嘉奖西南剿匪部队的电报手稿。

共产党干部和政府工作人员。在土匪暴乱的地区，许多基层政权被捣毁，农村减租减息、春耕春播、征集军粮、救济灾民等工作一度陷于瘫痪。

此起彼伏的土匪暴乱，严重地威胁着人民政权的巩固和社会秩序的安定，危及人民群众的生命财产安全。单靠刚刚建立的地方政府和驻军部队进行剿匪，斗争的力度远远不够。1950 年 3 月，中共中央、中央军委向全党全军发出“剿灭土匪，建立革命新秩序”的指示，指出：“剿灭土匪，是当前全国革命斗争不可超越的一个重要阶段，是建立和恢复我各级地方人民政权，以及开展其他一切工作的必要前提，是彻底消灭蒋介石国民党在大陆的残余武装，迅速恢复革命新秩序的保证。”中央军委作出强有力的部署，先后抽调人民解放军 6 个兵团、41 个军、140 多个师的主力部队，分别在华东、中南、西南和西北的各省结合部、偏僻山区及少数沿海岛屿等土匪活动区域，迅速展开大规模的剿匪斗争，同时帮助当地建立和巩固人民政权、发展生产和完成土地改革。

大规模剿匪作战开始后，解放军各剿匪部队首先集中优势兵力，对股匪严重的地区，按照先内地、后边缘，先富足发达地区、后贫困偏僻地区的顺序，逐块逐片地实行军事进剿，歼灭以集股活动为特点的大股土匪。如在华东地区，以闽浙边区、浙闽赣边区为重点有步骤地进行全面清剿；在中南地区，主要对湘西各县及边沿地区，广西瑶山、六万大山、十万大山及广东北江地区的股匪进行重点清剿；在匪情最为严重的西南地区，采取合围与驻剿、奔袭与穷追搜剿相结合的方针，先后在川、康、滇、黔各省剿灭 92 万余土匪。在歼灭大股土匪武装之后，各剿匪部队迅速地对中、小股土匪展开分兵驻剿，并辅之以强大的政治攻势，加速股匪的瓦解。

为了保证剿匪作战的顺利进行，中共中央、毛泽东提出了“军事进剿、政治瓦解、发动群众武装自卫三者相结合”的方针，规定了“镇压与宽大相结合”的政策，即“首恶者必办，胁从者不问，立功者受奖”的政策。遵照中央的指示，各地在地方党委的统一领导下，通盘周密计划，党、政、军、民各级组织高度重视和密切协同，动员各方面的力量实行进剿、清剿和搜捕，并广泛深入发动群众，开展“父劝子、子劝父、妻劝夫、弟劝兄、亲劝亲、友劝友、匪劝匪”等运动，显示了军事打击、政治瓦解与发动群众相结合方针的强大威力。经过大举进剿、重点清剿和肃清残匪等几个阶段，到 1951 年上半年，各地区歼灭的股匪武装已愈一百多万，基本上平息了大陆上的匪患。

按照中央"除恶务尽,不留后患"的指示,各地继续肃清残散土匪的斗争一直延续到1953年。历时四年的剿匪斗争,共歼灭土匪和武装特务260余万人,有力地保护了人民群众的安居乐业,安定了社会秩序,巩固了地方人民政权,为开展民主改革和恢复国民经济创造了良好的社会环境。

旧中国历史上遗留下来而为广大人民深恶痛绝的匪患终于得到彻底根绝。

雪域的春天:和平解放西藏

随着全国的解放,西藏也迎来了春天。

地处遥远边陲的西藏,是祖国大陆上最后一个待解放地区。西藏自古就是中国的领土,藏族是中国境内具有悠久历史的民族之一。近代以来,英帝国主义势力侵入西藏地区,长期策划殖民化阴谋,妄图将西藏从中国的版图上分离出去,造成汉藏之间以及藏族内部关系的不融合。20世纪20年代,藏传佛教两大领袖失和,九世班禅额尔德尼被逐出西藏,流亡青海。西藏地方由达赖喇嘛执掌噶厦(即西藏地方最高行政机构),仍保持与中央政权的隶属关系。十三世达赖喇嘛圆寂后,热振活佛摄政,继续维护内地与中央的传统,但却受到噶厦内部亲英势力的攻讦而被迫引退,后遭囚禁遇害。全国解放前夕,西藏当局在帝国主义分子唆使下,制造了驱赶汉族人民和国民党驻藏人员出境的"驱汉事件",企图断绝西藏与祖国的联系,阻止人民解放军解放西藏。中国共产党当即揭露了帝国主义的阴谋,明确提出一定要解放包括西藏在内的中国全部领土。

1949年10月1日开国大典的当天,留居青海的十世班禅额尔德尼·确吉坚赞致电毛泽东主席、朱德总司令,表示拥护中央人民政府,希望早日解放西藏。可是,以摄政达扎为首的西藏上层集团,却策划派遣所谓"亲善使团"去美、英等国,寻求对其"独立"的庇护和援助。中央政府严正

◆ 中共中央作出力争和平解放西藏的决策。图为1951年5月23日在北京举行《关于和平解放西藏办法的协议》的签字仪式。

◆ 1951年5月24日，班禅额尔德尼·确吉坚赞率领班禅堪布会议厅主要负责官员，向中央人民政府主席毛泽东敬献哈达。

驳斥了这种分裂祖国的背叛行为，1950年1月，我国外交部发言人发表谈话指出：西藏当局派出外交使团是非法的，任何接待这种非法使团的国家，将被认为对中华人民共和国怀抱敌意。班禅堪布会议厅也致电毛泽东主席、朱德总司令，谴责拉萨当局的叛国分裂行径，要求“速发义师，解放西藏”。由于中央政府的严正警告和藏族各界人民的坚决反对，所谓“亲善使团”只到了印度，未能到英、美等国进行非法活动。

为粉碎帝国主义制造“西藏独立”的阴谋，完成祖国的统一大业，党中央、毛泽东认为：解决西藏问题不出兵是不可能的。1949年12月毛泽东在赴莫斯科访问途中，提出了“进军西藏宜早不宜迟”的重要意见，并考虑先从西北方向进军，待西南局平定川康后，即应着手经营西藏。毛泽东指出：“西藏人口虽不多，但国际地位极重要，我们必须占领，并改造为人民民主的西藏。”后鉴于彭德怀报告从青海、新疆进兵西藏有很大困难，毛泽东从莫斯科发来四个“A”的加急电报，提出“向西藏进军及经营西藏的任务应确定由西南局负责”，指示西南军政领导人刘伯承、邓小平、贺龙于最近期内，“决定入藏的部队及领导经营西藏的负责干部等项问题，并立即开始布置一切”。随后，中央批准成立中共西藏工作委员会，统一筹划进军和经营西藏的工作。西南局第一书记邓小平正确提出了“政治重于军事，补给重于战斗”的向西藏进军的指导原则。

2月15日，西南局、西南军区、第二野战军

◆ 1951 年 10 月 26 日，人民解放军进驻拉萨。至此，中国大陆完全统一。图为西藏同胞热烈欢迎解放军。

联合发布《解放西藏政治动员令》，号召进藏部队全体指战员坚决勇敢地完成解放祖国大陆最后一个省区，保卫国防的光荣任务。根据党中央、西南局的指示精神，进藏部队普遍进行了解放西藏、建设边疆、巩固国防的教育，艰苦奋斗的传统教育和民族政策教育，开展了学习藏文、藏语和西藏政治、经济、兵要地志的活动；同时，进行在高寒地区行军作战的适应性训练，并投入很大力量修筑进藏公路，筹措和抢运军需物资。经过多方面的准备，西南军区进藏部队分别从康西、川中、滇西北出发，于10月初陆续到达康藏交界处的甘孜、邓柯、德格一线，直逼藏东重镇昌都。西北军区青海骑兵支队和新疆独立骑兵师也进至青藏交界的玉树和西藏的阿里地区，形成"多路向心进兵"的态势。

为慎重解决进军西藏所涉及的政治、宗教、民族等复杂问题，党中央、毛泽东在确定人民解放军向西藏进军的同时，确定了争取和平解放西藏的方针。1950年2月25日，中共中央电示西南局："我军进驻西藏的计划是坚定不移的，但可采用一切办法与达赖集团谈判，使达赖留在西藏与我和解。"中央综合分析西藏的情况，认为西藏上层集团已开始分化，亲英势力已不能像过去那样有恃无恐，反帝爱国力量在逐渐发展，和平解放西藏的可能性较以前增长了。另外，印度、英国政府已承认新中国的地位，并开始建交谈判，这对争取西藏和平解放是有利的外部条件。为了做好和谈的准备，中央指示西南局、西北局分别起草谈判内容和政策。

5月11日，西南局向中央报送由邓小平起草的四条方针，即：驱逐英美帝国主义出西藏，西藏人民回到中华人民共和国祖国大家庭中来；实行西藏民族区域自治；西藏现行各种制度暂维持现状；实行宗教自由，保护喇嘛寺庙，尊重西藏人民的宗教信仰和风俗习惯。5月17日，中央批复充分肯定了西南局所拟四条，指出和平解放西藏的基本问题是："西藏方面，必须驱逐英美帝国主义的侵略势力，准许人民解放军进入西藏。我们方面则可承认西藏的政治制度，连同达赖的地位在内，以及现有的武装力量、风俗习惯概不变更，并一律加以保护。"中央委托西南局、西北局从速起草一个"可以作为和平谈判基础的若干条件"。

根据中央的指示，邓小平在四条方针的基础上起草了十项谈判条件。毛泽东仅在第八条中加写了七个字，即：有关西藏的各项改革事宜，完全根据西藏人民的意志，由西藏人民"及西藏领导人员"采取协商方式解决，对十项条件表示完全同意。5月29日，中央批准邓小平草拟的十项谈判条件。这十项条件，当时称为"十大政策"或"十大公约"。它紧贴西藏社会的现实，放眼西藏发展的未来，既坚持了实现祖国统一、维护国家主权的原则性，又体现了照顾西藏历史和现实可能的灵活性，是坚定原则性和高度灵活性的统一，在民族地区发挥了很大的政治影响力，成为中央人民政府同西藏地方政府谈判解决西藏问题的基础和人民解放军向西藏进军的基本依据。

在和平解放西藏的方针下，中央一面命令人民解放军积极作进藏准备，一面多次通知西藏地方政府派代表来北京谈判，以便订立和平解放西藏办法的协议。但是，西藏当局派出的准备同中央政府谈判"西藏独立"的代表团，却长时间滞留印度，迟迟不来北京。7月，中央人民政府委派格达活佛以西南军政委员会和谈代表的身份前往西藏洽谈和平，但却被阻截于昌都遭到软禁，后不幸遇害。西藏上层分裂主义分子的暴行，激

◆ 1951年10月16日，中国人民解放军进驻拉萨，至此，除台湾省以及一些沿海岛屿外，实现了全国各民族的大统一和大团结。

起西藏人民和全国人民的极大愤慨。但西藏当权者仍执迷不悟，在入藏的咽喉要道昌都布置了全副美英式装备的藏军，企图阻挠人民解放军进入西藏。

为打通和平解放西藏的道路，促使西藏地方政府早日进行谈判，人民解放军根据中央军委的命令，于10月6日发起昌都战役。藏军在解放军的强大攻势下，放弃昌都向西向南撤退，又连遭解放军阻截。20日，昌都总管阿沛·阿旺晋美以国家和民族大义为重，毅然率部起义，向解放军投诚。24日，昌都战役胜利结束，解放了藏东政治、经济中心昌都及其周围地区，给西藏上层反动分裂势力以沉重打击，打开了进军西藏的第一道门户，为和平解放西藏铺平了道路。

昌都解放后不久，时年16岁的十四世达赖喇嘛丹登嘉措提前亲政。但是，西藏上层少数分裂分子却挟持达赖至藏南的亚东，企图出走印度，此举遭到西藏上层爱国人士的坚决反对。转眼到了1951年春天，英、美、印等国均表示当前形势难以为西藏提供实际援助，令滞留亚东的噶厦官员们大失所望。噶厦召集官员会议反复权衡利弊，总算认清时势：西方“朋友”终归靠不住，武装力量又无法进行抵抗，遂决定派阿沛·阿旺晋美会同从拉萨前往的两名官员去北京谈判，同时由亚东增派两名代表取道印度赴京。这是自1949年7月“驱汉事件”以来，西藏噶厦作出的最为明智的决定。

4月下旬，阿沛一行五人先后抵达北京，受

到周恩来、朱德等中央领导人的热烈迎接。为了有助于合理地解决西藏问题，中央还同时邀请班禅额尔德尼从青海来京，以便就近协调西藏地方内部各派关系问题。4月27日晚，十世班禅额尔德尼·确吉坚赞偕班禅堪布会议厅官员，经由西安乘火车到达北京，受到周恩来总理的热情欢迎。

4月29日，中央人民政府和西藏地方政府举行正式谈判。经二十多天共六轮谈判，双方共同努力和诚恳协商，关于和平解放西藏的全部有关问题终于达成协议，于5月23日正式签署了《中央人民政府和西藏地方政府关于和平解放西藏办法的协议》。协议共17条，主要内容为：驱逐帝国主义侵略势力出西藏，西藏人民回到祖国大家庭中来。西藏地方政府积极协助人民解放军进入西藏，巩固国防。西藏原有军队逐步改编为人民解放军。中央人民政府统一处理西藏地区的一切涉外事宜。西藏人民有实行民族区域自治的权利。对西藏的现行政治制度，达赖喇嘛的固有地位和职权，中央不予变更。班禅额尔德尼原在西藏地方的固有地位和职权，应予维持。实行宗教信仰自由政策，尊重西藏人民的宗教信仰和风俗习惯，逐步发展西藏民族的语言、文字、学校教育，发展西藏的农牧工商业，改善人民的生活。有关西藏的各项改革事宜，中央不加强迫。西藏地方政府应自动进行改革，人民提出改革要求时，得采取与西藏领导人员协商的方法解决。

协议签订后，中央人民政府派驻西藏的代表张经武取道香港、印度到亚东，会晤了达赖喇嘛，向他面交了协议的抄本和毛泽东的亲笔信，并详尽阐述了中国共产党的民族和宗教政策。达赖喇嘛返回拉萨后，召集噶厦全体僧俗官员及三大寺代表讨论了协议内容，于10月24日致电毛泽东主席，表示拥护协议并积极协助人民解放军进藏部队。毛泽东复电表示欢迎。关于和平解放西藏办法的协议，是马克思主义、毛泽东思想同和平解放西藏斗争实践紧密结合的产物，是中国共产党成功地解决国内民族问题的范例。它维护了祖国的统一，正确地回答了西藏历史发展提出的问题，完全符合西藏人民的利益和愿望，也完全符合全国人民的利益和愿望。这个协议的实行，成为西藏继往开来和振兴发展的一个划时代的转折点。

为保证协议的实现和巩固国防，人民解放军遵照毛泽东主席的指示，于1951年八九月间，分路向西藏首府拉萨和平进军。进藏部队沿途宣传党的民族政策，尊重藏族人民的宗教习俗，一路翻越丹达山、冷拉山等十余座终年积雪的大山，跨越金沙江、怒江、拉萨河等数十条湍急河流，穿过大片原始森林、沼泽，战胜严寒缺氧等重重困难，先后进驻拉萨及日喀则、江孜等重镇，实现了解放中国大陆最后一个省区的历史壮举。西藏的和平解放，粉碎了帝国主义及西藏上层分裂分子策划西藏独立的迷梦，完成了统一祖国大陆的事业，使西藏进入了一个崭新的历史发展时期。这是中国共产党民族政策的一个重大胜利。

三、制定新中国的外交方针

毛泽东概括外交方针的三句话

中国革命的胜利，推翻了帝国主义的长期压迫，在亚洲幅员辽阔、人口众多的中国大陆上冲破了帝国主义的东方战线，极大地增强了爱好和平的社会主义阵营的力量，鼓舞了世界上一切被压迫民族和被压迫人民的独立解放运动。中华人民共和国的建立，为结束旧中国百余年来的屈辱外交，使新中国以独立自主的崭新面貌出现在世界舞台上创造了前提。根据第二次世界大战后国际关系的变化，党中央、毛泽东在建国前夕制定了促进新中国国际地位提高的外交方针。

新中国成立时面临的国际环境是：以美国为首的资本主义阵营和以苏联为首的社会主义阵营严重对峙，大体形成美苏冷战的国际格局。美国推行的国际战略，是以“马歇尔计划”重振欧洲，遏制苏联，并以雄厚的经济和军事实力支持世界各地尤其是亚洲各国的反共反人民的统治集团，实现其称霸世界的目标。苏联的基本战略，是以巩固战后形成的东西欧现存局面为重点，保障本国的安全和经济复兴，在欧洲以外地区一方面谋求与美国的妥协，避免直接冲突，一方面同情和支持各被压迫民族和国家人民争取独立解放的斗争。世界两大阵营相互对峙的国际环境，直接关系到新中国外交方针的制定和施行。

新的中央人民政府在对外关系方面首先需要采取的一项基本原则，就是不承认旧政权在半殖民地半封建的社会条件下所建立和维持的一切外交关系。这一点，是在1949年1月中共中央政治局会议上确定下来的。毛泽东在会上指出：现在帝国主义在中国没有合法地位，不必忙于要它们承认。我们是要打倒它，不是承认它。但政策不乱，侨民要保护。将来要通商，可以考虑，但亦不忙。忙的是同苏联及民主国家通商，建立外交关系。

根据中央政治局会议的精神，由周恩来起草、经毛泽东修改，发出了《中共中央关于外交工作的指示》。其中对“不承认”这一主要外交政策作了原则的说明：目前我们与任何外国尚无正式的国家的外交关系。许多帝国主义国家的政府，尤其是美帝国主义政府，是帮助国民党反动政府反对中国人民解放事业的，因此，我们不能承认这些国家现在派在中国的代表为正式的外交人员，实为理所当然。在原则上，帝国主义在华的特权必须取消，中华民族的独立解放必须实现，这种立场是坚定不移的。但是，在执行的步骤上，则应按问题的性质及情况，分别处理。凡问题对于中国人民有利而又可能解决者，应提出解决，其尚不可能解决者，则应暂缓解决。凡问题对于中国人民无害或无大害者，即使易于解决，也不必忙于去解决。凡问题尚未研究清楚或解决的时机尚未成熟者更不可急于去解决。总之，在外交工作方面，我们对于原则性与灵活性应掌握得很恰当，方能站稳立场，灵活机动。

1949年3月，毛泽东在党的七届二中全会上再次强调说：关于帝国主义对我国的承认问题，不但现在不应急于去解决，而且就是在全国胜利以后的一个相当时期内也不必急于去解决。我们是愿意按照平等原则同一切国家建立外交关系的，但是从来敌视中国人民的帝国主义，决不能很快地就以平等的态度对待我们，只要一天它们不改变敌视的态度，我们就一天不给帝国主义国家在中国以合法的地位。

6月30日，毛泽东在为纪念中国共产党成立28周年写的《论人民民主专政》的著名文章中，公开提出新中国在战后世界两大阵营对峙的国际格局中，要倒向社会主义一边的方针。毛泽东指出：一边倒，是孙中山的40年经验和共产党的28年经验教给我们的，深知欲达到胜利和巩固胜利，必须一边倒。积40年和28年的经验，中国人不是倒向帝国主义一边，就是倒向社会主

义一边，绝无例外。骑墙是不行的，第三条道路是没有的。我们在国际上是属于以苏联为首的反帝国主义战线一方面的，真正的友谊的援助只能向这一方面去找，而不能向帝国主义战线一方面去找。

这样，在1949年春夏之间，毛泽东将新中国的涉外方针形象地概括为三句话："另起炉灶"、"打扫干净屋子再请客"和"一边倒"。这是中国共产党根据近代中国的历史和革命在全国胜利的现实以及所面临的国际环境作出的重大决策。

"另起炉灶"，就是同半殖民地半封建的旧中国外交一刀两断，对国民党政府同各国建立的旧的外交关系一律不予承认，也不承认外国政府派驻旧中国的代表为正式的外交人员，而只当作普通侨民对待。采取"不承认"政策，关键在于不受过去任何屈辱的外交传统所束缚，使新中国一开始就在外交上立于主动地位，有利于肃清帝国主义在中国的势力和影响。

"打扫干净屋子再请客"，主要是考虑到旧中国长期受帝国主义所控制，只有在彻底清除帝国主义在中国的特权、势力和影响之后，才能从容地考虑同资本主义国家建交，这对于防止帝国主义钻进来捣乱有好处。因此，必须对旧中国同外国签订的一切条约和协定重新审查，按其内容分别处理，然后在平等、互利和互相尊重领土主权的基础上同世界各国另行建立新的外交关系，以维护新中国独立自主的国际地位。

"一边倒"方针，在当时历史条件下属于外交战略范畴。它有出于意识形态方面的考虑，但更主要的是对国家利益、战后建设的考虑，尤其是对国家安全的考虑。一方面，中国革命反对帝国主义的性质，共产党领导的新民主主义国家将逐步走向社会主义的历史导向，决定了新中国从属于世界社会主义阵营，当然要"倒向社会主义一边"。另一方面，战后国际形势的演变事实上已形成两大阵营的对立，以苏联为首的社会主义阵营同情、支持中国革命，而美国为首的资本主义阵营却没有改变它们敌视中国革命的态度。在这种情况下，非但不能指望西方资本主义国家对新中国提供援助，还不能不考虑来自帝国主义方面武力威胁、武装干涉的可能性。正如毛泽东所说，我们只能向社会主义阵营寻求真正的国际援助，"不能同时两面树敌"。因此，"一边倒"的外交抉择，也是维护国家独立和民族尊严，争取有一个和平的国际环境和力争可能的国际援助的现实需要。

当然，"一边倒"作为新中国在对外关系上所持的基本政治立场和政治方针，决不意味着依赖于某一个国家。对此，党中央、毛泽东有一个辩证的分析：为了打破帝国主义对新中国的封锁，外交政策的一面倒，愈早表现于行动则对我愈有利；内部政策要强调认真地从自力更生打算，更主要的是从长远的新民主主义建设着眼来提出这个问题。有了这两条，我们不但可以立于坚固的基础之上，而且才有可能迫使帝国主义就我之范围。同样，"一边倒"也不妨碍同资本主义国家建立平等互利的贸易关系，如毛泽东在七届二中全会上所说：关于同外国人做生意，那是没有问题的，有生意就得做，并且现在就开始做；我们必须尽可能地首先同社会主义国家和人民民主国家做生意，同时也要同资本主义国家做生意。后来毛泽东又在新政协筹备会上的讲话中明确指出："中国人民愿意同世界各国人民实行友好合作，恢复和发展国际间的通商事业，以利发展生产和繁荣经济。"

中国共产党为新中国制订的外交方针和对

外原则，由第一届中国人民政治协商会议通过的《共同纲领》从法律上做了规定。其主要内容是：保障本国独立、自由和领土主权的完整，拥护国际的持久和平和各国人民间的友好合作，反对帝国主义的侵略政策和战争政策；审查国民党政府与外国政府所订立的各项条约和协定，按其内容，分别予以承认，或废除，或修改，或重订；凡与国民党反动派断绝关系的外国政府，中华人民共和国中央政府可在平等、互利及互相尊重领土主权的基础上，与之谈判，建立外交关系。

摧毁帝国主义在中国的控制权

近代以来，帝国主义国家通过侵略手段，在中国攫取的特权主要有：驻军权、租界权、海关管理权、治外法权、内河航行权、自由经营权，等等。第二次世界大战期间，德、意、日法西斯国家在中国的特权和势力陆续被清除；美、英、法等国因同盟国关系，曾于1943年与中国政府签订新约，取消了领事裁判权等在华治外法权。日本投降后，国民党政府收复沦陷区，连带收回了大部分租界、租借地，在形式上取消了外国租界。但是，战后美国又同国民党政府签订一系列新的条约和协定，获得比以前更多更广泛的政治、经济、军事特权。

最典型的是1946年11月国民党政府与美国政府签订的《中美友好通商航海条约》，规定美国人有权“在中国领土全境内居住、旅行及经商”，包括从事商务、制造、加工、科学、教育、宗教及慈善事业；可在中国购买、保有、建筑和租借土地、房屋和产业，开设工厂，从事金融业；美国对中国直接或间接的进出口，中国一概不能禁止；在税收方面，美国商品在中国之征税、销售、分配或使用，享有不低于给予中国国民、法人、团体之待遇；在航运方面，凡是中国开放的港口、地方和领水，美国商船都可以通航，可以在沿途卸货载货；美国包括军舰在内的任何船舶在遇到任何危险的时候，都可以开入中国的任何地方。这实质上是一个“全中国领土都向美国开放”的不平等条约。

废除旧中国签订的不平等条约，取消帝国主义在中国的特权，肃清帝国主义在中国的势力和影响，是党的既定方针和新中国外交的重要任务。只有完成这一任务，才能巩固新中国的独立，恢复国家主权的完整，才能为新中国同世界各国在平等互利的基础上建立和发展政治、经济和文化关系开辟道路。为此，毛泽东在党的七届二中全会上，明确提出“有步骤地彻底地摧毁帝国主义在中国的控制权”的方针。他指出：帝国主义者的这种控制权，表现在政治、经济和文化等方面。在国民党军队被消灭、国民党政府被打倒的每一个城市和每一个地方，帝国主义者在政治上的控制权即随之被打倒，他们在经济上和文化上的控制权也被打倒。但帝国主义者直接经营的经济事业和文化事业依然存在，被国民党承认的外交人员和新闻记者依然存在。对于这些，我们必须分别先后缓急，给以正当的解决。不承认国民党时代的任何外国外交机关和外交人员的合法地位，不承认国民党时代的一切卖国条约的继续存在，取消一切帝国主义在中国开办的宣传机关，立即统制对外贸易，改革海关制度，这些都是我们进入大城市的时候所必须首先采取的步骤。在做了这些以后，中国人民就在帝国主义面前站立起来了。剩下的帝国主义的经济事业和文化事业，可以让它们暂时存在，由我们加以监督和管制，以待我们在全国胜利以后再去解决。

◆ 1950年6月中央人民政府海关总署召开全国关务会议。实现了海关真正由中国自主管理。

遵照党中央的这一方针，人民解放军在进入各大城市之后，均由军管会公告宣布：不承认原国民党政府与各国建立的外交关系，要求一切在华外国人必须遵守解放区人民政府颁布的各项法令。这就否认了帝国主义在中国的合法性，取消了帝国主义者在中国的政治特权。中央人民政府成立后，制订了具体政策和措施，在全国范围内，分别先后缓急，有步骤地取消帝国主义在中国的一切特权。首先取消外国帝国主义在中国曾经拥有的海关管理权、在华驻军权和内河航行权，这三项对中国主权的损害最大，是中国半殖民地的象征。

1949年10月，中央人民政府海关总署成立，结束了长期由外国人来控制中国的海关管理和关税收支的局面。1950年1月，政务院发布《关于关税政策和海关工作的决定》，规定海关总署必须是统一集中和独立自主的国家机关，负责对各种货物及货币的输入输出执行实际的监督管理，征收关税，与走私进行斗争，以此来保护我国不受资本主义国家的经济侵略。随后，公布《中华人民共和国暂行海关法》和新的海关税则，由国家管制对外贸易，实行进出口许可证制度。对国内能大量生产的工业品，规定较高的进口税率，以保护中国民族工业；对国内不能生产的工业品，降低税率或免征关税。凡与新中国有贸易条约或协定的国家，执行正常税率，否则要征收较高税率。对经由中央人民政府奖励的一切半制成品及加工原料的输出，只订较低的税率或免税输出。这样，就结束了帝国主义侵略造成的不平等、不自主状态，使关税及海关管理的自主权完全掌握在中国人民自己手中。

随着人民解放军向长江以南的胜利进军，一切外国在中国的驻军包括美、英等国的军舰、飞

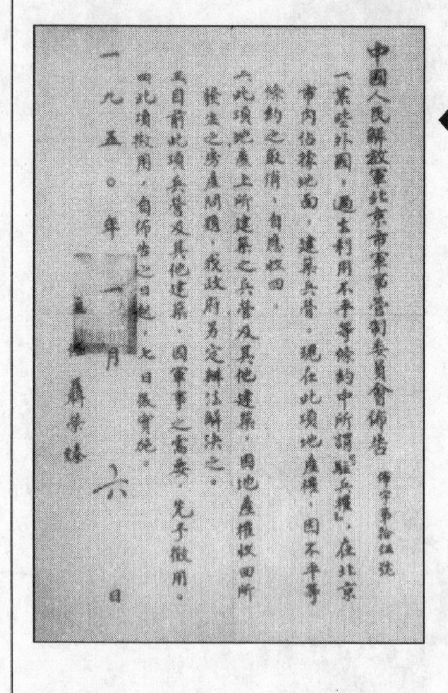
中國人民解放軍北京市軍事管制委員會佈告　佈字第拾伍號

一、某些外國，過去利用不平等條約中所謂"駐兵權"，在北京市內佔據地面，建築兵營。現在此項地產權，因不平等條約之取消，自應收回。

二、此項地產上所建築之兵營及其他建築，因地產權收回所發生之房產問題，我政府另定辦法解決之。

三、目前此項兵營及其他建築，因軍事之需要，先予徵用。

四、此項徵用，自佈告之日起，七日後實施。

一九五〇年一月六日

主任　聶榮臻

◆ 新中国废除了帝国主义在华的一切特权。中华民族真正独立了，中国人民任人欺凌和宰割的时代一去不复返了。图为北京市军管会发布的关于取消外国在北京的驻兵权和收回外国在北京的兵营的布告。

机等军事侵略势力，都被扫地出门。为了彻底清除帝国主义在中国的军事特权，1950年1月至9月，北京、天津和上海的军管会先后宣告收回或征用美国、英国、法国、荷兰在该地的兵营地产及其地面建筑。美国等国以过去同国民党政府签订的不平等条约为由拖延或抗拒，但在中国政府的严正催促下，最后不得不将本来就属于中国人民的财产交还中国政府。由此，各帝国主义国家在中国的军事特权被全部取消。

在收回帝国主义在中国的内河航行权方面，先是在解放天津、上海、广州等重要港埠城市之后，由各军管会制定外籍轮船进出港口的暂行管理规定，对其原来享有的自由航行权予以限制。1950年7月，中央财经委员会发布关于统一航运管理的指示，规定外轮一般不准在内河航行，只有在特定情况下须经政府有关部门批准，悬挂中国国旗方可驶入中国领水，在指定码头停泊；规定外国人在中国领土上，必须遵守中国的一切法令和规定，违者将受到中国法律的惩罚。同时，对在中国的外轮公司实行逐步接管。中国领水主权至此全部恢复。

处理外国人在华拥有的企业和房地产以及外国政府、私人和团体在中国开办的宣传、文教、卫生、宗教等事业，是一项十分复杂的工作。对于外国企业，党在新中国成立前曾设想，中国独立后可以在平等互利的基础上接受外国投资。七届二中全会提出，对外资企业应采取“按照国籍、系统、行业等各种不同的具体情况进行个别处理和分别对待”的方针，对其进行调查研究，有计划有步骤地予以解决，必须保护国家生产，必须保护国内产品与外国商品的竞争。按照这一方针，新中国成立后，对于一切资本主义国家政府和私人在中国的工商企业和投资，均不给予正式的法律的承认，也不忙于去做有关禁止、收回或没收的表示，但对于金融投机、内河航行等对人民经济生活和国家主权侵害最大者，发出立即禁止的命令。其他如外国银行、外国人经营的公用事业，不忙于下令其停业，而是令其报告资本、账目和业务，以凭核办。各地对在华外资企业的资本和经营状况，都进行了细致的调查，为后来彻底废除帝国主义在中国的经济特权做好必要的准备。

对于外国政府、私人和团体在中国设立的宣传机构，在城市接管中即开始清理，首先停止了各地“美国新闻处”的活动。以后，不允许外国人继续在中国兴办报纸和杂志，停止了与中国无外交关系的外国通讯社和记者的活动。这样，就取消了帝国主义在旧中国自由开办通讯社、报纸、电台等特许权。对于外国人经办的或接受外国津贴的文化、教育、卫生、宗教、救济等机构，当时仍允许它们在遵守中国政府法令的前提下继续

存在，到抗美援朝战争时期才予以彻底清除。

打破西方的遏制和孤立政策

◆ 1949 年 10 月 3 日，苏维埃社会主义共和国联盟率先与新中国建交。图为 1949 年 10 月 16 日苏联大使罗申向毛泽东主席呈递国书。

新中国对外关系的开展，首先是从与以苏联为首的人民民主国家建交开始的。1949 年 10 月 1 日，毛泽东在开国大典上郑重宣告："本政府为代表中华人民共和国全国人民的唯一合法政府。凡愿遵守平等、互利及互相尊重领土主权等项原则的任何外国政府，本政府均愿与之建立外交关系。"当天，周恩来总理兼外长即向原驻北京的各国领事馆（在北京无领事馆的国家，则寄送其原设在南京的大使馆或公使馆）发送了毛泽东的公告，请他们转交给各自的政府，并附公函认为中华人民共和国与世界各国建立正常的外交关系是需要的。

10 月 2 日，苏联外交部副部长葛罗米柯照会周恩来外长，通知：苏联政府决定建立苏联与中华人民共和国之间的外交关系，并互派大使。同时，苏联政府宣布同前国民党政府断绝外交关系，并决定自广州召回它的外交代表。10 月 3 日，周恩来外长照会葛罗米柯副外长，通知：中华人民共和国中央人民政府热忱欢迎立即建立中华人民共和国与苏联之间的外交关系，并互派大使。

继苏联之后，其他人民民主国家纷纷来电，祝贺中国革命胜利和中华人民共和国诞生，并表示愿意同新中国建立外交关系。中国政府分别复电，表示愿意建交。从 1949 年 10 月至 1950 年 1 月，新中国先后与保加利亚、罗马尼亚、匈牙利、朝鲜、捷克斯洛伐克、波兰、蒙古、德意志民主共和国、阿尔巴尼亚和越南十个人民民主国家建立了外交关系。这一成果，对于刚诞生的新中国步入国际社会具有重大意义。

建国初期，表示愿与新中国建交的，还有中国周边的一些民族独立国家和欧洲若干资本主义国家。当时有些国家虽表示承认新中国，但仍支持国民党集团，同它保持所谓的"外交"关系，中国政府坚持在建交前由双方派出代表进行谈判。只有在对方明确表示承认一个中国即中华人民共和国，并同国民党集团断绝"外交"关系，承诺支持恢复中华人民共和国在联合国的合法席位，将该国境内属于中国的财产交还给中华人民共和国之后，双方才能就建交日期和互换使节等问题进行磋商。按照上述原则的精神，从 1950 年至 1951 年，新中国不仅同印度、印度尼西亚、

◆ 1950年5月20日，第一个与新中国建交的发展中国家印度的大使潘尼迦向毛泽东主席呈递国书。

◆ 1950年6月12日，第一个与新中国建交的西方资本主义国家瑞典的大使阿马斯顿在呈递国书的仪式上。

缅甸和巴基斯坦四个亚洲民族独立国家建立了外交关系，而且同瑞典、丹麦、瑞士和芬兰四个欧洲资本主义国家建立了外交关系。通过与这些国家建交，新中国向周边国家传达了睦邻友好的信息，向世界昭示了“一个中国”的原则，迈出了打破美国遏制和孤立新中国的重要一步。

英国、荷兰和挪威三个欧洲国家较早承认了新中国，但在同中国进行建交谈判时，或拒绝接受中国提出的条件，或未能履行承诺，中国当时未同这三国达成建交协议。亚洲的锡兰、阿富汗、尼泊尔和以色列四国也较早承认了新中国，但因各种原因，这些国家未能同中国举行建交谈判。

美国政府一向对中国革命抱敌视态度。抗日战争结束后中国发生的内战，实质上是一场由美国人出钱出枪，帮助蒋介石消灭共产党，以达到置中国于美国控制之下的战争。中国共产党领导人民革命取得全国胜利以后，美国不甘心它在中国侵略的失败，特别不愿看到中华人民共和国的成立，使社会主义阵营在东方有了可靠的屏障，因而对新中国继续采取敌对的立场。在中华人民共和国成立的第三天，美国政府收到周恩来外交部长送交的公函，美国总统杜鲁门明确表示，美国决不应匆忙承认中共政府；美国国务院也宣称：台湾“国民政府”是“中国的合法政府”，拒绝

承认中华人民共和国。

1949年11月15日，周恩来外长致电联合国大会主席和秘书长，指出：只有中华人民共和国中央人民政府才是代表中华人民共和国全体人民的唯一合法政府，要求取消所谓"中国国民政府代表团"参加联合国的一切权利。1950年1月8日，周恩来又重申了中国政府的上述立场，并要求将国民党代表开除出联合国安全理事会。但是，美国代表在联合国安理会发言，认为蒋介石代表全权证书有效；接着，又在安理会投票反对开除国民党代表。此后，美国施加影响于联合国成员国，长时期反对恢复中华人民共和国在联合国的合法席位。这样，美国就以僵硬的敌对态度关闭了同新中国建交的大门，这个大门一关就是二十多年。

巨人握手：毛泽东莫斯科之行

开国之初，人民政府面临着医治战争创伤、恢复和发展国民经济的严重任务。在民生凋敝、百废待兴的国内形势下，毛泽东坚定地认为我们的情况是有困难的，有办法的，有希望的。他深信中国人民有光复旧物的民族自信心和自立于世界民族之林的能力，一定能够依靠独立自主、自力更生，在战争的废墟上建立起一个繁荣昌盛的新中国。同时，毛泽东也认为，有必要争取一切可能的真诚、善意的国际援助，以巩固中国革命的胜利成果，加快恢复和发展国民经济的进程。在帝国主义已经开始对新中国实行封锁、禁运的情况下，封锁太久对中国的经济发展极其不利。因此，巩固和发展中苏两大国的团结友谊和经济贸易合作，就显得格外重要。

新中国成立后仅两个月，中共中央便决定毛泽东以中华人民共和国中央人民政府主席的身份出访苏联。一方面是前往参加斯大林七十寿辰的庆祝活动，更主要的是就两国两党之间所关心的问题交换意见，商谈和签订两国之间的有关条约、协定等，并商议与解决有关两国利益的若干具体问题。

在毛泽东此行之前，中共中央曾于1949年7月派以刘少奇为首的中共代表团秘密访苏，向斯大林介绍了中国革命的进展情况、发展前景及其对世界革命所应担负的义务，并为取得苏联对中国革命的理解及在各方面的支持和援助，特别是通过苏联争取国际间对中国革命的同情和支援，进行了卓有成效的工作。斯大林在两党会谈中，完全同意中共同民族资产阶级合作，并吸收他们参加政府的做法，肯定了新中国人民民主专政的国体、政体及各项外交原则，并就苏联国内建设中积累的经验向中共方面提出了一些值得重视的参考性建议。在会谈中，斯大林还就曾过高估计国民党的力量而对中共提出不适当的建议，主动作了自我批评，并对由此可能造成的对中共的妨碍表示了歉意。这是十分难能可贵的。刘少奇这次秘密访苏，沟通了两党间的理解，解除了斯大林对中国革命前景的某些疑虑，为毛泽东正式访问苏联打下良好的基础。

1949年12月6日，毛泽东一行登上开往莫斯科的列车。在拥有众多早期旅欧、留俄的卓越领导人的中共群星中，毛泽东为集中全副精力解决中国国内的问题，未能实现青年时代出国开眼看世界的愿望。这次毛泽东以国家首脑和执政党领袖的身份出访苏联，是他人生经历中第一次踏出国门。

12月16日，毛泽东抵达莫斯科。当天下午6时，斯大林在克里姆林宫会见了毛泽东。以20

世纪两次伟大革命相继震撼世界的两大国、两大党的领袖，双手紧紧握在一起，这一场景具有历史象征意义。在首次会晤中，毛泽东提出：目前最重要的问题是建立和平；中国需要和平环境，把经济恢复到战前的水平，并从总体上使国家稳定；中国对重大问题的决定，取决于今后的和平前景。斯大林盛赞中国革命的胜利将改变世界的天平，加重国际革命的砝码，表示全心全意祝贺这个胜利，并希望中国同志取得更多更大的胜利。

谈话涉及中苏国家关系中存在的有争议的重大问题。这就是1945年8月原国民党政府与苏联政府签订的《中苏友好同盟条约》(简称“中苏旧约”)。这一条约是第二次世界大战后期，苏、美、英三国背着中国达成雅尔塔协定的产物，它严重损害了中国的权益。根据中苏旧约及有关协定，苏联取得了对中国旅顺军港和大连商港各一半的为期30年的租用权，中国长春铁路的一半所有权和主要经营权，实质上基本恢复了沙俄时代在中国东北的特权。按照新中国“另起灶炉”的方针，中苏旧约也应予以废除而另订新约，以适应中国革命胜利后国际形势和中苏关系的变化。在刘少奇访苏时，斯大林曾表示，旧的中苏条约是不平等的，这一问题可留待毛泽东访苏时解决。

可是，当毛泽东在克里姆林宫提出中苏条约

◆ 1949年12月至1950年2月，毛泽东首次访问苏联。12月21日，毛泽东出席斯大林七十寿辰庆祝大会。图为大会主席台。

问题时，斯大林却表示不愿废除中苏旧约。他说，那个条约是根据雅尔塔协定签署的，可以说得到了美国和英国的同意。苏联从日本手中得到的千岛群岛、南库页岛等，也是在雅尔塔达成协议的。因此，目前不宜改变中苏旧约的合法性，否则会给美国和英国要求修改有关千岛群岛、南库页岛条款提供法律依据。斯大林提出，在表面上要保持条约的原有条款，而在实际上可采取一种有效地改变原有条约的办法，例如，在形式上不改变由苏联租借旅顺口30年，但实际上可以在中国政府要求下从那里撤出苏军。毛泽东说：照顾雅尔塔协定合法性是必要的，但中国社会舆论有一种想法，认为原条约是和国民党订的，国民党既然倒了，原条约就失去了意义。斯大林说：原条约是要修改的，大约两年以后，并且须作相当大的修改。

关于中苏缔结同盟的问题，斯大林征询毛泽东的意见是否要搞一个成文的东西。毛泽东当即表示："恐怕是要经过双方协商搞个什么东西。这个东西应该是既好看，又好吃。"意思是说，中苏结盟不但要有一个在全世界看来十分明了的条约形式，而且要有实实在在的互助互利的具体内容。然而，这种东方式的表达，斯大林等苏联领导人未能理解。当毛泽东提出中国方面拟派周恩来总理赴莫斯科负责双方的具体商谈时，斯大林不以为然，称"西方国家会说整个中国政府都搬到莫斯科来了"。这样，在两个历史文化背景相去甚远的大国领袖之间，出现了某种芥蒂。

12月21日，毛泽东出席了在莫斯科大剧院举行的庆祝斯大林七十寿辰大会。在与会的十三个国家和共产党代表团中，毛泽东第一个登上讲台，代表中国人民和中国共产党致词，高度评价了斯大林对国际共产主义运动作出的杰出贡献。毛泽东的致词，受到全场三次起立长时间鼓掌的盛大欢迎。毛泽东莫斯科之行的第一项任务圆满完成。可是，有关中苏缔结联盟等重要问题，却一直未能与斯大林进行商谈，这对于国内有着千头万绪的工作等待去做的毛泽东来说，甚感焦虑。

在双方沟通不畅的僵局下，苏联驻华总顾问科瓦廖夫在给斯大林的一份报告中，不负责任地说：在中共党内，在中央委员中，有些人过去是亲美的、反苏的；中央的领导现在支持他们；中央人民政府的组成，民主人士占的比例很大，实际上变成了各党派的联合会，等等。这份报告对中共党内高层的政治生活作了歪曲的反映，对两党之间的相互沟通和理解起了很恶劣的作用。由于苏方迟迟不主动进行实质性商谈，毛泽东以强烈的民族自尊发了脾气。他对科瓦廖夫说："我来苏联并非专来祝寿，还有两国双边关系等重要问题要商量。"斯大林得知后，主动与毛泽东约谈，并将科瓦廖夫的报告转交给毛泽东，指出这是不适当的。斯大林的这一举动，增进了双方的相互谅解和信任。

中苏两国最高级会晤持续了十几天仍未见结果，国际舆论纷纷作出各种猜测。英国通讯社甚至散布说"斯大林把毛泽东软禁起来了"。为打破西方制造的谣言和各方面的误解，中苏双方商定于1950年元旦发表了《塔斯社记者对中华人民共和国主席毛泽东访问记》。毛泽东说："我逗留苏联时间的长短，部分地决定于有关中华人民共和国利益的各项问题所需要的时间。""在这些问题当中，首先是现有的中苏友好同盟条约问题，苏联对中华人民共和国贷款问题，贵我两国贸易和贸易协定问题，以及其他问题。"这篇答记者问，既驳斥了西方通讯社的无稽之谈，又披露

◆ 中苏两国政府签订《中苏友好同盟互助条约》等协定。图为1950年2月14日周恩来总理兼外长在条约上签字，毛泽东、斯大林出席签字仪式。

了双方会谈所需要解决的主要问题。这对于促进双方开始实质性会谈起了推动作用。

1月2日，斯大林派莫洛托夫和米高扬会见毛泽东，征求他对处理中苏条约的意见。毛泽东提出三个方案：第一，签订新的中苏友好同盟条约；第二，由两国通讯社发表一个简单的公报，仅说两国就中苏旧约及其他问题交换了意见，并在重要问题上取得一致；第三，签订一个声明，说明两国关系的要点。毛泽东强调，把中苏关系以新条约的形式固定下来，有极大利益，中国人民将感到兴奋，我们可以有更大的政治资本去对付帝国主义国家，去审查过去中国和各帝国主义国家所订的条约。[①] 莫洛托夫当即表示，第一项办法好。随后，双方又为周恩来总理来莫斯科参加谈判作出安排。

当晚，毛泽东致电中共中央通报了这一重要进展。他强调："这样做有极大利益。中苏关系在新的条约上固定下来，中国工人、农民、知识分子及民族资产阶级左翼都将感觉兴奋，可以孤立民族资产阶级右翼，在国际上我们可以有更大的政治资本去对付帝国主义国家，去审查过去中国和各帝国主义国家所订的条约。""这一行动将使人民共和国处于更有利的地位，使资本主义各国不能不就我范围，有利于迫使各国无条件承认中国，废除旧约，重订新约，使各资本主义国家不敢妄动。"嗣后，中苏双方就"友好条约已在商谈之中"联合发表公报，引起国际舆论的普遍关注。至此，通向巩固两大国邦交的道路业已开通。

1月20日，周恩来总理兼外交部长率领中国政府代表团抵达莫斯科，中苏双方开始就签订新约和协定的问题举行正式谈判。斯大林表示，过去的《中苏友好同盟条约》是对日战争时订立的，现在已不适用，必须另订新约。毛泽东说明，在新情况下中苏两国的合作关系应在条约上固定下来。条约的内容应是密切两国的政治、军事、经济、文化、外交的合作，以共同制止日帝之再起及日本或与日本相勾结的其他国家之重新侵略。根据斯大林与毛泽东商定的基本精神，经苏方提议，由周恩来主持起草新约文本，双方很快就文本内容达成一致。

①《建国以来重要文献选编》第一册，中央文献出版社，1992年版，第95～96页。

新约的名称是《中苏友好同盟互助条约》，共六个条款，有效期为30年。其宗旨是：加强中苏两国的“友好与合作，共同防止日本帝国主义之再起及日本或其他用任何形式在侵略行为上与日本相勾结的国家之重新侵略”，“依据联合国组织的目标和原则，巩固远东和世界的持久和平与普遍安全”。新约规定：“一旦缔约国任何一方受到日本或与日本同盟的国家之侵略，因而处于战争状态时，缔约国另一方即尽其全力给予军事及其他援助。”“双方保证以友好合作的精神，并遵照平等、互利、互相尊重国家主权与领土完整及不干涉对方内政的原则，发展和巩固中苏两国之间的经济与文化关系，彼此给予一切可能的经济援助，并必要的经济合作。”

通过谈判，双方还签订了《关于中国长春铁路、旅顺口及大连的协定》、《关于苏联贷款给中华人民共和国的协定》等文件。根据双方协定，苏联同意放弃过去从国民党政府手中获得的某些特权。考虑到共同防御帝国主义需要有一个过渡期，苏方不迟于1952年末将中长铁路的一切权利及该路的全部财产无偿地移交中国政府，并从旅顺口撤回其驻军，将该地区设施移交中国政府；大连的行政管理权则完全交于中国政府。苏联向中国提供3亿美元的低息贷款，偿还期10年；中国则向苏方提供钨、锡、锑等战略原料以偿还贷款；双方还达成在中国创办石油、有色金属、民用航空和造船四个中苏合营股份公司的协定。应中方请求，苏方同意派遣空军保护华东，交换条件是双方签署一个秘密协定，规定在苏联的远东和中亚地区、中国的东北和新疆，不得给予第三国租让权利，也不准许第三国公民进行经济或其他活动。尽管谈判过程中存在一些矛盾分歧，但为了照顾中苏团结的大局，最终双方都作出了相应的让步。

中苏友好同盟关系的缔结，既解决了中苏两国历史上遗留的一些问题，又为废除旧中国同外国订立的一切不平等条约，肃清帝国主义在华特权提供了可资参照的例证。在战后世界和平民主阵营与帝国主义阵营相互对峙的国际格局中，中苏两大国的同盟增强了维护世界和平民主的各国人民一方的力量，成为对帝国主义侵略扩张政策的一个重要制约因素；同时，对于打破帝国主义对新中国的孤立和封锁起到了积极作用，为中国恢复和发展国民经济创造了有利的国际条件。

1950年2月17日，毛泽东结束了在苏联为期两个多月的访问，偕同周恩来一起登上归国的行程。4月11日，中央人民政府委员会第六次会议批准了《中苏友好同盟互助条约》及相关协定。毛泽东在会上讲话指出：“这次缔结的中苏条约和协定，使中苏两大国的友谊用法律的形式固定下来，使得我们有了一个可靠的同盟国，这样就便利我们放手进行国内的建设工作和共同对付可能的帝国主义侵略，争取世界和平。”虽然中苏关系中还有一些问题需要进一步解决，但两国友好同盟的缔结，开辟了中苏关系史上一段弥足珍贵的友好互助合作的时期。

四、陈云主持财经：当得一个“能”字

机器照常运转，人员照常工作

新中国成立时，经济上接收的是国民党政府留下的一副千疮百孔的烂摊子：工农业生产大幅度下降，交通阻塞，物资匮乏，金融混乱，物价飞涨，民生凋敝，失业众多。人民政府最为紧迫的

任务，就是以恢复和发展生产为中心，把经济形势稳定下来，并有步骤地对旧的社会经济结构进行改组，使之由半殖民地半封建的轨道转变到新民主主义的轨道上来，保证新生的人民政权在经济上从而在政治上站住脚跟。

按照《共同纲领》规定，社会经济的改组，首先是要建立新民主主义经济的基本格局，即各种经济成分在国营经济领导下，分工合作，各得其所。在这里，国营经济是社会主义性质的，是中华人民共和国发展生产、繁荣经济的主要物质基础，是整个社会经济的领导力量。新中国的国营经济，主要是通过没收官僚资本归新民主主义的国家所有而建立起来的。这项工作早在解放战争后期接管城市的斗争中，已经着手进行。党总结城市接管的经验，在建国前后制定了一套接收官僚资本企业的原则和办法。

对于官僚资本的界定、没收范围及判断标准，中央人民政府政务院作了明确规定：凡属国民党反动统治时期依仗政治特权及豪门势力而获得或侵占的官僚资本企业（包括银行、工厂、矿山、船舶、商店等）及财产，应收为国家所有。1951年2月，政务院颁布《关于没收战犯、汉奸、官僚资本家及反革命分子财产的指示》，对于国民党官僚的私人资本中来源于贪污、盗窃、隐瞒、侵吞公产或其他化公为私等非法行为的那部分资产，不论所有者是否属于大官僚，凡证据确凿者，规定一律予以清理追还。

关于没收官僚资本企业的办法，党中央明确指出应与打碎国民党反动统治的国家机器不同。由于这些企业的组织机构及管理制度，不单有适应高度剥削的一面，同时还有适应现代技术、可供我们接受利用的一面，因而应采取同打碎反动统治机构有所区别的政策；必须严格注意不要打乱原有企业的组织机构，不要任意改革或宣布废除原来的管理制度，一般应保持原职、原薪、原制度，由军管会完整地接收下来，实行监督生产。只有机器照常运转，人员照常工作，才是真正地接收了企业，才有可能开始其他各项改革和建设工作。

由于方针明确，政策界限清楚，建国前后没收官僚资本的工作进展顺利，一般都保证了企业生产系统和技术部门的完整性，接收后能迅速恢复正常运转。对企业的管理人员和技术人员，除个别反动破坏分子以外，一律按原薪原职留用，使他们继续履行组织管理企业生产经营的职责。各企业的工资标准和等级、奖励制度、劳动保险制度仍照旧执行，暂不变动。这一套接收办法，有效地避免了新旧交替中可能发生的损失和混乱，保证了企业职工生产情绪的稳定。官僚资本企业一经接收，原企业即转变为全民所有的国营企业，并且绝大多数企业很快就恢复了生产经营。

我国的官僚资本企业中，除了作为主体的国家资本外，还有一部分私人资本；而一些私人企业中又有隐藏官僚资本的，情况十分复杂。如何区分企业中的官僚资本与非官僚资本，不仅是一个经济问题，还是关系到统一战线和保护民族工商业的重要政治问题。为此，1951年2月政务院颁布了《企业中公股公产清理办法》，开始对私营企业中的官僚资本进行清理。清理原则是：1.官僚资本以私人名义所办的企业，应加没收，如有化名隐匿或非法转移者，应彻底清查。2.民营企业在国民党统治时期为应付环境，利用国民党要人出任公司董事长者，要分别情形，加以处理。若实际出资者，应将官僚资本部分没收归公；若仅挂空名未出资者，不加清算（但要没收其红利）。3.凡利用其在国民党统治时期的特殊政治

地位、经济地位与社会地位，运用国家资金作私人投资，应视为官僚资本，予以没收。根据上述原则和有关实施细则，清理工作由专门机构有条不紊地进行。

通过没收官僚资本，我国迅速建立起社会主义的国营经济，并使之在国民经济中占据领导地位。据不完全统计，金融业方面，共没收官僚资本金融机构2400多家，并以没收来的官僚资本作为公股，对十几家大银行实行了公私合营。工矿业方面，共没收2858个企业，拥有职工129万人，其中产业工人75万人。这些企业虽然在数量上仍少于私营企业，但从产业结构和企业规模来看，在重工业和设备技术上占有绝对优势。交通方面，国家接管了大陆上的全部铁路交通设施，计铁路2万余公里，机车4000万台，客车

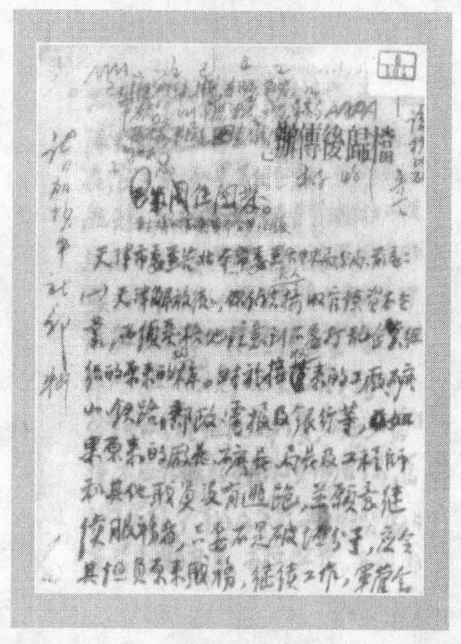

◆ 中共中央发出关于没收官僚资本，掌握国家经济命脉，建立国营经济在整个国民经济中的领导地位的指示。

◆ 1949年4月南京解放后，人民政府接管原国民党政府的中央银行。

4000多辆，货车4.7万辆；航运方面，除接管了大陆上全部港口及大部分码头设施外，还接收了约20多万吨位的各种船舶；航空方面，除接管了大陆上全部机场及设施外，原中国、中央航空公司在香港起义，有12架飞机飞回祖国怀抱。此外，还接收了铁路车辆和船舶修造厂约30个。总体来看，通过没收官僚资本，铁路、公路、航运、航空等现代交通的主要部分已掌握在国家手中。商业外贸方面，接管了复兴、富华、中国茶叶、中国石油、中国盐业、中国蚕丝、中国植物油、中国进出口等十几家大型贸易公司及其分支机构和经营网点。

上述企业一经没收，便组建为社会主义性质的即全民所有制的国营企业。据1953年全国清产核资委员会统计的数字，全国国营企业固定资产原值为191.61亿元人民币，其中大部分为没收官僚资本企业的资产（不包括其土地价值在内）。除去已用年限基本折旧后净值为129.89亿

◆ 上海解放后，原官僚资本工厂的工人清点物资，协助人民政府接管。

元人民币。这一巨大价值的财富收归国家所有，构成了建国初期国营经济物质技术基础的最主要部分。通过没收官僚资本，国家不仅掌握了金融、交通、通讯等有关国计民生的重要部门，而且控制了能源（电力、煤炭、石油）和许多生产资料的生产，从而为确立新民主主义经济体制（国营经济领导下多种经济成分并存，计划管理与市场调节相结合）和逐步向社会主义过渡奠定了物质基础。

稳定市场：银元之战与米棉之战

建国之初，财政经济形势十分严峻。这主要表现在：解放全国大陆的战争尚未结束，军费开支浩大；由于对旧政权的军政公教人员采取了"包下来"的办法，全国脱产人员（包括老解放区在内）很快突破900万，这对中央财政是一个沉重的负担。一方面，为尽快恢复生产，政府要拨出一定的经费用于抢修铁路、兴修水利、提供生产贷款等，还要抽调大量粮食、物资救济灾民，安置失业工人、失业知识分子。另一方面，当时的财政收入却增长缓慢，新区尚来不及建立城乡税收制度，老解放区的负担已极其沉重，难以再大量增加公粮税收。人民政府的巨额开支，只能靠大量发行货币来支撑。在这种形势下，社会上的不法投机资本趁机兴风作浪，连续掀起几次物价风潮，造成经济、金融秩序混乱，社会人心不安定。为此，党和政府首先进行了打击投机资本、稳定金融物价的斗争。

在中央人民政府成立之前，由周恩来提名，毛泽东亲自点将，中央急调陈云从东北赶赴北平，主持建立了中央财经委员会，陈云任主任，薄一波任副主任。中财委作为中央统一的财经统帅部，在全国范围内领导了财经战线上的一系列复杂斗争。

当时，全国最大的工商业城市上海刚刚解放，以人民币兑换金圆券的工作进展顺利，但人民币作为本位货币，并未因军管会的一纸公告而占领市场，银元外币仍流通于市。在上海的大街小巷，充斥着银元贩子，非法交易搞得人心惶惶。而投机狂潮的总指挥部，就设在号称远东最大的上海证券交易所大楼内，那里有上千部电话同分布在全市各个角落的分支据点保持密切联系，操纵银元价格，大肆炒买炒卖银元外币。一些投机分子狂妄地叫嚣："解放军进得了上海，人民币进不了上海！"银元价格轮番猛涨，带动物价指数成倍上涨。一些商店开始用银元

标价，拒收人民币，给正当的工商业和市民生活造成严重危害和影响。

陈云分析上述情况认为，我军渡江后，在金融上遇到的敌人不是软弱的金圆券，而是强硬坚挺的硬通货——银元。为此，必须用强硬手段严惩投机分子。1949年6月10日，上海市军管会一举查封了投机资本的大本营——上海证券大楼。这一行动立刻震动全上海，银元价格大幅下跌，各地粮油价格随之回落。同时，上海人民银行挂牌收兑银元，公布金银外币管理办法及外汇管理暂行办法，允许人民保有金银，但不挂牌收兑；严禁外币在市场上计价流通，挂牌收兑；设立外汇交易所，指定银行代理买卖外汇及代办国外汇兑。此外，人民银行还迅速开办折实储蓄存单，以保障职工薪水收入的实际价值，对打击投机资本起了配合作用。武汉、广州等城市也采取行动，缉获破坏金融秩序的首要分子，查封专事投机的地下钱庄和街头兑换店。经过一番斗争，不出一个月，猖獗的银元投机风波即被平息下去，人民币开始在上海站稳脚跟，扭转了黄金外币及银元领导物价的形势。

这次金融初战使上海工商界大开眼界，但也有不少人对这种“准军事”的方法难以接受。颇为流行的一种说法是：“共产党军事打一百分，政治打八十分，经济打零分。”事实上，取缔银元的斗争只是人民政府打击不法投机资本的第一步。行政手段在进城之初不得已而为之，只能收一时之效，还不能从根本上解决通货膨胀问题。

7月初，投机资本将矛头转向商品流通领域，华北、华中各城市物价风潮再起。上海由于国民

◆ 新中国成立后，党和人民政府采取有力措施，迅速统一全国财政经济工作，制止通货膨胀，稳定物价，国家财经状况开始好转。图为1949年10月政务院财政经济委员会成立时的合影。

◆ 上海市民游行反对不法商人倒卖银元、投机商人囤积居奇，哄抬物价。

党的海上封锁和空中轰炸，几乎陷于缺粮的境地。大米成了投机商囤积的目标，在一个月里，上海米价上涨了四倍，连带影响到华东、华北和中南米价同时上涨。上海是全国的经济中心，稳定上海，恢复上海的经济，对全国关系重大。7月17日，陈云风尘仆仆抵达上海，并立即开始调查研究。27日，陈云主持召开了由华东、华北、华中、东北、西北五大区的财政、金融、贸易部门负责人参加的财政经济会议，研究解决问题的办法。

陈云在会上分析说：物价上涨的根源是通货膨胀，通货膨胀的根源是军费开支浩大，财政入不敷出，只有在战争胜利结束，财政收支趋向平衡的时候，才有可能稳定物价。在目前，我们可能做的是掌握粮食、纱布等重要物资，有计划地吞吐，与投机资本家斗争，控制物价上升。陈云明确提出，解决上海问题和稳定全国物价，关键是抓住“两白一黑”，即大米、纱布和煤炭这三种东西。而粮食和纱布，一个是吃，一个是穿，“是市场的主要物资，我掌握多少，即是控制市场力量的大小”；“人心不乱，在城市，中心是粮食，在农村主要靠纱布”。

上海会议作出努力增加税收、抓紧征收公粮、发行公债和从各地调拨物资等几项决定，采取多种措施克服目前的困难。有的同志不理解为什么要在城市中增加税收，认为似乎与减轻人民负担的宗旨不一致。陈云解释说，简单地要求减轻税收，是一种“施仁政”的小农意识。过去大城市多数不在我们手里，农业税占总收入的四分之三；现在有了大城市，情况改变了。如东北地区，税收及公营企业和对外贸易收入占整个收入的四分之三，公粮仅占四分之一。过去说在经济上是敌强我弱，就在于城市的税收优于乡村。所以要用增加税收的方法，努力求得收支大体平衡，以便使经济走上健全发展的道路。这里面大有文章可做。

中央人民政府成立后，正逢秋后需要大量资金收购粮棉。投机资本家趁国家财政困难之机，大肆囤积粮食、抢购纱布和其他工业原料，再次掀起物价大风潮。10月15日起，以沪津为先导，华中、西北跟进，全国币值大跌，物价猛涨。物价平均指数，京津涨1.8倍，上海涨1.5倍，华中、西北亦大致相同。这次物价上涨，一方面是由于钞票发行过多，但主要是投机资本在兴风作浪，造成全国物价持续四十余天猛涨。针对投机资本家的又一次较量，陈云领导中财委成功地部署了一场“米棉之战”。

陈云冷静地分析了形势：在上海，主要由于纱布短缺，引起投机势力的囤积；而华北受灾，棉产区粮食很贵，北方的投机势力很可能集中冲击粮食。为避免两面受敌，陈云决定首先抓住粮食，稳定北方地区。10月20日，陈云急电

东北，要求紧急调拨一批粮食支持华北市场。为求万无一失，陈云命令曹菊如赶往东北，坐镇沈阳，保证每天发一个列车的粮食到北京；由北京市在天坛打席囤存粮，必须每天增加存粮席囤，要让粮贩子看到，国家手上有粮食，在粮食方面无隙可乘。这一招果然奏效。北京、天津的粮贩子看到东北的粮食源源不断地送往北京，未敢轻举妄动。

北方腾出手来，即集中精力对付上海的投机势力。11月13日，陈云起草中财委致各地指示电，要求各地均应以全力稳住物价。随后，又连续发出12道指令：1. 以沪津两地7月底物价平均指数为标准，力求只涨2倍或2.2倍。2. 东北自11月15日至30日，须每日运粮1000万至1200万斤入关，以应付京津需要。3. 为保证汉口及湘粤纱布供应，适当调整上海、汉口两地纱布存量，同时催促华中棉花东运，以便行动。4. 由西北财委派员将陇海路沿线积存之纱布，尽速运到西安。5. 财政部须拨交贸易部2.1亿斤公粮，以应付棉产区粮食销售。6. 除特殊需要而经批准者外，人民银行总行及各主要分行一律暂停发放贷款，并应按约收回贷款。7. 各大城市应开征几种能起收缩银根作用之税收。8. 除中财委认可者外，工矿投资及收购资金一律暂停支付。9. 中财委及各大区财委对各地军费应全部拨付，不得扣压，但部队后勤不得投入商业活动。10. 地方经费中，凡属可能者，均应延缓半月或20天。11. 各地贸易公司暂时不宜将主要物资大量抛售，应从各方调集主要物资于主要地点，预定11月底12月初于全国各主要城市一齐抛售。12. 目前抢购风盛时，我应乘机将冷货呆货抛给投机商，但不要给其主要物资。等到收缩银根、物价平衡，商人吐出主要物资时，我应乘机买进。这12道指令统筹全局，一环紧扣一环，要旨是让投机商把囤积的棉纱"怎么吃进去的，再怎么吐出来"，故有"十二道金牌"之称。鉴于情况紧急，陈云起草的指示电由周恩来立即转呈毛泽东，当晚毛泽东在电报上批示："即刻发，发后再送刘、朱。"指示电连夜发出后，各地、各有关部门按照中财委的部署，全力准备物资，收缩银根。经过一段时间的集中调运和紧张准备，大量物资集结完毕，政府手中掌握了充足的纱布，与投机势力进行较量的时机成熟了。

11月25日，陈云命令全国采取统一步骤，在上海、北京、天津、武汉、沈阳、西安等大城市大量抛售纱布。当天开市时，上海等地的资本家和投机商一看有纱布出售，立即拿出全部头寸争相购入，甚至不惜以日计息借高利贷。然而，国营花纱布公司源源不断地抛售，牌价不断降低，投机商们叫苦不迭，不得不将借高利贷囤积的货物贱价抛售，且愈抛愈贱。国营贸易公司则以极低的价格买进大量棉纱，为进一步平抑物价、稳定市场作好准备。

与此同时，各地按照统一部署"四路进兵"，进一步收紧银根：一是所有国营企业的钱一律存入银行，不向私营银行和资本家企业贷款；二是规定私营工厂不准关门，并要照发工人工资；三是加紧征税，规定税金不能迟交，迟交一天按税金额的3%罚款；四是催缴公债款。在几路进兵的追击下，许多囤积居奇的投机资本家被搞得血本无归，周转不灵而破产。上海和全国的物价迅速稳定下来。这场斗争，得到了人民群众，包括从事正当合法经营的工商业者的普遍支持。上海有资本家感叹说："6月银元风潮，中共是用政治力量压下去的，此次则仅用经济力量就能稳住，是上海工商界所料不到的"，"给上海工商界

一个教训”。

物价渐趋平稳之后，陈云即开始筹划在粮食问题上与投机资本家进行第二轮较量。12月12日，中财委召开了全国城市供应会议。陈云在会上对全国范围内统一调度粮食的工作做了具体部署。鉴于上海存粮仅八九千万斤，陈云致电邓子恢、东北财经委等，要求华中、东北短期内运粮济沪以应急。会后不久，“天府之国”四川即征集了四亿斤大米支援上海。为保证万无一失，陈云在给中央和毛泽东的报告中提出，解决上海等大城市的粮食供应的办法，除先调沪宁、沪杭两线公粮，同时抓紧华中、四川、东北向上海运粮外，应准备向国外增购四亿斤大米。

经过两个月的准备，陈云在上海周围布置了三道防线：第一道，杭嘉湖、苏锡常一线；第二道，江苏、浙江、安徽急速运粮；第三道，由东北、华中、四川组织抢运。这几道防线合在一起，政府掌握的周转粮大约有十几亿斤，足够上海周转一年半。北京、天津、武汉等大城市的粮食也得到了大量的补充。

不出陈云所料，1950年春节前夕，上海等地的资本家和投机势力果然开始大量囤积粮食，以期在正月初五“红盘”开市时，在粮食上大捞一把。这次他们又打错了算盘。春节过后粮食价格不但没有上涨，反而连续下跌。上海市新开设了许多家国营粮店，连续抛售了两亿多斤大米，逼得投机商不得不蚀本把囤积的大米全部吐了出来。投机资本家搞不懂从哪里来了这么多大米，只得承认共产党在经济上是有办法的。

经过几个回合的较量，社会上的投机资本遭到沉重的打击，从此一蹶不振，再也不敢在市场上兴风作浪。毛泽东对稳定物价的斗争给予了高度的评价，指出它的意义“不下于淮海战役”。毛泽东还借用诸葛亮在《前出师表》里讲述的一个典故，即：“将军向宠，性行淑均，晓畅军事，试用于昔日，先帝称之曰能”，用一个“能”字称赞陈云理财治国、处理复杂经济事务的能力。

统一全国财经，制止通货膨胀

打击投机资本，只是稳定物价的一个方面。从根本上解决通货膨胀问题，必须改变各地区财政管理工作的分散状态。当时中央财政上的一个突出问题是收入与支出脱节。地方征收的公粮和其他税收，主要掌握在县、市、省的手里，收入的多寡迟早，中央无法掌握。中央担负着军政费、救济费、交通生产恢复等巨额支出，却没有相应的收入来源，收入统不上来，支出控制不住。这种财政收支不平衡和收支机关脱节的情况，使得政府只能靠发行纸币来弥补赤字。中央财政入不敷出，货币超量发行，又成为通货膨胀无法控制的一个重要原因。

到1950年初，在全国发行的人民胜利折实公债，加快了货币的回笼。全国性的军事行动除西藏以外已接近尾声，军费可相应削减，使争取财政收支平衡具备了可能。我国经济落后，各地区发展很不平衡，收支状况紧张，机动力量有限，这就要求将资金、物资集中起来办紧迫的大事。这些情况表明，统一全国财政经济管理势在必行。

1950年2月，中央召开全国财经会议，对统一财经、紧缩编制、现金管理和物资平衡等工作做了具体部署。经过一系列准备，陈云为政务院起草了《关于统一国家财政经济工作的决定》。3月3日，政务院举行第22次政务会议通过了这个决定。同日，中共中央发出通知，要求各级党

◆ 1950 年，中央人民政府为了稳定金融物价，发展经济，发行了人民胜利折实公债。图为中国人民银行上海市分行宣传车在街上进行宣传。

委必须用一切办法保障这个决定的全部实施。陈云为《人民日报》写了《为什么要统一财政经济工作》的社论，全面阐述了统一全国财经的必要性和具体内容，强调统一财经之后地方要服从全局，发挥积极性，与中央共渡难关。

统一国家财经工作的基本内容有三项：一是统一全国财政收支；二是统一全国物资调度；三是统一全国现金管理。

统一全国财政收支。重点是统一收入，保证中央财政的需要。按照政务院规定，公粮的征收、支出、调度均统一于中央，税则、税率统一由政务院规定。在不违反征收政策、法令的前提下，超额完成规定任务后，对超过部分实行二八分成，20%上缴中央，80%留归地方；各地附加征收的地方公粮为正税的 5%～ 15%；公粮除地方附加粮外，全部归中央人民政府统一调度使用，同时规定严格的公粮入库制度、支付制度、保管制度和调度制度，以保障军需民食，调节市场供求。在税收方面，要求除中央批准征收的地方税外，所有货物税、工商业税、盐税、关税的一切收入，均归中央财政部统一调度使用。一切公私企业及合作社，均须按照财政部的规定按时纳税。税则、税目、税率由财政部报请政务院决定施行，不经批准，各地不得自行增减和变动。在符合税法和政策的前提下，超额完成税收任务，对超收部分实行三七分成，30%上缴中央，70%留归地方。

统一支出，重点是保证军队和各级政府的开支及恢复国民经济所必需的投资。在预算拨款上坚持先前方、后后方，先军队、后地方的原则。对军队和地方的经费，按编制确定人数，根据供给标准和概算数字，按月、按季批准，按期支付。实施三项厉行节约的措施：第一，制定编制，规定统一的供给标准。中央成立以薄一波为主任的全国编制委员会，各大行政区、省、大城市也建立编制委员会，各级机关编制有定员，供给有标准，经费有定额，显著缩减了行政费用。第二，反对百废俱兴，百业并举。对一切可省的支出和应该缓办的事，统统节省和缓办，以集中一切财力用于军事上消灭残敌，经济上重点恢复。第三，在各机关、学校、企业严格制度，提高工作效率，严惩贪污浪费人员。实施上述措施后，1950 年行政费支出比概算减少 4.5%，对平衡财政收支起了重要作用。

统一全国的物资管理。主要是把国家所有的重要物资，如粮食、纱布、工业器材等，从分散的状态下集中起来，用于国家的急需方面。为此，中央成立由陈云为主任的全国仓库物资清理调配委员会，各大行政区、省、市、县、各后勤部、

◆ 1950年1月19日，人民胜利折实公债上海推销委员会妇女界分会话剧电影支会成立。图为出席成立会的电影演员白杨(中)、黄宗英(右)、秦怡(左)。

各工商企业，均分设相应委员会，进行全面清仓查库工作。所有库存物资，由中财委统一调度，合理使用。到1950年6月，基本上查明所有仓库存货，并逐级报告全国仓库物资调配委员会，供中财委统一调度使用，减少了财政支出和向国外订货。同时，各地国营贸易机构的业务范围的规定和物资的调动，均由中央人民政府贸易部统一负责，各地不能改变贸易部的业务计划。这有利于调节国内供求，组织对外贸易，有计划地供售物资和回笼货币。

统一现金管理。政务院指定中国人民银行为国家现金调度的总机构。外汇牌价和外汇调度均由人民银行统一管理。公营经济部门和各机关请求外汇，统由中财委审核，一切军政机关和公营企业的现金，除留若干近期使用者外，一律存入国家银行，不得对私人放贷，不得存入私人行庄。它们之间的相互往来，使用转账支票，由人民银行汇拨。国家银行尽量吸收公私存款。银行对现金收支按期编制平衡计划，以节省现金使用及有计划地调节现金流动。

对于旧政权的军政公教人员，中央认为，采取"包下来"的政策，在政治上是十分必要的，在财政上虽然会带来很大困难，也是可以解决的。当然，"包下来"不等于原职原薪，原封不动，而应向这些人说明人民和政府的困难，适当降低待遇，"三个人的饭五个人匀着吃，房子挤着住"。对于精简下来的人员，应举办大的训练班，学习期间发给折扣薪金维持家用，学习期满后经严格考核量材录用，或有步骤地给他们以谋生之路。这项有利于社会安定和经济恢复的特殊社会政策，起到了很好的历史作用。在紧缩行政开支的情况下，全国党政军民机关的工作人员克勤克俭，勉力工作，度过一段艰苦的生活。

由于统一全国财经的决定适应了稳定市场和恢复经济的客观要求，各级党委采取一切办法有力地保障了决定的全部实施，所以在政务院下达决定四个月后，1950年6月底，全国的财政经济工作实现了统一，做到了全国财政收支由中央统一调度。自建立全国税收日报制度以后，全国城市税收，包括工商业税、货物税及其他税收，中

央财政部隔日即可得到56个较大城市的报告；关税、盐税的数额可隔日得到报告。在征粮季节，每旬可得到全国征收与入库的报告，各地征收的公粮，大部分可以按时入库。在现金方面，中央财政部可根据税收及金库解款的报告，开发支票，支拨款项。

从财政状况看，统一财经后，中央财政收入大幅度增加。1950年第一二季度，财政赤字曾占支出总数的43%和40%；第三四季度即分别下降到9.8%和6.4%，财政收支当年已接近平衡。由于集中了财力，在可机动使用的资金十分有限的情况下，既保证了初期抗美援朝军费的急需，又调剂了城市的粮食供应，救济了灾区人民和城市失业工人，对稳定金融物价、恢复生产和安定人心起了重要作用。同时还抽出一部分资金，有重点地进行了水利、铁路及钢铁等巨大的恢复工程。从物价水平来看，随着中央财政有了稳定的来源，货币发行减缓；实行现金管理、整顿税收和发行公债，使市场上货币流通量减少，商品供应比较宽裕。在货币与物资相对平衡的基础上，物价开始趋于平稳。以1950年3月全国批发物价总指数为100，4月降到75.1，5月再降到69.2。7月以后，由于准备抗美援朝战争及美国加紧对我国实行经济封锁，某些进口物资价格稍有波动，但人民生活必需的粮食、纱布、燃料等的价格仍是稳定的并有所回落。

统一全国财经工作，在真正意义上结束了旧中国遗留下来连续12年通货膨胀和物价飞涨的局面，也结束了历届旧政府几十年财政收支严重不平衡的局面，为安定人民生活，恢复国民经济创造了有利条件。国内外那些对共产党能否治理好经济抱怀疑态度的人们，也不能不表示赞佩，叹为“奇迹”。这证明了中国共产党不仅军事上是无敌的，政治上是坚强的，经济上也是完全有办法的。

五、毛泽东提纲挈领：不要四面出击

陈云主张要给资本家一点“油水”

从新中国成立到1950年上半年，经过几个月紧张艰苦的斗争和工作，全国大陆上的军事战争已基本结束，社会秩序基本稳定，财政经济困难的状况开始好转。但是，围绕恢复和发展生产这个中心，还有许多紧迫工作亟待进行。首先是拥有3亿多人口的新解放区尚未进行土地改革，封建土地制度还束缚着农村生产力的发展。国家财政状况并未根本好转，在胜利的形势下又积累了许多新的矛盾，在一部分人中滋长了失望和不满情绪。另外，各地在纷繁复杂的工作中也出现一些缺点和偏差亟待纠正。这些都是推进各项工作需要通盘解决的迫切问题。

在稳定物价的过程中，政府采取了一系列有力措施，原来估计资产阶级可能会抵挡一阵，但他们很快就败下阵来。由于紧缩银根、“四路进兵”用力过猛，“刹车”过急，又由于通货膨胀停止之后，过去虚假的社会购买力骤然消失，到1950年春夏之交，社会经济一时出现了“后仰”现象，主要是全国经济生活中普遍出现市场萧条、私营工商业经营困难和部分私营工商户关门、歇业等问题。私营工商业的困难，使资本家与人民政府之间产生了敌对情绪。据上海税务局报告：补税增税的款子收不上来，资本家赖账的、哭穷的、自杀的、假自杀的都有。上海的大企业家刘鸿生直接致信上海市长陈毅诉苦，说：公债买了十几万

万,现要交款,还要纳税、补税、发工资,存货卖不动,资金没法周转,干脆把全部企业交给国家算了,办不下去了。

资本家躺倒不干,工人的生活受到严重影响。当时,上海的失业工人有20万,全国大约有100万工人处于失业和半失业状态。这种状况,激化了一些社会矛盾,失望和不满的情绪在一部分工人和城市贫民中迅速蔓延。有的职工拿不到工资就分厂分店,甚至发生抢糕饼铺、游行请愿、撕毁领袖像的事件。经济问题已影响到社会的安定,成为严重的政治问题。情况表明,对资本家不斗不行,斗过了头也不行。私营工商业与当时的社会经济和人民生活有着很大的关系,把他们搞垮并不难,但势必对社会经济和人民生活造成负面影响。因此,对于私营工商业的这种"休克"状态不能置之不理,必须采取"人工呼吸"的方法,使其"复苏"。

另外,当时的情况还表明,金融市场不稳定的主要因素是货币的财政性发行。要稳定物价,就得紧缩通货;而紧缩通货,工商企业必然受影响。这两方面要掌握得恰到好处,很不容易。1950年春节前,上海市长陈毅先后六次致电中共中央和毛泽东,反映在紧缩通货的一系列措施下,上海私营工商业的困难更加严重,工商界叫苦的面越来越大。国内告急电频传,毛泽东深感问题严重。3月4日,毛泽东、周恩来访苏回国抵达北京,于4月上旬召开中央政治局会议研究解决办法。

毛泽东在政治局会议上指出:目前财政上已经打了一个胜仗,现在的问题要转到搞经济上,要调整工商业。他还说:和资产阶级合作是肯定了的,不然《共同纲领》就成了一纸空文,政治上不利,经济上也吃亏。"不看僧面看佛面",维持了私营工商业,第一维持了生产;第二维持了工人;第三工人还可以得些福利。当然中间也给资本家一定的利润。但比较而言,目前发展私营工商业,与其说对资本家有利,不如说对工人有利,对人民有利。

对于稳定物价采取的措施会带来某些副作用,中央早有警惕。4月12日,陈云在中财委党组会上指出:我们既在经济上承认四个阶级,有利于国计民生的私人工商业就要让他发展,有困难就要帮助。对资产阶级无非有两种办法:一是不给"油水";二是给一点"油水",二者必居其一。我主张从预算内划出一部分,给资产阶级一点"油水",这对我们更有利。给"油水"也有两种给法:一是税收放宽;二是税收不放宽,银行给贷款。后一种办法给了好处,人家也不知道;前一种办法好处给在明处。所以,还是实行前一种办法。陈云明确提出:今后要多照顾一下别的阶级,可以定下一条,明年从预算里让出一部分,叫做"合作费",用以解决与资本家的合作问题;国家订计划也要把私营部分包括进去。[①] 会议完全赞同陈云的意见,决定中财委的工作要把重心从财政方面转到恢复发展经济上,首先抓好现有工商业的调整,按照公私兼顾的原则,从贷款、税收、原材料供应、运输等方面扶持私营工商业的发展。

任何重要举措,宁可慎重缓进

为了确定党在国民经济恢复时期的主要任务,以及为此必须进行的各项工作和所应采取的战略策略方针,1950年6月6日至9日,中国共产党第七届中央委员会第三次全体会议在北京举行。全会讨论了毛泽东《为争取国家财政经济

①中共中央文献研究室编:《陈云年谱》中卷,中央文献出版社,2000年版,第46页。

状况的基本好转而斗争》的书面报告。这个报告总结了新中国成立前后一年多的工作，提出党在当前阶段的中心任务，是争取国家财政经济状况的根本好转。而要获得财经状况的根本好转，需要用三年左右的时间，创造三个条件：1. 土地改革的完成；2. 现有工商业的合理调整；3. 国家机构所需经费的大量节减。为此，必须做好以下八项工作：有步骤有秩序地进行土地改革工作；调整税收，减轻人民负担，在统筹兼顾的方针下合理调整工商业；复员一部分军队人员，对行政系统进行整编；有步骤地谨慎地对旧有文化教育事业进行改革，争取一切爱国知识分子为人民服务；认真做好对失业救济工作；认真团结各界民主人士，开好各界人民代表会议；坚决肃清一切反革命分子；进行一次全党整风。

◆ 1950年6月，政务院副总理、财经委员会主任陈云在政协一届二次会议上作《关于财政经济问题的报告》。

围绕争取财经状况根本好转的中心任务，全会对党在目前时期的工作做了全面部署。刘少奇在《关于土地改革问题的报告》中，就中共中央起草的准备提交政协全国委员会审议的土地改革法草案作了说明。他阐述了土地改革是新民主主义革命必须完成的任务；土地改革的基本目的，是使农村生产力从地主阶级封建土地所有制的束缚下获得解放，以便发展农业生产，为新中国的工业化开辟道路。他指出：中央准备从1950年冬季起，在两年半到三年内基本上完成全国的土地改革（少数民族地区除外）。党在新解放区土地改革的总路线是：依靠贫农、雇农，团结中农，中立富农，有步骤有分别地消灭封建剥削制度，发展农业生产。刘少奇着重说明：土地改革的每一个步骤，必须切实照顾并密切结合于农村生产的发展，从这个基本目的出发，中央提出在今后的土地改革中要保存富农经济不受破坏。因为富农经济的存在及其在某种限度内的发展，对于我们国家的人民经济的发展是有利的，因而对于广大的农民也是有利的。

陈云在全会上作了《关于财政经济问题的报告》，对合理调整工商业做了具体部署。他指出，五种经济成分应当统筹兼顾，这对人民有好处。只有在统筹兼顾、各得其所的办法下面，才可以大家夹着走，搞新民主主义，将来进到社会主义。但五种经济成分的地位有所不同，是在国营经济领导下的统筹兼顾。在调整公私关系方面，要通过加工订货，有步骤地组织私营工厂的生产和销售；通过适当调整价格政策和农副产品收购的分工，使私商有利可图，农民可增加一部分收入。在整顿税收方面，陈云提出在三五年内一般的不提高税率，一部分商品的税率还可减低一些。这样减轻了人民负担，促进生产恢复了，税收面宽

◆ 1950年6月召开的党的七届三中全会发出了"为争取国家财政经济状况的基本好转而斗争"的号召，并指出实现这个好转的三个条件是：完成土地改革、合理调整工商业和节减国家机构的经费。图为出席七届三中全会的中央委员、中央候补委员在中南海合影。

了，国家税收不但不会减少，相反肯定会增加。

为保证中心任务的顺利实现，全会着重讨论和确定了党在政治上所应采取的战略策略方针。建国几个月来，社会经济的改组和支援战争的开支巨大，暂时给社会带来很重的负担，许多人对现状表示不满，国内阶级关系出现紧张。另一方面，在稳定物价斗争中，党内一部分干部主张乘胜挤垮资产阶级，早日实现社会主义，加深了统一战线内部各阶级、阶层间的紧张关系，妨害团结全国人民去实现当前的中心任务。

针对上述问题，6月6日毛泽东在全会上作了题为《不要四面出击》的讲话，对书面报告的内容作了更进一步的阐述。他指出：我们当前的总方针，就是肃清国民党残余、特务、土匪，推翻地主阶级，解放台湾、西藏，跟帝国主义斗争到底。在即将开始的推翻整个地主阶级的土地改革中，我们的敌人是够大够多的。面对这样复杂的斗争，我们现在跟民族资产阶级的关系搞得很紧张，工人、农民、小手工业者和知识分子中都有一部分人不满意我们。为了孤立和打击当前的敌人，就要把人民中间不满意我们的人变成拥护我们的人。因此，"我们不要四面出击"。他解释说，四面出击，全国紧张，很不好。我们绝不可以树敌太多，必须在一个方面有所让步，有所缓和，集中力量向另一个方面进攻。我们一定要做好工作，使工人、农民、小手工业者都拥护我们，使民族资产阶级和知识分子中的绝大多数人不反对我们。这样，帝国主义、地主阶级、国民党反动派及其残余等几方面的敌人就在我国人民中间孤立了。"不要四面出击"的方针，体现了一个重要战略思想，这就是毛泽东在4月16日就税收和失业问题给上海市长陈毅的电报中所说："目前处在转变的紧张时期，力争使此种转变进行得好一些，不应当破坏的事物，力争不要破坏，或破坏得少一些；只要把握了这一点，就可以减少阻力，就有了主动权。"依据这个方针，党和人民政府的任何重要举措，都不可进行太猛、步伐过快，宁可慎重缓进，以便稳步地达到既定目的。

◆ 1950年6月6日至9日，中共七届三中全会在北京举行。毛泽东在会上分别作了《为争取国家财政经济状况的基本好转而斗争》的书面报告和《不要四面出击》的讲话。会议确定要做好八项工作，争取在三年内，实现国家财政经济状况的基本好转。图为全会会场。主席台上左起：陈云、周恩来、刘少奇、毛泽东、朱德。

◆ 1950年6月，刘少奇在中共七届三中全会上作关于土地改革问题的报告。会议决定成立由刘少奇负责的中央土地改革委员会，指导全国的土地改革工作。

在缓和同民族资产阶级关系方面，毛泽东提出了“有所不同，一视同仁”的方针。所谓“有所不同”，就是国营经济是社会主义性质的，处在领导地位，它和私人资本主义经济、合作社经济都不同，要加以区别。但在其他问题上要按《共同纲领》办事，公私一样看待，有公无私是不对的，这就是“一视同仁”。他提出要在统筹兼顾的方针下，合理地调整工商业，切实而妥善地改善公私关系和劳资关系。他还强调说：民族资产阶级将来是要消灭的，但是现在要把他们团结在我们身边，不要把他们推开；团结他们，有利于劳动人民。有些人认为可以提早消灭资本主义实行社会主义，这种思想是错误的，是不适合我们国家的情况的。

关于统一战线工作，毛泽东提出团结各界民主人士，要认真地、主动地去做；必须认真地开好足以团结各界人民共同进行工作的各界人民代表会议，必须使出席人民代表会议的代表们有发言权，任何压制人民代表发言的行动都是错误的。

关于缓和同知识分子的紧张关系，毛泽东指出，必须有步骤地谨慎地改革旧有教育事业和旧有文化事业，争取一切爱国的知识分子为人民服务。在这个问题上，拖延时间不愿改革的思想是不对的，过于性急，企图用粗暴方法进行改革的思想也是不对的。改造知识分子，不要过于性急。观念形态的东西，不是用大炮打得进去的。要缓进，用十年到十五年的时间来做这个工作。

在民族关系方面，毛泽东指出，少数民族地区的社会改革，必须谨慎对待，无论如何不能急躁；条件不成熟，不能进行改革，一个条件成熟了，其他条件不成熟，也不要进行重大的改革。

关于土地改革，毛泽东指出这是获得财政经济情况根本好转的第一个条件。但这次土改与从前不同，要将过去征收富农多余土地财产的政策，改变为保存富农经济的政策，以利于早日恢复农村生产，又利于孤立地主，保护中农和小土地出租者。他强调说，这也是为了不要因为土改又把阶级关系搞得过分紧张。过去土改是在紧张的战争情况下进行的，战争的锣鼓压倒一切；这次土改，大陆上的战争基本结束，在3亿人口的地区进行土改，从中国到世界是一件惹人注目的事。所以，这次土改不动富农，不挖底财，不分浮财，使土改稳步前进，这对各方面都是有好处的。

对全会提出的全党整风问题，毛泽东指出，整风也是为了团结四个阶级，缓和阶级间的紧张空气。有些民主人士总是称中央好，下级不好，因此整风是个重要环节。在整风运动中，要克服工作中所犯的错误，克服以功臣自居的骄傲自满情绪，克服官僚主义和命令主义，改善党和人民的关系。总之，要调节和处理好国内各种关系，使之不要全面紧张，从而形成一个团结的向共同敌人进攻的局面。毛泽东在讲话的最后总结说：“我们的政策就是这样，我们的战略策略方针就是这样，三中全会的政治路线就是这样。”

中共七届三中全会提出了争取国家财经状况基本好转的行动纲领，确定了“不要四面出击”的战略策略方针，使全党在复杂形势和任务面前，进一步统一思想，统一行动，团结一切可以团结的社会力量，为实现新民主主义的建国纲领而奋斗。这次会议，对以土地改革为中心进行民主改革，以恢复和发展生产为中心开展新民主主义建设，进而实现国民经济的全面恢复，具有重要的意义。

MAOZEDONGSHIDAIDEZHONGGUO

第二章

不可避免的较量

第二章
不可避免的较量

正当中国人民为争取国家财政经济状况的根本好转而奋斗的时候，1950年6月25日，朝鲜战争爆发。美国立即武力干涉朝鲜，并侵占中国领土台湾。刚成立未满周年的新中国面临着外部敌对势力的严重威胁。随着朝鲜战争局势的发展，中共中央、毛泽东毅然作出抗美援朝、保家卫国的重大决策，领导中国人民同世界头号军事强国美国进行了一场极其严峻的较量。抗美援朝战争以中朝人民制止美国霸占全朝鲜的企图而告结束，对于保卫我国国家主权和领土完整，维护亚洲和世界和平具有重大历史意义。

一、未雨绸缪，深谋远虑

朝鲜半岛、台湾海峡风云突变

位于亚洲东北部的朝鲜半岛，是世界两大阵营在东方对立斗争的一个焦点。第二次世界大战结束时，苏联、美国依照雅尔塔协定达成妥协，在朝鲜半岛以北纬38度线(通称三八线)划界，苏军在北方、美军在南方分别接受驻朝日军投降。战后，美苏围绕在朝鲜实行什么社会制度的问题发生尖锐对立和斗争，导致朝鲜南方和北方分别走上不同的发展道路。1948年8月，南方首先在汉城单独成立以李承晚为总统的大韩民国。9月，北方在平壤成立以金日成为首相的朝鲜民主主义人民共和国。此后，苏美军队相继撤出朝鲜，但朝鲜南北两个政府之间围绕全朝鲜统一问题的斗争日趋尖锐。双方都为用武力实现统一加紧进行准备，三八线上不断发生武装冲突和军事摩擦，终于导致朝鲜半岛大规模内战的爆发。

朝鲜战争爆发，本来是朝鲜民族内部的事务，按照联合国宪章，不容外国干涉。但是，在美苏对峙冷战的国际格局下，美国决策者的第一个反应，就是断定朝鲜的事件是以苏联为首的社会主义阵营向“自由世界”的挑战，是苏联对美国抵御共产主义“扩张决心”的一个试探。美国作为“自由世界”的领袖，不能视而不见，必须在朝鲜采取行动。为此，朝鲜战争爆发的当晚，美国即作出武装干涉朝鲜的决定。为挽救南朝鲜政权不致垮台，美国政府命令美国远东军的海、空军立即向朝鲜出动，“运用一切可供支配的手段”，“毫无限制”地攻击三八线以南的朝鲜人民军部队，支援南朝鲜军作战。

6月26日，美国总统杜鲁门正式批准在台湾海峡实行所谓“隔离”政策的决定，派遣驻扎在菲律宾的美国第7舰队开进台湾海峡，武装阻止中国人民解放军解放金门、台湾的军事行动。27日，杜鲁门发表总统声明，宣称：“我已命令美国的海空军部队给予朝鲜(指南朝鲜)政府部队以掩护及支持。”并称：“我已命令第7舰队阻止对福摩萨(即台湾)的任何进攻。……福摩萨地位的决定，必须等待太平洋安全的恢复、对日的和平解决、或联合国的审议”。这样，美国不但公然

武装介入了朝鲜内战，同时把侵略行动的范围扩大到中国的台湾，武装干涉中国内政，并将它的侵略扩张计划，进一步扩大到东南亚、印度支那等整个远东地区。由于美国的武装介入，朝鲜战争的性质即由南北方内战转变为美国侵略、朝鲜人民反侵略的战争；而美国在武装干涉朝鲜的同时侵略中国台湾的行径，使得朝鲜问题一开始就与中华人民共和国的主权、领土和尊严联到了一起。

台湾自古就是中国的领土。1895 年甲午战争之后，清政府被迫将台湾割让给日本。1945 年日本投降后，台湾和澎湖等岛屿不仅在法律上而且在事实上恢复成为中国领土的一部分。1949 年国民党集团从大陆逃往台湾，使大陆上的内战状态在海峡两岸间延续下来。中华人民共和国成立后，美国政府拒不承认中央人民政府，宣称台湾"国民政府"是"中国的合法政府"。但对中国局势的看法，美国高层却存在两种意见：军方极力主张派军队进驻台湾；国务院则认为国民党政府败局已定，美国介入也无济于事。在这样的背景下，1950 年 1 月 5 日，杜鲁门总统举行记者招待会宣布："美国对台湾或中国其他领土从无掠夺的野心……美国亦不拟使用武装部队干预其现在的局势。美国政府不拟遵循任何足以把美国卷入中国内战中的途径。"

然而，仅时隔几个月，美国政府的对台政策就来了个 180 度大转变。6 月 29 日，美国第 7 舰队的六艘驱逐舰、两艘巡洋舰和一艘运输舰侵入台湾海峡，并开始巡弋。随后，美国以第 13 航空队进驻台湾，并向台湾派遣正式的军事使团。同时，经与蒋介石会商，决定将美蒋军队统一归美国远东军总司令麦克阿瑟指挥。美国的武装力量公然侵入台湾，还在中国的领空领海进行侦察巡逻活动，这就构成了美国对中国公开直接的侵略行为。其主要目的，一是为了保障侵朝战争的军事和补给的需要，一是为着阻止中国人民解放台湾。从长远来看，美国还旨在制造所谓台湾"中立化"，妄图改变中国对台湾的主权，从而把台湾作为美国威胁亚洲、进窥中国的战略基地。这不能不引起中国人民的极大愤慨。

6 月 28 日，毛泽东在中央人民政府委员会第八次会议上发表讲话。他指出：杜鲁门在今年 1 月 5 日还声明说美国不干涉台湾，现在他自己证明了那是假的，并且同时撕毁了美国关于不干涉中国内政的一切国际协议。毛泽东号召"全国和全世界人民团结起来，进行充分的准备，打败美帝国主义的任何挑衅"。当日，周恩来外长发表声明，代表中国政府宣布：杜鲁门 27 日的声明和美国海军的行动，乃是对于中国领土的武装侵略，对于联合国宪章的彻底破坏；不管美国帝国主义者采取任何阻挠行动，台湾属于中国的事实，永远不能改变；我国全体人民，必将万众一心，为从美国侵略者手中解放台湾而奋斗到底。

响应中国共产党和中央人民政府的号召，全国人民迅速行动起来，掀起群众性的反对美国侵略台湾、朝鲜运动。至 8 月初，全国有 6000 万人在世界和平大会通过的《斯德哥尔摩和平宣言》上签名，愈来愈多的人们了解了美帝国主义侵略亚洲、破坏世界和平的罪恶事实，认识到反对帝国主义侵略战争的意义就是保卫世界和平。中华全国总工会、台湾民主自治同盟等 11 个单位组织了中国人民反对美国侵略台湾朝鲜运动委员会，在全国开展多种形式的宣传教育活动，抗议美国侵略台湾、朝鲜，声援英勇反抗侵略的朝鲜人民。

但是，美国继续加快在朝鲜的侵略步骤，一

是把海空军的作战范围扩大到三八线以北地区，攻击北朝鲜境内的目标；一是派出地面部队从朝鲜南部入境直接参加作战，并实际接管南朝鲜军队的指挥权。同时，美国在联合国加紧活动，要求安全理事会通过相关决议，为美国军队侵略朝鲜的行动提供“合法”依据。此前，因美国操纵西方国家拒绝恢复中华人民共和国在联合国的合法席位，苏联驻联合国安理会代表马立克拒绝参加安理会会议以示抗议。美国利用苏联代表缺席的机会，于6月25日、27日操纵安理会通过指控朝鲜北方军队进攻南朝鲜的决议和向南朝鲜政府提供援助的决议。7月7日，美国再次操纵安理会通过决议，授权美国组成“联合国军”司令部，由麦克阿瑟统一指挥参加侵朝战争的其他国家的军队，使用“联合国军”的旗帜开入朝鲜作战。

安理会的上述决议，破坏了联合国宪章关于“不得授权联合国干涉在本质上属于任何国家国内管辖之事件”的重要原则，使美国为它纠集其他国家组成的侵朝军队，披上了“联合国军”的外衣。先后派兵参加侵朝行动的有：美国、英国、法国、土耳其、加拿大、荷兰、澳大利亚、新西兰、泰国、菲律宾、希腊、比利时、哥伦比亚、埃塞俄比亚、南非、卢森堡等16个国家。这样，就使本来为解决本民族统一问题的朝鲜内战完全国际化，演变为第二次世界大战后第一场大规模、国际性的局部战争。

巩固东北边防，争取战略主动

朝鲜战争初期，朝鲜人民军势如破竹，一举解放汉城，并迅速向南推进，占领了三八线以南的广大地区。美国出兵侵朝以后，中共中央判断朝鲜战局的发展有两种可能：一种是人民军一鼓作气，驱逐已经进入朝鲜的美军，歼灭南朝鲜军队，解放全朝鲜，结束战争；另一种是美国迅速大量向朝鲜投入部队，人民军进攻受阻，战争将会长期化，美国如继续增兵，甚至朝鲜的局势有可能逆转。中央认为，无论哪种情况，中国都应有所准备。

鉴于朝鲜战争形势的发展和美国公然以其军事力量及海空优势阻止中国人民解放军解放台湾，中共中央审时度势，决定将原定积极准备于1951年实行解放台湾的任务向后推迟，重新考虑攻台作战的时机和准备工作。同时，考虑到美国执意扩大侵朝战争将进一步威胁到中国的安全，中共中央高瞻远瞩，作出了组建东北边防军的重要决策。

7月7日，中央军委召开保卫国防的第一次会议，决定立即抽调位于中原地区的国防机动部队第13兵团等部队北上，在中朝边界的鸭绿江一线集结，组成东北边防军，担负保卫东北边防和在必要时援助朝鲜人民的任务，并规定：一旦边防军参战，则“改穿志愿军服装，使用志愿军旗帜”。根据中央军委的决定，分散在广东、河南、湖南、广西等地驻防、剿匪及从事农业生产的5个军25万余人的部队，急如星火开进东北整训待命。同时，中央决定向苏联订购武器装备，加快空军、炮兵和高射炮兵等特种兵建设，制订防空计划等。

这时，朝鲜人民军解放祖国的战斗正在胜利推进，已占领南方首府汉城，并将敌军压缩至洛东江东南只占朝鲜总面积8%的地域内。毛泽东、中共中央清醒认识到朝鲜问题已成为国际斗争的焦点，强调必须从应付最坏的情况出发加紧各项战争准备，以作“绸缪之计”。8月4日，毛

◆ 1950年6月，美国侵略我国台湾省和朝鲜人民民主共和国，激起了全国人民的愤怒，全国展开了保卫世界和平签名运动。7月14日，中国人民保卫世界和平反对美国侵略台湾、朝鲜运动委员会，号召全国各地举行"反对美国侵略台湾、朝鲜运动周"，到11月16日世界和平大会开幕时，全国参加和平签名的人数达二亿二千多万人。图为上海街头的宣传队伍。

泽东在中央政治局会议上分析说：如果美帝得胜，就会得意，就会威胁我们。对朝鲜我们不能不帮，必须帮助，用志愿军形式，时机当然还要选择，我们不能不有所准备。中央关于用志愿军形式入朝作战的设想，既可有效地援助朝鲜人民抗击美国的侵略，又不使中美两国公开进入战争状态，有利于继续保持国内和平环境，同时有利于维护世界和平。

◆ 1950年6月，美国出兵干涉朝鲜，把战火烧到鸭绿江边。中国人民解放军警惕地保卫着自己的祖国。

8月下旬，毛泽东、中央军委根据战况分析，准确地估计到美军下一步行动最大可能是从朝鲜人民军侧后的仁川港登陆，即将此估计通报给金日成，建议预作防范。同时，毛泽东为中央军委拟电，要求东北边防军务必于9月底以前完成一切准备工作，待命出动作战。为此，中央军委又从中南军区增调军队开赴东北。这样，就赶在朝鲜战局发生恶化之前，做好了最重要的战

前准备。

美国空军不仅对朝鲜北部交通沿线狂轰滥炸，而且从8月27日起，出动飞机侵入我国领空，沿鸭绿江岸扫射建筑物、车站、车辆和平民，造成财产损失和人员伤亡。同时，美海军还在公海上破坏中国商船的正常航行，袭击中国渔船。为此，周恩来分别致电美国务卿艾奇逊和联合国安理会秘书长赖依、安理会主席马立克，对美国侵犯中国主权、残害中国人民的挑衅活动和残暴行为，向美国政府提出严重抗议；要求安理会立即采取有效措施，制止美国侵朝军队扩大侵略行为，并从速撤退美国在朝鲜的侵略军队，以利于联合国和平调处朝鲜问题。针对侵朝美军把战火直接烧到中国领土上的严重事态，中央军委进一步决定，抽调第9兵团、第19兵团作为东北边防军的二线、三线部队，以便更充分地做好应付突发事变的准备。组建东北边防军并相应地配备二线、三线部队，是中共中央、毛泽东未雨绸缪、深谋远虑的重大举措。它不仅巩固了东北边防，做到了有备无患，而且对后来中国人民志愿军开赴朝鲜，抗击美国侵略军创造了重要条件。经过一系列的周密部署，我国在朝鲜问题上，一开始就处于战略上的主动地位，避免了大敌当前临急应战。

二、“参战利益极大，不参战损害极大”

“唇亡则齿寒，户破则堂危”

美帝国主义侵略朝鲜，不仅对中国的安全构成直接威胁，而且具有重大国际影响。中共中央认为，美国利用朝鲜战争，将联合国旗帜拿到手，以对付和平阵线，并大肆扩充军备，动员欧洲盟国，重新武装日本、西德。美国如果压服朝鲜，下一步必然对越南及其他原殖民地国家进行压服。因此，我们对于朝鲜不仅看作兄弟国家问题，不仅看作与我东北相连接而有利害关系的问题，而且应该看作重要的国际斗争问题。这是中国共产党处理朝鲜战争问题的一个重要指导思想。

9月15日，“联合国军”总司令麦克阿瑟利用朝鲜人民军后方兵力不足，海岸防御薄弱的情况，调集7.5万兵力，出动大量舰艇、飞机支援，在朝鲜西海岸仁川大规模登陆，将朝鲜人民军的后方交通线拦腰截断。朝鲜人民军腹背受敌，后方供应断绝，被迫向北退却。朝鲜战局急剧逆转。28日，美军占领汉城，大批“联合国军”和南朝鲜军队进抵三八线附近，准备越过三八线，占领全朝鲜。

事实证明，美国的侵朝战争有扩展到中国境内之势，为了援朝，也为了自卫，中国不能不考虑出兵问题。9月30日，周恩来在政协全国委员会庆祝国庆节大会上发表演说指出：“美国的侵略武力已经侵入中华人民共和国的版图，并且随时有扩大这种侵略的可能。”他对美国提出严重警告：“中国人民决不能容忍外国的侵略，也不能听任帝国主义者对自己的邻人肆行侵略而置之不理。”

但是，美国决策者低估了中国人民的力量和决心。10月1日，麦克阿瑟向朝鲜人民军发出放下武器，停止敌对行动的“最后通牒”。当日，南朝鲜军即越过了三八线。这时，朝鲜人民军的主力被隔断在三八线以南撤退途中，回到三八线以北的仅有少量部队，并损失了全部的坦克及绝大部分火炮，无论在兵力上还是装备上，都难以阻挡美军和南朝鲜军的进攻。在事关生死存亡

◆ 美国政府对中国政府的一再警告置若罔闻，美军飞机不断侵入中国领土滥肆轰炸。图为辽宁安东市(今丹东市)遭轰炸的民房。

的危难时刻，朝鲜民主主义人民共和国政府恳请苏联和中国给予直接的军事援助。

10月1日，金日成首相、朴宪永外务相联名致信毛泽东主席，详述朝鲜战场形势和所面临的严重困难，信函写道："在目前敌人趁着我们严重的危急，不予我们时间，如果继续进攻三八线以北地区，则只靠我们自己的力量，是难以克服此危急的。因此我们不得不请求您给予我们以特别的援助，即在敌人进攻三八线以北地区的情况下，极盼中国人民解放军直接出动援助我军作战。"这封分别用朝文和中文写的紧急求援信，迅速送至北京中南海毛泽东主席的办公室。

10月1日夜晚，首都北京庆祝中华人民共和国成立一周年的节日焰火尚未熄灭，毛泽东便在中南海住处菊香书屋召集中央核心领导成员开会，讨论金日成的求援信和朝鲜的严重局势。在兄弟邻邦处于危急存亡之际，在中国领土主权和国家安全受到严重威胁之时，要不要出兵？敢不敢同世界上头号帝国主义强国直接较量？这个严峻问题，刻不容缓地亟待决断。可是，仅仅诞生一年的新中国正致力于医治战争的创伤，恢复国民经济；全国范围的土地改革运动才刚刚开始；军队的复员工作正在按计划进行。面对一场具有复杂国际背景的新的战争考验，担负着领导五亿人口大国重任的执政党领导核心，不能不慎之又慎，反复权衡。为此，中央核心会议一直持续到天亮才休会，2日下午又继续在颐年堂会议室举行，与会者扩大到中央政治局成员及有关方面的负责人。

对于我国有没有力量出兵朝鲜，能不能直接与美军作战并战而胜之，党内是有不同看法的。一些同志认为，我们打了20多年仗，迫切需要休养生息；建国才一年，国内恢复工作头绪很多，困难重重，不到万不得已的时候，最好不打这一仗。毛泽东和中央领导核心的同志认为：现在是我们的朝鲜邻居家里着了火，我们还能安之若素吗？如果金日成危急了，我们不去管，那我们将来危急了，斯大林也不管，都这样的话，社会主义阵营的团结和无产阶级国际主义精神就成了一句空话。何况帮助朝鲜同时也有利于我们，中国的重工业都集中在东北，决不能让敌人推进到鸭绿江边威胁我们东北大工业基地的安全。

经过两天的反复研究讨论，中央领导核心初

步拟定派军队入朝作战。10月2日，毛泽东为中共中央拟电致斯大林通报说："我们决定用志愿军名义派一部分军队至朝鲜境内和美国及其走狗李承晚的军队作战，援助朝鲜同志。我们认为这样做是必要的。因为如果让整个朝鲜被美国人占去了，朝鲜革命力量受到根本的失败，则美国侵略者将更为猖獗，于整个东方都是不利的。"电报中还提出中国军队入朝作战所需苏联提供援助的必要条件：一是须待到苏联援助的武器到达并将志愿军装备起来之后，才能配合朝鲜人民军举行反攻，歼灭美国侵略军；二是由于没有制空权，希望苏联作好给予空中支援的准备，并需要两三千门大炮对付美军的强大火力。这些武器装备及空中支援，是这场以弱胜强的军事较量所必需的。由于对出兵条件及各项准备，还须进行更加慎重、更为周全的考虑才能作出最后的决断，毛泽东10月2日草拟给斯大林的这封电报实际上并未发出。

为了尽量争取避免中国被迫出兵，中国政府按照"先礼后兵"的惯例，决定通过外交途径再一次向美国提出警告。10月3日凌晨，周恩来总理紧急约见印度驻华大使潘尼迦，请印度政府转告美国：第一，美国军队正企图越过三八线，扩大战争。美军果真如此做的话，我们不能坐视不顾，我们要管。第二，我们至今仍主张和平解决朝鲜事件，不但朝鲜战事必须即刻停止，侵朝军队必须撤退，而且有关国家必须在联合国内会商和平解决的办法。这个警告明白无误地表达：如果美军越过三八线，中国就会出兵朝鲜。

但是，美国政府却对中国的警告作出错误的判断，认为这只是"虚声恫吓"的宣传，是中国"为挽救北朝鲜政权而进行的外交努力的一部分"。他们认定俄国人尚未做好为了朝鲜而冒险发动世界大战的准备；中国在军事上不具备单独进行干涉的能力，即使中国单独出兵朝鲜也不会给战局造成决定性的变化。因此，美国对中国政府的严正警告置若罔闻，坚持其占领全朝鲜的政策不变。根据杜鲁门批准的麦克阿瑟的作战计划，美军从10月7日起越过三八线，分多路大举进犯朝鲜北方，19日占领平壤，把战火迅速燃向中朝边境。美军更频繁地出动飞机，轰炸、扫射中国边境地区的辑安、安东、长甸河口等城镇乡村，中国的安全受到严重的威胁。这一切表明，中国人民同美国帝国主义之间的一场较量已不可避免。

中国历来有"唇亡则齿寒，户破则堂危"的古训。在战火日益逼近鸭绿江畔的紧急时刻，无论是从无产阶级国际主义立场出发，援助唇齿相依的邻邦挽救危局；还是从爱国主义立场出发，保卫自己国家的安全，保卫来之不易的革命胜利果实，客观上都需要中国出兵参战。

"不管冒多大风险，必须立刻出兵朝鲜"

10月3日、4日，中央政治局在毛泽东的主持下，继续开会讨论出兵问题。为慎重起见，毛泽东让大家尽量摆出兵的不利条件。在前一天未发出的给斯大林的电报中，毛泽东对此也作了分析：最不利的情况，是中国军队在朝鲜境内不能大量歼灭美国军队，两军相持成为僵局，而美国又已和中国公开进入战争状态，使中国现在已经开始的经济建设计划归于破坏，并引起民族资产阶级及其他一部分人民对我们不满（他们很怕战争）。

在继续举行的政治局扩大会议上，对于出兵问题仍有很大意见分歧。概括地说，主张不出兵或暂不出兵的理由是：1. 我们的战争创伤还没有

恢复；2. 土地改革尚未完成；3. 国内土匪、特务还没有彻底肃清；4. 军队装备和训练尚不充分；5. 部分军民有厌战情绪等。在讨论中，林彪的看法有一定的代表性。他强调：美国是最大的工业强国，军队装备高度现代化，一个军就有各种火炮 1500 门，我们一个军才只有 36 门；且入朝作战既无空军掩护，又无海军支援，所以不赞成出兵，以免“引火烧身”。

在会上，主张出兵的同志发表意见，谈到美帝国主义有不可克服的弱点，即战线太长，兵力分散，后方太远，同盟者不强，资源和优势受到限制和抵消，原子武器已非美国独有，且不能决定胜负。周恩来根据外电分析说，美国在最近和将来主要是从朝鲜、台湾、越南三个方向对中国实行进攻，与其让美国迫使我们在台湾、越南同它较量，不如选择在朝鲜为好。朝鲜北方多山地，对美军机械化行动不利，便于我军打运动战；而且朝苏接壤，也便于获得苏联的援助。与其坐等美国打进来，不如主动打出去，等等。

毛泽东认真倾听了各种意见，认为我们确有困难，出兵确要冒很大风险，一些同志不主张出兵，是可以理解的。但我们是个大国，不打过去，见死不救，总不行。如果不把它同朝鲜正处于危急存亡时刻的形势及其严重后果联系起来考虑，就不免陷于狭隘民族主义的小天地。毛泽东提示大家只有把爱国主义和国际主义有机地结合起来，才能在出不出兵问题上得出正确的结论。基于这种考虑，毛泽东和中央政治局不为相对于整个国际战略而言是局部的、狭隘的不同意见所左右，下定了出兵援朝的决心。

关于志愿军司令员的人选，中央初步酝酿由林彪挂帅，因为解放战争时期他是整个东北地区党政军最高领导人，现在集结待命的东北边防军，都是原属他指挥的第四野战军的部队，东北的地形气候和民情风俗又与朝鲜北部大体相似，由他率军援朝是适宜的。但林彪对出兵决定思想上搞不通，一再以身体不好，要去苏联治疗而予以推辞。这样，中央只好另行考虑。经过两昼夜的反复思量，毛泽东想到在二十多年南征北战中屡建奇功的彭德怀，深知他在出兵援朝万分火急的时刻，一定会挺身而出，担当重任。为此，毛泽东让周恩来立即安排专机，一分钟也不要耽搁，到西安接回中共中央西北局第一书记、西北军政委员会主席彭德怀，请他来中央参加会议。

10 月 4 日下午，对会议的内容毫无所知的彭德怀，带着西北建设的计划急如星火地飞抵北京，一下飞机便径直赶到中南海颐年堂会议室，这才知道政治局正在讨论准备出兵援朝的有关问题，会上有主张不出兵或暂不出兵的不同意见。由于不了解会议进行的全部情况，彭德怀当天不便轻易发言。5 日上午，毛泽东委托邓小平到北京饭店接彭德怀到中南海，同他个别交换意见。在了解到彭德怀拥护出兵决策的态度后，毛泽东征求他的意见能否率军入朝作战。彭德怀慨然受命，表示坚决服从中央的决定。毛泽东深为感动，拉着彭德怀的手说：还是你在中央为难之时，坚决支持和服从中央的决定，有你去，我们就放心了。现在美军已大批向北冒进，我们不能再等待，要尽快出兵。

当天下午，彭德怀在继续举行的会议上鲜明地表示：出兵援朝是必要的，打烂了，等于解放战争晚胜利几年。如让美军摆在鸭绿江岸和台湾，它要发动侵略战争，随时都可以找到借口。如等美国占领了朝鲜半岛，将来的问题更复杂。所以迟打不如早打，我们不同美帝国主义见个高低，要想建设社会主义是困难的。毛泽东接着讲话，

称赞彭德怀的发言很有说服力，他说：我们国内当前存在着一些困难，这是事实。现在是美国逼着我们打这一仗的，犹豫退缩、担心害怕都没有用。现在只有一条路，就是在敌人进占平壤之前，不管冒多大风险，有多大困难，都必须立刻出兵朝鲜。

当然，讨论中的不同意见也是值得重视的，最重要是中美两国在经济、军事力量对比上强弱极其悬殊，如果出兵战而不胜，会不会“惹祸上门”，“引火烧身”。中央政治局会议全面分析了战争双方的优劣条件，认为：与美国军队在朝鲜进行较量，美国虽强也有弱点，它在军事上有一长三短：一长是钢铁多；三短是战线太长，从欧洲到亚洲，首尾难以相顾；运输线太长，要横跨大西洋和太平洋；战斗力不如德国、日本军队。美国虽有原子弹，但不能轻易使用也不能决定胜负。因此，美国尽管在综合国力和军队武器装备方面占有绝对优势，但并不是不可战胜的。

中国困难虽多，但也有许多有利条件：东北边防军已做了必要准备，并已调集二线、三线部队；中国军队兵源充足，占有数量上的优势，并经受了二十多年革命战争的考验，向来有以劣势装备战胜装备优良之敌的经验；中国进行的是反侵略的正义之战，有中国人民和朝鲜人民的全力支援，并且中国共产党和中央人民政府在人民中有极高威望，具有强大号召力和组织动员力；中国军队在朝鲜作战，拥有直接雄厚的后方支援，利于持久作战，并有苏联为后盾，可获得武器装备及物资援助。因此，中国军队在朝鲜作战有取得胜利的可能性。

综合上述分析，中央政治局、毛泽东认为，中国应该在朝鲜争取反美胜利，应该给美帝国主义这个世界各帝国主义侵略阵营的头子一个打击，把它的气焰压下去。尽管遇到那样多条的顾虑，但那是可以克服的困难，或者应该忍受的困难，也是我们为着争取这个伟大的胜利应该付与的代价。10月5日的中央政治局会议，明确作出派遣中国人民志愿军出国作战，抗美援朝，保家卫国的战略决策。

当天会议结束后，毛泽东留下彭德怀、高岗及周恩来共进晚餐，并一起研究入朝的作战方案。鉴于朝鲜情况已十分危急，毛泽东让彭、高二人8日先到沈阳召开东北边防军高干会议，迅速传达中央政治局的决定，督促部队立即作好入朝准备。关于部队更换苏联武器装备及空军支援问题，由周恩来去莫斯科与斯大林商谈，尽快解决。

随后，毛泽东对彭德怀说，抗美援朝我是积极分子，将来全国人民都要积极支援抗美援朝战争。为了使你到朝鲜后工作上的方便，你先把毛岸英带去，他既会俄文，又懂点英文。我让他去的目的，为的是在你身边有个可靠的翻译，将来与苏联方面联系比较保密，让他担任翻译工作；另一方面也让他作为第一批志愿军战士，在战争中去锻炼，这也叫作送子从军吧！彭德怀深知毛泽东此举是在全党作个表率，但考虑到毛岸英从小受苦，到处流浪，后来又被送到苏联学习，长期不在毛泽东身边生活，父子难得团聚，因此极力劝说毛泽东留下长子在身边照料。但毛泽东仍坚持让毛岸英随彭德怀一起入朝参战。

10月8日，毛泽东以中央人民政府人民革命军事委员会主席的名义，发出《关于组成中国人民志愿军的命令》。命令指出：为了援助朝鲜人民解放战争，反对美帝国主义及其走狗们的进攻，借以保卫朝鲜人民、中国人民及东方各国人民的利益，将东北国防军改为中国人民志愿军，

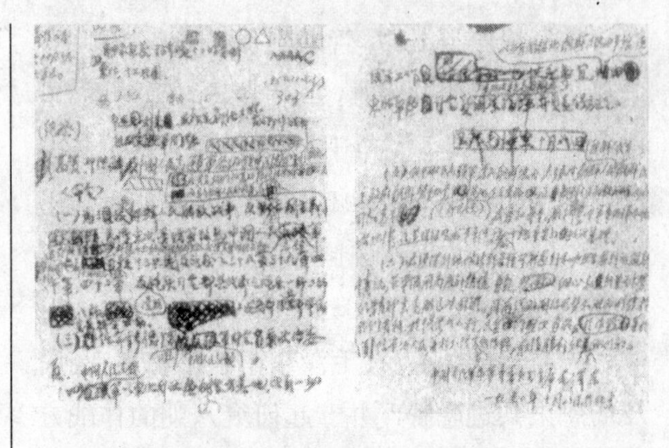

◆ 为抵御美国武装入侵朝鲜、威胁我国东北边境，中共中央毅然作出“抗美援朝，保家卫国”的决策。图为1950年10月8日毛泽东《给中国人民志愿军的命令》手稿。

迅即向朝鲜境内出动，协同朝鲜同志向侵略者作战并争取光荣的胜利。并宣布任命彭德怀为中国人民志愿军司令员兼政治委员。同时，毛泽东将中国派遣志愿军入朝作战的决定，通过驻朝使馆转达金日成，请他派员到沈阳与彭德怀、高岗会商志愿军入朝作战的具体事宜。当天，彭德怀和高岗飞到沈阳，着手运筹大军出动。同日，周恩来受中共中央委托飞往莫斯科，与斯大林等苏联领导人商谈中国出兵援朝的有关问题。

“还是中国同志好”
——斯大林感动得流了泪

出兵援朝最难决断的，是同美军进行一场现代化战争，双方武器装备悬殊太大，需要苏联提供武器装备和出动空军提供空中掩护。关于这一点，斯大林事先对中国领导人作过许诺，这也是中国决定出兵的一个重要条件。周恩来到达莫斯科后，会同在苏联治病疗养的林彪一道，于10月9日飞抵黑海之滨的克里米亚，同在那里休假的斯大林商谈志愿军更换苏联武器装备和空军支援等问题。

周恩来首先向斯大林说明了中国出兵援朝将面临的巨大困难，通报了中共中央政治局讨论时对出兵与不出兵的两种意见，提出如果苏联同意出动空军给予空中掩护，中国可以出兵援助朝鲜；同时要求苏联提供武器装备，包括各种类型的武器与弹药。斯大林表示：可以完全满足中国抗美援朝所需的飞机、大炮、坦克等武器装备，但苏联空军尚未准备好，须待两个月或两个半月才能出动空军支援志愿军作战。

应该说，朝鲜战争从一开始起，就是一个必然引发国际冲突的特殊敏感问题。在美苏对峙的世界格局中，斯大林最担心的是苏联对朝鲜民主主义人民共和国的直接援助，会给美国造成借口而将战争扩大到朝鲜境外乃至欧洲。因此，他希望由中国出动地面部队，力争把冲突限制在朝鲜境内，而苏联则出动空军予以支援。按照双方的约定，中国方面毛泽东已发布命令要志愿军即行出动，苏联方面却临战暂缓出动空军。这主要是因为斯大林担心苏联空军如在中、朝、苏边境与美国飞机和地面部队作战，很可能会导致苏美之间的直接军事冲突，有诱发第三次世界大战的危险。特别是飞机一旦到了空中，就很难划定界限，假如和美国全面冲突起来，战争就没有边缘了。如苏军飞机被美军击落或飞行员被俘获，会在国际上造成严重影响。

综上考虑，斯大林决定暂缓出动空军，以避免苏联直接卷入朝鲜战争，但却没有考虑到中国军队单独入朝同拥有绝对制空权的美军作战，将会遇到怎样的艰难险阻和付出多么大的牺牲。在会谈中，斯大林不仅不愿兑现诺言，甚至不惜放弃北朝鲜，提出在不得已的情况下，让金日成政府和军队暂时退到中国的东北地区去。斯大林态度的突然变化，使周恩来深感意外。因为事

关重大，会谈后，斯大林、周恩来联名致电毛泽东，说明了会谈情况。

10月10日，毛泽东收到莫斯科的电报，深感这是一个牵动全局的变故，他急令彭德怀、高岗赶回北京，中央政治局立即开会研究这一突发情况。会上对苏联暂时不能给予空军掩护感到意外。这意味着中国人民志愿军进入朝鲜后，将在完全没有空中掩护和支援的情况下，依靠劣质装备的步兵与高度现代化的美军单独作战。这不仅会给部队造成更大的损失，而且战争结果难以预料。一旦战争扩大，美军轰炸大陆，进攻沿海，国内敌人和台湾蒋介石集团遥相呼应，民族资产阶级发生恐惧动摇，难免引起国内政局的动荡，出现曾经估计的最不利的情况。可是，如果因此而不出兵或暂不出兵，唇齿相依的兄弟邻邦会说我们见死不救，中国仍不能摆脱近在家门口的战争威胁。同时，让金日成到东北来建立流亡政府，把美国人放到鸭绿江边上来，对中国显然不利。

10月13日，毛泽东致电周恩来通报会议的决定。电报说："与政治局同志商量的结果，一致认为我军还是出动到朝鲜为有利。在第一时期可以专打伪军……只要能歼灭几个伪军的师团，朝鲜局势即可起一个对我们有利的变化。""我们采取上述积极政策，对中国，对朝鲜，对东方，对世界都极为有利；而我们不出兵，让敌人压至鸭绿江边，国内国际反动气焰增高，则对各方都不利，首先是对东北不利。""总之，我们认为应当参战，必须参战，参战利益极大，不参战损害极大。"①

中央要求周恩来同苏联领导人商议：(一)苏联援助中国的军事装备，能否用租借办法，以使我军进入朝鲜进行长期战争。(二)苏联除于两个月或两个半月内出动志愿空军帮助我军在朝鲜作战外，可否派掩护空军驻扎于中国近海各大城市。周恩来从黑海返回莫斯科后，接到毛泽东的电报，他立即将中共中央的意见通报给斯大林。但是，斯大林要莫洛托夫转告周：苏联将只派空军到中国境内驻防，两个月或两个半月后也不准备进入朝鲜境内作战。

10月18日，周恩来返回北京，毛泽东主持中共中央会议再次研究出兵问题。会议认为，斯大林虽不同意出动苏联空军入朝掩护志愿军作战，但毕竟答应给中国提供所需武器装备等援助。在美军大举北犯的严峻时刻，即使没有苏联空军掩护，中国也要克服千难万险，出兵援助朝鲜，保卫中华人民共和国的安全。在这样复杂多变的情况下，中共中央毅然决定志愿军向朝鲜出动的计划不变。当晚，毛泽东向中国人民志愿军下达了入朝作战的正式命令。

中共中央、毛泽东对出兵援朝问题作出的最后决定，充分体现了中国方面不可移易的参战决心。这个决定同时向东西方两大阵营表明：中国共产党和中国人民在履行应尽的国际主义义务上是责无旁贷的；维护领土主权和国家安全的立场是坚定不移的。即使在困难重重的不利条件下，新中国仍然敢于并能够迎战美国这个世界军事强国。

当斯大林听到毛泽东的这个最后决定时，感动得流了泪。他一再说，还是中国同志好，还是中国同志好。曾几何时，斯大林怀疑毛泽东是"狭隘民族主义者"，是"中国的铁托"。现在面对事实，斯大林终于相信中国共产党人及其领袖毛泽东，不愧是真正的马克思主义者，不愧是伟大的国际主义者。这一认识的转变，使苏联加大了对中国援助的力度。在整个抗美援朝战争期间，

①《建国以来毛泽东文稿》第一册，中央文献出版社，1987年版，第556页。

苏联共向中国提供了64个陆军师、22个空军师的武器装备。尽管其中大部分是有偿提供的，但毕竟对中国人民志愿军入朝作战起了重要保障作用。后来，苏联还积极地为中国重点工业项目建设提供援助，对中国奠定工业化初步基础起了重要推动作用。

三、抗兵相加勇者胜

五次战役：扭转朝鲜战局

1950年10月19日，中国人民志愿军遵照中央军委的命令，第一批出国作战部队以6个军18个师的强大阵容，分别从辑安、长甸河口、安东三个口岸，隐蔽渡过鸭绿江，向着朝鲜境内掩蔽挺进。这时，美国侵略者还在为占领平壤而陶醉，根本未料到中国会出兵参战。骄横的敌人正向着中朝边境快速推进，形势非常严峻。

鉴于志愿军掩蔽入朝尚未被敌察觉，毛泽东、彭德怀当机立断，改变原定入朝后先组织防御战的计划，决定采取在运动中各个歼敌的作战方针，利用战役上的突然性，歼灭冒进之敌，争取出国第一个胜仗。为此，志愿军主力以五个军加一个师的兵力集中于西线地区，寻机歼灭南朝鲜军；另以两个师阻击东线之敌。10月25日，南朝鲜军先头部队自云山、温井一线北犯，志愿军出其不备，给敌人以迎头痛击，并分割歼灭之，打响了出国作战后的第一仗。这一天，后来被定为中国人民志愿军入朝作战纪念日。

第一次战役首战告捷，共歼敌1.5万余人，并首开一次歼灭美军高度现代化的骑兵第1师一个团大部的纪录，追敌主力从鸭绿江边退至清

◆ 1950年10月19日，中国人民志愿军雄赳赳、气昂昂，跨过鸭绿江，进入朝鲜民主主义人民共和国境内，开始了伟大的抗美援朝战争。

◆ 中国人民志愿军发扬高度的爱国主义和国际主义精神，同朝鲜人民军一道，浴血奋战，给美国侵略军以沉重打击。图为志愿军在围歼敌人。

川江以南地区。美方的评论承认："美军与中共军队第一次灾难性的遭遇，导致了第8集团军的全面撤退。"这次战役粉碎了麦克阿瑟吹嘘在11月23日"感恩节"前占领全部朝鲜的计划，初步稳定了朝鲜战局，使志愿军在朝鲜站住脚跟，并取得以劣势装备战胜优势装备之敌的初步经验。

大量中国正规部队突然出现在朝鲜战场上，令美国政府大吃一惊。麦克阿瑟立即从东京飞回朝鲜前线，调集22万余人的兵力，部署全面攻占北部朝鲜、于"圣诞节（12月25日）前结束战争"的总攻势。针对美方的恃强骄傲心理，毛泽东、彭德怀决定采取诱敌深入的方针，将敌诱至预定战场，尔后突然反击将其歼灭，把战线推进到平壤、元山一线。为此，志愿军以六个军的兵力担负西线作战任务，以新入朝参战的9兵团担负东线作战任务。从11月7日起，志愿军在朝鲜人民军配合下，发起了反击"联合国军"攻势的第二次战役。

第二次战役初期，志愿军主力向后转移休整，只以小部兵力按预定计划节节抗击和吸引敌人，待敌确信志愿军是"怯阵败走"，尾追至预定作战区域时，西线志愿军发起战役反击，以两个军突破敌人薄弱的右翼，以四个军实施正面突破，并以一部兵力沿小路勇猛穿插，切断了美军向南逃跑之路。执行穿插任务的部队在两面受敌的情况下顽强战斗，连续打退敌人数十次进攻，使南逃北援对进之敌相距不足一公里，却始终无法会合，保证了主力部队围歼和重创大批敌军。

在东线，志愿军发起全面反击，对敌军实行分割包围。时值战区连降大雪，雪积数尺，路河冰冻。志愿军官兵衣着单薄，粮弹缺乏，爬冰卧雪，忍饥受冻，部队仅冻伤减员就高达二千余人。在极其艰难困苦的条件下，东线部队同拥有大量飞机、坦克支援的敌军昼夜激战，层层阻截和追歼突围敌军，给美军中战斗力最强的"王牌军"陆战第1师以重创。至12月24日，中朝军队共歼灭"联合国军"3.6万余人，其中美军2.4万人，收复了平壤及三八线以北所有地区，并进至三八线以南部分地区。第二次战役打出了中朝人民的士气和中国人民志愿军的威风，迫使"联合国军"转入战略防御，扭转了朝鲜战局。

◆ 中国人民志愿军司令员彭德怀和朝鲜人民军司令员金日成在战斗前线。

在连续遭到两次打击之后，"联合国军"营垒内部笼罩了一派失败情绪。英、法等国主张在三八线停下来，谋求通过谈判结束战争；美国为稳住阵脚，一面在联合国大会上提出"先停火，后谈判"，一面积极调整部署，重整军队，伺机再大举北犯。针对这种情况，12月13日毛泽东致电彭德怀等指出："目前美英各国正要求我军停止于三八线以北，以利其整军再战。因此，我军必须越过三八线。如到三八线以北即停止，将给政治上以很大的不利。"

根据毛泽东、中央军委的指示，1950年12月31日至1951年1月8日，志愿军和朝鲜人民军发起第三次战役。除夕之夜，中朝军队向"联合国军"在三八线的防御阵地发起全线攻击，一举突入敌人防御的纵深，志愿军右翼集团与朝鲜人民军一个军团，于1月4日占领南朝鲜首府汉城。"联合国军"连遭打击被迫后撤，中朝军队乘胜追击，一部分兵力渡过汉江南岸追击逃敌。第三次战役共歼敌1.9万余人，将战线向南推进80～110公里，将"联合国军"驱至三七线附近地区。为避免敌人诱我深入，陷于不利地位，志愿军适时收兵，主力后撤进行休整，准备春季攻势，只留少数部队

在第一线担负警戒任务。

中朝军队向三八线以南作战取得的胜利，在国际上引起强烈震撼，加重了美国当局和“联合国军”的失败情绪，加剧了美英统治集团内部的矛盾。为挽回三次失败的影响，缓和内部矛盾，美国增拨200亿美元的国防费用，大量运送作战物资和增补兵员到朝鲜前线。经过一番积极准备，“联合国军”趁志愿军连续作战、极度疲劳、运输线延长、补给困难之机，集结23万余人的兵力，以大量飞机、坦克、火炮支援，于1951年1月25日在200公里的宽大战线上发起全线反攻。志愿军立即停止休整，同朝鲜人民军共同进行第四次战役。在战役中，中朝军队先是坚守防御，血战汉江，予敌以大量杀伤后主动撤离汉城，在向北转移中采取战役反击、运动防御等多种作战形式，继续抗击敌人。

在历次战役中，我志愿军只能背七天的干粮，徒步行军，实行美军所称的“礼拜攻势”，没有时间进行休整，被动连续作战，而敌人总是凭借机械化装备在战场上进退快、反扑也快。针对这一情况，中央军委于2月上旬决定志愿军在朝鲜实行轮番作战的方针。参加轮番作战的第二批部队迅速入朝，开往第一线接替作战，第一批作战部队得以转至后方休整，补充武器弹药及装备。至4月21日，中朝军队经87天艰苦奋战，终于制止了敌人的进攻，共歼敌7.8万余人，基

◆ 中朝人民军队并肩战斗，把美国侵略者赶回三八线附近。图为战士们在欢庆胜利。

本上将战线稳定在三八线附近。

3月中旬后,"联合国军"积极准备在我侧后方实施登陆,企图再次以两面夹击的战法,将战线推进至平壤、元山一线。为夺取战争主动权,中朝军队迅速完成集结,于4月22日发起了第五次战役。

在战役第一阶段,西线的中朝军队分左、中、右三个突击集团,相互紧密配合,轮番进行战役反攻和进攻作战。东线部队也先后向敌发起攻击作战。"联合国军"将主力撤至汉城以南及北汉江、昭阳江以南地区重新组织防御。随后于4月30日在东西两线向中朝军队发起猛烈进攻。从5月上旬起,中朝军队开始第二阶段作战,敌我双方争夺激烈,互有攻守进退。在达到使敌人新的登陆计划归于破产的预定作战任务后,中朝军队停止进攻作战,向北转移。这时,"联合国军"快速反扑,我志愿军一个师因掩护兵力不足遭受重大损失。中朝军队随即展开全线狙击,至6月上旬将敌阻止于三八线附近地区。第五次战役历时50天,共歼敌8.2万人,粉碎了"联合国军"妄图将战线推进至平壤、元山一线的计划。此后,敌我双方均转入战略防御。

从1950年10月至1951年6月,中国人民志愿军与朝鲜人民军紧密配合,历时8个月,连续发起五次大的战役,共歼敌23万余人,将以美国为首的"联合国军"从鸭绿江边赶回到战争发动时的三八线附近,充分显示了中国人民不畏强敌、保家卫国的英雄气概。

"速胜的观点是有害的"

朝鲜战争一开始就带有美苏冷战的复杂国际背景,并因美国打着"联合国军"旗号而将朝鲜内部事务国际化。这一客观现实,使朝鲜战争不能不具有长期性、艰苦性。在入朝作战初期,毛泽东曾估计朝鲜战争有可能迅速解决,认为就总的方面来说,只要能歼灭伪军全部或大部,美军即陷于孤立,不可能长期留在朝鲜;如能再歼灭美军几个师,朝鲜问题就更好解决。

中共中央、毛泽东最初设想,我军入朝参战的政治目标是"有效地解决朝鲜问题",由此提出"在朝鲜境内歼灭美国军队"的作战目标。可是,美军全副现代化装备的独立作战部队有效抗御进攻的能力,远远超出我军原来的估计。例如1950年12月的长津湖之战,我军动用一个兵团近十个师轮番作战,平均每天以四个整师同美军陆战第一师昼夜激战,美军虽然遭受重创,还是整建制地突围,连尸体都没留下,敌我双方伤亡比例高达一比十。这便是现代战争的严酷现实。

第二次战役后,美国由于受到意想不到的打击,考虑将其战略意图由占领全朝鲜改为保全南朝鲜,曾要求在朝鲜立即停火,然后进行谈判。毛泽东当时估计美国可能要求停战,但认为美方必须承诺撤出朝鲜,首先撤至三八线以南,我方才能同意谈判停战。如果能更多地消灭敌人,首先全歼伪军,会对促使美国撤兵更为有利。为此,他致电彭德怀等要求我军必须越过三八线。在这里,毛泽东首先考虑的是如果停止于三八线以北,事实上等于我们在政治上承认了以三八线为界,将影响以后彻底解决朝鲜问题的政治目标。

根据这个意图,中朝人民军队在第三次战役中乘胜越过三八线以南,占领了汉城等地,甚至一度前进到三七线,在世界上造成了很大的政治影响。在这样的形势下,各方面产生了轻敌速胜心理。苏联驻朝鲜的军事顾问及朝鲜同志认为

“可以一鼓作气把美国人赶下海”;志愿军部队中也流传着“从南到北，一推就完”的盲目乐观情绪。在解放汉城时,国内舆论一度不切实际地宣传:“向大田前进！向大丘前进！向釜山前进！把不肯撤出朝鲜的美国侵略军赶下海去！”这种轻敌急躁思想,对于准确把握战局和战场主动权产生了不利影响。

1950年12月26日，毛泽东在致彭德怀等的电报中批评了速胜的观点。他指出：战争仍然要做长期打算,要估计到今后许多困难情况。要懂得不经过严重的斗争，不歼灭伪军全部至少是其大部,不再歼灭美军至少四五万人,朝鲜问题是不能解决的，速胜的观点是有害的。但另一方面,出于尽早政治解决朝鲜问题的意图,毛泽东仍要求部队经短暂休整后再向南发动1951年春季攻势，在某些作战部署上也有超出战场实际的地方。

这时,志愿军经连续作战,部队减员甚大且极度疲劳。更严重的是,美军对我运输线不间断地轰炸，致使我军补充物资有30%～40%在途中被炸毁，只有60%～70%能达到前线。美军则抓住志愿军运输线延长、补给困难、不利有效作战的弱点,发起大规模反攻,迫使我军转入机动防御作战。例如在第四次战役中,敌方以伤亡7.8万余人的代价,夺回了丧失的阵地;我方也付出了很大伤亡,不得不撤离汉城,渐次移至三八线以北地区。及至第五次战役,我军经过艰苦奋战,达到了把战线稳定在三八线附近的目的,但正如毛泽东后来所总结的,由于战役打得“急了一些,大了一些,远了一些”,使我军的损失大于敌军,未能达到成建制歼敌的目标。这一系列战争实践表明,过去在国内采用大踏步进退的运动战,打大歼灭战的作战方法，已不适应朝鲜战场与高度机械化的美军作战的情况了。特别是在没解决空中支援和后勤保障困难的条件下,想要一鼓作气“将敌人赶下海”,是根本办不到的。

在此期间,彭德怀以坚忍的毅力指挥部队克服难以想见的困难,全力以赴争取实现中央的战略意图。但从战场实际出发,他认为有许多问题需要亲自回国一趟，当面向毛泽东汇报请示。1951年2月底，彭德怀从战火纷飞的朝鲜前线回到北京,立刻驱车去见毛泽东。时值清晨,在西郊新六所通宵办公的毛泽东刚刚入睡,彭德怀以军情如火推开工作人员的阻拦,大步闯入毛泽东的卧室。被惊起的毛泽东立即披着睡衣与他相携入座。彭德怀详细汇报了朝鲜战场双方反复激烈争夺的战况,陈述了前线日以复加的严重困难,说明了战争不可能速胜的理由。并力主将汉江南岸处于背水不利地位的志愿军第50军迅速撤回北岸。毛泽东认真倾听了彭德怀的意见后当即表示:能速胜则速胜,不能速胜则缓胜,不可强求。这就给了前线指挥员一个机动而明确的方针。

政治斗争与军事斗争双管齐下

自朝鲜战争爆发始,中国政府一直主张和平调处朝鲜问题，朝鲜战事应尽快停下来。为此，中国政府、苏联政府曾再三建议，一切外国军队撤出朝鲜，让朝鲜人民自己解决朝鲜问题，但屡遭美国政府拒绝。1950年11月下旬,中国政府特别代表伍修权在联合国安理会上发言,就美国侵占我国领土台湾、美国空军侵犯我国领空提出控诉,并再次提出中国政府的上述建议。美国挟持安理会又加以拒绝。然而,时隔不久,当第三次战役后朝鲜战场形势对美国很不利的时候,美

◆ 1950年11月至12月,中国政府特别代表伍修权出席联合国安全理事会,控诉美国武装侵略中国领土台湾。

国突然对停战大感兴趣,同意就停火问题进行谈判。但在有关谈判的提案中,却对从朝鲜撤退一切外国军队、由朝鲜人民自己解决朝鲜问题的合理主张，只字不提。这显然是为着取得喘息机会,准备再战。

1951年1月13日,联合国大会政治委员会通过一项有关解决朝鲜及远东诸问题的各项原则的决议案,其基本点仍是美国主张的先停战后谈判。其中也提出停战后外国军队分阶段撤出,设立美英苏中四国机构,讨论解决包括台湾和中国在联合国的席位等远东地区的各种问题。当时,中国认为先停战后谈判的原则,只便利于美国维持侵略和扩张侵略，决不能带来真正的和平。为防止美国利用停火争取喘息时间,中国经与苏联、朝鲜协商,拒绝了美国的这一方案。同时,周恩来外长向联合国提议:以一切外国军队撤出朝鲜及朝鲜内政由朝鲜人民自己解决为和平调处朝鲜问题的谈判基础，在中国举行有中、苏、美、法、英、印度、埃及七国参加的谈判;谈判的内容必须包括美国武装力量从台湾及台湾海峡撤退和远东有关问题。但是,美国拒绝了中国为争取恢复朝鲜和平而提出的合理的、和解的新建议,并操纵联合国政治委员会否决了与中国的建议相关的“十二国提案”和苏联的修正案。在美国的压力和影响下,联合国大会于2月1日通过决议,诬蔑中国“进行侵略”。这一轮的外交较量表明,双方的主张相距甚远,停火不是近期能够解决的。

此后，经过第四次、第五次战役，战场上形成相持、胶着的局面，中共中央、毛泽东对抗美援朝战争的长期性、艰苦性有了新的认识。朝鲜战场的实践表明，志愿军虽然能够取得很大胜利,但在出国作战、远离后方、装备落后、补给困难并面对强敌等诸多不利因素下，要像在国内解放战争时期歼灭敌军主力集团那样，消灭在朝鲜境内的美军，彻底解决带有很强国际性的朝鲜问题，是不现实的。而志愿军能将敌人赶到三八线，即可基本上达到保卫祖国安全和有关国际协定的目的。

1951年3月1日，毛泽东致电斯大林分析前线战况时提出:朝鲜战争有长期化的可能,至少应作两年的准备。为了粉碎敌人对我进行消耗战的企图,决定志愿军采取轮番作战的方针。即将先后入朝的部队分为三番轮流作战,以坚持长期作战,达到逐步歼灭敌人之目的。鉴于美国坚持继续作战,美军继续获得大量补充并准备和我军作长期消耗战的形势,毛泽东明确提出:“我军必须准备长期作战,以几年时间,消耗美国几十万人,使其知难而退,才能解决问题。”这表明,中共中央、毛泽东对同美国进行的这场现代化战争,有了更加深刻的认识。

在同中朝军队的几次大的较量中，美国决策者也被迫认识到，朝鲜战争是“在完全新的情况下，和一个具有强大军事力量的、完全新的强国进行一次完全新的战争”[1]。但麦克阿瑟却超出了美国当局对他的约束，在公开场合叫嚣不惜把侵朝战争扩大到中国境内。4月11日，杜鲁门总统宣布撤销麦克阿瑟的一切职务，任命第八集团军司令李奇微为美国远东军和“联合国军”总司令。这个重要讯号，意味着杜鲁门政府最终承认在朝鲜打的是一场“有限战争”，即有限度地越过三八线，以获得有利的军事地位，并迫使朝中方面停战。这主要是因为：美国的战略重点在欧洲，主要对手是苏联。正如美国参谋长联席会议主席布莱雷德所说，如果把战争扩大到共产党中国，“这一战略将使我们在错误的地方，错误的时间，同错误的敌人打一场错误的战争”[2]。

这时，美国政府最担心的是长期陷于朝鲜战场，与中国的军事较量消耗过大，而使苏联乘机在欧洲扩张。同时，美国公众厌恶战争的情绪普遍增长，不愿为侵占朝鲜而背负沉重的包袱。美国的盟国和仆从国也都反对扩大朝鲜战争，不愿为美国卖力。联合国成员国大多数反对“联合国军”再次越过三八线。这一切，迫使美国不得不检讨其朝鲜战争政策。1951年5月17日，杜鲁门总统批准了美国国家安全委员会关于朝鲜战争政策的备忘录，认为仅凭军事手段不可能解决朝鲜问题，美国在朝鲜的当前目标是在三八线地区建立一条有利的防线，以寻求缔结停战协定结束敌对行动。这标志着美国被迫调整朝鲜战争政策，放弃军事占领全朝鲜的目标，并作出愿意通过谈判，沿三八线一带实现停战的表示。随后，美国开始就停战谈判问题同苏联方面进行接触。种种迹象表明，通过谈判解决朝鲜问题已经具备了基础和可能性。这对于中国人民和朝鲜人民显然是有利的。

根据形势的变化，彭德怀于5月底委托志愿

◆ 在志愿军出国作战的同时，国内掀起了轰轰烈烈的抗美援朝运动。

①《杜鲁门回忆录》第二卷，世界知识出版社，1965年版，第460页。
②《参考消息》，1951年5月17日。

军副司令员邓华等回京，向中央报告战场形势和请示今后的方针。中央专门开会研究下一步怎么办，会上大多数同志认为，当前把敌人赶出北朝鲜的政治目的已经达到，停在三八线附近，也就是恢复战前状态，这样各方面都好接受，然后边打边谈，争取谈判解决问题。

6月3日，毛泽东邀请金日成来到北京，共同分析了战争形势，商谈可能举行的停战谈判的方针和方案。经研究决定，实行边打边谈的方针，政治斗争与军事斗争双管齐下：一方面准备同美国方面举行谈判，争取以三八线为界实现停战撤军；另一方面对谈判成功与否不抱幻想，在军事上必须作长期持久的打算，并以坚决的军事打击和粉碎“联合国军”的任何进攻，以配合停战谈判的顺利进行。据此，毛泽东提出了“充分准备持久作战和争取和谈达到结束战争”的指导方针。这标志着中国在抗美援朝战争在战略指导上，开始从务求全歼敌人赢得战争全面胜利，向着只须达到有限目标、进行一场国际局部战争的思想转变。

中、朝、苏三方经协商之后，由苏联驻安理会代表马立克于6月23日在联合国新闻部发表演说，主张解决朝鲜武装冲突的第一个步骤是交战双方应该谈判停火与休战，把军队撤离三八线。30日，李奇微发表声明，同意进行停战谈判。7月1日，中朝方面表示同意举行停战谈判。此后，朝鲜战争转入边打边谈阶段。

四、同仇敌忾，胜利源泉

高涨爱国热情化为伟大爱国行动

抗美援朝战争，是中国人民一百年来抗击外国帝国主义侵略的长期斗争的继续。在建立中华人民共和国，摆脱半殖民地半封建地位的新的历史条件下，中国人民比以往任何时期都大大提高了维护国家独立统一的自觉程度和组织力量。在中国人民志愿军出国作战，抗击美国侵略者，保卫新生共和国的同时，国内开展了一场规模空前、全力以赴支援和保障抗美援朝战争的抗美援朝运动，为赢得抗美援朝战争的伟大胜利奠定了坚实的基础。

1950年10月26日，中共中央向各中央局、各分局、各军区、各省市党委发出《关于在全国进行时事宣传的指示》，要求通过时事宣传，使全国人民对美帝国主义有一致的认识和立场，正确认识抗美援朝与保卫国家安全的关系，认清美国是中朝人民的共同敌人及其纸老虎的虚弱本质，坚决消灭亲美的反动思想和恐美的错误心理，普遍养成对美帝国主义的仇视、鄙视、蔑视的态度。同日，中国人民保卫世界和平反对美国侵略委员会在北京成立，简称中国人民抗美援朝总会，负责领导全国人民的抗美援朝运动。

11月4日，中国共产党、中国国民党革命委员会、中国民主同盟等各民主党派发表联合宣言，指出：历史的事实早已告诉我们，朝鲜的存亡与中国的安危是密切关联的。唇亡则齿寒，户破则堂危，中国人民支援朝鲜人民的抗美战争不只是道义上的责任，而且和我国全体人民的切身利害密切地关联着，是为自卫的必要性所决定的。救邻即是自救，保卫祖国必须支援朝鲜人民。

按照中共中央的指示，在抗美援朝总会及各地分会的领导下，全国迅即掀起以仇视、鄙视、蔑视美帝国主义为中心内容的抗美援朝宣传教育运动。各地的报刊、电台大量刊登这方面的报道和教育材料；学校师生和文艺工作者纷纷组成宣

◆ 志愿军文工团在朝鲜前线慰问部队。

传队上街或下乡；工厂、农村、机关、部队以黑板报、宣传画、报告会等形式广泛进行抗美援朝的宣传活动。这次宣传教育，有力地清除了百年来帝国主义特别是美帝国主义的侵略在部分人民中造成的崇美、恐美心理，激发了中国人民抗美援朝的爱国热情，增强了民族自信心，坚定了中朝人民必胜、美国侵略者必败的信念，使全国人民团结一致，同仇敌忾，为支援抗美援朝战争奉献自己的力量。

在抗美援朝运动中，人民群众创造了许多把爱国热情和爱国行动结合起来的好形式。首先是订立爱国公约，在全国各界人民中得到普遍推广。1951年2月，中共中央发出指示，把订立爱国公约作为深入开展抗美援朝运动的中心工作之一。在人民政府和抗美援朝委员会的组织下，全国掀起订立爱国公约的热潮，各地纷纷把开展生产竞赛、优待烈军属、反对美日单独媾和等列为爱国公约的内容。据北京、天津、上海等城市和河北省10月份的统计，已有80%以上的人口订立了爱国公约。全国邮电工人85%订立了爱国公约。全国农村有50%的人口订立了爱国公约。全国工商界也参加了订立爱国公约活动，积极发展生产，搞活流通，交纳税金，捐献财物，体现了他们的爱国热情。各阶层人民和在各种岗位上的工作人员，以爱国公约为行动的准绳，身体力行，使人人爱国的积极性得到持久的发挥，有力地推动了生产竞赛和拥军优属工作。

工人阶级以当家作主的精神，努力改善生产技术、节约原材料、提高产品质量、增加产品数量，在增产节约基础上积极为抗美援朝作贡献。工人们提出："工厂就是战场，机器就是枪炮，多出一件产品就是增强一分杀敌力量，减少一件废品就是消灭一个敌人"的口号，不断刷新生产纪录。东北齐齐哈尔市机床厂劳动模范马恒昌生产小组向全国工厂职工提出生产竞赛挑战，全国共有2810个厂矿单位、223万职工参加了生产竞赛。在农业战线，山西省劳动模范李顺达领导的互助组，向全国各地发出爱国增产竞赛挑战书，号召努力多产粮棉来支援前线。全国有1000万以上农民参加了爱国丰产竞赛，大大激发了农

民群众的生产积极性，使1951年的粮食、棉花等农作物的产量都超过了1950年的水平。

在订立爱国公约运动中，各地广泛深入地开展拥军优属活动。为表达对志愿军的支持和拥戴之情，解除志愿军指战员的后顾之忧，各级政府和有关方面把优抚工作当成重大的政治工作，列为爱国公约的一项重要内容。广大群众认为"不照顾好烈、军属，就对不起前方的志愿军"。在"先军属，后自己"的口号下，尽一切努力帮助志愿军的烈、军属，解决生产上的困难，安排好他们的生活。广大人民群众对回国治疗休养的志愿军伤病员，也给予无微不至的关怀和照顾。各界群众组织慰问团到病房慰问，许多群众自发地带着各种物品到医院探望。在城乡各地，志愿军伤病员普遍受到人们的爱戴。

志愿军抗击美国侵略者的英勇斗争，获得全国人民的高度崇敬，祖国人民把志愿军指战员誉为"最可爱的人"。为了更直接地向志愿军表达关怀、热爱之情和抗美援朝的坚强决心，根据中共中央的指示，中国人民抗美援朝总会先后组织了三届中国人民赴朝慰问团，到朝鲜战地进行慰问。慰问团由全国各民主党派、各人民团体、各阶层、各地区、各民族和人民解放军的代表以及文艺工作者、各界知名人士组成。各届慰问团又组成若干个分团，深入到朝鲜前线和后方，分别慰问了志愿军和人民军部队及伤病员，中国人民志愿援朝铁路员工、医务工作者、民工，以及朝鲜地方党政机关和朝鲜人民。慰问团和各分团召开各种慰问会、座谈会，举办丰富多彩、形式多样的文艺、曲艺演出，组织放映电影，带去了中国人民对志愿军和朝鲜军民的关怀、支持和亲切慰问，带去了中国人民的温暖。中国人民赴朝慰问团，极大地鼓舞了中朝军队的战斗意志，加强了中朝人民用鲜血凝成的友谊和反对美国侵略、保卫世界和平的共同胜利的信念。

抗美援朝总会还两次邀请"中国人民志愿军归国代表团"回国内报告志愿军在前线作战的事迹。归国代表团走遍了全国24个省区的172个市、县和广大乡村，行程5万余里，和1000余万人见面，向4475万听众作了报告或广播讲演，并运用广播录音、报刊、小册子、开会传达等方式，向全国人民报告了中朝军民英勇斗争的事迹，使数千万各界群众受到了生动的爱国主义和革命英雄主义教育，有力地推动了国内各项事业和抗美援朝运动的发展。

抗美援朝运动与抗美援朝战争交相互动，形成以爱国主义、国际主义和革命英雄主义为主题的时代精神，把亿万人民群众最大限度地发动起来，投身到保卫祖国、建设新国家的神圣事业中去。这一伟大群众运动所涉及的社会阶层和范围之广，各级党政领导的动员组织能力之强，普通人民群众参与程度之深，保证战争胜利的推动力之大，在中国人民反对帝国主义侵略的斗争史上是空前未有的。

掀起参军参战支前的热潮

在抗美援朝运动中，全国掀起参军、参战、支前的热潮。各地到处出现父母送儿子、妻子送丈夫、兄弟争相入伍的动人事迹。人民领袖毛泽东在第一时间把自己的长子毛岸英送到炮火连天的朝鲜前线，当时并不为人所知，但可以看作是那个激情年代以国家民族利益为最高利益的生动写照。

在土地改革中分得胜利果实的青壮农民踊跃报名参军。与朝鲜隔江相望的辽东省安东市

及附近的县，遭受到美国飞机的疯狂轰炸，侵略者的暴行激起群众的无比愤怒，几天之内就有5800多名青壮年报名参军。完成土改较早的东北、华北不少区、乡的民兵还组成“子弟兵连”，要求集体参加志愿军。人口只有两千万的浙江省，报名参军的农民达一百多万。西北地区1951年有2.4万多名各族青年参加志愿军赴朝作战。整个战争期间，共有二百多万祖国优秀儿女先后奔赴朝鲜前线，为抗美援朝战争的胜利提供了取之不尽的兵员保证。

为加速国防建设，1950年12月1日，人民革命军事委员会和政务院作出关于招收青年学生、青年工人参加各种军事干部学校的决定。新民主主义青年团中央、中华全国学生联合会、中华全国总工会先后发表告全体青年团员书、告全国同学书、告全国青年工人书，号召青年团员、青年学生、青年工人踊跃报名参加军干学校，为加强国防力量建功立业。1951年6月24日，政务院再次发出关于各种军事干部学校招收学生的决定。全国青年经过仇视、鄙视、蔑视美帝国主义为中心的爱国主义教育，政治觉悟大为提高，爱国热情更为高涨，热烈响应祖国号召，踊跃报名应招。全国总计两期报名参加军干校的青年达到58万余人，圆满完成了招生任务。

与此同时，全国掀起了踊跃支前的热潮。各地的农民、铁路员工、汽车司机、医务工作者，分别组成运输队、医疗队、担架队，志愿开赴朝鲜前线，担任战地的各种勤务工作。特别是东北地区人民，筹集了大批马匹、车辆、担架、医疗用品等随同第一批志愿军部队入朝，其中参加担架队、运输队、民工队的达70多万余人，为保障志愿军和人民军作战起了重要作用。

在参战初期，前方的条件非常艰苦，部队只能以炒熟的面粉充干粮。为了向志愿军供应便于运输、携带的炒面，全东北地区掀起“男女老少齐上阵，家家户户忙炒面”的热潮。在志愿军入朝一个月打响第二次战役之后，就有405万斤炒面、58万斤熟肉陆续运到朝鲜前线，为几十万大军初步解决了口粮问题。全国其他地方的党政军民纷纷行动起来制作炒面。在北京，周恩来总理于紧张繁忙之余，也同中南海的干部群众一起参加炒面。随着生产的逐步恢复与好转，全国各地将饼干、猪肉、牛肉、鸡蛋、黄豆、蔬菜等制成品源源不断送到前方，使志愿军指战员的食品营养有所改善。

截至1951年10月，全国铁路系统报名志愿赴朝的员工达到铁路员工总数的75%，其中赴朝的青年团员和青年员工达6100余人，入朝的铁路员工80%在前线立了功。许多铁路局和城市除了派出赴朝的员工外，还组织几千人到几万人的预备队，准备随时应召赴朝服务。赴朝服务的铁路员工，同志愿军和人民军铁道兵指战员和朝鲜人民一起，在敌人对朝鲜境内铁路无数次的轰炸破坏中英勇斗争，把一列列满载作战物资的火车开往前线。

志愿赴朝服务的汽车司机，据东北各省、市1951年6月统计，有5571人，占当时东北地区司机总数的51.6%。他们在敌机频繁的袭扰下，白天精心隐蔽车辆，夜晚驰骋在弯曲多险的山道上，将大批军需物资源源不断地运上前线，又把光荣负伤的志愿军战士运回后方治疗。他们不顾自己安危，历尽千辛万苦，机智勇敢地克服困难，创造了许多英雄业绩。

全国各地的医务工作者，在“响应祖国号召，到最光荣的岗位上去”的口号下积极行动起来，义无反顾地奔赴朝鲜战场。上海军医大学师生

志愿手术队，最先前往朝鲜。接着，北京、天津、沈阳、南京、武汉、广州、重庆、西安等地的医务工作者，相继组织了志愿医疗队、手术队、公共卫生队和防疫队开往朝鲜前线。1951年2月8日，中国人民保卫世界和平反对美国侵略委员会和中国红十字会总会联合发出《关于组织医疗队的通知》，对医疗队的任务、组成人员以及工作要求等做了明确的规定。此后，志愿赴朝的医务人员在中国红十字会总会的统一筹划下，分期分批地组成医疗队赴朝服务。至1951年10月，志愿赴朝的医疗队达50余个，其中80%的人员在前线立了功。

抗美援朝运动的蓬勃发展，大大激发了中国人民的爱国热情和工作积极性。志愿支前的担架队、运输队和民工队，担负着运送弹药、物资、伤员等各种战地勤务工作，大大增强和改善了志愿军的后方勤务体系。全国各方面的力量融会在一起，有力地支援了志愿军在战场上的作战，同时也有力地促进了国内各项建设的恢复，加强了国防力量建设。

◆ 志愿军特等功臣、二级英雄易才学在前线。

全国捐献飞机大炮运动

到1951年5月，中国人民志愿军已在朝鲜作战7个月，取得了抗美援朝战争的重大胜利。但由于武器装备处于悬殊的劣势，特别是没有空军参战，没有坦克参战，大炮数量也很有限，作战中实际困难很多。5月中旬前后，第一届中国人民赴朝慰问团完成慰问回国后，先后反映了志愿军在作战中的这些困难情况。但为进行抗美援朝战争和恢复国内建设，国家财政负担很重，不可能再临时增加拨款来购买作战急需的武器装备。

体念国家困难，为政府分忧，抗美援朝总会于6月1日发出《关于推行爱国公约、捐献飞机大炮和优待烈属军属的号召》，指出：根据前线的报告，根据赴朝慰问团回来的报告，中国人民志愿军和朝鲜人民军的战斗力，在一切方面都能完全压倒敌人，困难的只是飞机大炮等武器还不够多。为了使志愿军能够以更小的牺牲，消灭更多的敌人，早日取得战争的最后胜利，必须迅速以更多的飞机、大炮、坦克、高射炮、反坦克炮等武器供给前线。《号召》建议，全国各界爱国同胞们，不分男女老少，都开展爱国的增加生产、增加收入的运动，用新增加的收入的一部或全部，购置飞机、大炮等武器，捐献给志愿军和解放军，来加强他们的威力，巩固我国国防。这项捐献活动为期半年。各地捐献的飞机、大炮、坦克等，将冠以捐献单位的名字，作为光荣的纪念。

同日，中共中央发出指示，指出捐献武器运动，必须与增加生产或其他增加收入运动结合起来，这对于前线和国家财政将是一个很大的帮助。根据中共中央的

◆ 1951年7月，上海新华、中实、四明、通商、建业等五家银行联合捐献飞机9架，支援抗美援朝。

指示，抗美援朝总会专门就捐献武器的具体办法发出通知，其中规定了捐献必须自愿的原则；捐献人民币15亿元(旧币，其币值1万元等于新币值1元。下同)计为一架战斗机，25亿元计为一辆坦克，9亿元计为一门大炮，8亿元计为一门高射炮；所有捐款均委托各地人民银行代收，不得挪作他用。在抗美援朝总会及各分会的组织下，抗美援朝捐献武器运动迅速在全国展开。各地区、各民族、社会各界人民及机关团体、民主党派等采取多种方式，为捐献筹集资金。中国驻外使领馆工作人员、归国华侨和海外侨胞也积极作了捐献。至6月底，北京、天津、沈阳、武汉工商界已各认捐30架战斗机；南京商界认捐10架；东北人民认捐203架；华北人民认捐234架；湖北人民认捐100架；山东人民认捐“山东空军师”120～130架；江西人民认捐“八一空军师”81架；苏南人民认捐“苏南空军师”120架等。

获得斯大林文学艺术奖的作家丁玲、周立波，电影工作者徐肖冰、苏河清等，民主人士李济深、张澜、陈铭德、柳亚子等，在倡议捐献“鲁迅号”、“人民电影号”、“民盟号”飞机时，都带头作了捐献。北京归侨发起捐献“华侨号”飞机，许多归侨当场捐献2亿多元。广东汕头、台山等地归侨也做了大量捐献。中国驻外使领馆工作人员共捐献15.6亿余元人民币。宗教界领袖班禅额尔德尼·确吉坚赞一次捐献1.3亿元；青海湟中塔儿寺和大通广慧寺的全体僧众捐献1.3亿元。各地少数民族人民积极捐献的生动事例也不胜数。

全国的工人大部分每月捐出1～3个或5～6个工作日的工资，捐出奖金的一部或全部，还参加义务劳动和加班生产作捐献，有的表示一直捐到抗美援朝战争取得最后胜利。农民靠节衣缩食、进行副业生产等办法作捐献。工商界捐出营业额的1%～2%或4%～5%。大中学校学生以至小学生，利用假期勤工俭学或节省父母给的零用钱捐献。许多作家捐出创作稿酬的一部或全部。艺术家主要是开展义演、义卖(书画等)、义展(工艺美术品等)活动，将所得全部捐献。

著名京剧艺术家梅兰芳在汉口进行两场义

演，得款1亿元全部捐献。已退出艺术舞台多年的京剧老前辈王瑶卿、尚和玉、谭小培、刘喜奎等，也重新登台举行多场义演。上海戏曲界有13个剧种共义演200余场，收入15亿元全部捐献。豫剧演员常香玉带领香玉剧社，先后在陕、豫、鄂、湘、粤、赣6省巡回义演170余场，历时半年，捐献"香玉剧社号"飞机1架，在全国传为佳话。

至1951年12月底武器捐献运动结束，抗美援朝运动转入以开展爱国节约为中心的各项工作，全国人民仍继续有所捐献。自1951年6月1日至1952年5月31日，全国各省市人民银行汇解抗美援朝总会的武器捐款共为55650亿余元人民币，以每架飞机15亿元计算，共折合3710架飞机，尚余6230万余元。

捐献飞机大炮运动，又一次在全国人民中深入进行了抗美援朝、保家卫国运动的深入普及动员和教育，极大地激发了全国人民的爱国热忱，给予在朝鲜作战的中国人民志愿军以巨大的精神鼓舞和物质支援，使志愿军的武器装备得到明显改善和加强，同时也减轻了国家的财政负担。全国人民捐献飞机大炮运动，有力地支持了我军迅速建立起一支强大的空军和炮兵。在朝鲜战争中，年轻的志愿军战鹰创造了令第二次世界大战中称雄一时的美国王牌飞行员心惊胆寒的骄人战绩。这里也凝聚着中国各阶层人民和海外侨胞的高度爱国热情和无私奉献。

总的来看，抗美援朝战争开始后，中国共产党的领导、人民民主专政的国家政权和广泛的爱国统一战线，有效地把群众分散的、个别的意志和力量凝聚转化为国家整体意志和整体力量，显示了新中国国家动员体制的高度组织能力。这种强大的政治优势，不仅为抗美援朝战争提供了稳固的后方环境，而且同民主建政、恢复发展国民经济及各项社会改革齐头并进，相辅相成，几套锣鼓一起敲，进行得有条不紊，有声有色。前方和后方两条战线相互激励，彼此推动，逐步改

◆ 各界人士踊跃捐献，支援抗美援朝战争。

变了敌我军力与经济力对比极不平衡的状况。有祖国人民作为坚强后盾，志愿军克敌制胜，愈战愈强，最终打破了世界头号强国美帝国主义不可战胜的神话。正如毛泽东在总结抗美援朝运动经验时所指出："依靠人民，再加上一个比较正确的领导，就可以用我们的劣势装备战胜优势装备的敌人。"

五、毛泽东掷地有声：能战然后能和

"争取和，不怕战，准备拖"

朝鲜停战谈判从1951年7月10日开始。谈判地点最初设在开城，10月25日起移至板门店。根据双方协议，谈判只涉及军事方面而不包括政治方面。要解决的主要问题是：第一，设立军事分界线；第二，停战监督和战后限制朝鲜境内军事设施；第三，交换战俘。谈判拖延两年之久，中间打打谈谈，直至1953年7月才结束。

在谈判之初，毛泽东即充分估计到美方在谈判期间，可能对我发起大的攻击，并在我后方举行大规模的轰炸，以期迫我订立"城下之盟"。为此，他要求在敌军大举进攻时，我军必须大举反攻，将其打败。中朝方面谈判的基本方针是："政治斗争与军事斗争双管齐下"，"争取和，不怕战，准备拖"，"谈要耐心，打要坚决，据理力争，直到取得公平合理的停战"[1]。根据毛泽东的指示，我方一面进行有理有利有节的谈判斗争，一面坚决粉碎敌人连续发起的夏季攻势和秋季攻势，迫使美方在无理中止谈判之后，又不得不重新回到谈判桌前。

对于这种特殊形式的斗争，毛泽东在1951年7月15日写给民主人士黄炎培的信中作了这样的表述："古人说：能战然后能和。我们也是如此。"在整个谈判期间，毛泽东与我方领导谈判的核心成员李克农等电报频为往还，对各个阶段所要解决的问题，逐一作了明确具体的指示。针对美方一再以扣留中朝战俘及采取军事行动来拖延、破坏停战谈判的行径，毛泽东坚定地指出："我们是要和平的，但是，只要美帝国主义一天不放弃它那种蛮横无理的要求和扩大侵略的阴谋，中国人民的决心就是只有同朝鲜人民一起，一直战斗下去。"

停战谈判开始后，美方拒绝朝中方面提出的以三八线为军事分界线的建议，要求将分界线划至朝中军队阵地的后方，即三八线以北的1.2万多平方公里，以"补偿"美国在朝鲜的所谓"海、空军优势"。这种强词夺理的"优势补偿论"当然被朝中方面拒绝。美方随即散布"让炸弹、大炮和机关枪去辩论吧"的论调，于1951年8月在东线发起夏季攻势；9月又在西线发起秋季攻势，企图以军事压力获得谈判桌上得不到的东西。志愿军和朝鲜人民军坚决予以抗击，采取阵地防御和运动反击相结合的作战方法，粉碎了敌人的攻势，共歼灭美军和南朝鲜军15.7万余人，取得消灭敌人有生力量的重大胜利，有力地配合了谈判桌上的斗争。

为了在谈判中获得更多的筹码，美军策划进行了旨在摧垮志愿军后勤补给线的疯狂的"绞杀战"，出动大量飞机，全面轰炸志愿军后方运输线，封锁北朝鲜蜂腰部的铁路、公路咽喉地带，企图迫使志愿军因粮弹不济而屈服。针对敌人的"绞杀战"，主持中央军委日常工作的周恩来副主席亲自统筹和指导东北军区在沈阳召开志愿军后勤工作会议，成立志愿军后方勤务司令部，专

[1]裴坚章主编:《中华人民共和国外交史(1949～1956)》,世界知识出版社,1994年版,第199页。

事负责战场后勤保障；并采取了一系列重要措施，加强部队后方基地建设工作，全力解决志愿军的战场运输问题。

在反“绞杀战”中，中国国内部队作为后备军轮番入朝作战，迅速取得对美军作战的经验，大大增强了志愿军的有生力量。在空中支援方面，苏联原为避免与美军直接交战而不愿出动空军，后因美军飞机沿苏朝边界轰炸海参崴附近的空军基地，使苏联自身的安全受到直接威胁。至此，斯大林在要求高度保密的前提下，下达了苏联空军参战的命令。1950年11月，首批苏联空军团队秘密飞抵中国丹东浪头机场，帮助年轻的志愿军空军进行积极的参战训练准备。在苏联空军的带领下，志愿军空军采取轮番作战的方针，以师为单位陆续投入反“绞杀战”和掩护平壤以北机场修建的作战。1951年9月起，志愿军空军即参加了敌我双方共200余架飞机的大规模空战。至当年底，共出动战机5287架次，空战45次，击落美机72架、击伤25架。

1952年1月起，志愿军空军开始进行独立作战，轮番参战的各飞行师歼击机部队和轰炸机师频繁出动，有力地保卫了重要目标和交通枢纽。志愿军空军四师大队长张积慧在僚机的配合下，经顽强激战，将美空军号称“成绩最高的喷气式飞机王牌飞行员”乔治·戴维斯及其僚机击落，在美国和“联合国军”中引起震惊。美远东空军副司令威兰中将在一项特别声明中哀叹：这是“对远东空军的一大打击”，“是一个悲惨的损失”。在志愿军空军的英勇抗击下，美空军损失惨重，使美军的空中优势受到很大削弱，被迫放弃对新安洲、西浦和价川三角地区的封锁。至6月，美海军陆战队司令薛佛德不得不承认“绞杀战是失败了”。整个抗美援朝战争中，志愿军空军共击落敌机330架，击伤95架，为支援地面部队作战，粉碎美军的“绞杀战”作出了重大贡献。美国空军参谋长范登堡不禁惊呼：“共产党中国几乎在一夜之间变成了世界主要空军强国之一。”

在空中作战的支援下，志愿军以高射炮兵、铁道兵、工兵、运输兵等地面部队协同作战，以顽强的斗志，忘我的牺牲精神，创造出多种灵活应变、突击抢修、抢运等方法，进行了英勇的反轰炸、反“绞杀战”斗争。经过10个月坚忍不拔的努力，终于建成了一条“打不烂、炸不断的钢铁运输线”。1952年初，中朝方面发现，美国侵略者竟不顾国际公法，在朝鲜战场和我国边境海防地区实施灭绝人性的细菌战。中朝军队和两国人民全面开展了反细菌战斗争，世界进步舆论对美国予以强烈谴责。1952年5月起，美国空军已基本停止了对朝鲜北方铁路的空中封锁行动。6月，美军的“绞杀战”终以失败而告结束。

中朝人民军队强有力的军事斗争，迫使美方不得不回到谈判桌前。根据中共中央、毛泽东的指示，以李克农为首的志愿军谈判代表团与朝方共同行动，主动提出以现有实际接触线为军事分界线的协定，并由此线各后退2公里以建立非军事区的建议，以解除美方在军事分界线问题上无理纠缠的借口。经反复斗争，1951年11月23日，谈判双方就“作为在朝鲜停止敌对行为的基本条件，确定双方军事分界线，以建立非军事区”达成原则协议。随后，双方人员对现有实际接触线进行了校对和认定。11月27日，双方代表团批准了根据实际接触线确定军事分界线，之后又划出了非军事区的南北缘。至此，谈判双方终于在实质性问题上初步达到第一个协议。这条分界线与中朝方面原来主张的三八线相差不多。

◆ 1952年10月11日，在朝鲜上甘岭战役中，中国人民志愿军向北山阵地敌人发起猛烈反击，全歼守敌，并击溃敌援军两个营。图为志愿军冲向上甘岭高地。

1952年5月，双方又解决了停战监督和战后限制朝鲜境内军事设施等问题。但是，在战俘问题上双方的主张截然对立，这是战争迟迟不能结束的主要原因。

按照国际惯例和《关于战俘待遇之日内瓦公约》的有关条款，中朝方面坚持遣返全部战俘。但美方却蓄意刁难，拒绝按国际公约实行遣返，提出所谓的“自愿遣返”。与此同时，新任美国远东军和“联合国军”总司令克拉克，继续不断施加军事压力，加强对朝鲜北部战略要地的轰炸，并采取强行扣留中朝被俘人员，停止谈判等手段，企图迫使中朝方面屈服。

中朝方面一面在谈判中进行针锋相对的斗争，一面大规模地构筑坑道工事和坚固的防御体系，以“零敲牛皮糖”的战法开展战术反击，予敌以重大杀伤。10月14日，克拉克在金化郡地区发动自1951年秋季以来规模最大的所谓“金化攻势”，对处于战略要冲的上甘岭我方阵地实施猛烈进攻，最多时一昼夜发射30万发炮弹、飞机投掷500多枚重磅炸弹，致使山头几乎被削低两米。志愿军依托坑道工事顽强抗击，与敌反复争夺阵地，使敌军付出伤亡2.5万人的惨重代价，上甘岭要地依然牢牢控制在志愿军手里。

在持续两年的打打谈谈中，美国不断向中、朝方面施加军事压力，将其全部陆军的三分之一、空军的五分之一和海军的近半数投入朝鲜战场。中朝人民军队针锋相对，以打促谈，使敌人在谈判桌上得不到的东西，在战场上也同样得不到。停战谈判所取得的每一步进展，事实上都是中朝军队在战场上给予敌人进攻以沉重打击的结果。对于朝鲜停战谈判的前景，毛泽东在1952年8月全国政协常委会议上分析说：“谈还是要谈，打还是要打，和还是要和。”为什么要和呢?因为长期打下去对美国很不利。一要死人；二要用

钱；三他们国际国内都有难以克服的矛盾；四受制于以欧洲为重点的全球战略。总之，对美国来说，“大势所趋，不和不利”。这个分析鞭辟入里，把美国不愿陷于朝鲜战争泥淖，终将接受和谈结束战争的必然性，揭示得非常透彻。

1952年12月，美国新当选总统艾森豪威尔到朝鲜考察军事形势，不得不承认美国没有什么简易的办法迅速而胜利地结束这场战争。随后，毛泽东主席在政协一届四次会议的讲话中表明了中国人民的大无畏气概：“美帝国主义愿意打多少年，我们也准备跟他打多少年，一直打到美帝国主义愿意罢手为止，一直打到中朝人民完全胜利的时候为止。”面对中国方面的强硬立场，美国政府深感一切压力都行不通，只好下决心在朝鲜停战。

1953年2月22日，“联合国军”总司令克拉克致函朝中方面，建议在战争期间首先交换伤病战俘。毛泽东估计，美国艾森豪威尔上台后，企图从杜鲁门造成的束缚中解脱出来，美方建议可能是在板门店转弯的一个试探。3月5日，斯大林逝世。苏联新领导人为稳住国内局势并缓和东西方紧张关系，希望尽快实现朝鲜停战。他们向前来参加斯大林葬礼的周恩来表示，朝鲜战争拖下去对苏联和中国都不利；为掌握和平的主动权，应准备在战俘问题上求得妥协。此后，经仔细研究，中朝方面于3月28日复函克拉克，同意首先交换伤病战俘，并指出这一问题的合理解决应引导到全部战俘问题的顺利解决。

3月30日，周恩来外长发表声明，提议参战双方应保证在停战后立即遣返其收容的一切坚持遣返的战俘，而将其余战俘转交中立国。这一建议迅即在国际上产生重要反响，使谈判出现转机。美国政府认为，周恩来有关战俘问题的新建议，虽然需要美方从原来的立场让步，但基本不违反美方“自愿遣返”的原则，于是转到力求迅速谋和的立场上来。在接下来的谈判中，中朝方面共同努力，否定了美方、南朝鲜方提出的将一切不直接遣返的朝鲜战俘在停战生效后“就地释放”的无理方案，并适时地发起1953年夏季反击战役，推动了谈判的进行。6月8日，板门店谈判终于达成并签订了《中立国遣返委员会的职权范围》文件。一年多来唯一阻碍停战达成协议的交换战俘问题获得解决。至此，关于朝鲜停战的全部议程均已达成协议。6月17日，双方人员对军事分界线进行了第二次校正。

这时，南朝鲜李承晚集团仍坚持其所谓“就地释放”的立场，蓄意破坏战俘遣返协议，于6月18日出动军队胁迫2.7万名朝鲜人民军被俘人员离开“联合国军”战俘营，押解到南朝鲜军营中强行扣留，并狂妄叫嚣不惜将战争“继续打下去”，“打到鸭绿江”。此举立即在全世界引起强烈反响，英国和美国的其他盟国纷纷向华盛顿提出抗议，谴责李承晚的“背叛行为”。美国总统艾森豪威尔不得不急电李承晚，要求他“立即毫不含糊地接受联合国军的指挥，处理并结束目前的敌对行动”。

这一严重事件发生后，志愿军司令员兼政治委员彭德怀立即从北京动身返回朝鲜。他认为，如果在军事上不给予敌人以惩罚性的痛击，不仅会拖延停战的早日实现，而且也将影响停战后朝鲜半岛和平局面的稳定。6月20日抵达平壤后，他马上与在桧仓指挥部的志愿军代理司令员邓华、副司令员杨得志直接通话，掌握了战场上的实际情况。当晚10时，彭德怀致电毛泽东，建议推迟停战协定签字时间，以加深敌人内部的矛盾，再给李承晚伪军以打击。毛泽东

复电指出：停战签字必须推迟，再歼灭伪军万余人，极为必要。

经中央批准，志愿军于6月26日发动夏季反击战役第三阶段的金城战役，经过20多天的战斗，共毙、伤、俘敌7.8万余人，再次给南朝鲜军以沉重的打击。同时，收复土地178平方公里，将我军防线从金城附近向南推进，拉直了金城以南的东西战线，使我方处于更有利的战略态势。金城反击战作为停战前的最后一仗，对停战协定的早日签字起到了重要的促进作用。

7月10日，板门店谈判代表团大会复会。再次遭到失败后，美方首席代表哈里逊不得不认真听取和回答朝中方代表的一系列质问，最终就"如果韩国破坏停战，采取进攻行动时，(美国)将不再给予武器装备、物资供应的支援"作出完全的保证。尽管这时我军还可以乘胜前进，取得更大的胜利，但是为了全世界的和平事业，同意了美方希望尽快签字结束朝鲜战争的要求。为此，双方商定在过去两次的基础上，第三次校正军事分界线，并于7月22日确定了最后军事分界线。

这次的校正表明，在最近1个多月里，朝中军队较之1953年6月17日划分的军事分界线，又向前推进了192.6平方公里；而较之1951年11月27日第一次协议的军事分界线，共向前推进了332.6平方公里。曾几何时，美军气势汹汹地越过三八线向北进攻，如今，美方却不得不在朝中军队向三八线以南地区推进的态势下接受停战。这对于一向炫耀武力的美国来说，是十分难堪的。

彭德怀放言：先例既开，来日方长

1953年7月27日上午10时，《朝鲜停战协定》在三八线以南的板门店举行签字仪式。双方的军事分界线，正从板门店由朝中方面建造的签字大厅中间穿过。按照事先商定，双方首席代表南日大将、哈里逊中将，同时在《朝鲜停战协定》的18个文本上签字，整个仪式只用了10分钟。

根据停战协定，双方控制下的一切武装力量，包括陆、海、空军的一切部队，于双方首席代表签订停战协定后12小时起，即7月27日朝鲜时间下午10时起，完全停止一切敌对行为；在停战协定生效后72小时内，双方自非军事区撤出一切军事力量、供应与装备。在停战协定生效后10天之内，"联合国军"从我方西海岸和东海岸的有关岛屿撤退。

朝鲜人民军最高司令官金日成元帅，当晚于平壤首相府在由板门店送达的停战协定上签了字；"联合国军"总司令、美国陆军上将马克·克拉克，于汶山的帐篷里在停战协定上签了字；中国人民志愿军司令员兼政治委员彭德怀，于27日下午到达首开停战谈判的开城来凤庄。28日上午9时30分，彭德怀在志愿军代表团新建的会议室里，在停战协定的18个文本上签署了自己的名字。中方代表团成员李克农、杜平、柴成文、丁国钰等将军参加了签字仪式。

彭德怀司令员签字完毕，室内响起一片祝贺的掌声。为抗美援朝战争胜利建立了卓著功勋的彭德怀将军，以激动的心情大声宣布："在朝鲜的一切敌对行为已经完全停止，全世界人民所渴望得到的朝鲜停战已经实现了！"他就朝鲜停战发表谈话，庆贺英雄的朝鲜人民以及中国人民志愿军和朝鲜人民军并肩作战取得了战争的胜利。彭德怀指出："这个战争证明，一个觉醒了的爱好自由的民族，当它为祖国的光荣和独立而奋起战斗的时候，是不可战胜的。"对于站起来的中国人

◆ 1953 年 7 月 27 日，朝中军队代表与侵朝的"联合国军"代表在《朝鲜停战协定》上签字。

◆ 1953 年 7 月 27 日，《朝鲜停战协定》在板门店正式签字。至此，历时三年的抗美援朝战争宣告结束。图为军事停战委员会在板门店举行第一次会议。

◆ 抗美援朝战争中牺牲的黄继光、邱少云、罗盛教等英雄人物，安息在中国人民志愿军总部附近的烈士陵园。

民同以美国为首的世界霸权主义的斗争，彭德怀后来在他的自述中说："我在签字时想，先例既开，来日方长。"[①]

对于朝鲜停战的实现，也有人怀着沮丧的心情。时任"联合国军"总司令的克拉克将军，在他的回忆录中写道："在执行我政府的训令中，我获得了一项不值得羡慕的荣誉，那就是我成了历史上签订没有胜利的停战条约的第一位美国陆军司令官。我感到一种失望和痛苦。我想我的前任麦克阿瑟和李奇微两位将军一定具有同感。"[②]

朝鲜战争是第二次世界大战之后发生的一场时间较长、具有相当规模的国际性战争，参战国家很多，实际是当时东、西方两大阵营的一次全面性的对抗，其影响远远超出局部战争的范围。中国人民的抗美援朝战争，是中华人民共和国成立后经历过的最大的一场战争。中国人民一向是积极维护和平，坚决反对战争的。这场战争完全是帝国主义侵略者强加给中国人民的。在朝鲜战场，美国自恃为世界头号军事强国，使用了除原子弹以外所有的现代化武器，但是从鸭绿江到板门店，美军最终还是被推回到战争的起点——三八线。这个事实戳穿了美帝国主义不可战胜的神话。战争的最终结果，是以美国企图霸占全部朝鲜的野心遭到彻底破产、中国的国家安全得到有力保障而告结束。无论从政治上还是从军事上看，中国人民都取得了伟大的胜利。

在抗美援朝战争中，中国人民志愿军代表着祖国人民和世界爱好和平人民的意志和愿望，执行着保卫祖国安全，保卫远东和世界和平的伟大光荣任务。在中共中央、毛泽东的英明领导下，志愿军充分发挥政治优势和我军的优良传统，面对世界上最强大的敌人，在极为艰难的条件下，扬长避短，以灵活机动的战略战术和一往无前的英雄气概，进行了艰苦卓绝

◆ 彭德怀从朝鲜胜利归国时受到热烈欢迎。

①《彭德怀自述》，人民出版社，1981年版，第264页。

②(美)马克·克拉克：《从多瑙河到鸭绿江》，英国哈普公司，1954年版，第11页。

◆ 1958 年 2 月 19 日，中国和朝鲜政府发表联合声明，宣布中国人民志愿军于 1958 年全部撤出朝鲜。图为 1958 年 9 月，朝鲜军民欢送驻黄海道沙里院的志愿军归国。

◆ 朝鲜人民送别中国人民志愿军。

的作战。志愿军指战员始终发扬祖国和人民利益高于一切、为了祖国和民族的尊严而奋不顾身的爱国主义精神，英勇顽强、舍生忘死的革命英雄主义精神，不畏艰难困苦、始终保持高昂士气的革命乐观主义精神，为完成祖国和人民赋予的使命，慷慨奉献自己一切的革命忠诚精神，以及为了人类和平和正义事业而奋斗的国际主义精神。这种抗美援朝精神，极大地鼓舞了全中国人民。在志愿军行列中，先后涌现出杨根思、黄继光、孙占元、杨连弟、邱少云等30多万名英雄功臣和近6000个功臣集体，以及为抢救朝鲜儿童而献身的罗盛教这样的国际主义战士。在抗美援朝战争中，志愿军指战员遵照党中央关于“爱护朝鲜的一山一水一草一木，不拿朝鲜人民一针一线”的指示，增强了同朝鲜人民的深厚友谊。

◆ 1958年3月16日，志愿军首批归国部队的先头部队到达祖国边境时，受到祖国人民的热烈欢迎。

为了表彰中国人民志愿军的伟大历史功绩，1953年7月31日，朝鲜最高人民会议常务会举行授勋典礼，授予中国人民志愿军司令员彭德怀“朝鲜民主主义人民共和国英雄”称号及一级国旗勋章、金星勋章。同时，对于长期战斗在朝鲜半岛上的志愿军军事、政治、后勤各方面人员，以及志愿军谈判代表团有功人员分别授勋，给予了崇高的荣誉。

8月1日，彭德怀乘汽车离平壤回国，11日上午抵达北京，受到邓小平、林伯渠、郭沫若及北京各界数千人的迎接。在热烈的欢呼声中，彭德怀代表志愿军全体指战员发表演说。他说："三年来，中国人民志愿军，执行祖国人民的意志，和英雄的朝鲜人民一道，抗拒美国侵略者，经过了严酷的斗争，终于取得了光荣的胜利。这个胜利与光荣应该归功于英雄的朝鲜人民和朝鲜人民军！归功于我们伟大的祖国人民！"

9月12日，中央人民政府委员会在中南海怀仁堂举行扩大的第二十四次会议，听取志愿军司令员彭德怀作《关于中国人民志愿军抗美援朝战争的报告》，会议由毛泽东主席主持。彭德怀详细叙述了中国人民志愿军英勇作战及朝鲜停战谈判的过程，指出从总的方面来看，朝鲜停战反映了当前国际形势中的真正力量对比，有利于和平民主阵营而不利于帝国主义阵营。他用铿锵有力的语言讲了一段传之久远的话，可称为毛泽东时代的一个最好的注脚。

彭德怀说："在三年激战之后，资本主义世界最大工业强国的第一流军队被限制在他们原来发动侵略的地方，不仅不能越雷池一步，而且陷入日益不利的困境。这是一个具有重大国际意义的教训。它雄辩地证明：西方侵略者几百年来只要在东方一个海岸上架起几尊大炮就可霸占一个国家的时代是一去不复返了。今天的任何帝国主义的侵略都是可以依靠人民的力量击败的。它也雄辩地证明：一个觉醒了的、敢于为祖国光荣、独立和安全而奋起战斗的民族是不可战胜的。"①

朝鲜停战后，中国人民志愿军根据朝鲜战后的具体情况和后来国际形势的变化，分阶段地陆续撤出朝鲜。至1958年10月25日志愿军入朝作战八周年纪念日这一天，最后一批志愿军从平壤乘火车起程回国。朝鲜停战委员会中的志愿军代表继续留驻开城，和朝鲜人民军代表一起出席停战委员会会议。中国政府在短期内分期分批从朝鲜撤军，向全世界表明了中国人民希望和平解决朝鲜问题的诚意和中国无意在外国驻军的立场。

◆ 彭德怀在中央人民政府委员会第二十四次会议上作《关于中国人民志愿军抗美援朝战争的报告》。

①《建国以来重要文献选编》第四册，中央文献出版社，1993年版，第379页。

朝鲜战争总体上是一场交战双方的目标和行动都有一定限度的局部战争，但其规模仍然是十分宏大的。战争期间，交战双方投入兵力总计不下500万人。美军以轮战形式先后共有120万人参加过这场战争。中国方面也以轮战方式投入了主力部队入朝参战，以志愿军名义入朝的陆军、空军及后勤部队，连同战争中陆续补充的兵员，总计有200多万人。此外，还有70万民工入朝出战勤。尽管中国政府未正式宣布进入战争状态，只是以志愿军名义出兵，抗美援朝战争实际上是中国历史上规模最大的对外战争。

在朝鲜战争中，美国开支战费400亿美元，消耗作战物资7300余万吨。中国开支战费62.5亿元人民币，消耗作战物资560余万吨。在国力和经济实力相差悬殊的条件下，志愿军以劣势装备同拥有世界上最先进装备的敌军作战，以相对较小的代价取得了辉煌的战果。据志愿军统计，战争中毙伤俘敌总共70万人，而和朝鲜人民军共同取得的战果是共歼敌109万人（其中包括美军39万人）。据美国军方公布的数字，在整个战争期间"联合国军"和南朝鲜军共伤亡46万人，失踪则在10万人以上。美军阵亡3.3万人，负伤10.3万人，有3700人经谈判作为战俘被遣返（美国军方声称美军共有9500人被俘）。另外，美军还有2.06万人因事故或伤病等原因死亡，总计美军在朝鲜共死亡5.42万人。

志愿军在战争中的人员损失情况是：阵亡（包括事故亡）11.4万人，医院共接受伤员38.3万

◆ 中国人民赴朝慰问团在朝鲜中国人民志愿军烈士陵园悼念烈士。

人次，失踪 2.9 万人。除去伤员统计上的重复和其中一部分非战斗负伤（事故伤、冻伤等），最后确定的战斗减员总数是 36.6 万人。志愿军失踪人员中，被美方证实已成为战俘的 2.1 万人（其中有 7100 人得到遣返，1.4 万人被美方送往台湾），还有 8000 余人下落不明。

战争取得了伟大的胜利，但为赢得这场战争，中国政府和中国人民付出了沉重的代价，被迫推迟了部分国内建设。由于美国借朝鲜战争之机侵入台湾海峡，中国人民不得不推迟解放台湾的计划，从而使实现祖国统一的大业受到严重阻碍。

历史地看，从全局来衡量，抗美援朝战争的意义和影响是巨大和深远的。战争的胜利，为迅速恢复和发展国民经济，进而开展大规模经济建设提供了必要保障。抗美援朝战争使中国人民解放军经受了现代战争的洗礼，锻炼出一大批适应现代战争需要的军事人才，创造了依靠劣势装备打赢现代战争的一系列新经验、新战法，促进了我国军事思想和军事科学技术的发展，推动了人民解放军由单一兵种向多军兵种联合作战的过渡，使军队建设向着现代化方向迈进了一大步。这场战争极大地激发了中国人民的民族自豪感和自信心，从根本上改变了旧中国在世界上留下的软弱可欺的形象，包括美、苏在内的世界各国都感到必须重新估计中国在世界上的分量，中华人民共和国在国际战略格局和国际事务中日益成为不可忽视的重要因素。

第三章

改天换地 民主改革

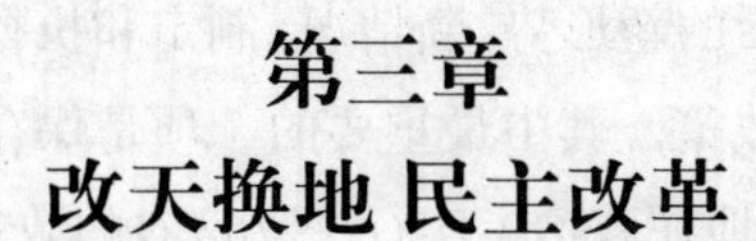

第三章 改天换地 民主改革

作为恢复和发展国民经济的一个基本条件，党和人民政府领导亿万农民有步骤地进行了废除封建土地制度的土地改革运动，大大解放了被长期束缚的生产力。同时，在全社会范围深入开展了其他各项新民主主义改革。以土地改革为中心的民主改革，包括废除封建剥削的经济制度，铲除反动政权的社会政治基础，清扫旧社会的污毒，克服封建买办的思想影响等，涉及社会生活的方方面面，反映了从旧中国到新中国的深刻社会变革。

一、土地改革的根本目的是解放生产力

为新区土改准备基础条件

将封建半封建的土地所有制改变为农民的土地所有制，是中国新民主主义革命的历史任务和基本纲领之一。中华人民共和国成立时，还有占全国面积三分之二的地区存在着封建土地制度。

在大约有2.9亿农业人口的华东、中南、西南、西北等新解放区和待解放区，封建半封建的土地所有制仍然严重地束缚着生产力的发展。这表明，中国革命虽然取得了基本胜利，但新民主主义的经济纲领并未彻底实现。

据国家统计局公布的统计资料，土地改革前农村各阶级占有耕地的情况是：占全国农户总数不到7%的地主、富农占有耕地总数的50%以上，而占全国农户57%以上的贫农、雇农仅占有耕地总数的14%。地主户均占有耕地是贫农、雇农的40倍。农村存在着大量的无地和少地的农民。从新区农村总的情况来看，贫农、雇农和中农虽然耕种着90%的土地，但仅拥有少部分土地所有权，所承受的地租剥削是很严重的。封建性的土地制度是造成农民贫穷和农业生产落后的总根源，是中国实现工业化的根本障碍。因此，在新解放区实行土地改革是继续完成民主革命的基本任务，也是恢复和发展农业生产和国民经济的根本条件之一。

基于上述情况，《共同纲领》规定："凡已实行土地改革的地区，必须保护农民已得土地的所有权。凡尚未实行土地改革的地区，必须发动农民群众，建立农民团体，经过清除土匪恶霸、减租减息和分配土地等项步骤，实现耕者有其田。"

按照《共同纲领》的要求，在广大新解放区，人民政府首先着力剿灭股匪，安定社会环境，发动农民开展反霸斗争，打倒地主阶级的当权派，严惩那些依靠或组织反动势力称霸一方，用暴力和权势欺压与掠夺人民的乡村恶霸。对罪大恶极不杀不足以平民愤的大恶霸，经农民群众检举揭发斗争，由人民法庭判处死刑；一般恶霸分子，经过群众斗争，低头认罪，并赔偿受害群众经济损失之后，在区乡集中管训，或交由群众管制，监督劳动，给予生产自新之路。通过反霸斗争，推

翻地主阶级在农村基层的政治统治，废除旧的保甲制度，改造旧政权，建立起以农民基本群众占优势的基层民主政权，为下一步减租退押准备了条件。

减租是在土地改革开始之前，减少农民交给地主的一部分地租额，一般为“二五”减租（即25%），并取消地租以外的额外剥削。退押是针对江南土地租佃关系中广泛存在的押租制提出的，即农民在租佃地主的土地时必须先交纳押租金，这是一种地主对农民双重榨取的手段。人民政府规定，在原则上地主应将押租金退给农民，但不应翻老账，不应计算利息。开展减租退押斗争，从经济上反对地主阶级的地租剥削，减轻了农民所受地主剥削的程度，有利于提高农民的生产积极性。农民索回押租金，用来增加对生产的资金投入，使长期受封建土地制度束缚和战争破坏的农业生产得到较快的恢复和发展。

开展减租退押运动，使新区广大佃农获得了经济利益，大约有50%～70%的农户增加了收入，并增加了对生产的投入，初步改善了生活；同时，提高了农民的阶级觉悟和政治觉悟，建立了一大批以农民积极分子为骨干的具有战斗力的农民协会组织，包括青年团、妇联、民兵组织，进一步加强了农民的政治优势，为在新区实行土地改革准备了基础条件。

为了在建立全国政权的新条件下确保完成土地改革任务，中共中央决定：今后土地改革，以各级人民政府及其所组织的土地委员会和各级农民代表大会所选出的农协委员会来直接指导执行，比较由各级共产党的委员会来直接指导执行为好。同时，还应组织各级农民协会作为土地改革中农民群众的直接指挥机关。在尚未进行土地改革的地区，在一个时期内，农民协会应成为乡村中一切组织的中心，乡村中的重要事务均应由农民协会来处理。这也是彻底改革乡村政权的关键。

在总结历次土改经验的基础上，中共中央根据建国后的新形势、新情况，制定和执行了一系列新的政策，其中最重要的一项是保存富农经济，相应地在政治上实行中立富农的政策。

毛泽东力主：不动富农更有政治主动权

中国的富农是传统农业和近代社会历史条件的产物。这个阶层的人数不多，据中南各省土改复查后对新解放区100个乡的典型调查，土改时富农户数占农村总户数的2.85%。富农人口占农村总人口的3.77%。中国的富农阶层经济上并不重要，但是对富农采取什么政策，对农民中的其他阶层有着直接影响，同时对地主阶级，对与土地有着千丝万缕联系的民族资产阶级，也会产生重要影响。

早在1949年11月中央政治局会议讨论新区农村政策时，毛泽东就提出，江南土改时，要慎重对待富农。1950年2月毛泽东、周恩来访苏期间，斯大林曾提议土地改革应“将分配地主土地与分配富农土地分成两个较长的阶段来做，即使目前农民要求分配富农多余的土地，我们固不禁止，但也不要在法令上预作肯定”。总之，“中心思想是在打倒地主阶级时，中立富农并使生产不受影响”。毛泽东结束访苏返回北京后，即于3月12日致电邓子恢，并告林彪、饶漱石、叶剑英、彭德怀、邓小平，重点请他们就正在召开的各省负责同志会议广泛征询对待富农政策的意见，并要求电告中央。

毛泽东在电报中说：“在今冬开始的南方几

省及西北某些地区的土地改革运动中，不但不动资本主义富农，而且不动半封建富农，待到几年之后再去解决半封建富农问题。请你们考虑这样做是否有利些。这样做的理由：第一是土改规模空前伟大，容易发生过左偏向，如果我们只动地主不动富农，则更能孤立地主，保护中农，并防止乱打乱杀，否则很难防止；第二是过去北方土改是在战争中进行的，战争空气掩盖了土改空气，现在基本上已无战争，土改就显得特别突出，给予社会的震动特别显得重大，地主叫唤的声音将特别显得尖锐，如果我们暂时不动半封建富农，待到几年之后再去动他们，则将显得我们更加有理由，即是说更加有政治上的主动权；第三是我们和民族资产阶级的统一战线，现在已经在政治上、经济上和组织上都形成了，而民族资产阶级是与土地问题密切联系的，为了稳定民族资产阶级起见，暂时不动半封建富农似较妥当的。”[1]

征询意见的电报发出后，各中央局都非常重视，立即组织讨论或作专门的调查研究，并将他们的意见书面报告中央。总的来看，同意不动富农的土地包括其出租土地的意见占多数，其理由主要是两点：第一，富农的出租土地数量不大，动与不动，所得相差无几。第二，不动富农的出租土地，除个别地区外，无地少地农民所需的土地亦可大体解决。不会给土地分配带来大的障碍，同时可防止把有轻微剥削的富裕中农错划成富农，有利发展农业生产。

中南局根据江南的实际情况，反复讨论研究，提出征收富农的出租土地的意见。4月25日，中南局第三书记邓子恢就“关于富农出租地的方针问题”致电毛泽东说：江南各省土地占有情形，已不像大革命以前那样集中，特别是老苏区及其周围土地更加分散，地主富农土地只占1/3 左右。在土改中如果连富农的出租土地都不动，则贫雇农所得，比之按人口平分标准要少20%以上。同时，由于划分阶级的界限难明，估计许多中小地主会混到富农中农里面来，这就更缩小了没收范围，而佃富农、佃中农又需要多分一点，贫雇农实际所得土地会更少。另外，对富农的出租土地现在不动，一二年后再动；或者法令上规定不动，农民起来后再经调解来动，就容易乱，使中农产生“割韭菜”的疑虑，则将影响生产。

综合各中央局的意见，毛泽东认为两种意见中以华东局、中南局具有代表性。5月1日，他复电邓子恢并告华东局第一书记饶漱石，指出：鉴于富农出租地数量不大，暂时不动这点土地影响贫雇农所得土地的数量也不会大，现在我的意见仍以为暂时不动较为适宜。但你们可根据自己的意见各起草一个土改法令草案，以便在中央会议上作最后的讨论和决定。

6月6日至9日，党的七届三中全会在北京召开。会议在审议中共中央起草的土地改革法草案时，讨论较多的是富农政策问题。中南局的同志仍坚持应征收富农出租土地的意见，并进一步说明：在中南地区，各地的土地占有情况是不同的。在土地比较集中的地区，一般说来，不动富农的出租土地，也可以适当满足贫雇农的土地要求，还能解决其他失业人员的问题；但在土地比较分散的地区(特别是经过土地革命的老苏区)，如不动富农的出租土地，就会使贫雇农分得土地的数量减少很多，差不多要减少10%到20%。他们建议：不要把不动富农的出租土地说死，应该机动一些。如有的地区的土地特别少，不征收富农的出租土地就无法解决大多数贫雇农最低限度的生活，就可以经过省人民

[1]《毛泽东文集》第六卷，人民出版社，1999年版，第47～48页。

政府的批准，允许在这些地区实行征收富农出租土地的政策。

经过深入讨论，全会接受了中南局的这个建议，将原来土地改革法草案中规定“不动富农的土地财产”，改成“保护富农所有自耕和雇人耕种的土地及其他财产，不得侵犯。富农所有之出租的小量土地，亦予保留不动，但在某些特殊地区，经省以上人民政府的批准，得征收其出租土地的一部或全部”。

◆ 1950 年，刘少奇在全国政协一届二次会议上作《关于土地改革问题的报告》。

这样，经过党内充分发扬民主，听取各方面意见，中共中央确定了在新区土地改革运动中保存富农经济的政策，并从不同地区不同的实际情况出发，规定了相应的具体政策，不搞“一刀切”。这项政策不仅有利于从政治上中立富农，更加孤立地主阶级，减少土地改革的阻力，而且有利于鼓励中农发展生产的积极性，稳定民族资产阶级的情绪，防止出现“左”的偏差。

土地改革法的颁布及新的政策规定

1950 年 6 月 14 日至 23 日，全国政协一届二次会议在北京召开，讨论由中共中央建议的《中华人民共和国土地改革法(草案)》。会上，刘少奇代表中共中央作了《关于土地改革问题的报告》，对新区土地改革的重要意义、土地改革法草案中有关政策的提出依据以及进行土地改革时应该注意的事项等，作了说明。

刘少奇在报告中开宗明义地解说了土地改革的基本理由和基本目的。他指出：中国土地制度极不合理，是我们民族被侵略、被压迫、穷困及落后的根源，是我们国家民主化、工业化、独立、统一及富强的基本障碍。这种情况如果不加改变，中国人民革命的胜利就不能巩固，农村生产力就不能解放，新中国的工业化就没有实现的可能，人民就不能得到革命胜利的基本的果实。而要改变这种情况，就必须按照土地改革法草案第一条的规定：废除地主阶级封建剥削的土地所有制，实行农民的土地所有制，借以解放农村生产力，发展农业生产，为新中国的工业化开辟道路。这就是我们要实行土地改革的基本理由和基本目的。这个基本理由与基本目的可以驳倒一切反对土地改革、对土地改革怀疑以及为地主阶级辩护等所根据的各种理由。[1]

土地改革的基本理由和基本目的，是着眼于解放生产力的。因此，土地改革的每一个步骤，必须切实照顾并密切结合于农村生产的发展。

①《刘少奇选集》下卷，人民出版社，1985 年版，第 33 页。

为此，中共中央提议在今后的土地改革中保存富农经济不受破坏。因为富农经济的存在及其在某种限度的发展，对于我们国家的人民经济的发展，是有利的，因而对于广大的农民也是有利的。

政协全国委员会第二次会议经过审议，同意刘少奇所作《关于土地改革问题的报告》和中共中央提出的土地改革法草案，并对草案作了若干修改和补充，建议中央人民政府采纳实行。6月28日，中央人民政府委员会第八次会议通过了土地改革法草案。6月30日毛泽东主席签署命令，正式颁布《中华人民共和国土地改革法》，作为在全国新解放区开展土地改革运动的法律依据。同1947年9月中国共产党全国土地会议通过的《中国土地法大纲》相比较，《土地改革法》在若干政策上有了较大的改变：

一是由征收富农多余的土地和财产，改变为保存富农经济。按照《土地改革法》的规定，不仅富农所有的自耕和雇人耕种的土地得到保护，而且对富农的其他财产也不得侵犯。对富农出租的小量土地，原则上保留不动。如果要动，也要实行有条件的征收。同时规定：半地主式的富农出租大量土地，属于封建剥削性质，凡超过其自耕和雇人耕种的土地数量者，应征收其出租的土地。这些规定有利于从政治上中立富农，更好地保护中农和小土地出租者，彻底孤立地主阶级。

二是由没收地主在农村中的一切财产，改变为只没收其"五大财产"，即"没收地主的土地、耕畜、农具、多余的粮食及其在农村中多余的房屋。但地主的其他财产不予没收"。根据过去的经验，如果没收和分配地主的货币、金银首饰、衣物及其他细软物件等，势必导致地主对这些财产的隐藏分散和农民对这些财产的追索，容易引起混乱，并造成对社会财富的浪费和破坏。而对地主的其他财产不予没收，就把土地改革的着眼点放在改变封建土地制度上，而不是注重于地主个人保存的暗财，这些财产保留给地主，一方面可以维持他们的生活，另一方面可以投入农业生产或投资工商业，这对稳定社会秩序，发展生产有利。另外，对地主兼营的工商业及其直接用于经营工商业的土地和财产实行不没收的政策，就把打击的重点集中于封建剥削的部分，而不是资本主义部分。因为这部分私有财产，是《共同纲领》明令保护的。

三是增加了对小土地出租者的政策规定。《土地改革法》规定："革命军人、烈士家属、工人、职员、自由职业者、小贩以及因从事其他职业或因缺乏劳动力而出租小量土地者，均不得以地主论。其每人平均所有土地数量不超过当地每人平均土地数量200%者……均保留不动。超过此标准者，得征收其超过部分的土地。如该项土地确系以其本人劳动所得购买者，或系鳏、寡、孤、独、残废人等依靠该项土地为生者，其每人平均所有土地数量虽超过200%，亦得酌情予以照顾。"对小土地出租者不超过平均标准的土地不加征收，是因为这部分土地所占比重很小（一般不超过3%～5%）。基本不动这部分土地对于满足贫苦农民的土地要求和发展农业生产没有大的不利，而照顾这些人，尤其使他们当中的生活困难者得以维持生计，可起到社会保险的作用。这对于安定社会秩序，减少土地改革阻力是有利的。

此外，《土地改革法》规定在土地改革中必须注意团结和保护中农，团结一切可以团结的力量，组成广泛的反对封建主义的统一战线。明文规定保护中农（包括富裕中农在内）的土地及其他财产不受侵犯，对少数中农附带出租的土地亦

不加没收或征收；规定农会组织要积极吸收中农积极分子参加领导工作；在农会召集贫农、雇农或手工工人的会议或代表会议时，要吸收中农的代表参加。同时，还要注意团结农村中贫苦的革命知识分子和其他劳动人民，及时吸收他们参加农会。对地主阶级中的开明绅士也要采取争取和团结的政策，在他们交出土地以及其他应交出的财产后，应予以适当照顾。

《中华人民共和国土地改革法》的制定和颁布，标志着中国共产党解决土地问题的政策，经过长期的摸索和实践之后已臻于完善，并上升为代表国家意志的法律。《土地改革法》在废除封建土地制度的前提下，对于应有的照顾在政策上都作了必要和周到的规定，这对于保证土地改革的顺利进行，以及国民经济的恢复和发展，都具有十分重要的意义。

《土地改革法》颁布后，政务院相继制定和公布实施与之相配套的法规、政策，包括《农民协会组织通则》、《人民法庭组织通则》以及《政务院关于划分农村阶级成分的决定》等。根据新中国成立后农村的新情况，政务院明确提出了划分地主、富农、中农、贫农、工人等成分的标准，规定“知识分子的阶级出身依其家庭成分决定，其本人的阶级成分依本人取得主要生活来源的方法决定”。对小手工业者、自由职业者、手工业资本家、手工业工人、小商小贩、开明士绅的阶级成分划分以及地主成分的改变等问题，也分别作了规定。其中，明确规定了划分富农与富裕中农的界限的五项具体的计算标准，主要是计算其剥削收入是否超过其总收入的25%，超过者为富农，不超过者为中农或富裕中农。这样计算剥削分量，能有效地防止把富裕中农错划为富农。

为加强对土地改革的统一领导，中央人民政府成立了以刘少奇为主任的中央土地改革委员会，负责指导全国的土地改革工作。各大区、省、专区、县人民政府分别成立土改委员会。《土地改革法》公布以后，党和人民政府采取各种形式，在农村和城市各界人民中广泛宣传土地改革的正义性、必要性和目的性，解释土改法令和方针政策，做到家喻户晓，深入人心。为保证《土地改革法》的正确实施，从中央到地方都训练了大批土改工作干部，组织了土改工作团和工作队，其中吸收了相当一批来自新解放城市的青年和学生。全国各军政学校、专科学校、文工团等单位的学员、团员，积极响应党发出的“到农村去，开

◆ 土改工作团在宣传《土地改革法》。

展农村工作”的号召，踊跃参加土改工作团(队)。在新区实行土地改革的三年中，每年的工作队员都在30万人以上。各地土改工作(团)队都经过集中培训，认真学习和研究如何发动群众、民主反霸、剿匪肃特、合理负担等各项政策，使工作队员提高政治觉悟和政策水平，学会团结群众、走群众路线的工作方法，掌握中央有关土改的政策法令及当地制定的具体实施办法。

经短期训练后，各土改工作团即下到农村，分期分批开展土地改革。工作中实行“由点到面，点面结合”的方法，每一批都是经过试点，取得经验，再推广到面。第一批将要完成，即抽出力量开展第二批。这样一批批地分赴农村，帮助和带领广大农民进行土地改革。许多来自城市的知识青年，过去几乎从未到过农村，对农民的贫苦状况并无了解，经过参加土改工作队，和农民一道同地主阶级作坚决斗争，深获教益，经受了锻炼和考验，增长了才干，有一大批人成长为懂政策、有能力、密切联系群众的工作干部。

二、农村土地制度的伟大变革

新区土地改革有步骤、分阶段进行

土地改革是最后消灭封建剥削制度的深刻社会变革。封建剥削制度在中国延续两千多年，尽管它的政治代表国民党反动政权已在大陆被推翻，也有一部分中小地主和开明绅士表示愿意服从土改法令，但就整个地主阶级来说，仍企图维护原来的统治地位和经济剥削，少数顽固地主甚至以各种手段对抗土地改革。各地土改中许多事实表明，一些不法地主预先将土地及其他应被没收的财产分赠亲友，以逃避没收；或者分散给老佃户、老长工，待土改过后再胁迫追回。他们有的杀害耕牛、毁坏农具、拆毁房屋、砍伐山林，蓄意破坏农业生产；有的以金钱女色收买干部和农民积极分子以求庇护，或派亲信、代理人混进农民协会进行破坏；有的散布谣言，蛊惑农民，或阴谋杀害农村干部和农民积极分子，或勾结土匪，组织武装叛乱；许多地主还留下变天账，准备以后反攻倒算。此外，地主还抓住农民长期被压迫被剥削而形成的逆来顺受、不敢反抗的心理，利用宗族、迷信等封建观念束缚农民。

然而，党内外有些人认为，革命已经在全国取得胜利，工人阶级及其政党已经掌握了国家的领导权，只要政府颁布法令，不用发动群众斗争，把地主的土地没收分配给农民就行了。针对这种单纯依靠行政命令，“恩赐”农民土地的“和平土改的思想办法”，中共中央及时地批评说：在人民民主专政条件下的土地改革，仍然是一场激烈的阶级斗争，即将灭亡的地主阶级绝不会自动放弃剥削和交出土地财产。因此，必须坚决执行毫不动摇地依靠农民的政治觉悟和组织力量，发动农民自己救自己，自己打倒地主、取得土地、保卫土地的群众路线的方针。党和政府明确规定了土地改革的总路线和总政策：依靠贫农、雇农，团结中农，中立富农，有步骤地有分别地消灭封建剥削制度，发展农业生产。这条总路线是多年来中国共产党进行土地改革运动经验的继承和总结，符合建国后农村的实际，是土地改革中各项具体政策和措施的总依据。

在明确政策思想，制定法令法规，宣传动员群众等一系列充分准备的基础上，从1950年冬季起，一场历史上空前规模的土地改革运动，在涉及近3亿农业人口的广大新区有领导、有步骤、分阶段地展开。为了不影响农业生产的正

常进行，各地的土改运动一般在冬春的农闲时节进行。

新区的土地改革大体分以下几个阶段：发动群众；划分阶级；没收征收土地财产；分配土地财产；最后是进行复查和动员生产。

（一）发动群众。各地的土地改革工作队一进村，首先对当地农村的基本情况作一次全面的调查研究，摸清各阶级的土地占有关系、群众的组织状况和觉悟程度等。为了把农民真正发动起来，工作队员发扬老区党员干部密切联系群众的优良传统，深入到农户特别是贫雇农家中访贫问苦、扎根串连，与他们同吃同住同劳动，启发他们倒苦水、挖穷根，帮助他们算两笔账：地主的剥削账和农民的翻身账，在解放前后阶级地位、生活状况的鲜明对比中，使许多苦大仇深的农民迅速觉悟起来，同地主进行面对面的控诉和说理斗争，有力地带动了广大农民基本群众。在组织阶级队伍的同时，各地人民法庭惩治了一批罪大恶极、为群众所痛恨的恶霸地主及地主中的破坏分子，鼓舞了农民的斗志。经过广泛深入的宣传以及依法对地主进行斗争，地主阶级的统治威风完全被打落，农民阶级的统治权牢牢地树立起来，广大农民群众真正发动起来。

（二）划分阶级成分。按照中央的要求，土改工作队向农民讲清划阶级的主要标准，是以人们对生产资料的占有状况和剥削与被剥削关系为依据，不能以政治态度、吃穿好坏为标准，纠正农民中存在的以为划阶级就是划分贫富，越穷越光荣，成分划得越低越好等模糊认识。在此基础上，开始群众评议。先是由地主本人在村民大会上自报成分、财产、剥削量及有无参加劳动等，然后由农民用算剥削、算细账、比劳动的办法，进行说理斗争，揭露地主的隐瞒谎报行为。在划分中，重在把握既不漏掉一个地主，又要防止把富农错划为地主，把中农错划为富农。对农村中有雇工、放贷情形者，严格按照有关标准计算其总收入中的剥削量，凡超过25%者，划为富农；未超过25%者，划为中农或富裕中农。对中农、贫农、雇农以及小土地出租者的评议，也采取自报公议的办法，在农民内部进行。评议阶级有了初步方案后，召开乡农民大会予以通过，经报请区人民政府批准后，张榜公布定案。阶级成分划定、阶级阵线明确后，各地开始调整健全农会组织，命令地主交出占有土地、房屋的文契，将土地改革运动推向深入。

◆ 翻身农民群情激昂，纷纷起来控诉昔日作威作福的恶霸地主。

（三）没收征收土地财产。在乡农民协会的统一领导下，各村成立没收征收委员会，召开农民代表会、贫雇农代表会等，根据土改法明确没收和征收的范围，订出有关

◆ 翻身农民面对面地同恶霸地主作斗争。

◆ 湖南岳阳的农民在焚烧地契。

◆ 农民自报公议民主评定阶级成分。

纪律和公约，以便有区别地没收地主的土地、耕畜、农具、多余粮食、多余房屋等五大财产；依据情况征收富农超出规定范围以上的出租土地以及公地。接着，认真查实田亩，评实产量。在农民内部，动员农民插标自报田亩和常年产量，由农会派人验田公议后，张榜公布；在村与村之间，互派代表交叉审查后定案。在评定工作中，要求切实防止过高或过低评定田地的产量，以便公平合理地分配田地和征收公粮。

（四）分配土地财产。按照《土地改革法》及有关政策规定并结合当地实际，首先确定分田标准，一般是以分配单位每人所得田地的平均数为基础，算出每人分得的最高与最低数目。原耕农民按最高标准分配田地，地主一般按最低标准分田。确定分田标准后，具体分配采取自报公议的办法，先确定应分的土地亩数，后确定地段；先确定住房，后确定土地；山林果树随田地、住房分配，不强调平分；土地房屋等不动产分配后，再分配耕畜和农具。各地在分配土改胜利果实的过程中，注意把放手发动群众同用土改政策引导群众结合起来，力求作到公平合理和秩序井然，防止在土地财产分配中的绝对平均主义倾向，避免对农村生产资料、生活资料的破坏和浪费。

（五）进行复查和动员生产。在完成土地财产的分配工作之后，各地组织农民销毁封建性的旧地契，召开农民大会，庆祝农民经济上翻身，宣

◆ 东北地区农民在土地改革运动中怀着喜悦的心情分田分地。

布土地改革胜利结束。在确定地权后，各地政府及时把农民的政治热情引导到发展生产上去，动员翻身农民发展生产，争取丰收，改善生活，支援国家经济建设。农村基层党组织和农会还提倡团结互助，帮助贫雇农解决生产上的资金、技术等困难，指导他们制订安家生产计划，很快在土地改革完成后的农村掀起恢复和发展生产的高潮。结束土改的地区，经过一段时间后还要进行复查。由当地政府派出工作组，深入各村农民群众间听取意见，检查在划分阶级成分上有无漏划和错划，在土地、耕畜、农具、房屋的分配上是否公平，发现错误立即纠正。同时防止和惩处地主向农民进行反攻倒算。复查之后，向分得土地的农民颁发土地证，从法律上保障农民对已分得土地的所有权，使广大农民安心发展生产。

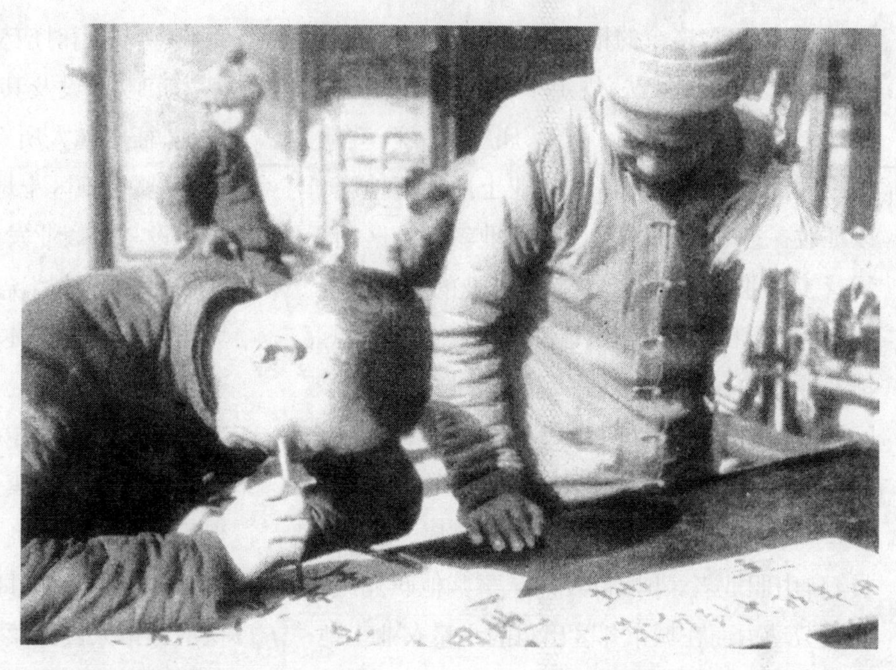

◆ 分得土地的农民正在写土地分界牌。

特殊土地问题的处理

新区的土地改革不仅在农村进行，而且还在许多大城市的郊区进行。中国城市郊区的土地关系带有浓厚的封建性，但因它与城市直接相连，土地占有与租佃关系比一般农村复杂。消费城市与工业城市、内地城市与沿海城市的郊区之间，土地占有情况又有很大差异。其特点是：许多土地同城市工商业相关联，具有非农化的特殊用途；土地和农产品商品化程度较高；地主兼工商业者和工商业者兼地主的情况同时存在；城市中一些劳动者在郊区也有少量土地出租，等等。

根据这些情况，《中华人民共和国土地改革法》作出了部分土地收归国有的法律规定。如第十五条规定：“分配土地时，县以上人民政府得根据当地土地情况，酌量划出一部分土地收归国有，作为一县或数县范围的农事试验场或国营示范农场之用。”第十九条规定：“使用机器耕种或有其他进步设备的农田、苗圃、农事试验场及有技术性的大竹园、大果园、大茶山、大桐山、大桑田、大牧场等，由原经营者继续经营，不得分散。但土地所有权属于地主者，经省以上人民政府批准，得收归国有。”

1950年11月，政务院颁布了《城市郊区土地改革条例》，对城市郊区土地的没收、征收及分配办法作了具体规定。除执行《土地改革法》的有关条款以外，提出了若干适合城市郊区特点的土地政策。《条例》规定：地主在城市郊区的土

地、耕畜、农具、多余的粮食及其在农村中多余的房屋，照《土地改革法》规定予以没收，但地主的其他财产则不予没收。祠堂、庙宇、寺院、教堂、学校和团体在城市郊区的农业土地和荒地应予以征收。《条例》保护私营工商业者在郊区用于经营工商业的土地财产及其对农业的合法经营，规定：对于工商业家在城市郊区的农业土地和荒地及原由农民居住的房屋，予以征收，但其在郊区的其他财产和合法经营，如私人住宅，厂房、仓库以及在农村中有处于生产的投资等，应加保护，不得侵犯。对革命军人、烈士家属、工人、职员、自由职业者、小贩以及因从事其他职业或因缺乏劳动力而在城市郊区出租的小量农业土地，《条例》规定，这些人均不得以地主论处，应酌情给予照顾。

《条例》还确定对大城市郊区农村实行土地国有的政策，规定城市郊区所有没收和征收得来的农业土地，一律归国家所有，由市人民政府管理，连同国家在郊区所有的其他可分的农业土地，交由乡农民协会统一地、公平合理地分配给无地少地的农民耕种使用；对分得国有土地的郊区农民，由市政府发给国有土地使用证，保障农民对该项土地的使用权。对城市郊区使用机器耕种或有其他进步设备的农田以及农场试验场、菜园、果园等，《条例》规定这些场地应由原经营者继续经营使用。对私有农业土地者发给土地所有证，保障其土地所有权。对于城市郊区一切可耕荒地，《条例》规定，在不妨碍城市建设及名胜古迹风景的条件下，经市人民政府批准，分配给无地少地的农民耕种使用，垦种荒地者，免征农业税一至三年。但使用城市郊区国有土地从事耕种者，须依法向国家缴纳农业税，一律不再交地租，经营人也不能以国有土地出租、出卖或荒废，不需用时应交回国家。此外，还规定了国家为市政建设及其他需要收回农民耕种的国有土地、征用私人所有农业土地的补偿办法。

《城市郊区土地改革条例》的颁布，保障了城市建设与工商业发展的需要，适应了城市郊区农业生产的特殊情况。根据上述条例，全国各大中城市陆续制定了本辖区农业土地问题的决定或实施办法。

如北京市制定的有关决定，充分体现了京郊土地政策是在消灭封建土地制度的原则下，注重保护现有的农村商品经济和先进生产力，突出强调“四个不能动”，即：中农的土地绝对不能动；为供应城市人民蔬菜而经营的园艺田不能动；有进步和改良设施的农田不能动；雇工如不愿分租土地者不能动。中共北京市委书记彭真还补充提出：一般的工商业不能动；地主富农经营的工商业不能动；地主在城市的房屋不能动，在市内的果园菜园不能动。如果动了中农和工商业者，四个朋友少了两个，而且生产力要受破坏，问题就大了。关于城郊土地国有政策，彭真市长解释说：在城市郊区，土地的所有权和使用权，对农民来说没有多大差别。因为分配给农民的土地，一不要交租子，二不要花钱买。如给所有权，非农业人口也要分土地，分了再出卖，农民分得的土地就更少了。把土地所有权归公，将来国家建设用地时，可以随时收回。收回建工厂，则需要大批工人，农民就可以进工厂做工，待遇较农民的收入高，对他们的好处更大。到那时郊区农民的生活会普遍提高。根据《城市郊区土地改革条例》，从1950年下半年到1951年上半年，全国各地陆续完成了城市郊区的土地改革。

另外，党和政府还规定了侨乡土改的政策。在广东、福建等沿海省份出国华侨较多、华侨眷

属较集中的侨乡，情况比较特殊：华侨一般占有土地数量较少、且比较分散；土地购置的资金主要不是来源于封建剥削，而是华侨在海外辛劳多年的积蓄；侨眷的生活主要不是依靠出租土地而是靠侨汇来维持，等等。根据这些实际情况，党和政府以照顾华侨利益为原则，对侨乡土地改革中划分阶级成分和华侨土地财产的处理，制定了若干特殊政策，指导侨乡土改运动基本健康发展。政治上，推翻了地主阶级的统治，提高了广大侨胞的政治地位和爱国热忱；经济上，废除了封建土地所有制，使广大归侨和侨眷实现了耕者有其田。

由于正确执行了保护华侨利益的方针，纠正了土改中一些地区侵犯侨汇的错误，在土地改革期间，我国的侨汇收入不仅没有减少，而且有所增加。1950 年至 1952 年间，侨汇收入分别为 1.18 亿美元、1.68 亿美元和 1.7 亿美元，土地改革 3 年间的侨汇总和相当于解放前两年总和的 7 倍。这些侨汇收入，在外汇储备极为拮据的建国初期，对于国家的经济恢复工作起了不可忽视的重要作用。

毛泽东说：状元三年一考，土改千载难逢

土地改革不仅是农村的变革，而且关涉到全社会与农村有着千丝万缕联系的人们。因此，在新区土地改革运动中，必须团结一切可以团结的力量，建立起全社会各界人民最广泛的反对封建主义的统一战线，才能减少阻力，促进这一深刻的社会民主改革的顺利进行。

从基本方面看，中国各民主党派是赞同孙中山先生提出的“耕者有其田”口号的。但由于历史的原因，他们之中有些人就是从地主演化来的，有些人是工商业者兼地主，或是地主兼工商业者，还有少数是从地主阶级分化出来的开明士绅和爱国起义将领。这些人同地主阶级都有着不同程度的联系，有的关系还相当密切。许多人对土地改革曾怀有不同程度的疑虑，甚至持很大保留或抵触态度。解决这些人的思想问题，是建立反封建统一战线的重要条件。

在 1950 年 6 月为土地问题专门召开的政协全国委员会第二次全体会议上，有民主人士提出“江南无封建”的论调，还有人认为是“地主养活农民”，“土改偏差很大”，“斗争过火”等等，表露出他们害怕群众斗争的情绪，幻想进行“和平土改”。在会议过程中，政协全国委员会的中共委员对上述错误言论进行了辩驳。中共中央领导人对此进行了耐心的说服教育工作，特别约请各民主党派、无党派民主人士和一些从地主阶级中分化出来的爱国民主分子的代表人物，征求意见，座谈协商，统一思想。在分组会和大会上，展开批评和自我批评，用事实说话，晓之以理，在《共同纲领》的基础上达到认识的一致。通过以上工作，民主人士基本上分清了是非，统一了认识，会议通过了土地改革法草案。

中国国民党革命委员会主席李济深、中国民主同盟主席张澜等民主党派领导人纷纷在会上发言，拥护土地改革法草案，号召其成员为完成土地改革而奋斗到底。爱国起义将领傅作义和程潜用自己的耳闻目睹证明基层干部的艰苦朴素、公而忘私的作风。刘文辉、卢汉等在会上郑重表示了拥护土地改革的态度，准备用放弃本阶级的利益，来服从全国人民的利益，不仅做到军事上的起义，而且更要做到阶级上的起义。

毛泽东在会议闭幕式上发表讲话，肯定了民

主人士对土地改革法草案的态度，认为不管从哪方面说，各阶层人士都应赞成土地改革。他指出，战争和土地改革是在新民主主义的历史时期内考验全中国一切人们，一切党派的两个"关"。毛泽东号召各民主党派、民主人士和政协各界"打通思想，整齐步伐，组成一条伟大的反封建统一战线"，像过好战争关一样，过好"土改一关"[①]。这次会议解决了民主党派上层人物的思想认识问题，通过他们去做其本党派成员的工作，很快建立起反封建的统一战线。

《土地改革法》颁布以后，各民主党派要求派人参加土改工作。中共中央、中央人民政府专门就此向各地方党委和政府发出指示，指出各民主党派派人参加土改一般是希望对土改有所尽力，并使他们的党员在实际斗争中得到考验和教育，故应给以热诚的欢迎和积极的帮助。对他们的意见要虚心听取，凡正确的均应采纳，不正确的或错误的，则给以解释。为了让民主人士能直接看到和听到各级领导(上至大行政区下至乡)及各方面(上至雇农下至地主)的情况和意见，了解土地改革的真实情况，毛泽东特别强调要让民主党派和民主人士前去参观视察土地改革运动。

在1951年1月召开的第二次全国统战工作会议上，毛泽东向各中央局、大城市党委统战部的同志指出：要让民主党派和民主人士到各地去参观视察，各地不要以此为累赘。让他们去听一听农民的诉苦，看看农民的欢喜。我们有些什么缺点和错误，也可以让他们看看，这是一件有益的事情。状元三年一考，土改千载难逢，应该欢迎他们去看看。他又说，土改一项从尧、舜、禹、汤、文武、周公、孔子直到孙中山都没有做过，我们才做。你们对民主人士不要估计不足。对于工商业家、宗教界、校长、教员、开明士绅和爱国分子，我们都应该采取积极的态度团结和教育他们，决不能置之不理。这个办法屡试屡验，结果总是好的，一切消极态度都是不对的。有话应当让他们讲，写万言书也好，我们可以给大家看看，好的接受，不好的解释。对民主人士要进行教育，并让他们参加活动。如果不进行教育，有事不让他们与闻，这是不对的。[②]

随后，毛泽东致电各中央局负责人，并转分局、省委、区党委、大中城市市委及地委，再次强调说：民主人士及大学教授愿意去看土改的，应放手让他们去看，不要事先布置，让他们随意去看，不要只让他们看好的，也要让他们看些坏的，这样来教育他们。要将这样的事例教育我们的干部，打破关门主义的思想。毛泽东还要求从各大城市、中等城市分几十批组织各民主党派、民主人士、教授、教员、资本家下乡去参观，或参加工作。只要他们愿意去，就要欢迎他们去；不要怕他们去，不要向他们戒备；好的坏的，都让他们去看，让他们议论纷纷，自由发表意见，只有好处，没有坏处。

在中国共产党和人民政府的支持协助下，各民主党派抽调了大批人员参加或视察土地改革运动。到1952年春季，仅北京和天津两市就有各界人士7000多人参加或参观了各地的土地改革工作，包括大学教授，科学工作者，文艺界、工商界和宗教界等各方面的人士。他们一方面帮助农民进行翻身斗争，一方面通过斗争提高了自己的政治觉悟。这一重要举措，既消除了社会各界人士对土地改革运动的疑虑，又便于发现和纠正土改工作中的缺点偏差，使地主阶级在全社会彻底陷于孤立，大大有利于土地改革运动的顺利进行。

清华大学教授潘光旦、教员全慰天参加土改

①《毛泽东文集》第六卷，人民出版社，1999年版，第79～80页。

②中共中央统战部研究室编：《历次全国统战工作会议概况和文献》，档案出版社，1988年版，第43页。

归来后，写出了《谁说“江南无封建”？》的农村访问记，在社会上引起很大反响。文章以在苏南无锡、苏州、常熟、吴江等地农村一个半月的深入观察和了解，详尽介绍了苏南农村中地主对大部分土地的占有情况，具体揭露了江南地主采用“坐簿”（掌握在自己手里）、“追簿”（交账房管理）、“追折”（由催丁带在身边随时催索）等方式，向佃户收取高额地租的封建剥削事实；农民由于“租米重，利钱高”，受尽地主的逼迫，有的被迫卖掉农具、耕牛，有的被迫卖田、卖儿女或当雇工，以至遭毒打、坐监牢、被逼自杀。大量事实说明，“苏南不但有封建，而且封建得厉害”。其结果是财富向少数人的集中和绝大多数人的贫困。在这种情况下，生产力的提高与发展是不可能的。这就是为什么要在苏南实行土地改革所构成的肯定的答案。[①]

参加土改参观团、土改工作团的各界人士，在总结报告和体会文章中，以他们亲眼看见的大量事实材料，从根本上驳倒了对于土地改革怀疑的各种见解，粉碎了为封建剥削制度和地主阶级辩护的各种议论；对于土地改革是中国革命最基本的历史任务，是“一场系统的激烈的斗争”，有了更深切的认识和理解；同时，亲身感受到农民团结起来的伟大力量，党的工作干部对人民事业的忠诚，深入联系农民群众、不辞劳苦、脚踏实地的工作作风。他们在土地改革的实际斗争中经受了难得的教育和考验，在思想感情上向着人民的立场前进了一大步。一些著名民主人士在土地改革中经历了深刻的思想转变过程。如民主建国会的黄炎培先生，同江南的封建势力和资产阶级的历史联系较多，对于征粮、征税和土改政策的执行有许多意见。他收到家乡一些地主的“告状”信，准备去苏南实地看看土改。毛泽东得知后，鼓励他说：你们去看看很好，可以听到各级领导干部、农民和地主富农三个方面的意见，并将有关土改的情况报告，包括对土改中过左行为的报道及中共华东局关于纠正土改中缺点的党内指示，送给黄炎培一阅。黄炎培看到毛泽东送来的文件中，既说明了土改运动的总方向是正确的，又批评了个别地方有偏差、干部幼稚、掌握政

◆ 从1950年到1953年春，新解放区农村完成土地制度的改革，极大地提高了农民的积极性，为农业生产的迅速恢复和发展创造了条件。图为土改后的东北农民在积极生产。

① 1951年5月7日、9日《人民日报》。

策不熟练等，感到共产党是能正视和纠正工作中的缺点的。通过到苏南实地考察，黄炎培认为地主的叫喊是不属实的，群众的意见是民主的，农民的行动并非过分，苏南地方首长对于政策法令掌握得很好，对政策的宽与严把握得恰到好处，看了以后确实觉得不差。这些现身说法，对资产阶级中一部分心有疑虑的人，是很有说服力的。

在新区土地改革运动中，从中央到地方不仅动员组织各民主党派人士和广大知识分子下乡参加或参观土地改革，而且在城市严格执行保护工商业的政策，把许多同封建土地剥削有联系的资本家吸收到反封建的统一战线中来。为了彻底地孤立地主阶级，对于曾经拥护民主革命又赞助土地改革的开明绅士，党和政府在他们交出土地及其他应交出的财产后，也吸收他们参加土改或其他工作。这样，就充分发挥了反封建统一战线的重要作用，有力地促进了土地改革的顺利进行。从基本方面看，在废除封建土地所有制的斗争中，各民主党派、工商界及社会各界人士经受住了考验，比较顺利地过了“土改一关”。

百年反封建斗争的历史性界碑

从1950年冬至1953年春，除新疆、西藏等少数民族地区及尚待解放的台湾省以外，土地制度的改革在全国范围内基本完成。从长江三角洲到西北高原，从湖广丰饶之乡到大西南腹地，到处都看到分得胜利果实的农民兴高采烈地丈量土地；各家各户的田头地垅插上了祖祖辈辈梦寐以求的标明地权的界桩。已完成土地改革地区（包括新解放区和老解放区）的农业人口，已占全国农业人口总数的90%以上。全国有3亿多农民共分得7亿多亩土地以及大批生产资料和生活资料，免除了过去向地主缴纳的大约相当于农作物生产量一半左右的地租。

土地改革的基本完成，使我国农村土地占有关系发生了根本的变化：占农村人口91.9%的贫农、中农，占有全部耕地的91.3%；原来的地主富农占农村人口7.9%，只占有全部耕地的8.6%。这样，在中国延续两千多年的封建土地所有制被送进历史博物馆。孙中山提出的“耕者有其田”的理想，在中国共产党的领导下变成了现实。封建剥削制度的被消灭，挖掉了帝国主义和国民党反动势力残存在大陆上的根基，使我国长期被束缚的农村生产力获得了一次历史性的大解放。

土地改革中，广大农民不仅获得了土地，还分得了耕畜297万头，农具2954万件，房屋3870万间，粮食105亿斤。这是历史上前所未有的巨大经济补偿，极大地激发了亿万中国农民的生产积极性。随着新区土地改革的陆续完成，国家从经济上对翻身农民给予扶持，实行一系列有利于促进农业生产的政策措施，广大农民生产积极性空前高涨，普遍把分得的生产资料添置为大量的耕畜、水车及新式农具，改善和扩大自己的经营，掀起群众性的生产热潮。

以农民个体所有制为基础的小生产，如当时人们所形容的那样，“像千年古树开花”一般在土地改革完成后的第一年都获得了丰收。粮食、棉花、油料等主要农产品的产量，1951年比1950年分别增长8.6%，44.8%，21.8%；1952年又比1951年分别增长14.1%，26.5%，15.8%，充分显示了土地制度的改革对解放生产力，恢复和发展农业生产的巨大推动作用，并直接促进了以农产品为原料的工业生产的恢复和发展，包括农业税的大幅度增长，对整个国民经济的全面恢复和发展起了

重大作用。

在生产发展的基础上，农民收入普遍增加，生活明显改善。土地改革基本实现后的1953年，农民净货币收入比1949年增长123.6%，每人平均净货币收入增长111.5%。农民对消费品的购买力有了成倍的增长，1953年比1949年增长111%，平均每人消费品购买力增长1倍。1953年同1949年相比，农民留用粮食增长28.2%，其中生活用粮食增长33.6%。

土地改革是一场涉及几亿农业人口和广大社会范围的民主改革运动。全国土地改革的基本完成，对我国经济、政治、文化和城乡社会都产生了极为深刻的影响，首先使中国农村贫穷落后的面貌有了很大改观。

广大农民获得土地等基本生产资料的巨大补偿之后，不仅迅速提高了经济地位，而且经过土地改革斗争的锻炼，增强了农民的阶级自觉和组织力量，形成了有觉悟有组织的阶级队伍，中国农民真正成了农村的主人。据1951年10月统计，华东、中南、西南、西北四大行政区农民协会会员约达8800余万人，其中妇女约占30%左右。农民积极分子从土改斗争中大量涌现出来，参加农村基层政权组织，使之成为农村人民政权的支柱，真正实现了对旧的基层政权的改造。翻身农民在每个乡村都组织和建立了自己的武装——民兵组织，全国民兵发展到1280余万人。这是巩固人民民主专政和保卫"翻身果实"的重要力量。土地改革作为亿万人民群众争取民主的伟大运动，为新中国的经济恢复发展与社会进步奠定了深厚的社会基础，这是近百年来中国人民反封建斗争的一个历史性界碑。

土地改革运动大大促进了农村文化的发展。随着土改后农村经济的恢复，农民的文化需求日益增加。为了满足农民学习文化的迫切需要，各地农村普遍利用冬季农闲时间，组织农民学习文化，学习政治，提高农民的素质。1950年全国农民上冬学的达2500万人以上，1951年上常年夜校的农民有1100余万人。新的科学知识开始传布。劳动光荣逐渐成为风气。同时，翻身农民的子弟开始大量进入学校，接受文化知识教育。农村小学数和学生数的增加，使全国小学学生数有显著增加，1952年下半年达4900万人，占学龄儿童总数的60%。与1949年相比，农村在校小学生数增加111.8%，中学生增加186.2%。随着国家颁布新婚姻法、开展扫盲运动等民主改革法令的宣传和实施，农村中普遍进行了扫除封建迷信、改革陈规陋习等移风易俗活动。农村文化热潮的初步兴起，使各地农村出现了许多深入民主改革的新风气、新气象。占全国人口绝大多数的农民的素质逐渐提高，对农村经济的发展和农村社会的稳定都起到了重要作用。

应该指出，在土地改革中，由于允许在人均耕地面积少的地区，征收富农的小量出租土地以满足贫雇农对土地的要求，有相当一部分省区实际上都动了富农的土地，《土地改革法》规定的保存富农经济的政策未能得到全面贯彻。经过土地改革，富农经济实际上已失去了生存的基础，随着农村互助合作运动的兴起，我国的富农很快归于消亡。另外，基本实现土地改革，并不意味着反封建的任务的彻底完成。继续肃清封建的和小生产的政治和思想影响，仍将是我国相当长时期的历史任务。

在新区土地改革运动中需要慎重处理的是少数民族地区的民主改革。中国是一个多民族融合的统一的国家。在约有3500万人口的少数民族地区，由于经济结构、政治状况和社会、历史

条件都有许多不同于汉族地区的特点，土地关系中存在复杂的民族关系和宗教关系。针对这一情况，毛泽东在党的七届三中全会上明确提出：少数民族地区的社会改革，必须谨慎对待，无论如何不能急躁；条件不成熟，不能进行改革，一个条件成熟了，其他条件不成熟，也不要进行重大的改革。随着新区土改分期分批展开，少数民族地区的民主改革在统一的土地改革总路线下，坚持实行"民族团结、慎重稳进"的方针和更加缓和的步骤，采取适应各民族特点和有利于民族团结的政策和措施。

根据中央确定的方针，在新区土地改革分期进行中，首先在与汉族地区社会经济结构相同或相仿的蒙古族、壮族、回族等少数民族地区实行了土地改革。对处在封建农奴制、甚至奴隶制阶段的傣、彝、哈尼、傈僳、景颇、布朗、佤、怒等少数民族地区，直到1955年春才有准备、有计划、有步骤地进行了民主改革。西藏民族地区由于情况更为特殊，中央同意在第二个五年计划期间（1958～1962年）仍可以不进行民主改革。后因1959年西藏上层统治集团发动武装叛乱，中央在平叛的同时，应广大农奴和上层爱国人士的要求，才开始在西藏地区进行民主改革，废除封建领主、奴隶主所有制及其一切特权，解放农奴和奴隶，至1960年10月基本完成。这标志着我国土地制度的改革胜利结束。

总之，土地改革在全国范围内的基本完成，是中国共产党领导中国人民反对封建主义的长期斗争取得的具有历史意义的伟大胜利。中国半殖民地半封建社会的性质从此彻底改变，新民主主义革命的最基本的历史任务胜利完成。大规模的土地改革运动，对于彻底镇压反革命，巩固人民民主政权，为抗美援朝战争提供稳定的后方和雄厚的物质支援，都具有重大影响。全国土地改革的基本完成，带来了农村生产力的大解放，农村经济的大发展和农村社会的稳定和进步，进而促进了整个国民经济的全面恢复和发展，为我国进行大规模经济建设和逐步向社会主义过渡创造了根本的条件。

三、铲除反动政权残余的社会基础

"稳准狠"方针：大张旗鼓镇压反革命

以土地改革为中心，党和人民政府还在全社会范围领导开展了包括社会生活许多方面的民主改革运动。其中，严厉镇压一切反革命的破坏活动，是巩固人民民主专政，建立革命民主新秩序，进一步解放生产力的重要举措。

建国之初，一方面国民党残留的军事力量、土匪特务还在大陆进行颠覆破坏活动，一方面作为反动政权社会基础的那些直接压在人民头上的恶霸势力，在基层还没有被彻底打垮。除了数以百万计的政治性土匪必须依靠军事进剿予以消灭外，另有大批反动党团骨干分子、各种特务分子分散在各地，与残匪武装相勾结，从事各种破坏活动。他们打着"反共救国"、"光复大陆"的旗号，武装攻打县乡政府，破坏铁路桥梁，烧毁仓库，抢劫物资，纵火放毒，刺杀干部，残害群众，造谣惑众，挑拨离间，极大地损害了人民的生命财产，扰乱地方社会秩序，反革命活动十分猖獗。

据不完全统计，1950年上半年西南地区被匪特攻打、攻陷的县城有100座以上，贵州省会贵阳市曾被匪特武装进攻5次，西康省会雅安市被匪徒包围7天，其间杀害干部3000人，抢劫、

◆ 1951年3月24日，公安部部长罗瑞卿作镇压反革命的动员报告。

毁坏公粮600余万公斤。在中南，1950年底到1951年5月，广西省土匪特务组织暴乱52次，围攻、袭击县、区、乡政府256次，危害农会会员、民兵和村干部7219人，烧毁房屋25600间。1950年1月至10月，全国共发生妄图颠覆新生政权的武装暴乱816起，暴徒与封建势力互相勾结，组织“反共救国军”、“忠义军”、“光复军”等，明目张胆地破坏铁轨、军运，袭击车站、列车；凶残地杀害县、区、乡干部，积极分子和普通群众。国民党特务机关还派遣大批行动组，阴谋刺杀党政高级干部和爱国人士。

朝鲜战争爆发后，反革命分子的气焰更加嚣张，认为美国已把战火烧到中国大门，复辟的时机到了，他们叫嚷“蒋介石要反攻大陆了”，“美军即将登陆”，“黑暗将过，黎明即来”，更加变本加厉地进行破坏活动，妄图里应外合，颠覆人民民主国家。1950年秋，北京市公安局成功地破获了帝国主义间谍秘密测绘地图预谋在国庆节用迫击炮轰击天安门检阅台的重大案件。旧社会遗留下来的“一贯道”、“九宫道”等反动会道门也大肆活动，散布谣言挑拨离间党和政府与人民群众的关系，编造各种“神言谶语”蛊惑人心。反革命分子的猖獗活动，给社会稳定、生产恢复和民主改革的进行带来极大的危害。

党和人民政府高度重视镇压反革命，巩固人民民主政权的工作。1950年3月18日，中共中央发出关于镇压反革命活动的指示，要求各地对于反革命活动必须给以坚决地及时地镇压，决不能过分宽容，让其猖獗。同时强调决不能发生乱打、乱杀、错打、错杀的现象。7月23日，政务院和最高人民法院又联合发布指示，要求各级人民政府必须遵照《共同纲领》的规定，积极领导人民坚决地肃清一切公开的与暗藏的反革命分子，迅速地建立与巩固革命秩序，以保障人民民主权利并顺利地进行生产建设及各项必要的社会改革。遵照上述指示，各地在剿匪反霸斗争中，对各类反革命分子进行了搜捕，对反动党团骨干分子进行了登记，取缔了一些反动会道门组织并打击它

◆ 图为武汉市人民群众召开公审反革命分子大会。

◆ 南京市人民群众在“镇反”运动中的一次集会场面。

们的破坏活动。

但是，由于一部分干部陶醉于革命的胜利，对反革命分子的破坏及其危害认识不足，存在着和平麻痹思想，没有充分发动和组织人民群众参与镇反斗争。有些地区片面地理解镇压与宽大相结合的政策，以致发生"宽大无边"的偏向。由于各地司法机构还不健全，司法力量薄弱，有些案件该办的不办，该严办的又轻判，该快办的慢办或拖延不办。监狱工作管制不严，片面强调教育改造，给反革命案犯造成逃跑或暴动的空隙。个别地区甚至对俘获的土匪特务"四捉四放"，"八擒八纵"，使一些反革命分子竟狂妄地宣称公安局是"公安店"，法院是"旅馆"，经过宽大处理后仍然继续作恶。这种无原则的"宽大无边"偏向，助长了反革命活动的气焰，引起人民群众的极大不满，他们说，"天不怕，地不怕，就怕共产党讲宽大"；批评政府"不给老百姓作主"。这种右的偏向如不彻底纠正，就会损害党和人民政府的威信，挫伤人民群众的革命热情，影响各项工作的开展。全国人民迫切要求人民政府采取坚决的方针，严厉镇压反革命。

为了打击反革命分子的嚣张气焰，保证土地改革和生产恢复的顺利进行，特别为使抗美援朝战争有稳固可靠的后方环境，1950年10月10日，中共中央发出《关于镇压反革命活动的指示》（又称《双十指示》）。指示严肃批评了镇压反革命中的右倾错误，指出有不少干部和党委，把统一战线中的反对关门主义问题与在对敌斗争中坚决镇压反革命活动问题相混淆，把正确的严厉镇压反革命活动与乱打乱杀相混淆，把"镇压与宽大相结合"的政策误解为片面的宽大。因此，在镇压反革命问题上，发生了严重的右的偏向，以致有大批的首要的、怙恶不悛的、在解放后甚至在经过宽大处理后仍然继续为恶的反革命分子，没有受到应有的制裁。这不仅助长了反革命的气焰，而且引起了群众的抱怨。这种右的偏向，必须采取步骤加以克服。

指示要求各级党委，对于已被逮捕及尚未逮捕的反革命分子，应即领导与督促主管部门，根据已有的材料，按照"镇压与宽大相结合"的政策，经过审慎的研究，分别地加以处理：当杀者，应即判处死刑；当监禁和改造者，应即逮捕监禁，加以改造。对于这些案件的执行，必须公布判决，在报纸上发表消息（登在显著地位），并采取其他方法，在群众中进行广泛的宣传教育。对于帝国主义的特务间谍组织及其分子，必须予以严厉的打击。已逮捕者，应分别情况，依法惩处。未逮捕而有证据或重大嫌疑者，应依上级指示，予以逮捕。指示要求全面执行"镇压与宽大相结合"的政策，克服已经发生的"严重的右的偏向"，对证据确凿的反革命分子加紧进行处理；同时也要防止"左"的偏向，各级党委必须坚决反对逼供和禁止肉刑，注意重证据而不轻信口供。

《双十指示》发布后，各中央局、中央分局和各省、市党委立即召开工作会议和紧急会议，认真贯彻中央精神，检讨过去工作中的问题，对积压的案件和今后的镇反具体作了部署。中央公安部于10月16日至21日召开第二次全国公安会议，提出应坚决准确地执行中央的决定。为了督促镇反工作，11月3日，周恩来总理签发《政务院关于加强人民司法工作的指示》，强调"对反革命分子来说，首先是镇压，只有镇压才能使他们服罪，只有在他们服罪以后，才能谈到宽大"。中央及地方各级人民政府组织协调各部门的力量，简化诉讼手续，抓紧处理积案。经过各方面的努力，到12月下旬，右的偏向基本上被扭转。

从中央到地方，从党政机关到企业、街道，从城市到乡村，全体人民充分动员起来，一场大张旗鼓镇压反革命的群众运动在全国范围内开展起来。

镇压反革命运动，与抗美援朝运动、土地改革运动相互结合进行，并称为"三大革命运动"。这次运动打击的重点对象是土匪、特务、恶霸、反动党团骨干及反动会道门头子。这五个方面的反革命分子，或是国民党军事对抗的残余，或是反动政权的社会基础，都是民主革命的对象。对一切反革命敌对分子和压在人民头上的"东霸天"、"西霸天"等恶势力实施严厉的镇压，是巩固新生革命政权、解放生产力的必要措施。从本质上说，镇压反革命运动是围绕土地改革为中心进行的新民主主义改革的重要前提和组成部分。

为了指导运动健康发展，1951年1月17日，毛泽东在给各中央局、分局及大军区领导人的电报中，提出了镇压反革命必须"稳、准、狠"的工作方针。他指出："所谓打得稳，就是要注意策略。打得准，就是不要搞错。打得狠，就是要坚决地杀掉一切应杀的反动分子（不应杀者，当然不杀）"。他强调说，如果我们优柔寡断，姑息养奸，则将遗祸人民，脱离群众。只要我们不杀错，资产阶级虽有叫唤，也就不怕他们叫唤。[①]在总结各地镇反经验的基础上，中共中央确定镇反的工作路线是：党委领导，全党动员，群众动员，吸收各民主党派及各界人士参加，统一计划，统一行动，严格地审查捕人和杀人的名单，注意各个时期的斗争策略，广泛地进行宣传教育工作，打破关门主义和神秘主义，坚决地反对草率从事的偏向。在这个工作路线中，最重要的是严格地审查捕杀名单和广泛地做好宣传教育。毛泽东说，做到了这两点，就可以避免犯错误。

2月21日，中央人民政府公布实施《中华人民共和国惩治反革命条例》，规定"凡以推翻人民民主政权，破坏人民民主事业为目的之各种反革命罪犯，皆依本条例治罪"。《条例》对勾结帝国主义背叛祖国者；策动、勾引、收买公职人员、武装部队或民兵进行叛变者；持械聚众叛乱的主谋者；进行间谍或资敌行为者；参加反革命特务组织或间谍组织者；利用封建会道门进行反革命活动者；以反革命为目的，策谋或执行破坏、杀害行为者；以反革命为目的进行挑拨、煽惑行为者和偷越国境者等反革命行为，分别规定了量刑标准，为镇反斗争提供了有力的法律武器。

结合《惩治反革命条例》的颁布，《人民日报》连续发表社论向社会各界宣传。司法部长史良发表文章，如实分析前一阶段司法工作中的缺点，号召全国的人民司法工作者好好研究《惩治反革命条例》，一致努力为执行这一重大条例，为完成"镇压反动，保护人民"，巩固人民民主专政的光荣的历史任务而奋斗。最高人民法院院长沈钧儒，各民主党派负责人许德珩、高崇民、章乃器、楚图南等均发表文章，阐述大张旗鼓镇压反革命的必要性和政策界限，动员各界群众共同行动起来，坚决镇压反革命，巩固人民民主政权。

在指导镇反斗争中，毛泽东十分重视向社会各界人士广泛地解释镇压反革命的完全必要，同时强调镇反工作在事前事后使民主党派、各界民主人士、宗教界、工商界、文化教育界、少数民族的代表人物，真正与闻其事，并向全体人民展开宣传讨论，使家喻户晓，人人明白，打破关门主义和神秘主义，是非常重要的。他对各大区、省、直辖市镇压反革命的报告几乎均要过目，并加批示按语。许多镇压反革命的政策是直接来自这些批语。据粗略统计，在运动开展的头一年，由毛泽东起草的中央关于镇压反革命的电报、指示近

①《毛泽东文集》第六卷，人民出版社，1999年版，第117页。

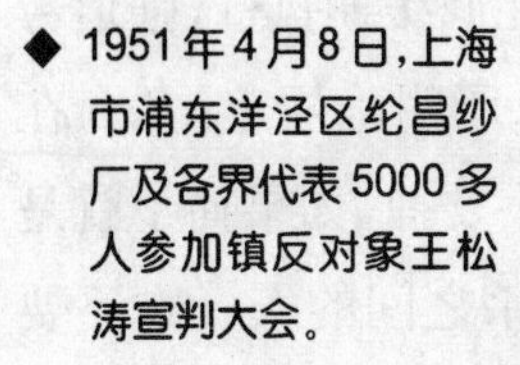

◆ 1951年4月8日，上海市浦东洋泾区纶昌纱厂及各界代表5000多人参加镇反对象王松涛宣判大会。

200件，从镇反工作的路线、方针、政策到具体的步骤、方法，都作了明确的规定和说明。

通过全国各地普遍召开各界代表会议、座谈会、控诉会、公审会，利用报纸、广播、电影、幻灯、戏曲、小册子和传单等，大张旗鼓地向民主人士、知识分子、工商界、宗教界广泛解释镇压反革命的完全必要，使镇反运动很快成为人民群众和人民政府的共同行动。广大人民群众纷纷行动起来，检举揭发和协助政府追捕反革命分子。如1951年4月，上海市举行市区各界人民代表扩大会议，公审9名罪大恶极的反革命分子。大会接到人民控诉和检举反革命分子的电话4664次，信件5816件。广州市召开全市控诉大会，公审处决了198名罪大恶极的反革命分子，3天之内，群众向人民政府投寄拥护镇反和检举信达3万多封。东北地区到1951年8月共收到群众检举信16万件。河北省有400多名积极分子自备路费远地调查和追捕逃跑的反革命分子。全国城乡遍布天罗地网，使反革命分子无处藏身，镇反运动很快进入高潮。

严格掌握政策，集中清理积案

经过几个月的发展，镇反运动取得很大成绩。杀、关、管了一大批罪有应得的反革命分子。到1951年上半年，全国共逮捕反革命分子150万，犯有严重罪行的首恶分子被判处死刑的有50万，其中匪首、惯匪占44.6%，恶霸占34.2%，反动会道门头子、反动党团骨干分子占7.7%，特务地下军头子占13.5%。此外，还有大批反革命分子被判处徒刑或在关押审判中。由于党中央、毛泽东的密切指导，镇压反革命运动的发展是健康的，一般地没有发生偏差和错误。镇反斗争取得伟大的胜利，扶持了社会正气，安定了社会秩序，得到人民群众的赞扬。从另一方面看，随着群众镇反情绪的高涨，一些地方开始发生工作粗糙草率、不按法律程序办事及错捕错杀的过左现象，需要加以预防或纠正。对于统一战线中应该照

顾的方面照顾得不够，有些非共产党的中央人民政府委员、政务委员和其他方面的高级民主人士，由于他们的家属或亲友在镇反中被杀、被捕或被没收若干财产，引起了他们的不安，这对于巩固反帝反封建统一战线产生了不好的影响，需要在统一战线内部进行调整①。几个月来，处决反革命罪犯的总数已有相当数量，需要加以收缩，对逮捕的一大批反革命罪犯，也需要进行清理。同时，镇反运动在城市开展的结果，已开始牵涉到"中层"（即军政机关内部）和"内层"（即共产党内部）的问题，需要专门研究，慎重处理。

1951年5月10日至15日，公安部召开第三次全国公安会议。毛泽东听取了情况汇报，并亲自动手总结经验，审阅修改会议的决议。他提出要"严格地审查捕人和杀人的名单，注意各个时期的斗争策略"，"坚决地反对草率从事的偏向"。会议通过的《决议》规定将镇反运动加以收缩，在几个月之内，除了对进行现行破坏的反革命分子必须捕办以外，暂停捕人。关于杀反革命的数字，必须控制在一定的比例以内。在农村，一般不应超过人口的1‰。在城市一般应低于人口比例的1‰，以0.5‰为适宜。超此比例者，一律停止镇压。

《决议》指出，这里必须掌握的原则是：对于有血债或其他最严重的罪行非杀不足以平民愤者和最严重地损害国家利益者，必须判处死刑，并立即执行。对于没有血债、民愤不大和虽然严重地损害国家利益但尚未达到最严重的程度、而又罪该处死者，应当采取判处死刑，缓期两年执行，强迫劳动，以观后效的政策。特别是对于在共产党内，在人民政府系统内，在人民解放军系统内，在文化教育界、在工商界、在宗教界、在民主党派和人民团体内清理出来的应判死刑的反革命分子，一般以处决十分之一二为原则，其余十分之八九均应采取判处死刑缓期执行，强迫劳动以观后效的政策。此外，还明确规定：凡介在可捕可不捕之间的人一定不要捕，如果捕了就是犯错误；凡介在可杀可不杀之间的人一定不要杀，如果杀了就是犯错误。②这里提出了一项慎重的社会政策，它有利于获得各界社会人士广泛的同情，以分化反革命势力，达到彻底消灭反革命的目的，同时又保存了大批的社会劳动力，有利于国家的建设事业。

为了防止在镇压反革命运动的高潮中发生"左"的偏向，中央决定在全国一切地方，将捕人批准权由县级一律收回到地委专署一级，将杀人批准权由地委专署一律收回到省一级。任何地方不得要求改变此项决定。关于在共产党内，在人民政府系统内，在人民解放军系统内，在文化教育界、工商界、宗教界、各民主党派和各人民团体内清理出的反革命分子，其捕人和判罪应一律报请大行政区或大军区批准，有关统一战线的重要分子，须报请中央批准，以昭慎重。

关于处理大批罪犯的积案，各地必须在党委的坚强领导下，从各方面调集大批得力干部，采用突击方式，在规定的4个月内将积案基本处理清楚。在清理方法上，首先清理该杀的和可以释放的。对于判刑在一年以下的犯人，在多数群众同意的条件下，可以采取缓刑或假释的办法，交群众负责管制。大批应判徒刑的犯人，是一个很大的劳动力。为了改造他们，不使之坐吃闲饭，必须立即着手组织劳动改造的工作。由县、专署、省、大行政区、中央各级分工负责，组织犯人劳动，从事大规模的水利、筑路、垦荒、开矿和建房等生产事业。这项工作极为艰巨，又极为紧迫，必须用全力迅速获得解决。5月16日，中共

①《中共中央关于在土改和镇反中对高级民主人士家属照顾和宽大处理的决定》，1951年6月4日。
②中共中央转发的《第三次全国公安会议决议》，1951年5月16日。

◆ 1951年7月8日，京汉铁路工人在郑州召开控诉"二七"惨案祸首赵继贤罪行大会。参加大会的有铁路工人及各界人民代表1万多人。

中央批准了《第三次全国公安会议决议》，要求"全党全军均必须坚决地完全地照此实行"。

第三次全国公安会议后，从6月至10月，全国集中力量进行清理积案工作。这实际上也是深入进行镇反和教育群众的过程。各地区普遍组织了"反革命案件审查委员会"，吸收各界民主人士参与审判工作，在处理中强调要注重调查研究，重证据而不轻信口供，反对草率行事，反对逼供信，着重打击那些罪大恶极、为人民群众十分痛恨的反革命分子，对罪行较轻、愿意悔改者则采取宽大的方针。许多地方的审查委员会经过认真审阅卷宗，对一些错案及时作了纠正。8月4日，政务院、最高人民法院联合发出《关于清理反革命罪犯积案的指示》，要求积案尚多的地区各级人民政府集中更大的精力限期将积案处理完毕，进一步推动清理积案工作，保证运动健康、深入地发展。

5月21日，中共中央作出《关于清理"中层""内层"问题的指示》。依照《指示》精神，各地开始清理"中层"和"内层"。清理的范围是军事机关、财经机关、政治机关、文教机关。清查重点是首脑机关和要害部门。清查目的是弄清情况和处理一些最突出的问题。清理方法是通过学习镇反文件，号召有问题的人(不是一切人)在自愿的基础上，用忠诚老实的态度交清历史，坦白其隐瞒的问题。经过清理，各机关查出一批反革命分子，也给一大批有一般历史问题的人卸掉了包袱，从而纯洁了组织，教育了干部。由于时间紧迫，又与镇反运动处理积案的工作相交叉，清理"中层"和"内层"的过程中，存在粗糙草率的现象，要求过急，方法简单，使一部分新吸收的知识分子工作人员受到伤害，造成一些遗留问题。党

◆ 1951 年 1 月,天津人民政府取缔反动组织“一贯道”。图为群众揭露“一贯道”的罪恶。

◆ 1951 年 7 月 24 日,上海市公安局破获反动会道门“神医紫竹堂”,并逮捕了其主要成员。图为上海群众参观“神医紫竹堂”的罪行展览。

和人民政府后来花费很大力量进行复查、甄别工作，使问题在一定范围内得到纠正。

到1951年10月底，全国绝大多数地区完成了对反革命案犯的清查处理，全国规模的群众性镇反运动基本结束。少数镇反不彻底地区的扫尾工作到1953年秋全部完成。据统计，从1950年起三年多的镇反运动中，全国共关押反革命分子129万人，管制123万人，被依法处决的各类反革命分子71万人，包括匪首、惯匪、恶霸、反动会道门头子、反动党团骨干分子、特务及反共地下军头目等，还有长期残酷欺压人民、横行乡里的“东霸天”、“西霸天”，绝大多数为血债甚多，犯有严重罪行，非杀不足以平民愤的首恶分子。镇反运动基本上扫除了国民党遗留在大陆的反革命残余势力；曾经猖獗一时的特务、地下军以及反动会道门等黑社会组织基本上被肃清。

大张旗鼓镇压反革命的运动，相当彻底地肃清了各类反革命分子，铲除了敌对势力大规模进行反革命破坏活动的各种社会条件，粉碎了他们配合帝国主义和国民党反动派妄图复辟的罪恶阴谋，巩固了人民民主专政的新民主主义社会秩序，全国出现了历史上从未有过的安定局面，水陆交通顺畅，人民生命财产有保障，各界群众安居乐业。镇反运动显著提高了人民政府的威信，使党和政府同人民群众的关系日益密切，各民主阶级内部、各民族之间更加团结。镇反运动还推动各地建立健全了公安、检察、司法机构以及分布在各基层单位的群众性治安组织——治安保卫委员会。人民民主专政的队伍经过清理和锻炼，纯洁了组织，积累了经验，初步形成制度，全面提高了政法业务水平。我国的法制建设向前迈进了一步。

四、搬掉生产道路上的“绊脚石”

全心全意依靠工人阶级

中国共产党作为中国工人阶级的先锋队，在七届二中全会确定工作重心由乡村转移到城市的时候，就鲜明地提出在城市斗争中，必须全心全意地依靠工人阶级，团结其他劳动群众，争取知识分子，争取尽可能多的能够同我们合作的民族资产阶级，以便向帝国主义、国民党残余、官僚资产阶级作坚决的斗争，同时即着手经济建设事业，一步步地学会管理城市，恢复和发展城市中的生产事业。

新中国成立后，城市生产事业的恢复，是在极其困难的情况下开始的。在许多新解放城市，工厂机器设备大多被严重破坏或拆毁；不少矿山变成一片废墟；一般工矿企业都处于人员离散、生产瘫痪状态。在严重困难的局面下，各级党的领导机关和人民政府牢牢把握全心全意依靠工人阶级的方针，把恢复和发展国营工业的生产放在第一位。

全国最早获得解放的东北大工业基地，从1949年春起，就在各厂矿形成努力恢复生产的热潮。在厂矿党组织的领导和动员下，工人群众以高涨的劳动热情和主人翁责任感，不计工时，不计报酬，献交器材，投入抢修设备、修复矿井的火热斗争。沉寂多年的工厂、矿山又响起机器的轰鸣。包括29个厂矿的大型企业鞍山钢铁厂，率先发起恢复生产和立功运动，职工纷纷赶回工厂，尽管没有工资，每人只发给微薄的口粮，干部、共产党员和工人群众同心同德，不分昼夜努力奋战，大大加快了修复的进度。仅两三个月，

中板厂、焊接钢管厂、第一初轧厂等主干厂相继修复，投入生产。6月初，鞍钢炼铁厂二号高炉流出了解放后的第一炉铁水。

关内各大城市结合接收官僚资本，建立国营企业，很快恢复了正常生产。如天津市原中纺系统所属七个纺纱厂在接管后的第二天，就有90%以上的职工到厂报到，立即开工生产。天津被服厂在接管后的15天内，就完成了几十万条军裤的生产，及时支援了解放大军南下作战。北京石景山钢铁厂等国营厂矿，在党组织的动员下，克服重重困难，不到半年时间就恢复了生产，还创造了历史上最好的生产成绩。在全国最大的工业城市上海，中纺公司各厂在解放后三天内全部复工；市内公共汽车大部分恢复行驶；水电燃气供应和市内电话一直没有中断。江南造船所被炸毁的三座船坞，全体职工只用一个星期就修好被破坏的陆上设备，一个半月即把船坞全部修复。在铁路职工的奋力抢修下，多处中断的沪宁线迅速恢复通车。

为了更好地发挥解放后广大工人在企业中当家作主的作用，1950年2月7日，《人民日报》发表《学会管理企业》的社论。社论指出：接收官僚资本企业时“不要打烂旧机构”、“保存原职原薪原制度”的口号是必要的，但也把过去在国民党反动统治时代在企业内造成的不合理、无组织的混乱状态和某些腐败制度暂时地继承下来；而国营企业建立起来后，由于干部缺乏管理生产的知识和经验，这种现象在许多企业中仍未改变。为此，社论提出：“学会管理企业，把官僚资本主义企业改造成为新民主主义企业，就应成为中国工人阶级目前的中心口号”；“以统一的、合理的、科学的制度，逐渐代替国民党遗留下来的混乱的、腐败的、不合理的制度，是目前管理好企业所必须采取的一个重要步骤”。

2月28日，中财委也发出指示，指出当前的中心任务是恢复与发展生产，为达成这一任务，必须在国营工矿企业中，对原来官僚资本统治时代遗留下来的各种不合理的制度进行一系列的改革；改革的中心环节是建立工厂管理委员会，实行工厂民主管理，使工人亲身感到自己是企业的主人，而改变劳动态度，发挥生产积极性和创造性。因此，必须督促所有工厂企业行政人员，认真联系实际，批判各种不依靠工人群众管理企业的观点和单凭依靠行政命令来完成生产任务的错误思想，并协同工会讨论实行民主管理的具体办法和步骤。只有这样，才会对发展生产有利，才符合于整个工人阶级和全国人民的远大利益。

1950年6月28日，中央人民政府通过《中华人民共和国工会法》，次日由毛泽东主席发布命令公布实施。《工会法》是新中国成立后第一批公布施行的重要法律。它明确规定了工会组织在新民主主义国家政权下的法律地位，规定工会在国营及合作社企业和在私营企业中，有代表受雇工人、职员群众参加生产管理及与行政方面缔结集体合同；或与资方进行交涉、谈判，参加劳资协商会议并与资方缔结集体合同等职权；有保护工人、职员群众利益，监督行政方面或资方切实执行政府有关劳动法令条例，并进行改善职工群众的物质生活与文化生活的各种设施的责任。《工会法》将在一切企业、机关和学校中以工资收入为其生活资料之全部或主要来源的脑力雇佣劳动者视为职员。8月政务院公布的《关于划分农村阶级成分的决定》明确指出：“职员为工人阶级中的一部分”①。

根据《工会法》的规定，各地国营工矿企业迅

①《建国以来重要文献选编》第一册，中央文献出版社，1992年版，第399页。

速建立和健全了基层工会组织，并开始组建各种全国性的产业工会。在工业生产的恢复中，全国总工会和各级工会组织对企业行政部门或资方执行劳动保护、劳动保险、工资支付标准、工厂卫生与技术安全法令条例等情况实行严格监督，切实保护职工群众的利益；另一方面对职工进行维护政府法令、执行政府政策、遵守劳动纪律等教育，通过组织生产竞赛、增产节约运动，保证生产计划的完成；同时，还为改善工人物质文化生活作了大量建设性工作。为进一步领导和支持工人群众实现当家作主，党和人民政府在国营工矿企业深入开展了民主改革运动。

工矿企业的民主改革与生产改革

在旧中国，帝国主义、封建主义、官僚资本主义在工矿企业中的统治与管理，除了依靠他们的反动的政权力量（军队、宪兵、警察、法庭、监狱等）外，还要依靠一种反动社会力量——封建把头。工矿企业中的反动势力，在武汉叫“头佬”、上海叫“纳摩温”、青岛叫做“把头”。这一类人名称虽不同，实质上是一样。他们往往就是反动党团特务组织、反动会道门、封建帮派与黄色工会等在工矿企业中的组织者、头子与骨干，或者一人身兼数职。在国民党的统治时代，封建把头在工矿企业中所起的作用，与农村中的保、甲长基本相同。

对于工矿企业中的封建社会势力，在刚解放的时候，为了不打乱原有的生产机构，便于接收，采取了原封不动的政策，这在当时是必要的。随着没收官僚资本，建立国营经济，一些厂矿企业先后经过登记反动党团员、“挖蒋根”、调整人事等方式，运用自上而下的行政力量进行过一些清理，不同程度地触动了工人群众深恶痛绝的封建把头制、侮辱工人的搜身制等，取得初步成效。但一般说来，绝大多数厂矿尚未在放手发动群众的基础上，自下而上地进行系统的、有组织的、彻底的民主改革。

1950年3月24日，中央人民政府政务院颁布《关于废除各地搬运事业中封建把持制度暂行处理办法》，首先在搬运事业中开展了废除封建把持制度的斗争。全国广大搬运工人群众在各地党委的正确领导之下，先后经过有组织的训练，提高阶级觉悟，划清阶级界线，进行控诉、检举等激烈斗争，一些封建把头按犯罪大小分别进行了处理。经过一年多的斗争，全国各大、中城市搬运事业中的封建把持制度基本上被摧垮。

但是，城市的民主改革工作还不算彻底。有些封建把头，包括一批反动党团、反动会道门分子和少数潜伏的逃亡地主、土匪、恶霸、特务分子等混入工矿企业，暗中进行捣乱运输、破坏生产、偷盗抢劫等活动。在1951年上半年大张旗鼓镇压反革命运动中，那些浮在面上的反革命分子多半已被逮捕或处决，但有些过去骑在工人头上作威作福，仗势欺人，敲诈勒索的中小把头，还依然未动。这些人有的伪装积极，混入到工会、青年团以至共产党组织内，当了工会“干部”、“团员”和“党员”，有的甚至被选为“劳动模范”！工人群众称他们是“三开”人物（即国民党时候吃得开，日本人时候吃得开，共产党来了还是吃得开）。这股封建残余势力利用工人的行会观念等落后思想，散布谣言，挑拨工人之间的团结，在企业中不断制造政治性事故，成为工矿企业党组织、行政、工会、青年团布置和进行各项工作的“绊脚石”。不少群众反映说，解放了，工人还是“作主不当家”，许多厂矿中工人的政治积极性和生产

积极性受到压制。

随着解放后各地厂矿陆续建立健全了党、团、工会组织，工人政治觉悟有了很大提高，基本具备了进行民主改革的必要条件。在镇压反革命运动开展起来后，中共中央于1951年11月5日发出《关于清理厂矿交通等企业中的反革命分子和在这些企业中开展民主改革的指示》，要求各地必须用足够的力量，发动和依靠工人群众，有领导、有计划、有步骤地对工厂、矿山和交通等企业部门内的残余反革命势力加以系统的清理，并对国营企业内所遗留的旧制度，进行或者进一步完成必要的和适当的民主改革。

民主改革的要求与目的，是在有组织、有领导、放手发动群众的基础上，对帝国主义、封建主义、官僚资本主义在工矿企业中有意识地建立与培养并用以统治工人群众的把头制度，按照生产的需要与群众的要求，采用民主的方式，加以彻底的改革。在去掉阻碍工人群众团结进步的把头制度与破坏分子之后，对于过去在国民党反动统治之下，在工人群众中所造成的各种思想包袱与各种不团结的现象，采用忠诚老实、坦白、检讨、交代问题、批评与自我批评等方式加以解决，借以提高工人群众的阶级觉悟，加强工人阶级的团结，然后在工人群众自觉自愿的基础上，树立起新的劳动态度，建立各种有利于生产建设与生活改善的组织与制度，为顺利地开展爱国主义的劳动竞赛、实行经济核算制、迎接大规模的生产建设创造有利的条件。

鉴于工矿企业的情况，较党政军民机关为复杂，党的领导力量和群众基础较弱，各地在党委的统一领导下，从各方面抽调得力干部，结合企业中原有干部组成专门领导机构，首先对企业的情况进行有系统的调查研究，训练组织职工中的积极分子；再由行政、党、工会、青年团的干部，按照本单位群众的思想状况，有的放矢地在工人职员中进行深入的思想动员，号召工人群众分清敌我，整顿自己的队伍，从思想上、组织上提高工人阶级的纯洁性；号召一切有问题的人，向国家忠诚老实地交清自己的历史。只要忠诚坦白，罪重的可以减轻，罪轻的可以免罪，无罪的可以卸掉包袱。党在民主改革中的政策，主要归结为四点：反封建不反资本；反封建不反技术；斗首要不斗一般；在经济上重点清算，分别处理。

厂矿企业民主改革运动的进程，第一步是民主斗争。主要是采取回忆、对比、诉苦的方式，对那些“不问能力问来历”，不参加或很少参加劳动，专事欺压、剥削工人的“把头”、“头佬”、“纳摩温”、帮派头子等，在车间大会或全厂大会上进行说理斗争。然后，按他们过去罪恶的大小、生产技术能力的高低、解放后的劳动态度与低头认错的程度分别予以处理：包括降职、降薪、调动工作、群众管制、停止工会会籍；对个别罪恶太多、民愤太大的，应群众要求送法院法办或开除厂籍。在民主斗争阶段，关键是详细地讲明政策，解除顾虑，为工人撑腰，放手发动群众。工人群众把这种斗争会称为真正的“翻身会”、“解放会”、“见太阳会”。

第二步是民主团结。由于长期反动统治的影响，工人队伍内部也存在一些问题。如有的职员和工人曾被胁迫加入过反动党团，少数职员和技术人员有过压迫工人的行为，在工人之间还存在旧的行会帮派和狭隘地域观念等。对此，各厂矿着重在工人群众中进行思想教育和自我教育，以克服因行帮、地域观念所造成的隔阂，加强工人内部包括工人与职员、技术人员之间的民主团结。对有过压迫工人行为或其他轻微劣迹但并

◆ 工矿企业进行民主改革，废除封建把头制度，激发了工人的劳动积极性。图为开滦煤矿工人召开反把头大会。

工人和职员提拔到行政和生产管理岗位上来，使企业管理层的领导权力牢牢掌握在工人阶级手中。据华北、中南九个产煤区的统计，在民主改革中，有2000多个有各种罪恶和劣迹的封建把头受到不同情况的处理；同时，有1.2万余名工人被提升为班组长、井长、矿长或技术员。

第四步是在上述基础上有步骤地开展生产上的民主改革。根据中央的指示，各国营厂矿逐步建立起有厂长、总工程师等生产负责人和同等数量的职工代表参加的工厂管理委员会，使广大职工通过自己的代表，参加对厂内重大问题的讨论并参与生产管理。同时，通过民主选举，建立职工代表会议，听取工厂管委会的报告，检查工厂经营管理情况和领导作风，并提出批评和建议。通过这些改革，工人阶级的领导地位在企业中得到确立，更有力地调动了广大工人搞好生产的积极性和主动性。在增产节约运动中，广大职工为增加生产、提高质量、降低成本提出大量的合理化建议，大都为工厂管理委员会所采纳。职工代表会议作为联系工人群众、组织工人参加管理的群众组织，在企业民主管理进程中日益发挥着重要作用。这样，就为开展爱国主义劳动竞赛、实行经济核算制、迎接伟大的生产建设工作创造了有利的条件，同时，也为在工矿企业中进行整党建党、整顿和建设工会、青年团的工作创造了有利条件。

1952年下半年，结合对私营工商业进行“五反”运动，各工业部门在私营企业中也开展了民

非反革命分子的职员和技术人员，根据以团结为主的原则，作为工人阶级内部的问题处理。在民主改革中，通过座谈会、谈心会，开展批评和自我批评，职工群众相互克服旧思想、旧作风，主动消除以往工人与工人之间、职员与工人之间、干部与群众之间的隔阂，加强工人阶级的内部团结。这样，就使企业在收归人民所有的基础上，逐步建立起国营企业内部团结协作的新型生产关系。

第三步是民主建设。在“搬掉石头”后，工人、职员群众的主人翁责任感大大增强，在提高觉悟，加强团结的基础上，真正自觉自愿地进行有利于生产建设与生活改善的各种组织与制度的建设工作。各厂矿在讲明政策、办法之后，放手让群众自下而上地讨论，充分发表意见，由此建立了生产上的责任制、合同制、检查制，成立工会委员会，进行工厂管理委员会的改选，劳动保险卡片的登记或复查等。经过民主改革，大批新的积极分子要求加入共产党、加入青年团。各厂矿着手对劳动组织进行整顿，建立新的劳动制度，把一批在生产上有经验、在群众中有威信的

◆ 国营企业民主改革与生产改革双管齐下。工人真正当家作主人，生产积极性空前高涨。图为1949年首先向全国厂矿职工倡议开展爱国主义劳动竞赛的“马恒昌小组”。

主改革，基本要求是：第一步提高工人阶级觉悟，纯洁工人队伍，加强职工团结，改革不合理的制度；第二步开展增产节约运动，适当地进行生产改革，逐步实行工人监督生产。国营工矿企业、私营工业企业的民主改革与生产改革相辅相成，交互进行，到1952年底基本结束。

由于正确贯彻了全心全意依靠工人阶级的方针，通过民主改革肃清了长期反动统治的影响和残余势力，纯洁了工人阶级的队伍，各厂矿企业在政治上和生产上都出现了前所未有的新气象。工人群众反映说：通过民主改革，“吐了苦水，搬掉了头上的石头，彻底翻身见了青天，身上有使不完的劲。”有的职工高兴地说：“毛主席的太阳照到工厂里来了”。在民主改革和生产改革的推动下，工业生产的恢复在短时期内取得了引人瞩目的成绩：1950年全国工业总产值比1949年增长36.4%；1951年比1950年增长38.2%；1952年又比1951年增长29.9%。工业生产迅速恢复的事实证明，具有光荣革命传统的中国工人阶级，是恢复城市生产事业的主力军，完全能够担负起建设新中国的领导责任。

五、改革婚姻制度与移风易俗

婚姻法：新中国的第一部基本法律

中华人民共和国的成立，标志着中国社会开始进入新民主主义即人民民主的时代。过去世代封建主义的畸形的社会道德、社会习俗以及半殖民地萎靡的社会风气，均在共产党和人民政府有领导、有步骤地扭转与扫除之列。同时，要依靠广大人民群众逐步地建立起与新国家、新社会相适应的新型社会关系和道德风尚。这项工作，在社会秩序初步稳定的基础上很快在全国范围内展开。

旧中国封建桎梏的一个集中表现，是封建主义的家庭婚姻制度。这种以夫权为中心、压迫妇女并剥夺男女婚姻自由的落后、野蛮的婚姻制度，在中国世代相袭，造成对人性和个性自由发展的严重束缚和摧残，酿成数不尽的人生悲剧。它不仅是中国社会家庭痛苦的根源之一，把占人口半数的大多数妇女投入被奴役的深渊，而且严重阻碍了社会的向前发展。如果不从根本上对旧的家庭婚姻制度进行改革，势将影响建设新中

◆ 1950年4月13日，中央人民政府委员会第七次会议通过了《中华人民共和国婚姻法》，废除了旧的婚姻制度。新《婚姻法》保护了妇女权益。图为北京市市民在收听宣传《婚姻法》的广播。

国的事业。为此，全国解放以后，废除旧的封建婚姻制度成为党和政府领导进行民主改革的一项重要内容。这是建设新社会的需要，也反映了广大人民群众、特别是劳动妇女的迫切要求。

《共同纲领》规定："中华人民共和国废除束缚妇女的封建制度。妇女在政治的、经济的、文化教育的、社会生活的各方面，均有与男子平等的权利。"为了有准备地废除封建的婚姻制度，早在全国解放之前的1948年冬，中共中央妇女运动委员会和中共中央法律委员会即着手进行新《婚姻法》的起草工作。中央人民政府成立后，由政务院法制委员会会同全国民主妇女联合会等各部门、各方面召开联席会议，多次就婚姻法草案的各章各条进行研究、讨论，经过听取各方面的意见，反复修改之后，于1950年3月提交中央人民政府委员会讨论。4月30日，中央人民政府委员会第七次会议讨论通过了《中华人民共和国婚姻法》，毛泽东主席签发命令从5月1日起公布施行。这是中央人民政府成立后，先于土地改革法、工会法而制定公布的第一部国家基本法律。

《婚姻法》首先在原则部分里规定："废除包办强迫、男尊女卑、漠视子女利益的封建主义婚姻制度。实行男女婚姻自由、一夫一妻、男女权利平等、保护妇女和子女合法利益的新民主主义婚姻制度。""禁止重婚、纳妾。禁止童养媳。禁止干涉寡妇婚姻自由。禁止任何人借婚姻关系问题索取财物。"这就确立了新中国处理婚姻家

◆《中华人民共和国婚姻法》于1950年5月1日公布实施，受到人民群众的热烈欢迎。图为北京郊区农民举行新式婚礼。

庭关系的基本原则，反映了新民主主义婚姻制度的特征，从根本上打破了旧的封建主义婚姻制度对新社会下人们的束缚。

《婚姻法》明确规定："结婚须男女双方本人完全自愿，不许任何一方对他方加以强迫或任何第三者加以干涉。"这是对几千年来中国社会普遍存在的包办婚姻和干涉婚姻自主的旧制度的彻底否定。《婚姻法》对夫妻间的权利和义务、父母子女之间的关系、离婚、离婚后子女的抚养和教育、离婚后的财产和生活等，作了明确具体的规定。这些规定贯彻了男女权利平等的原则，成为建立新式夫妻关系和幸福家庭的基础。为进一步保障男女婚姻自由、特别是保护劳动妇女的合法权益，《婚姻法》作了有关离婚自由的规定，这对于解除为数众多的封建包办婚姻，特别是推动妇女解放起了重要历史作用。

新中国的第一部《婚姻法》，以调整婚姻关系为主，同时涉及作为社会细胞的家庭关系的调整，因而十分贴近人民群众的实际生活，为社会各界所关注。它的颁布实行，为占全国总人口半数的广大妇女从封建婚姻制度的束缚压迫下解放出来，投入革命和生产建设事业，提供了法律上的保障。为此，党和人民政府十分重视《婚姻法》的贯彻执行问题。在《婚姻法》通过的当天，中共中央发出了《关于保证执行婚姻法给全党的通知》；中央人民政府法制委员会随后作出《就有关婚姻法施行的若干问题的解答》。政务院、内务部和司法部也先后发出关于检查《婚姻法》执行情况的指示。

《婚姻法》公布之后，各地运用报刊、文艺、戏剧、图片、宣讲会等多种方式，在全国城乡开展了广泛的宣传活动，使新型婚姻制度的有关法律规定能做到家喻户晓，成年人能人人明白。著名乡土作家赵树理写的一部《小二黑结婚》，被改编为各种戏曲，用群众喜闻乐见的形式，讲述了青年男女冲破封建包办婚姻的陈规旧习，在共同劳动基础上自由恋爱结婚的故事，在全国广大城乡尤其是农村群众中广为传诵。随着《婚姻法》的普及宣传和贯彻实施，人们逐渐摆脱封建主义婚姻制度的束缚，长久以来习以为常的旧的婚姻家庭关系开始发生改变。

然而，由于中国社会有着几千年的封建传统，婚姻家庭方面的旧制度、旧思想、旧观念在新中国成立后还有很强的社会影响，再加上全国各地方解放的早晚不同，经济发展、干部水平和群众觉悟程度很不平衡，自《婚姻法》公布实施后一段时间里，包办、强迫与买卖婚姻在许多地方，特别在农村中依然大量存在，干涉婚姻自由与侵害妇女权益的事件时有发生，各地都有不少妇女因婚姻不自主而受到家庭或男方的虐待，有的甚至被逼自杀或被杀害。

针对上述情况，政务院于1951年9月26日发出《关于检查婚姻法执行情况的指示》。10月下旬，由最高人民法院、最高人民检察署、中央人民监察委员会、司法部、内务部、公安部、文化部、教育部、法制委员会、中共中央组织部、全国民主妇联、中共中央华北局、青年团中央委员会、新华社、新华社华北总分社、人民日报社、光明日报社、新民报社、中国青年报社等19个单位派人组成的中央检查组，分为四个分组，分赴华东、中南、西北、华北，结合各大行政区以下各级人民政府派出的小组或干部共同进行检查工作，历时近两个月。检查组到达各地后，一般请当地党政负责人主持，召开研究如何贯彻政务院指示的专门会议，借以层层推动各地的检查工作。中央各检查组还结合地方检查组，以调查研究、帮助处理

婚姻问题及案件（包括召开公审大会）等方式了解情况，检查工作。有的检查小组采用座谈会、家庭访问、诉苦会以及修订爱国公约等方式，做了发动群众贯彻《婚姻法》的典型试验，收到较好成效。

从一年多来各地执行《婚姻法》的情况看，大致可分为三种类型：一种是华北、山东等老解放区的许多乡村中，包办买卖婚姻已经绝迹；妇女离婚和再嫁都有自由；早经父母包办订婚的青年男女也互相见面，由自己决定是否同意订婚。在这些地区，人们选择结婚对象的标准是：生产勤劳，思想进步；结婚仪式也很朴素，克服了过去铺张浪费、摆排场等不良现象。民主和睦的新家庭到处出现，已明显看出新的婚姻关系对于生产的推动作用。这种类型的地区在全国虽然是少数，但正在兴起，成为人民群众建立新型夫妻关系和新的幸福家庭的前导。

另一种是中等的地区，在一部分群众中已实现了婚姻自由，买卖婚姻也已绝迹，但包办婚姻和早婚的现象仍相当普遍地存在着。寡妇自由改嫁的还不很多。在这种地区，过去对《婚姻法》多未作过有系统、有计划、有组织的宣传。到1951年秋，中央和各大行政区发布指示后，一般都已重视了这一工作。中南和华东的许多地区都属此类。

再一种是华南、西北及边远的新解放地区，贯彻《婚姻法》很不够，包办婚姻和早婚的现象还严重地存在着。旧社会野蛮的童养媳制度大多原封未动，有些地方甚至仍有蓄婢纳妾的恶习。这种地区的人民政府和党组织对贯彻《婚姻法》的工作尚未予以应有的重视，部分地区、部分干部直到检查组下去时，对于贯彻《婚姻法》的工作仍未认真进行，或者采取敷衍的态度。有的县负责干部认为“贯彻《婚姻法》就会影响中心工作”；“怕离婚多了会造成天下大乱”，而不了解实行《婚姻法》是当前的一项重大的社会改革，是反封建思想斗争的革命任务；更不了解《婚姻法》的贯彻，将使新中国的男女、特别是深受压迫的妇女群众，在得到婚姻自由和男女平等的权利之后，更积极地参加新社会的各种政治、经济、文化活动，将推动祖国建设的迅速发展。

在后两种地区，由于还残存着封建恶习，妇女被虐待的事实仍大量存在，还严重地存在着妇女因婚姻问题（或因被奸、被诬通奸）而自杀和被杀的现象。据中南区1951年9月份以前一年中的统计：因婚姻不自由而自杀被杀的男女达1万人；华东区自《婚姻法》颁布至1952年底不完全的统计：因婚姻不自由而自杀和被杀的男女共1.15万人。同时，由于在土改及其他民主改革中，广大的青年男女和妇女群众的觉悟不断提高，加强了他们争取婚姻自由和男女权利平等的斗争。从全国各地法院受理的离婚案件来看，1950年为18.6万件，1951年为40.9万件，1952年上半年近40万件。这些情况引起党和人民政府的高度重视。

1952年11月和1953年2月，中共中央和中央人民政府政务院先后发出指示，规定在全国范围内，开展一个大规模地宣传《婚姻法》和检查《婚姻法》执行情况的群众运动，经过这个运动划清新旧婚姻制度的界限，批判旧思想、旧制度、旧习惯，树立新思想，建立新制度。打下以后贯彻《婚姻法》的良好基础。从一定意义上讲，这是一个涉及广大社会范围、大多数社会成员的移风易俗运动。

中共中央在指示中指出，婚姻制度的改革，不同于农村中的土地改革和其他社会改革，而完

全是人民内部、各阶级各阶层内部的事情。要克服人民中关于婚姻方面的封建的思想意识形态，改善家庭中的夫妇、婆媳之间的关系，需要有长期耐心的工作，而不能采取粗暴急躁的态度与阶级斗争的方法。按照中央的指示，各地一方面展开群众性的宣传《婚姻法》及检查《婚姻法》执行情况的运动，在广大人民群众和干部中划清思想界限，以摧毁几千年相沿的旧婚姻制度和封建陋习；另一方面坚持教育的方针，对一般干涉婚姻自由和有违反《婚姻法》行为的干部或群众，主要进行批判和教育，对极少数虐待虐杀妇女以及干涉婚姻自由造成严重后果的犯罪分子，则依法予以惩处。

毛主席真想得周到，
还给我们解决家务事

自中央发出关于贯彻《婚姻法》的指示以来，全国各地都进行了积极的准备工作，并在各大行政区和各省（市）领导机关的直接领导下，举办了2400多处农村、工厂、街道的典型试验工作。这些典型试验中所取得的经验和暴露的问题表明：由于过去一段时间没有认真正确地进行贯彻《婚姻法》的宣传教育，有许多干部和群众对《婚姻法》还不了解或有误解，说《婚姻法》是“离婚法”、“妇女法”等等，甚至听信坏分子造谣说：“包办的婚姻都要离婚，自由婚姻离婚的都要恢复”，“虐待过妻子的都要惩办，处理婚姻问题有错误的干部都要受处分”，“寡妇必须改嫁，重婚必须受罚”等等，因而引起对贯彻《婚姻法》的怀疑与顾虑。

经过认真地正确地宣传教育、检查处理和具体交代贯彻《婚姻法》的政策之后，很快消除了误解，粉碎了谣言，许多干部和群众的情绪扭转了，顺利开展了宣传《婚姻法》和检查《婚姻法》执行情况的群众运动。运动中又经过反复地有系统地宣传婚姻政策和《婚姻法》，批驳封建婚姻制度，打通了干部和群众的思想，提高了他们的政治觉悟，使他们在思想上划清了新旧婚姻制度的界限。在江西、四川等一些乡村，群众普遍反映《婚姻法》有五好：“对男人好，对女人好，对老人好，对孩子好，对生产好。”又说：“毛主席真想得周到，土地改革了，还给我们解决家务事。”由于群众思想认识提高，自动地起来“解疙瘩”，改善家庭关系，很多父母表示不再包办儿女的婚事了，很多夫妻或婆媳关系不和的，现在也和睦了。经过贯彻《婚姻法》运动，群众的生产积极性都有明显提高。

试点工作的结果还表明：有许多干部对有长久历史的封建婚姻习惯的影响估计不足，他们抱着急躁情绪，企图在这次运动中彻底解决一切问题，因而采取阶级斗争的方法，甚至有人错误地提出“依靠寡妇、光棍、童养媳，团结未婚的青年男女”，把父母作为斗争对象，并召开“斗争会”，提出所谓“查虐待、查包办、查限制”的“三查”口号，以至把贯彻《婚姻法》运动扩大到一般男女关系和家庭纠纷方面去，在社会上曾引起一些恐慌与混乱、甚至发生自杀的现象。对这些错误做法，中共中央在关于贯彻《婚姻法》的补充指示中作了批驳与纠正。这些急躁和粗暴做法，主要由于对贯彻《婚姻法》运动是人民内部的思想改造运动的性质认识不够，不了解封建婚姻制度还能够存在的原因，是由于人民头脑中封建思想意识的支持，要改变这些思想意识，单靠惩罚是不行的，必须进行长期的耐心的说服教育，使群众通过实际生活中的体会，逐渐地提高觉悟程度。惩罚极少数严重的犯罪分子，也是为了达到教育干部和群众，提高他们觉悟的目的。

按照中央指示的精神，各级国家机关的工作人员，不仅应该把遵守国家的婚姻政策和《婚姻法》当作自己的义务，而且有宣传婚姻政策和《婚姻法》的义务。但《婚姻法》颁布后，有许多工作人员未认真进行学习，不了解《婚姻法》，不积极地向人民宣传《婚姻法》，甚至有些人员在日常言论和实际行动中违反《婚姻法》，这是一种错误的行为，应立即加以纠正。中央要求，今后一切工作人员必须积极地宣传国家的婚姻政策和《婚姻法》，在有关婚姻问题的一切言论中和对群众婚姻问题的处理时，都必须遵守《婚姻法》的规定，如有违反和故意歪曲者，应给以批评甚至法律处分。

除了按照中央人民政府的规定暂不实行《婚姻法》的若干少数民族地区，各地在宣传贯彻《婚姻法》时，注意充分地发动群众，开展一个规模壮阔的宣传运动，运用各种方法进行宣传，并按照《婚姻法》宣传提纲全面地、正确地说明《婚姻法》的基本精神。例如：着重说明婚姻自由对男女本人、对父母、对家庭、对子女、对生产等方面的好处，婚姻不自由对这些方面的坏处。说明只有结婚出于双方的自愿，夫妻才能互爱、和睦，才能避免或减少中途离婚；同时，夫妻一方受虐待或感情恶化，再也不能共同生活下去的时候，离婚自由也必须得到切实的保障。既宣传婚姻由子女自主的好处和父母强迫包办的坏处，同时又说明子女有尊重和赡养父母的义务。一方面用各种事例反复地说明婚姻自由、男女权利平等以及保护妇女、子女的合法利益，对人民对国家的好处，另一方面严肃批判在婚姻问题上的旧思想旧制度给人民群众特别是妇女群众带来的痛苦，并坚决地揭发和批判封建婚姻制度危害妇女人权、生命的罪恶，全力制止伤害和杀害妇女的现象。

为了切实贯彻《婚姻法》，各级妇女联合会、青年团组织与民政、司法部门共同配合，同一些地方仍旧维护包办婚姻的顽固习惯势力，以及某些基层干部漠视妇女权利、迁就买卖婚姻的错误行为作斗争，在保障男女的婚姻自由，特别是保护广大劳动妇女的合法权益，包括通过离婚自由，解除封建包办婚姻，建立新型婚姻家庭关系等方面，做了大量艰巨、复杂、细致的工作。对过去的重婚、纳妾问题，童养媳问题，保护革命军人的婚姻问题等，也根据《婚姻法》有关规定和具体情况，给予适当的处理。宣传《婚姻法》和检查《婚姻法》执行情况的工作，使婚姻制度的民主改革取得显著的进展。

根据中央指示关于“在争取工农劳动群众的共同解放中，求得妇女自己的解放”的总精神，各级妇女联合会注意把贯彻执行《婚姻法》当作保护妇女切身利益的主要环节，当作责无旁贷的一个重要任务，积极组织广大妇女参加剿匪、反霸、减租、退押、土地改革、抗美援朝各种运动，使妇女成为民主改革运动中一支不可缺少的重要力量。实践证明，没有反霸减租斗争的胜利，没有土地改革斗争的胜利，就不会有千千万万妇女的解放，也没有妇女自主自愿婚姻的逐渐增长。由于共产党和人民政府的领导与支持，由于广大妇女的团结奋斗，新中国废除封建婚姻制度的民主改革取得了历史性的胜利。

应该指出，中国的封建社会沿袭了两千多年，封建婚姻制度在整个社会的影响是根深蒂固的，牵涉到思想、观念、宗法、习俗等方方面面。经过一场大张旗鼓地宣传贯彻《婚姻法》和检查《婚姻法》执行情况的群众运动，封建婚姻制度和旧的家庭关系的根基已经根本动摇，为继续贯彻《婚姻法》的工作造成良好的开端。但在全社会，尤其是广大农村和偏远落后地区，有关婚姻家庭

方面的许多封建观念和不良习俗，不是经过一两次群众运动所能够根本改变的，必须经过一个长期的艰苦的宣传教育过程，不断地提高干部和群众的觉悟，才能逐步地清除封建残余思想和男尊女卑的封建婚姻恶习。中国人民要彻底废除旧的婚姻制度，建立合乎新社会道德标准的新型婚姻制度，特别是占总人口半数的广大妇女真正获得彻底解放，还须经过长期的艰苦努力和斗争。

六、荡涤旧社会的污泥浊水

取缔娼妓制度，查禁封闭妓院

在城市解放初期，旧时代生长的社会痼疾一时遗留下来，如卖淫嫖娼、贩毒吸毒、设局赌博等社会丑恶现象，严重毒化着社会环境和人的心灵，扰乱社会秩序的安定。新中国成立后，党和人民政府集中力量，迅速开展了扫除各种社会病害的斗争。由于这项斗争打击的对象——妓院老鸨、贩毒集团及赌头等，大都属于封建恶霸势力，因而清除旧社会的遗毒与反恶霸斗争有着密切联系，同样带有民主改革的性质。

娼妓制度是人类社会在私有制度下长期畸形发展的历史产物。在旧中国，有难以胜数的妓女经受着人间地狱的苦难。城市中的妓院娼馆，不仅是进行淫乱的罪恶场所，而且是社会上偷盗抢劫、吸毒贩毒、拐卖人口、敲诈勒索等犯罪活动藏污纳垢之所，致使道德沦丧，性病蔓延，殃及后代，为祸社会。在城市解放之初，人民政府先是着重清查、清除隐藏在妓院等阴暗角落里的反革命隐患，加强对妓院的管制，申明保护妓女的人身权利等，待到社会秩序基本稳定，在社会组织、医疗卫生等方面做了必要的准备工作之后，即明令禁止娼妓制度。在新中国诞生的第二个月，首都北京便率先发动了取缔娼妓制度的集中行动。

1949年11月21日，北京市召开第二届各

◆ 昔日遭受蹂躏的妇女们在教养院里开始了新的生活。

界人民代表会议。在会议讨论的众多议案中，有一项就是上届代表会议协商委员会提交的关于封闭妓院的议案。代表们在发言中提出，在新民主主义社会中，特别是在人民的首都北京，绝不能允许这种野蛮的娼妓制度继续存在，必须坚决取缔。大会通过以下决议：查妓院乃统治者和剥削者摧残妇女精神和肉体，侮辱妇女人格的兽性的野蛮制度的残余，传染梅毒、淋病，危害国民健康极大。而妓院老板、领家和高利贷者，乃极端野蛮狠毒之封建余孽。兹特根据全市人民之意志，决定立即封闭一切妓院，没收妓院财产，集中所有妓院老板、领家、鸨儿等加以审讯和处理，并集中妓女加以训练，改造其思想，医治其性病，有家者送其回家，有结婚对象者助其结婚，无家可归、无偶可配者组织学艺，从事生产。此系有关妇女解放、国民健康之重要措施，本市各界人民应一致协助政府进行之。

◆ 1951 年 11 月 26 日，上海市公安局将残余的妓院全部封闭。

这个决议受到全场代表的热烈拥护。决议通过后，聂荣臻市长郑重宣布，立即执行这项决议。由于在各方面已经做了充分的准备，从当天下午 5 时半开始，由公安局、民政局、卫生局、市妇联等单位，动员干部、干警 2400 多人，经过一整夜的紧张工作，到 22 日凌晨 5 时止，将“八大胡同”等分布在全市各处的 224 家妓院全部封闭。妓院老鸨、领家共 400 余人均集中于市公安局，俟经审查后，按其罪恶轻重分别依法处理。

这次集中行动，共收容妓女 1286 名，年龄最小的 13 岁，最大的 52 岁，大多是 18 岁至 25 岁的青年妇女。她们有的因天灾人祸从小就被卖到妓院，连亲生父母都不认识；有的被人贩子转卖多次，被折磨得几乎送命。她们在老鸨、领家的残酷剥削和压迫下，饱受欺凌和蹂躏，要不是解放，一辈子也翻不了身。北京市政府专门成立了妇女生产教养院，向被解救的妓女们表示慰问，讲解封闭妓院的意义和政府的政策精神，对她们进行教育改造，并帮助她们学习从事生产劳动。

北京市封闭妓院的消息公布后，广大群众拍手称快，特别是妇女群众反应强烈，纷纷感慨“共产党是说到做到的”。继北京市之后，上海、天津、武汉、南京等大中城市都采取果断措施取缔娼妓制度。全国各地城市共查封妓院 8400 余所，惩治了一批作恶多端的妓院老板，挽救了一大批被逼为娼的妇女脱离苦海。政府有关部门和妇联组织，对这些饱受摧残、心灵扭曲的妇女进行耐心细致的思想工作，启发她们控诉旧社会的罪恶，帮助她们医治性病，组织她们学文化、学

生产技术、学会自立的本领，使她们中的绝大多数后来成为自食其力的劳动妇女，择偶成家，过上正常人的生活。查禁封闭妓院、取缔娼妓制度的斗争，使旧中国长期以来严重摧残妇女的社会丑恶现象，在很短时间内基本绝迹。这一重要社会举措立见成效，为中国共产党和人民政府一开始就树立起良好的社会形象。

应该指出，卖淫嫖娼等一类社会问题，一方面是旧中国社会结构、社会环境失调而产生的多种障碍因素，如男尊女卑、一夫多妻制所导致的历史产物；另一方面，这种社会失调又影响了许多人的社会生活，引起社会公众的严重关注。对此，必须从铲除其社会历史根源入手，关键是废除封建剥削的土地制度、经济制度以及封建宗法的旧婚姻制度，运用有组织的社会力量，建立起新民主主义的经济制度、男女权利平等的民主婚姻制度等，并迅速恢复生产事业，大力发展社会经济，不断促进社会进步，旧社会的各种丑恶现象才能得到彻底根除。

肃清毒品流行，净化社会环境

新中国成立时，还面临着历史上遗留的鸦片烟毒造成的祸患。鸦片对中国的危害，自18世纪始。清代林则徐厉行禁烟，西方列强却用坚船利炮向中国强制输入鸦片。在封建买办官僚军阀的反动统治下，鸦片烟毒在中国土地上肆虐蔓延，戕害人民生命，损耗人民财产，不可胜数。国民党统治时期，蒋介石曾宣扬所谓“新生活运动”，但对查禁烟毒全无有力措施，未见任何收效。至国民党政府垮台前夕，鸦片烟毒在中国的泛滥，达到积重难返的境地。

在新中国成立之初，烟毒泛滥的形势是十分严峻的。种植、贩运、吸食烟毒的活动仍有蔓延之势。在一些有种烟历史的地区，烟地面积仍占相当大的比例。资料显示，云南省的烟地占耕地面积的20～30%；西康省的烟地面积比例更高达48%以上；贵州的安顺地方，几乎无户不种烟。西南全区种烟土地曾达到1545万余亩，折合减产粮食至少在35亿斤以上，以致烟多粮少，人民生计十分困难。1950年春，西康及川南部分地区就因种烟过多，粮食匮乏，造成严重的灾荒。

解放初期，贩卖、制造毒品的活动也相当猖獗，几乎遍及全国。据报告，东北区几个大城市及铁路沿线的55个县城，从事制造、贩运毒品者约1万余人。华北区察哈尔、山西、绥远、河北4省及京津两市，有毒贩1万余人。华东区福建、皖北、苏南、苏北、上海等地，有毒贩3000多人。华中的武汉市，是旧中国三大烟毒运销中心之一，有毒贩近4000人。所谓吃“黑饭”（即烟毒行业）的行商户和从业人员及其资本，均超过粮食业。毒贩的活动范围、贩运线路、推销网络，遍及上海、重庆、昆明、西安、兰州、衡阳、广州等各大城市。贵州全省曾出现过“无商不烟”的局面，许多地方终年烟商云集。西安等城市的药房诊所、客栈旅社、手工百货等业，几乎行行都有贩毒行为。昆明、贵阳、成都、重庆等不少地区，解放以后依然是烟馆林立。据初步统计，吸食鸦片等毒品的烟民，全国约有2000万人，占当时总人口的4.4%。众多烟民不事生产，终日吞云吐雾，以致为吸毒倾家荡产，卖儿鬻女，沦为盗匪、娼妓，为害社会。

烟毒的蔓延，不仅戕害人民群众，还毒化国家公职人员和党政干部队伍。解放初期，一些党政干部居功自傲，不能抵制资产阶级生活方式和思想的侵蚀，烟毒往往成为他们腐化变质的触

媒。在这些人违法乱纪的事实中，有相当部分与烟毒有关。一个典型的事例，是1951年揭发出来并震惊全国的刘青山、张子善贪污巨款案，身为中共天津地委书记的刘青山，进城后却吸食毒品。他借口有病长期休养，实为海洛因所困。他与张子善合谋侵吞救灾粮、治河款等，挥霍浪费，腐化无度，与其吸毒成瘾不无关系。

鉴于烟毒蔓延在政治上、经济上都造成极为严重的后果，新中国成立后，中共中央、中央人民政府决定彻底地根绝烟患，医治旧中国的痼疾。党和政府十分重视禁毒工作，把禁绝烟毒作为当时社会改革的一项重要内容，以最大的决心动员组织群众，开展了一场大规模的史无前例的禁毒运动。由于烟毒问题是一个极为复杂、涉及面较广、政策性很强的历史遗留问题，党和人民政府以坚定的决心，坚持不懈的魄力，对禁绝烟毒进行了周密的部署。

1950年2月24日，政务院发布《关于严禁鸦片毒品的通令》，宣布从《通令》颁布之日起，全国各地不许再有制造、贩运及销售烟土毒品之情事，犯者不论何人，除没收其烟土毒品外，须从严治罪。对散存于民间之烟土毒品，限期交出，如逾期不交出者，除查出没收外，并按其情节轻重分别治罪。对吸食烟毒的人，限期向有关部门登记，并定期戒除，如隐不登记，或逾期而犹未戒除者，则予以处罚。各级卫生机关，应配制戒烟药，宣传、推广有效的戒烟药方，对贫苦瘾民得免费或减价医治；在烟毒较盛的城市，得设立戒烟所。戒烟戒毒药品的供应，由卫生机关统一掌握，严防隐蔽形式的烟毒代用品。通令要求，对毒贩和众多吸食者，采取区别对待的政策。在军事已结束的地区，应禁绝种烟；在军事尚未完全结束的地区，军事一经结束，立即禁绝种烟；在某些少数民族地区如有种烟者，应斟酌当地实际情况，采取慎重措施，有步骤地进行禁种。[①]

政务院的禁毒通令，全面阐明了党和政府关于禁绝烟毒的意义、目的、方针和政策，获得人民群众的热烈拥护。同时，也解除了众多烟民的疑虑，减少了禁毒的阻力，指导了全国禁毒运动的顺利开展，对迅速根绝烟患具有重大意义。

1951年2月6日，针对有的地方禁毒不严的情况，周恩来总理签发了《政务院重申毒品禁令》。严格规定：所有机关、部队、团体，均不得在国内外买卖毒品，违者受国家法令处分；旧存毒品，一律无偿地上交当地财委转送中央财政部保管，不得隐瞒不交，违者受国家纪律处分。如因零星分散，不便集中保管，可由当地人民政府指定监察或其他责任机关监督焚毁。政府和部队的卫生机关，须用鸦片作制药原料者，须编造预算，经中央财政部批准拨付。[②]周恩来这一命令，堵塞了机关团体和部队对毒品管理不严的漏洞，这在当时是极为重要的措施。在党的禁毒政策的感召下，不少毒贩和烟民，开始改业和戒除，禁毒运动在全国范围内逐步开展起来。

禁绝烟毒是一场极其复杂、涉及社会层面很广的斗争，不可能孤立地进行。在1950年到1952年期间，党和政府将禁毒工作同其他各项社会改革运动密切结合起来，收到了相互推动之效。在种烟较多的农村，各级政府通过清匪、反霸、减租、退押以及土地改革运动，向群众深入宣传禁绝烟毒的意义，并着重进行了积极分子的工作，使禁种收到较大成效。西南一些地区的农民自动不种或铲除了已种的烟苗。当地政府一面向群众进行禁绝种烟的教育，一面帮助农民群众解决改种粮食的种子困难。在人民政府的教育和帮助下，到1951年3月，西南多数地区的烟田已

① 1950年2月25日《人民日报》。
②《周恩来年谱(1949～1976)》上卷，中央文献出版社，1998年版，第128页。

基本铲除。

贩毒活动在全国解放后许多地区有所减少，但问题依然严重。在1952年开展的"三反"、"五反"运动中，各地又先后破获一批与走私贩毒有关的大案、要案。全国铁路、航运、邮政、公安、司法、税务等部门，暴露出为数甚多的国家机关内部人员包庇或勾结奸商、毒贩，非法贩运毒品、金银及走私品等各种罪恶活动，给予国家和人民造成的损失是相当惊人的。为此，中共中央于1952年4月15日发出《关于肃清毒品流行的指示》，指出：贩卖毒品、贩卖金银、走私三者虽互相牵涉，但以毒品流行对于国家的损失最大，对于人民的毒害最深，因此，应集中解决贩卖毒品问题。对以反革命为目的的毒犯，应以反革命论处。中央要求，必须依靠广大群众的觉悟程度和斗争积极性，根绝制造、贩卖毒品或包庇掩护毒犯现象。中央决定，要有重点地在机关和社会上开展一场肃清毒品流行的运动，对制毒贩毒活动"来一次集中的彻底的扫除"。

中共中央高度重视国家机关内部人员与毒品流行的联系，在上述《指示》中强调指出：铁路、交通是毒贩借以偷运毒品的线路；公安、司法、税务等部门是毒贩勾结收买内部人员求得包庇掩护的主要对象；边防、海关是毒品出入国境的要隘。所以这次运动应以铁道、公路、海运、河运、邮政、海关、公安（包括边防）、司法、税务等部门作为重点，在各级人民政府集中领导下，认真进行，务将一切毒犯肃清；各地区应以大中城市、边防口岸，以及过去烟毒盛行的地区为重点，即以毒品的主要产地，毒品的集散枢纽和出入国境的关口，为展开运动的重点地区。[①]党中央的这一指示，对禁毒运动进一步作出严格周密的部署。

根据中共中央的指示，5月21日，政务院又发布《严禁鸦片烟毒的通令》，指出，1950年2月政务院颁布严禁鸦片烟毒的通令后，禁烟禁毒工作取得很大成绩。但这一旧社会的恶劣遗毒尚未根除，因此，各级人民政府应在"三反"、"五反"运动后的有利条件下，有重点地大张旗鼓地开展一个群众性的反毒运动，粉碎制毒、贩毒的犯罪分子及反革命分子的阴谋，根除这一遗毒。7月，中共中央宣传部、公安部联合发出《关于禁毒的宣传指示》，指出：为了使群众充分了解禁毒的意义，动员他们积极地与贩毒、制毒的罪恶活动作斗争，协助政府检举毒贩，以达到根绝烟毒的目的，必须在人民群众中进行广泛的强有力的宣传。在这次禁毒运动中，打击的重点是制毒、贩毒的主犯、惯犯、现行犯和具有反革命身份的毒犯，以及严重违法的工作人员。

根据中共中央的指示和政务院的通令，全国各地广泛深入地发动人民群众，组成浩浩荡荡的查禁烟毒的群众队伍。各级人民政府组织大批干部深入城乡各处，宣讲党和政府关于禁毒的方针、政策以及禁毒的意义。据不完全统计，在这次运动中，全国各省区共召开各种形式的宣传会达76万多次，受教育的群众达7459万余人之多。

广大群众了解到禁毒的意义和自己的责任后，纷纷积极行动起来，协助政府开展禁毒斗争。北京市在集中动员的10天内，就收到群众检举毒犯的材料3万多件；南京市在运动中收到的检举信有5万多封。据统计，全国共收到群众揭发毒犯的材料共131万多件，检举的毒犯有22万余人。有的群众主动监视毒贩的活动，及时向政府反映；有的主动协助政府查证材料。各地还涌现出妻子检举丈夫，子女劝导父母，弟妹动员兄长交待罪行的生动事例。群众的广泛发动，对毒犯形成极大的威慑力量，不少人向公安机关主动

①《建国以来重要文献选编》第三册，中央文献出版社，1992年版，第153～154页。

登记、坦白悔过。据统计，在禁毒运动中，全国坦白登记的毒犯约有34万多人。

自1950年2月政务院发布严禁鸦片烟毒的通令之后两年来，东北、华北、华东、西北四区据不完全统计，已收缴毒品折合鸦片2447万余两。在这个基础上，1952年春夏之交，进一步开展大规模的禁毒运动。各地经过充分准备，集中力量，周密计划，在全国1200多个禁毒重点地区，发动群众，集中破案，共发现制造、贩卖、运送毒品的毒犯36.9万余人，逮捕8.2万余人，其中判刑、劳改、管制5.1万余人，处决民愤极大的毒犯880人，共收缴毒品折合鸦片近400万两，毒品制造机器235部，贩卖、运送、藏匿毒品的工具26万余件，并缴获大量武装走私毒品的枪炮武器和发报机，[1]给猖獗活动的毒犯以摧毁性打击。这充分显示了人民政府发动大规模禁毒群众运动的强大威力。

在基本断绝毒品来源之后，各地有关部门采取多种办法开展戒毒工作，帮助旧社会过来的吸毒者逐步戒掉毒瘾。对于众多的吸毒者，一般以“受害者”对待，由其本人具结自行戒除，并依据“政府管理，群众监督，集中或分散进行戒除，年老体弱者暂缓”的方针，由公安、民政、卫生三部门密切配合，设立戒烟所，配制戒烟药，负责戒毒工作。各级组织召开群众会、吸毒者学习会及其家属座谈会等，进行广泛动员，号召“烟民自戒为之”；同时，动员带头戒毒的吸毒者现身说法，打消其他吸毒者的顾虑。由于进行了深入细致的思想工作和组织工作，过去分布在全国各地数以千万计的吸毒者，陆续戒除了吸毒恶习。

在取缔卖淫嫖娼、查禁烟毒的同时，各级人民政府还动员人民群众广泛开展禁赌斗争。各地对各种公开的赌博场所一律查封，对聚众赌博的赌头、屡教不改的赌棍严加打击、制裁，对一般参与赌博的人施行教育和劝导，从而使在旧社会十分盛行的赌习很快得到扫除。

从人民政府严禁鸦片烟毒到发动大规模群众性的禁毒运动，大体经历了三年左右时间，到1952年底，基本禁绝了肆虐百年的种植、贩运、吸食毒品的活动，创造了举世瞩目的奇迹，充分显示了中国共产党人强烈的民族自信心和历史使命感，显示了人民民主制度的优越性和人民政权的勃勃生机。禁毒运动在十分广大的范围改善了社会风气，净化了社会环境，巩固了人民政权，振奋了民族精神，提高了党和政府的威信，使人民群众受到了深刻的教育。许多人赞叹说：“这一下可把烟毒斩草除根了！”“这真是亘古未有的好政府！”

应该指出，毒品流行作为一个国际性的社会

◆ 图为在社会改革运动中被收缴的一批赌具、烟具。

①罗瑞卿：《关于全国禁毒运动的总结报告》，1952年12月14日。

问题，它的蔓延危及一个民族的整体素质，直接影响着社会的安定、国家的繁荣和人民的根本利益。为了彻底禁绝烟毒，必须深入持久地发动并依靠群众，不断增强全民的反毒意识。除颁布严厉的禁毒法令外，还须上下一致，群策群力，各条战线密切配合，并运用行政的、法律的、经济的手段和宣传教育的方法，从多方面进行综合治理，才能达到长治久安之效。

总之，在从旧中国到新中国的社会转型的民主改革运动中，禁娼、禁毒、禁赌斗争受到人民群众和社会各界人士的热烈拥护和普遍好评。许多群众反映说："百年来未解决的问题毛主席解决了"，真是"古来稀事"！经过全体人民三年左右的努力，曾在旧中国屡禁不绝、在西方国家也视为不治之症的娼、赌、毒等社会痼疾，在共产党和人民政府领导下被基本禁绝，取得了净化社会环境，建立新的道德文明的显著成果。

经过围绕新区土地改革这一中心任务进行的各项民主改革和社会改革，中国整个社会发生了深刻的变化。从农村到城市，从工厂、学校到社会各界，各阶层人民的政治觉悟、组织程度有了很大提高，精神面貌焕然一新，为恢复和发展国民经济创造了良好的群众基础和社会环境。在民主改革的进程中，我国顺利地实现了由半殖民地半封建到新民主主义的伟大社会变迁，从而为开展经济、政治、文化等多方面的新民主主义建设，提供了良好的社会环境。

MAOZEDONGSHIDAIDEZHONGGUO

第四章

统筹兼顾 四面八方

第四章
统筹兼顾 四面八方

新中国经济建设的根本方针，基本精神是照顾四面八方，即实行公私兼顾，劳资两利，城乡互助，内外交流的政策，以达到发展生产、繁荣经济的目的。在整个经济运行中，公私、劳资、城乡、内外这四种关系，八个方面，是紧密联系在一起的，必须统筹兼顾，缺一不可。根据《共同纲领》关于"发展新民主主义的人民经济"的规定，党和人民政府紧紧围绕恢复和发展生产事业的中心任务，适时地、恰如其分地调整五种经济成分之间的关系，充分利用一切社会经济力量，解放和发展生产力，促进了整个国民经济的迅速恢复和发展。

一、毛泽东批示：划分公私阵地，不要垄断一切

统筹兼顾是克服困难唯一可能的办法

在新中国成立初期，私人资本主义在全国经济中占有举足轻重的地位。据1949年统计，资本主义工业的产值占全国工业总产值的63%，在电力、煤炭、水泥、机器制造、棉纱、卷烟等主要工业品的总产值中都占有相当比例。私营商业所占比重更大，1950年，私营商业在社会商品批发总额中占76.1%，在零售总额中占85%。因此，私营工商业在为社会提供产品，实现商品流通，增加社会就业，促进国民经济尽早恢复和发展方面具有不可替代的作用。

1950年上半年全国财经工作的统一，取得了稳定物价、增加税收、制止通货膨胀的显著成效，但随之出现了市场萧条，商品滞销，工厂开工不足的局面，尤其是私营工商业的生产经营陷入很大困难。从市场总的情况看，主要表现在：

1. 商品滞销，价格倒挂。随着物价的回落和稳定，经济中开始出现工厂的产品积压，商店的商品找不到销路，市场成交量远远低于商品上市量的现象。

2. 开工不足，生产锐减。由于市场疲软，销售萎缩，导致全国私营工业的产量大幅度下降。从行业的情况看，商业的困难比工业的困难重；在工业中，轻工业又比重工业困难重，最为困难的是面粉业和纺织工业。工厂开工率很低，许多工厂处于半开工状态。

3. 大批工厂、商店歇业倒闭，社会失业严重。1950年1月至2月，私营工商业开业户数多于歇业倒闭户数，从3月开始，歇业骤增而开业者锐减。进入第二季度，形势更为严重，据上海、北京、天津、武汉、广州、重庆、西安、济南、无锡、张家口10个大中城市的调查，私营工商业开业5903家，歇业12750家，后者多于前者6847家，其中以上海最为严重。另外，在这半年时间里，全国私营银行、钱庄有一半倒闭。由于私营工商业的大量歇业、倒闭，社会失业人数迅速增加。据统计，全国29个城市的失业、半失业人数达166万，仅上海一地，失业工人就超过20万人。

这种情况激化了一些社会矛盾，失望和不满情绪在一部分工人和城市贫民中蔓延。经济问题已经影响到社会人心的安定。

私营工商业发生的困难，有着复杂的历史原因。从消费方面看：一是政府采取治理通货膨胀的有力措施，过去市场上的投机势力失去了投机的客观条件，原来通过购物来保值的虚假的社会购买力迅速消失，社会需求大为缩减。二是社会消费需求结构发生很大变化。过去面向达官贵人的商品，如金银首饰、高级化妆品、高级丝绸、呢绒、参燕鹿茸、迷信用具及奢侈品，人民不需要了。从前依赖国外市场的，现在靠不住了。但相关行业却来不及转产或转业，导致产品滞销，出现市场困难。三是解放之初，作为消费主体的军政公教人员、企业事业单位职工的消费水平普遍较低，特别是占人口大多数的农民的购买力太低，许多生产和生活必需品因价高而买不起。

从供给方面看：政府鼓励有益于国计民生的私营经济事业的发展，但私营工商业者对社会的需求并不了解，盲目生产，盲目竞争，其产品超过了社会的有效需求，在虚假购买力消失之后，很快出现产品滞销的严重困难。另外，在治理通货膨胀过程中，私营企业的资金成本、工资成本、原料成本都有所提高，造成生产经营成本提高，而产品定价又受到种种限制，因而普遍经营亏损。许多厂商入不敷出，不得不停工歇业，或关门倒闭。

总起来看，在整个旧的社会经济结构不同程度上进行重新改组的历史转折期，私营工商业发生的严重困难是难以避免的。长期在旧社会金融混乱、投机盛行的环境里求生存的私人经济，对于新的经济秩序需要有一个逐渐适应的过程。正如陈云所说，在全国范围内改造半殖民地半封建经济而成为独立自主的新民主主义经济，由此所发生的变化，“暂时说来是一种痛苦，一种困难，但这是走向新生，走向重建，走向繁荣过程中的痛苦和困难。整个地说来，它是带暂时性的”[①]。

换一个角度，从私营工商业的经营环境来看，解放以来，一些政府部门在处理公私关系上，歧视私营企业，极力用国营经济排挤、代替和限制私营经济：

1. 国营商店和合作社经营的商品范围和数量太宽太大，如粮食、棉花、纱布、煤炭、煤油、食盐等主要商品，有80%为国营商业经营，在其他日用品方面也同私商争抢阵地。

2. 在价格政策上批零价不分，有意缩小地区差价，原料与成品的差价限制在很小的幅度内，使私营工商业难以进行经营和生产。

3. 税收重，税目多，私营工商业难以承受。

4. 在原料采购、分配方面限制私商。

5. 在加工、订货和成品收购上，条件过分苛刻，使私营厂商仅得微利。由于经营环境趋向恶化，许多私营工商业者无心经营，也很难经营下去。

不利于私营工商业发展的因素，一方面是由于前一阶段政府工作中存在一些缺点，主要是平抑物价的措施有些过猛，对正常的工商经营活动产生了副作用。另一方面，是由于共产党内一些干部的思想认识出现了偏差，忘记了新民主主义经济的指导方针是公私兼顾、劳资两利，忘记了党对资产阶级又团结又斗争，以斗争求团结的政策，在实际工作中采取挤垮私营工商业的错误做法，在公私关系处理上往往是“只公不私”，不能两利兼顾。这直接关系到党对资产阶级的政策是否正确执行的问题。

在1950年的第一次全国统战工作会议上，

①《陈云文选》第二卷，人民出版社，1995年版，第102页。

围绕对资产阶级的政策争论较多。有一种意见认为：今天斗争的对象，主要是资产阶级，国营经济要“无限制地发展”，“越发展就越要排挤私营”。如火柴工业是有利于国计民生的，国营生产很多，“对私营的即可不必扶持，甚至禁止”。“对有利于国计民生标准的解释权一定要掌握在我们手上”。资本家提出“不要与民争利”，我们要反其道而行之，就是“只许州官放火，不准百姓点灯”，“大资本家要停工，就让他停工”等等。毛泽东看了会议发言记录后，感到党内的模糊认识必须澄清，他针对上述问题分别作了批语：

1. 关于斗争的主要对象。今天的斗争对象主要是帝国主义，封建主义及其走狗国民党反动派残余，而不是民族资产阶级。对于民族资产阶级是有斗争的，但必须团结它，是采用既团结又斗争的政策以达到团结它共同发展国民经济之目的。

2. 关于对私营工商业的限制和排挤。应限制和排挤的是那些不利于国计民生的工商业，即投机商业，奢侈品和迷信品工商业，而不是正当的有利于国计民生的工商业，对这些工商业当他们困难时应给以扶助使之发展。

3. 关于国营经济无限制地发展。这是长远的事，在目前阶段不可能无限制地发展，必须同时利用私人资本。

4. 关于不允许私营工商业“要求划分阵地”。应当划分公私阵地，即划分经营范围。“与民（指民族资产阶级）争利”、“只许州官放火，不准百姓点灯”，是完全错误的说法。“大资本家要停工，我们就让他停工。我们有钱，就接收过来”，这是不对的。建立百货公司也不是代替全部私营商业。我们只能控制几种主要商品（粮布油煤）的一定数量，例如粮食的三分之一等。除盐外，应当划定范围，不要垄断一切。[①]

4月13日，周恩来在全国统战工作会议上讲话，批评了对待资产阶级问题上的错误看法。他指出：今天我们中心的问题，不是什么推翻资产阶级，而是如何同他们合作。现在资本家对政策有疑虑，有些人把资金弄到外面去，采取观望态度。今天条件不成熟，就要急于转变到社会主义，这说明一些同志对新民主主义缺乏切实的认识。社会主义是依社会发展必然的规律实现的，用逼的办法，也逼不出社会主义来。大的企业，你一挤，会跑到香港，资本家把一大笔美金转移到了香港，使我们不能利用这些资金发展生产；小的，你一挤，就变成了一大批失业军。所以挤是不对的。不论大的或小的，今天社会都需要它。公私兼顾，劳资两利，城乡互助，内外交流，这四项政策是不能取消的，否则，就不能达到发展生产、繁荣经济的目的。周恩来强调说：“现在鼓励私人企业发展的问题，已摆在我们议事日程上了”[②]。

4月12日，中财委党组会议决定把工作重心从财政方面转到恢复发展经济上，首先抓好现有工商业的调整工作，按照公私兼顾的原则，从贷款、税收、原材料供应、运输等方面扶持私营工商业的发展。这次会议之后，在中财委的组织领导下，召开了有私营工商业者参加的工商、税务、贸易、油脂、火柴、橡胶、机械、纺织、造纸、印染等一系列专业会议，以摸清各行业和市场情况，并初步制定出本行业的发展方向和调整政策。

5月8日至26日，中财委又召开上海、天津、北京、武汉、重庆、西安、广州七大城市工商局长会议。会议的目的是为详细了解私营工商业的困难，确定落实调整工商业的措施。参加会议的有工商界代表人士：天津市副市长周叔弢，上海

①《建国以来毛泽东文稿》第一册，中央文献出版社，1988年版，第292～294页。
②《周恩来统一战线文选》，人民出版社，1984年版，第168～170页。

市副市长盛丕华，中财委委员章乃器、俞寰澄等，还有中央贸易部、银行、劳动、税务、轻纺、私营企业管理局等部门的负责人。会议听取了各地工商业的情况和参加会议的工商界代表人士的意见，讨论了稳定物价以后私营工商业产生困难的原因，以及克服困难的具体措施。

陈云在会上作关于调整工商业的讲话。他比喻说：现在政府挑的是两筐鸡蛋，不要碰破一头。要照顾到各个方面，不要顾此失彼，“按下葫芦又起瓢”。在综合大家意见的基础上，陈云提出了解决工商业困难的办法：一、重点维持生产。主要采取国家拨给原料、私营工厂加工的方式，或国家对私营工厂订货的办法。二、开导工业品的销路。分两方面：一是以收购农产品来增加农民购买力；二是政府给予优惠条件，组织目前暂时难于出口的工业品出口。三、联合公私力量，组织资金周转。四、帮助私营工厂改善经营管理。五、重点举办失业救济。会议同意陈云的意见，确定五种经济都要统筹兼顾，不能只顾公营经济一头，并认为这是今后几个月内全国财经工作的重点，是克服目前工商业困难的唯一可能的办法。

会议着重研究了调整工商业的公私关系问题，规定：一、调整公私关系的原则是五种经济成分统筹兼顾、各得其所、分工合作、一视同仁。二、对私营工业企业，根据国家的需要与可能，一年组织两次加工订货，鼓励出口滞销物资，指导私营企业联营，国家根据可能进行必要的收购，并根据不同情况确定上缴费标准。三、在国营商业指导下，允许私营商业的存在，保持合理的批零差价，使其有利可图；国营零售店的存在只是为了稳定零售价格，目前一般只经营粮、煤、纱布、油、盐、煤油六种商品；国营商业应组织私商进行城乡物资交流。四、私人行庄仍可保留，但营业范围应有所限制，国家银行可与之联合放款；对投资信托公司，国家可参加资本20%到30%。五、在税收方面，一律按税率征收，并简化税目，改革征税办法。

6月6日，毛泽东在党的七届三中全会上，把合理调整城市工商业正式列为争取国家财政经济状况根本好转的重要条件之一。他在报告中指出：“在统筹兼顾的方针下，逐步地消灭经济中的盲目性和无政府状态，合理地调整现有工商业，切实而妥善地改善公私关系和劳资关系，使各种社会经济成分，在具有社会主义性质的国营经济领导之下，分工合作，各得其所，以促进整个社会经济的恢复和发展。”按照三中全会的部署，合理调整工商业的工作在全国范围内全面展开。

重点在调整公私工商业的关系

调整城市工商业涉及的范围很广，如调整公营与私营的关系、公营与公营的关系、私营与私营的关系、工业与商业的关系、金融与商业的关系、城乡关系、各地区间的关系、各企业内部关系和进出口关系等等。其中最突出的是三个基本环节：调整公私关系；调整劳资关系；调整产销关系。

（一）调整公私关系。这是整个调整工作的重点，主要内容是调整公私工商业的关系。它的基本出发点是：既要保证国营经济作为一切社会经济成分的领导力量，又要保护一切有利于国计民生的资本主义工商业，并使各种社会经济成分在国营经济领导下各得其所，同时反对一切有害于国计民生而从事投机倒把的行为。为此，国家采取了以下重要措施：

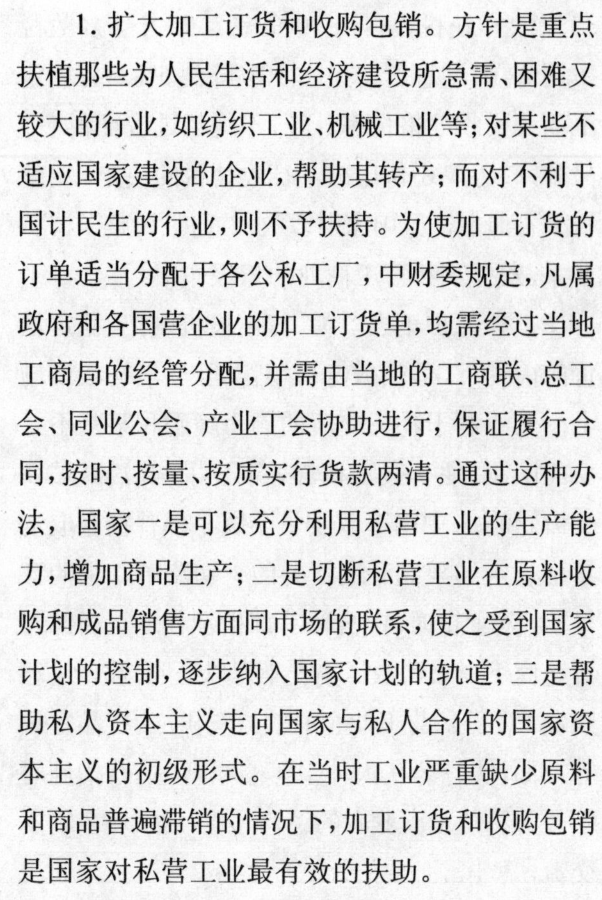

1. 扩大加工订货和收购包销。方针是重点扶植那些为人民生活和经济建设所急需、困难又较大的行业，如纺织工业、机械工业等；对某些不适应国家建设的企业，帮助其转产；而对不利于国计民生的行业，则不予扶持。为使加工订货的订单适当分配于各公私工厂，中财委规定，凡属政府和各国营企业的加工订货单，均需经过当地工商局的经管分配，并需由当地的工商联、总工会、同业公会、产业工会协助进行，保证履行合同，按时、按量、按质实行货款两清。通过这种办法，国家一是可以充分利用私营工业的生产能力，增加商品生产；二是切断私营工业在原料收购和成品销售方面同市场的联系，使之受到国家计划的控制，逐步纳入国家计划的轨道；三是帮助私人资本主义走向国家与私人合作的国家资本主义的初级形式。在当时工业严重缺少原料和商品普遍滞销的情况下，加工订货和收购包销是国家对私营工业最有效的扶助。

按照调整公私关系的方针，尤其是为满足抗美援朝战争开始后大量支前物资的需求，国家对私营工厂的加工订货迅速扩大。在上海，1950年下半年的私营棉纺、织染工厂为国营花纱布公司代纺棉纱的数量比1949年同期增加17倍多，国营百货公司收购私营企业的产品金额比上年增加了40倍。私营企业同国营企业的合作有了显著增加。1950年全国私营工业产值中，加工、订货、包销、收购部分所占比重从1949年的11.5%上升到27.3%。占全国私营工业总产值比重将近1/3的棉纺业，1950年下半年为国家加工的部分占其生产能力的70%以上。到1951年1月，《政务院关于统购棉纱的决定》正式实施，私营棉纺厂的生产全部纳入了国家计划的轨道。其他工业的加工订货工作也有了很大进展，大部分私营企业的生产得以维持或恢复，这对于国有企业生产的发展也是一种促进。

2. 收购农副土特产品。由国营商业牵头，组织合作社商业、私营商业深入广大农村，收购农民手中的农副土特产品，通过这个办法，向农村投放货币，以提高农民的收入水平和实际购买力；再通过大力开展城乡交流，增加农民对工业品的有效需求，促进城乡贸易购销两旺。这样，一方面为私营工商业的商品开拓了广阔的农村市场，另一方面调整了私营工业的生产方向，使之适应消费结构的变化，生产适销对路产品，以满足社会各方面的需要；同时，私商通过积极参与城乡交流，也获得了合理的商业利润。这不单纯是调整工商业的措施，而是着眼于照顾四面八方的利益，从总体上活跃中国经济的一项带根本性的政策。

3. 放松银根，刺激需求。私营工商业的困难主要在于流通中缺少应有的货币量，政府的调整对策首先是放松银根，通过各种渠道投放货币，起到刺激消费需求的作用。除了通过扩大加工订货和收购包销，收购农副土特产品，实现投放货币的目的外，政府决定对那些有利于国计民生的私营工商业，由国家银行增加贷款，并调整贷款的使用方向，对工业的放款主要结合加工订货等任务来进行，对商业的放款主要用于扩大城乡贸易，以促进商品流通。据不完全统计，国家银行对私营工商业贷款的金额，1950年5月为2186万元，9月份增加到4963万元①，增长1.2倍。同时，政府还连续两次降低贷款利率，帮助私营工商业加快资金周转。国家银行还为在购销中有困难的私营厂商举办押汇等业务，并在贷款的金额、期限、条件、方式以及抵押品保证制度等方面适当放宽。这种直接的放松银根的货币政策，对

①本书引用的统计数据中的人民币数额，在1955年3月以前均为旧币制。为方便读者阅读，文中按1955年3月发行新币所规定的1元新币兑换1万元旧币的兑换率，全部换算为新币表述，下同。

于私营经济走出困境起了很大作用。

4. 划分公私经营范围。国营商业把主要力量集中在批发上，扩大批发阵地，适当缩小国营零售范围。1950年6月以后，减少了国营零售商店经营品种，规定国营零售业务只经营粮食、煤炭、油品、布匹、食盐等少数重要物资，其他的零售业务则让给私营商店或小商贩经营。农副产品的收购，国营商业只经营主要的大宗的农产品和外销农产品的一部分，其余则组织合作社或由私商收购、贩运。此外，国家还对国营交通运输业、零售业等行业的机构进行了紧缩，以利于私营工商业的正常发展。这样，就使国营商业与私营商业之间的矛盾得到了缓解。

5. 调整价格政策。在兼顾生产、贩运、销售三者的利益前提下，保持批发价格与零售价格之间，产区与销区之间的合理差价，使私营商业者有利可图，鼓励私商的经营积极性，达到活跃市场的目的。以上海为例，先后两次对米、盐、糖、布等五种商品的商品批零差价进行调整，大米的批零差价约扩大三倍，一般商品批零差价提高了6%～20%，私营零售商一般可获2%～10%的利润。地区之间的差价也有所扩大。

6. 调整税收政策。首先，针对农业税畸轻畸重的问题，进行适当的调整。如只向农业正产物征税，并将负担率由原来平均17%减到13%。农民税赋的减轻等于提高了农民的购买力，最终起到刺激对工业品需求的作用。其次，调整城市工商业税收。主要是修正工商税法，减少税种税目，降低税率，改变征收办法。如工商税税种由原来的14种减为11种；对有利于恢复、发展生产和保证人民生活需要的387种市场急需产品，全部免征货物税，并对部分工业品的货物税合并征收。经过调整以后，原来的1136个税目减为358个；印花税税目由30个减为25个。多数税率调低，如利息所得税由10%降到5%。并规定工商业税收严格依率计征，不得超过应征税率。另外，政务院还作出减半征收盐税的决定。调整税赋不但保证了国家财政收入，而且调整了公私关系，发挥了私营工商业的积极作用。

7. 在保护正当贸易、打击投机倒把、稳定物价的前提下，适当放宽市场管理，取消初级市场上一切不利于物资交流的人为障碍和某些不必要的限制，便于鼓励私营者下乡采购，活跃城乡交流。例如，中南军政委员会贸易部曾宣布取消各地规定的限制私商贸易的一切路单、采购证等。小麦上市时，中央贸易部指示各地工商部门对私商下乡采购贩运小麦不得以证照、数量进行限制。对于私营工业企业的原料供应、产品定价等方面，实行公私大体平等的原则。这些措施对于改善私营工商业者的经营环境，活跃城乡物资交流，是非常必要的。

（二）调整劳资关系。这是合理调整工商业的重要一环，主要内容是改善私营工商企业的经营管理。解放后，由于工人阶级地位的提高，私营企业中劳资关系比较紧张，并影响到企业的劳动生产率。为此，调整劳资关系的原则是：必须确认工人阶级的民主权利；必须有利于生产；劳资间的问题，用协商方式解决，协商不成，由政府仲裁。总之，要劳资两利，既要保障工人群众的民主权利，又要使资本家能获得合理利润，以利于恢复和发展生产。具体做法为：

1. 建立劳资关系协商机制。1950年4月29日，政务院发布《劳动部关于在私营企业中设立劳资协商会议的指示》，指出：在私营工商企业中，为了便于劳资双方进行有关改进生产、业务与职工待遇各项具体问题的协商，在劳资双方同

意之下，得设立劳资协商会议的组织。在同一城市的同一产业或行业中劳资双方均认为有必要时，亦得设立该产业或行业的劳资协商会议。协商会议要根据劳资两利和民主的原则，用协商的方法，解决企业中有关劳资双方利益的各种问题。根据这个《指示》，在各地工会的推动下，私营企业纷纷建立了劳资协商会，由劳资双方直接见面商议克服困难的办法。这样，既保障了工人的民主权利，又让资本家获得了合理的利润，从有利于发展生产出发，用协商的方式解决劳资问题，然后过渡到更固定的合同关系上。

据统计，到1950年6月底，北京、天津、上海、武汉、广州、济南等地已建立923个劳资协商会议，其中270个是产业或行业协商会议。同业劳资协商会议在协商个别企业的劳资争议时，由于同业双方对生产情况熟悉，容易取得协议；厂店劳资协商会议一般都能从生产着眼，解决生产经营上的问题。在劳资协商过程中，民主、平等、自愿、两利的精神起着主导作用，一方面责成资方积极改进经营，精减冗员，节省开支，降低成本，反对他们抽调资金，躺倒不干；另一方面，在保证工人民主权利的前提下，要求工人严格劳动纪律，努力提高劳动生产率，或担负更多的劳动任务。这样，资方愿意主动调回资金投入生产，工人的生产积极性也有所提高，从而提高了私营企业的生产效率和竞争能力。

2. 劳资团结共渡难关。从有利于改善同资方的关系出发，劳方普遍主动压低或暂时压低解放后不适当提高的工人工资。如北京的经纬织布厂，将工人工资压低19%～39%；瑞蚨祥绸布庄将店员的月薪从290斤米压低到190斤米。[①]当时有个口号叫“降低工资，劳资团结，渡过难关”。有些私营工厂商店的工人、店员，除由资方供应伙食外，自动停领工资，或缓领工资，有的自动降低了伙食标准，有的暂时轮流回家，以减轻资方的负担。为了维持私营企业的生产经营，广大职工群众作出了很大牺牲。待到私营工业生产普遍好转后，大部分行业根据营业情况，通过劳资协商，全部或部分地恢复了在困难期间暂时降低的工资，或者在恢复职工原薪以外，对过去不合理的工资标准作适当调整，并在可能范围内增加工人福利，使劳资关系得以保持正常。此外，为救济失业工人，国家还有重点地把失业工人组织起来，尽量参加公共工程建设，如兴修水利、修建市政工程等，帮助他们渡过难关。

（三）调整产销关系。主要解决当时私营工业生产中的无政府状态，使生产和销售之间尽量取得平衡。在新民主主义经济条件下，政府不能对私营工商业下达指令性计划，只有通过召开各种专业会议、产销会议和及时发布全国的产销公告，来间接指导私营工商业的生产和经营。

1. 从1950年1月开始，政府陆续组织召开重化工、能源、轻纺、食品等各大行业里众多中小行业的专业会议，如粮食加工、食盐、百货、煤炭、火柴、橡胶、毛麻纺织、印染、卷烟、金融和进出口贸易等全国性专业会议，由公私代表共同协商，具体议定各行各业的产销计划，合理分配生产任务，制定调整对策。这对于指导私营企业的生产和经营，克服无政府状态，起了良好作用。政府还利用掌握全国生产经营状况的便利条件，及时向全国通报各种产品的生产状况，以提醒各生产厂商注意生产经营的动向，避免盲目性。

2. 本着面向生产、面向农村和人民大众、面向原料产地和销售市场的原则，进行产销关系的调整。一是通过疏导，将私营企业过去用于投机性行业的大量资本引导到生产领域，坚决关闭那

①《1949～1952中华人民共和国经济档案资料选编·工业卷》，中国物资出版社，1996年版，第421页。

些社会和人民不需要的行业，使这部分资金转向有利于国计民生的生产。二是对过去主要服务于高消费的产业，如首饰店、珠宝店、绸缎店、时装店、豪华旅社、舞厅等，引导其转向广大农村市场和城市广大民众所需的必需品生产上。三是引导私营工业逐步用国产原材料代替进口原料，或向内地搬迁若干工厂，以便获得较充足的原料。这样，通过产业结构的改组，基本上适应消费结构的变化，使工商业的运行逐步走向正常。

（四）调整私营金融业。旧中国的私营金融业是在半殖民地半封建政治经济环境中产生和发展起来的，私营行庄的数量大大超过社会正常生产和流通的需要，并脱离正常业务，将大部分资金和业务转向获利丰厚的商业和金融投机，处于与生产力发展水平和要求不相适应的畸形状态。解放初期通过打击投机资本，全国的私营行庄数量由1032家减为833家。1950年治理通货膨胀以后，私营行庄贷款利率下降，收入减少；因大批私营企业陷入困境或停业关门，又有不少贷款成为“呆账”，导致私营金融业又一次出现倒闭浪潮。到1950年6月底，全国私营行庄数量减为387家。这种集中倒闭，是畸形的金融业进入物价稳定的经济环境后不可避免的结果，但也造成一部分职工失业和存款人利益受损，引起社会不安。为此，人民政府决定适当地调整金融业的公私关系，帮助私营行庄渡过难关。

1950年8月，人民银行总行牵头在北京召开全国金融业联席会议。在参加会议的人员中，私营行庄的代表占了将近一半。根据公私兼顾的原则，会议决定：适当扩大私营行庄的业务活动范围；私营行庄可办理人民银行委托的业务；私营行庄因资金信用阻滞而一时不易贷出时，可转存人民银行；当贷款发生周转不灵时，可向人民银行申请转抵押、转贴现等。会议明确了金融业应为工商业服务的基本方针，提出私营行庄应降低利率，面向工商业，加强与工商业的联系。同时，根据实际情况采取缓和的步骤，逐步地调低存贷利率和利差，并通过采取公私银行联合放款和成立投资公司，来满足工商业希望贷款期限长、数量大的要求。

经过对金融业公私关系的调整，私营行庄自1950年下半年逐渐稳定下来，经营情况趋于好转。但是私营行庄冗员过多、开支浩大的问题并没有解决。在业务方面，私营行庄的人均吸收存款额仍然很低，不得不靠变卖资产乃至挪用存款来弥补亏空。1951年是私营经济发展的黄金年，私营工商业获利较丰，但私营金融业却被冗员和开支问题所困扰，潜伏着严重危机。私营行庄不适应社会经济发展客观需要的问题，直到1952年下半年，国家对私营金融业率先实行全行业的社会主义改造，将私营行庄全部改为公私合营，才得到有效的解决。

“全国情况改观，霓虹灯都亮了”

经过人民政府对城市工商业的公私关系、劳资关系及产销关系的大力调整，私营工商业从1950年6月开始有了起色，并很快进入正常的发展轨道。

第一，私营工商企业开业、复业户数增加，停工、歇业户数减少。据北京、上海、天津、武汉、广州、重庆、西安、济南、无锡、张家口10个大中城市的统计，1950年第三、第四季度，私营企业开业32674家，歇业7451家，开业户超过歇业户25223家。上海最为突出，8、9、10月3个月平均，工业的申请开业户比4月份增加了28倍，商

业的申请开业户是4月份的17倍，而同期的申请歇业户仅为4月份的1.2%。到1950年9月，其他中小城市的开歇业趋势也同大城市一样，开业增多，歇业减少。全国经济形势大为改观。

第二，市场活跃，成交量增加，城乡物资交流进一步扩大。据统计，北京、天津、上海、武汉四大城市的面粉、大米、棉纱、棉布4种重要物资的市场成交量，1950年10月同4月相比，分别增加了54%、289%、128%和133%。上海的米、面、棉、布、煤和食油的市场成交量，10月同5月相比，增加了近10倍。私营工商业的复苏还可从当时票据交换额的增加反映出来。据统计，1950年9月同3月相比，天津的票据交换额增加2倍多。上海市1950年7月同4月相比，票据交换的张数与金额高出53%，8月又比7月高出23.6%。城市与城市、城市与乡村之间的物资交流趋于活跃。北方各路局铁路运货量10月同7月相比，增加1倍以上，南方路局同期增加了3倍以上。华北公路运量(只国营部分)9月比7月增加38%。汇兑方面，全国汇兑总额(只国营银行部分)11月份比3月份增加了36.7%。

第三，私营工业的产量有明显增加，工商业经营已有相当利润。以上海为例，7种主要工业产品的生产指数，都以1950年4月份为100，8月份的指数为：棉纱112；毛纱201；火柴386；水泥218；面粉524；化学碱221；白报纸571。除棉纱外，均有成倍增长。1951年同1950年相比，全国私营工业总产量增长了39%。有不少工商业者认为，市场繁荣的情况是抗战以来十余年所没有的。

私营工商业的复苏带动了金融业的活跃。全国七大城市公私合营银行及私营行庄，10月份比4月存款余额增长50%，放款余额增加1.5倍，汇出入总额增加近3倍。国家税收也大量增加，全国十大城市的私营工商业税收，1950年三四季度比一季度分别增加了90%和80%。

总之，合理调整工商业不仅帮助私营工商业度过了困难，繁荣了经济，而且限制了资本主义企业的生产盲目性和无政府状态，把它们在一定程度上纳入了国家计划的轨道，使国营经济的领导地位更加巩固。同时，有助于实现国家财政经济的根本好转。

私营工商业的这次困难及其合理调整，对经济改组和产业结构的调整具有重要意义。经过这次调整，许多在旧社会服务于统治阶级的奢侈品产业和迷信产业被有效地抑制，而那些有市场、有原料、有销路，特别是符合国家产业政策的产业，如重化工业、基本消费品工业得到了进一步的发展。

合理调整城市工商业，对稳定社会、稳定人

◆ 工商业的合理调整，帮助私营工商业解决了面临的困难，推动它们开始走上国家资本主义的道路。图为天泽私营恒源纺织厂劳资双方在交换意见。

心具有积极意义。建国之初，人民政府不仅在经济上接收的是一个烂摊子，而且由于美蒋联手对新中国施行封锁、轰炸和特务的破坏，整个社会还处于不稳定状态。私营工商业的困难，给社会政治稳定造成十分不利的影响。而合理调整工商业的成功，不仅稳定了资本家的心理，同时对稳定整个社会的心理起到了非常重要的作用。

经过1950年下半年的调整，城市工商业很快由萧条转为复苏和增长，私营工商业开业户净增加快，社会所需的各类商品的产量和销售量大幅度增加，市场很快出现繁荣景象。

陈云生动地描述了合理调整城市工商业的成效，他说：1950年在经济战线上，我们是税收、公债、货币回笼、收购四路“进兵”，一下子把通货膨胀制止了。三月物价稳定，五月中旬全国各地工商业者都叫喊货卖不出去。于是我们发了两路“救兵”，一为加工订货，一为收购土产。起决定作用的是收购土产，因为收购土产，就发出了钞票，农民有了钱就可以买东西。到九月“全国情况就改观了，霓虹灯都亮了”[①]。

调整工商业的各项措施收效以后，中国经济在经过重建和改组的一系列步骤之后，开始步入新民主主义经济轨道。到1951年，城市工商业的形势进一步好转，私营工业产值和商业批发零售额的增长幅度，在历史上是从未有过的。私营工商业的复苏，增加了社会财富，扩大了就业，活跃了市场，增加了国家的税收。资本家也为工商业调整带来的市场兴旺和丰厚利润而振奋，称1951年是私营工商业发展的“黄金年”。对于1950年的财经工作的重点，陈云作过一个精辟的概括，他说：当时我们主要抓了两件事，一是统一，二是调整。统一是统一财经管理；调整是调整工商业。“只此两事，天下大定”[②]。

東北人民生活改善

◆ 1950年3月，中共中央和中央人民政府决定统一国家财政经济工作。由于中央统一财经管理和紧缩通货措施的贯彻执行，全国财政收支很快接近平衡，市场物价趋于稳定，结束了长达12年之久的通货膨胀局面，宣告了解放初期经济战线第一次大战役的胜利。图为当时报纸的部分报道。

二、陈云评价：城乡交流是活跃中国经济的关键

“战争第一，稳定市场第二，其他第三”

1950年6月中共七届三中全会原计划用三至五年的时间恢复生产，然后进行大规模的经济建设。准备从1951年起，在财政安排上大幅度减少军费和国家机构的行政开支，尽可能增加经济建设费和文教事业费。这是中国共产党从领导革命战争向领导和平建设转变的一项重要决策。可是不久，美国入侵朝鲜和台湾海峡，迫使中国不得不进行抗美援朝战争，党和人民政府在财政经济安排上也必须作出相应的调整。

为确定抗美援朝开始后的财经工作方针，1950年11月15日至27日，政务院财经委员会在北京召开第二次全国财政会议。会议估计了美帝侵朝战争扩大的时局变化，以“邻境战争，国

①《陈云文选》第二卷，人民出版社，1995年版，第128页。
②《陈云文选》第二卷，人民出版社，1995年版，第138页。

内被炸”的情况为考虑对策的基点，决定把1951年财经工作的方针放在抗美援朝战争的基础之上。表现在财政上，就是增加军费及与军事有关的支出，同时各种收入也必然要减少。中财委主任陈云将财政工作的部署概括为：“战争第一，稳定市场第二，其他第三”。

陈云在报告中解释说，战争第一，这是毫无疑问的。一切服从战争，一切为了战争的胜利。没有战争的胜利，其他就无从谈起。第二是维持市场，求得金融物价不要大乱。因为我们的经济基础还很脆弱，物资储存也很少，又不能用多发钞票来弥补赤字，因此要把市场列在第二，而且宁可削减经济和文化的支出以就市场。第三才是带投资性的支出，投资原则是：对直接与战争有关的军工投资，对财政收入直接有帮助的投资，对稳定市场有密切关系的投资，这三者应予以满足。除此以外，应加以削减和收缩。陈云指出：推迟经济建设是不得已的，是美帝国主义不许我们建设。任何一个国家在财政方针上，都不可能把战争和建设两者并列，两头兼顾。我们不能搞“情绪投资”，即以国家投资去照顾某些人的情绪，这是完全违背经济建设的目的的。[1]总之，来日方长，等战争结束以后，才能集中力量搞经济建设，现在可以做准备工作。

关于稳定市场，陈云在11月27日财政会议结束时的讲话中指出：“半年多来的财经工作完全证明，城市的繁荣是农村经济转动的结果。农副土产品卖出去了就增加了农民的购买力，促进工商业的发展，减少或消灭城市的失业现象，城市购买力也跟着提高。工商业繁荣，又增加了国家的税收，减少了财政上的困难，物价更趋稳定。这样，可以进一步促进正当工商业的发展，打击投机，使城乡交流更趋活跃。这是一连串的收获。因此，我们说，扩大农副土产品的购销，是中国目前经济中的头等大事。”[2]

第二次全国财政会议后，各地为了平衡财政收支，采取一系列有力措施增加财政收入：除增加公粮附加等措施外，通过对民用必需品纱布实行统购统销，在保证资本家有一定利润的情况下增收一大笔统购税；大力开展近地交流、城乡交流和内外交流，帮助农民推销农副土产品，通过提高农民的购买力促进工商业繁荣，增加国家税收等，使1951年国家财政保持了收支平衡、略有节余的有利局面，保证了全国市场物价基本稳定。

至1951年2月中旬，根据中国人民志愿军在朝鲜胜利举行三次战役，将战线稳定在三八线附近的情况，毛泽东在中共中央政治局扩大会议上提出“三年准备，十年计划经济建设”的思想，要求各方面必须从现在起加紧进行准备工作。4月4日，陈云在中国共产党第一次全国组织工作会议上的讲话中，进一步阐述了1951年财经工作的重点：第一，城乡交流；第二，农业增产；第三，经济核算；第四，统一管理下的因地制宜；第五，经济建设的准备工作；第六，整顿财经队伍。陈云着重讲了为什么把城乡交流摆在第一位。这是因为，农业经济在中国整个国民经济中占主要地位。所谓城乡交流，一是将农产品、土产品收上来，一是将城市工业品销下去。城乡交流有利于农民，有利于城市工商业，也有利于国家。这是历史上没有一个政府提出过的，但却是关系全国人民经济生活的一件大事，我们如果不管，怎么能算人民政府呢？

陈云分析说，我国农村每年都有大宗农副土产品需要推销出去，仅猪鬃、桐油、茶叶、鸡蛋、药材等项，平均约占农业收入的10%，有的地方占

①《陈云文选》第二卷，人民出版社，1995年版，第112～116页。
②《陈云文选》第二卷，人民出版社，1995年版，第118～119页。

20%，甚至更多。如果帮助农民把土产推销出去，农民的收入就相当于交公粮的数量。土产推销不出去，还要交公粮，老百姓就会有困难。中国现在有几万万农民，有几千万手工业者，有几百万产业工人，这就是中国经济的实际情况。我们每件工作都要对他们有利益。如果没有廉价的工业品供应农民，并且把他们的土产推销出去，那么工农联盟就不能巩固。农民就会说："打倒帝国主义、封建主义、官僚资本主义都很好，但是鸡蛋卖不出去，桐油跌价，那就不好。"所以城乡交流是一件大事，要动员全党的力量去做。解决这些问题就是为人民服务，不解决实际问题谈为人民服务，则是空话一句。①

这样，贯彻抗美援朝开始后"战争第一，稳定市场第二，其他第三"的财经工作方针，在总结调整城市工商业经验的基础上，党和人民政府以疏通商品流通为渠道为先导，把扩大城乡交流摆在财经工作的第一位，作为恢复与开拓市场、活跃经济的关键。各级政府采取恢复和发展交通运输，积极鼓励各种经济成分特别是私商从事城乡间的商品购销，举办城乡物资交流会、展销会，发展农村集市贸易等项政策，大力拓展了商品流通渠道，活跃了城乡市场，对促进工农业生产的恢复和发展起到了重要推动作用。

土产一动，百业俱兴

稳定国内市场，城乡经济的活跃和繁荣是至关重要的环节。但中国大陆经历长期战争和剧烈通货膨胀以后，道路交通不畅，流通环节梗阻。加上帝国主义的封锁，导致城乡、内外商品交换滞塞。1950 年 3 月以后，全国市场萧条和工商业生产经营的困难，一方面表现在城市工业品滞销；另一方面表现在农村农副产品积压，工业品缺乏。各地普遍反映城乡物资交流阻滞是影响经济恢复和发展的最突出的问题。在制止通货膨胀之后，党和人民政府面临的迫切任务之一，就是为国民经济的恢复和发展创造有利的市场条件。

据各大区给中央的报告和各地报纸报道，在东北，由于城乡物资交流滞塞，各省国营、合作社商业和农户共约存粮 54 万吨，其中有 36 万吨在农户手中。农民粮食卖不出，就买不到生产资料，无钱修车、买马、购置农具，直接影响农业生产；有些地方已有农民用高粱、玉米喂牲口的现象。在西南，因土产卖不出去，农村人民币稀少，工业品不能很好地下乡，三者相互影响，形成农村经济呆滞现象。在华北，农民迫切需要出售农副产品，以换取生产资料和生活资料。在中南，土产总值年达 10 亿元以上，约等于农民总收入的 20%。但由于新区农村进行土改以及帝国主义国家的封锁，土产运销受到相当影响。②

我国农村的农副土特产品，大部分是作为商品生产的，需要通过市场来实现其使用价值，这是农民增加收入的主要途径。商品流通渠道不畅，使大量农副土特产品积压，一方面减少了农民的货币收入，使农民没有力量增加对生产的投入；另一方面使以农副产品为原料的轻工业因缺少原料而开工不足，由于工业品缺乏市场，影响了工业生产的恢复和发展。因此，疏通商品流通渠道，发展城乡物资交流，成为恢复和发展国民经济的中心环节。而当时最紧要的是打开农村土特产品的销路。农民只有首先卖出自己生产的农副土特产品，取得货币收入，才能从市场上购买自己所需要的生产资料和生活资料，为工业生产发展开辟广阔的市场。为了疏通商品流通

①《陈云文选》第二卷，人民出版社，1995 年版，第 128 页。

②《1949～1952 中华人民共和国经济档案资料选编·商业卷》，中国物资出版社，1995 年版，第 420～421 页。

渠道，发展城乡物资交流，人民政府主要采取了以下具体措施：

（一）国营商业和供销合作社商业积极经营土特产品。

国营商业在城乡物资交流中发挥着领导作用。1950年4月中国土产公司成立，其任务为：收购农民生产的副产品及土特产品，办理各地区间调剂余缺的业务，把土特产品由生产区运输到消费区；为其他公司代理收购业务，并经营一部分土特产品的出口业务。中央及大区、省、市各级土特产贸易公司成立后，积极召开土特产品流通调查会，举办土特产品展销会，组织私商联营下乡收购土特产品，向外地拓展土特产品销路。土产公司还邀请有经验的老商人、老工匠开座谈会，了解大宗土产的种类、数量、质量和季节性，研究历史上商品流通的路线，派遣有老商人和内行参加的商业访问团、土特产推销组到生产地和销售地接洽业务，找回过去的老的营运线索，开辟新的供销业务，积极打开土特产品的销路。

各地土产公司投入了大量资金收购运销土产品。在中南区，1950年4月至7月，国营土产公司投放收购土产的资金达2000万元以上，仅河南土产公司收购各种土产的总值即达690多万元。湖南省土产公司自4月份以来，收购土产投资300万元。其他国营专业公司如油脂、蛋品、猪鬃、茶叶等公司也适当进行收购。各地人民政府拨出大批粮食，结合农民需要，换购土产。通过各级国营专业公司的积极努力，土产销路转旺，沉寂的农村市场开始活跃。土特产公司与其他各国营专业公司密切配合，在土特产品集散市场收购产品的同时，及时供应农民必需的日用消费品，特别是粮、盐、布、纱、日用百货，使农民在出售土特产品后能立即购买到这些商品。

农村供销合作社是沟通城乡关系的又一条重要渠道。1950年7月，中央人民政府制定的《中华人民共和国合作社法(草案)》规定：农村供销合作社的任务之一，就是推销农民生产的多余农产品及其他副业产品，使农民比较廉价地买到消费品和生产资料，以避免商人的中间剥削。各地积极发展供销合作社，基层供销社遍布广大农村和集镇，成为推动城乡物资交流的重要力量。一方面，供销合作社普遍设立农副土特产品收购门市部，开展农副土特产品购销业务；另一方面，供销合作社通过与农民广泛签订农副土特产品购销合同，并及时供应农民所需要的农业生产资料和消费品，活跃农村市场。

1950年11月14日，全国供销合作总社作出决定，由东北总社组织运销豆饼10万吨，大豆10万吨，高粱、玉米等10万吨，供给华北、华东社员的需要；同时由华东总社及华北各省(市)社组织皮棉200万斤，各种布60万匹，供给东北社员需要。这次统一组织的三大区物资交流业务，总计购销粮食、豆饼近29万吨，布匹49万匹，皮棉197万斤，以及土产品和手工业产品等共11种，批发总值共计4748万元，部分地满足了东北及关内社员互换粮、棉、布及土产、手工业品的生产、生活要求。这次物资交流，在数量上、时间上、地区上、物品种类上，均比以往规模大而复杂。在合作社系统中，这是第一次大规模的交流业务。①

为促进城乡物资交流，解决农副土特产品收购资金的困难，国家银行从1950年4月到10月的半年时间里，各项贷款总额增加了139%，其中对贸易部门的贷款即占贷款总额的80%以上。同时，银行普遍举办押汇业务，加速资金周转；扩大国内通汇网点，畅通资金流通渠道，以利于活

①《1949～1952中华人民共和国经济档案资料选编·商业卷》，中国物资出版社，1995年版，第462、467、468页。

跃城乡物资交流。各地还普遍建立和发展了农村信用合作社。信用合作社为吸收农民存款，提高了农民存款利率，用增加的农民存款作为收购土特产品的贷款。商业部门在收购土特产品时，实行部分实物交换、部分赊销，并为农民代销，以解决收购资金的不足。

(二)鼓励私商从事城乡间的购运业务。

农副土特产品流通主要以私营商业经营为主。人民政府实行鼓励私商贩运的政策，采取多种具体措施，组织私营商业和小商小贩从事城乡之间的农副土特产品的购销业务。1950 年 4 月，中国土产公司召开全国土产会议，确定公私统筹兼顾、鼓励私商经营运销的方针。会后，各地采取种种措施，组织和鼓励私商参加土产品运销。据 1950 年 10 月 15 日《新华月报》关于《全国组织土产购销的成绩》报道：中南区，湖北土产公司已在汉口、上海、广州、天津等地，与私人油行、药材、杂货等业建立代销关系。国营公司还与私商合组土产购销委员会，以联购联销办法，统一解决各种业务困难。各地国家银行并对私营土产业的加工、出口等予以贷款扶持。政府还鼓励私营行庄贷款给私商下乡收购土特产品。

华东区，确定了国营专业公司和私商经营的比重和方向。如麻皮、烟叶等 8 种主要产品，国营土产专营公司经营的比例只占市场成交数的 30%～ 40%，豆类、山货类、药材等近百种产品，则全部由私商经营。在价格方面，尤其是地区差价，已作出原则规定，务使私商有利可图。上海市工商局、工商联及国营土产公司召集土产业代表举行动员收购土产大会，说明政府的政策，鼓励私商集资下乡。南京市土产公司积极采取“精确计算运输成本”，“合理调整产销地区差价”等各种方法，协助私商集资经营土产品，并使贩运商有利可图。

华北区，在组织私商经营土产上创造了许多经验：1. 组织私商或公私联合访问团，到各地沟通情况和建立贸易关系。2. 推动私商订立经营计划，减少其盲目性。3. 成立公私同业性的购销研究组织，予以业务指导。4. 动员当地私商给外商写信，请外商汇款定货；根据自愿两利原则，组织私商联营，并鼓励其远地购销。5. 组织私商赊购农民土产品和携带工业品下乡，直接与农民进行交换。6. 允许土产商经营他业，以便周转。7. 国营贸易公司、信托公司可与私商建立代购代销关系。在国营贸易和合作社力量薄弱的地方，还可试办公私合营商店、货栈。8. 土产税收高者可以减低，不合适者可以去掉；铁路运费对滞销土产还可以减价或免价。9. 地方对下乡私商应采取欢迎态度，介绍可靠货栈、旅店，热情招待，开城乡物资交流座谈会，向私商介绍本地有何土产及其生产、规模、销路等情况，价格要使私商有利可图。总之，从多方面鼓励和保护私商经营土产。[1]

为了调动私营商业经营土特产品的积极性，政府在税收上对从事城乡间贩运农副土特产品业务的私营商业实行减税或免税的政策：规定降低城乡间农副土特产品的运输费用；公私银行给从事城乡物资交流的私营商业以联贷、押汇的便利；在农副土特产品价格(如地区价格差别、批发零售价格差别)规定上使从事经营的商人有利可图。在促进城乡物资交流的过程中，私商得到了较快发展，其销往农村的营业额也较销往城市的营业额增长更快。

(三)举办物资交流会，发展农村集市贸易。

为了给各贸易公司、供销合作社及私商提供充分的活动空间，使滞销的农副土特产品打开销路，在国营商业领导下，开辟了多条流通渠道。

①《1949 ～ 1952 中华人民共和国经济档案资料选编·商业卷》，中国物资出版社，1995 年版，第 450 页。

各大区、省、县人民政府组织召开了各级土特产品交流会议；举办以销售为主的土特产品展销会；恢复和发展农村集市、庙会和骡马大会，组织农民开展短距离的物资交流；普遍建立贸易货栈和农民交易所、农民购销服务部，等等。其中，召开各级物资交流大会、展销会是主要形式。这些措施为许多长期滞销的土特产品打开了销路。

华北区最早成功地举办了土产交流会，打开了土特产品的销路。1950年冬至1951年春，华北5省2市和内蒙古自治区都举办了土产交流会和展销会。在这些交流会和展销会上，除了商品粮和棉花、花生、烤烟等经济作物外，还销售了总值约合70亿斤粮食的土特产品，相当于华北粮食总产量的1/4强。到1951年2月底，全部土特产品已经销出70%，其价值超过了华北1950年全年公粮数。[①]政务院财经委员会立即总结和推广了华北地区的经验，号召在全国各地举办土产交流会和物资交流会，掀起了城乡物资交流的第一个高潮。

1951年3月，中国土产公司在天津召开第三次经理联席会议。会议期间，东北、华北、中南、华东、西南、西北各大区和内蒙古自治区在区与区、省与省、省与市之间相互订立土特产品交换协议。在交换协议中，大区之间交流的土特产品种类繁多，数额巨大。4月，中华全国合作社联社召开了供销合作社系统的土特产品交流会议。6月，华东区土产会议结合上海市土产展览交流大会开幕，历时两个月的展览交流，成交合同2218件，成交总金额6824万余元，零售总金额34万多元。中南区在汉口市举办土特产品展销大会，历时75天，交易总金额达8129万元。9月，东北区在沈阳市举办物资交流大会，历时3个月，大会成交总金额达2.3亿元。10月，华北区在天津市举办第二次城乡物资交流展销会，历时45天。成交总金额达1.5亿元。

在各地政府的精心指导和组织下，全国各级各类物资交流大会此呼彼应，盛极一时，为许多滞销的土特产品打开了销路。许多地区还注意发展经常性的集市贸易、山会、庙会、骡马大会等近地物资交流；或在传统的物资集散地，增设国营土产公司，鼓励私人开办贸易货栈，形成工农业产品双向流动的吞吐站，将收购土产品、推销工业品的业务范围，沿水陆交通线扩展到全国四面八方，形成东西南北中，货畅其流的市场繁荣局面。

土产一动，百业俱兴。城乡交流的活跃，打破了过去地区间、城乡间、行业间的封闭状态。许多过去滞销的农副土产品，通过交流大会开辟了新的市场，一变为畅销货。如华北的核桃仁过去曾远销欧美各资本主义国家，因西方国家的封锁而一度滞销，自开辟了广州和上海的市场后，又远销到苏联和东欧各兄弟国家，并且供不应求。绥远的鸡毛、废骨、烂皮、烂毡等过去从来没有卖过钱，现在大量地运到城市里来，工厂把这些废物变成有用的东西。此外，广东的香蕉，四川的榨菜，贵州的竹篦子，大量行销于东北。东北的土碱、黄烟过去是滞销的，现在畅销于关内。江西的瓷器和湖北的土布重新销到西北。两广的片糖和砂糖重新销到内蒙，云南的黄姜销到上海和天津。外销方面，广东的桂皮、八角销到了苏联，松香和椰子油销到了波兰、捷克和匈牙利，猪鬃、茶叶和刺绣销到了苏联和东欧。[②]

在各地举办的物资交流展览会上，新式农具和日用工业品备受农民的青睐；上海、天津生产的毛巾、袜子、胶鞋、毛衣、绒衣、搪瓷用品、暖水瓶、手电筒乃至自行车，在农民那里都成了抢手

①《1949～1952中华人民共和国经济档案资料选编·商业卷》，中国物资出版社，1995年版，第442页。
②李普著：《开国前后的信息》，新华出版社，1982年版，第263页。

货。如盛产棉花的河北省成安县魏西村，有400户人家，在秋后两个多月内，平均每户新买了两个手电筒，每4户新买了一辆自行车。这对于那些收入两三千斤籽花的棉农来说，并不是一个太了不起的数目。人们随时会说起这样的事：某一个村子原来一辆自行车也没有的，现在有了好几十辆。此外，价钱并不便宜的上海上等毛巾、头油、香皂、雪花膏，许多青年农妇也买起来。这显示了中国农民购买力增长的巨大潜力和农村市场的广阔前景。

通力开拓城乡市场的伟大实践

城乡物资交流的开展，活跃了城乡市场，对国民经济的恢复和发展起了重大作用。这是中华人民共和国成立后，以党和政府的高度重视和密切指导大力推动城乡商品经济大发展的一次伟大的经济实践。

城乡物资交流沟通了全国各地区及城乡间的经济联系，拓展了商品流通渠道，增加了商品流通数量，活跃了城乡市场。通过物资交流，沟通了远距离物资流通，同时又大力发展了短距离的交流，建立了许多新的商业网点，扩大了工业品在农村的销售市场。在物资交流会和展销会上广泛推行了现购、预购、代购等各种合同购销制度，简化了税收手续。全国范围的城乡交流还推动了各地区间的水路和陆路建设，方便了商品的远途购销。

在多种经济成分的共同参与和努力下，城乡间的流通渠道得到疏通和拓展。据统计，1951年，全国通过物资交流会销售土产品价值总额10.4亿元。1952年，各地在推广大区和省级城乡物资交流大会经验的基础上，普遍召开了专区、县的物资交流会，以及根据群众需要和习惯召开区乡之间小型集镇等交流会。据不完全统计，1952年全国各地共举办物资交流会议7738次，总成交金额达16.38亿元，比1951年增长62%以上。这一时期，商业部门的购销总额显著增长。据统计，1952年与1950年相比，全国商品零售总额增长62.3%；农副产品采购额增长62.16%；农业生产资料供应总金额增长91.15%。[①]这样大规模的城乡交流，在旧社会是从未见过的。

在城乡物资交流过程中，各类成分的商业组织与经营业务都得到发展。首先，国营商业得到迅速发展。国营商业企业数从1950年的7638个增加到1952年的31444个，增长3.12倍。国营商业上缴利润和税收1952年比1950年增长3.02倍。国营商业国内商品销售额从1950年的34.42万元增加到1952年的155.08万元，增长350.5%。国内商品购进额从1950年的45.55万元增加到1952年的140.58万元，增长208.6%。

其次，供销合作社商业也有了很快发展。供销合作社数由1949年的2.28万个增加到1952年的33.5万个。合作社商业国内商品购进额从1950年的12.29万元增加到1952年的86.84万元，增长606.6%；农副产品采购额由1950年的5.1万元增加到1952年的38.83万元，增长675%；国内商品销售额由1950年的8.46万元增加到1952年的54.79万元，增长547.6%。

在统筹兼顾的方针下，私营商业也得到了一定的发展。私营商业和饮食业企业由1950年的477万个增加到1952年的515万个，增长8%。私营商业的商品零售总额由1950年的100.89万元增加到1952年的120.4万元，增长19.3%。[②]

更重要的是，人民政府把国营商业、供销合

①《中国商业历史资料汇编》，1963年8月。
②《中国商业历史资料汇编》，1963年8月。

作社商业和私营商业这三种力量组织起来，根据土产种类繁杂，数量庞大，有些可以远销，大部分只能在近地销纳的特点，使这三种力量分工合作，各得其所，充分发挥各自的积极性和主动性，通力开拓城乡商品市场，为各种工农业产品开拓销路。这样，商业振兴了，商业网不仅恢复了，而且空前地扩大了。商业既联系了工业和农业，又帮助了城市面向农村，帮助了农村面向城市。工业和农业、城市和农村互为市场，初步形成促进商品流通的市场格局。进一步说，工农在政治上的联盟推动了经济上的联盟，经济的联盟又更加巩固了政治的联盟，使工人和农民以及全体人民在更巩固团结的基础上，共同为建设新中国而努力奋斗。

扩大城乡物资交流，促进了农副土特产品生产的发展。农副土特产品的销售，增加了农民的货币收入，提高了农民的购买力。据河北玉田县四个基点村调查，1950年冬至1951年冬，农民在卖出土产和一部分粮食、棉花之后，买了120头牲口和1900件农具。察哈尔怀仁县三个村的农民，1951年上半年推销了6种土产，其收入全部买了布匹、农具和牲口。山西省农民的购买力1949年平均每人只有62斤小米，由于各种农产品的畅销，1951年提高到248斤。随着新式农具在240个县里有重点地推广，1951年全华北推销了各种新式农具2.3万件，喷雾器5万多架。尤其在春耕时节，农民对生产资料的需求十分迫切，急需大量的肥料、农具和农药。这表明，农民购买力的提高，直接增加了对农业生产的投入，促进了农业生产的恢复和发展。

城乡物资交流发挥了城乡市场对工农业生产及对整个国民经济的调节作用。在商品流通购销两旺的形势下，手工业得到了快速的恢复和发展。按1952年不变价格计算，全国手工业生产总值从1949年的32.4亿元增加到1952年的73.1亿元，三年中增长了1.25倍。轻工业生产由解放初期的萧条、萎缩，转到恢复和发展。由于增加了农副土特产品中的工业原料，如棉花、麻类作物、烤烟、甘蔗、甜菜、蚕茧等的收购量，直接促进了以这些产品为原料的工业生产的发展，纱、布、麻布、麻袋、卷烟、糖、丝及丝织品等工业品生产均大幅度增长。

此外，城乡物资交流增加了农村土特产品的收购量，为外贸部门增加了出口货源，从而促进了对外贸易的发展。农副土特产品出口总金额从1949年的3.18亿美元增加到1951年的4.13亿美元，增长29.87%；1952年更增加到4.88亿美元，比1949年增长53.46%。农副产品加工品出口总金额也有所增加，从1950年的1.83亿美元增加到1951年的2.38亿美元，增长30%。[①]

同时，由于城乡物资交流的扩大，增加了工商税收，从而增加了国家的财政收入。1952年和1950年相比，工商税收增长60%；商业部门上缴国家财政收入增长了289.6%；国家财政总收入增长了181.8%。[②]对于扩大城乡交流所形成的货畅其流的生动局面，陈云有一个透辟的概括，他指出："扩大农副土产品的购销，不仅是农村问题，而且也是目前活跃中国经济的关键。"[③]

扩大城乡交流，不仅促进工农业生产的恢复和发展，还推动了国家财经工作方针的调整。根据1951年2月中央关于"三年准备，十年计划经济建设"的决策，一方面抗美援朝战争进入边打边谈，以打促谈阶段，另一方面国内城乡交流日益活跃，市场稳定繁荣，基本建设和地方工业提上议事日程，水利设施、铁路交通、纺织轻工等项建设得到进一步加强，编制第一个五年计划的工

①《1949～1952中华人民共和国经济档案资料选编·对外贸易卷》，经济管理出版社，1994年版，第1029页。
②《中国统计年鉴(1983)》，中国统计出版社，1983年版。
③《陈云文选》第二卷，人民出版社，1995年版，第118页。

作也着手进行。1951年下半年,陈云、李富春等就《1952年财经工作的方针和任务》向中共中央报告,提出1952年财政概算方案,“应该放在和谈可能拖延并能继续应付战争这个基点上”;“财经工作的重点,应在不放松收入的条件下,转向管理支出;在不放松财政、金融和市场管理的条件下,转向工业、农业、交通等方面。”①

1952年1月17日,中共中央批示同意这一方针,又于5月对它作了新的概括,正式确定了“边打、边稳、边建”的财经工作方针。这样,抗美援朝初期以“战争第一,稳定市场第二,其他第三”的财经工作方针,便不失时机地转变到国防需要、稳定市场和经济建设三方面兼顾,并把经济建设日益摆在更首要的位置。1952年6月全国财经会议确定:编制1952年财政预算要以建设为第一位,军事为第二位,行政为第三位。

三、周恩来说:封锁缩短了我国经济独立的过程

南方北方都有通路,突破封锁是完全可能的

发展国内外交流,是四面八方政策的一项重要内容。新中国成立后,在实行对外贸易统制和保护民族工业的方针下,我国积极同苏联和其他人民民主国家建立和发展经济贸易关系,并寻求同西方资本主义国家做生意。抗美援朝战争开始后,针对美国等西方国家对我国的封锁和禁运,中共中央和中央人民政府采取了一系列有力措施,通过反封锁、反禁运斗争,缩短了中国在经济上获得完全独立自主的过程,为开始大规模经济建设准备了有利的条件。

新中国成立前后,遇到来自两个方面的封锁,一是随着人民解放战争向南方推进,国民党军队在沿海对大陆进行军事封锁。二是随着中央人民政府成立,尤其是朝鲜战争的爆发,以美国为首的西方资本主义国家对我国实行经济封锁和物资禁运,给国民经济恢复和对外贸易发展造成严重的影响。

早在全国解放前夕,中共中央就对帝国主义的封锁有清醒的估计。毛泽东在确定“一边倒”的外交方针时,明确把它看作是“打破帝国主义封锁之道”。但在内部政策上,则强调“认真地从自力更生打算,更主要的是从长远的新民主主义建设着眼来提出这个问题”。毛泽东胸有成竹地说:“我们这样做,即占领全国、一面倒和自力更生,不但可以立于坚固的基础之上,而且才有可能迫使帝国主义就我之范。”②

1949年8月,陈云在上海主持财经会议,他全面分析了军事和经济的基本形势,带预见性地指出:要准备帝国主义的长期封锁,不仅是目前的军事封锁,在经济上也要准备他们不买我国出口的货物,不卖给我们需要的东西。当然,他们不可能把我们完全封锁死。从香港多少可以进出一些。广州解放后,南边即可有一条出口通路。帝国主义之间有矛盾,可以利用,你不做生意,他还要做生意。北方也有通路,天津可以出,大连可以出,满洲里也可以出。有些东西可以让外商代销一下。在财力许可的条件下,要从农村收购主要的出口物资。③

我国国家大,南方北方都有出口通路,帝国主义不可能把我们完全封锁死,因此,突破封锁是完全可能的——这是中共中央的一个基本判断。在这里,还包含着一个带战略性的抉择,就是不急于收回香港(包括澳门)。

①《陈云文选》第二卷,人民出版社,1995年版,第157页。
②《邓小平文选》第一卷,人民出版社,1994年版,第134页。
③《陈云文选》第二卷,人民出版社,1995年版,第2页。

1949年2月，毛泽东在西柏坡会见斯大林派来的特使米高扬时指出：目前，中国还有一半的领土尚未解放。大陆上的事情比较好办，把军队开去就行了。海岛上的事情就比较复杂，需要采取另一种较灵活的方式去解决，或者采用和平过渡的方式，这就要花较多的时间了。在这种情况下，急于解决香港、澳门的问题，也就没有多大意义了。相反，利用这两地的原来地位，特别是香港，对我们发展海外关系、进出口贸易更为有利些。总之，要看形势的发展再作最后决定。[①]按照这个"腹案"，中共中央确定了"暂时维持现状"、"长期打算，充分利用"的香港政策。其基本点为：保留香港这一传统的"国际通道"，作为新中国与国际社会，尤其是与西方世界联系的桥梁。而在美国加紧对新中国经济封锁的形势下，香港就以其特殊地位，成为祖国大陆突破帝国主义封锁禁运的前沿阵地。历史的发展证明，毛泽东和中共中央在解放全国时留下香港，是通观战后国际格局的演变，利用帝国主义之间的矛盾，具有长远战略眼光的正确决断。

1949年11月，由美国提议，经北大西洋公约组织开会通过，决定成立一个对苏联和东欧等国家实行禁运的国际机构。该机构于1950年1月1日在巴黎正式成立，即"向共产党国家出口统筹委员会"，简称"巴统"。最初参加"巴统"的有美国、英国、法国、联邦德国、意大利、荷兰、加拿大、比利时、卢森堡、丹麦、挪威、葡萄牙12国。后来，日本、希腊和土耳其相继加入"巴统"。

中华人民共和国成立后不久，美国即把新中国列入"巴统"管制的国家。1950年2月，美国要求英国对中国禁运战略物资。3月，美国宣布"战略物资管制办法"，被管制的物资共计660余种，包括机器、交通工具、金属制品、化工原料等。4月，美国以削减贷款为要挟，督促所有受"马歇尔计划"援助的国家禁运战略物资至中国。6月朝鲜战争爆发后，美国开始对中国进行部分物资禁运。11月17日，华盛顿终止了美国与中国的商务往来，正式对中国实行全面禁运。总之，美国坚持敌视新中国的态度，利用"巴统"这个国际组织，胁迫其仆从国家对中国采取禁运措施，企图阻碍新中国开展对外贸易，进而扼杀刚刚诞生的新中国。

中国人民不怕并完全有办法对付帝国主义的封锁，但封锁、禁运毕竟造成运输及物资往来困难，这对新中国的经济恢复是极为不利的。为此，中央人民政府成立后，本着《共同纲领》关于"在平等和互利的基础上，与各外国的政府和人民恢复并发展通商贸易关系"的精神，积极采取措施，开展对外贸易，包括同资本主义国家的贸易，努力扩大可输出品的出口，争取必需品进口。

1949年12月22日，毛泽东在访苏期间就准备对苏贸易条约问题给中共中央的电报中说，波兰、捷克、德国都想和我们做生意，此外，英国、日本、美国、印度等国或已有生意或即将做生意。因此，"在准备对苏贸易条约时应从筹统全局的观点出发，苏联当然是第一位，但同时要准备和波捷德英日美等国做生意，其范围和数量要有一个大概的计算。"1950年1月7日，毛泽东又致电准备前来莫斯科参加对苏谈判的周恩来说："关于出入口贸易问题，务请注意统筹苏波捷德匈及英法荷比印缅越罗（指暹罗，即泰国——引者注）澳加日美各国在1950年全年出入口的种类及数量，否则将陷入被动。"

按照中共中央和中央人民政府的方针，中央贸易部于1949年底、1951年初，连续召开有关猪鬃、皮毛、丝绸、茶叶、钨锑锡等一系列全国性

①《在历史巨人身边(师哲回忆录)》，中央文献出版社，1991年版，第380页。

外贸专业会议，研究大宗出口产品的产销情况，掌握国际贸易的商情动态，制定出口计划及保证措施，并根据国内需要控制生活消费品的进口，努力在同各国发展贸易关系中处于主动地位。

从新中国成立到朝鲜战争爆发前的一段时间，我国继续同一些西方国家保持贸易关系，有些国家的对华贸易有了较大恢复和增加。1950年，中国与资本主义国家的贸易额达到27.6亿元，占进出口总额的66.5%，其中对西方资本主义国家的贸易额为14.9亿元，占对资本主义国家贸易总额的54%。香港是重要的转口贸易基地，是华北、华中、华南进出口贸易的主要集散地区。特别在推销出口产品方面，香港市场起了重要作用。[①]华北的水泥、烟、杂粮、酒、豆及豆饼、药材、煤、茶、工艺品、猪鬃、盐、草帽辫等绝大部分通过香港转口。1949年3月至12月，华北对香港地区的出口额占出口总值的42.04%。[②]

鉴于西方资本主义国家的政府不可能很快改变对新中国的敌对态度，中共中央确定了将对外贸易的重点转向以苏联和东欧国家为主的基本方针，尽量避免过于依赖资本主义国家而可能造成的损失。1950年4月，根据中苏两国政府间的贸易协定，中国进出口贸易公司与全苏进出口贸易公司签订了贸易合同，计易货合同26种，总值约3.29亿卢布；贷款合同21种，总值约2.22亿卢布。根据协定，中国向苏联输出粮食、肉、油、蔬菜、煤、镁、盐、丝、皮毛、猪鬃、活牲畜等，苏联向中国提供设备、原料、石油、五金器材、交通工具等，基本改变了旧中国主要以资本主义国家为贸易对象的对外贸易格局。据海关统计，中国对苏联的贸易额，1949年为2630万美元，占对外贸易总值的8%；1950年为24190万美元，约占对外贸易总值的四分之一。中苏贸易的发展，不仅使中国取得了生产建设所需要的器材装备，扩大了滞销物资的销路，也有效地抵御了西方国家的经济封锁。

除苏联以外，1950年中国还同波兰、捷克、北朝鲜、民主德国签订了政府间贸易协定。中国的出口物品主要是油料油脂、皮毛、猪鬃、矿砂、粮食等，进口物品主要是各种机器、器材、设备、科学仪器、钢材等。1950年，对波兰的贸易额，由1949年的10万美元增加到860万美元，占当年全国外贸总额的0.8%。对捷克的贸易额，也由1949年的30万美元增加到350万美元。

据海关总署的统计，1950年中国的对外贸易，自1895年半个多世纪以来，第一次实现出超，开始改变旧中国作为西方国家商品倾销地的境况。同时，在出口方面，提高了出口货物的价格和收购农副产品的价格；在进口方面，为恢复国民经济所必需的工业器材和工业原料的比重大大增加，改变了国民党时代输入非必需品为主的现象。尽管美国政府对新中国持敌视态度，国民党军舰在沿海进行封锁，但美、英等国仍有不少商人在利益的驱动下，继续同中国做生意。1950年，新中国对外贸易总额为11.35亿美元，超过1931年九一八事变以来的任何一年。

针锋相对，开展反封锁反禁运斗争

1950年朝鲜战争爆发后，美国加强了对输出物资的管制，加紧在国际市场上抢购战略物资，同时对中国的封锁禁运步步升级。

自6月美国颁布《1950年输出统制法令》，规定煤油、橡胶、铜、铅等11种货品除非有特别输出许可证，不得输往中国内地和澳门之后，至11月，美国商务部将对中国管制的战略物资由

①当时大陆对香港、澳门的贸易，在统计上被列入对资本主义国家贸易的一部分。

②《1949～1952中华人民共和国经济档案资料选编·对外贸易卷》，经济管理出版社，1994年版，第1053、589页。

600余种增加到2100余种。12月，美国公布“有关管制战略物资输出”的加强命令，所有输往中国内地、香港、澳门的物资，不论是否为战略物资，一律纳入管制。同时以法令禁止美籍船只开往中国，并对经过美国口岸转口的外国商船，凡是以中国内地、香港、澳门为目的地的货物，即予扣留。1951年5月，第五届联合国大会在美国的操纵下，通过《实施对中国禁运的决议》，参照美国对华禁运的货单，强迫与会各国对中国实行禁运武器、弹药、战争用品、原子能材料、石油、具有战略价值的运输器材等，品种多达1700多种。先后有45个国家参加对中国的全面禁运。此后，美国在“巴统”下设立“中国委员会”，专门负责管制对中国的贸易，并制定了更加严格的“中国禁运单”。

除了封锁、禁运以外，1950年12月16日，美国宣布管制中国在美辖区的公私财产，并禁止一切在美注册的船只在另有通知以前前往中国港口。这样，不仅我国原有的存款、物资被冻结扣留，来华货物遭到美控口岸拦扣，而且我国的近海航轮也时遭炮击、劫掠等。面对这些危害中国人民利益的“禁运”行为，为防止“禁运”国家主要是美国在我境内从事经济破坏活动，中国政府采取了针锋相对的措施。

12月28日，政务院发布《关于管制美国财产冻结美国存款的命令》，宣布“中华人民共和国境内美国政府和美国企业的一切财产，应即由当地人民政府管制，并进行清查”；“中华人民共和国境内所有银行的一切美国公私存款，应即行冻结。”遵此命令，我国对在华的美资企业开始进行处理。12月30日，我国政府宣布对上海德士古石油公司、上海电力公司、美国商业银行等115家美资企业实行了军管。

1951年5月，美国操纵第五届联大通过对中国的禁运案，进一步损害我国的权益，中国政府遂将处理外资工作推进一步，改管制为征用。7月11日，我国宣布征用已被管制的美商美孚、德士古、中美等三家石油公司除其总公司和分支机构之办公处以外的全部财产，并征购其所存油料。鉴于英国政府追随美国向我禁运，征用我停靠香港修理的“永灏”油轮，扣留属于中国财产的民航飞机等行为，我国政府相继征用了英商在大陆各地的亚细亚火油公司、英联船厂、马勒机器造船厂、上海电车有限公司、上海自来水股份有限公司、上海煤气股份有限公司、隆茂股份有限公司以及广州太古轮船股份有限公司的全部财产。这些措施，是我国经济权益受到严重损害时，被迫采取后发制人的回击行动，表明了我国坚决斗争的正义立场，也为反禁运斗争开了一个好头。

旧中国的经济带有对资本主义国家的严重依附性。工业方面，不仅机器、设备和技术依附外国，而且部分工业原料、材料、燃料也要从外国进口。农业方面，农副产品出口的种类、价格、数量也受到外国的控制。资本主义国家的全面禁运，更使我国必需的工业原材料、设备器材因进口困难而处于紧缺状态。由于财产冻结，中国在美、日的2700万美元的公私定货被扣留禁运，中国国家银行在美国的500万美元未到期汇票被冻结。中国在欧洲经日本、菲律宾运回的定货在美控海岸被扣。在日本，一些已装船的货物被迫卸下，已在码头待装运的货物遭到禁运。封锁禁运对中国国内市场造成极为不利的影响。自1950年年底至1951年7月，上海市场上的进口原料、器材价格上涨了1～4倍。部分过去出口英美的土产销不出去而不得不转为内销。封锁禁运

给中国的进出口贸易造成一定损失，为进一步开展对外贸易制造了障碍。

为改变这种不利状况，中国政府坚定不移地贯彻独立自主的原则，采取一系列对策，展开了针锋相对的反封锁、反禁运的斗争。

1. 抢运抢购物资。朝鲜战争爆发后，中央贸易部即有预见性地布置大力抢购物资。中财委随后制定了抢运抢购物资以减少外汇损失的具体对策，取消已经发出的出口许可证，暂时一律停止输出。中国银行采取急救措施，派人到有关国家交涉，将美金购买证项下的资金或物资以各种办法尽可能地抢救出来；将现存外汇全部用掉，买成物资运回；将在途货物在适当港口卸货，通过各地中国银行的分支机构协助提取保管，以便抢运回国。据中央贸易部报告，贸易部系统从1950年底到1951年12月，将禁运后有被冻被扣危险的外汇和物资约2.4亿余美元(其中外汇8000余万美元，物资16000余万美元)经抢运抢购，绝大部分运抵国内。到1951年底，仍被冻被扣的外汇和物资总数约2000余万美元，不到原数的1/10。另据中财委报告，经多方抢救外汇，至1952年6月仍被冻结的中国人民银行、中央贸易部、中央各采购部门及地方企业的外汇资金有4250多万美元，对这部分资金，中财委要求各部门随时注意时机，利用一切有利条件，争取解冻复活，使经济损失减少到最低限度。[①]

2. 改变对资本主义国家的贸易方式。考虑到国际市场上战略物资日趋紧张、价格上涨，为保证能够交换到中国所需要的物资，保障公私进出口商的利益，避免因外汇贬值而遭受损失，1950年12月，中财委决定改变对资本主义国家的结汇贸易方式，一般的暂时改用易货办法，先进后出，或进出同时，凡需现汇购买者，须货到付款，否则宁愿不做。中央贸易部还制定了易货贸易管理暂行办法，将易货的进出口货物按照重要程度分为甲、乙、丙三类，严禁甲类重要战略物资向资本主义国家输出；争取用国外短缺的乙、丙类次要物资，换回国内急需的汽油、钢铁、药品等重要物资。在以易货为主的情况下，要求灵活运用贸易方式，易货有利则易货，结汇有利则结汇。至1952年，封锁禁运有一定缓和，国家及时扩大了结汇范围，加上其他措施，使对资本主义国家的贸易开始活跃。

3. 贸易重心以苏联和其他人民民主国家为主，并在东南亚打开突破口。一方面，主动并有步骤地改组国内出口物资的生产，如棉花、烟叶、红茶、皮毛及各种矿砂等，以适应苏联等国的需要；另一方面，积极提出今后数年中国对工业器材与原料的需求，以便苏联等国扩大这方面的生产，逐渐弥补帝国主义封锁造成的进口物资不能满足工业需要的困难，改变长期依赖资本主义国家的外贸局面。中财委还规定：凡国内能生产自给，国内市场公私存货能供应，以及苏联和其他新民主国家能供应的物资，除特许外，一般不得再由资本主义国家进口。1951年到1952年，中国与匈牙利、越南、保加利亚、罗马尼亚、蒙古签订了政府间贸易协定或经济合作协定，同这些国家的贸易关系日益加强。1952年，国营贸易对苏联和其他新民主国家的进出口比重，出口占79%，进口占66%。中国出口的全部战略物资及大部分主要物资，都是供给苏联和其他新民主国家。中国所需的工矿、交通、建设器材，主要是由苏联和其他新民主国家供应。

同时，我国充分利用一些被迫参加对中国禁运的国家，因国内发生经济危机，迫切需要与中国进行贸易的机遇，在东南亚、南亚国家打开了

①《1949～1952中华人民共和国经济档案资料选编·对外贸易卷》，经济管理出版社，1994年版，第468、480页。

封锁禁运的缺口，争取到一部分战略物资和重要物资的进口。从1950年起，中国与缅甸、巴基斯坦开展贸易，用大米、丝、手工业品、煤等换回轮胎、汽油、棉花、麻等物资。锡兰政府也不顾美国的禁运规定，与中国进行橡胶贸易。1951、1952年，中国向印度大量输出大米、高粱及丝织品等，从印度大量购进麻袋、棉纱、棉布等，两国贸易额增长较快。中国与菲律宾、马来西亚、泰国、新加坡、印度尼西亚等国的直接贸易关系虽然中断，但经由香港进行的转口贸易仍在进行。

4. 积极开拓与日本和西方资本主义国家的贸易关系。在扩大对苏联和其他新民主国家贸易的同时，中央强调"资本主义世界不是铁板一块"，要求采取积极措施，发展对日本和西方资本主义国家的贸易，争取重要物资进口。一些资本主义国家在参加禁运后，打乱了国内的贸易秩序，经济遭受损失。为了自身利益，英国、法国、比利时、加拿大等国不断寻求非正面与中国进行交易的途径。香港在对外贸易方面对中国内地有很大依赖性，港英政府即使有美国的压力，也不愿断绝与中国内地的贸易关系。因此，香港、澳门成为中国同资本主义国家进行转口贸易的重要基地。中国内地对香港的进出口总值占对资本主义国家贸易总值的比重，1951年为62%，1952年为53.41%。通过香港，我国购进了大量的资本主义国家的物资，包括橡胶、钢铁、药品、棉花、机器、器材、轮胎等。另外，中国内地对澳门的贸易额也显著增加，输入货物大都是生产建设需要的物资，出口货物主要是大米、活鸡、蔬菜、鲜蛋、水果、鱼类、烟叶等农副产品。

为了弥补对西方国家贸易额的锐减，我国派代表团参加在莱比锡、布拉格举办的国际博览会，积极宣传新中国进出口贸易及市场情况。特别是在1951年4月莫斯科举办的国际经济会议上，中国代表团同到会的30个不同社会制度国家100多个工商团体和企业进行了广泛接触和洽谈。会议期间，中国与英国、法国、瑞士、荷兰、比利时、芬兰、意大利、联邦德国、锡兰、印尼、巴基斯坦11个国家的50多个工商企业签订了总值达2.24亿美元的贸易协定，在西方封锁禁运的壁垒上打开了缺口。同时，我国积极发展同日本的民间贸易，签订了价值6000万英镑的贸易协议。到1952年年底，以上贸易协定按合同共完成进口贸易值7000万美元，出口贸易值1200余万美元。虽然这些协议由于美国及一些资本主义国家政府的阻挠干涉而未能完全实现，但新中国的经济潜力已为各国工商界所了解和认识。

总的来说，以美国为首发动的对新中国的封锁禁运，虽然给我国的经济恢复带来许多困难，但也促使中国人民发扬独立自主、自力更生的精神，主要依靠自己的力量建设新国家。在封锁禁运的条件下，党和人民政府更加注重挖掘内部的潜力，一方面通过土地改革和兴修水利，促进农业的恢复和发展，使粮食、棉花、烟草等农作物的产量迅速提高，相继达到基本上满足国内需要的水平，不再依赖从西方国家进口。另一方面，大力开展城乡物资交流，积极扩大内需，为一时难以出口的外销产品找到出路，有效地化解了西方国家对我出口产品的遏制。

事实上，资本主义国家并未从对中国封锁禁运中得到好处，相反却失去了中国这个大市场和重要的原料来源地。随着朝鲜战局的稳定，西方各国商人要求缩减禁运物资范围的呼声渐高，美国对中国的封锁政策越来越不得人心。1952年下半年，国际贸易形势出现有利于中国开展对外贸易的积极变化，中国政府适时提出了扩大进出

口贸易的各项措施，为即将开始的大规模经济建设做了准备。

新中国对外贸易的基本问题，是如何逐步把半殖民地的贸易改变为独立自主的贸易。反对封锁禁运斗争，积极开展内外交流的一个胜利成果，是使我国的对外贸易从机构、管理、进出口经营，包括外贸商品生产以及内外商业联系等各个方面，加快了经济上实现独立自主的步伐。在西方“禁运”最猖獗的1951年，中国对外贸易总额达19.55亿美元，超过了解放前的最高年份1928年的15.53亿美元，并呈继续增长之势。旧中国对外贸易长期入超的状况逐渐转变为进出口大体平衡。我国的对外贸易总额稳定增加，进出口商品内容较解放前有显著变化，迅速摆脱了旧中国对外贸易的半殖民地的依附性。

对于这一时期我国反对封锁禁运的斗争，周恩来总理有一个很透彻的评价。他说：“愚昧无知的帝国主义者满以为‘封锁’和‘禁运’一定能给我国以沉重打击，但是他们完全错了。帝国主义者的‘封锁’和‘禁运’正好被我们用以肃清在中国经济中半殖民地的依赖性，缩短我们在经济上获取完全独立自主的过程，而真正受到打击的反而是他们自己。”[①]

四、毛泽东论证：以新的生产力去动摇私有基础

土改后农村出现的新情况、新问题

在整个国民经济的恢复中，农业的恢复占有重要地位。中国是一个农业大国，但在解放前还要进口粮食、棉花。这个情况如果不改变，那就会卖出去的是猪鬃、桐油，买进的是粮食而不是机器。解放后虽然情况比过去好多了，但由于长期战争对生产和水利设施的破坏，水旱灾情很严重，1950年全国被水淹的耕地就有5000万亩到7000万亩，至少要损失50亿斤粮食，这是一个很大的数量。全国大牲畜的损失也很多，给恢复生产带来困难。农业发展不起来，工业就很难发展。

随着土地改革在新区分期分批展开，亿万农民实现了劳动者与生产资料所有权的相结合，表现出前所未有的生产热情。党和人民政府采取一系列政策鼓励和帮助农民发展生产，国家每年投入很大一笔钱（1950年折合粮食27亿斤）用在泄洪排涝、蓄水防旱方面，兴修水利，改善农业生产条件，并大力疏导供销，活跃城乡交流，开展群众性的爱国增产竞赛，奖励丰产劳动模范等。1950年，农业的恢复是比较快的，与1949年相比，粮食总产量增产379亿斤，棉花增产491万担，农业总产值增长58亿元，比上年增长17.8%。[②]

但整个来说，我国农村的生产力水平还很低，使用着传统的手工工具，靠人畜耕种，农业收成很大程度上还是“靠天吃饭”，农产品的商品率很低，许多地区基本上还处在自给半自给经济状态。鉴于农业在国民经济中的重要地位，中央反复强调“发展农业是头等大事”。如何千方百计地增加农业生产，提高农业的技术水平和抗灾能力，扩大城乡交流，促进农产品与工业品的商品交换，始终是党和政府在农村工作中的根本任务。在农业恢复和发展的过程中，我国农村出现了一些新情况和问题。

（一）土地改革完成后，农村出现了中农化趋势。

随着分配土改胜利果实，广大农民获得相应的经济补偿，农民的生产、生活条件普遍有了明

①转引自叶季壮在政协一届三次会议上的报告，载《中央财经通报》第13期，1951年10月。
②《中国统计年鉴(1984)》，中国统计出版社，1984年版，第25页。

显改善。原来的贫农和雇农中很大一部分，已拥有相当于土改以前中农的生产、生活条件。根据土改完成较早的东北、华北区1950年的典型调查，中农占农村总户数的比例，分别为63.8%和86%，中农占有的土地分别占土地总量的75.7%和88.7%，所占有的耕畜分别占耕畜总头数的87.5%和84.6%。[1]在后完成土地改革的新区，情况也大体相同。据1951年苏南9个县的典型调查，中农占总农户的60.4%。这表明，土改后的我国农村出现了中农化的趋势，中农已成为农村中人数最多的阶层，逐渐成了农村里的"中心人物"。在东北、华北老解放区，经济生活上升的个体农民凭着较好的生产条件和劳动技能，开始向"三马一犁"、"三十亩地一头牛"的发家致富目标迈进。这是土地改革完成后农村出现的一个新情况，总的来说是有利于恢复和发展农业生产的可喜现象。

（二）土改后农村出现土地买卖现象。

据山西省忻县地委对老解放区的调查，农民出卖土地大体上有六种原因：1.为调整地块而卖地；2.因转移行业而卖地者；3.因生产、生活困难被迫卖地；4.因办婚丧大事，遇有疾病和其他突然灾害袭击而卖地者；5.懒汉二流子好吃懒做把土地挥霍掉；6.由于其他特殊原因，如农民怕变天把分到的土地出卖等。从调查可以看出，农村出卖土地的原因是多方面的，其中，因生产生活困难、天灾人祸袭击等因素出卖土地者占半数以上，但也有两成以上的卖地户是为调整地块或转移行业。另据新解放区《中南区35个乡1953年农村经济调查》，全区有1%～2%的农户出卖土地。因疾病、自然灾害、负债等严重困难卖地的，占卖地总户数的56%；二流子卖地占卖地总户数的4%左右；因调换、妇女出嫁、地多、职业变动等原因卖地的占卖地总户数的40%。这部分属于调剂性质而买卖的土地，实际上是土地资源的一种合理的流动和配置，对发展农业生产是有利的。

从当时的有关法令看，人民政府是保护农民土地所有权，允许土地买卖的。《中华人民共和国土地改革法》规定："土地改革完成后，由人民政府发给土地所有证，并承认一切土地所有者自由经营、买卖及出租其土地的权利"。如果在法律上禁止土地买卖和出租，势必会出现一些土地抛荒的现象，影响农业生产的发展。当然，允许土地买卖，也不是可以放任自流，毫无限制的。对因天灾人祸、生产生活困难出卖土地的，要做工作加以限制，办法就是开展互助合作，并做好生产救灾、发放农贷、社会救济与改造游民等工作，以避免贫苦农民因出卖、典让土地而生活无着。

（三）农村开始出现贫富分化的苗头。

据典型调查，由于出卖土地房屋，一部分农民成分下降。如山西省静乐县五区19个村共5758户，有880户卖房地，其中有167户老中农因出卖土地下降为贫农，有471户在土地改革中分到土地的新中农因出卖土地又恢复到贫农的地位，两项共计638户，占卖地户的72.5%，占农村总户数的11.05%。这些下降户中约有6%至10%变成了赤贫户。由于买地而成分上升的，据该省对102个村的4923户买地户调查，上升成新富农的占买地户的1.28%，占农村总户数的0.18%，不到2‰。另据统计，到1952年3月，东北各省农村新富农的户数约占总农户的1%。从全国来看，1954年4月中央农村工作部关于对待富农政策的具体策略步骤向中央的报告反映说，富农户数占总农户的比重在老解放区约占1%，

①《建国以来农业合作化史料汇编》，中共党史出版社，1992年版，第27、29页。

土地及其他生产资料约占2%；在晚解放区富农户数约占总农户的2%至4%，土地及其他生产资料约占5%至8%。由于晚解放区在土改中执行保存富农经济的政策，所以富农的户数占总农户的比重大些。

情况表明，土地改革完成后，有少数富裕中农凭借自己在资金、农具、劳力等方面的优势，通过买地、雇工或放高利贷等，发展成新富农。同时，也有少数农户因出卖土地，生活下降。土地租佃关系重新出现，农村各阶层都有租种土地的，而出租土地的则以富农居多。但总的来说，农村中新富农的发展十分缓慢，只是开始出现贫富分化的苗头。

围绕农村情况的新变化，农民在如何发家致富上各有不同的打算。经过土地改革这一深刻的社会变革，许多农民改变了过去"以穷为荣"的想法，一部分中农想扩大生产规模，对限制土地买卖表示不满，埋怨买不到地。老解放区在党和政府的倡导下，普遍建立和发展以私有制为基础的互助合作组织，促进了农业生产的恢复和发展，但经济上升较快的一些富裕农民，把互助组看作是"拉帮穷人"，有不少人向往单干，认为只有单干才能"侍弄"好地，觉得"单干才能发财，有穷有富才能发财"。一部分农民因车马、农具不够，希望参加互助组种好地，把自己发展起来，将来买马拴车，实行单干。农民之中，特别是经济条件差的，仍有"农业社会主义"的平均思想，盼着早日进入"共产社会"，大家生活"一拉齐"。还有一部分经济上升快的富裕农民存在矛盾心理，想致富又怕"冒尖"，资金不敢投入生产，担心将来会被"掐尖"、"拉平"，等等。

另一方面，农村中相当多的党员、干部，在土改结束后需要加快农业生产的恢复和发展的形势下，思想消极，组织涣散，看不到继续前进的方向，也是老解放区农村工作遇到的一个新问题。按照中央关于发展农业是头等大事的方针，不能不研究土地改革后农村出现的新情况、新问题。对于党的领导来说，如何进一步调动农民的生产积极性，切实增加农业生产，以推动整个国民经济的恢复和发展，成为迫切需要解决的一个重要问题。

山西省委报告引出两种思路

新中国成立后，合作社经济是整个新民主主义经济的重要组成部分。按照中共七届二中全会决议和《共同纲领》的规定，在一切彻底实现土地改革的地区，必须谨慎地、逐步地而又积极地引导个体农业向着社会化、集体化方向发展，引导农民按照自愿互利的原则，组织各种形式的劳动互助和生产合作。随着土地改革的推进，从老解放区农村经济恢复中生长起来的生产的、供销的、信用的各种互助合作组织，很快推广到土改完成后的新解放区。这种半社会主义性质的合作社，是以私有制为基础建立的、在无产阶级领导的国家政权管理之下的劳动人民群众的集体经济组织。

在老解放区农村广泛建立的临时互助组或常年互助组，是初级形式的生产互助形式，它并不改变农民的生产资料个体所有制，主要是在人力、畜力方面互相调剂，或以大农具、耕畜为中心，实行人力与农具、耕畜换工，其特点是土地和主要生产资料私有，分散经营，调剂劳力，等价交换，大体适合当时农村生产力的水平和一部分经济条件差的农民组织起来克服生产困难的要求，因而在一些地区有了较大的发展，但在全国范围

内发展很不平衡。1950年，全国已有272万个农业互助组，参加的农户有1100万户，约占全国农户总数的11%。当时大部分互助组集中在东北、华北等老解放区，约占全国参加农业互助组的农户的58%。

供销合作社、信用合作社也得到发展。新中国成立之初，为了克服国家财政经济的困难，尽快恢复和发展生产，稳定市场物价，开展城乡交流，党和政府十分重视发展供销合作事业，1950年7月成立的中华全国合作社联合总社[1]对这项工作予以组织、指导和推广。由于战争造成对商品流通渠道的破坏，各地区许多农副土产品找不到销路，农村生产、生活所需的工业品难以买到，广大农民对供销合作的要求，比对生产合作的要求更为迫切。为此，以国家投入一部分资金支持、由农民群众自愿集资入股组建的供销合作社，在土改后的农村如雨后春笋般发展起来。1950年7月，全国基层供销合作社达到3.7万个，其中农村供销社为3.4万个；社员总数达2000万人以上，合作社资金5514万元，其中社员股金2396万元，占43.5%。[2]到1951年6月，全国基层供销合作社社员发展到5000万人，许多地方的农业生产互助组，同时也是供销社社员小组。

供销合作社作为联结城乡经济的重要纽带，实行以社员代表大会为最高权力机关；明确为广大社员群众服务的宗旨，不以盈利为目的；通过预订合同收购农民的主要农产品，向农民供应主要生产资料及生活资料，免除中间商的剥削。经过供销合作，一方面把千千万万分散的独立的小生产者联系起来，并使他们与大工业联系起来，一方面将农民比较自然地引向生产上的合作。供销合作社因能直接为农民解决产前、产后服务的难题，深受农民的欢迎，也最容易为广大农民群众所接受，因而成为国营经济与小农经济结合的很好形式，成为促进农村生产力发展和准备农村集体化的中心环节。

在发展供销合作的过程中，许多供销社附设信用部，兼办信贷业务，为农民购买耕畜、农具、肥料提供一部分资金帮助。党和政府在统一部署国家银行在农村的任务时，明确提出发展和领导信用合作是农村金融工作的重要工作之一。经过在各省、县、乡重点试办和逐步推广，到1952年底，全国已建立起2271个信用社，还有1000多个供销社附设信用部，数以万计的信用互助小组。[3]各地的信用合作组织，用社员集资和动员社员存款的方式集中农村的闲散资金，帮助农民社员解决春耕夏忙时节生产和生活资金的不足，成为国家银行在发放农贷方面的助手和补充。总之，各种形式的初级互助合作组织与农村中广大的个体经济相互平行发展，共同促进了农业生产的恢复和初步发展。

随着生产的逐步恢复，一部分经济上升较快的农民，过去因缺乏生产工具和耕畜而加入互助组的要求已经减弱，他们要求退出互助组，依靠个人的经营能力更快地发家致富。同时，随着地权的确定，劳力、畜力、工具的增加以及产量的提高等条件的变化，农民对过去的变工互助等办法感到不满意，提出改良技术，解决供销困难等新的要求。在新民主主义时期，既要保护农民的土地所有权，又要把农民组织起来走集体化道路，这的确是一个需要通过实践解决的重大问题。

东北局最早于1949年12月底至1950年1月初召开农村工作座谈会，讨论如何解决农村中的现实问题。东北局书记高岗在总结发言中提出："必须使绝大多数农民'由个体逐步地向集体

⑴ 1954年7月改名为中华全国供销合作总社。
⑵《当代中国的供销合作事业》，中国社会科学出版社，1990年版，第22页。
⑶《1949～1952中华人民共和国经济档案资料选编·金融卷》，中国物资出版社，1996年版，第576～580页。

方向发展’。组织起来发展生产，乃是我们农村生产领导的基本方向”。对于单干、雇工、借贷及买卖、出租土地，原则上允许，但重点是要限制。高岗提出，现时的互助合作，在获得生产工具的改进之后，还可以进一步提高和发展，即从小型的互助组“逐步地提高为联组”。会后，东北局在给中央的综合报告中报告了“把互助组逐步提高为联组”的意见。

贯彻这次会议的精神，东北各地纷纷强调“组织起来”，加强对富农经济的限制。在辽西、辽东两省的新区，吉林、松江两省一些老区，出现了采取各种措施排斥和限制单干的情况。据吉林省的工作检查，依靠强迫命令方式组织起来的互助组占70%至80%。有些干部把“提高一步”理解成互助组越大越好，急于把许多互助组“提高为联组”。如辽西兴城县一下子就搞了1125个大型联组。有的地方规定，组员要退组，第一次给予批评，批评后仍然要退，只能“净身出组，车马留互助组”，而且不准组员同退组户来往。有的还规定，哪个互助组散了，罚款100元，给军属代耕一垧地。这些做法违背了组织起来的自愿互利原则，使农村工作中出现严重偏差。

本来，土改后农村会出现贫富差距拉大的现象，是难以避免的。党宣布在整个新民主主义阶段都要保存富农经济，在生产发展中出现一些新富农，在政策上是允许的。只是允许富农经济在什么范围、什么限度内发展，需要在实践中根据具体情况进行探索。个体农民要“组织起来”，才能由穷变富；“组织起来”的远景目标是集体化、社会主义化，这两条是党的一贯主张，在党内并无分歧。但在如何认识土改后农村的形势，如何更有利于发展农村生产力，以及引导个体农民走向集体化的途径和条件等问题上，党内存在着不同的认识。

1950年1月，刘少奇针对东北局提出如何对待有雇工剥削或不愿参加变工互助的党员的问题，向中共中央组织部副部长安子文谈了自己的意见。他指出，在东北，现在有三马一犁一大车的农民，是中农，而不是富农。今天东北的变工互助，是建立在破产、贫苦农民的个体经济基础上的，这是一个不好的基础。将来70%的农民有了三匹马，这种互助组就会缩小。因为中农更多了，能够单干了，这是好现象。他主张现在对富农雇工买马不要限制，三五年之后，国家可以颁布劳动法对富农剥削进行限制；并认为现在提出已发展为富农的党员党籍怎么办的问题，为时过早。①

1950年7月27日，华北局就农村生产情况与劳动互助问题给毛泽东写报告提出，组织起来的工作要能满足生产需要，应注意生产与技术相结合，生产与供销相结合，农业和副业相结合。关于组织起来的工作，应根据不同情况增加新的内容：在农业生产恢复较差的地区，组织起来应着重克服劳力、畜力和农具缺乏的困难；在农业生产已恢复到战前水平或已超过战前水平的地区，应在组织起来的基础上着重改良技术，加强经济领导，进一步提高农业生产水平。关于提高技术，首先干部必须学会技术，以便到群众中去讲解传授；但科学技术必须和农民的生产经验相结合，否则仍会遭到农民反对。关于农业与副业结合，单靠农业生产不能解决农民生产、生活和负担的需要，必须与副业相结合才能解决农闲时农民的劳力出路问题。报告说：“确保人权、财权、地权，表扬劳模、奖励生产和贷款等重要政策，也是提高广大农民的生产热情与积极性，解除他们不必要的顾虑，使他们敢于放手参加生产

①《刘少奇论新中国经济建设》，中央文献出版社，1993年版，第152～155页。

的重要条件。”[①]华北局关于“组织起来”的做法，与东北局有着明显不同。

1951年2月2日，政务院通过《关于1951年农林生产的决定》指出：必须继续贯彻毛泽东所指示的“组织起来，是由穷变富的必由之路”的方向。反对某些人认为“组织起来，只不过是解决劳动力不足的一个办法而已；反对在劳动力已有剩余的情况下，人们已能单独生产致富，劳动互助组应该自行解体”的说法。劳动互助组不但可以克服劳动力不足的困难，而且可以进一步达到提高生产的目的。《决定》强调：必须结合提高技术、结合副业生产以充实并提高劳动互助的内容。必须提倡农村供销合作社和国营贸易机关与互助组订立购销合同。必须团结私商在全国范围内组织土产品的推销，到处设立土产品的批发和零售店。[②]这个《决定》既坚持了“组织起来”的方向，又在具体方法上吸取了华北局报告的意见，对巩固和发展农业互助合作事业具有指导意义。

华北局辖属的山西省，大部分地区是抗日战争时期的老根据地，土地改革和开展互助合作已经多年，原有的互助组织也出现消沉以至解体的情况。1951年3月，中共山西省第二次代表大会提出，在老区农村，在继续改良生产技术、推广新式农具的同时，必须提高互助组织，并决定在长治地区每个县试办几个农业生产合作社(即初级社)。4月17日，山西省委向华北局送交《把老区互助组提高一步》的报告。报告提出：农民的自发势力向着富农的方向发展，是农村互助组发生涣散的最根本原因。“必须在互助组织内部，扶植与增强新的因素，以逐步战胜农民自发的趋势，积极地稳健地提高农业生产互助组织，引导它走向更高级一些的形式，以彻底扭转涣散的趋势”，即把互助组提高到农业生产合作社，否则互助组会变成富农的“庄园”。具体办法，一是征集公积金，增加公共积累，并规定公积金为全组成员所有，“出组不带”；二是农业生产合作社分红，采取按劳力和按土地两个分配标准，按劳力分配的比例应大于按土地分配的比例，并应随着生产的发展，逐步加大按劳分配的比重。[③]山西省委把互助组提高到农业生产合作社的意见，较之东北局将互助组提高为“联组”更具体化，并明确提出对于私有基础，应当采取逐步地动摇、削弱、直至否定的方针。

兹体事大，华北局先派调查组了解山西长治地区办农业生产合作社的情况，又于4月下旬召开华北五省互助组会议，讨论山西省委的意见。会议召开前，华北局第一书记薄一波、第三书记刘澜涛先后向刘少奇作了汇报。刘少奇明确表示：现在采取动摇私有制的步骤，条件不成熟。没有拖拉机，没有化肥，不要急于搞农业生产合作社。会议围绕山西省委的意见展开争论，华北局政策研究室的同志和别省的代表不同意山西省委的意见。山西代表则维护省委的意见。由于意见不统一，华北局按照刘少奇的意见作了结论，批评了山西省委的报告。山西省委的同志保留了自己的意见。

5月4日，华北局对山西省委的报告作了批复并报告中央。批复指出：山西省委抓紧对互助组领导，注意研究新发生的问题是对的。但提出用积累公积金和按劳分配办法来逐渐动摇、削弱私有基础直至否定私有基础是和党的新民主主义时期的政策及《共同纲领》的精神不相符合的，因而是错误的。一般地动摇私有财产是社会主义革命时期的任务，当前提高与巩固互助组的主要问题，是如何充实互助组的生产内容，以满足

①《农业集体化重要文件汇编(1949～1957)》，中共中央党校出版社，1981年版，第15～17页。
②《建国以来重要文献选编》第二册，中央文献出版社，1992年版，第32页。
③《农业集体化重要文件汇编(1949～1957)》，中共中央党校出版社，1981年版，第35～36页。

农民进一步发展生产的要求，而不是逐渐动摇私有基础。对于农业生产合作社，华北局认为全省可以试办几个，作为研究、展览和教育农民之用。但试办也要出于群众自愿，不能强行试办，更不宜推广。

刘少奇在接到华北局的批复后，对山西省委报告的观点，在不同场合提出了批评。5月7日，他在党的全国宣传工作会议上说：山西省委在农村里边提出要组织农业合作社(苏联叫共耕社)，土地、牲畜、农具共同使用。这种合作社是有社会主义性质的，可是单用这一种农业合作社、互助组的办法，使我们中国的农业直接走到社会主义化是不可能的，那是一种空想的农业社会主义，是实现不了的。他指出：农业社会化要依靠工业。有了工人阶级的领导和帮助，有了国家工业化，才能供给农民大量的机器，农业集体化才有可能。①

7月3日，刘少奇批示印发山西省委报告。批语全文如下："在土地改革以后的农村中，在经济发展中，农民的自发势力和阶级分化已开始表现出来了。党内已经有一些同志对这种自发势力和阶级分化表示害怕，并且企图去加以阻止或避免。他们幻想用劳动互助组和供销合作社的办法去达到阻止或避免此种趋势的目的。已有人提出了这样的意见：应该逐步地动摇、削弱直至否定私有基础，把农业生产互助组织提高到农业生产合作社，以此作为新因素，去'战胜农民的自发因素'。这是一种错误的、危险的、空想的农业社会主义思想。山西省委的这个文件，就是表现这种思想的一个例子，特印发给各负责同志一阅。"②

刘少奇的批语连同山西省委报告，印发给两天后来中南海春耦斋上课的马列学院一班的学生，并发给各中央委员和中央局。7月5日，刘少奇给马列学院的学生讲课时，再次批评山西省委报告企图阻止、避免自发势力，这要走上错误的道路。他指出，自发力量不能阻止，不可避免，但也不是让其自流，而是要加以适当的领导，适当的控制：第一，用现有的互助组，帮助农民组织起来，使他们不破产，使自发势力带一点组织性；第二，国家贸易与合作社从商业价格政策上领导农民，限制富农，控制小生产者，使农民的自发性有些限制；第三，国家在税收政策上对富农进行限制，今后可加收累进税，使其不能发展得那样快；第四，在农村依靠雇农，可以在工资、劳动条件上限制富农。

刘少奇的上述意见，反映了党内在发展农业互助合作问题上的一种思路：在土改以后的相当一段时间内，应允许农民个体经济有一个发展，不要急于消灭农民个体私有制。党所提倡的农业互助合作，是在私有基础上，组织有利于生产发展的劳动互助组、信贷合作社、小型工副业合作社，尤其是群众易于接受的供销合作社，以促进农村经济的发展。到国家工业化能向农民提供大量机器等一切条件准备好的时候，才能实现农业集体化。

土地入股的合作社
——富有生命的形式

围绕农业互助合作的一场党内争论，反映了中共七届二中全会决议关于必须谨慎地、逐步地而又积极地引导个体的、分散的小农经济向着社会化和集体化的方向发展的方针，到了需要进一步明确和具体化的时候了。

1951年7月25日，华北局向中央作了《关

①《刘少奇论新中国经济建设》，中央文献出版社，1992年版，第183页。

②《刘少奇论新中国经济建设》，中央文献出版社，1992年版，第192页。对"农业社会主义思想"的批评，原是1948年4月毛泽东《在晋绥干部会议上的讲话》中提出的。那篇《讲话》中说："现在农村中流行的一种破坏工商业，在土地问题上主张绝对平均主义的思想，是一种农业社会主义的思想。这种思想的性质是反动的，落后的，倒退的，我们必须批判这种思想。"

于华北农村互助合作会议的报告》,陈述了“4月会议及以后的一些争论和解决的问题”。报告说4月会议不同意山西省委的意见,是因为目前的互助组是以个体经济(私有的)为基础的在自愿两利下的集体劳动组织,故不能在这个基础上逐步地直接地发展到集体农场。因为农业集体化,必须以国家工业化和使用机器耕种以及土地国有为条件。没有这些条件,便无法改变小农的分散性、落后性,而达到农业集体化。

党内在土地改革后农村形势的判断和农村基本政策上不同意见的争论,引起毛泽东的关注。当他得知刘少奇对山西的批语以及华北局的意见之后,便找刘少奇、薄一波、刘澜涛谈话,明确表示不能同意刘少奇等人的意见,而支持山西省委的意见。毛泽东批评了互助组不能生长为农业生产合作社的观点以及现阶段不能动摇私有基础的观点。他说:既然西方资本主义在其发展过程中,有一个工场手工业阶段,即尚未采用蒸汽动力机械,而依靠工场分工以形成新生产力的阶段,则中国的合作社,依靠统一经营形成新生产力,去动摇私有基础,也是可行的。对《共同纲领》中关于“凡已实行土地改革的地区,必须保护农民已得土地的所有权”的规定,毛泽东认为,一边保护,一边也可以动摇。现在保护它,就是为了逐步动摇它。他提出这样的质问:为什么不能动摇私有?保护之,就不能动摇之?对于华北局批评山西省委设想通过互助合作,用零敲碎打的办法直接过渡到社会主义,毛泽东提出:为什么不能直接过渡,还要经过什么?[①]

应该说,逐步引导个体农民组织起来,走社会主义集体化道路,这是中国共产党早已确定的任务。在这个根本问题上,毛泽东与刘少奇之间、刘少奇与东北局之间以及华北局与山西省委之间,并无原则的分歧。区别只在于是现在还是将来,把老区互助组织提高到半社会主义性质的农业合作社。刘少奇和华北局认为现在不应当动摇互助组织的私有基础,要等到农村生产力发展到一定程度以后再采取社会主义的步骤。而毛泽东包括东北局、山西省委则认为,现在就可以把老区的互助组织提高一步,建立半社会主义性质的农业生产合作社。

由于毛泽东在党内居于领导核心地位,并且在农业互助合作问题上,提出依靠统一经营形成新的生产力去动摇私有基础的新的理论观点,这无疑具有极大的权威性。在毛泽东表明态度后,刘少奇、薄一波等当场表示信服并放弃自己的观点。刘少奇立即收回了7月5日发给马列学院一班学生的文件,薄一波起草的华北局给中央的报告也因此没有转发。为了在党内统一认识,确定互助合作的指导方针,毛泽东提出由他的秘书、中共中央宣传部副部长、中央政策研究室主任陈伯达主持,准备召开一次农业互助合作会议。

中共中央书记处就农业互助合作问题进行了讨论,统一了思想认识。在此基础上,1951年9月20日至30日,中共中央在华北局招待所小白楼召开了全国第一次农业互助合作会议,史称“中共中央小白楼会议”。华北局、中南局、东北局、西北局、华东局,还有山东分局派人参加了会议。西南局因忙于土地改革没有派人参加。毛泽东特别嘱咐陈伯达,农民作家赵树理很熟悉农村的情况,要让他参加会议,听取他的意见。

在会议上,陈伯达传达了毛泽东的意见。会议讨论了由陈伯达主持起草的《互助合作决议(草案)》初稿,提出了一些修改意见。在讨论中,作家赵树理不同意初稿中只提到土改后农民具有互助合作的积极性。他举出自己家乡哥嫂亲

①《〈当代中国的农业合作制〉编写大纲》,载《中国农业合作化史资料》1989年第1期。

◆ 农业合作社在全国得到很大发展。图为山西平顺县西沟村李顺达农林畜牧合作社的社员正忙着春耕。

◆ 北京郊区农业合作运动蓬勃发展。图为郭长有（站立者）在转社骨干训练班上介绍转社经过。

戚的实例，具体说明土改后农民最热心的是个体生产的积极性。陈伯达向毛泽东汇报了赵树理的意见。毛泽东认为这个意见好。草案不能只肯定农民的互助合作积极性，也要肯定农民的个体经济的积极性。会议经过讨论，通过了《中共中央关于农业生产互助合作的决议(草案)》。

这个《决议(草案)》以毛泽东阐述的理论观点为基础，也吸收了重视农民个体经济积极性、发展生产力的思想内容。《决议》开篇指出："农民在土地改革基础上所发扬起来的生产积极性，表现在两个方面：一方面是个体经济的积极性，另一方面是劳动互助的积极性。农民的这些生产积极性，乃是迅速恢复和发展国民经济和促进国家工业化的基本因素之一。"在农村现实的经济条件下，农民个体经济在一个相当长时期内将是大量的，农民对个体经济的积极性是不可避免的。不能忽视和粗暴地挫伤农民个体经济的积极性。同时，为了帮助农民克服在分散经营中的困难，使贫困农民增加生产，走上丰衣足食的道路，并使国家得到更多的粮食和工业原料，必须提倡"组织起来"，发挥农民劳动互助的积极性。这种劳动互助是建立在个体经济（农民私有财产）的基础上的，其发展前途就是农业集体化或社会主义化。

《决议(草案)》指出，根据已有的经验，农业生产上的互助合作大体上有三种主要形式：第一种是季节性的互助组；第二种是常年互助组；第三种是以土地入股为特点的农业生产合作社。这种在土地私有或半私有基础上的农业生产合作社，还是走向社会主义农业的过渡形式，但又是"富有生命的有前途的形式"。据此，要求在全国各地，特别在新解放区和互助合作运动薄弱的地区，有领导地大量地发展劳动互助组；在群众有比较丰富的互助经验并有比较坚强的领导骨干的地区，有重点地发展土地入股的农业生产合作社。此外，在农民完全同意并有机器条件的地方，可试办少数社会主义性质的苏联式的集体农庄。

《决议(草案)》分析了农业互助合作问题上存在的两种倾向：一种是消极态度，看不出这是党引导农民从个体经济逐渐走向大规模的使用机器的集体经济的必经的道路，否认现已出现的各种农业生产合作社是农业走向社会主义化的过渡的形式；一种是采取急躁态度，不顾农民自愿和经济准备的各种必需条件，过早地不适当地企图在现在就否定或限制参加合作社的农民的私有财产，认为现在可以一蹴而就在农村中完全达到社会主义。《决议(草案)》批评这两种错误倾向，要求根据生产发展的需要和可能，按照积极发展、稳步前进的方针和自愿互利的原则，采取典型示范、逐步推广的方法，引导个体农民沿着互助合作的道路前进。[①]

这样，在中国农村实现集体化道路的框架就基本确定下来，即：以劳动互助、具有社会主义萌芽性质的互助组为起点，发展生产资料部分公有、集体劳动、具有半社会主义性质的初级合作社，到建立集体所有、统一经营、统一分配的完全社会主义性质的高级合作社。这几种组织形式，都是在生产环节上的合作。《决议(草案)》要求有重点地发展半社会主义的农业生产合作社，实际上使个体农业开始起步向社会主义过渡。

第一次农业互助合作会议结束后，中共中央对《决议(草案)》进行了修改，于1951年12月15日，以《中共中央关于农业生产互助合作的决议(草案)》的形式发给各级党委试行。毛泽东亲自起草的党内通知要求："请即照此草案在党内外

①《建国以来重要文献选编》第二册，中央文献出版社，1992年版，第510～526页。

进行解释，并组织实行。这是在一切已经完成了土地改革的地区都要解释和实行的，请你们当作一件大事去做。”由此，农业生产互助合作运动很快在全国范围兴起。

第五章

国家生活 步入新轨

第五章 国家生活 步入新轨

在以恢复和发展生产为中心，全面贯彻新民主主义基本经济方针，推动工农业生产发展的同时，党和政府还领导开展了包括人民民主政治建设、建立和巩固各民族大团结、教育文化和观念形态的新旧转换、国家机关的反腐倡廉以及执政党建设等多方面的建设工作。这一系列建设工作，都围绕着一个主题，就是团结和动员一切可以调动的社会力量，参加建设新中国的伟大事业。它卓有成效地促进了中央与地方协调一致，整体与局部息息相通，经济与政治良性互动，使整个国家生活步入从上到下充满生机和活力的新轨道。

一、刘少奇解说基本口号：民主化与工业化

中央与地方：既利于国家统一，又利于因地制宜

根据《共同纲领》的规定，中华人民共和国是单一主权制的人民民主国家，采取中央统一领导下地方适当分权的结构形式，并在少数民族聚居的地区实行民族区域自治制。这种结构形式为巩固国家的统一，实现国内各民族间的平等、团结、互助，正确处理国家整体与部分、中央与地方之间的关系，发展经济、政治、文化等各项事业提供了必要的前提。

中国历来是一个中央集权制国家。具有同一历史本源的华夏各民族共同生息繁衍，互相融合，形成了不可分割的联系，国家的统一成为社会发展的总趋势。虽然某些时期出现过分裂割据的局面，但这在历史的长河中毕竟是短暂的一瞬，随着时间的推移，整个国家总是复归于统一。这是新中国确立单一制国家结构形式的社会历史条件和基本出发点。中国革命在全国的胜利，结束了帝国主义、封建主义、官僚资本主义统治带来的军阀割据、地域封闭、民族隔膜的局面，实现了中华民族历史上空前未有的统一局面。尊重历史的、民族的悠久传统，采取集中统一的单一制国家结构形式，完全符合国家和民族的根本利益和要求。

建国初年，因为召开普选的全国人民代表大会的条件还不成熟，暂由中央人民政府委员会代行最高国家权力机关的职权，政务院为国家政务的最高执行机关，对下统一领导全国各地方人民政府的工作。这样，在国家事务的管理上，形成中央人民政府下辖政务院的两级政府体制。政务院的组成及其主要成员的人选须由中央人民政府决定和任命，政务院必须执行中央人民政府规定的施政方针，对中央人民政府委员会及其主席负责，并报告工作。政务院对于所属各委、部、会、院、署、行的相互关系、内部组织和一般工作，只担负协调和指导的责任；政务院任免下属各部门行政负责人的职权范围也很有限。这种两级政府体制，是全国人民代

表大会作为最高国家权力机关未经普选产生之前的一种必要的过渡形式。

在这种过渡形式下，中央人民政府对各行政区域单位有直接统辖指挥权力，是最高行政管理的决定者，地方各级人民政府的行政管理活动，均须依据中央人民政府的政令开展。但在国家整体与部分的相互关系上又保留了相对的灵活性，如《共同纲领》所规定："中央人民政府与地方人民政府间职权的划分，应按照各项事务的性质，由中央人民政府委员会以法令加以规定，使之既利于国家统一，又利于因地制宜"。

建国初年，百废待兴，国家行政管理上不但需要有方针政策的指导，更需要有各方面的法令、法规作依据。为此，中央人民政府委员会行使国家立法权，集中制定了一批各级人民代表会议，各级人民政府，各级人民法院及检察署的组织通则、条例，以及《婚姻法》、《工会法》、《土地改革法》等基本法。政务院及其所属部门则根据国家的法律、法令及中央人民政府委员会的施政方针，颁发了一大批有关民主建政、民族区域自治、公安司法、生产救济、财政、金融、税收、贸易、海关、工业、交通运输、农林水利、劳动工资、工商管理、文教卫生、新闻出版、人民监察、人事编制等方面的决议和命令。这些决议、命令、条例、办法虽然大都带有暂行、试行的特点，但有相当部分属于行政法规性质。这种依靠制定行政法规进行行政管理的程序，推动了国家行政管理逐渐向制度化方向发展。

在国家行政管理层次上，一开始实行大行政区制度。解放之初，为了实施军事管制建立革命秩序，在中央与省之间设立由政务院提请中央人民政府任命的大区军政委员会。1949年12月2日，中央人民政府委员会第四次会议通过政务院提请批准各大行政区、省人民政府负责人的任命案。毛泽东在会上就大行政区的设立作了说明，他指出："中国是一个大国，必须设立大行政区军政委员会这样一级有力量的地方机构，才能把事情办好。应该统一的，必须统一，决不可各自为政；但是统一和因地制宜必须相结合。在人民的政权下，产生像过去那样的封建割据的历史条件已经不存在了，中央和地方的适当的分工将有利而无害。"[①]

12月16日，政务院通过《大行政区人民政府委员会组织通则》，规定：凡军事行动已经结束，土地改革已经彻底实现，各界人民已有充分组织的大行政区，即应实行普选，召开大行政区的人民代表大会，正式选举大行政区的人民政府委员会。大行政区人民政府委员会成立后，军政委员会即宣告结束。各大行政区人民政府委员会是各该区所辖省（市）高一级的地方政权机关，同时又是中央人民政府政务院领导地方政府工作的代表机关。大行政区人民政府的机构设置，大体与政务院所属工作部门相对应，对下领导所属各省市县地方人民政府的工作。在对上级的工作关系上，凡属于其主管范围内的重要工作，可自行处理后再报告政务院，凡有全国性影响的工作，应事先向政务院请示，事后报告。

建国初年，全国范围的行政区划大体沿用历史上的建制，在一些政治、历史情况比较特殊的地区，采取了中央直辖或自治的方式。据1951年统计，中央人民政府之下的一级行政区域有：5个大行政区（东北、华东，中南、西北、西南行政区），1个华北事务部（辖属华北五省二市），29个省以及24个相当于省的自治区、直辖市、行署区、地方、地区。这种中央直接管辖的一级行政区域较多（共59个）的状况，既照顾到一些地方

① 1949年12月4日《人民日报》。

组织基础、群众基础薄弱等特殊情况，又含有历史遗留下来的某些不合理因素，如主要为了便于加强中央的政治统治，而不是从各地方的经济发展水平和长远需要出发来决定行政区的设置和管理幅度。随着时间的推移，全国范围的行政区划，包括各行政区的管辖范围和职权划分，需要从各地方的经济、政治、文化发展的实际情况出发，不断进行适当调整和改进。

单一制国家的一个基本特征，是立法权从属于中央。建国初期，国家立法权由中央人民政府行使，但还不具有比较系统、完整的立法体制。遵循“既利于国家统一、又利于因地制宜”的要求，各大行政区一般都根据中央人民政府规定的施政方针和法律、法令以及政务院颁发的决议、命令，制定地方性的暂行法令、法规、条例等（当然必须保证与国家的法律、法令不相抵触）。这种中央与地方相结合的两级立法形式，适应了建国初年全国各地区政治、经济发展极不平衡，还不可能完全一致地贯彻实施中央的法令、法规的实际情况，较好地发挥了地方更切合当地实际地执行中央政令的主动性和创造性。

大行政区制度的实行，在一定的实践基础上，为中央与地方的行政管理的权限划分提供了初步的经验，即：在我国这样一个地域辽阔、不同地区的经济发展及自然环境差异很大的国家，中央的政令不可能在每个具体规定上都符合所有地区的实际情况，因此，应当赋予地方必要的立法权限，以便各地区根据自己的特殊条件及具体情况，制定中央法令的实施细则、实行办法，特别是有关发展本地区经济，文化及社会公共事业的各种条例、决定和行政法规，因地制宜地处理和解决地方性事务。

在地方政权的初创阶段，大行政区在领导实施民主建政，推动社会民主改革，恢复国民经济等方面发挥了重要作用。随着国民经济的全面恢复，1952 年 11 月，中央决定将各大行政区人民政府委员会（或军政委员会）一律改为行政委员会，改变它相当于一级政府的机构、任务与职能，确定各大行政区行政委员会为代表中央人民政府在各该地区进行领导并对地方政府进行监督的机关。这是对国家行政管理层次的第一次重要调整。鉴于 1953 年国家将展开大规模的经济建设，中央一级党政机构亟须充实和加强，中共中央决定调各中央局书记、大区行政委员会主席等领导人员到中央工作。经过一段时间的过渡，大行政区制度于 1954 年撤销。

一切重大问题应交人民代表会议讨论并作出决定

城市人民政权建立后，如何充分体现政权的人民民主性质，是一个崭新的课题。共产党能否管理好城市，关键在城市里的人民群众是不是真正拥护党的政策。这就要求在进城之初，迅速解决党和人民政府同城市群众保持经常、密切联系的问题。早在 1948 年 11 月，中共中央总结城市接管中的经验，发出《关于新解放城市中组织各界代表会议的指示》，创造性地提出各界人民代表会议这种过渡性组织形式。

中央指出：各界代表会议，可根据我们在该城市原有的或可能动员的力量，由军管会及临时政府出面邀请若干人为各界代表，组成各界代表会，成为军管会和临时市人民政府在军管初期传达政策，联系群众的协议机关；各界代表会的人数不拘，但每个代表应具有团体的代表性；各界代表会议的职权，由军管会和临时市人民政府赋

予；军管会和市人民政府的各项政策及一切市政设施，均可向各界代表会征询意见，并经讨论和建议，再由军管会和市政府作出最后决定，付诸实施。中央认为：考验我们能否管理好城市的决定力量，是党的政策掌握了群众，也就是说服群众拥护了党的政策。要使这一决定力量形成，党所领导的人民代表会议是我们的组织武器，而各界代表会则可看作是人民代表会议的雏形及其前身，是党和政权机关联系群众、传达党的政策、反映群众意见的“最直接而又最广泛”的组织形式。

根据中共中央的指示，上海、北平、天津等大城市解放后，陆续召开了各界代表会议。1949年8月13日，毛泽东在北平市第一届各界人民代表会议上作简短演讲，希望全国各城市都能迅速召集同样的会议，加强政府与人民的联系，协助政府进行各项建设工作，克服困难，并进而为召集普选的人民代表大会做准备。他说：“一俟条件成熟，现在方式的各界人民代表会议即可执行人民代表大会的职权，成为全市的最高权力机关，选举市政府。依北平的情况来说，大约几个月后就可以这样做了。这样做的利益很多，希望代表们加紧准备。”①

中央人民政府成立后，华东区率先在上海附近的松江县召开全县各界人民代表会议。毛泽东将华东局关于松江县的经验通报西北、中南、华南、西南、华北、东北各区党政领导人，指出：“这是一件大事。如果一千几百个县都能开起全县代表大会来，并能开得好，那就会对于我党联系数万万人民的工作，对于使党内外广大干部获得教育，都是极重要的。”② 12月，中央人民政府委员会通过市、县、省各界人民代表会议组织通则，规定凡具备条件的地方应抓紧召开各界人民代表会议，并促使其逐步代行人民代表大会职权，选举产生各该级的人民政府。

各界代表会议的召开，对于加强城市政权建设、巩固人民民主政权，起到了重要作用。尽管各界代表会为城市人民代表会议召开以前的临时政府的协议机关，对政府不具有约束之权，但通过这一形式，使军管会和临时市政府与人民群众保持了密切联系，能够听到群众的呼声，探知群众的要求，并取得群众的协助来解决各项困难。各地城市的各界代表会，一般都以当前生产

◆ 毛泽东、刘少奇、周恩来、彭真等在北京市第一届人民代表大会第一次会议上当选为全国人民代表大会代表。

①《当代中国的北京》(上)，中国社会科学出版社，1989年版，第59～60页。
②《毛泽东文集》第六卷，人民出版社，1999年版，第4页。

上的重要问题为议题，如原料如何供应，产品如何销售，劳资关系如何调整，煤粮如何配给等，许多城市生活中的紧迫问题，都是经各界代表会集思广益逐一获得解决的。各界代表会议的召开，对受过西方教育和西方民主政治影响的人们，是一个很好的教育。曾写过《初访美国》、《重访英伦》的清华大学教授费孝通，原不敢相信共产党会实行民主。但是他参加了北平市第一届各界人民代表会议，看见很多人，穿制服的，穿工装的，穿短衫的，穿旗袍的，穿西服的，穿长袍的，还有戴瓜皮帽的——这许多一望而知不同的人物，都在一个会场里听取叶剑英市长的工作报告，一起讨论财政税收问题。毛泽东主席不但亲临会议，还把随身携带的一封向他反映物价高、捐税多和失业问题的市民来信交会议处理。代表们在会上提交的提案达248件，所提出的多为社会生活中迫切需要解决的问题，会上分别进行了审议和处理。会议还建立了与群众经常联系的各界人民代表协商委员会。这一切，使曾经崇尚英美式民主的费孝通深深感到：上了六天"民主课"。①

1950年6月，毛泽东在七届三中全会上再次强调："必须认真地开好足以团结各界人民共同进行工作的各界人民代表会议。人民政府的一切重要工作都应交人民代表会议讨论，并作出决定。"1951年2月，刘少奇在北京市第三届人民代表会议上讲话指出："人民代表会议与人民代表大会制度，是我们国家的基本制度，是人民民主政权的最好的基本的组织形式"。

他把开好人民代表会议作为目前时期一项重要的政治建设任务，同国家的经济建设，特别是工业化建设联系起来，指出我们国家的民主化，与新民主主义的经济建设及国家的工业化是不能分离的。在这里，刘少奇鲜明地提出："我们的基本口号是：民主化与工业化！"②

总之，通过各界人民代表会议这一过渡性组织形式，党和政府的一切决议和主张，得到群众的协助，吸收各界人士的意见，取得广大人民的拥护。同时，也使城市人民进行了参政议政，行使民主权利的初步训练，为逐步过渡到普遍选举的人民代表大会制准备了条件。到1950年新中国成立一周年的时候，全国已成立东北人民政府和中央直属的内蒙古自治人民政府，成立了华东、中南、西北、西南4个大行政区的军政委员会，28个省人民政府，9个相当于省的行政区人民行政公署，12个中央和大行政区直辖的市人民政府，67个省辖的市人民政府，2087个县人民政府。所有这些政权组织，都是代表各阶层人民利益，联系广大人民而仅仅压迫反动派的人民民主专政的工具。

随着社会秩序的基本安定、群众组织程度的提高和经验的积累，1951年4月，政务院发出《关于人民民主政权建设工作的指示》，要求各级政府必须按期召开各级人民代表会议，其中大城市每年至少开会三次，县至少开会两次；各级人民政府的一切重大工作，应向各该级人民代表会议提出报告，并在代表会议上进行讨论与审查；一切重大问题应经人民代表会议讨论并作出决定。到1951年10月，全国大多数省、市、县都召开了人民代表会议，其中有17个省、69个市、186个县的人民代表会议代行人民代表大会的职权，通过民主选举的方式，正式产生各该级人民政府的负责工作人员。到1952年底，人民代表会议已经形成一项经常的制度，在全国范围内自下而上地建立起来。通过这一组织形式，原来缺乏民主训练的人民群众，开始逐步学会如何行使自己的民主权利，并为召开普选的人民代表大会准备了

①1949年9月2日《人民日报》。
②《刘少奇选集》下卷，人民出版社，1985年版，第60页。

条件。各级人民政府也在实施民主建政的过程中，逐步提高了行政效率和组织管理能力。

使党外人士有职有权，这不是句空话

与西方国家的政党制度根本不同，中国共产党执政的一个重要特点，是实行共产党领导的多党合作、政治协商制度。这项政治设置是在民主革命时期共产党与各民主党派长期合作的基础上形成的，是中国具体历史条件下的产物。

中国国民党革命委员会、中国民主同盟、民主建国会、中国民主促进会、中国农工民主党、中国致公党、九三学社、台湾民主自治同盟等民主党派，主要产生于抗日战争后期和解放战争时期。它们都与共产党有着不同程度的联系和合作共事关系，并在共产党的领导下结成广泛的人民民主统一战线，为取得民主革命的胜利和筹建新中国作出了各自的贡献。由于中国民族资产阶级的先天不足和软弱动摇，中国的旧民主主义革命没有产生单一的资产阶级政党。而新民主主义革命中产生的各民主党派，大都具有阶级联盟的一般性质。它们在共产党执政的人民民主政权中，一开始就不是作为与执政党对立的在野党、反对党而存在，而是作为民族资产阶级、城市小资产阶级以及同这些阶级相联系的知识分子的政治代表，与共产党继续保持政治联盟和经济联盟，并在共产党领导下积极参政议政，推进经济、文化的各项建设及社会的不断进步。

共产党领导的多党合作的主要政治设置，是中国人民政治协商会议。中华人民共和国成立后，政协全国委员会即成为同中央人民政府协议国事的机关。国家一切大政方针，都要先经过政协全国委员会协商，然后建议政府施行。作为政协成员的各民主党派，可以通过彼此联系、共同发挥作用的统一组织机构——政治协商会议，参与国家大政方针的协商决定并监督其实施；同时，又通过各自独立的组织系统和单独发挥作用的形式和渠道，动员和团结它们各自所联系的社会人士投入新中国建设。各民主党派的代表人物还在中央人民政府及所属各部门中担负各种职务，直接参与国家事务的管理。这种新型的多党合作格局，对于建国初期团结一切爱国民主力量，动员全国最广大人民群众，巩固人民民主政权，进行以土地改革为中心的各项社会民主改革，反对内外敌人，建立国家工业化的初步基础以至后来逐步开展社会主义改造，起了积极的推动作用。这是新中国政治体制中的一个特点和优点。

在民主建政的过程中，中共中央要求进一步加强统一战线工作，积极争取知识分子、工商业界、宗教界、民主党派、民主人士，在反帝反封建的基础上将他们团结起来，吸引他们参加包括土地改革、镇压反革命在内的人民革命斗争和适当工作；加强政权机关和协商机关中共产党员与非共产党民主人士之间的合作。

中共七届二中全会早就确定同党外民主人士长期合作的政策。共产党领导中国革命取得胜利，建立了全国政权，党内有些人对民主党派的作用及其存在的必要性发生怀疑。有的民主党派的领导人也觉得已完成历史使命，准备酝酿自行解散，如中国人民救国会即以中华人民共和国成立后，该组织的政治主张已经实现，于1949年12月18日宣告解散。毛泽东当时正赴莫斯科访问，他得知这一情况后，当即表示民主党派不但不能解散，而且还要继续发展。并指示中央统战部负责人向有关党派领导人传达他的意见，阐明民主党派在新中国成立后的地位和作用。

在1950年3月召开的第一次全国统战工作会议上，有一种意见认为，对民主党派不应在政治上去抬高他们，在组织上去扩大他们，给我们找麻烦；有的同志甚至认为民主党派是为争取民主而成立的，现在有了民主，其任务已尽；民主党派只不过是“一根头发的功劳”，等等。这些“左”的关门主义倾向对加强统一战线的工作产生了不利影响。

毛泽东结束访苏返回北京后，听取了中央统战部负责人对全国统战工作会议情况的汇报，明确指出：对民主党派及非党人物不重视，是一种社会现象，不仅党内有，党外也有。要向大家说清楚，从长远和整体看，必须要民主党派。民主党派是联系小资产阶级和资产阶级的，政权中要有他们的代表才行。认为民主党派是“一根头发的功劳”，一根头发拔去不拔去都一样的说法是不对的。从他们背后联系的人们看，就不是一根头发，而是一把头发，不可藐视。要团结他们，使他们进步，帮助他们解决问题，要给事做，尊重他们。当作自己的干部一样，手掌手背都是肉，不能有厚薄。对他们要平等，不能莲花出水有高低。要实行民主，现在许多人有好多气没有机会出，要出的气不外是两种，一种是有理的，一种是无理的，对有理的应接受，对无理的给他们讲道理。人家拿《共同纲领》来和我们斗争，就让他斗，让他争。君子动口不动手，不让批评，他当面不能说，背后一定说，结果就会闹宗派主义，党内也一样。所以一定要敞开来让人家说。

周恩来在全国统战工作会议的报告中也指出：各民主党派，不论名称叫什么，仍然是政党，都有一定的代表性，但不能用英美政党的标准来衡量他们。他们是从中国的土壤中生长出来的。各民主党派都有而且必须有进步分子，这样才能与我们很好合作。但不能把民主党派搞成进步分子组织，若都是进步分子，还有什么意义呢?那种认为民主党派会“给我们找麻烦”的观点是错误的。民主党派在人民民主统一战线中起着相当重要的作用。我们人民民主专政的国家，现阶段是四个民主阶级的联盟。有些工作民主党派去做，有时比我们更有效，在国际上也有影响，民主党派的成员，在我们帮助和教育下，愿意同我们一道进入社会主义，我们多了一批帮手，这不是很好吗!

同民主党派长期合作的政策，不仅体现在中央人民政府及政务院组成人员中非共产党人士占有一定比例，同时也体现在地方各级人民政府的人员组成上。毛泽东在审定各省人民政府主席名单时，认为共产党员太多了，应该加几个资产阶级的代表人物进去。1951年3月8日，中共中央发出指示，要求各级人民政府委员会必须配备适当数目的党外人士，应在各民主党派、工农劳动模范、爱国的知识分子、技术专家和工商业家中，找到合适的人选。凡各级人民政府委员会中非党人数比例太少者，上级党委及上级人民政府不应予以批准或上报。此事应成为各地检讨统一战线工作好坏的尺度之一。政务院为此专门召开会议进行讨论，并作出规定，要求各级人民政府及其各部门必须从领导上、人员上、制度上，切实加强政府机关内部的统一战线工作。

中国共产党作为伟大、光荣、正确的工人阶级的政党，已经在广大人民中取得了公认的领导地位，它要求自己的党员在党与非党关系上负起主要的责任。正如毛泽东所指出：“共产党员只有对党外人士实行民主合作的义务，而无排斥别人、垄断一切的权利”[①]。为此，中央要求共产党员在政府工作中，一要同党外人士沟通政策思

①《建国以来重要文献选编》第二册，中央文献出版社，1992年版，第332页。

想，二要使他们有职有权；各级正副职人员之间要有适当分工，做到“一份职务，一份权力，一份责任，三者不可分离”；要使非党人士在其职权范围内，有可能与闻一切应该与闻的事情，同他们商量一切应该商量的事情，向他们报告和请示一切应该报告和请示的事情；同时，还要积极地帮助他们能够履行责任，做出成绩。在政府机关中，共产党的组织应该适当地分配自己的党员去和一切非共产党工作人员建立密切的关系。

鉴于有的中央部门在团结党外人士方面出现一些问题，1951年11月17日，毛泽东批转中共财经委员会党组关于团结民主人士的一份通报，总结了共产党与党外人士合作的初步经验。通报指出，与民主人士和其他党外人士要合作好，必须：（一）要使党外人士有职有权，这不是句空话，共产党员应保证这句话不折不扣地实现，不论上级同级下级都应尽到自己职分内的责任，不能因为党内已有决定，而不去同党外人士商量，该商量的必须商量，该请示的必须请示，该经过的必须经过，而在工作中遇到党外人士有不同意见时，不应作硬性决定，除检讨自己意见有无不妥外，还应帮助说服党外人士始能作决定；（二）一切重要决定，应有应该参加的党外人士（如部长、副部长等）参加决定，这绝不只是形式的，而应该取得他们的实际同意，使他们真正感觉到有参加决定大事之权；（三）有些日常处理的重要事情（如电报、公文）和上级来的指示，下级来的报告，均应使应该看到的党外人士看到，每天在做什么事情他们都知道；（四）用人应与党外人士商酌，党外人士所举荐的人，更应慎重考虑，能用者尽量予以录用。

在中央和各级党委的指导下，通过各级统战部门的努力工作，中共中央关于同党外民主人士长期合作的政策，在全党思想上和工作上确定下来，各级政府部门注意把党外大多数民主人士看作自己的干部一样，同他们诚恳地坦白地商量和解决那些必须商量和解决的问题，使他们在工作岗位上有职有权，努力在工作中做出成绩。总的来说，在抗美援朝、土地改革、镇压反革命等革命运动中，人民民主统一战线经受了各种考验，获得巩固和壮大，充分地动员和团结社会各方面的力量，为完成民主改革和经济恢复的任务而共同奋斗。

二、周恩来一字之改：民族工作要慎重“稳”进

“上来下去”：消除隔阂，增进团结

中国是统一的多民族国家，56个民族共同生活在960万平方公里土地上。除汉族外，55个少数民族主要聚居在内蒙古、新疆、广西、宁夏、西藏地区，杂居在云南、贵州、四川、青海、吉林、甘肃、湖南、海南等省，解放初期约有3000多万人，占全国总人口的6%左右。新中国成立前，全国各少数民族除与汉族共同遭受帝国主义、封建主义、官僚资本主义的残酷压迫外，各少数民族比汉族还要多受一层大汉族主义和本民族统治阶级的压迫与剥削。中华人民共和国的成立，开创了中华民族历史的新纪元，为各民族人民当家作主、繁荣昌盛开辟了广阔的前景。

中国各民族的经济、社会发展很不平衡。在少数民族同汉族的杂居区，或者同汉族聚居区相联结、相交错的少数民族聚居区，受汉族较先进的生产技术和生产工具的影响，在经济上达到或接近汉族地区的水平。而在远离汉族的偏远少

数民族地区，有的长期从事封闭的畜牧经济或渔猎经济，有的虽然从事农业经济，但生产技术十分落后，仍沿用刀耕火种的原始耕作方法。就社会形态而言，有的少数民族地区封建地主经济占统治地位，有的少数民族地区是封建农奴制或残酷的奴隶制，有的甚至还保有浓厚的原始公社制残余。总之，新中国成立初期，少数民族地区存在的各种社会经济形态，都处在前资本主义的不同阶段。

与社会经济形态相适应，解放前少数民族地区的政治制度也很复杂。如内蒙古虽然早已设置省、县，但部分地区仍保存着由世袭封建王公统治的盟旗制度；西藏历来实行政教合一的僧侣贵族专政的农奴制度；西南的大小凉山地区，则以黑彝父系血缘为纽带实行家族奴隶制度；云南、四川、贵州、青海边远山区的少数民族地区，实行由头人、土司统治的山官制度等。此外，宗教在少数民族中有着广泛而深远的影响。在一些少数民族中，宗教势力很大，宗教寺院占有大量的土地、牲畜和高利贷资本。宗教领袖、上层僧侣、教主等，不仅是人民精神上的统治者，更是同世俗封建领主或大地主合为一体的经济上、政治上的统治者。宗教的各种制度，实际上是这些民族政治经济制度的一部分，对民族的经济、文化和风俗习惯影响至深。

从少数民族地区的社会经济政治状况出发，中国共产党制定了在少数民族地区的工作任务和方针政策，即以《共同纲领》规定的民族政策为基础，巩固祖国统一和民族团结，保障各民族的平等权利，实行民族区域自治，帮助少数民族进行社会改革，发展经济、政治和文化，共同建设各民族团结的祖国大家庭。1951年5月16日，政务院用周总理名义发出《关于处理带有歧视或侮辱少数民族性质的称谓、地名、碑碣、匾联的指示》。按照这一《指示》，全国各地为消除历史上遗留下来的带有民族歧视性质的一切痕迹做了大量工作，如把过去所称“夷族”改为“彝族”；原有犬旁字的族名都把犬旁去掉。内蒙古自治区首府“归绥”改为呼和浩特（蒙语意为青色的城）；新疆首府“迪化”改为乌鲁木齐（意为优美的牧场）等等。这项工作使过去民族隔阂的情况开始发生改变。

关于民族工作，党在解放区时期采取的是“慎重缓进”的方针。“缓进”的意思是慎重稳妥，步子要稳当，不能急躁冒进。1950年3月第一次全国统战工作会议提出，“慎重缓进”的方针适用于所有少数民族地区。鉴于新中国成立后将在全国有步骤地开展民主改革，周恩来向中央统战部指出，“慎重缓进”的方针，意思是对的，不过“缓进”好像是有意识地把该做的事也推迟做，主观上故意“缓”，所以用“稳”字更为妥当，改为“慎重稳进”好了。这一字的改动，得到大家完全赞同。1950年9月29日，周恩来在欢迎来京参加国庆一周年盛典的各民族代表的宴会上致词，郑重地提出：“对于各民族的内部改革，则按照各民族大多数人民的觉悟和志愿，采取慎重稳进的方针。这样做，是完全符合我国各族人民利益的。”由此，“慎重稳进”成为党和人民政府进行民族工作的一条重要方针。

遵照马列主义关于民族问题的理论和原则，制定解决中国民族问题的方针政策，进行民族工作，必须进行全面的调查研究，了解掌握少数民族和各民族关系的情况。为此，建国初期贯彻执行党的民族政策，解决民族问题的措施，首先是进行了解情况，沟通关系，全面接触，多方往来的工作，其方法可简称为“上来下去”。从中央来

说，一定要下去了解情况，推动民族工作；地方则需经常与上面保持联系，掌握中央的政策。

为访问各民族人民，了解各民族的生活状况，加强与各民族人民的联系，从1950年开始，中央人民政府先后组织了三个中央民族访问团，邀请多位著名民主人士参加，分别赴西北、西南、中南及东北、内蒙古等各少数民族地区访问。那时，各少数民族地区除西藏外都已经解放，但由于旧中国反动统治者长期推行大汉族主义，造成很大的民族隔阂，少数民族群众对共产党和人民政府还不够了解或很不了解。党和人民政府对少数民族地区的情况，存在什么问题，群众生活怎么样，也知道的很少。因此，访问团下去，一方面传达中央人民政府和毛泽东主席对少数民族人民的关怀和慰问；一方面了解他们的情况、问题和困难，准备逐步地做工作，设法帮助加以解决。

中央各访问团历时数月，行程数万里，走遍西南、西北各少数民族居住的偏远贫困地区，向少数民族群众宣传党和国家的民族政策，了解他们的疾苦和要求，征求他们对民族工作的意见。中央访问团开始下去的时候，还不知道那些地区有些什么民族，是通过一个一个地去了解，才弄清楚的。访问团到那些地方访问，那些地方事先就要下去调查，并派干部随团参加工作，这就带动了地方干部去深入了解本地区少数民族的情况，并由此经常下去了解和解决民族问题。这项工作，一直到1952年底才结束，四个访问团都向政务院写了访问报告。这次大规模的访问活动，对于加强和改进党和政府的民族工作起了很大的推动作用。

为了加强民族团结互助，各地党政部门进行了大量工作。首先，从政治上、经济上、文化上诚心诚意地帮助少数民族，在各项工作中消除历史上大汉族主义造成的汉族与少数民族的隔阂，以促使少数民族抛弃狭隘民族主义。其次，对于少数民族之间和本民族内部存在的纠纷，本着消除隔阂、加强团结的原则，通过友好协商，公正合理地予以调解，使许多存在几十年甚至上百年的民族纠纷，如冤家械斗、草山纠纷、边界争议、部落间的矛盾等，基本得到圆满解决。在建国初年百废待兴、资金紧缺的困难情况下，各级政府抽出必要的财力、物力帮助少数民族发展经济事业，改善少数民族群众的生活。

“下去”还要紧密结合“上来”。因为各少数民族大都地处边远，闭塞落后，对祖国内地发生翻天覆地变化的情况并不了解。因此，需要通过组织少数民族到全国各地尤其是到北京、上海等大城市参观，使他们开阔眼界，接触党和国家帮助少数民族发展、团结全国各民族为祖国统一富强共同前进的实际，了解党和国家解决民族问题的政策，这对于消除民族隔阂和少数民族中存在的狭隘民族主义是大有益处的。

1950年国庆节，受周恩来总理邀请，有40多个少数民族的代表共159人来北京观礼和参观，还有各地民族文工团团员222人。代表成分主要是上层人士，包括军政人员、活佛、王公、阿訇、堪布、喇嘛、土司、头人等，也有部分工人、农民、牧民、军烈属、学生等中下层人士。政务院专门组织了接待少数民族观礼团的委员会，下设联络组，详细了解少数民族观礼代表的情况，反映他们的思想动态和意见，每天都向党中央、政务院送简报。观礼结束后，毛泽东、刘少奇、周恩来、朱德等中央领导人亲切接见了少数民族观礼代表。

以后每年的五一节、国庆节，中央和各地都

组织少数民族代表来北京观礼、参观。在北京参观之后,再到外地参观。有的代表到上海、南京、杭州一带,有的到东北沈阳等地,有的到天津、广州等沿海城市。为满足有的少数民族的希望和要求,还安排一次去几个地区。少数民族代表到各地参观生产建设、文化建设及名胜古迹,亲眼看到内地的工农业和教育文化事业发展的情况,看到祖国政治、经济、国防各方面的成就和新面貌,同时了解汉族人民的情况,从祖国伟大变化的实际中,亲身感受到党的民族政策的正确和今天的民族关系和历史上完全不同,懂得祖国统一和民族团结是不可动摇的。很多少数民族代表表示,不看不知道,一看胜读十年书。总之,"上来下去"的工作,对于团结少数民族尤其是上层人士,搞好汉族和少数民族之间的关系,提高党和人民政府在少数民族中的威望,加强少数民族对党的信任,都起了很重大的作用,增强了他们维护中华民族大团结、共同建设伟大祖国的信念。

帮助少数民族发展经济文化事业

民族工作的一项重要内容,是大量培养少数民族干部。中央人民政府成立后,毛泽东即在致西北局的电报中指出:"在一切工作中坚持民族平等和民族团结政策外,各级政权机关均应按各民族人口多少,分配名额,大量吸收回族及其他少数民族能够和我们合作的人参加政府工作","要彻底解决民族问题,完全孤立民族反动派,没有大批从少数民族出身的共产主义干部,是不可能的"[1]。

随着民族工作的推进和少数民族建设事业的发展,少数民族干部的需要日见迫切。为了普遍而大量地培养少数民族干部,1950年11月间,中央人民政府政务院颁发了培养少数民族干部试行方案和筹办中央民族学院试行方案。随后,在北京建立了中央民族学院,并由中央拨款在西北、西南、中南设立了中央民族学院分院。各地除了在工作中放手使用和大胆提拔少数民族干部外,还普遍开办了各种民族干部训练班和民族干部学校。至1954年底,连同中央民族学院在内的全国8所民族学院,共毕业学生1.1万名,其中包括蒙古、回、藏、维吾尔、壮、朝鲜、彝、苗、傣、瑶、侗、白、布依等十几个民族成分。这批学生成为少数民族干部队伍的重要骨干。另外,通过实际工作锻炼和短期培训等办法,大量培养少数民族干部。到1954年,全国少数民族的干部队伍已发展到14万人。大量培养少数民族共产主义干部的工作,取得明显成效。同时,各级人民政府还调派必需的汉族干部到少数民族地区工作,同当地的民族干部和群众建立亲密合作的关系,热情地为少数民族人民服务,对少数民族地区各项工作的开展起了很大的作用。

帮助少数民族发展经济,首先是在少数民族地区开展贸易工作,恢复和发展农业和牧业生产。1950年至1952年,人民政府在广大的少数民族地区建立了国营贸易机构,根据不同的情况,分别设置了国营贸易公司门市部、采购站、代销店等企业机构和大批流动的贸易小组。这些贸易机构,根据公平合理的价格政策,有时并特别提高土产品的价格,大量收购少数民族地区的土产品,供应日用必需品。据中国畜产公司西北区公司不完全的统计,1952年上半年仅在青海、宁夏、甘肃、陕西四省,即收购486万余斤羊毛,较上年同时期增加了60.7%。

各地贸易公司还对少数民族地区土产、特产

①《毛泽东文集》第六卷,人民出版社,1999年版,第20页。

◆ 1951年8月17日至31日，中央人民政府贸易部召开第一次全国民族贸易会议。出席会议的有全国各族代表，各大行政区贸易行政部门、国营贸易公司、少数民族私营商业和农民团体的代表共140余人。图为贸易部副部长姚依林在全国民族贸易会议上作报告。

品的生产进行组织与领导的工作，帮助改进产品的品质规格，使少数民族地区的许多土产、特产发展起来，并得到广阔的销路。许多地区的贸易行政机构和国营贸易企业还推动和领导私商对少数民族地区进行贸易，同时帮助少数民族人民经营商业，恢复和建立定期的集市。经过多方努力，少数民族地区和全国各地的物产广泛地流通起来。

为帮助少数民族恢复和发展农业生产，人民政府在少数民族农业地区帮助开垦荒地以扩大耕地面积，兴修水利以防止灾害，并改变土质、倡导精耕细作、给以技术指导以提高单位面积产量，发放贷款以扶助少数民族人民度荒和解决缺乏生产资金的问题。为帮助少数民族发展畜牧业，人民政府在畜牧区注意指导各民族、各部落间合理地使用草原，并以贷款帮助牧民储草过冬，发动牧民修盖牲畜圈棚，改进饲养方法，并大力防治兽疫，推行牲畜配种及有重点地改进牲畜品种，在缺草缺水的地区发动牧民培植牧草和打井。其他各种生产事业，如手工业、林业和各种副业等，也有很大发展。

在社会改革问题上，党和人民政府采取慎重稳进的方针，根据少数民族地区大多数人民及与人民有联系的领袖人物的志愿，并主要地经过他们自己去进行。在这个方针指导下，到1952年，少数民族农业区大都实行了减租退押，只是在条件成熟的地区进行了土地改革。如内蒙古、宁夏、青海、新疆于1951年至1953年进行土地改革；中南和西南少数民族地区的土地改革到1958年才陆续完成；西藏从1959年开始到1961年才完成。这表明，党和政府在少数民族农业区进行社会改革，是非常慎重、非常注重条件的。在牧业区，由于牧业经营带有资本主义性质，中央决定实行牧主牧工两利政策，同时逐步取消牧主的封建特权，鼓励牧主的生产积极性，以发展牧畜经济。

党和人民政府十分注重少数民族文化教育、卫生事业的发展。针对少数民族因疾病关系，人口死亡率很高，亟待解决防治疾病的迫切要求，中央人民政府积极开展民族卫生工作，先后拨给少数民族地区的卫生事业补助费达1092万余元。到1952年初，在各少数民族聚居的县份，恢

复和建立的县卫生院和县卫生所有187个。在民族杂居的县份也建立了许多卫生院和卫生所。为了加强民族卫生工作，中央卫生部和各地卫生机关前后派出50多个卫生队到西北区、西南区、中南区、内蒙古自治区替少数民族群众免费治疗。进入少数民族地区的人民解放军医疗队也热情地为少数民族人民治病。西藏和平解放后，中央卫生部立即派遣入藏医疗工作组，并拨款数十万元作为替西藏人民医疗的费用。这些卫生队和医疗组克服种种困难，深入草原，远达边疆，在少数民族地区扶生救死，除治疗疾病外，还进行卫生宣传和推广妇幼卫生工作，受到各少数民族人民的热烈欢迎。

在帮助少数民族发展教育事业方面，有的地区教育已经相当普及，如东北朝鲜族入学儿童已达学龄儿童92%左右。有的地区的学校数目发展很快，如内蒙古自治区的小学比日本统治时期的最高数字增加3倍多。有些过去根本没有学校的民族如鄂伦春族，已有了自己的学校。新疆和延边朝鲜族自治地方，不仅有小学和中学，而且还有了高等学校。若干地区还开展了群众性的冬学运动。

中央人民政府重视发展少数民族的语言文字，政务院文化教育委员会特别成立"民族语言文字研究指导委员会"，负责指导和组织关于少数民族语言文字的研究工作，没有文字的帮助创立文字，文字不完备的帮助求其完备。西康彝族新彝文的创立，是这方面工作的开端。人民政府还充分运用现有条件，大力发展少数民族文字的出版事业。到1952年，仅中央民族事务委员会用蒙文、藏文、维吾尔文翻译出版的书刊就有70多万册。地方的民族文字出版事业和新闻事业也有相当的发展。蒙、藏、维吾尔、哈萨克、朝鲜族的人民可以用本民族的文字阅读马克思列宁主义和毛泽东著作，阅读中央人民政府的政策文件以及科学技术知识读物和文艺作品。少数民族语言的广播和电影也在发展中。许多文艺工作者积极研究和整理少数民族的音乐、舞蹈等优秀传统艺术。少数民族的风俗习惯和宗教信仰受到充分的尊重。1952年7月，包括十个民族成分的伊斯兰教人士在北京举行了中国伊斯兰教协会筹备会议，体现了我国少数民族享有宗教信仰自由的充分权利。

开始实施民族区域自治制度

中华人民共和国是在统一的多民族国家的社会历史条件下实行单一主权制的。建国大宪章《共同纲领》接受中国共产党以马克思主义为指导的民族政策，确定中华人民共和国在中央人民政府的统一领导下实行民族区域自治制度，以解决国内的民族问题。《纲领》规定：中华人民共和国境内各民族一律平等，实行团结互助，反对大汉族主义和狭隘民族主义，禁止民族间的歧视、压迫和分裂民族团结的行为；各少数民族聚居的地区，应实行民族的区域自治，按照民族聚居的人口多少和区域大小，分别建立各种民族自治机关。

在总结全国各少数民族地区开展民族工作经验的基础上，1952年2月，政务院通过了《民族区域自治实施纲要（草案）》。8月8日，中央人民政府委员会批准了《中华人民共和国民族区域自治实施纲要》并公布实行。民族区域自治，是在中华人民共和国领土之内、在中央人民政府统一领导下、以少数民族聚居区为基础的区域自治。《纲要》明确规定：各民族自治区统为中华人

◆ 实行民族区域自治，是中国共产党解决民族问题的基本政策。1952年4月30日，内蒙古自治区人民政府主席乌兰夫在自治区成立五周年纪念大会上讲话。

民共和国领土的不可分离的一部分；各民族自治机关统为中央人民政府领导下的一级地方政权，并受上级人民政府的领导。自治区的建立，得依据当地民族关系，经济发展条件，并参酌历史情况而定，既可以一个少数民族聚居区为基础建立自治区；也可以一个大的少数民族聚居区为基础建立自治区，在该自治区内的各个人口很少的其他少数民族聚居区，则实行区域自治。《纲要》并对民族自治机关、自治权利、自治区内的民族关系、上级人民政府的领导原则等问题作了具体规定。

《民族区域自治实施纲要》，是根据我国少数民族的特点而制定的具有全国指导意义的实施办法。它将民族自治与区域自治正确地结合起来，充分尊重各少数民族的民主权利，既有利于保证国家的完整和统一，又有利于在中央人民政府领导下，发挥各自治地方少数民族管理自己事务的积极性，促进各民族间的平等、团结、互助关系，推进各民族的共同发展和共同繁荣，受到各少数民族的欢迎。这个实施纲要在各少数民族聚居地区得到贯彻实行，使我国的民族区域自治工作取得较大进展。

依据《民族区域自治实施纲要》，全国建立了一批民族自治地方。截至1952年6月止，已经建立的民族自治区有130个，其中有相当于专区或相当于县的，更多的是相当于区或相当于乡的。若干人口很少的少数民族如内蒙古的鄂伦春族、西北的保安族，在其聚居区也实行了区域自治。除1947年最早成立的内蒙古自治区外，新疆、宁夏设立了准备成立相当于省一级自治区的筹备机构。按照《实施纲要》的规定，民族自治机关的自治权包括：可在国家法令规定的范围内制定本自治区单行法规；依照本民族大多数人民和与人民有联系的领袖人物的志愿决定内部改革事务；依据中央有关权限划分的规定来管理本自治区的财政；在国家统一的经济制度和计划下自由发展本自治区的经济事业；采取适当办法发展各民族的文化、教育、艺术和卫生事业，等等。

民族区域自治制度的推行，加强了民族团结，激发了各少数民族人民的爱国积极性，推动了当地的各项工作，从而迅速地改变着少数民族社会生活各方面的面貌。经过多年的努力，民族区域自治已成为我国的一项基本制度，它对维护祖国统一，实现民族平等，加强民族团结，促进民族发展具有重大和长远的意义。

三、毛泽东箴言：观念形态的东西是大炮打不进去的

对旧有教育文化事业的改造

旧中国的教育文化事业十分落后，主要是文盲众多，基础教育落后，现代教育尤其是高等教育多为帝国主义控制，文化思想中渗透着大量封建、买办的内容，忽视科学发展和技术进步，文教界与社会发展相隔离，等等。中华人民共和国成立后，旧有文教事业显然远远不能适应新社会的需要。为此，党和人民政府在恢复和发展国民经济的过程中，有步骤地谨慎地进行了对旧有教育文化事业的改造。

随着各大城市的解放，原来为国民党反动统治集团所控制的报纸、电台、通讯社等舆论工具，已掌握在党和人民政府手中；一些由民族资本创办、私人经营的新闻、报刊、广播事业，经申请登记核准后，可继续营业；对外国人在中国办的报纸、通讯社等，则分步骤地明令停刊或取消。这样，就取缔了帝国主义、反动派残留的舆论文化阵地，开始建立起传播革命思想和新文化的宣传阵地。随后，通过有步骤地对私营报纸、刊物、广播等事业进行改造，把作为舆论宣传、大众传播重要工具的这部分文化事业，完全置于党和国家的统一领导之下，确立了马克思主义、毛泽东思想在国家一切工作中的指导思想的地位。这是新中国成立后在思想文化领域的一个决定性的变化。

为了在马克思主义指导下，对新旧社会交替时期的社会意识形态进行有效的管理，中央人民政府政务院下设立了文化教育委员会，负责指导文化部、教育部、科学院、新闻总署、出版总署等部门的工作。在党的系统，由中共中央宣传部负责意识形态方面的管理，拟定党在文化艺术、学校教育、报纸广播、书刊出版等方面的具体政策，并通过政务院文教委员会及所属部门的党组，贯彻实行党关于思想文化教育的方针、政策。由此，初步形成新中国意识形态管理体制的基本格局。鉴于当前阶段的主要任务是进行新民主主义改革和建设，有关意识形态的管理工作总的来说是按照《共同纲领》的要求，适应建立新民主主

◆ 1950年6月，第一次全国高等教育会议在北京召开，会后，毛泽东、周恩来等同会议代表一起合影。

◆ 1950年6月，出席第一次全国高等教育会议的燕京大学社会系教授雷洁琼在分组会议上发言。

义的，即民族的、科学的、大众的文化教育的需要而进行的。

对旧中国文化教育的改造，主要是使文化教育事业从过去掌握在少数人的手里，转移到广大劳动人民的基础上，并有效地为恢复与发展生产事业服务。在学校教育方面，对原国民党政府主办的各类公立学校，一律实行接管，各学校的教职员，除极反动的个别分子听候处理以外，按照原职原薪继续工作。对私立学校，则一律维持原状，工作照常进行。这样，既维护了学校秩序和一大批知识分子的思想稳定，又照顾了教育事业必要的历史继承性和延续性，使原有的教育事业完整地回到人民手中。

中央人民政府成立后，1949年12月召开的第一次全国教育工作会议提出：必须在原则上坚持新民主主义教育的总方针，另一方面也反对对旧教育采取否定一切，不批判地吸收历史遗产中优良部分的态度，或对新解放区的教育工作者采取排斥的态度而违反争取改造和团结的方针；同时，又要反对不顾情况，单凭主观愿望，不讲求步骤急于求成的急躁和盲目的态度。会议确定教育改革的方针是："以老解放区新教育经验为基础，吸收旧教育有用经验，借助苏联经验，建设新民主主义教育"。明确了人民的新教育"应着重为工农服务"，"普及与提高正确结合，在相当长的时期内以普及为主"的发展方向。根据上述精神，1950年6月教育部召开第一次全国高等教育会议，随后陆续召开全国工农教育会议、中等教育和初等及师范教育会议、中等教育会议及中等技术教育会议等，对各类教育的改造作了具体部署。

1950年6月，毛泽东在中共七届三中全会上的报告中，提出"有步骤地谨慎地进行旧有学校教育事业和旧有社会文化事业的改革工作，争取一切爱国的知识分子为人民服务。在这个问题上，拖延时间不愿改革的思想是不对的，过于性急、企图用粗暴方法进行改革的思想也是不对的"。这个方针，对改造旧文教事业和发展人民

◆ 20世纪50年代初，政府创办了许多工农速成中学和文化补习学校。图为北京工农速成中学学生在学习。

的新文教事业具有重要指导意义。

在对旧教育制度的改革中，首先废除反动的政治教育，废止原国民党政府颁布的“党义”、“公民”、“童子军”、“军事训练”等反动课程；建立革命的政治教育，增设政治经济学、新民主主义论、社会发展史等新课，使马列主义、毛泽东思想的教育进入学校。同时，着手改变旧社会劳动人民没有受教育机会的状况，解决教育为工农大众开门的问题，大力发展工农教育。为此，各地兴办多种多样的工农速成中学、干部文化补习学校(班)或各类专修班，采取短期速成的方法，使一批工农干部、产业工人和解放军指战员达到中等文化程度。许多普通劳动者通过工农速成中学掌握基础文化知识，或继续接受高等教育，成长为新一代知识分子和生产建设上的骨干。

◆ 采煤工人施玉海在中国煤矿工人速成中学学习。

为使高等教育更好地适应国家建设的需要，从1951年底开始，教育主管部门参照苏联的经验，对全国高等学校及其所属各院、系进行一次全面的调整。这次院系调整的方针是：“以培养工业建设人才和师资为重点，发展专门学院和专科学校，整顿和加强综合大学”，以改变旧中国高等学校布局和系科设置不合理的状况。1952年至1953年，全国分期分批进行了院系调整，对原来学科设置较为繁杂的综合大学，以文理科为主实行合并：将综合大学所属各工科院、系，独立出来成立专门学院；新建立航空、钢铁、矿冶、地质、石油、水利、农机等工业专门学院；同时，加强师范、农林、医药等院校。经过调整，全国共有高等学校184所，开始初步形成学科、专业设置比较齐全的高等院校体系，旧中国高等学校布局不合理的状况有所改变。经过院系调整，原有79所私立高等学校全部改为公办，实行全国高等学校统一招生和毕业生统一分配制度。

高等学校的院系调整，加快了对国家急需的建设人才的培养。但由于缺乏经验，在实际工作中也出现一些缺点。如照搬苏联的教育模式，未能充分吸收中国教育遗产中的优良部分；偏重专业教育，批评西方的“通才”教育，采取了“理工分家”的做法，造成学科分割，不利于各学科间的渗透、综合及对学生的全面培养。当时认为政法各专业是为反动阶级培养人才的，财经各专业是脱离中国实际的，对文法、财经等系科砍得过多。重理工轻文科，造成新的学科结构不合理和人才结构不合理，使财经、政法、社会学等一些对经济

◆ 1950年10月3日，中国人民大学在北京成立。图为中央人民政府副主席刘少奇在开学典礼上讲话。

社会发展有用的学科专业受到严重削弱，给我国教育事业的发展留下一些缺陷。

对社会文化事业的改革，党在文学艺术方面确定“文艺为人民服务，首先为工农兵服务”的基本方针，成立全国文学艺术界联合会的统一组织。党和人民政府大力倡导继承和发扬民族文化中的优良传统，有步骤有重点地发展人民的文学、艺术、戏剧、电影等文化事业。鉴于我国拥有丰富的戏曲遗产，党和政府强调要团结包含几十万艺人并影响几千万观众、听众的旧文艺队伍，提高旧艺人的社会地位，改善他们的生活工作条件。1951年初，毛泽东为中国戏曲研究院题词，提出“百花齐放，推陈出新”这一繁荣戏曲事业的方针。同年5月，政务院发布《关于戏曲改革工作的指示》，确定戏曲应以发扬人民新的爱国主义精神，鼓舞人民在革命斗争与生产劳动中的英雄主义为首要任务；要求剔除旧有戏目中的封建毒素，鼓励各种戏曲形式的自由竞赛；要求旧艺人在政治、文化和业务上加强学习；有步骤地改革旧戏班、旧戏社中某些不合理的制度。通过对旧文艺的改革，广大文艺工作者深入社会生活，投身于现实斗争，创作出一批以革命战争、社会改革为题材，启发人民政治觉悟，鼓励人民劳动热情的优秀文艺作品，受到人民群众的普遍欢迎。

在书刊出版方面，统一全国新华书店为国营的书刊发行机构，成立人民出版社等十余家规模

◆ 1952年，全国进行了高等院校的院系调整。原辅仁大学和原燕京大学的教育系合并到北京师范大学后，北师大举行开学典礼。

◆ 中共中央和中央人民政府重视改革旧戏曲工作，濒临绝境的传统戏曲走向了新生。1951 年 4 月 3 日，中国戏曲研究院在北京成立，梅兰芳任院长。图为毛泽东为中国戏曲研究院成立所题之词。

较大的国营专业出版社；合理调整公私出版业的关系，划分国营与私营出版社出书的范围和重点；实行原进步出版业的联合，成立生活·读书·新知三联书店；促进商务印书馆、中华书局、开明书店等影响较大的私营出版业实行联合经营，进而有步骤地实行公私合营。这些措施，实现了全国出版业的统一领导、统一管理，逐渐消除了出版发行工作的无组织、无计划现象，基本满足了建国初期人民对各种出版物的需要。

党和人民政府十分重视科学技术在建设事业中的重要作用，在接收旧中国的“中央研究院”、“北平研究院”及其所属研究所的基础上，组建了中国科学院，规定科学院的主要任务是：“有计划地利用近现代科学成就以服务于工业、农业和国防的建设，组织并指导全国的科学研究，以提高中国的科学研究水平。”科学院建立后，吸收了一批在旧社会报国无门、为工作和生计所困的科学家，使他们有了从事科学研究的基础条件和施展抱负的机会；同时，确定科学研究为人民服务的方向，学术研究与实际需要密切配合的方针，调整和充实了科学研究机构，培养及合理地分配科学人才，逐步建立起专门科研机构与高等院校、产业部门、国防部门所属科研机构相配合的科研体系，加强了科研队伍的组织建设，为中国科学事业由近代落伍逐渐走向振兴打下了初步基础。

建国之初，中央人民政府允许接受外国津贴的文化教育救济机构，在遵守政府政策法令的原则下继续接受外国津贴。但是，某些外国教会藐视我国政府的这个原则，甚至继续利用教会学校暗中进行反动的宣传和活动。尤其在美帝国主义侵略朝鲜和侵占台湾后，破坏活动更加活跃起来。出于永久占领这些文化侵略据点的企图，他们施展种种阴谋，对学校师生胁迫利诱，阻挠改革，甚至用断绝经费来源相要挟。在这种情况下，我国政府开始接办教会学校的工作。

先是 1950 年 10 月，针对罗马教廷驻辅仁大学的代表提出干涉学校行政的无理条件，继而停拨一切经费的情况，教育部报准政务院明令将辅仁大学正式接收自办。12 月底，针对美国冻结中国在美资产的挑衅行为，中央人民政府发布《关于处理接受美国津贴的文化教育救济机关及宗教团体的方针的决定》。根据这个《决定》的精神，1951 年初，全国对接受外国津贴的高等学校共 20 所、中等学校共 514 所、初等学校共 1132

所实行接办，分别情况由政府接办改为公立，或由中国人民自办维持私立，政府予以补助。在1952年和1953年的院系调整中，这些私立学校全部改为公立。接办教会学校，收回教育主权，割断文教机构同帝国主义的联系，由中国人民自己办教育和宗教事业，从根本上改变旧教育为帝国主义服务的性质，有力地促进了人民教育事业的发展。

从爱国的立场前进到人民的立场

在有步骤地谨慎地改革文化教育事业的过程中，党十分重视知识分子在革命和建设中的作用，强调必须把知识分子团结在党和人民政府周围，充分利用他们的科学文化知识为新中国建设事业服务。对旧社会过来的知识分子，党和政府采取了全部包下来的政策，使他们绝大多数继续从事原来的教育、文化、科学、技术等工作，以用其所长。同时，党强调要根据形势的变化和新社会的要求，做好对知识分子团结、教育和改造的工作。

新中国成立时，从旧社会过来的知识分子约有200万人。其中一部分是积极参加民主革命的进步分子，大部分是同情革命，拥护共产党和人民政府的。整体来看，中国知识分子的基本队伍是爱国的。为了充分发挥知识分子建设新中国的积极作用，《共同纲领》明确规定："给青年知识分子和旧知识分子以革命的政治教育，以适应革命工作和国家建设工作的广泛需要"。

从旧社会过来的中国知识分子，大都接受的是封建旧式教育或西方资产阶级教育，并受到近代以来帝国主义文化侵略的影响，头脑里各种社会思潮杂陈，如同郭沫若所形容："就像一个世界旅行家的手提筐一样，全面都巴满了各个码头上的旅馆商标"[①]。进入新社会后，知识分子中许多人都有重新学习的愿望，希望深入地了解革命，了解共产党，了解新社会，以适应形势的巨大发展和变化。

针对知识分子上述思想情况，中央和各级党政部门先后举办军政大学、革命大学及各种政治训练班，吸收大批青年学生和知识分子学习社会发展史、历史唯物论等基本课程；学习结束后，分配到各种实际工作中去。各地还利用寒暑假组织各大中学校的教师、学生集中学习政治理论和时事政策，帮助他们提高思想政治水平。仅1950年，就有100万人参加了各种学习。通过马克思主义的启蒙教育，一大批新解放区的青年学生，包括许多接受旧式教育或西方教育的知识分子，开始了解劳动创造人类、创造世界等基本道理，加深了对共产党、人民政府的认识，为逐渐树立革命的人生观打下了初步的基础。

在土地改革、镇压反革命、抗美援朝三大运动中，广大知识分子和各民主党派、无党派民主人士、人民团体、工商界、宗教界人士一道，经受了实际斗争的锻炼和教育，思想政治觉悟有了很大提高。许多知识分子是在参观或参加土改和镇反之后，开始发生思想转变的。

在理论与实践的学习初步结合的基础上，党和人民政府在全国范围领导开展了一场知识分子思想改造运动。这场运动首先是在教育界展开的。1951年6月，新任北京大学校长马寅初决定在北大教师中开展一次政治学习运动，期望通过学文件、听报告、座谈讨论、开展批评与自我批评，用马列主义、毛泽东思想武装头脑，清除旧思想、旧观念，树立新思想、新观念，以推动学校的改造和各项改革工作。9月7日，马寅初给周

① 1954年12月9日《人民日报》。

恩来写信，汇报了会同汤用彤副校长、张景钺教务长等12位教授发起北大教师政治学习运动的情况，并敦请毛泽东、刘少奇、周恩来、朱德、董必武、陈云、彭真、钱俊瑞、陆定一和胡乔木为教师到校作报告，辅导教员的政治学习。

毛泽东获悉后，对北大教授们的行动非常支持，他在马寅初的信上批示："这种学习很好，可请几个同志去讲演。"中共中央对此事很重视，指定由彭真、胡乔木负责领导，首先组织北京、天津两市的20所高校教师参加学习，待取得经验，再进一步扩展到全国所有高校。为加强对这次学习运动的领导，教育部成立了以马叙伦部长为主任委员的"京津高等学校教师学习委员会"，各高校也成立了学习委员分会。

9月29日，周恩来受中共中央委派，向京津两市高校3000多名教师作《关于知识分子的改造问题》的报告。周恩来结合自己参加革命的经历和思想转变的体会，深入浅出地讲述了有关知识分子思想改造的几个问题：关于立场问题，知识分子应当从过去单纯爱国的民族立场前进一步，进到"为绝大多数人民的最高利益着想的人民立场，更进一步到工人阶级立场"。当然这要有一个过程，一方面"要促进这个发展过程，推动知识分子的进步"，另一方面，要"防止这个过程中可能发生的各种偏差"。关于态度问题，主要是分清敌我友的界限。在目前学习阶段，可以允许对某些问题采取观望态度，但在关于国家对内对外基本政策的重大问题上，则必须要有明确的态度，不应当也不可能采取中间态度。至于其他方面的思想问题，应当通过学习及批评与自我批评，使广大知识分子逐步清除自己身上从旧社会带来的与新民主主义制度、与为人民服务、与国家经济文化建设格格不入的旧思想、旧观念、旧意识、旧习惯，以便适应新的社会环境和革命工作和建设工作的广泛需要。周恩来勉励大家，只要不断地学习，有改造自己的信心和决心，不论是怎样从旧社会过来的人，都是可以改造好的。周恩来的报告以现身说法，亲切诚恳，语重心长，使到会的教师深受教育和启发。

随后，整个教育界开展了以学习马列主义、毛泽东思想为主要内容的学习运动。教师们联系本人思想和学校实际，通过批评与自我批评，肃清封建买办思想，批评资产阶级和小资产阶级思想，并进一步把讨论集中到怎样使高校现有的力量，"更有效地为人民服务"的问题上来，收得较好效果。据统计，全国高等学校教职员的91%，大学生的80%，中等学校教职员的75%参加了这次运动。这不仅促进了教师和学生的思想变化，而且推动了学校教育制度的改革，加强了党对教育工作的领导。

10月23日，毛泽东在一届政协三次会议上指出："在我国的文化教育战线和各种知识分子中，根据中央人民政府的方针，广泛地开展了一个自我教育和自我改造的运动"，"是我国值得庆贺的新气象"。"思想改造，首先是各种知识分子的思想改造，是我国在各方面彻底实现民主改革和逐步实行工业化的重要条件之一。"[①]他预祝这个自我教育和自我改造运动能够在稳步前进中获得更大的成就。毛泽东的号召，使知识分子的思想改造运动迅速推广到社会各界。

11月17日，全国文联召开扩大会议，分析了建国后两年来文艺创作和文艺工作者队伍的状况，在肯定成绩的同时，指出文艺界普遍存在脱离政治、脱离实际、脱离群众以及资产阶级、小资产阶级倾向，决定首先在北京文艺界组织整风学习。24日，北京文艺界举行整风学习动员大

①《毛泽东文集》第六卷，人民出版社，1999年版，第184页。

会，参加会议的文艺工作者800余人。中宣部副部长胡乔木在会上作《文艺工作者为什么要改造思想》的演讲，他说：许多文艺工作者还没有树立工人阶级的世界观，对文艺还抱着资产阶级、小资产阶级的见解，因而作品往往缺乏新的人物、新的事件、新的感情、新的主题，不能与劳动人民新的生活相呼应。因此，文艺界必须认真学习马克思主义，改造思想，走与劳动人民相结合的道路；必须整顿文艺事业的领导及文艺团体、文艺出版物，尽量避免各种错误。全国文联副主席周扬在讲话中号召一切文艺工作者都要自觉地进行思想改造，用马列主义、毛泽东思想的文艺观点批判各种错误文艺思想，树立起革命的文艺观。丁玲、欧阳予倩、老舍、李伯钊、黄钢、瞿希贤、华君武、李广田等文艺家也在会上作了发言，带头进行批评与自我批评，并表示要积极参加整风学习，努力改造思想。

◆ 老舍(右)在北京家中与作家王亚平讨论通俗文艺的写作问题。

中共中央对文艺界的整风学习十分重视，要求各中央局、分局、省市区党委仿照北京的办法在当地文学艺术界开展一个有准备的有目的的整风学习运动，发动严肃的批评与自我批评，克服文艺干部中的错误思想，发扬正确思想，整顿文艺工作，使文艺工作向着健全的方向发展。遵照中央的指示，各级党委根据当地的文艺机关、团体、学校及文艺工作者队伍的状况，制定了整风学习计划。到1952年5月中下旬，以纪念毛泽东《在延安文艺座谈会上的讲话》发表十周年为契机，各地采取报告会、座谈讨论等方式，掀起文艺整风学习的高潮。广大文艺工作者按照《讲话》精神，结合自己的思想和工作，开展批评与自我批评，围绕文艺的方向、领导、立场、态度、对象、源泉、形式、标准等问题，展开热烈的学习讨论，澄清了文艺应为谁服务和如何服务，文艺的源泉是书本还是劳动人民的实践，文艺批评的标准等问题，促使文艺工作者逐步树立起马克思主义的文艺观。

知识分子思想改造学习运动也推广到科学界。1951年12月18日，中国科学院举行思想改造学习的动员大会，郭沫若院长针对一些科学工作者的“超阶级”、“超政治”的错误观点，进行分析和批评。诸如：“你做你的革命家，我做我的科学家”，“中国的政治水平已经够高，现在应主要提高科学水平而不是政治水平”等。郭沫若号召科学工作者“努力学习，纠正自己错误的思想，克服科学研究中的缺点”。广大科学工作者拿起

批评与自我批评的武器，加入到思想改造的行列，批评了科学界存在的“门户之见”、“文人相轻”等片面性的思想方法，努力用毛泽东思想武装起来的“新我”战胜旧观念的“旧我”，做一个人民的科学家。

中国科学院植物病理研究所所长戴芳澜检讨了自己过去轻视实践，轻视劳动人民的思想，并觉得经过清算之后，好像洗了一个澡，去掉了很多障碍，精神上倒很痛快，不但没有丧失反而增添了自信心，坚定了为人民服务的思想。[1]由此，“下水洗澡”便成为各级领导机关普遍号召知识分子彻底检查自己思想的一个专用语，以至被当作毛泽东时代进行知识分子思想改造运动的代名词。

1952年1月7日，人民政协全国委员会作出《关于开展各界人士思想改造学习运动的决定》，要求各级政协要负责组织和领导各界知识分子学习马克思列宁主义、毛泽东思想，以求了解中国革命的前途，取得正确的革命的观点；学习《共同纲领》和共产党的政策，以求理解和自觉执行政策；认真开展批评与自我批评，以求纠正违反国家和人民利益的错误思想和行为。各民主党派、工商界、宗教界以及各级人民政府、人民团体、企事业单位中的各界知识分子也积极参加了思想改造学习运动。

1952年初，“三反”、“五反”运动相继进入高潮，中央又发出指示，要求各界知识分子都应毫无例外地参加运动，并强调指出这是最实际的思想改造。结合“三反”、“五反”运动，1952年1月以后，知识分子思想改造运动在全面动员的基础上，普遍进入思想检查阶段。各级党组织根据“启发自觉、主动交待”的原则，要求知识分子结合自己的经历，在一定范围的会议上进行思想检查，听取并接受群众的评议，并由所在单位的学习委员会根据知识分子的不同表现，提出帮助他们改进的意见。

在此期间，除了面对面的批评和自我批评外，文教界知名人士写了许多检讨文章在《人民日报》、《光明日报》等报刊上公开发表，如清华大学教务长周培源《批判我的资产阶级的腐朽思想》；副教务长钱伟长《我跳出了帝国主义的陷阱》；文学院院长兼哲学系教授金岳霖《批判我的唯心论的资产阶级教学思想》；营建系主任梁思成《我为谁服务了二十余年》等；中央民族学院副院长费孝通《洗清自己，站进人民队伍》；辅仁大学副教务长林传鼎《我的反省》；北京大学化工系主任傅鹰《我认识了自己的错误》；燕京大学新闻系主任蒋荫恩《我要彻底改造我的思想》；中国科学院语言研究所所长罗常培《从三反运动中认识了我的资产阶级腐朽思想》；复旦大学理学院院长卢于道《扫除我过去反动的科学思想》；中央音乐学院上海分院院长贺绿汀《检查我在工作上和创作上的错误》，等等。

这些检讨文章，大都从剖析个人的历史（家庭出身、所受教育、在旧社会的政治关系及政治表现等）出发，批判自己的教育思想、科学思想、文艺思想等，表明对思想改造的认识和决心。从袒露的心路历程看，广大知识分子对思想改造的态度是真诚的，对新中国是热爱的，对自己实际存在的缺点也是有认识并决心改正的。但是，这些检讨大都带有过度的自我贬抑和心灵鞭挞。例如，说自己解放前去欧美留学，是“逃避革命”；在美国人资助的学校里讲学，是“开门揖盗”，归根是为帝国主义服务的；鼓励学生用英文写报告，是“中了西方资本主义文化的毒”；认为苏联的某一生物学说是“无产阶级的”，而西方科学家

① 1951年11月24日《人民日报》。

的另一生物学说则为“资产阶级的”；把思想观念、思想方法上一般的缺点或不足，上升为“极端反动腐朽的资产阶级思想”；把通常的中外文化交流等同于帝国主义的文化侵略，等等。这些情况，是与当时号召彻底肃清亲美、崇美、恐美的思想，强调彻底批判资产阶级腐朽思想的斗争密切相关的，不可避免地带有特定的时代印记。它反映了这一代知识分子在“下水洗澡”的思想改造群众运动当中，急于甩掉历史包袱，站稳政治立场而无情解剖自己的复杂的心态。

在普遍开展思想检查、着重进行思想教育过后，文教界知识分子思想改造运动开始进入组织清理阶段。结合当时党政军机关正在开展的清理“内层”、“中层”、“外层”的内部肃反运动，在教育、科学、文化等部门及所属机构，要求知识分子忠诚老实地写出个人政治历史的材料，以便放下历史包袱，获得谅解，轻装前进。最后，由各级党组织根据中央关于审查从严、处理从宽的原则，作出适当结论。经过上述步骤，全国规模的知识分子思想改造运动于1952年秋基本结束。

建国初期对知识分子的思想改造运动，是新旧社会历史变迁特定环境下的产物。它在总的方面适应了国家建设对大量知识分子及他们所拥有的科学文化知识的需要，也适应了当时知识分子希望重新学习的要求。它帮助从旧社会过来的知识分子清除思想上残存的帝国主义、封建买办阶级的影响，在政治上划清革命与反革命的界限，促进他们在社会大变动中适应时代变化，跟上时代要求，特别是在帮助知识分子学习掌握唯物史观和唯物辩证法，初步接受马克思主义的世界观，逐渐由民族的、爱国的立场前进到人民的立场，确实起到十分重要的推动作用。这是党对知识分子改造工作取得的积极成果，也是建国初期知识分子思想改造运动的主流方面。

从另一方面看，相对于经济社会的变革来说，与之相应的新的观念形态的形成，应该经历一个较长的复杂过程，需要做大量的艰苦细致的教育说服工作和思想转化工作。由于党刚刚走上执政地位不久，在这方面还缺乏充分的认识和必要的经验，因而在知识分子思想改造工作中，采用了过去习惯的搞运动的方法来解决思想问题，这就不免失之偏颇和粗糙，带来许多弊病。尤其是在后半期思想检查阶段，要求“人人过关”，“脱裤子割（封建买办、资产阶级思想）尾巴”，“每个教师必须在群众面前进行检讨，实行‘洗澡’和‘过关’”，并发动学生敦促教师作检讨，出现一些过火行为；对旧思想、旧观念的批评，有不少上纲上线过高，过于片面、武断、简单化，形成紧张政治氛围；许多学校都有一些教师几次作检查也过不了关，经受了很大的精神压力，甚至造成不良后果；在组织清理阶段，有的部门把知识分子的一般历史问题夸大为严重政治问题，处理失当。这些明显带有强制力的做法，偏离了用民主的方法自我教育、自我改造的健康轨道，伤害了一批愿意为人民服务的知识分子的感情，一定程度上造成他们对党的隔膜，以致带来长期的负面影响。

歌颂还是批判：需要慎重对待的问题

知识分子的思想改造，涉及人们观念形态的改变，这是一项十分复杂、艰巨而又细致的工作。正如毛泽东在七届三中全会上所说，观念形态的东西，不是用大炮打得进去的。他主张缓进，用10年到15年的时间来做这个工作。在这方面，党强调要用马克思主义辩证唯物论和历史唯物

论的观点来教育人民，对封建观点、资产阶级唯心主义观点要进行批评，指出它的错误，以此由浅入深、循序渐进地引导人们观念形态的转变。在人民民主政权已在全国建立，而土地制度改革等民主革命任务仍在紧张进行的环境下，如何用马克思主义来教育人民，正确地开展反对资产阶级唯心主义的思想斗争，这对党来说是一个需要慎重对待的新课题。

1951年元旦前后，京、津、沪几个大城市上映了电影《武训传》。这部影片在解放前由进步电影工作者开拍，解放后经中共中央宣传部审查同意后摄制完成。影片描写了清朝末年有着“千古奇丐”之称的武训历尽屈辱，“行乞兴学”，以表达身处社会底层的贫苦农民不甘愚昧、需求文化的愿望；同时刻画了武训自卑自贱、仰人鼻息、乞求恩舍的奴性的一面，试图体现武训其志可嘉，但却无法从根本上改变穷人受压迫地位的主题。影片上映后，引起很大反响，各报刊发表几十篇评论文章，称赞这是一部“富有教育意义的好电影”，颂扬武训“是一个劳动人民的伟大典型”，是中国历史上劳动人民“从文化上翻身的一面旗帜”等。在一片赞扬声中，也有持不同意见的文章，指出武训“不足为训”，他的行为不论过去还是现在都是不值得表扬和歌颂的。这场围绕武训和电影《武训传》的讨论，引起毛泽东的关注。武训行乞兴学，过去长时期被传为一桩美谈。文化教育界包括郭沫若、陶行知、柳亚子、李公朴、邓初民、潘梓年、黄炎培等进步人士，都参加过纪念和颂扬武训的活动，推崇过“武训精神”。毛泽东在延安时期，也在一些讲话中称赞过“武训精神”，以此鼓励大家克服困难，把革命坚持下去。在紧张的战争环境中，人们无暇深思对这个具有复杂矛盾性格的特殊历史人物如何进行科学的评价。而在人民革命斗争已经取得伟大胜利的新形势下，毛泽东敏锐地感到必须把武训其人其事摆到近代中国革命历史发展的大背景下加以考察，并用马克思主义的历史观点给予重新评价。为此，他亲自审阅了《人民日报》1951年5月20日的社论《应当重视电影〈武训传〉的讨论》，改写和加写了大段文字，提出一些尖锐的看法。

毛泽东写道：《武训传》所提出的问题带有根本的性质。像武训那样的人，处在清朝末年中国人民反对外国侵略者和反对国内的反动封建统治者的伟大斗争的时代，根本不去触动封建经济基础及其上层建筑的一根毫毛，反而狂热地宣传封建文化，对反动的封建统治者竭尽奴颜婢膝的能事，这种丑恶的行为，难道是我们所应当歌颂的吗?向着人民群众歌颂这种丑恶的行为，甚至打出“为人民服务”的革命旗号来歌颂，甚至用革命的农民斗争的失败作为反衬来歌颂，这难道是我们所能够容忍的吗?承认或者容忍这种歌颂，就是承认或者容忍污蔑农民革命斗争，污蔑中国历史，污蔑中国民族的反动宣传为正当的宣传。毛泽东着重指出，对于武训和《武训传》的歌颂竟如此之多，说明了我国文化界的思想混乱达到何种程度!他批评一些共产党员，号称学得了马克思主义，但是一遇到具体的历史事件、历史人物和反历史的思想，就丧失了批判的能力，甚至向这种反动思想投降，由此断言：“资产阶级的反动思想侵入了战斗的共产党。”[1]

全国各主要报刊都迅速转载了《人民日报》的这篇社论，其中严厉的措辞和尖锐的批判，在思想、文化、教育界引起强烈的震动。在这篇社论的直接推动下，全国很快掀起了一场群众性批判运动，对武训和《武训传》作了全盘否定。许多批判者认定武训是“封建统治的维护者、封建制

①《毛泽东文集》第六卷，人民出版社，1999年版，第166～167页。

度的崇拜者、封建道德的支持者”；指责《武训传》的思想内容是反历史的，艺术手法是反现实主义的，是一种“公开的反动宣传”，是有意识地“用武训这具僵尸欺骗中国人民”，“向革命的新中国挑战”，等等。

根据毛泽东的意见，人民日报社和文化部组成武训历史调查团，到武训的家乡山东堂邑等县去调查。临行前，毛泽东对调查团成员指示说：武训本人是不重要的，他已经死了几十年了；武训办的义学也不重要，它已经几经变迁，现在成了人民的学校。重要的是我们共产党人怎么看待这件事，对武训的改良主义道路，是应该歌颂？还是应该反对？按照毛泽东的意图，调查团的工作在毛泽东的夫人江青（化名李进）的实际主持下，从预先作好的结论出发，经过对事实的筛选、加工、改造，写出带有很大片面性的《武训历史调查记》。毛泽东对《调查记》作了多达十几处的修改，把武训定性为“被当时反动政府赋予特权，而为整个地主阶级和反动政府服务的大流氓、大债主和大地主”；所谓“义学”，其实是依靠封建统治势力，剥削、敲诈劳动人民的财富，替地主和商人办学。这些结论，是与有关史实不相符的。《人民日报》发表了《调查记》，实际上为这场批判作了结论：《武训传》被定为反动电影打入冷宫；武训则成为“万劫不复”的封建地主阶级的奴才和公认的历史反革命。

应该说，对武训这样既深受封建压迫，又对封建制度毫无认识的愚昧落后的农民形象，一味赞扬是不对的；电影《武训传》由于艺术手法的失当，造成把武训自甘下贱的丑行当作美德来歌颂的某种客观效果，理应给予批评。毛泽东以敏锐的洞察力发动对《武训传》的批判，实际上成为当时知识分子思想改造运动的一个组成部分。它借助武训这个具体形象，在知识分子中间进行历史唯物论的教育，帮助他们从思想上分清了什么是人民民主革命，什么是资产阶级改良主义。特别是毛泽东提出要用马克思主义的观点来重新研究一些历史人物的任务，对于克服民族传统中落后、消极、有害的东西，继承和发扬民族的优良传统，是有指导意义的。

但是，这次讨论和批判带来的消极影响是明显的。在新旧社会的转换中，许多文化人士由于不熟悉历史唯物论的观点和方法，出现对《武训传》的颂扬，本是不足为怪的。只要因势利导，允许不同意见之间进行自由讨论，开展正常的文艺批评，是可以克服错误意见，发展正确意见，帮助人们逐渐学会用马克思主义观点评价历史人物的。可是，当时把问题一下子提到污蔑中国历史、中国民族和农民革命斗争的反动宣传的政治高度，这就使事态的发展超出了正常批评的轨道。

从《人民日报》社论起，对《武训传》思想内容的缺点和对武训的历史评价，不是由历史学家、教育家和艺术家在不抱任何成见的自由讨论中去解决，而是以政治标准第一的原则去衡量文艺作品，采取一哄而起的群众批判运动的方法。从总体上看，这次批判是非常片面的，非常极端的，甚至是非常粗暴的，不仅给《武训传》和武训本人加上了过分夸大的罪名，而且发展到批判一切曾不同程度肯定过《武训传》和武训的人及其作品，给过去以“武训精神”相激励，长期从事平民教育的陶行知等一些知名人士造成很大政治压力。这种错误的批判方法，违背了用民主的方法鼓励知识分子自我教育和自我改造的初衷，开了用强制、压服的办法解决人民内部思想性质问题的不良先例。以这次批判为发端，毛泽东后来在思想

文化领域又发动和支持了多次批判运动，均未取得良好效果，反而给新中国文化教育事业的发展带来严重损害。这里的经验教训，值得深刻记取。

四、清除“三害”“五毒”，毛泽东称“天下大定”

雷厉风行发动“三反”斗争

“三反”、“五反”运动，是新中国成立初期，围绕增产节约和保持党政机关工作人员的廉洁，打击经济违法行为和建立正常的社会经济秩序而交织进行的全国规模的群众运动。从1951年底至1952年中，“三反”、“五反”运动先后在中央和地方党政军机关、各大中城市的工商业界全面展开，并广泛涉及厂矿企业、高等学校和社会各界，对于当时中国的新旧社会转型、人们思想观念的转变、社会风气的匡正，以及整个国民经济沿着《共同纲领》轨道向前发展，具有重要影响。

1951年7月以后，抗美援朝战争进入“边打边谈”阶段。按照毛泽东提出的“边打、边稳、边建”的方针，国内抓紧时机恢复和发展工农业生产和交通运输等各项事业，同时挤出部分资金进行有重点的经济建设。为了克服战争带来的财政上的困难，节省更多物资和资金支援抗美援朝战争和国内重点建设，中共中央决定在全国各条战线开展一个精兵简政、增产节约运动。10月23日，毛泽东在政协一届三次会议上提出：增加生产，厉行节约，以支援中国人民志愿军，这是中国人民今天的中心任务。随着爱国增产节约运动在全国城乡深入开展，各地暴露和发现了大量惊人的浪费、贪污现象和官僚主义问题。这些情况，引起毛泽东和中共中央的高度警惕。

11月1日，东北局书记高岗向中央作“关于开展增产节约运动，进一步深入反贪污、反浪费、反官僚主义”的报告说，沈阳市部分单位揭发出

◆ 1951年10月，中共中央召开政治局扩大会议，讨论和决定实行“精兵简政，增产节约”的方针。10月23日，毛泽东在政协一届三次会议上发表讲话，号召增加生产，厉行节约。

3269人有贪污行为，另外浪费现象和官僚主义也很严重，仅东北铁路系统就积压了价值上千万元的材料不作处理。报告认为，反贪污蜕化是一个复杂尖锐的斗争，必须开展一个群众性的民主运动，首长负责，亲自领导，真正把群众发动起来，才能收到最大的效果。毛泽东十分重视报告中提出的问题。11月20日，他为中央起草转发高岗报告的批语，指示各领导机关重视报告所述的各项经验，“在此次全国规模的增产节约运动中进行坚决的反贪污、反浪费、反官僚主义的斗争”。这是毛泽东决定发动“三反”斗争的第一个号令。

11月30日，中共中央批转华北局关于前任天津地委书记刘青山、天津地区行署专员张子善贪污案调查处理情况的报告。毛泽东在批语中指出：“这件事给中央、中央局、分局、省市区党委提出了警告，必须严重地注意干部被资产阶级腐蚀发生严重贪污行为这一事实，注意发现、揭露和惩处，并须当作一场大斗争来处理”。同日，毛泽东在中央转发邓小平关于西南区党政军三个会议情况报告的批语中指出：“我们认为需要来一次全党的大清理，彻底揭露一切大中小贪污事件，着重打击大贪污犯；对中小贪污犯，则采取教育改造不使重犯的方针，才能停止很多党员被资产阶级所腐蚀的极大危险现象”。

12月1日，中共中央正式作出《关于精兵简政、增产节约、反对贪污、反对浪费、反对官僚主义的决定》，指出：进城两年至三年以来，严重的贪污案件不断发生，证明1949年七届二中全会严重地指出资产阶级对党的侵蚀的必然性和防止及克服此种巨大危险的必然性，是完全正确的。现在是全党动员切实执行这项决议的时候了，否则就会犯大错误。《决定》向全党提出警

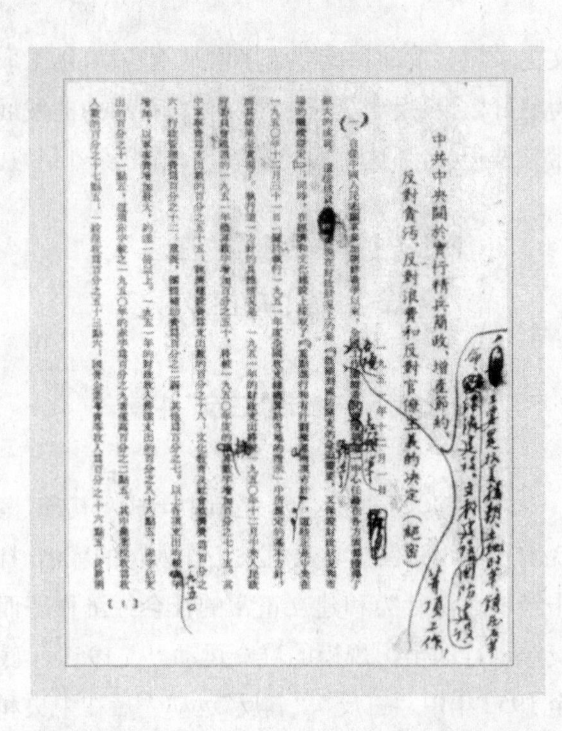
中共中央關於實行精兵簡政、增產節約、反對貪污、反對浪費和反對官僚主義的決定（絕密）

◆ 为了清除贪污腐化分子，反对资产阶级思想对党的腐蚀，在全国党政军机关工作人员中开展了“三反”运动。图为毛泽东修改的《关于实行精兵简政、增产节约、反对贪污、反对浪费和反对官僚主义的决定》。

告：“一切从事国家工作、党务工作和人民团体工作的党员，利用职权实行贪污和实行浪费，都是严重的犯罪行为”。各级领导机关必须“大张旗鼓地发动一切工作人员和有关的群众进行学习，号召坦白和检举，并由主要负责同志亲自督促和检查。一切贪污行为必须揭发，按其情节轻重，给以程度不等的处理，从警告、调职、撤职、开除党籍、判处各种徒刑、直至枪决。”按照中央的决定，在党的领导下，分党政军三个系统，成立中央和地方各级增产节约检查委员会，由首长负责，亲自动手，采取自上而下和自下而上相结合的方法，检查贪污和浪费现象，开展“三反”斗争。

1952年元旦，毛泽东在中央人民政府举行的团拜会上致祝词，号召全国人民和人民政府工作人员一致行动起来，大张旗鼓、雷厉风行地开

◆ 天津市举行"三反"大会。

展一个大规模的反对贪污、反对浪费、反对官僚主义的斗争，将这些旧社会遗留下来的污毒洗干净！元旦团拜会结束后，许多单位的领导回去连夜开会，布置运动。到1952年元月上旬，各中央局、中央分局、省市区党委、各大军区党委、中央人民政府各部，基本上都作了动员和部署。全国县级以上的机关单位，动员干部和全体工作人员，学习文件，学习各级领导人的讲话和报告，统一思想，统一认识，坦白自我，检举别人，使"三反"运动迅速席卷全国。一些典型的贪污案件被揭发出来，公之于众，反过来给"三反"斗争有力的促进。

在"三反"运动普遍发动起来后，1月23日，中共中央发出毛泽东起草的《关于三反斗争展开后要将注意力引向搜寻大老虎的电报》。当时称贪污犯为"老虎"，贪污1万元(旧币为1亿元)以上的叫"大老虎"，1万元以下1000元以上的叫"小老虎"。电报指出：凡属大批用钱管物的机关，不论是党政军民学哪一系统，必定有大批的贪污犯，而且必定有大贪污犯("大老虎")，因此要求各单位要将注意力引向搜寻"大老虎"，"穷追务获，不要停留，不要松劲，不要满足于已得成绩。在这方面，要根据情况，定出估计数字，交各部门为完成任务而奋斗。在斗争中还要根据情况的发展，追加新任务。总之，应组织一切可用的力量为搜寻一切暗藏的大贪污犯而奋斗。"

在集中力量"打虎"阶段，中央先后发出《关于"三反"运动和整党运动结合进行的指示》以及关于在工矿企业、宣传文教部门、高等学校中进行"三反"运动的指示等，要求各领导机关在"三反"斗争中对所属干部作一次深刻的考察，毫不迟疑地开除一批丧失无产阶级立场的贪污蜕化分子，撤销一批严重的官僚主义分子和那些居功自傲、不求上进、消极疲沓、毫不称职的分子的领导职务，其中一些应开除出党；要彻底揭发并消灭国营企业中资产阶级的经济侵蚀、组织渗透和思想影响，并注意领导生产，不与生产相脱节。在学校中进行"三反"运动，应发动群众，批判各种资产阶级思想，在师生觉悟程度普遍提高的基础上，继续深入反贪污浪费的斗争。科学研究单

位的“三反”运动，首先确定对科学人才“保护不伤”的原则，以免出现偏向。在整个“三反”运动中，毛泽东统揽全局，夜以继日地批阅各地的报告，代中央起草、修改有关决定、指示、批语、电报、信件达230余件之多，全神贯注亲自指导和推进运动的深入进行。

“三反”运动进入高潮后，各地公布了一批大贪污盗窃案件。北京对七名大贪污犯举行公审大会，原中国畜产公司业务处副处长薛昆山、原公安部行政处处长宋德贵，因挪用侵吞公款、盗窃国家资财，并拒不坦白，经公审被判处死刑，并没收其全部财产。另外五人分别被判处有期徒刑，或因有坦白悔过和立功表现，免予刑事处分，由主管机关给以行政处分。

2月10日，河北省召开对刘青山、张子善的公判大会。刘、张二人作为地市级党政领导干部，有着20年光荣革命历史，但进城后才两年，就由昨日的功臣蜕变为大贪污犯。他们利用职权，盗用飞机场建筑款、救灾粮款、治河款，克扣干部家属救济粮款、地方粮款等共计171万元，用于他们所掌握的机关生产；在兴建水利工程中，以好粮换成坏粮等手段盘剥民工，从中渔利22万元；生活腐化堕落，刘青山还吸毒成瘾，二人从盗窃公款中贪污、挥霍3.7万元以上。经调查核实，华北局向中央提出对刘、张二犯判处死刑，立即执行或缓期两年执行的建议。对此重大案犯的量刑，党中央、毛泽东作了慎重考虑，并征求党外民主人士的意见，决定对大贪污犯刘青山、张子善进行公审，宣判死刑，立即执行。

当时，党内有的领导干部，如天津市委书记黄敬，顾念刘、张在战争年代出生入死，有过功劳，在干部中影响较大，刘青山还出席过世界和平代表大会，算是知名人士，因而向毛泽东反映是否可以不要枪毙，给他们一个改造的机会。毛泽东的态度非常鲜明，他说：正因为他们两人的地位高、功劳大、影响大，所以才要下决心处决他们。只有处决他们，才可能挽救20个，200个，2000个，20000个犯有各种不同程度错误的干部。

◆ 1952年2月11日，中央节约检查委员会主任薄一波在北京中山公园音乐堂举行的公审贪污犯 大会上作报告。

鉴于中国共产党执掌着全国政权，中共中央、毛泽东认为：对党内极端腐化堕落分子，若不严加惩处，党将无词以对人民群众，国法将不能绳之于人，对党的损害异常严重。对刘青山、张子善的公判大会震动全国，在社会上引起很大反响。它向全国人民表明，中国共产党绝不容忍利用执政党地位谋取私利的党内腐败现象，一经

发现，一律严惩不贷，绝不姑息宽恕，从而在人民中间树立起党和人民政府秉公执法、严惩腐败的形象。

结束机关生产，"三反"核实定案

"三反"运动直接牵涉到机关生产问题。1952年1月3日薄一波为报送财政部党组关于"三反"运动的报告写信给毛泽东，提出几个重要问题：1.有的国家机关工作人员同私商勾结，使国家受损失，私商肥起来；2.化大公为小公，挪用巨款，已成为有的机关生产部门的通病；3.财经机关最可怕的还是掌握审批权限的部门发生官僚主义，一不小心即造成巨大损失。

1月4日，中南局给中央的报告中提出，目前机关"小家当"异常普遍，财产很大。大区一级机关各部都有，有些处、科层层都有，大的拥有几十万元，小的也有几百元。省、地、县、区、厅、处也层层都有，数目估计有两亿元至三四亿元。这些"小家当"一般用于投资工业与手工业，补贴工作上的需要，补助某些干部的特殊困难与机关工作人员的一般福利。但是，用于铺张浪费，特别是用在少数干部身上，也占很大部分。而且机关生产实际上与商业投机有联系，为贪污受贿大开方便之门。从已经暴露出来的大量问题看，"小家当"利少害多，需要有步骤地予以取缔。"三反"运动暴露出党政军机关从事生产经营存在的严重问题，引起党中央、毛泽东高度重视，认为这不是中南一个地区的问题，而是全国的问题，要研究出一个切实可行的办法，包括党、政、军、民在内一揽子解决，并将此问题交由政务院研究讨论。

党政军民机关从事生产经营，是1940年老解放区供给困难时，提倡"自己动手克服困难"的历史产物。在战争时期，它对发展生产，保障供给，支援战争，克服财经困难，起过积极作用。但在全国胜利后，这种需要已经逐渐减少。虽然机关生产在解放后有了很大发展，对繁荣市场，解决机关财务困难，如工作人员的福利、家属补助、办公杂支等起过积极作用，但机关生产的分散和盲目性，已同国家经济的集中和计划性发生抵触，尤其是由于剥削阶级思想的侵蚀，致使一些国家工作人员分散精力，沉溺于通过机关生产追逐利润，贪图享受，出现了严重的贪污、浪费现象，成为"三反"斗争中最普遍而又必须解决的问题。薄一波在中央人民政府干部会议上指出："刘青山、张子善之所以能够肆无忌惮地贪污浪费，就是把天津地委的机关生产作为他们营私舞弊、藏垢纳污的掩护工具。"

针对上述情况，政务院先后两次召开会议讨论，认为全国解放后机关生产的存在和发展，在于供给制标准内个人生活部分和机关杂支部分始终保持在较低水平，决定通过全国供给制工作人员统一增加津贴的办法来解决这个问题。同时，经党中央批准，于1952年3月12日发布《政务院关于统一处理机关生产的决定》，决定结束机关生产，并规定了具体办法：所有各级人民政府、人民解放军、学校党派、人民团体及其所属各部门、各单位所经营的工业、农业、商业、建筑业、交通运输业等机关企业，除经批准经营的某些生产事业以外，一律由中央、大行政区、省（市）、专区、县各级人民政府，组织机关生产处理委员会予以登记和清理；一切机关生产的企业投资，不论其来源如何，均应听候统一处理；一切机关生产的收入，一律不准提取，违者定予严惩。中央的这项决定，在各地雷厉风行，令行禁止，有效地

◆ 1952年2月河北省人民法院临时法庭举行公审大贪污犯、前中共天津地委书记刘青山、前天津地区行署专员张子善大会。

堵塞了机关生产造成的以权谋利、商业投机、不公平竞争及侵蚀干部队伍等弊病产生的根源，使"三反"运动在克服党政部门自身的缺点方面取得重要成果。

从4月开始，"三反"运动转入核实定案处理阶段。政务院相继公布《中央节约检查委员会关于处理贪污、浪费及克服官僚主义错误的若干规定》、《关于"三反"运动中成立人民法庭的规定》。4月22日，中央人民政府公布实施《中华人民共和国惩治贪污条例》。上述法令法规，明确规定了有关问题的处理方针、处理办法、处理步骤及批准权限等，并使有关的处理工作进入法庭审判程序。按照上述文件的规定，党和政府根据"斗争从严，处理从宽"、"惩治与教育改造相结合"的方针，对在运动中揭发出来的犯有不同程度的贪污、浪费及官僚主义错误的人员，分别作出不同的处理。

在"三反"运动"打老虎"阶段，由于对情况估计过于严重，政策界限不清，曾发生过盲目追求数量、斗争扩大化和逼供信等过火偏向。在对斗争的指导上，也有操之过急，下达"打虎"指标过高、各地强求一律等问题。为此，毛泽东及时进行纠正。2月下旬，他在转发有关工作报告的批语中，强调"注意调查研究，算大账，算细账，清查老虎真假，严禁逼供信"，"是目前打虎作战是否能取得完全胜利的关键的所在"。进入定案处理阶段后，毛泽东又在转发有关"三反"追赃定案经验报告的批语中指出："现当三反运动进至法庭审判、追赃定案的阶段，必须认真负责，实事求是，不怕麻烦，坚持到底，是者定之，错者改之，应降者降之，应升者升之，嫌疑难定者暂不处理。总之，必须做到如实地解决问题，主观主义的思想和怕麻烦的情绪，必须克服。"

遵照中央的指示，各地在定案处理中一般都实事求是地进行了甄别和纠正工作，经过核实定案、正确处理之后，贪污分子的总数有大幅度下降。据1952年10月25日中共中央批转安子文《关于结束"三反"运动和处理遗留问题的报告》统计：全国县以上党政机关参加"三反"运动的总人数为386万多人（不包括军队的数字）。经核实，全国贪污1000元以上的贪污分子共10.5万多人，贪污的赃款赃物总计6亿元。对各类贪污人员的处理，免予处分的占75.7%，给予行政处分的占20.7%，判处刑事处分的占3.6%。其中，对有严重贪污行为的罪犯，判处有期徒刑的9942人，判处无期徒刑的67人；经中央和大区批准判

处死刑立即执行的42人，判处死刑缓期执行的9人。[1]这些数字，都大大低于"打虎"预算时所高估的数字，说明在"三反"定案工作中基本上贯彻了"处理从宽"的精神。

"三反"运动历时半年多，于1952年6月结束。这是中国共产党在全国执政后，为保持党和国家工作人员清正廉洁而进行的反腐败斗争的初战。"三反"斗争采取群众运动的方式，是由当时法制尚在初创的历史条件所决定的，不可避免出现一些偏差，但基本上得到及时的纠正。"三反"运动清除了党和国家干部队伍中的腐化分子，挽救了一批犯错误的同志，教育了干部的大多数，制止了腐败现象的滋生和蔓延。同时，"三反"运动还起到移风易俗的作用，有力地抵制了旧社会的恶习和资产阶级的腐蚀，在全社会逐渐形成节俭朴素、廉洁奉公的一代新风。"三反"运动注意到制定法规条例，建立人民法庭，依法惩治贪污分子。毛泽东当时总结说：实事求是地进行法庭审判，追赃定案，"这是共产党人统治国家的一次很好的学习，对全党和全国人民都具有很大的意义"。

抓住资产阶级的"小辫子"，把它的气焰整下去

当着"三反"斗争大张旗鼓深入展开的时候，各地揭露出的大量事实表明：党政军民机关内部贪污分子的严重违法活动，大多和社会上资产阶级中的不法分子有牵连；几乎所有重大贪污案件的共同特点，都是不法资本家和干部队伍中的蜕化分子相互勾结，合谋盗窃国家财产。为了牟取非法暴利，不法资本家总是采用打进来、拉出去的办法，千方百计腐蚀、拉拢、收买国家机关和经济部门的工作人员，为其进行各种违法活动大开方便之门。这些违法活动主要有：行贿、偷税漏税、盗骗国家资财、偷工减料、盗窃国家经济情报，简称"五毒"。在许多城市，不法资本家大肆施放"五毒"，已达到十分猖獗的地步，这不仅腐蚀和毒害了一批国家机关工作人员，成为引发和助长贪污、浪费、官僚主义现象的一个重要根源，而且严重地破坏了国家的经济建设，给国家财产和社会经济秩序造成极大的损失和危害。根据这种情况，中共中央、毛泽东果断决定，在进行"三反"斗争的同时，进行反对不法资本家"五毒"行为的"五反"斗争，坚决打退他们的猖狂进攻，以保卫国家的经济建设，有效地制止干部被腐蚀的危险。

1952年1月26日，中共中央发出毛泽东起草的《关于在大中城市开展五反斗争的指示》，提出："在全国一切城市，首先在大城市和中等城市中，依靠工人阶级，团结守法的资产阶级及其他市民，向着违法的资产阶级开展一个大规模的坚决的彻底的反对行贿、反对偷税漏税、反对盗骗国家财产、反对偷工减料和反对盗窃国家经济情报的斗争，以配合党政军民内部的反对贪污、反

◆ 1952年2月上旬，"五反"运动在全国展开，各地纷纷设立坦白检举联络站。

[1]《建国以来重要文献选编》第三册，中央文献出版社，1992年版，第385～386页。

◆ “五反”运动中，上海黄浦区国际贸易业的资本家排队向“五反”委员会递交“坦白书”。

对浪费、反对官僚主义的斗争，现在是极为必要和极为及时的”。中央要求，各城市的党组织对于阶级和群众的力量必须作精密的部署，必须注意利用矛盾、实行分化、团结多数、孤立少数的策略，在斗争中迅速形成“五反”的统一战线，使那些罪大恶极的不法资本家陷于孤立，以便国家给他们以各种必要的惩处。在指示中，毛泽东对开展“五反”斗争的范围，斗争的方针、策略和任务，作了明确的原则规定。这是中共中央下达的严厉打击不法资本家“五毒”行为的第一道动员令。“五反”斗争与“三反”斗争相互配合，很快在全国范围内形成了一个打退不法资产阶级分子猖狂进攻的斗争高潮。

从各地揭露出来的情况看，随着国家财政经济状况的好转和私人资本主义经济的复苏，一些不法资本家违背《共同纲领》和国家法令的“五毒”行为涉及面相当广。据国家税务局1950年的典型调查提供的资料：上海3510家纳税户中，有逃税行为的占99%；天津1807户中，有偷税漏税行为的占82%。又据北京市1952年的调查，大约有13087户、占26%的工商户有不同程度的行贿行为。据1952年上半年“五反”运动期间的材料，北京、天津、上海等九大城市45万多户私营工商业主中，不同程度犯有“五毒”行为的就有34万户，占总户数的76%。不法资本家不仅千方百计地偷税漏税，而且在承建国家工程、完成加工定货任务中偷工减料，弄虚作假。尤其是在运往朝鲜前线的军需物资里，有不法厂商制造和贩卖的变质罐头食品、伪劣药品、带菌救急包，造成一些战士致病，致残，甚至断送生命。不少资本家拉拢、收买党和国家机关工作人员。少数被收买的干部从资本家那里领取干薪、干股，或者拿回扣、佣金，充当坐探、代理，同他们合伙进行违法犯罪活动。各地还揭露了不法资本家

◆ 北京市人民群众斗争偷税漏税罪犯。

◆ 1952年2月，武汉市人民法院公审暗害中国人民志愿军的不法奸商。图为受害的志愿军伤员吴云章，在法庭上作证。

盗窃国家经济情报的问题。如重庆市的资本家，发起组织“星四聚餐会”、“联谊会”、“茶话会”等秘密结社，联合对抗国营贸易公司和合作社，勾结国营企业的生产、技术干部里应外合，有组织、有计划地盗窃国家经济情报以及各种加工订货计划、机器蓝图等，采用哄抬价格、偷工减料、以劣充好、掺假虚报等手段，盗窃国家财产，以至垄断各行业加工订货的大宗定单，等等。少数资本家的严重“五毒”行为，激起全国人民的公愤。“打退资产阶级的猖狂进攻”，一时成为全国上下强烈的呼声。

对于这场斗争的起因和性质，毛泽东在一次谈话中指出，刚进城时，大家对资产阶级都很警惕；1950年上半年，党内曾有一个自发、半自发的反对资产阶级的斗争，这个斗争是不妥当的，也是错误的；但在后来的一年多时间内，大家对资产阶级不够警惕了；资产阶级过去虽挨过一板子，但并不痛，在调整工商业中又嚣张起来了，特别是在抗美援朝加工订货中赚了一大笔钱，政治上也有了一定地位，因而盛气凌人，向我们猖狂进攻起来。现在已到时候了，要抓住资产阶级的“小辫子”，把它的气焰整下去。“这是一场恶战”[①]。

划清政策界限，“五反”慎重定案退补

打击经济领域的“五毒”行为和党政机关内部的反“三害”斗争，既有密切联系，又在性质、任

◆ 上海大康药房经理王康年因向志愿军出售伪劣医药用品被逮捕。王康年后被判处死刑。

①引自薄一波：《若干重大决策与事件的回顾》，中共中央党校出版社，1991年版，第165～166页。

务、目的和范围等方面有很大不同。在"坚决打退资产阶级的猖狂进攻"的口号下,"五反"运动迅速展开后，很容易助长急于消灭私人资本主义,提早实行社会主义的"左"的情绪。部分干部和工人由于对"五反"斗争的政策界限不清楚,运动初期曾出现捉人关店、乱斗资本家的过激行动,乃至闹出资本家被逼自杀的乱子。有的单位还超出"五反"的范围,提出单纯地反暴利、反逃汇套汇、反隐瞒敌产、反剥削、反压迫、反对资本家的腐化生活等口号。党中央、毛泽东及时发现这些问题,陆续在明确"五反"的内容,划清政策界限,确定斗争目标,防止出现偏差等方面作出具体规定。

3月1日，毛泽东将西南局关于不宜提"反暴利"口号的报告批转各地,指出:"真正违反国家和人民利益的暴利,已包含在'五反'的各项对象中,故只应提'五反',不应再提反暴利。隐匿侵吞敌产、逃走外汇两事,国家已有法令,又可包括在'盗窃国家财产'一项内。倒卖金银、偷卖鸦片白面两事,国家亦有法令,可依法办理,不必于'五反'外另立项目,变为'六反'、'七反'。"

3月23日,中共中央就"五反"斗争中及其以后必须达到的目的发出指示,概括为八条:(1)彻底查明私营工商业的情况,以利团结和控制资产阶级，进行国家的计划经济。(2)明确划分工人阶级和资产阶级的界限,肃清工会中的贪污现象和脱离群众的官僚主义现象,清除资产阶级在工会中的代理人。(3)改组同业公会和工商联合会,把那些"五毒"俱全及其他完全丧失威信的人们开除出这些团体的领导机关,把在"五反"中表现较好的人们吸收进来。(4)帮助民主建国会的负责人整顿民主建国会,开除那些"五毒"俱全及大失人望的人,增加一批较好的人,使之成为一个能够代表资产阶级主要是工业资产阶级的合法利益,并以《共同纲领》和"五反"的原则教育资产阶级的政治团体。资本家的秘密结社，例如"星四聚餐会"等,则应设法予以解散。(5)清除"五毒",消灭投机商业,使整个资产阶级服从国家法令,经营有益于国计民生的工商业;在国家划定的范围内,尽量发展私营工业,逐步缩小私营商业;国家逐年增加对私营产品的包销定货计划,逐年增加对私营工商业的计划性;重新划定私资利润额,既要使私资有利可图,又要使私资无法夺取暴利。(6)要使资本家废除"后账",实行经济公开,并逐步建立工人、店员监督生产和经营的制度。(7)从补偿、退赃、罚款、没收中,追回国家及人民的大部分经济损失。(8)在一切大的和中等的私营企业中建立党的支部,加强党的工作。[①]

上述部署表明,"五反"运动不仅仅是经济领域的斗争，而且是工人阶级同资产阶级限制与反限制的一场政治斗争。在新民主主义建设时期,"五反"斗争在政策指导上,必须遵照《共同纲领》办事,最重要的政策界限,就是违法不违法。私人资本主义在《共同纲领》范围内的发展,是合法的,应该利用和保护;离开这个范围,就是不合法，必须打击和限制。毛泽东明确指出:"违法不违法,对资产阶级是一个政治标准。""这不是对资产阶级的政策的改变,目前还是搞新民主主义，不是社会主义;是削弱资产阶级,不是要消灭资产阶级;是要打它几个月,打痛了再拉,不是一直打下去,都打垮。"[②]为此,中央强调在"五反"斗争中,应集中打击少数大的不法工商业家,对于罪恶不大的工商业家,应争取他们自动坦白,悔过自新,争取他们拥护政府的政策，至少使他们保持中立态度。对于作正当经

①《毛泽东文集》第六卷,人民出版社,1999年版,第200～201页。

②引自薄一波:《若干重大决策与事件的回顾》,中共中央党校出版社,1991年版,第167页。

营的工商业家，必须予以保护，并团结他们向不法商人作斗争。[①]

当时党内和理论界的一些同志没有很好地领会中央的意图。中央宣传部主办的《学习》杂志在1952年第1～3期连续发表文章，否定民族资产阶级在现阶段还存在两面性，认为只有反动的腐朽的一面，当前的斗争"给资本主义敲了丧钟"。毛泽东发现后，立即给予严肃的批评和纠正，中宣部对此作了检讨。为了防止这种违反党的路线和政策的错误思想继续滋长，中共中央向各领导机关批转了薄一波关于在运动中必须向干部群众说明几个政策性问题的报告，其中一个重要政策问题是："《共同纲领》规定的民族资产阶级应有的政治和经济地位仍然没有改变"。这是允许私人资本在有利于国计民生范围内存在和发展必须掌握的一条政策底线。为避免误解，防止偏差，毛泽东在有关文件中特意将"资产阶级的猖狂进攻"，改为"来自不法资产阶级分子的猖狂进攻"。

在"五反"斗争中，各大中城市首先通过大量揭露不法资本家严重违法的事实，使他们陷于孤立。各级政府抽调大量干部和产业工人、店员积极分子组成检查组，分批进驻私营厂店，以企业的工人、店员为骨干，团结一般职员，争取高级职员，形成以工人阶级为主体的"五反"统一战线。对重点户采取自上而下的重点检查和自下而上的发动群众进行面对面的说理斗争。对犯有一般违法行为的资本家摆明政策，申明利害，要他们选择坦白立功的道路。

为了严肃地、谨慎地和适时地处理"五反"运动中工商户严重违法和完全违法的案件以及其他应经审判程序处理的案件，保障"五反"运动的顺利结束，政务院决定：凡工商户违法案件较多的城市，得在市人民政府领导下设立人民法庭进行审判，并得以一个区或几个区为单位，设立分庭。在进行审判时，应吸收人民团体的代表，特别是工人、店员和守法工商户、基本守法工商户的代表陪审。

由于运动来势迅猛，限期展开，各地除一度出现打击面过宽的情况以外，一个突出问题是正常的经济生活受到很大冲击。据各地报告，主要是工商业表现出暂时的显著的停滞现象，贸易额大大缩小，税收大幅度下降，许多私营工厂无事可做，大量工人失业。工商业的停滞使大量城市贫民生活受到影响，他们对运动已开始表示不满；上海、天津等大城市一部分经济部门的工作几乎停顿，国营企业的业务活动也受

◆ 上海市召开店员"五反"运动代表会议，人民群众纷纷写信检举揭发不法资本家的"五毒"行为。

1949

1956

①中共中央批转的薄一波关于《中央各机关三反运动情况及今后意见的报告》，1952年1月21日。

到冲击。这些问题如不设法解决，将使财政经济陷入被动地位。

党中央、毛泽东十分重视运动中出现的问题和偏差，及时指示各大城市必须注意政策，采取措施，加强控制，注意维持经济生活的正常进行，生产、运输、金融、贸易均不能停顿。在整体部署上，决定适当缩短斗争持续的时间，在全国最大的工商城市上海暂不发动"五反"，县以下的"五反"推迟到春耕以后，中等城市尚未开展运动的也要视情况进行安排。在经济工作上，毛泽东提出："五反"斗争要做到群众拥护，市场繁荣，生产有望，税收增加。2月24日，中财委出台四项措施：(1)财经部门立即抽出四分之一到三分之一的力量抓业务，以后逐步增加；(2)中央贸易部立即恢复收购土特产及加工定货；(3)省、县两级要不违农时地抓好春耕，准备防旱抗旱；(4)国营工业、交通部门要千方百计完成生产计划，补回损失。这些措施，在一定程度上缓解了群众运动带来的经济秩序紊乱的状况，大体上做到了斗而不乱，避免了前一个阶段发生的偏差。

为使"五反"运动按正常轨道健全发展，3月5日，中共中央批准北京市委的建议，发出《关于在"五反"运动中对工商户分类处理的标准和办法》。毛泽东在批语中指出：对工商户的处理，要掌握过去从宽，将来从严；多数从宽，少数从严；坦白从宽，抗拒从严；工业从宽，商业从严；普通商业从宽，投机商业从严的原则。在"五反"目标下划分私人工商户的类型，应分为五类，即守法的、基本守法的、半守法半违法的、严重违法的、完全违法的。就大城市说，前三类约占95%左右，后二类约占5%左右。检查违法工商户必须由市一级严密控制，各机关不得自由派人检查，更不得随便捉人审讯。根据中央的这个指示精神，各地根据实际情况对私营工商户进行分类排队，减少了盲目性和主观随意性。

从5月初开始，各地"五反"运动陆续进入定案、补退阶段。针对运动给经济生活带来的某些负面影响，党中央、毛泽东研究和批转了华东的三个材料，即华东局副书记谭震林关于"五反"后引起的新问题的报告、浙江省委关于"五反"问题综合报告、上海市委关于"五反"后的情况报告，就善后处理中的有关政策性问题作了规定，并要求各级党委和政府做好工作，使资本家重新靠拢我们。

针对"五反"后引起的工人失业，成品积压，生产经营无人负责，资本家普遍感到退补负担很重，对今后如何经营无所适从等新问题，5月9日《中央关于五反定案、补退工作等指示》确定，补退工作要合乎经济情况的实际，必须使一般资本家在补退之后还有盈余，补退的比例以照三分之一略多一点为适宜；补退的时间向后推迟，数大者可分多年退补，一部分还可转为公股，不要交出现金；罚款的只能是极少数人，判刑尤其要少；工缴费不应采取苛刻政策；工人监督生产只是试行，待资本家喘过气来再逐步推广；工人福利问题的解决要合乎实际经济情况，太高则陷自己于被动。中央认为，以合理的从宽政策结束斗争，就能在政治上和经济上完全取得主动，使经济迅速恢复和发展，使资本家重新靠拢我们，恢复经营积极性，使工人不致失业；同时向一切违法资本家宣示宽大，表明"五反"斗争"主要不是为了搞几个钱，而是为了改造社会"。

5月20日，中央发出《关于争取"五反"斗争胜利结束中的几个问题的指示》，指出：目前对于各类工商户的正确定案，适当处理，是争取"五反"斗争胜利结束的具有关键意义的工作。处理

的原则是“斗争从严、处理从宽，应当严者严之，应当宽者宽之”。中央要求各地继续掌握宽大与严肃相结合的精神，实事求是地进行定案处理工作，务要作到合情合理，既有利于清除资产阶级的“五毒”，又有利于团结资产阶级发展生产和营业。按照中央的指示，各地在定案过程中，坚持了实事求是的做法，并允许资本家申诉和进行复查，工作做得比较稳妥，资本家一般比较满意。至6月底，“五反”运动在全国基本结束。

据华北、东北、华东、西北、中南五大区67个城市和西南全区的统计，参加“五反”运动的工商户总共有999707户，受到刑事处分的只有1509人(很少数尚未定案者不包括在内)，仅占工商户总数的1.5‰。因犯有破坏抗美援朝战争、最严重损害国家利益罪行，经中央批准判处死刑的有19人(其中5人缓期执行)，占判刑总数的1.26%。据北京、天津、上海、武汉、广州、重庆、西安、济南八大城市统计，“五反”运动中定为守法户的约占总户数的10%～15%；基本守法户占50%～60%；半守法半违法户占25%～30%；严重违法户占4%；完全违法户仅占1%。[①] 1954年，中央又指示各地对“五反”的遗留问题再作一次调查处理。结果表明，只有少数案件有计算偏高、处理偏重的情况，对绝大多数工商户违法问题的处理是正确的，基本上做到了善始善终。

“五反”运动有力地打击了不法资本家严重的“五毒”行为，在工商业者中普遍进行了一次守法经营教育，推动了在私营企业中建立工人监督和民主改革，从而在工人阶级同资产阶级限制与反限制的斗争中取得又一回合的胜利，并为后来开展资本主义工商业的社会主义改造创造了有利条件。从总体上看，这次“五反”运动是成功的，不仅体现了党对民族资产阶级的又团结又斗争的政策，体现了有理有利有节的斗争策略，在对不法资本家的处理上也体现了严肃与宽大相结合的方针，并且体现了政治斗争与经济发展相结合的原则。1952年8月，毛泽东在政协全国委员会第三十八次常务委员会会议上，概要地总结了开展增产节约运动和“三反”、“五反”斗争的情况，并宣布：“现在‘三反’、‘五反’运动胜利结束，问题完全清楚了，天下大定。”

从另一方面看，由于对不法工商户违法行为的斗争，主要依靠临时性的群众运动，“五反”斗争也存在火力过猛，打击面过宽和有些处理措施失当的缺点。致使一些资本家对前途失去希望，有的犹豫观望，有的消极经营或关厂歇业，不少人向香港或境外抽逃资金。1952年上半年，各地出现市场萧条、工业生产下降、城乡内外交流不畅、私营工商业全面萎缩的态势。相连带的是，三四月间出现了又一次失业高峰，不少地

◆ “五反”运动中，上海市五洲大药店通过《爱国公约》。

①中共中央批转廖鲁言《关于结束“五反”运动和处理遗留问题的报告》，1952年10月25日。

区的生产和税收大幅度下降，劳资关系和公私关系紧张。针对上述情况，党和政府在"五反"结束后新的基础上，进行了以调整商业和税收为重点的第二次工商业调整。

在工业方面调整公私关系，主要是扩大加工订货和产品收购，适当上调工缴费和成品收购价格，使资本家在正常合理经营的前提下，可获得10%～30%的利润。在商业方面，适当扩大私人经营零售和贩运业务的范围；公私商业在零售方面的比重，全国平均确定在25%和75%的比例不变；适当扩大批零差价和地区差价；调整市场管理措施，进一步取消各地对私商的各种限制，禁止国营贸易机构的独占垄断行为，鼓励私商参加物资交流，使私商既有正当经营获利的可能，又防止商业投机活动。同时，中国人民银行降低放款利率30%～50%，5月至8月，国家银行对私营工商业的放款总额达3亿元，较前增加2倍，以鼓励和扶持私营工商业发展。对劳资关系的调整，主要是保护资方的财产，维护资方对企业的经营管理和人事调配权，但资方必须接受工人监督，遵守政府法令。

第二次工商业调整，及时改善了公私关系和劳资关系，维持了社会就业，商品价格稳中有升，扭转了市场萧条和私营工商业经营困难的局面。经过调整，私人资本主义经济继续有所发展，1952年同1951年相比，私营工业总产值增长4%，1953年比1952年则增长24.6%；私营工业中的国家资本主义初级和中级形式得到较大发展，使相当一部分私营工业的生产逐步纳入国家计划的轨道。私营商业的营业额也明显回升，1953年与1952年相比，批发额增长16.4%，零售额增长14.4%。在"五反"运动后的一段时间里，资本主义工商业在《共同纲领》轨道上继续发挥了有益于国计民生的积极作用。

五、领导建设新中国的核心力量

共产党对国家政权的领导方式

《共同纲领》对中华人民共和国国体开宗明义的规定，确立了工人阶级的先锋队中国共产党在国家生活中的领导地位，并为参加建国的各民主阶级、民主党派、人民团体和各界爱国人士所承认和接受。这是中国人民在推翻帝国主义、封建主义、官僚资本主义反动统治的长期斗争中，对全心全意为民族、为人民谋利益的中国共产党产生深刻认识的基础上作出的共同选择，是近代中国历史发展的必然结果。坚持共产党的领导，是新中国立国的一项基本原则。中华人民共和国一经成立，中国共产党即由领导人民为夺取全国政权而奋斗的党，成为领导人民掌握全国政权的执政党，在国家权力配置结构中处于领导核心的地位。共产党对整个国家的领导，首先是通过政权组织来实现的。

新中国成立时，党的领导核心——中共中央书记处[①]的五位书记中，有四位分别担任中央人民政府委员会主席、副主席和政务院总理职务。党的许多高级领导人被选入中央人民政府委员会，分别担任政务院副总理、政务委员及其他政府机关领导职务。在大行政区一级，党的各中央局第一书记一般同时担任军政委员会或人民政府委员会主席。这种领导人员"党政合一"的形式，既是共产党取得执政党地位的具体表现，又是由建国初年创建和巩固人民政权的客观需要所决定的。它并不意味着党的机关即是国家权力机关，党的职能可以混同于政府的职能，也不

①相当于中央政治局常务委员会。

等于说党可以直接对政府发号施令。

党在执政之初，注意到要正确处理党政关系问题。1949年10月30日，中共中央宣传部及新华总社发出指示："在中央人民政府成立后，凡属政府职权范围的事，应经由政府讨论决定，由政府明令颁布实施。其属于全国范围者应由中央政府颁布，其属于地方范围者由地方政府颁布。不要再如过去那样有时以中国共产党名义向人民发布行政性质的决定、决议或通知。"[①]周恩来具体分析说："我们已经在全国范围内建立了国家政权，而我们党在政权中又居于领导地位。所以一切号令应该经政权机构发出"。"党政有联系也有区别。党的方针、政策要组织实施，必须通过政府，党组织保证贯彻。"[②]

在建国初期，关于党对国家政权机关的正确关系基本概括为：一、对政权机关的工作性质和方向应给予确定的指示；二、通过政权机关及其工作部门实施党的政策，并对它们的活动实施监督；三、挑选和提拔忠诚而有能力的干部（党与非党的）到政权机关中去工作。[③]遵循上述原则，中央人民政府有关国家的法律、法令及重大方针，虽然都是由党首先创议，或者拟出初稿，但均须经过政协全国委员会或其常务委员会讨论，提出补充修改意见，然后提交中央人民政府委员会或政务院讨论通过，再颁布实施。

为了加强党对政府工作的领导，建国之初在中央人民政府内设立了中国共产党委员会。按照中共中央的规定，它的职能主要是依据中央人民政府的政策决议，保证政府部门各项行政任务的完成。为了在政府各部门贯彻党的政治路线及各项方针政策，依据党章规定，在中央人民政府内由担任负责工作的共产党员组成党组。其职能主要是使政府各部门中党的领导人员能够有组织地、统一地领导所在部门的党员，贯彻执行中央的各项政策、决议和指示。

建国初年，政务院党组、最高人民法院和最高人民检察署联合党组，均直属中央政治局直接领导。党中央一切有关政府工作的决定，党组必须保证执行，不得违反。政务院下属各委、部、会、院、署、行，分别成立分党组或党组小组。由于中央人民政府各部门的领导成员中都有一些非共产党人士，所以政府工作中一些重大问题需要通过党组系统向党中央请示报告，党中央有关政府工作的指示或决定，也需要经由党组统一党内认识，然后具体贯彻实行，并通过党组加强党员干部同非党干部的团结。后来，地方各级国家机关和人民团体都陆续实行了党组制度。

在建国初期，各级政权机构尚处在初创阶段，而共产党领导政权的体制在解放区时期就已经形成。新中国成立时，中国共产党拥有450万党员和纪律严明的组织系统。在中共中央的领导下，有6个中央局，4个中央分局；24个省委，17个区委；134个市委，218个地委和盟委，2142个县委和旗委，15494个区委，约20万个支部。就分布范围、办事效率及动员能力来说，党的组织系统大大超过刚组建的政府系统，实际上成为各级政府有效运行的坚实基础。因此，在各项工作中党政军民各系统的关系上，沿用了战争年代党的一元化领导方式。各中央局和按行政区划建立的各级党委，以各该地区最高领导机关的地位，统一领导地方党政军民、财经工商、科教文卫、城市乡村各方面的工作，有力地保证了土地改革、镇压反革命和抗美援朝战争的顺利进行和国民经济的恢复和发展。

新中国成立后，在中国共产党制定的组织路线、干部政策的指导下，实行党管干部的原则，即

①《中国共产党宣传工作文献选编(1949～1956)》，学习出版社版，第10页。
②《周恩来统一战线文选》，人民出版社，1984年版，第174～175页。
③《董必武政治法律文集》，法律出版社，1986年版，第190～192页。

国家所有的干部，也都是党的干部；全国一切部门的干部，都要按照党的有关方针、政策和原则来统一管理。在管理制度上，除了军队系统的干部实行单独管理以外，其余干部都是由中央及各级党委组织部统一管理。除管理党的干部外，对于非党干部的任免调配及其他问题，也需要间接地或直接地予以管理。这是建国以后巩固人民民主专政，迅速恢复国民经济，开展有计划的经济建设的重要组织保证。

新中国成立后，党处于从领导人民夺取政权到领导人民掌握全国政权和进行经济建设的转变中，因而十分注重对经济工作的领导。1950年5月20日，毛泽东就"省以上各级党委必须经常讨论财经工作"发出指示，要求"各中央局主要负责同志，必须亲自抓紧财政、金融、经济工作，各中央局会议必须经常讨论财经工作，不得以为只是财经业务机关的工作而稍有放松。各分局、大市委、省委、区委亦是如此。中央政治局现在几乎每次会议都要讨论财经工作。"[1] 8月7日，毛泽东又作出批示，要求："政务院所属各部每次召集会议决定政策方针，都应如中财委所属某些部门一样，做出总结性报告，呈报我及中央书记处看过，经同意后除用政务院、各委或各部自己名义公告执行外，有些须用内部电报通知各地。"

根据中共中央、毛泽东的指示，中央财经委员会提出：各地财经机关和企业在制订政策和重要计划及决策时，应该像召开各专业会议那样，对党中央事前请示、事后汇报和经过批准。各地所有财经机关的工作，如果仅由业务机关单独进行，得不到党和政府的保证及支持，必然是做不好。必须通过党、依靠党，通过政府(或省财委)、依靠政府来保证。

在建国初期，国内阶级斗争形势还十分复杂，肃清残余敌人、镇压一切反革命分子的任务十分繁重。在紧张的对敌斗争中，只能依据党和人民政府的有关政策，规定一些临时的纲领性的法律条例；采取的主要斗争方式仍是自上而下地发动群众运动，以达到彻底解放社会生产力的目的。但群众运动本身主要靠的是人民群众的直接行动，而不完全依靠法律。这时，一方面制定较系统、完备的司法程序的客观条件还不成熟；另一方面地方各级人民法院、特别是完全崭新的检察机构还很不健全，党为了在大规模镇压反革命的运动中防止"左"的偏差，强调有关逮捕、审判，尤其是死刑判决，均须经过相当一级党委审批的原则；其中特别重要的案件判决，则须报经中央批准。这在当时的历史条件下是必要的。由此，政法系统逐渐形成一套十分严格的党内审批制度。虽然在不同时期各级党委或政法党组的审批权限范围有所变化，但这套制度基本上一直沿用下来。

执政条件下的整风整党

随着中华人民共和国的成立，中国共产党的建设进入了新的发展时期。从领导革命取得胜利到执掌全国政权，党担负着巩固人民民主专政，组织恢复生产和经济文化建设，管理国家社会事务，领导中国走向现代化等全新的任务，党的队伍能不能很快适应新的形势和要求，能不能在新的历史条件下继续保持同人民群众的血肉联系，继续保持谦虚谨慎和艰苦奋斗的优良传统，不被权力、地位和资产阶级的捧场所腐蚀，这是党在执政初期面对的十分严峻的考验。

在全国解放的时候，中国共产党已发展成为拥有450万党员、具有广泛群众基础的政党。由

[1]《毛泽东文集》第六卷，人民出版社，1999年版，第59页。

于全国政权的建立，党在过去秘密状态下的建党方式转变为公开建党。各地迅速建立和健全党的省、市、县各级委员会，并在新解放区广大城市和农村，在机关、学校及厂矿企业普遍建立起党的基层组织。1949 年是党的组织史上巨大发展的一年，全国新增加党员 140 万人。从党的基本队伍来看，绝大多数党员在革命胜利的形势下，能够保持勤勤恳恳为人民服务的革命品质，克己奉公，艰苦奋斗，遵守纪律，联系群众，积极发挥模范带头作用，在人民群众中享有很高的威信。这是党的状况的主要方面。

另一方面，党内也存在不少弱点和问题。首先，由于党过去长期处在分散的农村环境，党的组织分布很不平衡。除军队以外，有近 80%的基层支部在农村，大部分集中在老解放区和半老解放区；农民出身的党员占 80%以上。工矿企业基层支部数量只占百分之三点几，工人出身的党员不到总数的 6%。党员和干部的文化程度普遍很低。党组织的这种状况，对于担负领导建设新中国这样伟大艰巨的任务来说，是难以适应的。其次，在巨大胜利面前，一些党员产生了骄傲情绪和以功臣自居的情绪，以及贪图享受不愿再过艰苦生活的情绪。有的农民党员向往“三十亩地一头牛、老婆孩子热炕头”的生活，革命意志消沉；有的党员争名誉，闹地位，个人主义膨胀，利用手中的权力谋取私利，甚至腐化堕落。有些干部官僚主义、命令主义作风严重，用简单粗暴的态度对待群众，损害了党和政府的威信。此外，随着党组织的大发展，不可避免地带来鱼龙混杂的情况。革命已取得全国胜利，在有些人看来，现在加入共产党，不仅不要像过去那样经受生死斗争的考验和艰险，而且可以获得个人的许多保障以及荣誉、地位等，因而挖空心思钻进党内来，在一定程度上造成党的组织不纯。

总之，客观条件发生了很大变化，党的情况也出现了新的问题，这些问题和战争年代是不同的，它向党提出了如何在执政条件下进行党的建设的新任务。建国以后，党首先采取的一项重要措施，是加强对党的干部和党员实行党纪监督。1949 年 11 月，中共中央决定成立中央和各级党的纪律检查委员会，主要任务是检查和审理中央直属各部门及各级党的组织、党的干部及党员违犯党的纪律的行为。党的各级纪委同政府监察委员会在工作上密切配合，努力加强党风党纪建设。党的各级纪委的成立，是加强执政党建设的一项重要的制度建设。

鉴于党已经领导着全国政权，工作中的缺点和错误很容易危害广大人民的利益，1950 年 4 月，中共中央作出《关于在报纸刊物上展开批评与自我批评的决定》。《决定》要求：对于党和人

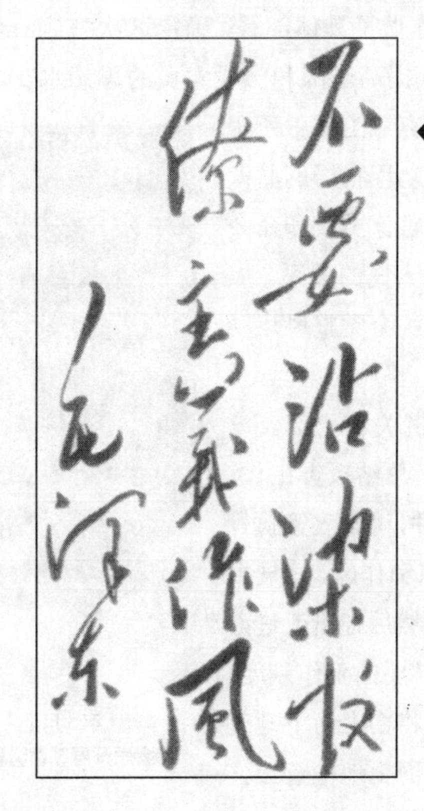

◆ 1950 年，中国共产党在全党范围内展开大规模的整风运动。中共中央要求全党，特别是领导干部，克服官僚主义作风，密切联系人民群众。这是同年 2 月27日毛泽东给松江省委的题词。

民政府及所有经济机关、群众团体工作中的缺点和错误，应公开地及时地在全党和广大人民中展开批评与自我批评，以防止严重官僚主义的毒害，更好地完成新中国的建设任务。为了公开地在报纸刊物上正确地展开批评与自我批评，中央规定：批评在报纸刊物上发表后，如完全属实，被批评者应在同一报纸刊物上声明接受，并公布改正错误的结果；如被批评者拒绝表示态度，或对批评者加以打击，即应由党的纪律检查委员会予以处理。这是党注意发挥人民的公开监督作用的一种必要方法。

鉴于在建国后几个月紧张繁杂的工作中，许多地方的干部表现出官僚主义、强迫命令主义的恶劣作风，已在人民中间引起不满，1950年5月1日，中共中央发出指示，要求在全党范围进行一次大规模的整风运动，严格地整顿全党作风，首先整顿干部作风。6月，七届三中全会对全党整风工作做了具体部署，确定这次整风的主要任务是：提高干部和一般党员的思想水平和政治水平，克服工作中所犯的错误，克服以功臣自居的骄傲自满情绪，克服官僚主义和命令主义，改善党和人民的关系。

三中全会后，全党整风运动即在各地开始。整风的重点，是整顿各级领导机关和干部。一般由首长负责，总结报告工作，阅读指定的文件，讨论政策执行情况，检查思想和作风，开展批评和自我批评，然后订出改进办法和建立健全必要的工作制度。各地在整风中，将由上而下地整顿领导，同由下而上地检查工作相结合，有针对性地克服上级机关的官僚主义和中下级机关的命令主义，纠正干部、党员中的居功自傲情绪和“革命到头”的思想。通过领导机关和干部具体工作上的改进，密切了党和人民群众的关系，为进行大规模土地改革作了组织上和干部上的准备。经分批整训，整风运动于1950年年底结束。

这次全党整风由于时间较短，只是初步解决了工作作风方面的问题，而未及解决党内思想不纯和组织不纯等问题。为此，1951年2月中央政治局扩大会议的决议，把“整党及建党”列为必须从各方面加紧进行的一项重要工作。3月下旬至4月上旬，中央召开第一次全国组织工作会议，决定从1951年下半年开始进行整党运动，计划用三年时间完成，重点解决党内思想不纯、组织不纯的问题。

在组织工作会议上，刘少奇代表中央作了《为更高的共产党员的条件而斗争》的总结，着重分析了革命胜利后党组织不同程度存在着的组

◆ 1951年3月至4月召开的党的第一次全国组织工作会议，对党员提出了更高的要求。会后开展了建国后的第一次整党工作。图为刘少奇在会上作报告。

织不纯、思想不纯的状况，提出在中国革命胜利的新形势下，必须更加提高党员的条件，才能担负起比过去更伟大更艰苦的革命任务和经济文化建设任务。会议通过了《关于整顿党的基层组织的决议》和《关于发展新党员的决议》，对整党建党工作做了具体部署。这次会议通过的决议中，规定了关于共产党员标准的若干基本条件，这是党在领导全国政权的新的历史条件下，为坚持更高的共产党员条件而斗争所做的新的努力。它对于在更高的水平上提高全体党员的思想觉悟，纯洁巩固党的组织，提高党的质量和战斗力，加强执政党的建设，具有重要意义。

根据组织工作会议的决议，这次整党的基本方法是：通过党的基层组织，普遍地对党员进行一次关于共产主义和共产党的教育；在思想提高的基础上，再对每一个党员进行认真的审查，以纯洁党的组织，提高党的质量和战斗力。

为了严肃认真而又谨慎地完成整党工作，中央部署一般分两个阶段进行。先是准备阶段，主要是训练整党工作干部，使他们完全掌握中央关于整党的方针、步骤和具体方法，然后再派到各基层组织去进行整党工作。从 1951 年冬开始，到 1952 年秋，全国共调集训练了整党工作干部 10 万余人，并且在 1.2 万个农村支部中进行了典型试验工作。在做好充分准备的基础上，进入整党阶段，全国各地以各个基层支部为单位，有计划有领导地分批开展组织整顿工作。第一步，是对广大党员普遍进行关于党纲党章和怎样做一个共产党员的教育；第二步，进行党员登记；第三步，党组织对党员作审查鉴定；最后是根据不同情况作出组织处理。

对党员的普遍教育，主要是使每一个党员清楚地了解在执政条件下新制定的共产党员标准的八项条件：1. 中国共产党是中国工人阶级的政党，是中国工人阶级的先进的有组织的部队；2. 党的最终目的，是要在中国实现共产主义制度，它现在为巩固新民主主义而斗争，将来要为转变到社会主义制度而斗争，最后要为实现共产主义制度而斗争；3. 共产党员必须下定决心，终身英勇地坚持革命斗争；4. 党员的斗争和工作必须在党的统一领导下进行；5. 党员必须把人民群众的公共利益，即党的利益，摆在自己私人的利益之上；6. 党员应经常地用批评和自我批评的方法，检讨自己工作中的错误和缺点，并及时地加以纠正；7. 党员必须全心全意地为人民服务；8. 党员必须努力学习马克思列宁主义、毛泽东思想。上述各项内容，就是教育和考察全体共产党员，包括接收新党员所必须坚持的条件。

在对党员进行审查鉴定的过程中，各级党组织一方面坚决清除混入党内的各种坏分子，以纯洁党的组织；一方面教育提高不完全具备党员条件，或有较严重毛病的党员，使他们努力符合党员条件。对于拒绝教育或教育改造无效的消极分子，采取妥善方法劝其退党，或撤销他们的党籍，以提高党的纯洁性和战斗力。

在整党进行中，全国开展了反腐蚀的“三反”运动。1952 年 2 月和 5 月，中央先后发出《关于整党工作必须与“三反”运动相结合的指示》和《关于在“三反”运动的基础上进行整党建党工作的指示》，指出“三反”运动对于共产党员是一次严格的考验，对于党的组织也是一次有效的清理，所以必须把两者结合起来。在“三反”运动中，广大群众揭露出一批党员和干部的贪污、浪费和官僚主义现象以及少数腐化变质分子，这是对党员和党组织的一次群众性的审查，它有力地

促进了整党运动的深入发展。

按照中央规定的整党方针、方法和步骤，经过各级党组织和整党工作干部的努力，整党工作进展顺利。据1953年6月底统计，在已完成整顿的基层组织中，平均约有90%的党员是合于或基本上合于共产党员标准的，约有10%不合于党员标准。经过整顿，共有32.8万人离开了党的组织，其中有23.8万混入党内的各种坏分子和蜕化变质分子被清除出党；有9万余人不够党员条件自愿或被劝告退党。

在整党期间，各地按照中央的要求，积极谨慎地发展新党员。到1953年6月底，全国共吸收107万新党员，新建立8.2万个党的支部，使全国共产党员的总数，由1951年的580万人增至636.9万人；基层支部由24.6万个发展到32.8万个。在50个职工以上的厂矿企业、大专学校，一般都有了党的组织。在党员的分布上，工矿企业中的党员数量比1950年增加了108%，增长得最快；学校教职员和学生党员增加了30%；农村中的党员增加了8.7%。[①]这些情况表明，党从农村进入城市掌握全国政权以来，经过整顿和发展，在组织成分和党员素质等方面都有了明显的改善和提高，进一步增强了党的战斗力和核心作用。

六、经济恢复与社会变迁

国民经济的全面恢复

在中国共产党和中央人民政府的正确领导下，从1949年10月新中国成立到1952年底，全国人民经过三年多的艰苦奋斗，顺利完成了全面恢复国民经济的任务。整个国家在经济、政治、文化建设和社会发展等方面取得显著成绩。

三年来，我国的农业生产得到全面恢复。国家对农业的投入逐年增加，其中用于水利建设的经费，占全国预算内基本建设投资总额的10%以上；全国共有2000万人参加了水利工程建设，完成土方量17亿立方米以上，相当于挖掘10条巴拿马运河或23条苏伊士运河。著名的根治淮河工程、官厅水库工程、荆江分洪工程，都是这一时期动工和加紧修建的，初步改变了国民党统治时期江河堤岸严重失修、水患频繁的状况，千百年来威胁中国人民的洪水灾害开始得到防治。配合治理江河，各地大力整修水渠塘堰，扩大农田灌溉面积。同时，在党的积极提倡和鼓励下，各地的农业生产互助合作有了很大发展。所有这些，促进了农业生产的迅速恢复和发展。

到1952年，我国粮食总产量由1949年的2263.6亿斤增加到3278.4亿斤，增长44.8%，已超过建国前1936年历史最高水平9.3%。棉花总产量从1949年的888.8万担增加到2607.7万担，增长193.4%，超过1936年历史最高水平53.6%。

工业生产的恢复，重点是恢复国计民生所急需的矿山、钢铁、动力、机器制造和主要化学工业，同时恢复和增加纺织及其他轻工业生产。按照中央的部署，东北工业基地率先恢复了工业生产，用生产出来的机器设备和工业物资，支援了上海、天津等沿海城市工业的恢复。除重点恢复和改造原有企业以外，三年内国家抽出一部分资金，有计划地新建了一批急需的工业企业，如阜新海州露天煤矿，鞍山钢铁公司无缝钢管厂和大型轧钢厂，山西重型机械厂，武汉、郑州、西安、新疆的纺织厂，哈尔滨亚麻厂等。这批新建厂后来都成为我国工业的骨干企业。

到1952年底，全国主要工业产品产量，大大

①中共中央组织部《关于整顿党的基层组织及发展新党员工作的执行情况的报告》，1954年1月16日。

◆ 为确保长江中游航运交通和江汉平原的安全，1952年4月国家开始进行荆江分洪工程建设。图为在荆江分洪工程清淤作业中奋战的军民。

超过1949年的水平。其中，钢产量达到134.9万吨，比1949年增加7.54倍，比1943年历史最高水平增加46.3%；生铁产量比1949年增加6.72倍，比1943年历史最高水平增加7.2%。此外，原油、电力、原煤以及水泥、纯碱、烧碱、金属切削机床等重要工业品，都超过历史上最高产量。棉纱、棉布、食糖等主要轻工业产品也超过历史最高水平。平均计算，1952年新中国工业生产超过旧中国最高水平23%。[1]

交通运输和邮电业的恢复与发展得到政府的充分重视。恢复时期，交通运输和邮电业的投资占了三年基本建设总投资的22.7%，在整个经济建设投资中占据了首要地位。在交通运输业的投资中，又主要投资于铁路建设。到1952年，穿越大西南腹地的成（成都）渝（重庆）铁路，在大西北恶劣条件下修筑的天（水）兰（州）铁路先后竣工，全国铁路营业里程达2.29万公里。全国铁路货运量1950～1951年增长11%，1951～1952年增长19.3%。铁路运输业的快速恢复和发展，沟通了全国各大行政区、大城市，促进了全国的物资交流。

公路与水路的恢复较铁路投资相对较少，恢复速度更快。到1952年，全国公路通车里程由解放初的5.4万公里增加到13.02万公里。为配合解放军进军西藏，各筑路大军在海拔近5000米的6座大雪山和悬崖深谷间顽强奋战，修筑了以通往“世界屋脊”而著称的康藏公路。全国公路货运量由1949年的7963万吨增加到1950年的8887万吨，增长11.6%；1950～1951年增长53.3%，1951～1952年增长56.5%。到1952年，内河航运里程达9.5万公里，比1949年增加29%。全国水路货运量由1949年的2543万吨增加到1950年的2684万吨，增长5.54%，1950～1951年增长43.8%，1951～1952年增长33.2%。民用航空航线里程1.31万公里，其中国际航线5100公里。

①《中国统计年鉴(1984年)》，中国统计出版社，1984年版，第249页。

◆ 水利是农业的命脉。1950年冬，治淮工程开工。

◆ 1952年底，国民经济恢复工作胜利完成。我国粮食、棉花产量分别比解放前的最高年产量增长9.3%和53.6%；农民收入比1949年增加30%以上。

经过全国人民的艰苦努力，整个国民经济得到全面恢复和初步发展。1952年，工农业总产值810亿元，比1949年增长73.8%；按1952年不变价格计算，比解放前最高水平的1936年增长20%。其中，工业总产值比1949年增长145.1%，平均每年递增34.8%；农业总产值增长48.4%，平均每年递增14.1%。原煤、钢、发电量、棉纱等主要工业品，粮、棉、大牲畜、生猪等主要农产品的产量，均已超过解放前的最高水平。按可比价格计算，1952年的国民收入比1949年增长64.5%。

三年来，国家财政收入有了成倍增加，1952年比1950年增长181.7%，连续两年收大于支，均有结余。在财政总支出中，用于经济建设的支出逐年上升，社会文化事业支出有所增长。城乡人民收入逐年增长，生活普遍得到改善。1952年与1949年相比，农民净货币收入由68.5亿元增加到127.9亿元，增长86.7%；农民人均净货币收入由14.9元增加到26.8元，增长79.8%；农民消费品购买力由65.3亿元增加到117.5亿元，增长79.9%。1952年，全国国营企业职工工资比1949年增加了60%～120%不等，平均每个职工的年工资为446元。私营企业职工的工资也有相应幅度的提高。1952年实行全国工资改革后，国家机关工作人员的工资增加了15%～31%，文教卫生工作者的工资增加了18.6%。由于收入

◆ 1952年，全国棉纱产量比1949年增长一倍。图为新建的武汉市第一棉纺织厂。

◆ 1952年，国家钢产量比历史最高水平增长46.2%。图为北京市石景山钢铁厂生产的情景。

增加，1952年城镇居民的储蓄额比1950年增加5.5倍。

应该说，1949～1952年国民经济的增长，带有明显的战后恢复性质。但从世界范围来看，与二次大战后欧亚各国经济恢复到战前水平的情况相比，新中国战后经济恢复之快，增长幅度之大，是令世人瞩目的。国民经济的全面恢复，为国家开始进行大规模有计划的经济建设准备了基础条件。

随着国民经济的恢复和发展，整个国家和社会的面貌发生了深刻的变化。三年来，由于全面贯彻多种经济成分在国营经济领导下，分工合作，各得其所的政策，有力地推动了全国经济的活跃，同时使社会经济结构获得明显的改善。在五种经济成分中，国营经济处于优先增长地位，国营工业总产值平均每年递增57%；1952年与1949年相比，国营工业在整个工业中所占比重，由34.7%上升为56%。国营商业在全国社会商品批发总额中所占比重，由1950年的23.2%，上升到60.5%。在社会商品零售总额中，国营商业与合作社商业的比重也由16.4%上升到42%，控制了很大部分社会商品的流通过程。同一期间，合作社经济、私人资本主义经济、个体经济和国家资本主义经济都得到较大发展，提高了整个社会生产力的水平。工业生产力在国民经济中的地位得到增强，在工农业总产值中，现代工业的比重由17%上升到26.7%。在工业总产值中，重工业的比重由26.4%上升到35.5%。上述经济结构的改善表明，新中国经济的恢复不仅有数量的发展，而且有性质的变化和质量的提高。这些深刻变化，为我国由农业国逐步转变为工业国开了一个好头。

新中国成立三年来的实践证明，在生产力十分落后、经济基础非常薄弱的历史条件下，通过发展新民主主义经济过渡到社会主义，是符合中国社会发展客观要求的正确道路。这三年来，党坚持贯彻新民主主义的建国纲领，从总体上把握恢复和发展生产这一中心任务，同时加紧进行民

◆ 列车奔驰在1952年建成通车的成渝铁路上。

主改革和社会改造，从阶级关系方面解决同帝国主义、封建主义、官僚资本主义残余的矛盾，在继续完成土地改革等民主革命任务的同时，使国民经济得到全面恢复和初步发展，保证了整个国家沿着新民主主义轨道逐步向着社会主义的前途迈进。

树立新的民族国家形象

三年来，在新旧社会的转换和历史变迁之中，蕴含着一个深刻的主题，这就是在占世界人口近四分之一的中国人民争取独立解放的革命斗争获得全国胜利之后，中国共产党领导全中国人民对一百年以来政治黑暗、经济凋敝、社会百弊丛生的旧中国进行带有伟大历史意义的重新整合，包括政权、经济、文化与意识形态、社会关系及国际关系等方方面面。在这一系列的整合中，始终贯穿着中国共产党作为工人阶级执政党的领导核心作用，人民政府自上而下集中统一的有效动员体制，以及大规模群众运动荡涤一切旧秩序的组织起来的力量，由此汇聚成整合社会的历史合力，在短短三年多时间里，取得了医治战争创伤，稳定市场物价，安定社会秩序，保卫国家安全，恢复国民经济，形成全民族共识，增强社会凝聚力，树立新的民族国家形象的巨大的成功。

首先，政权整合的核心是打碎旧的国家机器，建立以人民主权为特征的新的国家机器。依据马克思主义的国家学说，从中国是一个农业大国，中国革命主要依靠工农联盟的力量，并团结一切可能团结的力量取得胜利的客观实际出发，新中国建立起工人阶级（通过中国共产党）领导的、以工农联盟为基础的人民民主专政的国家政

权。其特点是在建立工人阶级政治统治的前提下，给予有利于国计民生的私人资本主义的代表——民族资产阶级以一定的政治地位，而非苏联式的单一的无产阶级专政。政权整合不仅确立了国家政权机关坚定不移地依靠工人阶级的方针，代表中国最广大人民的根本利益，全心全意地为人民服务的宗旨，而且从中央到地方一直到城市的街区、农村的乡级稳固地建立起一律实行民主集中制原则，自上而下政令统一，能够有效地发挥统治职能的一整套政权系统。政权整合的最重要的成果，是彻底结束了20世纪上半叶旧中国国家四分五裂、人民一盘散沙的无序局面，这无疑是一个巨大的社会进步。

三年来，以工人阶级为领导、工农联盟为基础的人民民主专政得到巩固和加强，在抗美援朝战争中成功地维护了国家的独立、安全和民族尊严，挫败了以美国为首的国际帝国主义对中国的孤立和封锁政策。在全国大陆，中央人民政府的法律和政令统一而富有成效地实施于各个地区直至社会基层，有条不紊地实现了以土地改革为中心的各项社会变革和社会改造，政治局面和社会秩序空前稳定，人民的革命热情和生产积极性空前高涨。民主建政的开展，使中国人民开始在广大的范围内接受民主政治的初步训练，逐步学会行使当家作主的权利。这是中国从原来的半封建半殖民地社会，进入独立民主统一并逐步走向富强的新民主主义社会的重要标志。

经济整合，首先通过没收官僚资本企业，有步骤地开展土地改革运动，消除束缚生产力发展的严重障碍，使社会生产力从封建半封建的生产关系下解放出来，并获得初步发展。对旧中国经济改组的重要标志是建立起社会主义性质的国营经济，它使国家掌握了现代经济成分中最重要的基础部分，为有效地管理整个国民经济奠定了必要的物质基础。合理调整工商业，鼓励和扶持了有利于国计民生的私人资本主义经济的发展，并将其中一部分逐步纳入国家能够指导和控制的国家资本主义轨道。通过统一全国财经管理，统制对外贸易，取消外国在华经济特权等一系列整合政策，国家对经济运行和经济资源的控制力得到有效加强。土地改革后农民发扬了个体经济的积极性和互助合作的积极性，为农村经济的迅速恢复和发展注入了新的活力。根据《共同纲领》的精神建立的五种经济成分在国营经济领导下分工合作、各得其所的混合经济结构，为发挥市场调节因素的作用，活跃中国经济创造了较为灵活的自由竞争和自由贸易的空间，同时又为逐步加强国民经济的计划性准备了条件。经济整合形成的巨大推动力，创造了受到连续12年战争严重破坏的国民经济迅速恢复和发展的举世瞩目的"奇迹"。

经济复兴，政治昌明，为人们思想觉悟的提高和精神生活方式的改变创造了前提。文化与意识形态整合，首先确立民族的科学的大众的文化的总体方向，在新的文化层面上，消除封建的买办的法西斯主义的思想影响以及帝国主义文化侵略的恶果，有步骤地改革旧有文化教育事业，树立起马克思主义、毛泽东思想占主导地位的新的意识形态，又在科学与民主的观念上达成建设新民主主义国家的共识，使之成为对社会各阶层人们的共同要求。作为文化创造和文化传播主体的知识分子，以及各民主党派、无党派民主人士，重在破除对西方民主政治的盲目崇拜，抛弃对不符合中国国情的资产阶级民主共和国的政治信仰，转而为人民民主义的政治与社会目标而奋斗。旧社会过来的知识分子通过自我教

育和自我改造运动，从爱国的立场前进到为人民的立场，进而完成世界观的转变，逐步接受和信仰马克思主义，更好地为人民服务，为建设新中国服务。

三年来，经过恢复生产、民主改革和抗美援朝运动，社会各阶层人民在全国范围内和在全体规模上受到深刻的思想政治教育，脱离了过去所受帝国主义和国民党反动派的影响，逐渐改造从旧社会带来的旧思想、旧观念、旧习惯，思想观念发生了巨大的变化。树立积极向上的革命人生观，发展文明进步的社会公德，崇尚爱国主义和集体主义，明确为人民服务的方向，逐渐成为各界人民的思想主流，形成在中国共产党领导下共同建设新中国的统一意志和精神凝聚力。这反映了从旧中国到新中国的伟大社会变迁的一个重要侧面。

社会关系整合，核心内容是解决旧中国社会各阶级、各阶层之间的对立与冲突，最大程度地弥合社会裂隙，增强全社会的凝聚力。三年来，从废除半殖民地半封建的腐朽生产关系，解放和发展社会生产力，到树立人民民主的政治、法律上层建筑，坚持文化与意识形态领域科学与民主的现代化导向，这一系列深刻的变革，从根本上改变了旧中国极不合理的社会结构，占人口极少数的地主阶级和官僚资产阶级所垄断的社会政治权力及其所拥有的巨大社会财富，转到了占人口绝大多数的普通工农大众和各阶层人民的手中，开辟了人民翻身解放、当家作主的新时代。以土地改革为中心的社会改革和改造运动，卓有成效地扫除了旧时代派别林立、非民主的政治组织，外国列强势力和封建宗法势力，敌视人民政权的反动宗教势力，半宗教半迷信的会道门、行帮等黑社会组织，这也是对生产力和人的个性的一个解放。同时，实行国内各民族一律平等及民族区域自治制度，反对妨碍民族团结和祖国统一的大汉族主义、狭隘民族主义和民族分裂势力，共同建设各民族团结统一的祖国大家庭。随着国民经济的恢复和国家财政力量的加强，国内各民族之间、地区之间经济文化发展极不平衡的状况也有了初步改观。

属于人民范畴内的各阶级、各阶层的利益矛盾，在新民主主义共同要求的基础上获得调节，初步建立了《共同纲领》规范下的民主合作的新型关系和根本利益一致的利益共同体。以工会、农会、妇联、青年团、工商联、手工业者协会以及文艺、新闻、科学工作者联合会等新型组织为纽带，将全国绝大多数人进一步组织起来。通过调节劳资关系，倡导农民互助合作，组织城乡经济与文化交流，鼓励知识分子走与工农相结合的道路，实施较发达地区对内地和边疆的支援，汉族对少数民族的支援等等，加强了人民内部各阶级、阶层、群体以及国内各民族之间的联系和沟通，增进了社会各界互助共进的凝聚力，在国家利益和民族利益的总体目标下，达到对全社会新的整合。

在第二次世界大战后美苏冷战格局基本形成的国际形势下，国际关系整合的目标，是在国际社会树立新中国独立、民主、统一的新的民族国家形象，为国家建设和社会发展创造有利的国际环境。建国伊始，中央人民政府即宣布废除过去国民党政府同各国建立的外交关系，废除外国基于一切不平等条约所享有的侵略特权，在相互尊重主权和领土完整、平等互利的原则下，同各国首先是以苏联为首的和平民主阵营的国家建立新的外交关系，打破以美国为首的西方资本主义阵营敌视和孤立新中国的政策。中国人民英

勇的抗美援朝战争以及在台湾问题和有关国际事务中的原则立场，一扫旧中国任人欺侮的屈辱外交形象，使新中国作为领土主权神圣不可侵犯的独立民族国家开始屹立于世界的东方。

总之，在以毛泽东为领导核心的中国共产党的坚强领导下，经过全国各族人民的艰苦奋斗，中国的发展已带有了“毛泽东时代”的鲜明印记。其基本特征之一，是中国人民的组织程度大大提高了。三年来通过各项民主改革及恢复和发展生产事业，全中国绝大多数人已组织在政治、军事、经济、文化及其他各种组织里，逐步克服旧中国散漫无组织的状态，形成以伟大的人民群众的集体力量，奋发图强建设新中国的稳固政治局面。特征之二，是中国人民空前地团结起来了。三年来我国实现了前所未有的统一，国防力量得到增强，人民民主专政获得巩固，金融物价保持稳定，经济建设事业和文化教育事业的恢复和发展前进了一大步。国家各方面工作取得的伟大胜利，都是依靠一切可能团结的力量获得的。这种国内各民族、各民主阶级、各民主党派、各人民团体以及一切爱国民主人士在工人阶级和共产党领导下的、采用批评与自我批评民主方法的巩固的团结，一年比一年更亲密，一年比一年更加生气勃勃，体现了战胜一切敌人和任何困难的力量。

朱光潜作为感受到毛泽东时代欣欣向荣的新气象的知识分子，以他对国家生活重新整合的深切观察，讲了一段富有真情实感的话：“如土地改革所例证的，人民政府的一切措施都依据一套有放皆准的原则和切合实际的政策，都通过一个首尾呼应，上下一气的系统组织，都按照一套有条理有步骤的计划，都要求发生提高人民幸福的效果，同时，也都有一批训练有素，能掌握政策的干部来领导施行。中央如此，地方也如此；土地改革如此，其他工作也如此。仿佛像一个身强力壮的青年，有一股蓬蓬勃勃的生气周流贯注到全体中每一个肢节。像这样健全的国家是会能战胜一切帝国主义的反动势力而稳步去完成她的伟大使命的，像这样伟大的国家是值得我们每个人热忱爱戴而加以保卫的。”①

毛泽东作为这个新时代的开拓者，擘画社会历史变迁的战略家，则以他特有的磅礴大气，铿锵有力地论证说：“一切事实都证明：我们的人民民主专政的制度，较之资本主义国家的政治制度具有极大的优越性。在这种制度的基础上，我国人民能够发挥其无穷无尽的力量。这种力量，是任何敌人所不能战胜的。”②

① 1951年3月27日《人民日报》。
②《毛泽东文集》第六卷，人民出版社，1999年版，第184页。

第六章

前进的航标和灯塔

第六章 前进的航标和灯塔

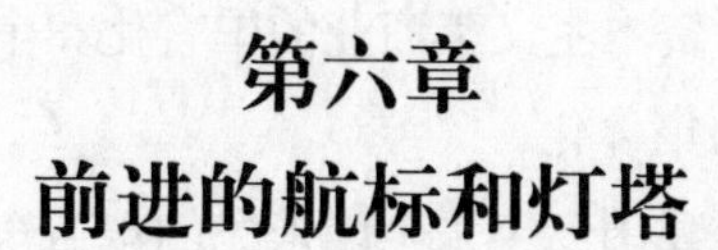

1953年，中国开始进行大规模有计划的经济建设，同时开始对农业、手工业、资本主义工商业进行系统的社会主义改造。作为这一年最重要的历史标识，以毛泽东为领导核心的中国共产党根据列宁的过渡时期学说，酝酿提出了党在向社会主义过渡时期的总路线。这条总路线，被称为“照耀我们各项工作的灯塔”，并写入中华人民共和国的第一部宪法。在过渡时期总路线的指引下，中国犹如搭上飞驰前进的列车，大大加快了由新民主主义向社会主义过渡的进程。这个非同寻常的战略转型期，对于后来国家和社会的一切发展发生了极其深刻和长远的影响。

一、毛泽东扳起手指：好比“过桥”与“渡河”

毛泽东认为要适时地向社会主义前进

毛泽东在创立新民主主义革命理论时，曾反复论证道：中国共产党领导的整个中国革命运动，是包括民主主义革命和社会主义革命两个阶段在内的全部革命运动；这是两个性质不同的革命过程，只有完成了前一个革命过程，才有可能去完成后一个革命过程。这是中国革命发展的“历史必由之路”。他概括地说：完成中国资产阶级民主主义的革命(新民主主义革命)，并准备在一切必要条件具备的时候把它转变到社会主义革命的阶段上去，这就是中国共产党光荣的伟大的全部革命任务。

在中国革命两大步骤的衔接上，毛泽东一向认为：新民主主义纲领的全面实行，还没有把中国推进到社会主义社会。这不是一个由于什么人主观上想做或不想做这种推进的问题，而是一个由于在客观上中国的政治条件与社会条件不许可人们这样做的问题。只有待到各种条件趋于成熟了，才可以着手这种推进工作。依据这个认识，毛泽东在全国解放前夕只是在党内提出“我们要努力发展国家经济，由发展新民主主义经济过渡到社会主义”[①]的前进方向，而在和各民主党派制定《共同纲领》时，党坚持对社会主义的前途不作明确的规定，而是着重通过纲领中有关新民主主义经济政策的各项规定，在实际上保证国家向这个前途走去。周恩来在说明《共同纲领》草案的特点时解释说：“社会主义这个前途是肯定的、毫无疑问的，但应该经过解释和宣传、特别是实践来证明给全国人民看，只有全国人民在自己的实践中认识到这是唯一的最好的前途，才会真正承认它，并愿意全心全意为它奋斗。”[②]

在第一届政协全体会议上，刘少奇代表中国共产党就这个问题指出：毫无疑问，中国将来的前途，是要走到社会主义和共产主义去的，但这是很久以后的事情。要在中国采取社会主义的步骤，必须根据中国社会经济发展的实际需要和全国最大多数人民的要求。到了那时候，中国共产党也一定要和各民主党派、各人民团体、各少数民族及其他爱国民主人士进行协商并共同地加以决定。

①《毛泽东文集》第五卷，人民出版社，1999年版，第146页。
②《周恩来选集》上卷，人民出版社，1984年版，第368页。

新中国成立后，中国共产党领导全国人民全面贯彻实行新民主主义的建国纲领。对于党内试图提早消灭资本主义实现社会主义的倾向，毛泽东在七届三中全会上批评说"这种思想是错误的，是不符合我们国家的情况的"。周恩来也批评说："一些同志对新民主主义缺乏切实的认识，不相信按照共同纲领不折不扣地做下去社会主义的条件就会逐步具备和成熟"①。

关于何时向社会主义转变，毛泽东在1941年写的《新民主主义论》中有一段名言："何时转变，应以是否具备了转变的条件为标准，时间会要相当地长。不到具备了政治上经济上一切应有的条件之时，不到转变对于全国最大多数人民有利而不是不利之时，不应当轻易谈转变。怀疑这一点而希望在很短的时间内去转变……是不对的。"新中国成立之初，在满目疮痍、百废待兴的现实条件下，中共中央、毛泽东对向社会主义转变持十分谨慎的态度，基本的估计是15年到20年后，我国工业发展到一定程度，"看其情形即转入社会主义"。如1950年6月毛泽东在政协全国委员会一届二次会议的闭幕词中所说：实行私营工业国有化和农业社会化，"这种时候还在很远的将来"。他指出："我们的国家就是这样地稳步前进，经过战争，经过新民主主义的改革，而在将来，在国家经济事业和文化事业大为兴盛了以后，在各种条件具备了以后，在全国人民考虑成熟并在大家同意了以后，就可以从容地和妥善地走进社会主义的新时期。"②

总起来看，无论是全国解放前夕筹备建国期间，还是在建国之后恢复国民经济时期，毛泽东和中共中央核心领导成员一致郑重地对待向社会主义转变的问题，在党内外许多场合讲过：到底什么时候搞社会主义，估计至少要10年，多则15年或20年。关于如何向社会主义转变，不可能说得很具体，大致的设想是：经过一段"相当长久"的新民主主义建设阶段，工业发展了，国营经济壮大了，就可以采取"严重的社会主义步骤"，一步实行资本主义工商业的国有化和个体农业、手工业的集体化。

经过建国三年来全国人民的艰苦奋斗，到了1952年下半年以后，国内国际形势发生了一些重大变化，这主要是：以大规模土地改革为中心的民主革命任务，在全国范围内基本完成；恢复国民经济的工作实现或超过了预定目标；抗美援朝战争历经一年多的边打边谈，双方已在有关停战的几个主要问题上达成协议，战争可望不久结束。这些变化使我国开始获得进行有计划经济建设的基本条件。与此同时，由于三年来国民经济经历了深刻的改组，在多种经济成分并存的社会经济结构中，社会主义成分逐年增长。国营经济的迅速发展和壮大，使其在全国现代工业总产值和全国商业批发总额中的比重分别占据优势，进一步巩固和加强了它在整个国民经济中的领导地位，有效地控制了全国的经济命脉和很大一部分社会产品的流通过程。这样，就使国营经济不仅成为支持国家财政、稳定经济局势的主要支柱和现有工业基础的主体，而且使它成为对全部国民经济进行社会主义改造的重要依靠力量。

在这样的形势下，毛泽东开始考虑如何采取实际的步骤向社会主义过渡的问题。毛泽东思考的起点，首先是从判断国内主要矛盾的转变开始的。1952年上半年进行的"五反"斗争，打退了不法资产阶级分子的猖狂进攻，深入揭露和批判了民族资产阶级的消极一面，巩固了工人阶级和社会主义国营经济的领导地位，同时，不能不提出今后如何看待民族资产阶级的问题。对此，

①《周恩来统一战线文选》，人民出版社，1984年版，第169页。
②《毛泽东文集》第六卷，人民出版社，1999年版，第80页。

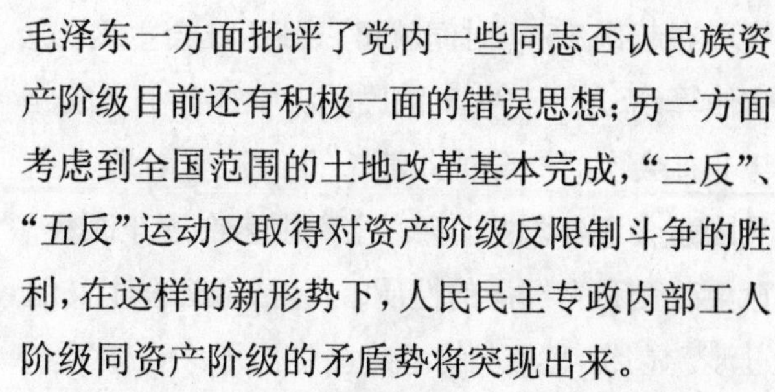

毛泽东一方面批评了党内一些同志否认民族资产阶级目前还有积极一面的错误思想；另一方面考虑到全国范围的土地改革基本完成，“三反”、“五反”运动又取得对资产阶级反限制斗争的胜利，在这样的新形势下，人民民主专政内部工人阶级同资产阶级的矛盾势将突现出来。

同年6月6日，毛泽东在审阅中共中央统战部《关于民主党派工作的决定(草稿)》时，针对其中分析民族资产阶级的社会基础是“中间阶级、阶层的绝大多数人们”的提法，作了如下批示：“在打倒地主阶级和官僚资产阶级以后，中国内部的主要矛盾即是工人阶级与民族资产阶级的矛盾，故不应再将民族资产阶级称为中间阶级。”在这里，毛泽东认为过去三年中国人民同三大敌人残余之间十分尖锐的矛盾业已解决，必须重申党的七届二中全会关于革命在全国胜利后国内基本矛盾的判断，即工人阶级和资产阶级的矛盾已上升为国内的主要矛盾，党的中心任务亦须随之作出相应的改变。这个批示，反映了毛泽东要将中国革命推进到它的第二阶段，即社会主义革命阶段的战略意图。

主要矛盾转变的问题既经提出，毛泽东作为中国共产党总战略的主要策划者，明确提出中国要适时地向社会主义前进的问题。1953年6月初，他在听取全国财经会议编制第一个五年计划情况的汇报时讲到：我国解放才三年，经济建设的经验还不多，需要边干边摸索。为了保证国家的独立，我们在编制五年计划时要把建设重点放在重工业上，以增强国防力量，向社会主义前进。

从现在起向社会主义过渡的新思考

根据毛泽东的意见和国民经济全面恢复的实际情况，中共中央确定从1953年起开始进行以五年为一期的有计划的国家建设，并保证中国向社会主义前进。可是，要在今后五年实施这项中国有史以来最大规模的建设计划，势必会在多种所有制并存的社会经济运行中遇到新的矛盾和问题。最突出的矛盾，一是土改以后农民分散落后的个体经济不能满足大工业和城市发展对大宗粮食和农产原料日益增长的需要；二是资本主义工商业落后、混乱、畸形发展、唯利是图的消极一面，与计划经济建设对集中调配国内有限资源的要求愈来愈不相适应。这种社会经济结构中的内在矛盾，需要有明确的方针和系统的政策加以逐步解决。这样，就不可避免地要把对国民经济实行社会主义改造的任务提上日程。正是基于这一考虑，从1952年9月起，毛泽东在中央核心领导层开始酝酿中国怎样过渡到社会主义去的问题。

1952年八九月间，周恩来率中国政府代表团访问苏联，就苏联帮助中国进行“一五”计划建设的几个主要问题同苏联政府进行商谈。临行前，中央政治局批准了周恩来写的《三年来中国主要情况及今后五年建设方针的报告提纲》，其中分析了三年来工业总产值和全国商品总值中公私比重的变化，指出我国现时对私营工商业的政策是：对工业除重工业主要部分已完全由国家经营外，现有的全部许其存在，其中不少已以加工订货或公私合营的办法加以领导；对商业则除取缔带垄断性、投机性和不利于国计民生的商业外，一般许其存在，但毫无疑问，国营工商业今后的发展将远远超过私营工商业的发展，而且会日益加强其控制力量。报告提纲明确提出：“今后五年建设方针，其基本任务是：为国家工业化打下基础，发展农业，加强国防，逐步提高人民的物

质生活和文化生活，使中国经济向社会主义发展。”总之，如何使中国经济向社会主义发展，是今后五年建设方针的核心所在。

9月24日，周恩来从苏联回国抵达北京后，当晚在中央书记处会议上报告了“一五”计划的轮廓及同苏联商谈苏方援助的141个建设项目的情况。毛泽东在听取汇报后，作了重要讲话。他说：我们现在就要开始用10年到15年的时间基本上完成到社会主义的过渡，而不是10年或者以后才开始过渡。七届二中全会提出限制与反限制的斗争问题，现在这个内容就更丰富了。工业中，私营占32.7%，国营占67.3%，是三七开；商业零售是倒四六开。再发展5年，私营比例会更小，但绝对数字仍会有些发展，这还不是社会主义。5年以后如此，10年以后会怎么样，15年以后又怎么样，要想一想。到那时私营工商业的性质也变了，是新式的资本主义，公私合营、加工订货、工人监督、资本公开、技术公开、财务公开，他们已经挂在共产党的车头上，离不开共产党了。“空前绝后”，他们的子女们也将接近共产党了。农村也要向合作互助发展，前五年不准地主、富农参加，后5年可以让他们参加。①

这番讲话，是新中国成立以后毛泽东首次直接论述中国怎样过渡到社会主义去的问题。在这里，毛泽东的着眼点已不是经过10年或15年，待到国家经济文化事业大为兴盛以后，才妥善地走向社会主义，而是确定“从现在起就开始逐步过渡到社会主义去”。这是依据形势发展和条件变化作出的一个新的重大判断，也是对七届二中全会前后包括他本人在内的中央领导核心的最初设想的一个突破。毛泽东经过初步测算后认为：我们安排的第一个五年计划，如果工业上的公私比重达到九比一，农业打算搞集体化，我们从现在起用15年时间就可以到达社会主义。这个估算，立足于三年来国民经济中社会主义成分与非社会主义成分彼此消长的情况，预计社会主义因素会逐年增加，资本主义因素会逐年减少，直至改变私有经济的性质时，完成向社会主义的过渡。显然，毛泽东的思路已跳出原来设想等到一切条件具备之后，一举实现私营企业国有化的框架，使中国共产党在考虑向社会主义过渡的问题上，有了一个新的认识基点。

从这时起，毛泽东更多地把注意力转到中国如何过渡到社会主义去的问题上来，在几次中央书记处会议上都谈到他的思考和看法。毛泽东说：要消灭资产阶级，消灭资本主义工商业；但要分步骤，一是要消灭，一是要扶持一下。他指出：对资产阶级有几个问题没有彻底解决，一是税收，二是劳资，三是商业调整，四是资金短缺，这些要解决。为了便于说明问题，毛泽东还援引他到湖北视察同当地负责人谈话时所打的比方说：什么叫过渡时期?过渡时期的步骤是走向社会主义；比如过桥，走一步算过渡了一年，两步两年，三步三年，10年或15年走完。要水到渠成，防止急躁情绪。后来，毛泽东还向邓子恢等中央有关部门负责人指出：必须逐步过渡，不能站在岸上，必须上船，一桨一桨地向前划去。

从1952年秋至1953年春，毛泽东所作的这些新思考和新论述，使七届二中全会以来中共中央关于中国如何过渡到社会主义去的构想逐渐趋于明晰。它的核心思想在于：确认新民主主义到社会主义是一个渐变的过程，需要采取逐渐推进的社会主义改造的步骤和政策，一步一步地向前过渡。在这里，毛泽东着重强调要逐步改造，逐步过渡。不逐步，就要犯急躁冒进的“左”的错误，不改造，不过渡，则会犯放任自流的右的错

①引自薄一波：《若干重大决策与事件的回顾》上卷，中共中央党校出版社，1991年版，第213～214页。

误。这个新思路，经过在中共中央领导核心内部交换意见，基本取得一致认识。随后，毛泽东决定就此问题向领袖斯大林通报并征求意见。

1952年10月20日，刘少奇在率中共代表团赴莫斯科参加苏共十九大期间，受毛泽东的委托给斯大林写了一封长信，就中共最高领导层最近讨论的关于中国怎样从现在过渡到社会主义去的问题，作了详细的说明。在这封信中，刘少奇首先列举了三年来中国经济结构发生的巨大变化，即在工业和商业中，国营的比重已超过私营很多；铁路全部国营，银行几乎全部国营，进出口贸易私人经营者也极少，全国主要商品已由国家控制，生产资料的生产国营已占绝对优势等情况。接下来分析说：我们估计，再过五年，即在执行"一五"计划之后，工业中国营经济的比重将会有更大的增加，私人资本主义经济的比重则会缩小到20%以下；10年后，中国工业将有90%以上是国有的，私人工业会不到10%，而私人工业又大体都要依赖国家供给原料、收购和推销它们的成品及银行贷款等，并纳入国家计划之内，而不能独立经营。到那时，我们就可以将这一部分私人工业不费力地收归国家经营。

关于实行私人工业国有化的方式，刘少奇在信中说，我们设想可能采取这样一种方式，即劝告资本家把工厂献给国家，国家保留资本家消费的财产，适当分配工作，保障他们的生活，并可付给资本家一部分代价。刘少奇写道，我们估计：到那时，中国的资本家可能多数同意在上述条件下把他们的工厂交给国家，而不进行激烈的反抗。对于农村中的个体经济，刘少奇在信中说：我们准备在今后10年至15年内将中国多数农民组织到农业生产合作社和集体农场内，在基本上实现中国农业经济集体化的同时，准备帮助小手工业者组织合作社。[①]

刘少奇写给斯大林的这封信，集中反映了毛泽东和中共中央核心领导成员最近以来的思考和探讨，构成了中国共产党关于中国如何过渡到社会主义去的认识链条上的重要一环。它表明，毛泽东和中央领导核心已经在理论上舍弃了等10年或15年以后，才采取严重的社会主义步骤，向资产阶级发动全线进攻的"突变论"，而转向从现在起用10年到15年时间，逐步完成向社会主义过渡的"渐变论"。这个新的构想，得到斯大林的赞同。他在接见中共代表团时说：当我们掌握政权以后，过渡到社会主义去应该采取逐步的办法；你们对中国资产阶级所采取的态度是正确的。

二、"桥"和"船"：罗迈的报告解决了问题

过渡的方法"还不能说得很完整"

毛泽东关于向社会主义过渡的新思考，首先确定的是必须"上船"、"过桥"，不能站在岸上等待，这条基本原则在党的领导层已达成共识。在这个大前提下，关键是要解决通往彼岸的"桥"与"船"，即借以过渡的具体形式或途径问题。这个问题不解决，向社会主义过渡虽然提上了日程，却不具备可操作性，终将会流于空谈。在这方面，毛泽东委托刘少奇写给斯大林的信中，对今后发展进程的估计留有灵活掌握的余地。信中特别说明：上述关于中国怎样过渡到社会主义去的方法，还只是中央若干领导同志的一种设想，仅在非正式的谈话中讨论过，还没有提交中共中央会议正式讨论。至于将来所要采取的具体过

①《刘少奇论新中国经济建设》，中央文献出版社，1993年版，第239～243页。

渡形式以及私营工业国有化的时机等，还要看将来的情形来决定。这主要是因为在中国这样经济落后的国家开始向社会主义过渡，有许多问题是国际共运史上所未遇到过的新问题，不能简单套用苏联等社会主义国家现成的理论和经验，必须结合中国的国情，从实践出发去独立地探讨，找到适合本国特点的途径和方法。

事实上，关于向社会主义过渡的"桥"与"船"的问题，在建国头三年的经济恢复和经济改组的实践中，一直都为毛泽东和其他一些中央领导人所关注。在个体农业向集体化过渡方面，经过1951年围绕山西省委报告的一场争论和思索，已基本得出结论，即可以在互助组的基础上，通过发展以土地入股为特征的初级农业生产合作社的形式，逐步过渡到土地公有的高级农业生产合作社，实现农业的社会主义化。对个体手工业，也采取相类似的形式，使其逐步过渡到集体化的手工业。1951年9月中共中央《关于农业生产互助合作的决议》，虽然是作为草案发给各地党委试行，但由此在土改完成后的农村已经开展了互助合作运动，作为实际的步骤在全国老区和新区的广大范围内具体操作起来，并积累了一些新鲜经验。这意味着，在个体农业和个体手工业向社会主义过渡方面，"桥"与"船"的问题事实上已经获得解决。

剩下一个最关键的也是最不易解决的问题，是究竟通过什么途径使资本主义工商业过渡到社会主义去。应该说，中国共产党内一些同志，很早就开始探索这一问题。先是中央政治局委员张闻天，在1948年9月代东北局起草的《关于东北经济构成及经济建设基本方针的提纲》中提出：在国营经济的领导下，经过合作社系统去结合广大的小生产者，并用国家资本主义的方法，把一部分私人资本也吸收在国营经济体系之内，就有可能把整个社会和国家的经济加以组织，使它成为有计划的经济。张闻天的这份提纲呈报中央后，受到毛泽东、刘少奇等领导人的重视。毛泽东在党的七届二中全会的报告里，吸取了提纲中的观点，明确将国家和私人合作的国家资本主义经济，列为新民主主义经济结构中五种主要经济成分之一。

刘少奇对国家资本主义经济也很关注，他认为，国家资本主义是新民主主义国家"在适当条件下监督资本家，使资本家为国家服务的一种制度"。所谓"适当条件"，就是国家在彼此两利的政策下与资本家订立合同，使资本家愿意接受国家的监督。因为中国革命具有和民族资产阶级结成联盟的特殊条件，中国有可能比俄国新经济政策时期"更多地、更长时期地采用国家资本主义的办法"[①]。陈云很重视对五种经济成分统筹兼顾，"大家夹着走"，将来进到社会主义，并提出"通过加工订货的办法，把私营工厂'夹'到社会主义"的观点。1952年9月，毛泽东在中央书记处会议上谈到如何向社会主义过渡的问题时，也提到公私合营、加工订货这些国家资本主义形式，将使私营工商业的性质发生改变。同年10月，周恩来在同一些资本家代表人物谈话时说：将来用什么方法进入社会主义，现在还不能说得很完整，但总的来说，就是和平转变的道路，如经过各种国家资本主义的方式，达到阶级消灭、个人愉快。

应该说，党的领导人对国家资本主义问题的探讨，都不同程度地涉及使私营工商业过渡到社会主义的"桥"与"船"问题。只是当时这些意见和看法还不很成熟，还有待在实践发展中加以证明和具体化。在建国之初的经济改组过程中，各

①《刘少奇论新中国经济建设》，中央文献出版社，1993年版，第52～53页。

级政府主管部门一般地把国家资本主义看作是维持私营工业生产的手段，或稳定市场、保证军需民用的重要手段之一，并未意识到它具有改造资本主义工商业的重要作用。因此，各地对于发展各种形式的国家资本主义经济，无论是在政策思想上，公私关系和劳资关系的处理上，还是在生产经营、利润分配等方面，都存在许多问题，出现了不少混乱现象。

对国家资本主义的调查研究

根据毛泽东关于"五反"的目的之一是"彻底查明私人工商业的情况，以利团结和控制资产阶级，进行国家的计划经济"的指示，同时为了研究"五反" 运动以后怎么做好对资产阶级的工作，1953 年四五月间，中央统战部组织有国家计委私企计划处的同志参加的调查组，由李维汉率领去武汉、上海等私营工业比较集中的大城市进行调查研究。在调研过程中，调查组广泛听取财经、工商、税务、银行等部门和工会同志的情况汇报，召开有中南局、华东局、湖北省委及武汉、上海市委负责人参加的座谈会，深入地考察了新中国成立三年来私人资本主义的发展变化，并将列宁关于新经济政策和国家资本主义的理论同中国的具体实际相结合，总结了工业方面发展国家资本主义的经验。通过调查研究，对各种形式的国家资本主义的发展及其地位、作用等重大问题，获得了比较明确的认识。

调查情况表明，经过前三年国民经济的恢复和改组，社会主义经济力量已日益发展，私人资本主义经济在国民经济中的比重已相对削弱，但它仍然是我国的一项重要的经济因素，在一定时期内对国计民生仍然有相当大的作用，并在整个国民经济中占有相当重要的地位。它不仅可以为国家生产产品，帮助物资交流，而且可以维持工人就业，为国家积累资金，训练企业的技术和管理干部，具有不可替代的积极作用。

尤其重要的是，三年来各种形式的国家资本主义已有显著发展，包括了资本主义工业的主要部分，使私人资本主义企业的性质发生了重要变化。1952 年，加工，订货、统购、包销、收购等占当地大型私营工业的比重，上海为 59.5%，天津为 70%，武汉为 65.5%，西安为 70%，沈阳为 59.9%，广州为 32.8%。通过国家资本主义的这些形式，国家掌握了私营产品的主要部分，对稳定物价、发展经济建设起了重要的作用。公私合营企业在当时的发展还较微弱，其在全国工业总产值中的比重只占 5.7%，但在若干行业中所占比重则较大。在民族工业中颇具影响的民生轮船公司，天原、天利、永利公司及南洋兄弟烟草公司等重要企业实行公私合营后，很快摆脱混乱和困难境地，转为盈利。私营金融业除个别外，绝大部分合并组成公私合营银行，基本实现全行业公私合营。

调查情况显示：各种形式的国家资本主义都是社会主义经济同资本主义经济在各种不同方式下的联系和合作，而公私合营则是社会主义成分在企业内部同资本主义成分的合作，并居于领导地位，因此是国家资本主义的高级形式，属半社会主义性质。在建国后的头三年，通过各种形式国家资本主义的发展，社会主义经济的领导作用和控制力量日益增强，私人资本主义经济正在逐步地受到控制和削弱；这些私营企业已经不再是纯粹私人资本主义性质，而是在人民政府管理之下的、同社会主义经济相联系的、并受工人监督的国家资本主义企业。其中的公私合营企业在全国范围内虽然还处于萌芽状态，但它是由社

会主义成分直接领导、同私股代表共同经营的企业，是在保持私有财产权的条件下，最大限度地改变其生产关系，使企业获得广大发展可能的形式，因而最值得重视。

通过调查研究，了解到各地在发展国家资本主义中存在以下几个主要问题：

一是由于头三年对国家资本主义发展的经验缺乏系统的总结和认识，不少同志对私人资本主义在一定时期内的积极作用，特别是对国家资本主义的地位和作用估计不足，从而对如何领导和改造私人资本主义企业和资产阶级分子，缺乏明确的方针和积极的态度。

二是在处理同资产阶级的关系上，政府和工会等各部门之间不统一，财经部门和国营单位内部也不统一，"国营不顾私营，各依需要，各行其是"，"限制干涉有人，解决问题无主"。各地领导同志反映说，这样继续乱下去，对公、私、劳、资各方都不利，还给资本家造成钻空子的机会。上海有资本家就利用领导机关政策的不统一，采取"倚靠工商联，团结工商局，中立劳动局，孤立职工会，打击税务局"的手段对政府进行反限制斗争。

三是加工订货缺乏计划性，资本家反映"来时涨死，去时饿死"，"来时急如星火，去时却如清风"；工缴利润忽而偏高或偏低，产品检验时而偏宽或偏严，公私之间争议矛盾很多。党和政府在公私合营企业中的工作更为薄弱，对资产如何估价，公股代表如何领导，公私双方如何改善合作共事、搞好企业生产，企业利润如何合理分配等等，都缺乏共同遵循的明确章程。

上述这些情况，要求党相应地制定明确的方针政策，克服各地财经、工商、劳动、税务、工会各部门之间认识不统一、工作不协调的被动状况，以便根据新的情况，正确、妥善地处理同资产阶级的关系问题。经过深入考察和系统的总结，调查组明确认识到国家资本主义是资本主义工商业过渡到社会主义的主要形式，要把国家资本主义问题提高到工人阶级实现领导权，向社会主义转变的高度加以重视和解决。这次调查结束后，李维汉向中央和毛泽东报送了题为《资本主义工业中的公私关系问题》的调查报告及有关说明的报告。

报告指出：建国后三年来，私人资本主义经济经历了深刻的改组和改造，国家资本主义已有相当的发展，形成了从加工、订货、收购、包销、统购、统销至公私合营等一系列从低级到高级的形式，在国民经济中的地位仅次于国营经济，居于现代工业的第二位。从生产力来看，接受国家加工订货的私营工业都有较快发展，不但产量增加，而且提高了技术，扩大与改进了设备，使国家不但掌握国营工业的产品，而且能掌握私营工业的主要产品，亦即掌握全部工业产品的绝大部分，成为国家保证商品供给和制定价格政策的主要物质条件。从生产关系上看，私营工业从国家资本主义的低级形式向高级形式发展的过程，也就是逐步改造其生产关系和逐步走向社会主义的过程，其中高级形式的公私合营，是最有利于将私营企业过渡到社会主义去的形式；私营工厂之间的关系可依据合理利用生产能力的方针进行改组；有管理技能和生产技术的资本家、资本家代理人以及高级技术人员等，可逐步改造为国营工业的管理或技术干部；企业的利润可分为国家的税收、资本家的股息和红利、工人的奖金和福利、企业的公积金四部分，依据"四马分肥"的原则，工人阶级得其大半，资本主义工业利润的主要部分已不可能为资本家所有。

在详尽分析各种形式国家资本主义的地位、作用之后，李维汉向中央建议：国家资本主义的

各种形式，“是我们利用和限制工业资本主义的主要形式，是我们将资本主义工业逐步纳入国家计划轨道的主要形式，是我们改造资本主义工业使它逐步过渡到社会主义的主要形式，是我们利用资本主义工业来训练干部，并改造资产阶级分子的主要环节，也是我们同资产阶级进行统一战线工作的主要环节。抓住了这个主要形式和主要环节，在经济和政治上都有利于领导和改造资本主义和资产阶级分子的其他部分。”[①]

李维汉的报告中有一个点睛之笔，这就是：由低级到高级的各种国家资本主义形式，是我们已经找到的逐步将资本主义工业纳入国家计划轨道，使其有利于向社会主义过渡的一个“主要环子”。我们有国家资本主义作为资本主义工业的主要部分的过渡形式，又有合作社作为个体经济的小生产者的过渡形式，这就是新民主主义社会两种主要的过渡形式，即绝大部分的私有生产向公有生产的过渡形式。引申来说，这两种过渡形式，实际上就是党内许多同志一直都在寻找的，使私人资本主义经济和个体经济逐步过渡到社会主义去的“桥”和“船”。一旦把“桥”与“船”确定下来，毛泽东提出中国从现在起开始向社会主义过渡的问题，就迎刃而解了。正因为找到了私营工业向社会主义过渡的“主要环子”，周恩来在看到李维汉送中央的报告后，由衷地讲了一句赞语：“罗迈（即李维汉）的报告解决了问题！”

三、“照耀我们各项工作的灯塔”

改造资本主义工商业的完整方针

自1952年9月毛泽东提出从现在起就要开始向社会主义过渡的思想之后，半年多来，中央领导层一直在探寻将私人资本主义改造成为社会主义的方针和途径。李维汉在深入调查研究的基础上向中央提交的报告，适逢其时地提供了重要的思想材料，对党在过渡时期总路线的提出起了不可或缺的催化剂作用。毛泽东对李维汉的报告给予高度重视。他亲自打电话给李维汉，告诉他这份报告要提交中央政治局讨论。刘少奇、周恩来看了报告，称赞说中央统战部的这个文件很好，系统地解决了问题。

1953年6月中旬，中共中央政治局召开两次扩大会议对李维汉的报告进行讨论。参加会议的有政治局委员和中央有关负责同志，还有京、津、沪直辖市及沈阳、重庆、武汉、广州等十大城市的书记。会议编印了列宁论国家资本主义、论新经济政策的材料。在6月15日召开的第一次会议上，讨论并基本同意了《资本主义工业中的公私关系问题》的调查报告，责成李维汉根据大家讨论的意见对报告加以补充和修改，然后提交全国财经工作会议进一步讨论。在这次会议上，毛泽东第一次对过渡时期总路线的内容作了比较完整的表述，即：党在过渡时期的总路线和总任务，是要在10年到15年或者更多一些时间内，基本上完成国家工业化和对农业、手工业、资本主义工商业的社会主义改造。这条总路线是照耀我们各项工作的灯塔。不要脱离这条总路线，脱离了就要发生“左”倾或右倾的错误。

这次会议确定经过国家资本主义改造资本主义工业的方针，把它作为过渡时期总路线的一个重要组成部分。毛泽东强调说，不要忘记我们国家有一个政治条件，政权在我们手里，另外又有一个经济条件，社会主义的经济是优胜的。现在已经清楚地给人民看到，社会主义和半社会主

①《李维汉选集》，人民出版社，1987年版，第266～267页。

义经济的劳动生产率大大提高，这就是社会主义生产力的发展比资本主义优胜。公私合营已经给资本家一个榜样，过去是“西向让三，南向让再”①，今后每年都要发展。

6月19日召开第二次中央政治局扩大会议，讨论李维汉为第四次全国统战工作会议起草的《利用、限制、改组资本主义工业》的报告草稿。讨论中，按照胡乔木的意见，把“改组”一词改为“改造”，以便同过渡时期总路线的提法相一致。在作讨论小结时，毛泽东说：中国的资本主义的发展，跟苏联和东欧的新民主主义国家是不一样的。这种不同是从历史的不同来的（中国民族资产阶级参加了反帝，没有理由没收）。国家资本主义，五反以前我们没来得及做，五反以后阶级关系起了很大的变化，所以我们有可能经过公私合营等国家资本主义，逐步地改造成为社会主义经济，并消灭资产阶级。

关于逐步过渡的方法，毛泽东在6月15日的政治局会议上解释说：过渡时期是逐步过渡到社会主义。农业、手工业集体化、合作化，容易了解。为何将资本主义改造过渡到社会主义，这个概念不易明确。根据过去四年的经验，社会主义成分可以逐年增长，私营商业可以逐步挤掉，基本部分五六年内可以挤掉，零售部分在十年后可以基本挤掉。店员我们接收过来，资本家可以转到工业方面去。在私营工业中，社会主义成分也可以逐年增长，到高级国家资本主义形式是公私合营，便转为社会主义了；加工、订货把原料和购销两头都卡掉了，中间还有工缴费、检验、工会、劳资协议等等。鉴于资本主义的数量是不可忽视的，有380万职工，数量很多，又少不了它，而我们又有办法把它改造为社会主义，所以目前一脚踢开资本主义是不能的，也没有资格。因而应：（一）向工人做工作；（二）对资本家的基本部分做工作。这样统筹兼顾完全必要，以便集中力量搞重工业。总之，对资本主义逐步过渡到社会主义的认识，第一，要明确社会主义成分是可以逐年增长的；第二，要明确资产阶级的基本部分是可以教育的，是可以用文明的方法去改造的。

为了进一步阐明经过国家资本主义过渡到社会主义的方针，7月29日，毛泽东在中央政治局扩大会议上就有关国家资本主义的11个问题作了长篇讲话。他指出：通过国家资本主义逐步过渡到社会主义，使独立的私人资本主义企业变为受限制的国家资本主义，“这是一个大的进攻”。国家资本主义是带有进攻性质的，现在资本家的所有权虽未取消，但管理权公方已经插进去了；在进攻中也有部分退却，特别是在红利上，要给资本家让利，使他们有所得，这就是25%的红利，以“换来国家资本主义”。这种资本主义，已经不是普通意义上的资本主义，而是特殊的、新式的资本主义，即在工人阶级领导下的资本主义，它带有若干社会主义的性质。这是头一步，把独立的、不受限制的、有自由市场的资本主义，变为不独立、受限制、没有自由市场的资本主义，即国家资本主义；第二步由国家资本主义变为社会主义，消灭阶级。要有计划、有步骤、有准备地变私人资本主义为国家资本主义，大体上要用三年到五年的时间完成。②

对资本主义工商业实行社会主义改造的方针，是经过反复讨论、研究和听取意见，才逐步明确和完善的。1953年6月中央政治局扩大会议，只是确定经过国家资本主义改造资本主义工业的方针，而对私营商业，当时仍考虑采取“排除”的方法，即每年排除若干，逐步以国营商业、合作

①《史记·孝文本纪第十》。吕后死后，诸吕欲为乱，大臣共诛之，谋召立代王。代王西乡让者三，南乡让者再，遂即天子位。这里借喻过去对公私合营的发展过于慎重。

②《毛泽东文集》第六卷，人民出版社，1999年版，第285～289页。

社商业取代之。这是因为当时的观念普遍认为私营商业只是一种不从事生产的“中间剥削”行业。9月4日，中共中央有关方面负责人邀请工商界代表人士黄炎培、陈叔通、李烛尘等座谈，向他们通报中国共产党在过渡时期的总路线及对资本主义工商业实行社会主义改造的基本方针和政策。陈叔通在发言中，对用“排除”的办法改造私营商业表示了困惑，他说：“商业的数目很大，是最难办的。我认为应向他们公开地讲清私人商业的方向、前途、困难和办法，告诉他们要消灭商业，以国营贸易、合作社代替之。”这实际上是误以为国家要“消灭商业”，反映了商业界人士对前途感到茫然的心理。

毛泽东及时注意到这个问题，认为对私营商业显然不宜采取简单排除的办法。9月7日，他在邀集民主党派和工商界部分代表的谈话中明确指出：“私营商业亦可以实行国家资本主义，不可能以‘排除’二字了之。”这样，就形成了对资本主义工业和商业这两部分，都通过国家资本主义实行社会主义改造，既改造企业又改造资本家个人的完整方针。经过1953年6月两次中央政治局扩大会议的讨论，以及后来对私营商业改造方针的完善，党对资本主义工商业利用、限制、改造的一整套方针，从指导思想上确定下来。这样，我国对资本主义工商业的社会主义改造道路终于明确化和具体化了。

党在过渡时期的总路线

确定对资本主义工商业的社会主义改造方针，是制定党在过渡时期总路线的一个前提条件。与1949年七届二中全会的决议相比较，原来设想先从落后的农业国转变到先进的工业国，再实现由新民主主义到社会主义的转变，现在确定社会主义工业化和社会主义改造同时并举，其战略目标是完全一致的，都是过渡到社会主义。但在战略步骤上，党在过渡时期的总路线已经有了新的部署。这就是不要等待，而是充分利用新民主主义革命胜利所创造的经济、政治条件，从现在开始，用10年至15年或者更长一些时间，逐步地过渡到社会主义。

按照新的部署，毛泽东在提出过渡时期的总路线时强调说：要反对党内存在的两种倾向：有人认为过渡时期太长了，对基建、农业、手工业、资本主义工商业都发生急躁情绪，五反以后对资本家的进攻没有停止，无止境、无目标地进攻，使工人阶级处于进退两难的境地。这就要犯“左”倾的错误。有人在民主革命成功以后，仍然停留在原来的地方。他们没有懂得革命性质的转变，还在继续搞他们的“新民主主义”，不去搞社会主义改造。这就要犯右倾的错误。在会上，毛泽东列举“确立新民主主义社会秩序”、“由新民主主义走向社会主义”、“确保私有财产”几句话，着重对仍继续搞新民主主义的思想提出了批评。

“确立新民主主义社会秩序”，并非党内正式使用的概念，只是1953年2月初，在周恩来、邓小平主持起草的全国政协一届四次会议上的政治报告修改稿中使用过。原稿总结了前三年我国在各方面取得的成就后说：“以上这些成就，说明我国的新民主主义社会秩序已经确立，工人阶级在经济、政治和思想上的领导地位已经加强”。毛泽东在审改报告稿时，认为这个提法不妥，几经修改，还是将这组词全部删去。在周恩来的正式报告中，便不再有这个提法。但在毛泽东看来，这个提法反映了党内的一种思想观念，他批评说：“确立新民主主义社会秩序，”这种提法是

有害的。过渡时期每天都在变动，每天都在发生社会主义因素。所谓"新民主主义社会秩序"，怎样"确立"？要"确立"是很难的哩！比如私营工商业，正在改造，今年下半年要"立"一种秩序，明年就不"确"了。农业互助合作也年年在变。因此，"确立新民主主义社会秩序"的想法，是不符合实际斗争情况的，是妨碍社会主义事业的发展的。

"由新民主主义走向社会主义"，这是过去几年党内比较习惯的说法。毛泽东认为，这种提法不明确。走向而已，年年走向，一直到15年还叫走向？走向就是没有达到。这种提法，看起来可以，过细分析，是不妥当的。

至于"确保私有财产"，党内其实并无这样的口号。与此相关的情况是，1953年春，农村互助合作运动在有些地区出现急躁冒进，引起农民怕"共产"的恐慌心理。在4月召开的第一次农村工作会议上，中央农村工作部负责人邓子恢在阐明党的农村政策时说过："要照顾个体农民的积极性"；"尊重农民的土地财产所有权。保护农民的私有财产不受侵犯"。"必须把逐步改造农民小私有制与保护农民土地财产所有权分清楚，如果我们在这个问题上弄不清，就会造成群众恐慌"。针对"保护农民私有财产权"的说法，毛泽东指出：因为中农怕"冒尖"，怕"共产"，就有人提出这一口号去安定他们。其实，这是不对的。

毛泽东最后总结说：我们提出逐步过渡到社会主义，这比较好。所谓逐步者，共分15年，一年又有12个月。走得太快，"左"了；不走，太右了。要反"左"反右，逐步过渡，最后全部过渡完。

党在过渡时期总路线的提出，首先适应了开始大规模经济建设，实现国家工业化的历史要求。把中国建设成一个现代化工业强国，是自1840年鸦片战争后一百余年来几代志士仁人的梦想。但正如毛泽东1945年在中共七大的政治报告中所说的：没有一个独立、自由、民主和统一的中国，不可能发展工业。没有独立、自由、民主和统一，不可能建设真正大规模的工业。没有工业，便没有巩固的国防，便没有人民的福利，便没有国家的富强。进而，他指出：在新民主主义的政治条件获得之后，中国人民及其政府必须采取切实的步骤，在若干年内逐步地建立重工业和轻工业，使中国由农业国变为工业国。新民主主义的国家，如无巩固的经济做它的基础，如无进步的比较现时发达得多的农业，如无大规模的在全国经济比重上占极大优势的工业以及与此相适应的交通、贸易、金融等事业做它的基础，是不能巩固的。

新中国成立三年来，经过土地改革、镇压反革命、"三反"、"五反"等一系列民主改革和社会政治斗争，巩固了人民民主专政，为开展大规模经济建设奠定了稳固政治基础和社会环境；国民经济迅速恢复，工农业生产取得了新的发展，特别是国营经济已在很大程度上占据主导地位，这就为建设国家工业化准备了基本物质条件。三年来的实践还为推动经济建设创造了以下有利条件：

其一，中央人民政府对全国财政经济工作实行有效的统一管理，不仅有力地打击了投机资本，制止了通货膨胀，保持了市场物价的稳定，而且在保证抗美援朝战争胜利的前提下，有可能安排适当的财力、物力用于恢复和发展国民经济，使国家增强了对整个国民经济的控制力和计划性，并显示出高效能运行的特点。

其二，社会主义性质的国营经济较之私人资本主义经济，表现出明显的优越性。在国营工矿企业内部，工人经过民主改革成了企业的主人，

享有各种权利、保障和福利，从而激起高度的责任感和生产热情，使企业焕发出前所未有的生机和蓬勃活力。它忠实于政府规定的各项制度、纪律和计划，职工劳动热情高涨，不仅在若干重要工业产品的产量上迅速超过战前的最高水平，而且开发了一大批新产品、新工艺、新技术，对保证抗美援朝战争供给，稳定国内市场，满足人民生活需要，确保国家税收，起了决定性的作用。私人资本主义经济，在人民政府的扶持下，也有了较大的发展，在国民经济恢复中发挥了积极的作用，但同时暴露出其投机性、盲目性及资产阶级唯利是图的腐蚀性的消极一面，这就不可避免在资本主义企业与政府、国营企业之间，企业内部工人与资本家之间出现矛盾和冲突，影响和妨碍有计划经济建设的顺利进行。

其三，广大农村开始建立起来的农业互助合作组织，对于克服土地改革后相当一部分贫困农民缺少资金、耕牛、农具、劳力等困难，并在恢复和发展农业生产，提高单位面积产量等方面，表现出明显的优越性。在上述情况和条件下，为了集中调配有限的资金和资源，保证重点工业项目建设的需要，为了克服有计划经济建设同私人资本主义经济的生产盲目性、投机性之间，同农民个体小生产的分散性、落后性之间的矛盾，国家有必要也有可能在进行大规模工业建设的同时，对农业、手工业和资本主义工商业实行系统的社会主义改造。

从进行社会主义改造的现实依据来看，经历了 1952 年的“五反”运动以后，阶级关系发生了很大变化，工人阶级的领导地位和国家对私营工商业的控制力有了显著增强，私营企业内部建立起工人监督生产的制度，许多资本家实际上丧失或者基本上丧失了控制企业的权力。因此，党认为着手解决工人阶级与资产阶级、社会主义与资本主义的矛盾的主客观条件已经具备。总结以往的经验，过去三年在私营工商业中普遍实行的各种国家资本主义形式，既是对私人资本主义经济的利用和限制，同时又是对私人资本主义经济进行社会主义改造的最初步骤。

从农村的情形来看，党认为土地改革后农民贫富差距的逐渐拉大，势将导致农村中各阶层的两极分化，因此必须“趁热打铁”，积极引导农民走上社会主义集体化的道路，才能在新的基础上巩固工农联盟，促进农业生产的大发展。而土地改革后广大农村普遍开展的农业互助合作运动，已经和正在削弱农民个体私有制的基础，这表明，个体农业实际上开始了向社会主义的过渡。

从国际环境来看，抗美援朝战局的稳定，苏联对我国经济援助的扩大，为开展工业化建设和向社会主义过渡提供了有利的国际条件。党一向认为，工业化建设应当从中国的具体情况出发，坚持独立自主、自力更生，同时要争取可能和必要的国际援助。在当时的国际环境和历史条件下，苏联实行优先快速发展重工业的工业化战略，迅速实现国家工业化的成功经验，以及它所建立的消灭阶级剥削的社会主义经济制度，对我国具有重要影响和榜样作用。

基于上述对国内外形势和客观条件的估量，中共中央、毛泽东确定了逐步向社会主义过渡的总路线。从总路线规定的任务看，社会主义工业化与社会主义改造是同时并举、齐头并进的。毛泽东当时有个比喻，总路线好比一只鸟，这只鸟的主体是发展社会主义工业，它的一双翅膀是对农业、手工业的社会主义改造，对资本主义工商业的社会主义改造。过渡到社会主义，没有主体是不行的，但一双翅膀也非常重要，必须使这两

◆ 1954年2月6日至10日，中共七届四中全会在北京召开。会议批准了中央政治局提出的过渡时期总路线，通过了召开全国代表会议等决定。图为刘少奇代表中央政治局在会上作报告。

个方面的任务密切配合，协调发展。在主体与两翼之间，在改造个体经济与改造资本主义经济之间，是彼此联系、相互促进的。这个比喻，体现了发展生产力和变革生产关系的辩证统一关系。

关于我国实现工业化的道路，完全不同于一般资本主义国家的工业化，它是学习苏联的经验，采取优先发展重工业的战略以及优先发展国营工业的政策。关于衡量工业化的标准，也是苏联曾经采用的，即工业总产值在整个工农业总产值中占70%以上和建立一套比较完整的工业体系。当时设想，基本上完成国家工业化和社会主义改造，将经过相当长的一个时期，估计需要三个五年计划的时间，加上头三年恢复时期，共18年。这个估计，同样是参照1917年俄国十月革命胜利到1936年苏联宣布建成社会主义社会的时间表，测算出来的。

1954年2月6日，刘少奇代表中央政治局向七届四中全会报告说：1953年，我国进入有计划的经济建设时期，并开始执行第一个五年建设计划。党中央政治局认为在这个时机提出党在过渡时期的总路线是必要的和适时的。2月10日，中共七届四中全会通过决议，正式批准中央政治局确认的这条总路线。

四、统一思想：既反对遥遥无期，又反对急躁冒进

“大仁政”——一切为着实现国家的工业化

在建国头三年实施新民主主义纲领的过程中，工人阶级领导的国家政权，国营经济与合作社经济这些社会主义的因素，在经济和社会发展中起着决定的作用，在实际上保证整个国家向着社会主义方向前进，随着社会主义因素的不断增长，必然要达到社会主义。关于这一点，在党的

高级领导层中是毫无疑义的；各级干部及大部分党员群众，在思想上也是基本明确的。在建国头三年，由于向社会主义转变还没有成为现实的任务，对于在什么时候、什么条件下、用什么方式和步骤过渡到社会主义，党内存在着这样那样的看法。总的理解是，经过10年、15年的准备，待条件具备和成熟之后，再一举转变为社会主义。

根据三年来经济、政治各方面条件的变化和实践经验的总结，党决定改变原来的设想，采取社会主义工业化和社会主义改造同时并举的方针，实行逐步改造个体经济和资本主义工商业的具体政策，积极而又循序渐进地过渡到社会主义。这是一个带战略性的转折，对于党内多数人来说，当时是缺乏思想准备的。针对这一情况，毛泽东在1953年2月到南方视察期间，曾对地方负责同志讲了“要搞好革命的转变问题”，譬如说，新民主主义革命有十项任务，现在已经完成了七八项，那么要不要到把这十项任务都做完了，再去搞社会主义呢?不是，而是那些条件成熟了，现在就要开始进行社会主义革命的工作。我们是革命阶段论者，但两个阶段不能截然分开。

党在过渡时期的总路线提出后，中共中央接受毛泽东的建议，立即在党的高级干部和各级党组织中进行传达，以统一全党的思想。1953年夏季以后，通过召开全国财经工作会议、全国统战工作会议、全国组织工作会议、全国农村工作会议和农业互助合作会议等一系列会议，使干部党员，首先是党的高级干部，将思想认识从目前为实现新民主主义纲领而奋斗，很快转变到为实现党在过渡时期的总路线而奋斗这个新的基点上来。在共产党内统一思想、统一认识的基础上，在党外，又连续召开了民主党派座谈会、政协全国委员会常委扩大会议、中央人民政府委员会会议、中华全国工商业联合会会员代表大会等，向党外民主人士、工商界和其他各界人士解释和宣传过渡时期总路线。

1953年9月7日，毛泽东约集民主党派和工商界部分代表谈话，向他们阐明：经过国家资本主义完成对私营工商业的社会主义改造，是较健全的方针和办法。国家资本主义的形态有三：一是公私合营；二是加工、订货、收购、包销等；三是私营商业向国营进货按牌价出售。国家资本主义是改造资本主义工商业和逐步完成社会主义过渡的必经之路；将全国私营工商业基本上引上国家资本主义轨道，至少需要三至五年的时间，因此不应该发生震动和不安；实行国家资本主义，不但要根据需要和可能，而且要出于资本家自愿，因为这是合作的事业，既是合作就不能强迫；至于基本上完成国家工业化，基本上完成对农业、对手工业和对资本主义工商业的社会主义改造，则不是三五年所能办到的，而需要几个五年计划的时间。在这个问题上既要反对遥遥无期的思想，又要反对急躁冒进的思想。

9月8日到11日，根据毛泽东的建议，政协全国委员会召开第四十九次常委扩大会，邀请部分工商界代表人物参加，由周恩来作关于过渡时期总路线的报告和总结讲话。针对资产阶级对社会主义改造的思想疑虑，周恩来系统阐述了我国社会主义改造的方针和步骤。他指出：国家资本主义并没有取消资本主义所有制。工商业者只要遵守国家政策法令，不投机不垄断，以企业产品用于满足人民的需要，他们的任务就是光荣的。周恩来还指出，过渡时期我国的国家制度，是属于社会主义性质的，但和社会主义制度也不完全相同。“我们是以工人阶级为领导、工农联盟为基础、团结四个阶级建立人民民主专政，一

直到完成向社会主义的过渡。集中地说，我国新民主主义建设时期，就是逐步向社会主义过渡的时期，也就是社会主义经济成分在国民经济比重中逐步增长的时期。……在绝对数字上公私都增加了，但国营增加得更多。这个趋势就说明了我国是在向社会主义过渡。”①

毛泽东的谈话和周恩来的报告，减少了资产阶级上层代表人物的疑虑，他们表示拥护总路线和国家资本主义的方针。盛丕华对资本家现在有利润可得，将来有工作可做，表示满意。黄炎培形容党的社会主义改造方针是“同登彼岸，花团锦簇”。这种态度，代表了一些靠近共产党、顺应历史潮流的工商界代表人物的进步倾向。

当时，有的民主人士提出，经过多年的战争，国家要“与民休养生息”，工业建设要照顾到农民，不要把农民挖得太苦，呼吁政府“施仁政”等。针对这些观点，9月12日，毛泽东在中央人民政府委员会第24次会议上，就“施仁政”问题作了说明。他说：我们是要施仁政的。所谓仁政有两种：一种是为人民的当前利益，另一种是为人民的长远利益。前一种是小仁政，后一种是大仁政。两者必须兼顾，不兼顾是错误的。重点应当放在大仁政上。现在，我们施仁政的重点应当放在建设重工业上。要建设，就要资金。所以，人民的生活虽然要改善，但一时又不能改善很多。就是说，人民生活不可不改善，不可多改善；不可不照顾，不可多照顾。照顾小仁政，妨碍大仁政，这是施仁政的偏向。有的朋友现在片面强调小仁政，其实就是要抗美援朝战争别打了，重工业建设别干了。我们必须批评这种错误思想。毛泽东的这番讲解，向各民主党派及各界人士宣示了中国共产党和人民政府“一切为着实现国家工业化”的坚定方针，鼓励他们尽可能为工业化建设多贡献力量，积极配合对私营工商业的社会主义改造工作。

9月底，人民政协全国委员会发布《庆祝中华人民共和国成立四周年的口号》，向全国公布了我国在过渡时期总路线的内容：“在一个相当长的时期内逐步实现国家的社会主义工业化，逐步实现国家对农业、手工业和私营工商业的社会主义改造。”关于改造私营工商业的任务，在资本家当中引起普遍震动和不安，尤其以中小资本家为甚。

据中央统战部报告的材料反映，有的资本家认为，新民主主义“很优越”，还是“让我们多喊几声新民主主义万岁吧”。他们形容自己的处境是“上了贼船”，“跟着走，能有出路”，“逆着办，只有下水”，“船在河中，只好认头”。有的资本家埋怨“1949年为什么不讲总路线”？“那时讲，人都跑了；现在讲出来，谁也没有办法”；认为“政府对资本家一刀一刀的来”，就是“慢慢把你吞掉”。他们要求保持现在的秩序，不甘接受“逐步过渡”。回忆起1950年的“黄金时代”，不胜依依，认为现在已经退居一等，最好不要再“过渡”了。对走国家资本主义道路，资本家是不情愿的，认为不跟国家打交道，“晚睡晚起，自由自在”。加工订货已经“不太自由”，公私合营就要被“溶解掉”；“代购代销是进去了一点”，加工订货是“进去了一半”，公私合营“就全进去了”。公私合营是“借地插秧”，公的比例一天比一天大，到时候“哪有你的份”！公私合营强调领导与被领导，“所谓领导，只有服从”，“讲协商，也要跟着走”，等等。

对私营工商业面临的社会主义改造，资本家的态度也不尽相同，大体可分为以下几类：第一类是长期同政府合作的中上层资本家，认为总路线是“大势所趋”，自己“先走了一步”，“晚

①《周恩来统一战线文选》，人民出版社，1984年版，第255页。

合不如早合”，合营“可以当国家干部”。上层资本家对公私合营最关心三件事：一、什么是财产估值“公平合理”的标准?二、人事怎么安排?三、如何保障有利可得？第二类是中小企业，这是资产阶级的多数。他们自称“武大郎攀杠子，上下够不着”。合作化“没有我的事”，公私合营“没有我的份”，感到“内心搅拌，矛盾很大”。对走国家资本主义道路不甘心，认为“大的已经过去了”，自己没有“上套”，能躲就躲。对当前改进生产，扩大经营抱着消极态度，认为“冒大、发展、到时候一捆就完”，“自认不行，别再修炼了”。第三类是小业主，认为总路线与己无关，手工业搞合作化还可以干几年。万一没有出路，可以“敛起棉袄打倒轮”，再当工人。第四类是商业资本家，怨天尤人，非常不满，认为国家“待遇不平”，前途“黑漆一片”。

为了进一步向资产阶级宣传解释过渡时期总路线和党的各项具体政策，解除资本家头脑中形形色色的疑虑，根据中共中央、毛泽东的指示，经过认真筹备，1953年10月23日至11月12日，召开全国工商业联合会会员代表大会。陈叔通在大会上致开幕词，他号召全国工商界人士要为实行国家总路线、正确地发挥私营工商业的积极作用而奋斗。李维汉在会上讲话，进一步阐述了过渡时期总路线，并对国家资本主义和私营工商业若干问题的政策原则作了详细的说明。黄炎培在大会发言中谈了学习总路线的体会，他说，在过渡时期资产阶级只要接受改造，将是“风又平、浪又静，平平安安到达黄鹤楼”；“到社会主义都有一份工作，有饭吃”。这些发言，博得许多代表的赞赏。经过对总路线的学习和讨论，大多数私营工商业的代表受到深刻的教育，认识到私营工商业的社会主义改造是“大势所趋”。主要在以下几个基本问题上提高了认识：

第一，在国家工业化问题上，大体上认识到中国必须走社会主义工业化道路，不可能也不应该走资本主义工业化的道路。第二，对于国家利用限制和改造私营工商业的方针，过去许多人(包括比较进步的资本家)听了就产生反感，经过会议后，他们的感情有所转变，有人还提出要“积极经营，争取利用；不犯五毒，接受限制；加强学习，欢迎改造”。第三，在爱国守法问题上受到新的教育，特别是“只要资本家安于合法经营……就开始带有国家资本主义的性质”、“企业改造必须结合个人改造”、“爱国守法是工商界骨干分子的起码条件”这三条，更引起他们的注意。第四，初步明确了经过国家资本主义逐步完成私营工商业的社会主义改造，是较健全的方针和办法，承认国家资本主义的优点是合乎事实的。第五，在对国营经济的关系上，过去他们一般认为只是普通的买卖关系，将本求利，合则来而不合则去，现在认识到这是领导与被领导、改造和被改造的关系。第六，关于前途问题，开始认识到只要遵循国家的总路线，将来可以稳步地最后完成社会主义改造，可以过“文昭关”，“像剃头一样，只要不乱动，就不会流血”，可以有工作做，可以保留消费财产，更用不着替子女担心，从而解除了他们最大的顾虑。进而关心将来实行私营企业国有化的时候给不给代价，生活资料能保留多少(即“上车能带多少斤行李”)等问题。

会议期间，李维汉就会议讨论的情况向毛泽东作了汇报。毛泽东肯定会议是成功的，并说要使各级党委和统战部门有意识地懂得，半年之内是大喊大叫的半年。意即要在全国工商界中间，有领导、有准备地、大张旗鼓地对总路线和国家资本主义方针进行宣传教育，做到普遍深入，家

喻户晓。这不仅是对工商界的宣传政策，而且能够在工商界教育和培养出大批骨干，成为党和政府对私营工商业逐步进行社会主义改造的辅助力量。

什么是社会主义——总路线的学习和宣传

为了使全党和全国人民对总路线有比较全面的了解，1953 年 12 月，中共中央批发了由中央宣传部起草、经毛泽东修改审定的《为动员一切力量把我国建设成为一个伟大的社会主义国家而斗争——关于党在过渡时期总路线的学习和宣传提纲》。毛泽东在审定和修改《提纲》时，对党在过渡时期的总路线作了更为规范的表述："从中华人民共和国成立，到社会主义改造基本完成，这是一个过渡时期。党在这个过渡时期的总路线和总任务，是要在一个相当长的时期内，逐步实现国家的社会主义工业化，并逐步实现国家对农业、对手工业和对资本主义工商业的社会主义改造。这条总路线是照耀我们各项工作的灯塔，各项工作离开它，就要犯右倾或'左'倾的错误。"

对于为什么过渡时期要从中华人民共和国成立算起，毛泽东在修改《提纲》时写了一段文字作了说明。他写道："我们说标志着革命性质的转变、标志着新民主主义革命阶段的基本结束和社会主义革命阶段的开始的东西是政权的转变，是国民党反革命政权的灭亡和中华人民共和国的成立，并不是说社会主义改造这样一个伟大的任务，在人民共和国成立以后就可以立即在全国一切方面着手施行了。不是的，那时，我们还须在广大的农村中解决封建主义与民主主义即地主与农民之间的矛盾。那时在农村中的主要矛盾是封建主义与民主主义之间的矛盾，而不是资本主义与社会主义之间的矛盾，因此需要有两年至三年时间在农村实行土地改革。那时，我们一方面在农村实行民主主义的土地改革，一方面在城市立即着手接收官僚资本主义企业使之变为社会主义的企业，建立社会主义的国家银行，同时在全国范围内着手建立社会主义的国营商业和合作社商业，并已在过去几年中对私人资本主义企业开始实行了国家资本主义的措施。所有这些显示着我国过渡时期头几年中的错综复杂的形象。"[①]

《提纲》论述了我国社会主义工业化的战略，指出：由于帝国主义对中国国家安全的严重威胁和国防建设的需要，由于苏联已经有了从发展重工业开始并迅速实现工业化的经验，"苏联过去所走的道路正是我们今天要学习的榜样"，这就是走优先发展重工业的工业化道路。《提纲》还阐明了发展社会主义工业和实行社会主

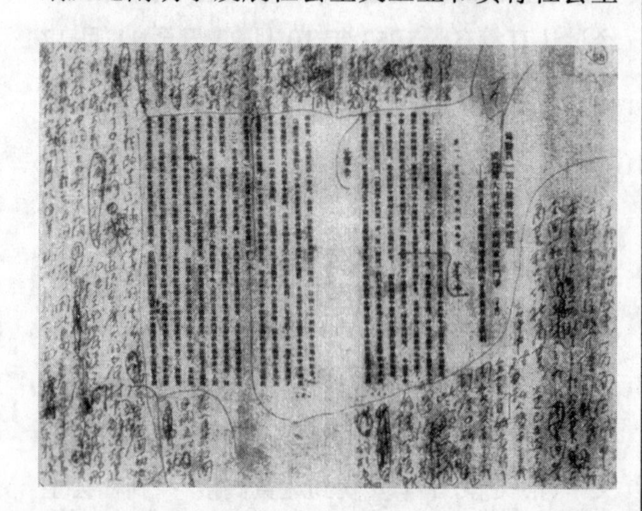

◆ 1952 年底，中共中央提出党在过渡时期的总路线；1953 年正式公布。从此，中国开始了有计划的经济建设和有系统的社会主义改造。图为经毛泽东修改的《关于党在过渡时期总路线的学习和宣传提纲》稿。

①《毛泽东文集》第六卷，人民出版社，1999 年版，第 315 ~ 316 页。

义改造的密切联系，指出：社会主义工业是对整个国民经济实行社会主义改造的基础，只有充分强大的社会主义工业才能吸引、改组和代替资本主义工业，才能支持社会主义的商业，改造和代替资本主义商业，才能用新的技术来改造个体的农业和手工业，才能最迅速地扩大生产，积累资金，造就社会主义的建设人才，培养社会主义的习惯，从而创造保证社会主义完全胜利的经济上、文化上和政治上的前提。另一方面，如果不对资本主义工商业和个体的农业、手工业实行社会主义改造，而听其自流，那么它们就不但不能认真地支持社会主义工业的发展，而且必然与工业化建设发生种种矛盾，而使社会主义工业化的目标无法实现。总之，只有完成了由生产资料的私人所有制到社会主义所有制的过渡，才有利于社会生产力的迅速向前发展，才有利于在技术上起一个革命，借以达到大规模地生产各种工业和农业产品，满足人民日益增长的需要，提高人民生活水平，确有把握地增强国防力量，反对帝国主义的侵略，以及巩固人民民主政权等目的。

1953年底到1954年春，根据中共中央批发的总路线学习和宣传提纲，全国城乡大张旗鼓地开展了对过渡时期总路线的宣传教育活动，激发了广大干部和人民群众的社会主义积极性，鼓舞全国人民团结一致为实现社会主义工业化的宏伟目标而奋斗，这对过渡时期总路线的贯彻执行，起了巨大的政治动员作用。通过深入的学习和讨论，把过去几年的理论认识、实践基础和现实依据衔接起来，过渡时期总路线很快在全党取得统一认识，并获得全国绝大多数人民的拥护，从而有力地推动了大规模有计划的经济建设，推动了农业、手工业、资本主义工商业的社会主义改造工作。

基于苏联建设社会主义的经验，对我国过渡到社会主义具有直接借鉴意义，毛泽东向全党、全国发出学习苏联的号召。1953年2月7日，毛泽东在全国政协一届四次会议闭幕会上的讲话中指出："我们现在学习苏联，广泛地学习他们各个部门的先进经验，请他们的顾问来，派我们的留学生去，应该采取什么态度呢？应该采取真心真意的态度，把他们所有的长处都学来，不但学习马克思列宁主义的理论，而且学习他们先进的科学技术，一切用得着的，统统应该虚心学习。对于那些在这个问题上因不了解而产生抵触情绪的人，应该说服他们。就是说，应该在全国掀起一个学习苏联的高潮，来建设我们的国家。"[①]

总路线学习和宣传提纲下发后，中共中央作出决定，组织中高级党员干部学习《联共（布）党史简明教程》第九至十二章（俄国十月革命以后苏联恢复国民经济、实行国家工业化和农业集体化的各章），学习列宁、斯大林论社会主义经济建设的有关著作，通过系统地了解苏联的经验，来理解和执行党在过渡时期的总路线。这个学习，在广大共产党员和干部中间产生了广泛而深刻的影响，社会主义观念和社会主义意识在全党普遍得到加强，有关过渡到社会主义的道路、方法、具体途径和过渡形式等，各级党组织也有了比较明确的认识。

应该指出，在20世纪50年代初期，中国学习苏联的经验带有一定的历史局限性。毛泽东曾明确说，党在过渡时期的总路线是"中央委员会根据列宁关于过渡时期的学说"提出的，这是一个重要的理论依据。而列宁的过渡时期学说，实际上经历了由军事共产主义的"直接过渡"思想向"新经济政策"思想的重大转变。其核心内

①《毛泽东文集》第六卷，人民出版社，1999年版，第264页。

◆ 党在过渡时期总路线的发布，得到全国人民的热烈拥护。图为1954年五一节，北京市群众高举拥护总路线的标语牌，通过天安门广场。

容可概括为以下几点：

1.在小农经济占优势的国家，过渡时期的首要任务不是立即按社会主义原则直接改组整个社会经济，而是大力发展生产力，建立作为社会主义社会唯一基础的大工业。

2.对整个社会经济的改造，不是摧毁旧的社会经济结构，而是振兴商业、小企业、资本主义，审慎地逐渐地掌握它们，或者说，只是随着它们振兴的程度而使他们有可能受到国家的调整，通过曲折、迂回的中间途径来解决实行过渡的任务。

3.必须善于采取满足农民经济要求的办法，采取最有效的措施来改善农民的经济状况，这需要有一定的周转自由，一定的经营自由，关心农民的私人利益，向农民供应商品和产品，在工业和农业之间实行系统的商品交换或产品交换，通过商品交换建立工农之间巩固的经济联盟。同时，不应当在小生产基础上奢想向集体化过渡，而是通过作为"买卖机关"的合作社这一组织形式，引导小农走向社会主义。

4.无产阶级国家在一定范围内，在国家调节私营商业和私人资本主义的条件下，可以容许自由贸易和发展资本主义；容许社会主义同资本主义通过市场进行经济竞赛。这仍然是无产阶级和资产阶级之间"谁战胜谁"的斗争，但不是原先那种政治斗争，而是一场经济斗争。在有千百万小生产存在的条件下，"试图完全禁止、堵塞一切私人的非国营的交换的发展，即商业的发展，即资本主义的发展"，要是试行这样的政策，"就是愚蠢，就是自杀"。

列宁晚年阐发的新经济政策思想，极大地丰富和发展了马克思主义的过渡时期学说。正如列宁所说："我们不得不承认我们对社会主义的整个看法根本改变了"。然而，斯大林作为列宁的继任者，只是把新经济政策看作是恢复陷于困境的国民经济的一种策略性的权宜之计，并不认为这是向社会主义过渡的新理论、新战略。因而在基本理论和指导思想上，继续坚持以消灭资本

主义和一切私有经济为过渡时期首要的直接目标。从1929年起，斯大林在实际上改变了新经济政策，采取强制的手段征购农民的粮食，推行急进的全盘集体化运动，彻底消灭富农，建立了以单一公有制和高度集中的计划经济为特征的社会主义社会。列宁关于新经济政策的科学论述和丰富思想，在苏联建立社会主义的理论和实践中，并未得到应有的重视和正确的贯彻实行。

由于上述复杂原因，中国共产党对列宁过渡时期学说的理解，不能不受到斯大林领导苏联过渡到社会主义的实践模式的影响，这就不可避免地带有历史的局限。反映在中共中央批发的过渡时期总路线学习宣传提纲上，有一段很有代表性的话："党在过渡时期的总路线的实质，就是使生产资料的社会主义所有制成为我国国家和社会的唯一的经济基础。"对此，毛泽东在修改时加写了一大段话解释说："我们所以必须这样做，是因为只有完成了由生产资料的私人所有制到社会主义所有制的过渡，才利于社会生产力的迅速向前发展，才利于在技术上起一个革命，把在我国绝大部分社会经济中使用简单的落后的工具农具去工作的情况，改变为使用各类机器直至最先进的机器去工作的情况，借以达到大规模地出产多种工业和农业产品，满足人民日益增长着的需要，提高人民的生活水平，确有把握地增强国防力量，反对帝国主义的侵略，以及最后地巩固人民政权，防止反革命复辟这些目的。"[①]

这段话的中心思想，就是只有把生产资料的资本家私有制和个体劳动者的私有制全部改变为社会主义公有制，才有利于解放和发展生产力。这表明，强调生产关系变革对于生产力发展的决定作用，是过渡时期总路线的一个理论基点。由此，党确定中国实现社会主义的目标，就是"由目前复杂的经济结构的社会过渡到单一的社会主义经济结构的社会"[②]，认为这是我国应当走的唯一正确的道路。苏联是世界上第一个成功地建成社会主义的国家，直接借鉴它过渡到社会主义的经验，在当时历史条件下是不可避免的，也是毫无疑义的。但是从长远来看，单一的经济结构，并不符合我国生产力多层次的复杂结构，需要在生产关系上有不同的所有制形式与之相适应，才能不断地促进生产力向前发展的客观实际。

从上述理念出发，党内在"什么是社会主义"问题的认识上，开始形成一套固定观念，例如，认为社会主义就是在生产关系上实行单一的社会主义公有制（以国家占有为形式的全民所有制，以苏联集体农庄为组织形式的集体所有制），要使资本主义私有制、小生产的个体私有制在中国"绝种"；认为社会主义就是在管理体制上实行国家集中统一、无所不包的计划经济（全社会的经济生活都由国家实行统筹），要求像苏联那样树立"国家计划就是法律"的观念。这集中反映了50年代中期苏联的社会主义模式对中国的影响。

五、工业化战略和编制第一个五年计划

优先发展重工业的战略抉择

实现国家工业化，是自1840年鸦片战争失败以后，中国所有仁人志士的共同追求和梦想。但在清王朝、北洋军阀和国民党反动政府当权的时代，这些美好的梦都一概幻灭了。只是到了1949年，中国共产党领导人民推翻了三座大山，建立了中华人民共和国之后，才为实现国家工业

①《毛泽东文集》第六卷，人民出版社，1999年版，第316页。
②《刘少奇选集》下卷，人民出版社，1985年版，第142页。

化的理想提供了最基本的历史前提。毛泽东在建国之初指出：我们的国家在政治上已经独立，但要做到完全独立，还必须实现国家工业化。随着整个国民经济的全面恢复和抗美援朝战争状态的基本结束，中国人民久已期盼的这个历史机遇终于到来了。

把中国由落后的农业国变为先进的工业国，这是党早在民主革命时期就提出的奋斗目标。但那时的主要任务是为工业化扫清道路，对于采取什么样的工业化战略来实现这个目标，还不很明确。当时可供选择的工业化模式有：17、18世纪英国、美国等早期工业化国家，以发展轻工业为先导，待积累了大量资本后，再发展重工业。这种工业化模式经历了较漫长的过程。19世纪中后期德国、日本等后起工业化国家，在继承英、美实现工业化发展所创造的科学技术成果的基础上，由政府投资发展重工业（尤其是军事工业），同时由民间投资发展轻工业，政府与民间并重，工业化速度较快。至20世纪二三十年代，社会主义国家苏联为打破帝国主义的包围，保卫国家安全，优先快速发展重工业（军事工业），更强调政府的作用，在短期内建成独立完整的工业体系，有力地抗击了德国法西斯的入侵。但在工业化过程中，牺牲了轻工业和农业的发展。

中国经济界在1943年后，世界反法西斯战争曙光在前的时候，为了战后国家的重建，曾专门就中国工业化问题进行过讨论和比较，看法莫衷一是。经济学家吴景超等编撰了《中国经济建设之路》等一批书，其中提出，中国的发展战略应该是一百年图强致富，但要先图强，优先发展国防工业，取得国家独立，然后再解决致富问题，以免外敌的突然侵略使国家建设毁于一旦。当时还讨论了国家工业化所应采取的经济体制，不少人认为英、美的体制过于自由放任，不可取；苏联的计划经济，国家控制力强，基本可行；或采取适度的管制经济，既可避免过分竞争和过度垄断，也可避免管制过死，实际上是孙中山"节制资本"的办法，主要依靠国家力量动员资金。

中华人民共和国成立后，获得了国家独立、人民解放的基本条件，但还需要用几年的时间来医治创伤，恢复国民经济。对于国家未来的发展战略，中国共产党只能作粗略的探讨，首先确认中国不能走靠掠夺海外殖民地完成原始积累的资本主义工业化道路，而只能走依靠内部自我积累、节制资本的社会主义工业化道路。具体到实现工业化的步骤，一开始尚未形成明确一致的看法。

在朝鲜战争爆发之前，党内的意见一般认为，我国经济落后，工业基础薄弱，资金缺乏，工业化应优先发展投资少、见效快的农业和轻工业，以便为投资大、建设周期长的重工业的发展积累资金。如刘少奇在题为《国家的工业化和人民生活水平的提高》的一份手稿中所论述：在完成恢复国民经济的任务之后，要以主要的力量来发展农业和轻工业，因为只有农业的发展，才能供给工业以足够的原料和粮食，并为工业的发展扩大市场；只有轻工业的发展，才能供给农民需要的大量工业品，交换农民生产的原料和粮食，并积累继续发展工业的资金。同时，建立一些必要的国防工业，这是保障和平建设环境所不可缺少的。然后，才有可能集中最大量的资金和力量去建设重工业的基础。只有在重工业建立后，才能大大地发展轻工业，使农业机器化，并大大提高人民的生活水平。①

然而，新中国成立还不满一年，便爆发了朝鲜战争，国际环境迅速恶化，国家安全受到严重

①《刘少奇论新中国经济建设》，中央文献出版社，1993年版，第173页。

威胁，新生的共和国不得不在朝鲜战场上同美国这个世界头号经济强国进行力量悬殊的较量。这一事变突出地显示，中国工业基础极其薄弱的落后状况必须迅速改变，才能应付帝国主义的侵略威胁和战争政策。从世界范围来看，二次大战后新独立的后发展国家都面临一个共同的选择，能不能迎头赶上先进工业国家，关系着国家和民族的前途和命运，速度问题在这些国家的发展战略中至关重要。新中国当然不能例外。随着抗美援朝战争的艰巨性、长期性日益显现，加快工业化步伐的客观要求越来越紧迫。综合各方面因素的分析，中共中央经过权衡利弊，作出了优先快速发展重工业的战略决策。

优先发展重工业的战略，固然有参照苏联经验的因素，但基本上是从中国实际出发作出的选择。当时中央考虑到：我国的农业十分落后，铁路、交通和其他基础设施也不足，都需要发展和扩建。但是，能够使用于五年计划建设的财力有限，如果平均使用，试图百废俱兴，必然一事无成。而没有重工业，就不可能大量供应化肥、农业机械、柴油、水利工程设备，就不可能大量修建铁路，供应铁路车辆、汽车、飞机、轮船、燃料和各种运输设备。另外，要切实改善人民生活，必须扩大轻工业。但现实的情况是，许多轻工业生产设备利用率很低，原因就是既缺少来自农业的原材料，又缺少来自重工业的机器设备与现代技术装备。同时，我国还处在帝国主义的包围之中，需要建设一支强大的现代化的军队，迅速发展国防工业，用力赶一赶，对提高我国工业技术水平是有好处的。这一切，都决定了我国不能不优先发展重工业。

毛泽东当年有一段发人深省的话："现在我们能造什么？能造桌子椅子，能造茶碗茶壶，能种粮食，还能磨成面粉，还能造纸，但是，一辆汽车、一架飞机、一辆坦克、一辆拖拉机都不能造。"①美帝国主义的战争威胁，西方资本主义国家的封锁和禁运，使中国领导人不能不更多地考虑尽快建立重工业基础，以增强综合国力，抵御外敌的侵略威胁。一方面，有苏联优先发展重工业快速实现工业化的经验可资借鉴；另一方面，我国的轻工业相对来说有一定的基础，有很大的后备力量，只要稍加调整，就可发挥相当的增产潜力；把农民组织起来搞合作化，根据以往的经验，平均产量可以提高15%～30%，在农业合作化后，各种增产措施更容易见效。因此，国家集中主要力量发展重工业，是有客观可能的。

总起来看，我国第一个五年计划的经济发展战略是：主要依靠国内积累建设资金，建立和优先发展重工业，高速度发展国民经济，基本改变旧中国留下的工业布局极不合理，区域经济发展极不平衡的畸形状态，然后用重工业部门提供的生产资料装备农业、轻工业和其他产业部门，逐步建立起独立完整的工业体系和国民经济体系，逐步改善人民的物质文化生活。这是一个以高速度发展为主要目标的赶超型发展战略。确定这样的经济发展战略，是由我国经济文化落后、工业基础薄弱，又受到西方资本主义国家的封锁和包围这样的客观历史条件所决定的，也是20世纪50年代世界上大多数后发展国家普遍选择的工业化战略。

苏联的社会主义工业化，是在1913年沙皇俄国近代工业占国民生产总值41.2%的基础上开始起步的。经过十月革命后十七八年的发展，现代工业的比重达到70%，宣布实现了工业化。我国虽然在1952年全面恢复了国民经济，但仍然是一个落后的农业国家，现代工业的比重只占

①《毛泽东文集》第六卷，人民出版社，1999年版，第329页。

工农业总产值的26.7%，重工业在现代工业中的比重只占35.5%。我国许多重要工业产品的人均产量，不仅远远落后于西方工业发达国家，甚至落后于印度这样的新兴独立国家。根据这种实际情况，我国实现工业化的数量标准有所降低，只要求现代工业比重在工农业总产值中达到60%。但在发展速度上，仍要求在三个五年计划或更多一些时间内基本完成工业化。后来的实践表明，这个时间表，对中国这个经济文化十分落后的大国来说，是远远达不到的。十几年的努力，只能为工业化打下一个初步基础。

在我国逐步实现工业化，存在着有利条件和不利条件。从有利的方面看，我国有一个集中统一、比较高效的中央政府，并得到绝大多数人民的衷心拥护和支持，具有很强的组织动员能力；经济环境比较稳定，通货膨胀率较低，社会就业率较高；国际方面尽管有西方的封锁禁运给工业建设带来许多困难，但又有苏联对我国提供全面的经济技术援助，这在中国历史上是没有过的。

从不利的条件来看：第一，我国基本上是一个农业国，资金的积累主要靠农业，但农业在相当长时期内无力进行技术改造，农业劳动生产率很低，势必影响工业持续、稳步地发展。第二，因为农业基本上是“靠天吃饭”，一年的收成要到秋收时节才能明了，即所谓“十五的月亮十六明”。所以，当年制定的国民经济计划具有很大的不确定性，难以符合生产发展的实际状况。第三，我国的经济文化十分落后，建国之初全国人口中文盲高达90%，工业建设所急需的工程技术人员培养不及，技术工人短缺，劳动力的文化素质普遍很低，这种状况显然不是短期内能改变的。第四，我国是世界上人口最多的国家之一，人口的庞大与消费需求不断增加的矛盾，使积累与消费的紧张关系难以缓解。这些不利因素，将对我国的经济建设和工业化进程长期起着制约的作用。

往返莫斯科，五易其稿的计划方案

发展国民经济的第一个五年计划，是实现党在过渡时期总路线的一个重大步骤。毛泽东对计划的编制工作给予了极大的关注。早在1951年2月，中共中央政治局就根据毛泽东提出的“三年准备，十年计划经济建设”的思想，要求从各方面加紧进行工作。“一五”计划的编制，最早由周恩来、陈云负责，中财委副主任李富春具体组织，从1951年开始试编出第一稿。到1952年7月，形成第二稿，即中财委向中共中央政治局和政务院提交的《1953年至1957年计划轮廓（草案）》及其《总说明》，要点是今后五年要办些什么新的工厂，以便可以向苏联提出五年内需供设备的清单。所提交的分行业草案共25册。

《轮廓草案》提出五年计划的基本任务是：为国家工业化打下基础，以巩固国防，提高人民的物质文化生活，并保证我国经济向社会主义前进。五年计划的方针是：经济建设的重点是工业，工业建设的重点又是以重工业为主、轻工业为辅。五年建设的布局是：要有利于国防和长期建设，并且与目前实际情况相结合，充分利用东北和上海的工业基地，并继续培养与充分利用这些工业基础和技术条件，为建设新厂矿、新基地创造条件。五年计划的主要指标是：工业总产值年平均增长20.4%，农业总产值平均增长7%。中共中央政治局经过讨论，认为上述《轮廓草案》可以作为向苏联提出援助要求的基本依据。

新中国是在百余年来西方列强侵略掠夺，经济文化十分落后的基础上开始大规模经济建设

的。这个历史条件，决定了在开始建设时经济和社会发展的起点比较低，建设任务异常繁重，需要付出长期的艰苦的努力。中国共产党在全国执政的时间不长，在经济建设方面还缺乏经验，对国内资源状况和现有生产能力也不大明了，所以我国第一次编制五年计划，经历了一个不断摸索，逐渐完善的过程，其间得到以斯大林为首的苏联政府的具体指导和真诚的帮助。

1952年8月15日，以周恩来为首席代表，陈云、李富春、张闻天、粟裕为代表的中国政府代表团出访苏联，代表团中还包括中央各部门和军队有关方面负责人等一批顾问和随员。代表团的主要任务是就《五年计划轮廓草案》同苏联方面交换意见，并争取苏联政府的援助。周恩来、陈云等在苏期间，三次会见了斯大林。斯大林在看完代表团译送的"三年来中国主要情况及今后五年建设方针的报告提纲"、"中国经济状况和五年建设的任务"及"中国国防五年建设计划概要"等文件后，于9月3日第二次会见中，对我国的五年计划提出一些原则性的建议。

斯大林认为，五年计划中工业增长速度每年递增20.4%，是勉强的。要按照一定可以办到的来做计划，不留后备力量是不行的。他具体建议工业建设的增长速度，每年上涨率可降到15%。意外情况总会有的，留点后备力量，总有好处。斯大林还提出，在五年计划中，对民用工业和军事工业应当有统一的计划，既包括民用建设，也包括军事建设；而计划规定的各种经费也必须有全面的材料，以便知道全部项目中需要苏联提供多少项目。这必须经过详细的计算，然后才能说出可以向中国提供什么援助。根据苏联自己的经验，制定五年计划通常要一年时间，然后再花两个月时间审议准备好的草案，即使这样，仍会出错。为此，希望给苏方大约两个月时间来研究这个计划，以便对有关问题作出答复。在会谈中，斯大林表示同意帮助中国设计一批工业企业，并提供机器设备，还就苏联向中国提供政府贷款，派遣专家和培养技术人才，建设军事国防工业等问题，表示尽可能提供援助。

周恩来、陈云在苏联逗留了一个多月，在安排好代表团与苏方的谈判议程和方针后，于9月23日离开莫斯科先期回国，李富春和代表团的其他成员留在苏联继续与苏方商谈。周恩来回国后，向中共中央政治局作了汇报。1952年底，在毛泽东主持下，中央领导同志集体讨论了《五年计划轮廓草案》，明确了编制计划的指导思想。12月22日，中共中央发出《关于编制1953年计划及长期计划纲要的指示》，主要强调：1.必须按照中央的"边打、边稳、边建"的方针来从事国家经济建设，这是制定计划的出发点，并且以此来安排国家工业建设的投资、速度、重点、分布和比例。2.必须以发展重工业为建设的重点，集中有限的资金和建设力量，首先保证重工业和国防工业的基本建设，特别是确保那些对国家起决定作用的，能迅速增强国家工业基础与国防力量的主要工程的完成。3.必须充分发挥现有企业的潜力，反对保守主义。4.必须以科学的态度从事计划工作，使计划能够正确反映客观经济发展规律。中央要求各部门、各地区组织力量编制1953年计划和五年计划纲要。

根据中央上述指示，1953年初，中财委对五年计划进行了第三次编制，弥补了原计划草案在各个经济部门和各个年度的互相配合、基本建设投资在各个部门的分配等方面资料不足的缺陷。同年6月，改由国家计委进行第四次编制，对原计划作了一些重大修改，如工业增长速度由年均

20.4%改为14%～15%，要求加快发展农业和交通运输业等。

留在苏联的中国政府代表团，在李富春领导下同苏联政府有关部门进行广泛接触，征询意见，商谈苏联援助的具体项目。苏联政府对中国的"一五"计划给予了高度重视，对中国五年计划所要解决的问题，包括经济发展速度，重工业和基本建设的规模以及具体落实援建项目等进行了具体研究。关于计划草案中提出的工业发展速度，中方是根据前三年工业产值年均增长34.8%的速度来设想的，考虑到前三年工业增长带有恢复的性质，草案中将增速降至20.4%，但苏方认为这个增长速度仍然过高，是不能持久的。不仅如此，计划草案中提出的农业发展速度、铁路运输增长速度和基本建设指标也都过高，是力所不及的。另外，苏方还对中国有色金属、化工、建筑材料、煤矿、石油、电力、机器制造、兵器工业等工业新建、扩建的规模，包括厂址的选择以及加强地质勘探、掌握统计资料、培养技术干部和技术工人等一系列问题，提出了富有建设性的意见。

经过九个多月的紧张工作和辛勤努力，同苏方进行反复研究和磋商，至1953年4月，双方在苏联援助中国第一个五年计划建设的重大项目上取得一致意见。周恩来、陈云在听取汇报，仔细审阅有关协定的文本、图表后认为，苏方提供的设计项目清单中，对原计划砍掉的部分，砍得好！因为这主要是属于没有地质资料的、中国自己办得了的和几年后才能用得上的。其余设计项目苏方充分满足了我们的要求，应感谢他们。另外，受援项目的建设进度和投资安排，是逐年根据实际可能逐步地增长，而不是集中在一段时间内跳跃式地增长。中共中央经研究后给李富春复信说：赞成苏联对我国五年计划提出的建议和设计项目清单，中国党和中国政府愿尽一切力量来完成协定文件中所规定的义务和责任，并委托李富春全权代表中国政府签署协定的有关文件。[①]

5月15日，李富春、米高扬分别代表两国政府，在莫斯科签署了《关于苏维埃社会主义共和国联盟政府援助中华人民共和国政府发展中国国民经济的协定》等文件。协定规定：苏联援助中国新建和改建91个工业项目，连同以前已定援建的50个项目，共有141个项目。这些项目将在1953年至1959年间分别开始施工。91个项目包括：2个钢铁联合企业，8个有色冶金企业，9个煤矿，3个洗煤厂，1个石油炼油厂，5个重型机器制造厂，1个汽车制造厂，1个拖拉机制造厂，1个滚珠轴承厂，16个动力机器及电力机器制造厂，7个化工厂，10个火力电站，2个医药工业公司及1个食品加工企业，还有若干国防工业企业。为了使中国能掌握新建和改建企业，苏联政府决定每年接受1000名中国留学实习生，并派出5个专家组、200名设计专家、50名地质专家来中国。

到1954年10月，苏联政府又增加了15个援助项目，与前141项相加，便是通常所说我国"一五"时期苏联援助建设的156项重点工程[②]。这些项目的建设，构成20世纪50年代中国工业建设的中心和骨干。根据当时的测算，这些项目建成后，中国工业生产能力将大大增长，基本改变旧中国留下来的落后面貌。黑色冶金、有色金属、煤炭、电力、石油、机器制造、化学工业等生产能力，都将比1953年"一五"计划开始时增加1倍以上，大约相当于苏联第一个五年计划时期的水平。

1953年9月15日，中央人民政府委员会第

①房维中、金冲及主编：《李富春传》，中央文献出版社，2001年版，第436、437、443页。

②1955年3月，中国政府又同苏联签订了新的中苏协定。这个协定包括军事工程、造船工业和原材料工业的16个项目。以后，通过口头协议又增加2个项目。由于对项目进行增减拆并等调整，到"一五"计划末期，苏联援建项目共166项，但习惯上仍称为156项。

26 次会议听取并批准了李富春作的《关于与苏联政府商谈苏联对我国经济建设援助问题的报告》。报告说：根据毛泽东主席的指示，首先集中主要力量发展重工业，建立国家工业化和国防现代化的基础；相应地培养建设人才，发展交通运输业、轻工业、农业和扩大商业；有步骤地促进农业和手工业的合作化和进行对私营工商业的改造，并正确地发挥个体农业、手工业和私营工商业的作用。所有这些，都是为了保证国民经济中社会主义成分的比重的稳步增长，为了保证在发展生产的基础上逐步提高人民物质生活和文化生活的水平。

尽管五年计划的许多指标、比例关系和相关内容尚在仔细测算、逐步确定之中，我国从 1953 年起已开始执行五年计划规定的经济建设任务，随着对过渡时期总路线大张旗鼓的学习和宣传，全国上下都知晓了五年计划的宏伟目标和基本任务，并在执行年度计划的工作中取得很大成绩。这就迫切地要求五年计划草案尽早讨论通过，成为全中国各族人民建设社会主义的行动纲领。为此，1954 年 2 月 12 日，中共中央政治局扩大会议决定成立编制“一五”计划纲要草案八人工作小组，陈云为主持人，成员有高岗、李富春、邓小平、邓子恢、习仲勋、陈伯达、贾拓夫。这是对“一五”计划的第五次编制，毛泽东下了“军令状”，要求国家计委从 2 月 15 日起，用一个月的时间拿出五年计划纲要的粗稿。国家计委觉得时间太紧，压力太大，请求延长一些时间，毛泽东只给了五天的宽限，要求 3 月 20 日必须拿出粗稿。

陈云随即召集中央财经、文教各部部长开会，传达毛泽东的指示，要求部长、副部长亲自动手，组织班子专门搞五年计划。又主持编制五年计划纲要草案工作小组会议，要求精确计算每个项目的单价，如果财源真的不够，就要考虑哪些项目缩小，哪些项目延期。会后，五年计划纲要的编制进入紧运行状态。国家计委和各部迅速展开工作，仔细测算，反复研究讨论，按预定的时间向陈云提供了粗稿。陈云组织了一个工作小组，汇总各部门提供的材料，不分昼夜地工作，于 4 月初拿出了五年计划纲要草案的初稿。

4 月 22 日，陈云主持召开八人工作小组第一次会议，对纲要草案编制中的主要问题作了说明：(一) 与苏联的计划相比，我们的计划间接部分很大，对农业、手工业和资本主义工商业都是间接计划，这可能影响计划的可靠程度。(二) 五年计划的主要内容，一是苏联援建的 141 个项目和限额以上的 598 个项目；二是工业发展的速度；三是对农业、手工业和私营工商业社会主义改造的速度；四是市场的稳定。这四个方面也是将来检查五年计划落实情况的主要内容。(三)在五年全部投资中，农业占 9.5%，交通占 13.7%，与苏联比较，比重较小，但再增加也困难。(四) 物资供应与购买力相比，缺口占 8%～ 10%，主要缺的是吃、穿用品和农业生产资料，需再设法解决。(五) 在财政方面，五年计划收入 1268 亿元，是按税收、企业利润超计划完成来计算的，经不起风浪，因此要防止支出突破预算，但有钱不用也不对，要边走边看。(六) 五年计划中工业发展速度有可能超过，基本建设特别是 141 项能否完成，有两种可能性。(七) 要完成五年农业发展增长 28%的计划，一靠天气，二靠农业合作化。大规模兴修水利和开荒，需要大量投资和大批拖拉机，力所不及，而且见效慢。最快的办法是合作化。已有经验表明，合作化可增产 15%～ 30%。如果全国合作化，即可增产 1000 亿斤粮食。[1]

经过八人工作小组连续三次召开会议进行

①《陈云年谱》中卷，中央文献出版社，2000 年版，第 207 ～ 208 页。

讨论和修改，6月30日，陈云就编制五年计划的有关问题向中央政治局扩大会议作了汇报。他说，这个计划有比较准确的部分，即国营经济部分，也有一些不很准确的部分，如农业、手工业和资本主义工商业都只能做间接计划，而这些部分在我国国民经济中又占很大比重。由于编制计划的经验很少，资料也比较缺乏，所以计划带有控制数字的性质，需要边制定边修改。根据五年计划的任务已经执行一年半的实践，陈云对计划执行结果的估计、按比例发展、财政收支方案、保持购买力与商品供应之间的平衡等几个问题作了说明。其中，着重阐述了五年计划必须按比例发展的问题，明确提出四大比例、三大平衡的思想，即：农业与工业、轻工业与重工业、重工业各部门之间、工业发展与铁路运输之间要按比例发展；财政收支、购买力与商品供应、主要物资供需之间必须平衡。此外，技术力量的供需之间也要平衡。陈云指出，合比例就是平衡，平衡了，大体上也是合比例的。我国因为经济落后，要在短期内赶上去，计划中的平衡只能是一种紧张的平衡。目前我们的计划是紧张的，但可以过得去，不至于破裂。①

经中央政治局扩大会议讨论后，8月2日至25日，在陈云主持下，八人小组连续举行17次会议，逐章逐节地讨论计划纲要草案初稿。10月，毛泽东、刘少奇、周恩来在广州集中一个月时间，共同审核了八人工作小组修改后的计划纲要草案。11月，陈云主持召开中央政治局会议，用11天的时间仔细讨论了五年计划的方针任务、发展速度、投资规模、工农业关系、建设重点和地区布局等，又提出许多修改意见。会后，中共中央将经过修改的草案(初稿)发给各省、市委、国务院各部委党组进行讨论，征求意见。

由于缺乏编制五年计划的实践经验，而且统计资料严重不足，对国内资源状况不明，对原有企业的生产能力不太清楚，我国第一个五年计划的编制只能采取边制定、边执行的办法，不断进行修订、调整、补充，前后历时四年，五易其稿，终于形成了我国初期工业化建设的蓝图。1955年3月31日，中国共产党全国代表会议原则通过了五年计划草案。7月30日，第一届全国人民代表大会第二次会议正式审议并通过了中共中央主持拟定的《关于发展国民经济的第一个五年计划》。会议认为，这个计划"是全国人民为实现过渡时期总任务而奋斗的带有决定意义的纲领，是和平的经济建设和文化建设的计划"。

第一个五年计划确定的指导方针和基本任务是：集中主要力量发展重工业，建立国家工业化和国防现代化的初步基础；相应地发展交通运输业、轻工业、农业和商业；相应地培养建设人才；有步骤地促进农业、手工业的合作；继续进行对资本主义工商业的改造；保证国民经济中社会主义成分的比重稳步增长，同时正确地发挥个体农业、手工业和资本主义工商业的作用；保证在发展生产的基础上逐步提高人民物质生活和文化生活的水平。

在"一五"计划编制和计划执行的过程中，优先发展重工业的重要性日益显现出来。这是因为我国工业基础十分落后，在国民经济建设全面展开的情况下，各工业部门在供需和生产协作配合上，呈现出日益紧张的形势。突出表现在：地质工作薄弱；煤、电、油供应紧张；钢铁、有色金属、化工产品、建材等数量不足、品种不够、规格不多、质量不高；机械工业尚处在由修配到独立制造的转变过程中，还谈不到用最新技术装备国民经济各部门。情况表明，"一五"时期乃至以后

①《陈云文选》第二卷，人民出版社，1995年版，第242页。

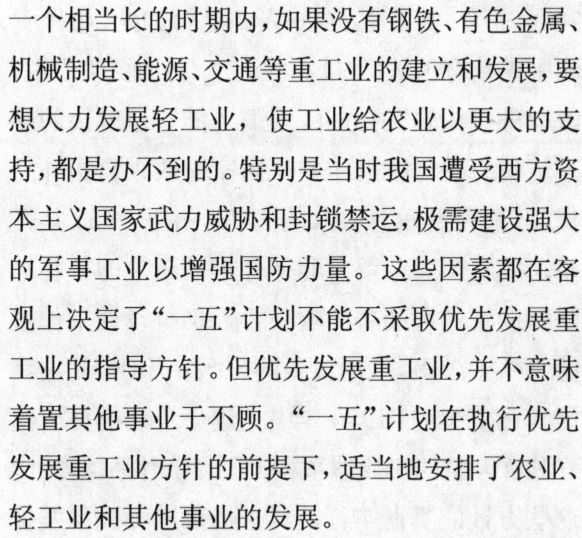

一个相当长的时期内，如果没有钢铁、有色金属、机械制造、能源、交通等重工业的建立和发展，要想大力发展轻工业，使工业给农业以更大的支持，都是办不到的。特别是当时我国遭受西方资本主义国家武力威胁和封锁禁运，极需建设强大的军事工业以增强国防力量。这些因素都在客观上决定了“一五”计划不能不采取优先发展重工业的指导方针。但优先发展重工业，并不意味着置其他事业于不顾。“一五”计划在执行优先发展重工业方针的前提下，适当地安排了农业、轻工业和其他事业的发展。

按照计划规定，五年中将新建一批规模巨大、技术先进的新工业部门，同时要用现代先进技术扩大和改造原有的工业部门；要合理利用和改建东北、上海和其他沿海地区城市已有的工业基础，同时要开始在内地建设一批新的工业基地。五年内国家用于经济和文化建设的投资总额达 766.4 亿元，折合黄金 7 亿多两。全部基本建设投资的 58.2%用于工业基本建设，其中 88.8%用于制造生产资料的工业即重工业的建设。这样巨大的建设投资，是自孙中山提出建国方略以来，中国历届政府都无法企及的。

工业化建设需要大量资金的投入，优先发展重工业需要的资金更多。但中国由于在近代受尽帝国主义的欺负，能够作为工业化资本积累的钱财，几被搜刮殆尽。全国解放前夕，蒋介石又从大陆劫走了大量财富。摆在新中国面前的是一个一穷二白的烂摊子，严重短缺的就是资金。当时，帝国主义对新中国采取敌视态度，实行封锁禁运政策，根本不可能借钱给我们发展工业。苏联是帮助中国的，同意以优惠条件提供总共 17 亿卢布的贷款。但这部分贷款仅占我国工业基本建设投资的 3%多一点。何况苏联本身也面临着战后经济恢复的繁重任务，不可能借更多的钱支援我国的经济建设。在这种情况下，中共中央确定唯一的出路只有靠我们自己内部积累。

新中国由于推翻了帝国主义、封建主义、官僚资本主义，由于对民族资本实行利用、限制、改造的政策，完全有可能靠内部积累来解决工业化资金的来源问题。但是，这并不等于工业化的资金问题就迎刃而解了。“一五”计划用于基本建设的投资为 427.4 亿元，相当于 170 亿美元，远远超过了当年苏联和印度开始工业化建设时的投资额。如果稍有不慎，财政就可能收不上来这么多，投资计划就会失去保证。而且，中国遭受了长期战争的破坏，又同美国为首的帝国主义阵营处于军事对峙状态，党和人民政府既要恢复经济，又要进行新的建设，既要提高人民生活水平，又不能减少国防开支，需要花钱的地方很多。在这种情况下，只有由中央集中掌握和使用财政收入，由国家有计划地合理配置资金，才能免于资金的分散与浪费，工业化建设资金来源的可能性才能成为现实性。

为了保证中央统一掌握、集中使用财政收入，以节约资金，保证重点工程建设，中财委对基建项目的审批权限作了严格的规定，其中包括各地凡属举办投资 50 万元以上的新工厂，均须呈报党中央。陈云指出：这些规定之所以必要，不仅为了使国家在资金运用的迟早上力求合理，更主要的是为了减少国家在经济文化建设中的浪费。与此同时，中央还特别重视防止通货膨胀，保证市场物价的稳定。因为通货膨胀，物价不稳，不仅影响人民生活，而且势必影响财政收入，工业化建设的资金就难以保障。

“一五”计划注意了对国民经济各个部门的统筹兼顾、全面安排，在基本建设投资总额中，对

农林水利、交通运输邮电、银行贸易、文化教育等部门都安排了适当比例的投资，同时注意市场的稳定，强调财政、信贷、外汇、物资的“四大平衡”，使国民经济能有计划按比例地协调发展。在经济建设的规模和速度上，注意从实际出发，经过反复测算，确定工业生产平均每年增长14.7%；农业生产平均每年增长4.3%。这个速度比较接近实际，是有可能完成的。

“一五”计划的制订和实施，得到苏联政府的直接援助。以苏联帮助中国兴建的156个工业项目为中心，苏方不仅提供贷款，而且从资源勘探、厂址选择、技术设计、机器设备、建筑安装到人员培训、试车投产，都给予具体的指导和帮助。实施“一五”计划期间，苏联派来我国的技术专家3000多人，我国派往苏联的留学生达7000多人，实习生5000人。尽管如此，中国党和中国政府仍坚持“以独立自主、自力更生为主，争取外援为辅”的方针，强调凡能自己解决的就不依赖外援。在五年中，国家财政来自国外的贷款，只占财政总收入的2.7%，并从1955年开始，以我国对苏贸易顺差分年偿还。即使在苏联帮助设计和装备的项目中，仍有设计工作量的20%～30%，机器设备的30%～50%，是由我国自己负担的。1956年中央进一步明确提出建立独立完整的工业体系和国民经济体系的方针。这些方针的贯彻实行，对于后来国际关系发生剧烈变化时，我国能够一以贯之地坚持独立自主立场，主要依靠自力更生、艰苦奋斗建立起独立的相对完整的工业体系和国民经济体系，具有十分重要而深远的意义。

MAOZEDONGSHIDAIDEZHONGGUO

第七章

工业化发轫和三大改造

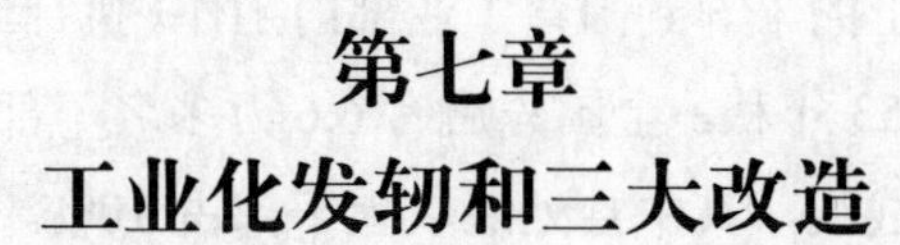

第七章 工业化发轫和三大改造

在基本实现国家工业化的伟大目标的鼓舞下，中国亿万人民群众充分动员起来，迅速掀起沸腾的建设热潮——以社会主义工业化为主体，对农业、手工业和对资本主义工商业的社会主义改造为两翼，大规模有计划的经济建设全面展开。全国各族人民紧密团结在中国共产党和中央人民政府周围，齐心协力为实现党和国家在过渡时期的总路线和总任务而奋斗。随着社会主义工业化建设的发轫，毛泽东时代的中国进入了奋发图强，急起直追，整个经济机制和社会资源配置都转入紧运行状态的第一个五年计划建设时期。

一、调集工业大军，掀起建设热潮

统一调配干部是头等重要的任务

1953 年元旦，《人民日报》发表题为《迎接一九五三年的伟大任务》的社论，向全国人民宣布：1953 年是我国进入大规模建设的第一年。国家建设包括经济建设、国防建设和文化建设，而以经济建设为基础。经济建设的总任务就是要使中国由落后的农业国逐步变为强大的工业国。工业化——这是我国人民百年来梦寐以求的理想，这是我国人民不再受帝国主义欺负，不再过穷困生活的基本保证。因此这是全国人民的最高利益，全国人民必须同心同德，为这个最高利益而积极奋斗。这是党和政府在 1953 年掀开大规模有计划经济建设序幕的第一个号令。

中共中央认为，以发展重工业为主的大规模经济建设，首先必须加强国家经济的计划性，因而必须加强中央的统一和集中的领导，以便及时了解各方面的情况，确保各个经济环节之间的配合。所以，前三年地方分权较多的情况，已不再适合于新的形势和任务。过去，军事工作、外交工作、公安工作的领导一直是统一和集中的，在新的形势下，经济工作、文化教育工作、政治工作等其他各方面的工作，都应进一步加强统一和集中，中央人民政府的机构也要进一步加强。

为了迎接大规模经济建设，1952 年 11 月 15 日，中央人民政府委员会第十九次会议讨论通过了《关于改变大行政区人民政府(军政委员会)机构与任务的决定》、《关于调整省、区建制的决议》、《关于增设中央人民政府机构的决议》。这些决定和决议，是适应即将开始的全国大规模的有计划的经济建设与文化建设的新形势和新任务而采取的重要措施：一是精简中央与地方之间的行政层次，取消大区一级的政府职能，将大行政区人民政府(军政委员会)一律改为行政委员会，作为代表中央人民政府在各该地区进行领导与监督地方政府的机关。二是调整省区建制，加强省、市级人民政府的组织，加重省、市级领导的责任。三是加强中央人民政府机构，增设高等教育部、扫除文盲工作委员会、体育运动委员会。

11 月 16 日，中共中央决定，在中央人民政

府下建立国家计划委员会，高岗任主席，陈云等15人为委员。为切实加强计划工作，保证国家计划经济的执行，1953年2月，中共中央发出《关于建立计划机构的通知》，要求中央一级各国民经济部门和文教部门，必须迅速加强计划工作，建立起基层企业和基层工作部门的计划机构；各大区行政委员会和各省、市人民政府的财经委员会应担负计划任务，其有关计划业务，应受国家计划委员会指导；综合编制各行业长期和年度计划，并检查计划执行情况，积极推动国营经济和合作社经济的发展壮大，保证各社会经济成分逐步按比例发展。

鉴于国家正在进入建设时期，各方面都要求中央的领导更加集中，但是，一方面党中央的负责同志过少，而工作却十分繁重；另一方面党中央现有的办事机构已远不能适应这样的要求，因此，中央决定抽调东北、华北、华东、中南、西北、西南各中央局负责人进京，以加强中央的领导，同时加强中央现有的各部、委、办公厅的组织及其工作。根据中央的决定，1952年底至1953年初，高岗、饶漱石、邓子恢、习仲勋、邓小平以及谭震林、陈毅、贺龙、刘澜涛等各中央局负责人相继调中央工作。

领导干部问题在国家建设中占有重要地位。为了实现国家建设计划，必须造就和提拔大批优秀的建设干部，在全国范围内统一调配干部，这是实现过渡时期总路线，顺利完成第一个五年计划起决定作用的保证。党历来重视正确地组织党的力量来完成党的总任务。在1951年毛泽东提出“三年准备，十年计划经济建设”的方针后，党就预见到工业干部、特别是领导骨干必须早一步准备，以便原来不熟悉工业或者根本不懂得工业的老干部，能够在计划经济建设开始以前有一二年的时间在新的工作岗位上进行学习，才能与国家经济建设计划密切配合起来。

为迎接大规模经济建设的到来，中共中央在1951年10月便决定抽调三千名县处级和县处级以上的干部到国营工业部门工作。执行结果，到1953年秋，全国先后有6.6万多名干部转入工业战线，其中县处级以上干部占10%。1952年下半年，为加强中央办事机构，中央先后三次从地方抽调五千多名干部到中央各部门工作(80%以上分到中央财经部门，其中司局级以上干部712名)。这批干部的总体质量较强，都经历过长期革命斗争的锻炼，有较高政治水平和实际工作经验，并且大部分具有高中以上文化程度。经过一段时间学习和熟悉工业管理，中央预先调配的这批干部为大规模经济建设的开始做了很好的干部准备。

过渡时期总路线提出后，中共中央于1953年9月召开第二次全国组织工作会议，确定党的组织工作任务是：动员全党从组织上保证过渡时期总路线的贯彻执行，保证国家第一个五年计划的顺利实现，不断巩固和扩大党组织，提高党员的思想政治水平，提高党的战斗力。毛泽东在审阅饶漱石在全国组织工作会议领导小组会上的讲话稿时，加写了一段话强调指出：“目前在全党执行党在过渡时期总路线，即变农业国为社会主义工业国、改造各种非社会主义经济成分为社会主义经济成分这样一个历史的时机，我们做组织工作的人，必须全神贯注地为保证这个党的总路线而奋斗。”

全国组织工作会议着重研究了干部工作面临的新情况，认为必须为苏联援助的新建、改建与扩建的一百多个重点项目的厂矿企业，配备足够数量和一定质量的干部。全国组织工作会议

鲜明地提出，必须如同战争时期选派大批干部到军队中去一样，下决心抽调大批地委级以上的优秀干部到工业战线上去，派他们去掌握新建和改建的工厂和矿山，把他们锻炼成为工业建设方面胜任的领导骨干。除解决领导骨干外，还要根据统一调整、重点配备、大胆提拔的原则，对厂矿企业十分缺乏的大量管理干部给予合理的解决。另外，要解决今后五年内所需要二十万技术干部的问题，必须以最大努力和最快速度从工人队伍和知识分子中大量培养新的技术人才。为此，第二次全国组织工作会议为中央拟制了《关于统一调配干部，团结、改造原有技术人员及大量培养训练干部的决定》、《关于加强干部管理工作的决定》等文件，经中央批准后下达执行。

按照中央的要求，各级党委和全党组织工作部门，都必须把为新建、改建、扩建各厂矿配备干部的工作，及加强对私营企业的社会主义改造的工作，看作是当前的头等重要任务。中央组织部和地方各级组织部门迅速行动起来，主要从以下几个方面进行工作，采取了一系列重要措施：

第一，统一调查登记全国各地党政领导机关中地委一级以上的主要干部，对于其中适宜于转到工业方面去工作的，制订出分期分批转入工业的计划。

第二，精简行政部门，尽可能抽调一批条件适合的干部转入工矿企业去工作。

第三，各经济工作部门尽量紧缩上层领导机构，抽出干部充实下层基本建设单位和生产单位。

第四，对现有厂矿的主要干部进行必要调整，在不妨害生产管理的原则下，分期分批抽出有经验的干部去加强新建厂矿的工作。

第五，各级经济建设部门和各厂矿单位，从那些有生产经验、有工作能力、有发展前途的先进技术工人和青年知识分子中，大胆地破格地提拔大量干部，并普遍设立副职，使他们在老骨干的带领下，经过实际工作锻炼，逐渐胜任生产管理工作和技术领导工作，以便继续抽出大量有经验的干部去支援新的建设。

第六，加强党对高等技术学校、中等技术学校、工矿企业中技术工人学校和各种训练班的领导，大量培养和训练新的技术工人和新的技术专家。同时，继续选派留学生和实习生到苏联和东欧人民民主国家去学习，以便随着国家建设计划的进展不断增加大批新的技术工人和技术专家。

第七，继续团结改造原有技术人员，引导他们积极发挥其技术专长，不断提高业务能力，使他们能够担当更重要的工作。

当然，要从各方面抽调优秀干部来完成大规模经济建设的重要组织任务，不是没有困难的。事实上，当时其他工作岗位上的干部并不是十分充足，甚至同样需要补充。但是与国家的总路线总任务的整体要求相比，从保证“一五”计划国家建设的重点来比较轻重缓急，集中力量加强工业建设是完全符合国家整体利益和各部门长远利益的。因此，必须下最大决心，从其他部门忍痛抽调优秀干部去增强工业战线，以便迅速壮大这支工业建设大军，使它能够有充分把握来完成工业建设计划。为此，各级领导机关认真贯彻一切服从国家建设计划的方针，通过精简行政机构、提高工作效能、大胆地破格提拔干部以及在实际工作中培养干部等行之有效的办法，来克服抽走一部分干部以后可能产生的困难。这样，新的干部可以早日得到提拔和锻炼，新的工作秩序也会早日建立起来。

据不完全统计，自1952年至1954年3年

中，全国抽调到工业部门工作的干部共有16万多名，其中为苏联援助的141个重点厂矿选调的领导干部就有3000多名。把这些优秀的干部有重点地配备到国营大企业中去，不仅为完成社会主义工业化打下巩固的物质基础，而且为我国培养出能够保证完成社会主义工业化所必须的懂得工业建设的干部队伍，并从中积累、锻炼了丰富的科学知识、管理经验和技术才能。与此同时，各级组织部门根据“德才兼备”的标准，大胆地、大量地从先进的技术工人和青年知识分子中，提拔了一批新干部。到1954年底，全国科级以上干部由1951年的12.3万名增加到28万多名，3年共提拔科以上干部16万人左右。这些新提拔的干部，大多数是文化程度较高、年龄较轻、有培养前途、能够完成党的任务的优秀干部。没有这样一大批干部被提拔起来，要顺利进行和完成党在过渡时期多方面复杂艰巨的任务，是困难的。

这一时期，工业化建设带动了国家各项事业的发展，工业战线以外的其他工作部门也迫切需要配备相当数量的干部。根据形势发展的要求，中央组织部门调配了千余名领导骨干到文教部门工作，加强对大、中学校及科研机构的领导。对于政法、外事等部门也及时配备了相应的干部。此外，老工业基地和沿海较发达地区，几年来还陆续抽调一批财经、文教、医疗卫生等方面的干部和技术人员，支援边疆地区、少数民族地区的建设，对当地经济社会的发展发挥了重要作用。

为了适应经济建设任务对进一步提高领导干部素质的要求，中共中央作出决定，有计划、有步骤地把全党各方面的高、中级干部调入各级党校进行轮训，以提高全党干部的理论水平、政策水平和工作能力；同时还发出《关于加强干部文化教育工作的指示》，提出要大量培养和提拔工农干部，有计划地提高他们的政治、文化和业务水平，特别使文化水平较低的干部逐步提高到相当高小以至初中毕业程度，以便有效地学习政治理论，掌握业务知识，把他们培养成为各项建设事业的骨干。

工业化建设的不断深入展开，要求一切建设事业的领导者要具体和切实地领导企业，变成专门家和工作内行。为此，党中央号召老干部、新干部，都要认真钻研工业建设的业务。1955年3月31日，毛泽东在中国共产党全国代表会议上强调说：“我们进入了这样一个时期，就是我们现在所从事的、所思考的、所钻研的，是钻社会主义工业化，钻社会主义改造，钻现代化的国防，并且开始要钻原子能这样的历史的新时期”，“适合这种新的情况钻进去，成为内行，这是我们的任务。”[①]

总的来说，为适应大规模经济建设和国家各项事业发展的需要，中央和地方党的组织部门和政府有关部门通力合作，密切配合，经过统一调整、重点配备、大胆提拔、加快培养等一系列工作和坚持不懈的努力，基本上满足了我国初期工业化建设对各方面工作干部的迫切需要，为顺利完成第一个五年计划建设任务提供了组织上特别是干部方面的重要保证。

忘我的劳动精神，火红的建设年代

我国的第一个五年计划，是在编制过程中逐步开始实施的。为了组织推动大规模经济建设的开展，中央采取一系列重大措施，从上到下建立统一集中的计划经济体制，深入开展增产

①《毛泽东文集》第六卷，人民出版社，1999年版，第395页。

节约运动，注重技术革新和劳动竞赛对生产建设的促进作用，发行公债为国家建设筹集资金，通过制定年度计划加强对经济工作的领导和调整，确保“一五”计划的实施。

◆ 被赞为“走在时间前面的人”——共产党员王崇伦。

在“一五”建设开局之年，首先执行的是1953年的年度计划。4月25日，中共中央批准下达国家计委关于《1953年国民经济计划提要》，确定了当年国民经济发展的各项主要指标。为完成1953年的计划，国家计委要求国营企业部门必须做好下列几项工作：（一）建立与加强计划管理，健全全国自上而下的计划、统计系统，加强企业的计划统计机构；（二）建立和健全责任制，一切经济部门均应逐步地建立科学的管理制度，特别要注意建立安全生产、产品质量、设计工作、原材料和设备供应、施工等项责任制；（三）大力推广先进经验；（四）一切国营企业应该逐步实行严格的经济核算制度；（五）加强基本建设工作，保证基本建设任务的完成。

◆ “郝建秀工作法”的创造者——共产党员郝建秀。

作为国家的领导阶级，中国工人阶级一马当先，站到生产建设的最前列。5月3日，中国工会第七次全国代表大会在北京召开。刘少奇代表中共中央致祝词说：我们祖国现正开始进入一个新的历史时期，为了完成实现国

家工业化和逐步过渡到社会主义社会的新的历史任务，必须尽最大的努力充分地发挥广大工人群众的积极性和创造性，为完成与超额完成国家的经济计划而奋斗！为提高劳动生产率，提高产品质量，严格节约和降低产品成本而奋斗！会后，中华全国总工会发出号召：进一步开展增产节约劳动竞赛，保证全面地完成国家生产计划！

在前三年，中国工人阶级以英雄的姿态、坚忍不拔的毅力、高度的爱国主义热忱克服各种困难，开展爱国主义劳动竞赛，完成了全面恢复国民经济的历史任务，为国家有计划的经济建设创造了有利条件。在开始有计划的经济建设时期，工人阶级又满怀信心地以忘我的劳动精神，完成伟大祖国交予的新的历史任务。在中华全国总工会的号召下，工会各级组织迅速地深入地发动工人群众，进一步开展增产节约劳动竞赛，发挥工人群众的积极性，挖掘企业潜力，努力增加生产，提高产品质量，节约原料材料，降低产品成本，并注意安全生产，不断提高劳动生产率和企业管理水平，保证全面地完成并争取超额完成国家计划，为国家创造更多的财富，为实现国家工业化积累更多的资金。

1949

1956

鞍钢机械总厂的技术革新能手王崇伦，努力钻研技术，先后八次改进工具，发明了以刨床代替插床的“万能工具胎”，大大提高了设备利用率，工作效率提高了六倍半，一年完成了三年的劳动定额。这种创造精神在全国广大职工中产生了很大影响，各地许多厂矿掀起了群众性的改进技术的热潮。全国煤炭系统在组织劳动竞赛中，学习和推广马六孩、崔国山的快速掘进法，施玉海、刘九学的安全生产经验，谷发明的深孔爆破经验以及建井平行作业等经验，大大提高了劳动生产率，又保证了安全生产。纺织工业系统全面推广郝建秀细纱工作法、纺织机器保全工作法及其他节约用棉降低成本等先进经验，各地棉纺厂不断刷新生产纪录。在各级党政部门和工会组织的倡导下，工业生产逐渐改变过去偏重于拼体力的方式，而注意生产技术的革新与劳动组织的改进，开展有组织、有计划的劳动竞赛。人们把勇于创造生产新纪录的先进人物，誉为“走在时间的前面”的人。“每一秒钟都为创造社会主义社会而劳动”——这些充满时代精神的口号，反映了第一个五年计划的宏伟目标正在化为千百万职工的实际行动，鼓舞着中国工人阶级更加忘我地为实现社会主义工业化而奋斗。

◆ 周恩来同地质学家李四光交谈。

中国广大农民通过几年来的实际体验，认识到国家工业化将给农业发展带来广阔的前景，对大工业将为农业生产提供机器装备、化肥、农药、良种、新式农具，不断提高农民的生活水平抱有很大期望。他们积极参加农业互助合作组织，以努力增加农业生产的实际行动支持工业建设。各地农民响应国家的号召，积极向国家交售粮棉，缴纳农业税，供应各种农副产品保证城市居民和工矿区职工的生活需要。随着基本建设战线的不断扩大，大批青壮农民被工矿、建筑企业吸收，离开生养他们的土地走进工人阶级队伍，更直接地投身于国家的工业建设。当时，我国工农业产品价格存在着较大的剪刀差，由于工业品少，还要积累资金，扩大再生产，缩小这种剪刀差在短期内是做不到的。这实际上成为国家为工业建设积累资金的重要来源之一，也是工业化初创阶段中国几亿农民为实现社会主义工业化做出的重要贡献。

热火朝天的工业建设，为知识分子提供了施展才华的广阔战场。工程技术人员同工人心血和汗水流在一起，日夜奋战在生产第一线。为了探明我国矿产资源的状况，党和政府重视地质队伍的建设和地质人才的培养。解放前全国从事地质工作的人员只有200余人，解放后逐年增加，1954年全国各大学地质系、各地质学院及各中等地质学校毕业的学生即达2000余人。国家以最新的技术装备来支持地质勘探工作，仅中央地质部开动的钻机就有数百余台。过去属于“冷门中的冷门”的地球物理探矿，已拥有较强的队伍，配备有磁力仪、重力仪、电阻仪、自然电流仪等新式仪器，成为我国地质勘探工作中一支生力军，并开始试行航空磁测，为我国的地质勘探事业拓开广阔发展的道路。几年来，从东北黑土地到西南康藏高原，从东海之滨到海南岛，在祖国辽阔的土地上，到处都有地质工作者的足迹。他们风餐露宿，跋山涉水，不辞辛苦地勘探地下宝藏，无愧为“祖国建设的尖兵”。

以李四光、华罗庚、钱学森等为代表的一批在海外卓有成就的科学家，毅然放弃国外优裕的工作环境和生活条件，先后回到祖国参加伟大的建设事业。至1953年，约有2000名留学生陆续回国，他们在各个技术学科领域发挥着重要作用。高等学校的教师们根据国家建设的需要，开出数以百计的新课程，在我国大学教育中首次出现土木施工、工业设计、工序自动化、继电器保护、水能利用、铸造机械、机械制造工艺学、房屋架设、电力拖动等新的课程和教材。在苏联专家的帮助下，全国各高等学校逐渐形成不少新型的先进科学的教研基地。高等学校理论联系实际的教学方针得到贯彻，教学质量不断提高。每年都有数以万计的大学生在各工地、各厂矿、各业

◆ 1955年10月12日，由美国回归祖国的著名科学家钱学森到达上海。图为他(右三)与家人在上海新居合影。

◆ 1956年，著名数学家华罗庚在中国数学学会举办的报告会上作关于"杨辉三角"的学术报告。

务部门、各研究机关进行生产实习，并有数以千百计的大学教师到全国各厂矿进行各种各样的科学活动。同样，每年也有数目众多的工程师、技术人员进入高等学校参加业余学习或兼课。学生们在实习中钻研着各种实际问题，他们的毕业论文、毕业设计不仅从实际中吸取题材，并且运用所学的理论知识来处理实际问题。

在火红的建设年代，高等学校和各类专业技术学校的毕业生，无条件地服从国家统一分配，到祖国最需要的地方去。为满足国家基本建设的需要，1952年、1953年，全国高等学校在应届毕业生以外，理工科学生全部提前一年毕业。国家按照"集中使用，重点配备"的方针，把大量理、工、财经等科及部分农科的毕业生，集中配备到新建、改建和扩建的厂矿、交通、水利事业中的勘测、设计和安装等工作上去，一般厂矿和机关行政部门除特殊情况外，不予配备。同时，为了适应高等教育发展和科学研究工作的需要，还分配相当数量的毕业生作高等学校的助教、研究生和中国科学院所属研究机构的研究实习员，并为中等学校配备师资。医科毕业生，主要配备在厂矿、防疫及国家工作人员公费医疗机构。政法类毕业生，一般由各大行政区分配工作。外文系（俄文、英文）毕业生，绝大部分由中央集中分配。

"重点建设，稳步前进"的方针

我国有计划大规模的经济建设，总的开局很好。工业建设的主要部署是：充分利用东北、上海和其他沿海城市的工业基础，集中力量加强东北重工业基地的建设，使东北和沿海工业城市较快地成为支援全国建设的基地；同时，在京广铁路沿线及其以西地区新建一批重点骨干项目和与之相配套的项目，加强华北、中南、西北和西南地区新工业基地的建设。在具体安排上，老基地的建设以在原基础上改建扩建为主，新基地以新建为主。

重工业建设的重点是冶金工业和机械工业。冶金方面安排的改扩建工程，主要是东北的鞍山钢铁公司及安徽马鞍山、四川重庆、山西太原的钢铁企业。武汉钢铁公司属新建大型综合性钢铁基地，于1955年开工兴建，使中国钢铁工业的地区分布，开始由东部沿海向中部地区推进。机械制造方面，以制造冶金矿山设备、发电设备、运输机械设备、金属切削机床等部门为重点，适当发展电机、电工器材设备、炼油化工设备和农业机械等的制造。投资方向以东北、中南、华东和华北地区为重点。新建的骨干项目主要有：黑龙江的富拉尔基及山西太原的重型机器厂，洛阳的

矿山机械厂，沈阳的风动工具厂，哈尔滨的电机厂、汽轮机厂和锅炉厂，长春的第一汽车制造厂，武汉、齐齐哈尔、北京的机床厂，洛阳和南昌的拖拉机厂，等等。

能源方面的建设也大规模展开。煤炭工业以改扩建原有矿区为重点，同时积极开发已探明储量的新矿区，并安排一批炼焦煤基地的建设以为钢铁工业服务。电力工业以建设火力发电站为主，一方面配合全国重点建设，加强对东北、华北、中南和华东电力工业的建设，另一方面为开发西部作准备，在西南、西北新建、改扩建一批电厂。围绕新老工业基地的分布，铁路建设的重点，主要对哈大、京沈、京包、京汉、陇海线中段、石太线东段及同蒲线进行技术改造；同时，为开发西部资源，着手修建和新建包兰线、兰新线、宝成线。沿海其他铁路干线也相应地进行技术改造。轻工业建设的重点，是加强纺织、制糖、造纸工业建设。为了使棉纺织工业的原料供应，由进口逐渐转向基本立足于国内，新的纺织工业基地全部安排在接近原料和消费市场的京广沿线及其以西地区。

随着有计划经济建设的展开，党和政府认真总结经验，发现计划执行中的问题，及时进行调整和制定改进措施。1953年上半年，全国的经济情况是稳定的，工业总产值完成了国家计划，在工业生产、交通运输、基本建设等方面都获得了不少成绩。但由于缺乏经验，对我国现有国力和经济建设可能达到的规模了解不够，各地各部门的建设热情很高，从上到下规划了许多新建项目，基本建设的盘子大了一些，导致市场供求紧张，生产和流通领域资金周转紧张，生产出现不均衡现象，有几种工业产品没有完成计划，有些产品质量不好，有些部门没有完成降低成本的计划，并出现不少事故。中央及时发现了这些偏向，强调国民经济计划应有可靠根据，符合实际可能，并积极采取补救措施，通过增加生产，扩大收购和销售，加速资金周转和做好税收工作等来增加收入，以防止出现财政赤字。

在1953年夏季召开的全国财经工作会议上，周恩来总结了上半年的经济建设工作，提出应极大地注意的几个问题：(一)发展生产，保证需要，提高计划性，防止盲目性。(二)重点建设，稳步前进。(三)既要加强集中统一，又要发挥地方与群众的积极性。(四)必须加强和服从党的统一领导，以减少或避免可能发生的错误。(五)为了减少盲目性和少犯错误，必须向一切有经验和知识的人们学习。9月14日，陈云在中央人民政府会议上作报告，着重讲了如何克服财经工作方面的缺点、错误问题。陈云指出：

在税收工作方面，出现修正税制的错误。由于几年来加工订货、代购代销的比重增加，买卖关系相对减少，税收也随之减少，需要补救，1953年初，中财委报请政务院批准公布实施了修正税制。修正后的新税制错误有两条：一是按买卖关系纳一道营业税，并提出"公私一律平等纳税"，实际上是对国营商业和合作社加收一道税。二是变更纳税环节，将批发营业税移到工厂缴纳，大批发商不纳税。由于国营商业的全部利润要上缴，还承担着维持生产、稳定市场的责任，必须有相当数量的积存物资，担负很重的银行利息，有时还要做赔本买卖，因此，对国营商企业和私营商业提出"公私一律平等纳税"，实际上是不公平的。问题发生后，中央采取补救措施，对免税的私营批发商恢复一道税，给予一定限制。

在商业工作方面，主要是对市场需要量估计不足，对物资积压估计太高，一度采取"泄肚子"

的措施，减少加工订货，减少对国营工厂产品的收购，导致市场出现脱销现象。对于这些缺点、错误，中央都及时采取措施作了纠正。

在财政预算方面，主要是列支去年节余的数额没有那么多，产生预备费不够用的问题。另外，中央财政的钱是按工业系统、教育系统等“条条”发下去的，规定“专款专用”是对的，但没有在一定范围内给地方以灵活调剂的权力，把“块块”的权力限得太死。中国这么大，地方情况那么复杂，不可能统得太死，也不应该统得太死。解决的办法，要明确划分中央财政和地方财政的职权。[1]

通过总结经验，纠正缺点，党明确提出“重点建设，稳步前进”的方针，即要求一切计划必须建立在可靠的基础上，国家财力必须集中使用在建设的主要方面，提倡节约，反对百废俱兴；必须有足够的后备力量，以保证有决定意义的基本建设的完成，并准备应付可能发生的意外需要。这个方针，对于在综合平衡的基础上顺利地实施“一五”计划任务起了重要的指导作用。

1953年国民经济计划执行的结果，基本建设投资比1952年增长75%，工业总产值比1952年增长30%（其中重工业增长37%，轻工业增长27%），对外贸易总额比1952年增长25.2%。1953年工业生产计划的超额完成，使整个五年计划的实施有了良好的开端和基础。

在五年计划执行过程中，国家对重点建设实行了集中统一的管理。集中主要力量进行以156项工程为中心的、由限额以上的694个建设单位组成的工业建设，需要大量的财力、物力和技术力量。但是，在开始大规模建设之初，国家经济力量薄弱，财力、物力和技术力量十分有限。为了满足建立社会主义工业化初步基础的需要，国家必须集中全国的经济力量，用于重点建设。为此，从1953年起，国家逐步扩大了计划管理的力度。

首先，在财政上，明确划分中央、省（区、市）、县三级的收支范围，实行统一领导，分级管理的财政经济管理体制。在财政收入方面，国家将关税、盐税、烟酒专卖收入以及中央和大行政区管理的企业收入、事业收入等纳入中央的固定收入。财政部门还按税种将财政收入划分为中央固定收入、中央同地方的固定比例分成收入和中央的调剂收入。在财政支出方面，也划分了中央与地方的支出范围。其中，中央经营的基本建设投资属于中央财政支出，由财政部直接拨款。

其次，建立物资管理和分配制度，将全国的物资大体分三大类：一类是统配物资，即关系国计民生的最主要的通用物资，由国家计划委员会组织生产和分配的平衡。二类是部管物资，即主要的专用物资，由中央各主管部门组织生产和分配的平衡。对一、二类的物资，中央主管部门以外的其他部门、地方政府和生产企业均无权支配。第三类是地方管理物资，其中一部分由地方政府安排生产和销售，其余大部分由企业自产自销。这种严格控制物资流向的计划管理方式，使国家能够对有限的资源进行合理配置，以确保重点工程的建设。由此，我国开始逐渐形成集中统一的物资分配体制。

再次，建立统一的劳动管理制度，各建设单位必须通过各级人民政府的计划、劳动部门和工会统一招收工人，逐步制定统一的工资标准和奖惩、晋升级制度。

为了支援重点建设，国家有计划地从全国各地抽调1万多名干部，开赴基本建设第一线，并从文教、科研部门和原有企业中抽调一大批工程技术人员充实重点建设单位，同时有计划地加大

①《陈云文选》第二卷，人民出版社，1995年版，第197～201页。

对工业建设人才的培训工作。对基本建设项目，实行以中央各部门为主进行管理的措施。中央规定，地方政府在经济建设方面的任务除支援国家在当地建设的重点项目外，主要抓农业生产、农业合作化、对私营工商业的改造等工作，保证国家下达的农副产品采购和调动计划的完成，稳定市场物价，安排好人民生活。对重点建设项目，中央各主管部门从人力、财力、物力的调度到基础设施的施工、生产准备的安排等一抓到底。地方的基本建设主要是搞农林水利、城市公用事业、文教卫生等方面的建设。但是，地方基本建设项目仍须由中央各部指定，设计施工任务由国家下达。通过上述措施，基本实现了国家对重要建设项目和基本建设项目的集中统一管理，有力地保证了"一五"建设计划的完成。

我国在"一五"时期实行计划管理的特点，是采取直接计划与间接计划相结合的办法。这时，国营经济在现代工业中已占优势，国家资本主义经济和合作社经济也有很大发展。但私人资本主义经济在国民经济中仍占较大的比重，全国有60%的农户和97%的手工业者从事个体劳动。考虑到经济结构中还有五种经济并存，要使其能够均衡发展，并在新情况下进行社会主义改造，关系非常复杂，为此，在"一五"计划执行的前三年，国家实际上实行直接计划与间接计划相结合的计划管理制度。这种制度与苏联实行的单一的指令性计划有一定的区别。对国营企业，包括由国家安排产品的一部分公私合营企业，实行直接计划，向这些企业下达指令性生产指标。其中包括总产值、主要产品产量、新种类产品试制、重要的技术经济定额、成本降低率、成本降低额、职工总数、年底工人达到数、工资总额、平均工资、劳动生产率和利润等。在生产上，这些工业企业生产所需的生产资料由国家按计划供应，享受国家调拨价格，产品由商业、物资部门收购或调拨。在财务上，国家对国营企业实行统收统支，企业的利润和折旧基金全部上交，企业进行固定资产更新和技术改造所需要的技术措施、新产品试制费和零星固定资产购置费等，由国家财政拨款解决。生产需要的流动资金由财政部门按定额拨给。生产中季节性、临时性的超定额部分，由银行贷款解决。企业只有少量的奖励基金和福利基金。

对一般公私合营和私营工商业、运输业、供销合作社商业以及一部分手工业，实行间接计划。国家通过各种经济政策、经济措施和经济合同，通过加工订货、统购包销、经销代销等方法，把这些工商业的经济活动间接地纳入国家计划。这些生产部门所需的生产资料，经国营商业部门估算后，按商业牌价计划供应。对花色品种繁多的小商品生产经营，国家一般不列入国家计划。国家通过控制原材料销售等，对这些小商品生产从市场供求关系上进行调节。在工业方面，实行间接计划部分的工业产值，占全国工业总产值的55%左右。有的城市间接计划的比重比较大，例如上海市1955年实行间接计划的产值占全市工业总产值的70%左右。在农业方面，国家主要通过采用价格政策、农贷政策、预购合同、税收政策等方式进行调节，促使农民按照国家计划的要求安排生产。如对棉花生产，主要通过提高收购价格等政策，刺激棉农增加生产，扩大播种面积，为发展棉纺工业供应足够的原料。

对于这种间接调节方式，毛泽东在1953年3月19日为中央起草的《解决区乡工作中的"五多"问题》的指示中分析说："目前我国的农业，基本上还是使用旧式工具的分散的小农经济，这和

苏联使用机器的集体化的农业，大不相同。因此，我国在目前过渡时期，在农业方面，除国营农场外，还不可能施行统一的有计划的生产，不能对农民施以过多的干涉，还只能用价格政策以及必要和可行的经济工作和政治工作去指导农业生产，并使之和工业相协调而纳入国家经济计划之中。超过这种限度的所谓农业‘计划’、所谓农村中的‘任务’是必然行不通的，而且必然要引起农民的反对，使我党脱离占全国人口80%以上的农民群众，这是非常危险的。”①

二、统购统销："两害相权取其轻"

粮食紧缺——牵一发而动全身

随着大规模经济建设的开展，整个国民经济进入紧运行状态。尤其是工业建设发展迅速，带动城市人口和就业人数有很大增加。1953年我国城市人口达到7826万，比1952年增加663万人，增长9.3%。非农业居民消费水平比1952年提高15%。消费品中需求最大的是粮食：一方面，工业、外贸、城市消费用粮数量大增；另一方面，由于农村经济作物的种植面积扩大，粮食的耕种面积相应减少，当地农民也需消费商品粮，国家在农村的粮食返销量大增，比1952年增加1.3倍。此外，经过几年的经济恢复，农民的粮食消费量也增加了，不仅要求吃饱，还希望家有余粮。这些新的情况带来一个突出的问题，就是全国粮食供应严重紧缺。

在制定1953年的年度计划时，中央已考虑到我国的粮食需求量将比1952年有较大增长，为与工业发展速度相匹配，农业总产值计划比1952年增长6.4%，其中粮食产量计划增长7.2%。但因农业尚未摆脱靠天吃饭，资金投入不足的问题，1953年农业总产值仅比上年增长3.1%，粮食仅增长1.8%。据粮食部报告，在1952年7月1日至1953年6月30日的粮食年度里，国家共收入粮食547亿斤，支出587亿斤，收支相抵，赤字40亿斤。1953年小麦受灾，预计减产70亿斤，形势相当严峻。一方面粮价看涨，农民出现惜售心理，国家无法按合理价格大量收购到粮食，因而无粮可抛；另一方面，由于市价高于牌价较多(在主要产粮区高出牌价30%～50%)，私商见有利可图，从事抢购、囤积，甚至有些地区的稻谷几乎全部被私商买走。部分城市居民见粮食供应紧张和价格看涨，也参与抢购增加储存。因此，1953年夏收后国营公司的粮食销售量远远高于收购量，尽管国家动用了大量库存，仍然供不应求。

粮食市场紧张的原因，固然有农民惜售和私商抢购囤积的影响，但根本的原因是粮食生产的增长和收购量的增长赶不上粮食销售量增长的速度。1953年，国内贸易粮纯销售量由上年的467.8亿斤，猛增到613.2亿斤，增加了31.1%。粮食销量的增加，主要是大规模工业建设的展开和城镇人口急剧增加的结果。这种紧张状况如果任其发展下去，就会出现粮食供销严重脱节的混乱局面，有可能牵动物价全面上涨，使几年来国家努力实现物价稳定的成果付之东流。

粮食市场紧张的状况引起党中央的极大关注。据中财委报告，进入1953年度以来，全国粮食收少销多。1月份收购为19.4亿斤，比原计划少收10.3亿斤；销售为39.16亿斤，比原计划多销1.6亿斤。2月份上半月，收购比计划少收2.3亿斤；销售比计划多销4.5亿斤。收进少销售多的矛盾，已开始显露出来。针对这一情况，毛泽

①《毛泽东文集》第六卷，人民出版社，1999年版，第273页。

东要求中财委拿出具体办法。中财委副主任薄一波组织粮食部和中财委粮食组的同志共同研究，草拟了《粮食收购办法》、《粮食计划供应办法》、《加强粮食市场管理办法》和《节约粮食办法》，于6月15日提交全国财经工作会议粮食组讨论。在讨论中，一些地方对于粮食管理和供应由中央统筹统支的办法有许多意见，主张改为中央和地方分级管理。为此，周恩来致电在浙江休养的陈云，征求他的意见。

6月25日，陈云复电周恩来，主张对于粮食的管理和供应仍维持由中央统筹统支的办法，但要克服工作中的缺点，略增地方机动性。陈云认为，如果改为中央和地方分级管理，则各大区、各省为了保证自己的需要，很可能发生以下两种情况：一是上缴粮不能达到中央要求的数量，使我们处于被动地位；二是地区之间的调剂，会因一方要得多，一方供得少，而不能达成协议，仍然要求中央作决定，甚至形成地域之间互相封锁，市场发生混乱，后果可能更坏些。①

在全国财经会议上，由于高岗利用中央对财经工作缺点、错误的批评，将矛头指向刘少奇、周恩来，进行分裂党的阴谋活动，使会议受到干扰，一度出现偏差，直到8月上旬才结束。陈云关于维持粮食由中央统筹统支办法的建议，在财经会议上未能展开讨论，也没有作出最后决定。

1953年7、8、9月三个月，各地出现粮食危机。这三个月共收进粮食98亿斤，超过原计划7亿斤；销售124亿斤，超过原计划19亿斤。9月新粮上市，总的形势还是收购的少，销出的多，供求关系日益紧张，不少地方开始发生混乱。北京、天津等大城市也出现面粉供应紧张的情况。9月间，陈云连续10天召集中财委有关负责人开会，专门研究粮食购销办法。在汇总各方意见后，陈云把解决粮食问题的办法归纳为8种：(1)农村征购，城市配给；(2)只配不征；(3)只征不配；(4)原封不动；(5)“临渴掘井”，先自由买卖，到实在没办法时再来征购；(6)动员认购；(7)合同预购；(8)各行其是，各地根据自己情况实行不同的办法。

陈云认为，所有这些办法中，第一种办法是有命令而不强迫，搞不好会影响同农民的关系；第二种办法，农民会不卖粮食，国家会买不到粮食；第三种办法，农民卖粮后会跑到城市买粮回来，结果会边征边漏；第四、第五种办法是必乱无疑，出了乱子再去解决，会更被动、更困难；第六、第七种办法收效不大，难解急需；第八种办法容易造成各地互相影响，引起混乱。经过逐个比较筛选，反复权衡利弊之后，陈云认定在我国农业生产没有很大提高的现实情况下，只能实行农村征购，城市配售的办法。这个意见提出后，得到周恩来、邓小平等的支持。

10月1日晚，在观礼国庆节焰火晚会的天安门城楼会见厅里，陈云就改变粮食的现行购销办法问题向毛泽东作汇报，建议在农村实行粮食征购，在城市实行粮食配售。毛泽东当即表示赞成，嘱陈云代中共中央起草关于召开全国粮食紧急会议的通知，邓小平负责起草中共中央关于粮食统购统销的决议草案。陈云连夜将通知稿写出，毛泽东于次日凌晨作了修改，并决定当天下午召开中央政治局扩大会议讨论此事。

10月2日，陈云在中央政治局扩大会议上作关于粮食问题的报告。他指出：目前全国粮食情况非常严重。一些主要产粮区未能完成粮食收购任务，而粮食销售量却在不断上升，京、津两地的面粉已不够供应，到了必须实行配售的地步。现在已有大批粮贩子活动于集镇和乡村之

①《陈云文选》第二卷，人民出版社，1995年版，第191页。

间，只要粮食市场乱，一个晚上就可以出来上百万粮贩子。如不采取坚决措施，粮食市场必将出现严重混乱局面。其结果必将导致物价全面波动，逼得工资上涨，波及工业生产，预算也将不稳，建设计划将受到影响。这不利于国家和人民，只利于富农与投机商人。

陈云指出，在粮食问题上必须处理好四种关系，即国家与农民的关系，国家与消费者的关系，国家与商人的关系，中央与地方、地方与地方的关系。处理好这些关系最好的办法是在农村实行征购，在城市实行配售，严格管制私商，在坚持统一管理的前提下调整内部关系。其基本理由是：国家对粮食的需要量一天一天地增加，但是粮食来源不足，需要与来源之间有矛盾。只要通过征购把粮食搞到手，其他问题就好处理了。实行这种办法，可能会出毛病，如妨碍生产积极性，逼死人，打扁担，个别地方甚至暴动。但不采取这个办法后果更坏，如把本来就不多的外汇用来进口粮食，就无法进行工业化建设，改变不了落后的局面，结果帝国主义打来，我们还是要挨扁担。会上，邓小平建议将农业税秋征推迟一个月，征粮与购粮同时进行。[①]

最后，毛泽东作政治局扩大会议结论，赞成陈云的报告和把征粮工作布置推迟一个月。他在结论中指出：农民的基本出路是社会主义，由互助合作进到大合作社(不一定叫集体农庄)。现在是青黄不接，分土地的好处有些农民已经开始忘记了，我们正处在由个体经济到社会主义的过渡时期。我们经济的主体是国营经济，有两个翅膀，一翼是国家资本主义(对私人资本主义的改造)，一翼是互助合作、粮食征购(对农民的改造)。对农民实行粮食征购制，主要依靠党员，他们是乡村干部和农民中的积极分子。征购、管制私商、统一管理粮食，势在必行。配售问题看来也势在必行。因为小农经济增产不多，而城市粮食的需要年年增长，如果我们能够做到城市、乡村不同时紧张更好，但恐怕办不到。这样做可能出的毛病：第一是农民不满；第二是市民不满；第三是外国舆论不满。问题是看我们的工作。关于宣传问题，要大张旗鼓，但报纸一字不登。

在这里，毛泽东把互助合作、统购统销合在一起，并称为改造个体农民的一翼，为的是通过粮食征购，来解决大规模工业建设对粮食日益增长的需要与粮食来源不足的矛盾，以此推动国营经济主体的快速发展，日益增强工业对农业技术改造的支援，促进个体农业走向合作化道路。总之，农业互助合作、粮食征购这一翼，与改造私人资本主义这一翼相互配合，将有利于国营经济主体的发展，有利于社会主义工业化建设。政治局扩大会议通过了《关于召开全国粮食紧急会议的通知》，要求各大区主管经济的负责同志必须参加。

一担“炸药”：二者中间择其一

1953年10月10日，全国粮食紧急会议在北京召开。陈云就粮食问题作报告。陈云分析了粮食问题面临的严峻形势和解决这一问题可能采取的各种办法，指出：本粮食年度的收购与销售计划差额87亿斤，而且收购计划可能完不成，销售计划一定被突破。由于市场上的粮食销售量、出口粮、军队和机关人员的口粮、储备粮都不可能减少，如果收购这一头不增加，粮价势必波动。而吃的东西，如蔬菜、猪肉和鸡蛋等的价格统统是跟着粮价走的，因此，物价、工资都要跟着涨，预算也会超过，这样一来，就会造成人心恐

①《陈云年谱》中卷，中央文献出版社，2000年版，第178～179页。

慌，人民政府成立以后老百姓叫好的物价稳定这一条，就有丢掉的危险。因此，必须采取坚决的措施，加以解决。

陈云指出，在粮食问题上，国家和农民的关系最难处理，处理好这种关系，天下的事就好办了。只要收到粮食，分配是容易的。根据现在的情况，处理这些关系所要采取的基本办法是：在农村实行征购，在城市实行定量配给，严格管理私商，调整内部关系。鉴于粮食供应紧张的状况，必须采取征购的办法。如果继续采取自由购买的办法，不能确实把粮食买到。陈云形象地比喻说："我现在是挑着一担'炸药'，前面是'黑色炸药'，后面是'黄色炸药'。如果搞不到粮食，整个市场就要波动；如果采取征的办法，农民又可能反对。两个中间要选择一个，都是危险家伙"。现在的问题是要确实把粮食买到，如果办法不可行，落空了，粮食市场一定要混乱。只要把征购数量定得合理，价格定得公道，完成征购任务是有可能的。这是目前唯一可行的彻底解决问题的办法。[①]

全国粮食紧急会议经过讨论，同意中央的决策，即在农村中采取征购粮食的办法，在城镇中采取配售粮食的办法。粮食部部长章乃器提出，配售这个名称不好听，建议叫做"计划供应"，征购也可以叫做"计划收购"，简称"统购统销"。中央采纳了这个建议。

10月16日，中央政治局会议讨论通过了《中共中央关于实行粮食的计划收购和计划供应的决议》。《决议》将粮食的计划收购和计划供应政策概括为：1.在农村向余粮户实行粮食计划收购（简称统购）的政策；2.对城市人民和农村缺粮人民，实行粮食计划供应（简称统销）的政策，亦即是实行适量的粮食定量配售的政策；3.实行由国家严格控制粮食市场，对私营粮食工商业进行严格控制并严禁私商自由经营粮食的政策；4.实行在中央统一管理之下，由中央与地方分工负责的粮食管理政策。《决议》确定在当年11月底以前完成各级的动员和准备，12月初在全国范围内实行粮食统购统销。

《决议》强调说："实行上述政策，不但在现在的条件下可以妥善地解决粮食供求的矛盾，更加切实地稳定物价和有利于粮食的节约，而且是把分散的小农经济纳入国家计划建设的轨道之内，引导农民走向互助合作的社会主义道路和对农业实行社会主义的改造，所必须采取的一个重要步骤，它是党在过渡时期的总路线的一个不可缺少的组成部分。"[②]这表明，粮食统购统销政策不单纯是一个解决经济问题的具体措施，而且是向社会主义过渡的重要条件和步骤，并在计划经济体制形成过程中占有重要地位和作用。

实行粮食统购统销是一个关系到城乡全体居民的大事。由于它取消了粮食的市场调节，不仅可能直接影响到农业生产，而且可能会影响到一切与粮食有关的城乡工商业，势必在社会经济生活中发生很大影响或震动。为此，中共中央充分估计了可能出现的问题，详细考虑和制定了具体的政策和办法。

关于1953年粮食征购数量，中央估计国家须掌握700亿斤商品粮，才能有把握控制市场，满足城市人民和乡村缺粮人民的需要。根据1951年和1952年农民每年实际拿出600多亿斤粮食，过去三年丰收农民手中存有若干余粮，1953年粮食产量略高于上年等情况，中央决定计划征购431亿斤（加上全国农业税收粮食275亿斤，可达705亿斤），这个数字估计是可以完成的。

关于征购的具体办法，中央规定：1.统购价

①《陈云文选》第二卷，人民出版社，1995年版，第208、211页。
②《建国以来重要文献选编》第四册，中央文献出版社，1992年版，第479页。

格必须合理，国家所定的统购价格，在大体维持现有的城市出售价格的基础上，以不赔不赚为原则。2.统购价格及统购粮种，必须由中央统一规定，以便于合理地规定地区差价和调节品种比价，消除粮食投机的可能。3.统购价格必须固定，以克服农民存粮看涨心理。在既定的收购数字和收购价格下，农民可分期交粮，分期取款。4.实行统购时，必须加强农村的物资供应，使农民出卖粮食所得之现款，能够买到生产和生活必需的物资。5.统购面宜于稍大，不宜过小，才有利于完成统购任务。6.实行统购必须进行充分的政治动员，采取由上级下达控制数字(即指标)和群众民主评议相结合，乡、村两级的控制数应公布，使群众心中有数。

关于统销的具体办法，规定：1.在城市，对机关团体、学校、企业等的人员，可通过其组织进行供应，对一般市民，可发给购粮证，凭证购买，或暂凭户口簿购买。2.在集镇、经济作物区、灾区及一般农村，则应采取由上级颁发控制数字并由群众实行民主评议相结合的办法，使真正的缺粮户能够买到所需要的粮食，而又能适当控制粮食的销量，防止投机囤积。3.对于熟食业、食品工业等所需粮食，旅店、火车、轮船等供应旅客膳食用粮及其他工业用粮，应参照过去一定时期的平均需用量，定额给予供应，不许私自采购。

为了使统购统销有效实施，国家决定加强对与粮食有关部门的管理，具体规定如下：1.一切有关粮食经营和加工的国营、地方国营、公私合营和合作社经营的商店和工厂，必须统一归当地粮食机关领导。2.所有私营粮店，一律不许自由经营粮食，但可以在国家严格监督下，由国家粮食机关委托办理代国家销售粮食的业务，即只能起代销店的作用。3.所有私营加工厂，一律由国家粮食部门委托加工，不得自购原料、自销成品。4.一切非粮食商禁止跨行业兼营粮食。5.在城市，居民消费量有余和不足间的调节，不同习惯不同粮种需要间的调节，可到指定的国家商店及合作社或国家建立的粮食市场卖出或买入；在农村，农民缴纳公粮和完成征购任务后的余粮，可自由存贮和使用。但禁止以粮食进行投机。

关于在粮食问题上中央与地方的关系，中央规定：1.粮食的收购和供应计划，由国家计委颁布控制数字，各大区根据控制数字和当地情况，制定计划报中央批准，然后按照计划负责收购、供应和保管。2.按照计划拨给大区供应的粮食，全部由大区负责掌握调度。3.除拨给大区供应的粮食以外，其他粮食包括各大区间的调剂粮、出口粮、储备粮、全国机动粮、全国救灾粮等，统归中央统一调度。4.各大区如遇自己不能克服的困难，中央负责解决。5.中央认为必要和可能从地方调出一定数量粮食时，地方必须服从中央的调度。6.计划供应的标准，由大区提出方案，报中央批准。7.中央统一规定若干大中城市及各大区间毗邻地点的粮价，大区和省根据中央所定的原则，规定其他城镇的粮价，报中央批准。

11月19日，政务院第194次政务会议通过《中央人民政府政务院关于实行粮食的计划收购和计划供应的命令》和《粮食市场管理暂行办法》。23日，周恩来总理签署发布了上述命令。

根据中共中央的指示和政务院的命令，全国农村于1953年12月份开始进行统购工作。由于中央把粮食统购统销提到向社会主义过渡的高度来宣传和教育全党及全国人民，在管理体制上严格实行统一领导、分工负责，方法上考虑得较为细致得当，各省都抽调、训练了数万名

干部到农村进行统购的宣传和组织工作，所以在实行征购的第一个月内，便扭转了购少销多的局面，粮食收购量比1952年同期增加38%。按照全国粮食会议的决定，从1953年7月1日到1954年6月30日的粮食年度内，连同农业税在内，国家应获得粮食709亿斤。而据国家统计局的资料，在这一粮食年度内，全国实际收入粮食784.5亿斤，超过计划30%，多收入75.5亿斤。购销相抵，国家库存粮食增加50%左右，一举改变了1952年至1953年粮食年度内销大于购的严重失调现象。这样，我国终于渡过工业化建设之初粮食供不应求的难关，供求紧张的形势开始缓和下来。

由于粮食统购牵涉到农民保有和出卖自己生产的粮食的自主权利，在统购过程中，国家与农民的关系一度很紧张。一个原因是购销制度缺乏严密的调查统计工作基础，全国购销指标虽大体切合实际，但分配下去，难免发生区与区不平衡、户与户不平衡的情形，尤其要估实粮食产量，弄清粮食余缺和余粮数量，是相当困难的。有的该购的没有购足，或者又购了过头粮，有的该销的没有销够，不该销的反而销了。另外，由于征购任务重，并要求限期完成，一些地方出现严重强迫命令、乱批乱斗等偏差，甚至发生逼死人命现象，个别地方还发生聚众闹事的事件。粮食的计划供应，牵涉到城镇居民的日常生活，引起社会各阶层人们的关注，以致全国城乡出现“人人谈粮食，户户谈统销”的局面。为了解决上述问题，党和政府在总结经验教训的基础上，提出粮食定产、定购、定销的“三定”政策，使统购统销政策逐渐趋于完善。

从经济运行上看，随着统购统销政策的实行，国家逐步限制并基本取缔了农产品的自由贸易、长途贩运以及城乡农贸市场，从流通组织形式上和渠道上，形成了国家对农产品交换的垄断格局。建国后头三年较为活跃的农村初级市场大部分被统死了，给农村经济生活带来许多问题：一是农民之间粮食的余缺调剂停止了，原来部分缺粮农民可通过初级市场调剂解决的问题，现在得由国家背起来，而且较难及时地进行调剂。二是市场停顿，使商业销售受到严重影响，销售计划完不成，农村货币回笼不上来。三是过去从事长途贩运、深购远销的私营商贩停止活动，农村的大批土特产收购不上来。在统购统销政策实行过程中，中央注意到这些问题，于1954年5月发出指示，要求各地限期建立国家粮食市场。

在部署粮食统购统销的同时，鉴于食用油、棉花、棉布的供求关系日益趋于紧张，并且在短期内难以缓解，1953年11月，国家决定对食用油品、油料实行计划收购，与粮食统购统销同时进行；随后在城市、工矿区实行食用油计划供应。1954年9月，国家决定对棉花实行计划收购，对棉布实行计划收购和计划供应（棉纱已于1951年1月实行统购）。从1954年9月起，我国城乡开始实行凭布票供应棉布，凭油票供应食用油的办法；从1955年11月起，全国城市统一实行使用全国通用粮票和地方粮票购买粮食及粮食制品。随着粮、棉、油品等主要农产品脱离自由市场，纳入国家计划管理的轨道，我国逐渐形成高度集中统一的计划经济管理体制。

历史地看，实行粮食统购统销，是我国工业化初创阶段的一项重大决策。在当时的历史条件下，这项政策不仅稳定了市场，避免了由于粮价上涨或进口粮食而增加财政预算和外汇的开支，而且大大增强了农副产品出口和工业设备进

口的能力,在不高的水准上基本满足了初期工业建设对粮食的需要，并成为国家向农民筹集资金的主要手段。同时，统购统销促进了社会主义改造。它从根本上排除、代替了私商(主要是私营批发商)在粮食、油料、棉花、纱布等重要物资方面的阵地,割断了私营经济与农民的联系,加强了国营经济与农民的联系，促使广大农民走上合作化的道路。尽管在粮食统购的实际工作中,国家与农民的关系曾一度紧张,但在当时可供选择的诸多方案中，这的确是一个能较快解决现实需要、又切实可行的办法。

统购统销主要是从当时我国农业生产不可能有很大提高的具体国情出发制定的一项长期的政策。在20世纪50年代末60年代初的国民经济困难时期,在六七十年代的"文化大革命"时期,主要农产品的统购统销政策,对于国家经济建设的进行,稳定物价和社会秩序,保证人民基本生活的安定,逢灾年能够迅速调集粮食赈济灾荒,都起到重要的历史作用。

但是，统购统销政策毕竟是我国工业化初创年代短缺经济的产物，其主要弊端是割断农民同市场的联系，限制价值规律对农业生产的刺激作用,从而影响了农民的生产积极性,限制了商品生产的发展，迟滞了整个国民经济的商品化进程。这是导致我国农产品供给长期匮乏的重要原因之一。因此，统购统销政策不宜一成不变，使之固定化。只要工业和农业的生产增加了，消费品的生产增加到可以充分供应市场需要的程度,国家应适时地调整政策,取消定量分配的方法。然而，从我国经济的现状及其发展趋势来看,取消粮食、油料、布匹计划供应的日子并不会短时间就会到来。

三、农业社大发展:新建、巩固与整顿

从小农经济现状出发,纠正急躁冒进

随着大规模经济建设的开展,我国国民经济的主体——工业化建设开始起飞。对农业、手工业和资本主义工商业的社会主义改造,也张开双翼,同时并举。在三大改造中,农业社会主义改造起步较早,发展较快。从1951年9月制定《中共中央关于农业互助合作的决议（草案)》，到1953年提出党在过渡时期的总路线，党关于农业社会主义改造的基本方针和步骤进一步明确和具体化。

中共中央批发的总路线学习和宣传提纲指出：发展农业合作化是增加农业生产的主要方法。在农业合作化工作中必须坚持巩固贫农和中农的联合,坚持根据农民自愿的原则,反对主观主义和命令主义;必须采用说服、示范和国家援助的方法使农民自愿地联合起来,企图用简单的号召或强迫命令的办法来推行合作化是错误的。对暂时不愿意参加互助合作运动的单干农民,必须采取热情的照顾、帮助和耐心教育的态度,发挥单干农民可能的生产积极性,给以必要的贷款和技术援助，帮助他们克服所遇到的困难,使他们感到互助合作的好处,并从事实上认识到互助合作优于单干,因而逐步地加入到互助组和合作社来。中央认为:实行土地入股、统一经营的初级农业生产合作社，虽然时间不久，为数不多,但已显示出许多优越性和重要作用。它能够解决互助组中关于共同劳动和分散经营的矛盾，能够提高劳动生产率，能够有计划地和国家经济相结合,有效地逐步地扩大农业的再生产等等。因此,初级农业生产合作社可以成为引导

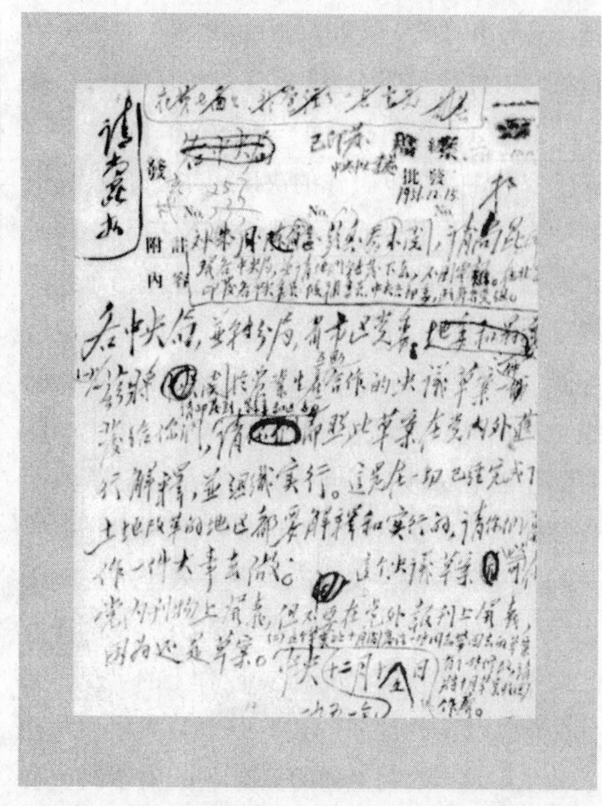

◆ 1951 年 9 月和 1953 年 12 月，中共中央先后发出《关于农业生产互助合作的决议（草案）》和《关于发展农业生产合作社的决议》，全国农业合作化运动健康发展。图为毛泽东为中共中央起草的《关于印发农业生产互助合作决议草案的通知》。

农民过渡到更高级的完全社会主义的农业生产合作社（集体农庄）的适当形式。

从 1953 年起，我国的农业合作化运动进入新的发展阶段。为了加强对农业互助合作运动的领导，中共中央决定在省委以上一律成立农村工作部。1953 年 2 月，中共中央农村工作部成立，中央任命邓子恢为部长。毛泽东约见邓子恢时向他指出，农村工作部的任务，是把四万万农民组织起来，在工业化帮助下，逐步走上集体化。这是党在农村的基本任务。这个问题很复杂，在某种意义上讲，比工业化更困难一些。同月，党中央将 1951 年 12 月下发试行一年多的《关于农业生产互助合作的决议（草案）》，作了个别修改后，作为正式决议发给各中央局、分局并转各省、市委实行。这个决议要求在条件比较成熟的地区，有领导、有重点地发展以土地入股为特征的初级农业生产合作社，认为这是走向社会主义的“富有生命的有前途的”过渡形式。

1953 年春，全国农业生产合作社发展到 1.5 万多个，参加农户 27.4 万户，比上年增加了几倍。

◆ 许多地方办起了以土地入股、统一经营为基本特点的初级农业生产合作社。这是农民牵牲口作股入社。

总的来看，合作社的发展是健康的，但在华北、东北、华东等局部地区出现了急躁冒进现象，引起了农民群众的思想混乱，并直接影响了备耕工作和春耕生产。3月8日，邓子恢等中央农村工作部负责人将这些情况向中央作了汇报。中共中央十分重视，当天就发出《关于缩减农业增产和互助合作发展五年计划数字给各大区的指示》；16日又发出《关于春耕生产给各级党委的指示》；17日发出《关于布置农村工作应照顾小农经济特点的指示》；19日发出《关于解决区乡工作中“五多”问题的指示》。这些指示总的精神是，积极开展互助合作，要从小农经济的现状出发，注意遵循自愿互利原则；要防止消极自流，但当前要着重纠正急躁冒进。

中央在指示中，分析了农村各项工作中产生急躁冒进、强迫命令错误，并且屡纠屡犯的重要原因，指出，不顾小农经济的私有性、分散性这些本质特点，强求经营条件的整齐划一，未经群众自己亲身的体察和经验就急于推广生产改革，必为群众所难接受，带来损失就引起农民怨恨，将好事变成坏事。中央强调应教育广大干部深刻地认识到，在向农村布置工作和进行工作，在领导农村生产的时候，要时刻记住并照顾到小农经济的特点，不可自上而下地强求一致完成。即使在农业互助合作组织普遍发达的农村，目前这些组织还是小型的，并且是建立在私有财产基础之上的，因此对一些比较进步而且行之有效的先进技术和耕作方法，应深入农民中总结与提高一步，并逐渐推广，不能命令群众一下子执行。切不可将行之于集体农庄及生产合作社的办法，机械地用之于个体农民。这一个原则如不掌握好，则所有的好事都会变成坏事。

为了更广泛地宣传解释党关于互助合作的基本方针和政策，中央采纳胡乔木关于对中央的决议和方针政策应作公开的正确解释的建议，在3月26日《人民日报》第一版公布了《中共中央关于农业生产互助合作的决议》；并公开发表《中共中央关于春耕生产给各级党委的指示》；同时还发表了由中央农村工作部起草、经毛泽东修改的《人民日报》社论：《领导农业生产的关键所在》。毛泽东在审阅修改这篇社论时，将中央的指示精神概括为两个关键问题：第一，将生产任务当作当前农村中压倒一切的中心工作，其他工作都要围绕农业生产并为它服务，反对工作上的平均主义和分散主义；第二，从小农经济的现状出发改进对农业生产运动的领导方法，使之符合于农村经济的现实状况，反对工作上的主观主义和命令主义。中央的上述指示，紧紧抓住了发展农业生产这一农村工作的关键环节，对于纠正农村工作中的偏差具有重要指导作用。

4月1日，中共中央将《关于农业生产互助合作的决议》、《关于春耕生产给各级党委的指示》和《领导农业生产的关键所在》三个文件汇编成《当前农村工作指南》一书，要求各地领导机关认真学习贯彻。毛泽东为该书写了按语，指出这三个文件“提示了党在当前阶段指导农村工作时所必须掌握的理论认识和重要政策原则，以及群众路线工作方法”，要求一切从事农村工作的人员“来一次认真的学习”，将思想水平在整体规模上提高一步。这对于纠正当时农业互助合作工作中的冒进倾向，又防止可能出现的自流现象，起了重要作用。

4月间，受中共中央的委托，中央农村工作部召开全国第一次农村工作会议，主要讨论如何把“从小农经济现状出发”和过渡时期内所要达到的远大目标联系起来。邓子恢在总结报告中指

出：党在农村工作的任务是领导农民走组织起来的道路，走互助合作共同上升大家富裕的道路。互助合作运动必须采取稳步前进的方针，绝不能操之过急。各地的互助合作运动，存在放任自流和急躁冒进两种偏向，就全国范围来说，急躁冒进是主要的偏向，是主要的危险。邓子恢强调说，互助合作关系到农民的生产和生活的根本问题，必须由小到大，由少到多，由点到面，由低级到高级，发展一步巩固一步，有阵地地前进，绝不能一哄而起。必须把向社会主义过渡同执行现行政策统一起来。“确保私有制”的说法是不对的。但是，土地分给了农民，就不能随便剥夺，必须依法保障这种所有权，把逐步改造农民小私有制与保护农民土地财产所有权分清楚，才有利于发挥农民两方面的积极性。笼统地提“四大自由”的口号是不妥当的，但对雇佣、借贷、租佃、贸易应有正确的处理，应允许有条件有限度的自由。

全国第一次农村工作会议，明确了改造农村的远大目标和稳步前进的方针，统一了农村工作干部的思想。在中央农村工作部的指导下，党中央有关解决领导农业生产的关键问题的一系列指示在农村得到贯彻执行，局部地区纠正冒进的工作陆续完成。经过整顿和巩固，1953 年互助组由 1952 年底的 802.6 万个减少到 745 万个，但参加农户有所增加，达 4563.7 万户，占总农户 39.9%。其中常年互助组比 1952 年增加 16%。农业社经整顿后，仍保持 1.5 万多个，参加农户 27.5 万户，平均每社 18.2 户。由于工作比较扎实，生产管理得到加强，当年有 90%以上的合作社增产。总的来看，1953 年纠正农业互助合作的局部冒进是成功的，但在执行中也有少量偏差。如河北省大名县，原 378 个社只留下 68 个，有 43 个社可以巩固但被整顿掉了。

批评“言不及义”，推动农业社大发展

1953 年 10 月，中央决定实行粮食统购统销，暂时缓解了粮食供求紧张的局面，但是还不能根本改变农业生产落后及制约工业发展的状况。中央认为，解决粮食紧张的根本出路在于增加粮食生产，但小农经济潜力很小，实行农业机械化也不是近期能办到的，现实的办法主要是靠合作化，并在此基础上适当进行技术改革以提高生产。另外，国家实行粮食统购统销，需要同上亿户农民直接打交道，要核定各户粮食的余缺，工作非常繁难，客观上要求把“小辫子梳成大辫子”，把一家一户的农民进一步组织起来，参加农业生产合作社，才能顺利地进行统购统销工作，进而保证工业建设对大宗粮食和农产原料的需要。在这样的基点上，我国的农业合作化运动与统购统销政策紧密地结合起来，形成对农业实行社会主义改造的两翼，相互配合，相互促进。这两大重要措施，对我国农业合作化的进程和高度集中统一的计划经济体制的形成，产生了深刻的影响。

10 月至 11 月间，中央农村工作部召开全国第三次互助合作会议。会议召开前，邓子恢正在乡下调查研究，10 月 15 日，毛泽东找农村工作部副部长陈伯达、廖鲁言谈话。他说：“各级农村工作部要把互助合作这件事看作极为重要的事。个体农民，增产有限，必须发展互助合作。对于农村的阵地，社会主义如果不去占领，资本主义就必然会去占领。难道可以说既不走资本主义的道路，又不走社会主义的道路吗？资本主义道路，也可增产，但时间要长，而且是痛苦的道路。我们不搞资本主义，这是定了的。如果又不搞社会主义，那就要两头落空。”这里把单干农民入不入社的问题，看作是走社会主义道路还是走资本

主义道路的分水岭，成为后来导致农业合作化发生强迫命令，不断加快的一个理论上的原因。

在谈话中，毛泽东讲到从解决农产品供求矛盾出发，"就要解决所有制与生产力的矛盾问题。是个体所有制，还是集体所有制？是资本主义所有制，还是社会主义所有制？个体所有制的生产关系与大量供应是完全冲突的。个体所有制必须过渡到集体所有制，过渡到社会主义。"他提出要办好初级社，在新区，无论大中小县，要在今冬明春，经过充分准备，办好一个到两个合作社。要有控制数字，摊派下去。摊派而不强迫，不是命令主义。"办得好，那是韩信将兵，多多益善"。老区应当多发展一些，华北、东北地区可以翻一番、一番半或两番。合理摊派，控制数字。一般规律是经过互助级再到合作社，但是直接搞社，也可允许试一试，走直路，可以较快地搞起来。他还提出，互助组还不能阻止农民卖地，要办大合作社才行。一二百户的社算大的了，甚至也可以是三四百户。总的来看，这些谈话的主要精神，是尽可能加快农业互助合作的发展，以解决大规模工业建设展开后粮食等农产品供不应求的矛盾。

10月26日，全国第三次农业互助合作会议召开。廖鲁言首先在大会上传达了毛泽东的谈话精神，然后以各大区为单位，分头开会讨论，准备大会发言。各大区在讨论和大会发言中一致认为，毛泽东的谈话精神，对这次会议是切合时宜的，表示完全拥护，并以此为指导思想总结互助合作的经验，提出今冬明春和今后五年的发展计划。

毛泽东看了会议简报，于11月4日再次同邓子恢等农村工作部负责人谈话，对1953年春季从小农经济的现状出发，纠正局部冒进的工作提出批评。他说，会上讲了"积极领导，稳步前进"，这句话很好。这大半年，缩了一下，稳步而不前进，这不大妥当。有条件成立的合作社，强迫解散，那就不对了。"纠正急躁冒进"，总是一股风吧，吹下去了，也吹倒了一些不应当吹倒的农业生产合作社。倒错了的，应当承认是错误，不然，那里的乡干部、积极分子就憋着一肚子气了。积极、稳步就是要控制数字，派任务，尔后再检查完成没有。有可能完成而不去完成，那是不行的，那就是对社会主义不热心。

毛泽东强调说："要搞社会主义。'确保私有'是资产阶级观念。'群居终日，言不及义，好行小惠，难矣哉'。'言不及义'就是言不及社会主义，不搞社会主义。搞农贷，发救济粮，依率计征，依法减免，兴修小型水利，打井开渠，深耕密植，合理施肥，推广新式步犁、水车、喷雾器、农药，等等，这些都是好事。但是不靠社会主义，只在小农经济基础上搞这一套，那就是对农民行小惠。""不靠社会主义，想从小农经济做文章，靠在个体经济基础上行小惠，而希望大增产粮食，解决粮食问题，解决国计民生的大计，那真是'难矣哉'！"毛泽东要求各中央局书记，省委、地委、县委、区委各级书记，都要负责，亲自动手，把工作转到搞社会主义这方面来。

在谈话中，毛泽东再次强调："总路线就是逐步改变生产关系。斯大林说，生产关系的基础就是所有制。这一点同志们必须弄清楚。现在私有制和社会主义公有制都是合法的，但是私有制要逐步变为不合法。在三亩地上'确保私有'，结果就是发展少数富农，走资本主义的路。"他总结说：有句古语，"纲举目张"。"社会主义和资本主义的矛盾，并且逐步解决这个矛盾，这就是主题，这就是纲。提起了这个纲……一切都有统属了。"[①]

根据毛泽东关于农业互助合作的两次谈话的精神，全国第三次互助合作会议议定1954年

①《毛泽东文集》第六卷，人民出版社，1999年版，第302页。

春农业社发展到3.58万个。会议经过分组讨论和总结过去的经验，为中央拟定了关于发展农业生产合作社的决议草案。这个草案经中央修改，于1953年12月16日通过《中国共产党中央委员会关于发展农业生产合作社的决议》。这是党在过渡时期的总路线公布后的新形势下，中共中央关于农业合作化运动的第二个决议。

《决议》强调，农业个体经济与社会主义工业化高涨的需要之间日益暴露出很大的矛盾，为着进一步提高农业生产力，逐步克服农业同工业发展不相适应的矛盾，党在农村工作中最根本的任务，就是教育和促进农民组织起来，逐步实行农业的社会主义改造，使农业能够由落后的小规模生产的个体经济变为先进的大规模生产的合作社经济，以便克服工业和农业这两个经济部门发展不相适应的矛盾。《决议》总结我国互助合作运动的经验，指出：经过互助组，到初级农业生产合作社，到高级农业生产合作社，"这种由具有社会主义萌芽、到具有更多社会主义因素、到完全的社会主义的合作化的发展道路，就是我们党所指出的对农业逐步实现社会主义改造的道路"。

《决议》对土地改革完成后农民所发扬的两种生产积极性重新作了分析，认为农民的个体经济的积极性，是从农民是私有者和农产品出卖者的性质发展而来的，表现出农民的自发倾向是资本主义，这就不可避免地在农村中产生社会主义和资本主义两条道路的斗争。《决议》要求把农民的个体经济的积极性引到互助合作的积极性的轨道上来，以克服建立在个体经济基础上的资本主义自发势力的倾向。《决议》把农村工作的重点更多地转向兴办初级农业生产合作社，认为初级社已经在试办和初期发展中显示出优越性，证明它是引导农民过渡到完全社会主义的高级社的适当形式，是领导互助合作运动继续前进的重要环节。

◆ 为了适应农业合作化运动的迅速发展，河北省唐山市举办了训练班，将初中和高小毕业生培养为办社骨干。图为农业技术班的学员在学习如何使用和修理双轮双铧犁。

中央关于农业生产合作社决议的传达贯彻，与党在过渡时期总路线的宣传教育同时展开，中国农村很快掀起了一个大办农业社的热潮。经过一个冬春，全国农业社发展到9万多个，大大超过第三次互助合作会议议定的3.58万个的数字。1954年4月，中央农村工作部召开工作会议，总结各地办社经验，议定下一个冬春农业社发展到30万至35万个农业社。10月，全国第四次互助合作会议又追加指标，即1955年春农业社发展到60万个。会议强调，合作社的发展，应该是全年准备，分批建社，避免冬季短期突击。但这个精神来得迟了一些，尚未向下传达，农业社已由年中发展比较健全的11.4万个，翻了一番，达到22万个。到12月底，全国农业社总数已增至48万个，发展势头越来越猛。

"生产力起来暴动"，方针是"三字经"

1954年秋后，一方面农业合作社迅猛发展，

一方面下个粮食年度的统购工作开始进行。当年,长江、淮河地区和河北省发生水灾,尤其是长江流域发生百年不遇的洪涝灾害,给农业生产造成很大影响,粮食生产虽比上年有所增加,但未完成国家计划。在此情况下,国家多派了几十亿斤的粮食统购任务。各地下达计划指标时又有所加码。结果,1954年国家收购了1036亿斤粮食,比原计划多购了94亿斤。粮食增产与粮食收购这一减一增,农民手中的粮食更少了。

在粮食收购工作中,由于任务重、时间短,一些干部采取了强迫命令的办法,甚至在个别地区出现绑人和挨家挨户称粮等简单粗暴行为,严重侵犯了农民的利益,引起农民的极大不安。到1955年春,全国城乡又出现"人人谈粮食,户户谈统销",人心浮动的局面。加上1954年冬农业社大发展中的工作粗糙,引起农民群众的不满,严重挫伤了农民的生产积极性,一些地方出现非正常的杀猪宰牛、砍树、不热心积肥备耕等现象。

上述情况,引起党中央、国务院的高度重视。1955年1月10日,发出《中共中央关于整顿和巩固农业生产合作社的通知》;15日,发出《中共中央关于大力保护耕畜的紧急指示》。中央指出:现在全国农业生产合作社已经发展到48万余个。在现有社中,有30多万个是1954年秋收前后建立的新社。这些新社中有相当部分是在无准备或准备很差的条件下建立的,又由于全党集中力量进行粮食统购工作,没有对这些新社进行整顿,因而在许多地方陆续有新建社垮台散伙和社员退社的现象发生。整顿和巩固这几十万个社,已经成为十分迫切的任务。中央全面分析农村形势说,在短短的几个月内,合作社能够有这样大的发展,当然是好现象,但不能只是盲目叫好,而忽视了农民特别是中农在改变生产关系时,可能发生的严重的怀疑和顾虑,以及可能在农村中引起的震动。由于有相当部分新社是在无准备或准备不足的情况下建立的,在许多地方陆续有新建社垮台散伙和社员退社的现象发生。最近许多地方发生大批出卖牲畜、杀羊、砍树等现象,反映了在合作化运动大发展中,农民怕财产归公的思想。为此,应针对农民的实际思想状况,细致地进行组织工作,认真地解决社内的重要经济问题,及时地解决好当前生产活动。否则,必然造成工作中的夹生现象,影响合作化运动的继续前进,并可能引起不利于生产的严重后果。鉴于以上情况,中央提出对当前的合作化运动,应基本上转入控制发展、着重巩固的阶段。

至1955年3月,全国建立的农业生产合作社又从1月份的48万个,猛增至67万个,发展势头仍只增不减。为此,中央在3月3日发出的《中共中央、国务院关于迅速布置粮食购销工作,安定农民生产情绪的紧急指示》中,进一步分析了农村的紧张情况,指出:目前不少地方,农民大量杀猪宰牛,生产情绪不高,情况是严重的。从整个来说,它实质上是农民群众,主要是中农群众对于党和政府在农村中的若干措施表示不满的一种警告。如:有些地区工作搞得过粗过快;过早过急将牲畜折价归社,估价偏低又不按期付款;统购统销工作收购的数目过大,留的口粮偏紧,牲口饲料不足等。

中央认为,粮食紧张的根本原因在于生产不足,发展生产是解决粮食问题的决定环节;农村工作的一切措施,都必须围绕发展生产这一环节,都必须有利于生产,有利于发挥农民的生产积极性,都必须避免对于这种积极性的任何损害。为此,中央重申互助合作运动基本上转入控制发展,着重巩固阶段,即按不同地区,分别执行

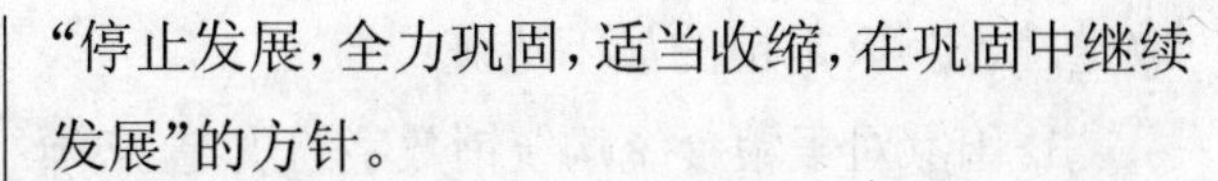

“停止发展，全力巩固，适当收缩，在巩固中继续发展”的方针。

3月中旬，毛泽东又一次听取邓子恢、陈伯达、廖鲁言等对农业生产合作工作及农村情况的汇报。当讲到当前农村紧张情况时，他鲜明地指出：“生产关系要适应生产力发展的要求，否则生产力会起来暴动。当前农民杀猪、宰牛就是生产力起来暴动。”他指示：“方针是‘三字经’，叫一曰停，二曰缩，三曰发”。在谈话中，毛泽东与邓子恢等当场议定，华北、东北一般停止发展，浙江、山东、河北等地收缩一些，其他地区（主要是新区）适当发展一些。

在全国农业社的大发展中，浙江省农村工作中的问题较为突出。1954年，浙江全省共有农业社3.8万个，至1955年春猛增至5.5万个，特别是浙北发展过快，农民的生产情绪很不稳定。主要问题是部分地区的发展带有突击性，发展后的巩固工作没有跟上去。有的地方在建社中违反自愿原则，用大会号召的方法大批发展；有的在斗争地主富农的政治压力下号召办社；有的则盲目办大社或追求高级形式。许多农民（特别是中农）对此是动摇的或口愿心不愿的。部分新建社在若干政策上，违反互利原则，社内贫农中农关系紧张。如过分压低土地定产量和土地分组比例，少数甚至不够缴纳农业税；对耕牛农具普遍折价归公，使部分社员负担很重；对土地定产分组、生产资料使用折价等，不分地区、不分条件，不和群众商量，而由领导上作统一规定，发生许多不合理的情况，侵犯了社员利益。另外，生产和财务管理混乱，不少新建社未建立生产组织，窝工误工现象很严重；财务会计制度未建立，账目混乱。这些工作中的缺点，给巩固新建社增加了困难，有些地方影响到秋收冬种以至春耕生产工作，特别是在执行中有偏差的地区，已出现农民卖牛、砍树等破坏生产现象。

针对上述情况，1955年3月25日，中央农村工作部部长邓子恢和中央书记处第二（农林）办公室主任谭震林，会同浙江省委第一书记江华商议后，发电报给浙江省委农村工作部，提出收缩合作社的建议：1.“有条件办好的一定办好，不可冒退”；2.“没有条件办好的，应打通基层骨干和办社积极分子的思想……实行改组”；3.要帮助他们下台，说明“这与上级要求太高有关，不能只怪他们”；4.“退社或解散社，经济问题处理要公平，不伤和气，将来好再联合起来”。随后，中央农村工作部秘书长杜润生和中央书记处二办秘书长袁成隆，奉命到浙江了解情况，帮助整顿农业社。

4月20日，中共中央书记处召开情况汇报会，根据毛泽东提出的“停缩发”方针，决定当年秋收前对农业社的总方针是：“停止发展，全力巩固”，首先要搞好生产，保证增产。21日，邓子恢在第三次全国农村工作会议上，传达了中央书记处的方针，并谈到毛泽东的意见，即主张不要等到秋天，现在就停下来，到明年秋天再看，停止一年半。这次会议决定1955年农业社一般停止发展，立即抓生产，全力巩固，同时把互助组办好。

会后，各地加紧对农业社进行整顿工作。东北、华北、华东各省（除内蒙古外）一律停止发展，全力转向巩固。中南、西南、西北各省，认真巩固已建立的社，有准备地在巩固中继续发展，山东、河南等省将原订过高的计划适当收缩。在那些准备不足、仓促铺开的地方，如河北、浙江的个别县份，有关省委、县委切实进行整顿社的工作。在不伤害积极分子热情，而又保证新建社质量的原则下，对现有的社数和社员户数作合理的必要

的减少。对于某些地方在干部催办、群众被迫应付的情况下出现的有名无实的挂名合作社，经过帮助重新组织，如不能继续办下去，让他们改为互助组，将来再转为合作社。各地在整顿巩固合作社的工作中，注意正确处理社内的重要经济问题，认真掌握土地产量和报酬的评定，特别注意私有牲畜入社问题，对过去牲畜作价归公，未按协议分期付款的社员，在通常情况下依议付价，做到遵守信用。羊群、林木等容易被破坏的生产资料，暂不提倡入社，待形势稳定后再办。对社员自留地过多，或不准自留的两种偏向也注意加以纠正。经过整顿，一些办社太少的地方、互助合作工作空白的地方，农业社仍有所发展。

农村形势的紧张，根本原因在互助合作运动搞得过快过粗，但突出表现在粮食统购统销问题上，二者是相互交织的。为此，1955年2月，陈云主持召开全国财经会议，集中研究农村情况和统购统销工作。会议分析了当前农村情况紧张的原因，主要是1954年国家多购了几十亿斤粮食，农民群众尤其是中农对于党和政府的统购统销政策不满，感到多增产多收购，对自己没有好处。会议提出要进一步采取粮食定产、定购、定销的措施，以安定农民情绪，促进农业生产发展。

根据全国财经会议的意见。3月3日，中共中央、国务院发出《关于迅速布置粮食购销工作，安定农民生产情绪的紧急指示》。《指示》指出：当前农民不满的主要原因，是对统购统销工作感到无底，感到增产多少，国家收购多少，对自己没有好处；感到收购的数目过大，留的数目太少，不能满足他们的实际需要；对于许多统购物资的供应“城市松、农村紧”有意见。这种趋势发展下去，将严重影响农业生产，影响社会主义建设和社会主义改造的进行。为此，中央决定进一步采取定产、定购、定销的如下措施：

1.国家对于粮食统购统销数字的规定，必须切合实际，即在每年的春耕以前，以乡为单位，将全乡的计划产量大体上确定下来，并将国家对于本乡的购销数字向农民宣布，使农民知道自己生产多少，国家收购多少，留用多少，缺粮应供应多少，使农民心中有数，情绪稳定，才有利于发展农业生产，有利于国家有计划地控制粮食的购销。2.根据上述原则，确定1955年至1956年的粮食年度，粮食征购的指标为900亿斤，只比上年度预计完成数多20亿斤。3.粮食销售比上年度减少20亿斤。同时，再把农业合作化的步骤放慢一些，以缓和农村紧张情况，安定农民情绪。

这个紧急指示在各地农村迅速得到贯彻执行。按照中央的政策规定：定产，应根据粮田质量、自然条件和经营状况，按照常年产量评定粮食产量，作为确定粮食购销任务的主要依据。定购，从定产的数量中扣除口粮、种子、饲料等用粮以后，对剩下的余粮部分按80%至90%确定统购指标。定销，对缺粮地区和按国家计划不种植粮食而种植经济作物的农户，由国家确定粮食统销指标，保证供应。根据中央的要求，各地抢在春耕时节加紧落实定产、定购、定销指标，至4月底基本完成“三定”工作。

在粮食统销方面，主要问题是农村销售的大量粮食，有相当一部分被并不缺粮的农民买去。缺粮的农民在买粮，不缺粮的农民也在买粮，该少买的要多买，该迟买的要早买，已经买了的还要买，大家都喊缺粮。为了解决粮食超销的问题，4月29日，中共中央和国务院发出《关于加强整顿粮食统销工作的指示》，要求在一切粮食销售超过指标的省区，政府机关和党组织必须立即动员起来，到群众中去，首先打通干部、党团员

和积极分子的思想，然后同他们一起，向农民群众进行充分的宣传解释，解除农民的顾虑，依靠并通过群众，解决粮食供应问题。根据中央的指示，各地派出几万名干部深入农村乡镇整顿统销工作，主要通过压缩不应供应的部分，来保证合理的供应，保证国家销售指标不被突破。经过整顿，各地粮食销量很快恢复正常。

8月25日，国务院颁布《农村粮食统购统销暂行办法》，对"三定"工作进一步作了具体规定：在定产方面，1955年核定的粮田单位面积的常年产量，三年不变。在定购方面，分户核定的余粮户粮食交售任务，在正常的情况下三年不变，增产不增购；缺粮户的粮食供应量，每年核定一次。在定销方面，对农村缺粮户分别核定粮食供应量，由国家粮食机关统一发给供应证，"凭证、按月、定点、定量"供应。为鼓励按照国家计划种植经济作物的缺粮户的生产积极性，规定这些农户的口粮、饲料用粮标准应不低于当地余粮户的用粮标准。同时，规定在国家收销计划不能平衡需向丰收区增购粮食时，增购数字不应超过丰收区增产部分的40%。同时，国务院还发布《市镇粮食定量供应暂行办法》，规定城镇居民按人口、年龄、工作性质等核定供应数量，发给供应凭证(全国通用粮票、地方粮票等)供应口粮。这些措施使统购统销政策逐步趋于完善。

总之，粮食"三定"政策的实施，使农民进一步了解了国家的粮食统购统销政策，能够心中有底地安排生产和生活，因而得到广大农民的拥护，对于推动春耕生产起了有利的作用。同时也有利于切实解决购过头粮的问题。应该指出，市镇粮食定量供应办法的实施，保证了城市人民的基本生活所需，也由此形成我国城镇居民的迁徙须随户口转移办理粮食供应转移手续的制度，并长期延续下来。这项制度对我国城乡人口流动的模式产生了深远影响。

经过农业社的整顿和巩固，同时认真贯彻落实粮食"三定"措施，农村情况基本稳定下来，农民的生产积极性随之提高。整顿农业社的结果：浙江减少1.5万多个，山东减少5000多个，河北减少4200个，其他各省收缩不多。另外，对1955年春群众自发办社而领导没有批准的"自发社"，采取了具体分析、区别对待的办法，在整顿合作社中，有相当大部分的"自发社"得到批准；去掉原先67万个合作社中一些有名无实的挂名社，收缩与发展相抵，全国共保留65.5万个社，总共减少2万个社。

在收缩工作当中，也有若干过头现象，如一些可以不收缩的也收缩了；把收缩当成运动来搞，善后工作没有处理好，使部分农民吃了亏。但总的来看，这次整顿农业社是完全必要的，效果是好的。自愿互利的政策与广大群众公开见面，并打通了干部的思想；办得好的社，社员满意，信心提高了，更有条件把社办好；问题大的社，农民转为互助组或转为单干经营，解除了顾虑，加大了对生产的投入，增加了肥料和插秧株数。1955年夏收，全国保留的65万多个农业社中，有80%以上增产。这说明农业生产合作社经过两年多的发展，基本上是健康的，已成为今后合作化的重要依靠，为实现我国农业合作化奠定了初步基础。

四、宁可慢一点：从供销入手改造手工业

在对个体农业进行社会主义改造的同时，各地还开展了对个体手工业的社会主义改造工作。

我国工业基础薄弱，手工业历来在国民经济和社会生活中占有重要地位。我国手工业的行业和品种很多，如陶瓷器、度量衡、小五金、竹木漆器、农具、制糖、酿酒、面粉、毛皮、针织、刺绣、文具、民族乐器、雕刻等，几乎包括人民日常生活的各个方面。在广大农村，农民所使用的工业品，大部分是由手工业生产的，约占所需量的60%~80%左右，由大机器生产的只是少部分。我国手工业技术源远流长，不少产品不仅驰名国内，而且在国际上也很有市场。在工业化建设初期，轻工业还远不能满足人民日益增长的需要，手工业的重要性更为明显。据国家统计局的初步计算，1952年全国城乡手工业工人和手工业独立劳动者达1930余万人，手工业产值由1949年的32.37亿元增长到73.17亿元，占全国工农业总产值的8.8%，占工业总产值的21.36%。1953年，手工业的总产值又上升到91.45亿元，占工农业总产值的9.66%。

手工业不仅在恢复国民经济时期占有重要地位，而且在向社会主义过渡时期内，支援农业生产、满足城乡人民生活需要，辅助大工业产品不足和特种工艺品出口等方面都有其重要作用，是地方工业的一个重要组成部分。但就其生产方式及发展现状而言，它又是分散的，生产条件十分落后，不能使用新的技术，如果不通过经济改组，将古老的生产方式改造为近代生产方式，我国的手工业将会在同机器工业的竞争中日渐式微，在生产和销售上会遇到许多不可克服的困难，并难免受到私商的中间剥削。同时，个体手工业作为小商品经济，抗御经济风险的能力很弱，基础是不稳固的，如果听其自发地发展，会走少数人发财、大多数人破产失业的痛苦的道路。因此，党和政府必须对个体手工业进行社会主义的改造，引导手工业劳动者走社会主义的道路。

新中国成立后，党和政府在努力帮助手工业恢复和发展生产的同时，积极探索引导个体手工业走合作化的道路。1950年7月，中财委召开中华全国合作工作者第一次代表会议，刘少奇、朱德到会讲话。刘少奇强调：手工业合作应从生产中最困难的供销环节入手，主要是供给原料，推销成品，“尽量不采取开设工厂的方式”。朱德也强调先不要急于改变所有制形式。会议明确组织手工业生产合作社的目的，是联合起来，凑集股金，建立自己的供销机构，去推销自己的产品，购买原料和其他生产资料，避免商人的中间剥削，提高产品的数量和质量。1951年和1952年，全国合作总社先后两次召开手工业生产合作会议，初步确定了组织手工业合作社的方针、步骤和方法。经过重点试办，截至1953年底，全国组织不同形式的手工业合作社4806个，社员达30万人，并在不同程度上表现了组织起来的优越性。

过渡时期总路线公布之后，党中央提出了手工业社会主义改造的新任务。中央认为，在过渡时期实现对个体手工业的社会主义改造，是党在过渡时期总路线和总任务不可缺少的组成部分。如同对个体农业的社会主义改造一样，对个体手工业的社会主义改造，也是要经过合作化的道路，把手工业劳动者的个人所有制改变为集体所有制。把手工业者逐渐组织到各种形式的手工业合作社中去，是国家对手工业实行社会主义改造唯一的道路。我国现有的手工业合作社和个体手工业对比，已经表现出它的明显的优越性。手工业者一方面是劳动者，但同时又是私有者，因此，必须经过说服、示范和国家援助的方法，提高手工业劳动者的社会主义觉悟，使他们自觉自愿地组织到手工业合作社中。国营商业和各地

供销合作社必须和手工业者建立密切联系，供应他们所需要的原料，推销他们所生产的成品，从供销方面帮助手工业者组织起来，使他们的生产走向正常，更好地为农业和工业生产服务，为人民生活服务。1953年11月至12月，中华全国合作社联合总社召开第三次全国手工业合作会议。朱德在会上作了题为《把手工业者组织起来，走社会主义道路》的讲话，他指出：手工业合作社的组织要由低级到高级，由简单到复杂，防止盲目地强调集中，盲目地将小社并大社，盲目地要求机械化，要根据手工业者的要求，采取不同的形式，加以组织，不要规定一个死格式到处乱套，那样会妨碍或限制合作社的发展。会议经过讨论，确定了对手工业进行社会主义改造的方针和政策，即："在方针上，应当是积极领导，稳步前进；在组织形式上，应当是由手工业生产小组、手工业供销生产合作社到手工业生产合作社；在方法上，应当是从供销入手，实行生产改造；在步骤上，应当是由小到大，由低级到高级"。

12月8日，刘少奇听取了全国合作社联合总社代主任程子华关于会议情况的汇报。在谈话中，刘少奇就发展手工业生产合作社问题讲了几点意见：(一)关于生产关系的改变。把手工业生产合作社收归国有是一个原则问题，不准随便这样做，不要随便把好的生产合作社收归国有。合作社就有优越性，要考虑收归国有后，生产力是否能提高，成本是否能降低。(二)关于生产组织形式。旺季集中生产，淡季分散生产或搞些别的生产，采取这种灵活的方式很好。(三)盲目地搞半机械化、机械化，这是一种急躁冒进情绪，应该给予批评。必须在实行分工协作、手工工具改进、生产技术提高的基础上，确有把握时才能实行半机械化、机械化。(四)关于领导问题。对手工业劳动者实行社会主义改造，政府有必要设立专门机构。省以上设手工业管理局。手工业劳动者协会、手工业生产联合社，以及党委及政府的主管领导，可以四位一体，要有一批人去干。(五)在社会经济的改组中，手工业的生产供销关系上一时脱节是有的，但不会根本破坏生产力，破坏市场。要适当地做，但不要搞得太急、太激烈了，应注意不要引起社会生产的损失，要逐年逐步地搞。[①]

根据我国手工业发展的特点，全国第三次手工业会议确定：手工业的合作化主要采取三种形式，首先从供销合作小组开始，这是对手工业进行社会主义改造的初级形式。它不改变原有的生产方式和所有制关系，只是负责统一安排原材料采购、产品推销和统一接洽加工订货等业务，小组成员仍然独立生产，分散经营，自负盈亏。第二种是手工业供销生产合作社，这是一种过渡形式，特点是在供销环节上组织起来，生产资料仍为私有，一般是分散生产，但在有些生产环节上已开始集中生产，并开始购置公有的生产工具，因而较前一种具有更多的社会主义因素。手工业社会主义改造的最高形式是手工业生产合作社，它的特点是：入社的社员必须将自己全部的生产工具、设备折价归社；社员直接参加集体生产劳动，根据按劳分配的原则取得劳动报酬。

1954年6月，中共中央批准了这次会议的报告和计划，要求各级党委加强对手工业社会主义改造的领导。这次会议精神的贯彻，有力地推动了手工业合作化的进程。到1954年底，全国手工业合作组织达到4.17万多个，社(组)员113万多人，当年产值11.6亿元，相当于1953年产值5.2亿元的1.2倍。这一阶段手工业的生产合作，主要是在全体成员自愿的基础上从供销环节入手组织起来的，开始有了一些公共积累和统一

①《刘少奇论新中国经济建设》，中央文献出版社，1993年版，第245～250页。

◆ 苏州刺绣生产合作社职工在工作。

经营，并初步采取工资或劳动分红的形式，因此手工业的供销生产合作很有生气，社(组)员劳动积极性很高，劳动生产率也相应提高，发挥了组织起来的优越性。

由于大规模经济建设的开展，尤其是对主要农产品和某些工业品实行统购统销、统购包销，手工业的原料供应遇到了困难，个体手工业者困难尤大。对于手工业合作社生产的发展，陈云主张要加以管理和控制，同私营工业的生产统筹安排；要防止产量超过需要，并注意原料是否有保证；要防止新的手工业基地排挤老的基地，组织起来的工人排挤未组织起来的工人。为此，陈云强调："手工业合作化宁可慢一点，使天下不乱。如果搞得太快了，就会出毛病。"①

为了研究手工业改造中的新情况、新问题，推动手工业合作化的健康发展，1954年12月至1955年1月，第四次全国手工业生产合作会议讨论了手工业同地方工业的发展、同农业和资本主义工商业的社会主义改造如何统筹兼顾，合理安排等问题，确定1955年手工业社会主义改造工作的方针是：统筹兼顾、全面安排、积极领导、稳步前进。会议明确当年的中心任务是：把手工业主要行业的基本情况继续摸清楚，分别轻重缓急按行业拟定供、产、销和手工业劳动者的安排计划；整顿、巩固和提高现有社(组)；在此基础上，从供销入手，适当发展新社(组)。为了促使手工业从小生产发展到大生产，会议提出，在社会主义改造过程中，必须根据供需情况、国民经济发展情况、人民消费习惯，对手工业各行业分别实行适当发展(如陶瓷业、若干手工艺品并应积极提高其技术)、利用(如棉针织业)、限制(如铜器、锡器制造业)，有的手工业行业，应实行逐步转业或淘汰的方针。

1955年5月16日，中共中央批准了中央手工业管理局、中华全国手工业生产合作社联合总社筹备委员会党组《关于第四次全国手工业生产合作会议的报告》。中央认为：我国手工业经济，行业复杂、分散、面广，变化多，有关部门曾作过不少调查研究，但至今情况还是不全不透。为此，各地在对手工业的某些行业进行社会主义改造和生产安排中，必须继续对当地各种手工业进行全面的深入的调查研究，务期在今明两年内，

◆ 至1956年年底，全国手工业者加入手工业合作社者占91.7%，政府预定的对手工业的社会主义改造基本完成。图为太原市组织手工业者举行庆祝合作化的游行。

①《陈云文选》第二卷，人民出版社，1995年版，第270页。

把手工业重要行业的基本情况彻底摸清楚，以便于对手工业进行安排和改造；并注意在手工业社会主义改造过程中所发生的各种新问题，及时地加以研究和解决。

中央指出，目前除少部分已在没落的手工业行业外，绝大部分手工业行业一般地可以逐步通过合作化的道路，进行社会主义改造。因此，各地、各部门，特别是地方工业部门应在对各种经济类型工业进行统筹安排时，必须将对手工业的安排和改造同时予以考虑；将手工业部门的各种计划，首先是供产销计划，逐步纳入地方工业的计划之内。通过计划平衡，逐步克服大工业与手工业、手工业同行业之间、手工业组织起来与未组织起来之间及手工业与其他有关行业之间在供产销方面的不协调现象。根据中央的要求，各地进一步加强对手工业工作的领导，经常进行监督和检查，及时给予工作上的指导和帮助，并相应地建立和健全手工业管理机构和手工业生产合作社联合社，调配与充实各级手工业部门的干部，特别是领导骨干，对手工业的经营管理普遍地进行了一次整顿。

据1955年上半年统计，全国手工业社（组）发展到4.98万个，较1954年底增加8100个；社（组）员143.9万人，较1954年底增加30.9万人。整个来说，这一时期手工业合作化的发展是积极的，也是稳步、健康的。

五、资本主义工商业：边维持，边改造

扩展公私合营：既吃“苹果”又吃“葡萄”

根据党的过渡时期总路线的要求，在积极稳步地推进农业、手工业的合作化进程的同时，党和政府开始有计划、有步骤地开展对资本主义工商业的改造。

新中国成立以来，党和政府采取了鼓励和扶助有利于国计民生的资本主义工商业的政策。到1952年，私营工商企业中有约380万职工，资本主义工业产值占工业总产值40%左右，私人资本主义仍是一支不可忽视的重要力量。由于我国经济还很落后，社会主义经济还不能很快代替现有的资本主义工商业，还需要尽可能地利用它们的积极性，借以增加工业产品的供应，增加国家工业化资金的积累（税收和公积金），扩大商品的流转，维持劳动者的就业，训练技术工人和管理人员，以利于国民经济的向前发展。但是，资产阶级唯利是图的本质必然对国计民生发生破坏的作用，因此必须对资本主义工商业加以限制，并进一步对它们实行社会主义的改造。

党在过渡时期总路线提出后，对资本主义工商业的社会主义改造进入新的发展阶段。中共中央批发的总路线学习和宣传提纲指出：建国几年来，资本主义所有制和社会主义所有制之间，资本主义生产的无政府状态和国家有计划的经济建设之间的矛盾发展，表现为资本主义企业的设备利用率和劳动生产率低，成本高，资金很多浪费，扩大再生产的能力很小，影响到工业产品在市场上供不应求，影响到国家计划难以顺利完成。如果不改变这种情况，这个广大部分的社会生产力就不可能获得充分的合理的发展以适应国计民生的需要，我国的社会主义工业化就不能全部实现。随着资本主义经济对国计民生的不利方面一步一步地表现出来，必须经过一定的步骤逐步地改造资本主义工商业，以便最后消灭生产资料的资本主义私人所有制。

党确定对资本主义工商业的社会主义改造的第一个步骤，是经过国家对资本主义的监督和管理，经过国营经济对资本主义的联系和合作，把私人资本主义引导到国家资本主义的轨道上来。这种国家资本主义经济已经不是解放以前的那种资本主义经济，它主要地是为国家和人民的需要而生产的，资本家已不能为所欲为地唯利是图。当然，企业中的工人还要为资本家生产一部分利润，但是这一部分利润在整个赢利中只占四分之一左右，其余占四分之三左右的赢利是为国家（所得税），为工人（福利费）和为扩大企业设备（公积金）而生产的。这种国家资本主义经济带有不同程度的社会主义性质。按照受国营经济领导，受国家和工人阶级监督的程度不同，国家资本主义有加工、订货、统购、包销、收购、经销、代购、代销等初级形式，有公私合营的高级形式。高级形式的国家资本主义经济在生产上和经营上优于其他形式的国家资本主义经济，而一切形式的国家资本主义经济都在不同程度上优于一般私人资本主义经济。

党中央确认，在我国的条件下，经过国家资本主义来实现对私营工商业的社会主义改造，是较健全的方针和办法。我国必须在一定的时期内有步骤地、有区别地把一切对国计民生有利的、而又为国家所需要的资本主义企业基本上改造为国家资本主义企业，并有计划地稳步地使国家资本主义由低级形式向高级形式发展。随着社会主义工业化的前进和社会主义经济的优势的加强，随着国家对整个国民经济的控制的加强，随着农业和手工业的合作化的前进以及它们与资本主义间的联系的缩小和消灭，随着国家资本主义企业中国家资金和国家管理力量的增大，国家就可以逐步地变国家资本主义经济为社会主义经济。

党中央强调，利用、限制和改造资本主义工商业，是在过渡时期内工人阶级和资产阶级之间的阶级斗争的一种新形式。在实行改造政策的过程中，应当继续加强对资产阶级中愿意接受社会主义改造并按照国家计划发展生产的进步分子的团结，继续保持对资产阶级中一切爱国守法分子的联合，加强对他们的爱国主义的教育和国家政策的教育，同时必须克服资本家所必然会采取的各种形式的反抗，以保障社会主义改造事业的顺利进行。采用国家资本主义的方法来改造资本主义工商业，这些企业的工人在若干年内还要为资产阶级生产许多利润，这也是对资产阶级的一种赎买。

根据中共中央确定的对资本主义工商业进行社会主义改造，对资产阶级实行和平赎买的基本方针和基本政策，我国从1953年起，加快了改造资本主义工商业的进程。

首先是对资本主义工业的改造。1953年以前，以加工订货为主的初级国家资本主义形式，在私营工业中已有较大发展。过渡时期总路线提出以后，特别是国家对粮食、油料、棉花、棉布相继实行统购统销之后，以农产品为主要原料的轻纺工业，在原料供应和销售市场两头都受到国家政策的严格限制，资本家的生产经营不得不接受国家的委托加工、计划订货。由于在私营工业的总产值中，轻纺工业的产值约占2/3，这样，私营工业从产值上看，已大部分被纳入各种形式的国家资本主义轨道。从组织形式上看，当时占主要地位的仍是加工订货，实行公私合营的比重很小。按照第一个五年计划的要求，国民经济中的计划管理日益加强，这就需要将对私营工业的改造工作向前推进一步，以适应国家工业化建设发

◆ 鞍山钢铁公司中板厂的工人学习党在过渡时期的总路线。

展的需要。

1954年1月,中财委召开会议,讨论扩展公私合营工业的计划问题。会议认为,对私营工业实行加工订货,企业利润采取"四马分肥"的方法,除国家所得税、企业公积金、工人福利费以外,资方所得红利仅占约四分之一,企业基本上是为国计民生服务的,带有一定的社会主义性质。但是,这种初级的国家资本主义形式,主要是国家和资本家在企业外部的合作,并不触及生产资料的资本家所有制。在加工订货形式下,企业基本上仍由资本家管理,劳资矛盾、公私矛盾及由此引起的其他矛盾,难以获得有效的处理,限制了工人群众的劳动积极性和对资本家及其代理人等的教育改造。讨论认为,公私合营是社会主义成分同资本主义成分在企业内部的合作。在这种合作中,公方占据领导地位,生产关系发生重要变化:企业由私有变为公私共有,公方和工人群众结合在一起掌握企业的领导;资本家丧失了原有的支配地位,处于被领导的地位。这样,劳资矛盾、公私矛盾能够朝着有利于公方和劳方的方向解决,有利于改进生产,纳入国家计划。建国四年来加工订货等初级国家资本主义形式的发展表明,将私营企业改造为高级国家资本主义形式的公私合营企业,各方面的条件正在成熟。

基于上述认识,会议提出:要在今后若干年内(两个五年计划时期,可能更短一点)积极而稳步地将国家需要的、有改造条件的私营工厂,基本上(不是一切)纳入公私合营轨道,然后在条件成熟时,将公私合营企业改造为社会主义企业。会议确定:1954年是有计划地扩展公私合营工业的第一年,应以"巩固阵地、重点扩展、作出榜样、加强准备"为工作方针。扩展公私合营的工作,要以国家投入的少量资金、干部,去充实原有企业并进行技术改造;要采取发展一批,作为阵地,加以巩固,再发展一批的方法,将有十个工人以上的资本主义工业企业基本上纳入公私合营轨道。合营的条件,必须依据国家的需要、企业改造的条件、供产销平衡的可能、干部和资金的准备,以及资本家的自愿,稳步前进。3月4日,中共中央批准了这次会议提出的上述意见以及中财委关于这次会议的报告。

9月,国务院制订并公布了《公私合营工业企业暂行条例》,对公私合营企业的性质、任务和公私关系、劳资关系、经济管理、盈余分配等各方面的原则,作了明确的规定。由于公私合营企业在原料、市场、贷款等方面得到国家支持,不少私营企业渐感经营困难,主动要求国家支持,实行公私合营。这样,扩展公私合营的工作取得很大进展。到1954年底,全国公私合营工业的户数已增加到1746户,职工人数为53.3万多人,占全部公私合营和私营工业职工总数的23%;总产值50.86亿元,占全部公私合营和私营工业产值的33%。在公私合营企业增多,对私营企业加工订货显著增加的情况下,私营工业自产自销部分

◆ 上海申新纺织公司职工举行庆祝公私合营、欢迎公方代表大会。

的产值比重从1952年的38.9%下降到24.9%。实行公私合营的企业，由于国家派遣干部加强领导，投资进行新建、扩建，整顿企业的经营管理，工人劳动积极性提高，使生产迅速发展，劳动生产率大大提高。按可比产值计算，1954年较1953年增长25.5%。显示了公私合营的优越性。合营工厂私股分得的红利，也比私营时期的利润多，这些情况促使更多的资本家要求实行公私合营。扩展公私合营的工作，一般是有选择地从规模较大的企业入手，一户一户进行，企业的户数虽不多，但多是大户。1954年内有905家资本主义工业企业，经合并组成793户公私合营企业，其中大部分为规模较大、有关国计民生的重要企业，一般都拥有资金100万元至500万元，职工100至500人。这些企业的所有者多是较大的资本家，有些人是资产阶级代表人物，政治影响较大。这些较大规模的企业实行公私合营后，不仅削弱了资本主义经济的力量，扩展了社会主义的经济阵地，同时也使得中小资本家认识到合营的优越性，认识到变革所有制是大势所趋，难以抗拒，只有顺应变革的潮流才是惟一的出路。

在中国，私人资本主义工业中较大的企业为数并不多，500人以上的工厂仅占8.9%；500人以下100人以上的工厂占15.5%；100人以下50人以上的工厂占10.8%。其余绝大多数都是50人以下的小型企业。稍具规模的企业实行合营后，剩下还有约占私营工业总产值一半的约12万余户中小企业，由于机器简陋，工序不全，加上原有的经济联系被打乱，在生产上处境更加困难。一方面，私营中小企业的资本家纷纷要求公私合营，另一方面，国家为保证重点建设，又不可能分散力量向这么多小企业投入资金和干部。这样，扩展公私合营的工作就遇到了新的矛盾和问题。

1954年12月至1955年1月，国务院第八（工业）办公室与地方工业部联合召开扩展公私合营工业计划会议，研究1955年及以后三年的公私合营工业计划。会议一开始，各地方主要是上海、天津、沈阳来的代表纷纷反映，私营工业从1954年下半年以来，发生了很大的困难。不少代表形象地说，中央只顾大型企业的公私合营，把一大批小企业甩给地方，这种光吃“苹果”不吃“葡萄”的做法，给各地私营工业生产带来严重困难，如果不加以解决，扩展合营的计划就难以制定。对于这个问题，周恩来总理多次召开国务院常务会议进行研究。

1954年12月29日，陈云副总理在国务院常务会议上作关于调整工业问题的报告。他指出：现在工业生产中最突出的问题是，若干行业（不是全部行业）设备、工人有余，任务、原料不足。其中私营比国营困难更大，上海、天津两地尤为突出。其原因，主要是这些行业前几年盲目发展。这说明，以后某些行业有较大发展的时候，不要太高兴，要加强管理；发展过头，生产就会过剩。报告提出了解决困难的一些原则、措

施，即：对公私工业要统筹兼顾，一视同仁，适当安排；奖励先进，照顾落后，淘汰有害；维持上海、天津两个老工业基地，照顾其他地区；成立专门机构负责管理，协调私营工业的生产；没有发生困难的行业也要早作安排，防止发生困难；手工业合作化的速度要适当放慢，以免前进过快，发生新的困难。会议同意这个报告，并提请中共中央政治局批准。

12月30日，国务院召开关于私营工商业问题座谈会，参加会议的有全国政协工商界委员、中央各有关部门负责人以及出席扩展公私合营工业计划会议的代表共150余人。31日，陈云在座谈会上就解决私营工业生产中的困难发表讲话。提出了调整私营工业生产的方针，即：按照过渡时期总路线的要求，有计划地发展社会主义、半社会主义工业，利用、限制、改造资本主义工业，在国营经济的领导下，在保证社会主义成分不断稳步增长的条件下，对国营、合作社营、公私合营、私营工业实行统筹兼顾、合理安排，使四种工业各得其所。

◆ 天津市的青年资本家组织三千人的"报喜队"。他们高呼"坚决服从领导，服从分配，不抽逃资金，积极接受社会主义改造"。

陈云指出：解决私营工业生产困难问题，必须正确处理：（一）公私之间的矛盾。凡国营能让出一部分原料和生产任务给私营的就让出一部分。这样会减少国营上缴利润，但可以少出给私营的救济费，对财政是一样的，但维持了私营的生产。（二）先进与落后之间的矛盾。凡当地产品不如上海、天津私营工厂产品的，不能强要国营商业卖当地货。这种排斥进步、帮助落后的本位主义的做法，是不对的。（三）地区之间的矛盾。上海、天津不仅是日用工业品的主要产地，而且是城乡交流、内外交流的枢纽，维持上海、天津，对全国是有利的。

陈云还提出调整私营工业的一些具体措施，如：通过逐行逐业分配原料、分配生产任务、计算设备能力、安排生产计划等办法，来进行逐行逐业的社会主义改造；利用原有工业设备，控制新建和扩建；提高技术、淘汰落后；采取母子联合、逐步合并等各种形式来安排生产；减少盲目加工订货；控制手工业合作化发展的速度；扩大私营出口品种，提高出口产品的质量；加强国家对私营工业的业务领导；反对只顾国营不管私营以及私营工业自己不想办法、坐待国家给办法这两种倾向。陈云强调说：我们是五种经济成分并存的国家，对各种经济成分要统筹安排。过去限制和改造私营工商业的步子常常走得快了一些，走得快就要调整。对私营工业要大体上一视同仁，因为所有私营工业迟早都要变成国家的，私营工业的工人与国营工业的工人一样，都是中国的工

人，不能另眼看待。

根据党中央和国务院的指示，扩展公私合营工业计划会议确定了"统筹兼顾、归口安排、按行业改造"的方针。由国营企业让出一部分原料和生产任务给私营企业，解决公私矛盾；按照奖励先进、照顾落后、淘汰有害的原则，解决先进与落后的矛盾；采取维持上海、天津，照顾各地的办法，解决地区间的矛盾。在扩展公私合营的方式上，要求按行业作通盘规划，统一安排；分别情况，或实行个别合营，或采取以大带小、以先进带落后的办法实行联营合并或公私合营。这样，既解决了光吃"苹果"不吃"葡萄"的矛盾，又为加快对资本主义工业的改造找到了途径。通过贯彻统筹兼顾，统一安排的方针，1955 年全国公私合营工业已达 3102 户，职工 78.49 万人，总产值 71.88 亿元，约占公私合营加上私营工业总产值的 50%。这些情况表明，我国的私营工业已有一半实现了公私合营。

慎重改造私商：一面前进，一面安排

在有计划地改造资本主义工业的同时，党和政府还有步骤地进行对资本主义商业的社会主义改造，首先是对私营批发商业的改造。

批发商业，是联系生产和市场的中间商业，掌握着商品流通的主要环节，在市场供求关系上起着重要作用，并决定着物价水平。为了有计划地安排市场和稳定物价，国家必须掌握商品流通的批发环节。在 1950 年统一全国财经和稳定市场物价之后，我国已开始着手以国营批发商业代替私营大批发商的工作。截至 1952 年，私商批发额约占全部社会商品批发额的 36%。党在过渡时期的总路线提出后，从 1953 年下半年起，国家采取了一系列措施，限制私营批发商的活动。7 月起，有计划地扩大对私营工业的加工定货和收购、包销，把私营工业的产品更多地掌握在国营批发机构中。9 月，恢复了国家机关、企业、事业单位在上海、天津等大城市采购工作的统一管理制度，使这些大宗交易脱离私营批发商。随后，实行粮食、食油、棉花、棉布等主要农产品的统购统销，这意味着国家占领这些商品的全部批发环节，排除私商经营，实现了这些批发商业的国有化。1954 年，国家逐步扩大对农副产品的统购、派购范围。先是在农村扩大推行对生猪的派养、派购政策。随后扩大对花生、茶叶、麻类、烟叶、甘蔗、甜菜、土糖、蚕茧、土丝、羊毛等农副产品的预购，并逐步对有关工业生产和基本建设所必需的重要原料、材料和包装物料，以及人民生活和出口需要的重要农产品实行派购或统一收购。重要工业原料如煤、铁、钢材、铜、硫酸、烧碱、橡胶等由国营商业控制，实行计划供应。同时规定私商不得自营一般商品的进口业务。这样，就有一批相关的私营大批发商被国营商业所代替。

私营大批发商被代替后，余下的是经营次要商品的较小批发商。旧的自由市场的活动范围大大缩小，国营商业对整个市场的统一管理和对私营商业的领导和监督得到了加强。私营零售的主要部分，已不能像过去那样依靠从私营批发商或从生产者方面进货，而必须依靠国营商业、合作社进货，来维持它们的营业。市场关系的这种变化和改组，一方面为国家对私营商业实行改造创造了前提，另一方面又必不可避免地使商业中的公私关系趋于紧张。

1954 年春夏，大城市中有十余万从业人员的私营批发商，因为得不到货源而没有买卖可做。集镇的私商，因为主要农产品和农业副产品

由国家扩大收购，营业额日益缩小。在城市中，由于粮食和食油的计划供应，减少了私商的销货量，还由于国营商业和合作社商业扩大了经营范围，再加上不适当地过多地扩大了零售额，私营零售比重迅速下降，私营零售商惶惶不安。在城乡交流方面，由于农村宣传过渡时期的总路线，私商难于下乡，合作社对一般土产一时又无法全部经营，因此某些农产品和农副产品的流通出现阻塞现象。中共中央及时注意到由许多商品供不应求所造成的市场紧张状况和市场上存在着的不稳定因素，责成中财委研究实行统购统销以后市场关系的根本性变化，相应地提出在新形势下调整、改造私营商业的方针、原则和具体措施。

1954年7月13日，中共中央下发由陈云起草的《关于加强市场管理和改造私营商业的指示》。中央指出：从1953年全国开始大规模经济建设以来，吃、穿、用方面的许多商品都供不应求。由于社会购买力增长速度超过了消费品和农业生产资料生产的增长速度，这种趋势将是长期的。市场的稳定是进行经济建设的必要前提，因此，经过计划收购来掌握货源和经过计划供应来控制消费量，是在许多商品供不应求的情况下，继续保持市场稳定的不可少的步骤。私营商业的从业人员数量很大，有七八百万人，不能盲目排挤，一律不给安排，不给生活出路。否则，势必增加失业人口，造成社会混乱。这是必须防止和纠正的。正确方针是：必须充分利用市场关系变化和改组的有利条件，对私营商业积极地稳步地进行社会主义改造，采取一面前进、一面安排的办法，把现有的私营小批发商和私营零售商逐步改造成为各种形式的国家资本主义商业。

鉴于1953年底国营批发比重已经达到70%左右，中央认为，国营商业和合作社商业不仅要为公营商业系统进行组织货源和组织供应的工作，而且必须对私营零售商担负起同样的责任。据此，中央对私营商业的改造和安排做了具体规定：

第一，对私营批发商。以零售为主而兼营批发的，一般转为零售商。专营的批发商或以批发为主而兼营零售的，凡能继续经营者，让其继续经营；凡为国营商业所需要者，可为国营商业代理批发业务；凡能转业者，辅导其转业；经过上述办法仍无法安置者，其职工连同资方代理人可经过训练，由国营商业录用。

第二，对城乡私营零售商。除一部分必须和可能转业的以外，一般的应逐步地把他们改造成为合作商店或国家资本主义的零售商。国营商业应该采取分配货源、搭配热门货、调整批零差价、逐步统一公私售价等办法，保持私营零售商一定的营业额，使他们能够维持生活。国营商业和合作社商业对某些商品的经营比重，在零售方面可以作适当的退让，但必须保持足以稳定市场的营业额，防止不适当的过多的退让。

第三，对私营进出口商。基本上应按照对私营批发商的处理原则进行处理。同时，国营对外贸易机关应尽量采取联营、经销、代进、代出等国家资本主义的形式，对私营进出口商实行社会主义改造，使他们能在国营对外贸易机关的领导和管制之下，发挥其对资本主义国家进出口贸易的应有的积极作用。

为了缓和私营零售商营业额下降的趋势，中央要求在1954年旺季到来以前，国营商业和合作社商业的零售营业额，一般地应停止在目前的水平（个别地区和个别行业的公营零售额可以有进有退）。同时，为着适应市场情况的变化和切实执行改造私营商业的政策，中央要求

全国市场的领导必须统一，全国商业工作的步调必须一致。

根据中央的这个指示，从1954年下半年起，在对私营工业有计划地扩展加工定货和公私合营的同时，各地根据不同情况，对私营批发商采取了"留、转、包"等不同的改造步骤和方式。"留"，是对允许继续经营的批发商，由国营或合作社商业委托他们代营批发；"转"，是对有转业条件的批发商，引导他们把资金和人员转入其他行业；"包"，是指包人员，即对无法继续经营的私商，由国家把资本家和从业人员包下来，逐步安排工作。经过上述改造，余下的批发商户数虽然不少，但都是一些经营零星商品的小户。其商业额在1955年仅占全部市场批发交易额的4.4%。1956年，在全行业公私合营的高潮中，这些小批发商与私营零售商一起实行了公私合营。

随着私营批发商逐渐被国营商业所代替，中央明确了改造私营零售商业的主要形式是代销、经销。代销和经销的商品都是国营商业已全部或大部掌握货源的商品，都执行国家规定的零售牌价。代销店通过代国营商业销售商品领取一定的代销费。经销店通过从国营商业进货，赚取规定的批零差价。按照中央的部署，各地加紧对私营商业的改造工作。到1954年底，在批发方面，国营商业所占经营比重已达到88%以上，私营批发商已大部被排挤代替。在零售方面，国营商业和合作社商业所占经营比重已达57.5%。粮食、油料、棉花等主要农产品基本脱离了自由市场。

1954年，各地对私营商业的改造取得很大进展，国家掌握了主要工农业产品的货源，加上粮食、油脂、布匹统销的措施，在许多商品供不应求的情况下，稳定了市场，基本上满足了广大人民的需要，特别是保证了城市、工矿区供应和出口的需要，支援了国家的工业化，这是我国市场关系变化的主要方面。但是，工作中也有缺点，主要是国营商业把商品掌握到手后，没有解决好将这些商品统筹安排给公私商业的问题。具体表现在：

国营商业和合作社商业前进太快，挤掉了大量的私商。在城市，不论批发和零售，私营商业均日益萧条，赔累户数占总户数的50%～60%，私商生活难于维持的，1954年11月仅上海一地即达12万人。惶惶不安的情绪继续发展。城市紧张，农村更紧张。由于强调"割断城乡资本主义的联系"，不少地方对非统购的农副产品也禁止私商收购贩运，小商小贩不能下乡，农民搞副业生产或运销自己的产品被看成"自发势力"。农村私商多数无法经营，农民要的某些必需品不容易买到，国家要的农产品收购也有困难。农民反映"合作社忙死，农民等死，私商闲死"。农民有钱买不到东西，就不愿意卖出自己的农产品，又影响国家对棉花、烟叶、油料等收购计划的完成，从而影响工业生产和工业品的供应。据全国供销合作总社初步估计，一年来农村私商被排挤的有69万户100万人左右，约占1953年底农村全部私商从业人员的22.2%。农村中许多无法维持的商贩，转业无路，有的流入城市，又增加城市的困难。

总的看来，由于国家对私营商业实行社会主义改造，市场关系进一步发生着根本的变化和改组，不可避免地要使城乡公私关系日趋紧张。粮、油、棉的统购统销，使社会主义经济同小农经济自发习惯之间的矛盾日益显著。农民同私商的经济来往逐渐减少，使私商的经营发生困难。这种紧张情况，在国家工业化和社会主义改造的过

程中是不能完全避免的。但如果各方面的工作做好了，紧张的程度可以有若干缓和；反之，工作有毛病，会更加助长这种紧张。

针对上述情况，1955年4月12日，中共中央发出《关于进一步加强市场领导、改造私营商业、改进农村购销工作的指示》，对公私商业实行统筹兼顾、统一安排作了部署。中央认为，当前商业工作上的主要缺点是：第一，批发没有组织好。只注意并解决了如何将商品掌握到手的问题，但对如何通过批发系统将这些商品分配出去，特别是如何抓紧这一环节，适当地统筹安排公私商业、改造私商的问题，却没有足够注意，没有明确地加以解决。第二，国营和合作社的零售进得太快。1954年7月中央曾决定原地踏步，但相应的具体措施不够、不及时，对于新情况下私营零售商的货源供应，对于公私商业、国营和合作社商业之间价格悬殊等问题，没有及时解决；特别是因农村集镇供销合作社不做批发，多做零售，更使得私商难于维持，从而使国营和合作社商业的零售阵地不但未能原地踏步，反而前进了很多。第三，在农村购销工作上，对于如何有利于充分发挥农民的生产积极性注意不够。有些地方在粮食统购中对产量估计偏高，留量不足；统销工作没有及时搞好，对农民副食品和饲料等的需要照顾不够，许多重要物资供应不及时等。

以上工作中的缺点，是构成城乡公私关系紧张的主观因素。中央深刻地指出："应该懂得，工人阶级当了政，必须负责对社会各阶级的生活出路进行适当安排，这样做，是适合国家利益，有利于工人阶级的。还要看到，目前零售商已经受到若干的限制，特别是为国家经销代销的部分，性质上已有很大改变，因此对公私比重的概念，不能不作新的了解。社会主义商业有无前进，主要应看对整个社会商业的计划领导程度，对私营商业改造的进展程度，而不能仅仅计算国营商业和合作社商业本身的营业额。这一点是重要的。"[①]据此，中央提出以下解决办法：

（一）掌握批发环节是社会主义商业工作的关键。在这一环节上，目前我们的工作还有缺点，机构和制度还不能适应客观的需要，必须继续加以整顿和加强，不能放松。对于已经代替的私营批发商，应继续贯彻吸收使用的方针。

（二）在城市零售阵地上，社会主义商业前进过多的部分，应该考虑作必要的退让，使所有私营零售商能够在可以维持的水平上，继续经营，以维持生活，并使其服务于商品流转，然后在这个基础上，进一步贯彻逐行逐业安排改造的方针，通过国家资本主义的各种各样形式或其他方式加以改造，经过一个相当长的时期，使他们逐步过渡为国营商业的分销处、门市部，或由国家吸收使用其人员。

（三）农村的小商贩担负着收购、分配和短距离运输等三种重要的社会任务。他们之中，绝大多数人的生活来源是依靠或者主要依靠自己在商品流转过程中的劳动，他们是劳动人民，性质上有别于商业资本家（城市小商小贩也有相似的性质）。对于上述小商小贩，改造的方针应该是：根据自愿的原则，在供销合作社领导和计划下，通过各种形式加以组织，使之经过互助合作的道路，分担农村商品流转的任务，并逐步过渡为供销合作社商业。

（四）统购统销方面，在实行定产定购定销办法的同时，对统购任务完成后农民的多余产品，应据市场管理的原则，允许并组织农民自由买卖；对其他一般农产品的买卖，不能滥加限制。

①《中国资本主义工商业的社会主义改造》中央卷（下），中共党史出版社，1992年版，第823页。

在供应方面，则应尽可能地满足农民需要，尽可能地给农民以方便。

上述方针，是对中央1954年7月《关于加强市场管理和改造私营商业的指示》的进一步具体化，是符合市场关系变化的实际情况的，是可行的。根据中央的这个指示，1955年4月以后，各地除通过各种形式的国家资本主义对私营商业逐步改造安排外，一是在国营商业和合作社商业前进过多或私商维持困难的城市，适当采取撤点、撤品种、调整批零差价、确定批发对象和给予部分贷款等办法，使私商能够维持经营。二是改进国营商业的批发工作，增设批发网点，改善对私营零售商的批发业务。对于冷、背、残、次商品，用代销、低价等办法处理，不搞硬性搭配。三是各城市根据当地具体情况，定出一个既可稳定市场价格、又够维持私商经营的公私比重，作为调整公私商业的尺度，在一个时期内基本不变。这样，使私商可以得到由于社会购买力增长而增加的一部分营业额。四是对农村集镇私商，由供销合作社负责供给货源，并适当调整批零差价，使私商维持一定的营业额。县、区供销合作社在零售方面作必要的退让，以便维持私商经营，并在此基础上抓紧对私商进行改造。

按照一面前进，一面安排和前进一行，安排一行的方针，经过几个月的调整、改造，到1955年秋，纯粹私营商业在社会商品零售总额中的比重，在32个大中城市占25%，在农村集镇占18%。有相当一部分私营零售商已被纳入各种形式的国家资本主义轨道。这表明，国家对私营商业，包括城乡小商贩的改造工作，向前大大推进了一步。

从整个市场关系的变化来看，过渡时期总路线提出后，国家为了保证工业化建设对大宗粮食及农产原料的紧迫需要，不得不加强农产品的计划收购，增加计划供应的品种，扩大计划供应的范围。约占农村收购总额42%左右的粮食、油料及棉花等商品，脱离了自由市场，加上重要工业原料和主要副食品已大部分为合作社所收购，农村中70%的农副产品商品量已为国家和合作社所掌握。对私营工业扩大加工订货、统购包销，也将大部分工业品的生产、销售间接纳入国家计划的轨道。这样，就日益削弱和缩小了市场调节在社会经济生活中的作用和范围。

当然，采取这些政策措施本身，还没有从根本上改变我国多种经济成分并存的基本格局，私营经济和个体经济虽然受到多方面的限制，但还能在一定范围和一定程度上作为市场主体因素存在。因此，过渡时期经济的发展，呈现出一种比较复杂的情况，即在国民经济的计划性不断增强的趋势下，市场调节还能在一定领域、主要是在微观经济领域发生作用。在双重调节的运行机制下，当计划与市场调节之间出现矛盾或冲突时，国家的宏观政策调节起主导作用。这是我国向社会主义过渡时期经济运行的一个特点。

总的来看，由于对私营工商业的社会主义改造，是在统筹兼顾中一面前进，一面逐行逐业地安排生产，维持经营，国家政策的调节功能比较注意采用恢复国民经济时期的经验，如利用税收、利率、价格杠杆和调整产、供、销关系、规范市场管理等，大都在短期内取得成效，较充分地利用了私营经济这部分生产力的积极作用。从微观角度来看，由于保留了一定的市场机制的作用，一般工商企业对市场情况的变化反应也比较灵敏。这样一种情况，使我国的经济体制在第一个五年计划期间保持了一定的活力。

MAOZEDONGSHIDAIDEZHONGGUO

第八章

过渡时期的国家建设

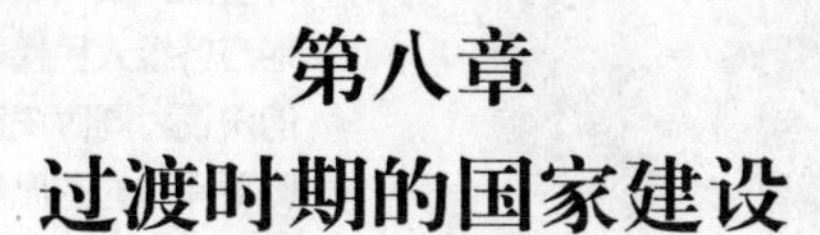

第八章
过渡时期的国家建设

为了实现过渡时期的总路线和总任务，我国在国家制度方面实行了重要转变和调整，以便党和政府更有效地领导有计划的经济建设和社会主义改造。以1954年第一届全国人民代表大会召开和制定颁布第一部《中华人民共和国宪法》为标志，我国在健全民主制度、加强法制建设、调整国内政治关系方面迈出了重要的一步。文化教育科学事业适应大规模经济建设的新形势，为提高人民素质，推进国家发展和社会进步发挥着重要作用。军队正规化和国防现代化建设开始起步。整个国家的政治、法律等上层建筑和社会观念形态，都进一步转向与建立社会主义经济基础相适应并为之服务。

一、宪政开端：民主政治发展的里程碑

结束过渡状态，实行人民代表大会制

新中国成立后，中国共产党领导中国人民经过三年的努力奋斗，取得一个又一个伟大胜利，人民政治觉悟和组织程度有了很大的提高。从1950年到1952年，全国地方各级人民政权（除台湾省）已全部建立，从上到下普遍召开了各界人民代表会议。通过人民代表会议这种过渡形式，为进一步实现人民代表大会制创造了条件，积累了经验。全国绝大多数人民在经过土地改革和其他社会改革以后，已具备了选举自己的政府的条件。在这种情况下，有必要尽快建立人民代表大会根本制度，结束由人民政协全体会议代行全国人民代表大会的职权、由《共同纲领》代替国家宪法的一部分作用的过渡状态，使中国人民已经取得的革命成果巩固下来，使人民民主专政和国家制度更加完备。这是民主政治建设和法制建设走上正轨的迫切需要。

1952年9月，当着民主改革和恢复国民经济的历史任务即将胜利完成的时候，第一届中国人民政治协商会议的任期已到。中国共产党提议，由中国人民政治协商会议向中央人民政府委员会提出定期召开全国人民代表大会和地方各级人民代表大会的建议。12月24日，政协全国委员会常务委员会举行第43次会议，就中国共产党的提议交换意见。周恩来对中共的提议作了说明：根据《共同纲领》的规定，我国的政治制度是人民代表大会制度。在建国之初，考虑到人民解放战争还没有结束，各种基本的政治社会改革工作还没有在全国范围内进行，经济也需要一个恢复时期，人民代表大会制度还没有立即实行的条件，因此，《共同纲领》又规定在全国人民代表大会召开以前，由中国人民政治协商会议的全体会议执行全国人民代表大会的职权，选举中央人民政府委员会，并付之以行使国家权力的职权，而在地方人民代表大会召开以前，则由地方各界人民代表会议逐步代行人民代表大会的职权。现在，这种过渡时期已经过去了，我国即将

◆ 1953年1月13日，中央人民政府委员会第二十次会议通过《关于召开全国人民代表大会及地方各级人民代表大会的决议》，同时决定成立以毛泽东为主席的宪法起草委员会和以周恩来为主席的选举法起草委员会。图为周恩来在会上作报告。

进入大规模的有计划的经济建设的新时期。为了适应这一新时期的国家任务，就必须根据共同纲领的规定，定期召开全国人民代表大会和地方各级人民代表大会。

与会各委员对中国共产党的提议一致表示赞同，认为在三年来取得的伟大胜利的基础上，在开始大规模建设的同时，召开全国人民代表大会和地方各级人民代表大会，是符合全国人民要求的。为此，应开始进行起草选举法和宪法草案等准备工作。

1953年1月13日，中央人民政府委员会举行第20次会议，讨论关于召开人民代表大会问题。14日，毛泽东对讨论作了简短的结论。他指出："就全国范围来说，大陆上的军事行动已经结束，土地改革已经基本完成，各界人民已经组织起来，因此，根据中国人民政治协商会议共同纲领的规定，召开全国人民代表大会及地方各级人民代表大会的条件已经成熟了，这是中国人民流血牺牲，为民主奋斗历数十年之久才得到的伟大胜利。召开人民代表大会，可以更加发扬人民民主，加强国家建设和加强抗美援朝的斗争。人民代表大会制的政府，仍将是全国各民族、各民主阶级、各民主党派和各人民团体统一战线的政府，它是对全国人民都有利的。"①

会议一致通过《关于召开全国人民代表大会及地方各级人民代表大会的决议》，对召开普选的地方各级人民代表大会，并在此基础上召开全国人民代表大会，制定宪法，批准国家五年建设计划纲要和选举新的中央人民政府等项工作做了部署。会议决议成立以毛泽东为主席，朱德、宋庆龄等32人为委员的中华人民共和国宪法起草委员会；以周恩来为主席，安子文、李维汉等23人组成的中华人民共和国选举法起草委员会，领导进行宪法和选举法的起草工作。

选举法起草委员会成立后，立即投入紧张的工作。根据《共同纲领》中有关实行普选问题的规定，分析研究建国三年来中国民主政治建设方面的实际情况，并吸收苏联普遍选举的经验，在

① 1953年1月15日《人民日报》。

广泛征求各方面意见的基础上，经过多次讨论和修改，很快拟定了全国人民代表大会选举法草案。1月21日、23日两天，周恩来主持选举法起草委员会会议，讨论修改选举法草案。

2月1日，周恩来将他起草的关于召开全国人民代表大会和制定宪法问题的讲话稿，送毛泽东、刘少奇审阅。讲话稿中答复了一些人对目前进行普选工作提出的疑问，指出：普选的关键决定于人民觉悟程度和组织程度，并不决定于人民的文化程度，更不决定于国家的经济状况。人民迫切需要实行普选，好把他们自己所真正满意的和认为必要的人选举出来，代表自己去参加国家政权机关的工作，负责管理国家的事务和与自己有关的事务，而把他们自己所不满意的和认为无必要的人撤掉。我们没有理由，更无任何权力去反对或推迟实现全国人民迫切需要行使的这种基本权力。根据中国的实际情况，在普遍选举制的基础上，除基层人民代表大会采用直接选举制外，基层政权以上的人民代表大会尚只能采用按级选举的间接选举制。①

2月11日，中央人民政府委员会召开第22次会议，讨论选举法草案。邓小平对选举法草案的有关问题作了说明，从选举权的普遍性和平等性两方面，阐述了我国选举法是真正民主的选举制度。他说：中国是人民当家作主的国家，中国的国家政权属于人民，全体人民都有权利选派自己的代表去管理国家的事务，而人民自己则有权利并有各种机会去经常地监督国家机关的工作。因此，中国愈充分发扬民主，人民民主专政愈加巩固，人民政府与人民之间的联系就愈加密切，就愈能在民主的基础上完成国家的每一个具体任务。会议经过审议，一致通过《中华人民共和国全国人民代表大会及地方各级人民代表大会选举法(草案)》。会议决定成立以刘少奇为主席，朱德、邓小平等28人为委员的中央选举委员会，领导选举工作。3月1日，毛泽东以中央人民政府主席的名义颁发命令，批准《选举法》颁布施行。

为了使全国年满18岁的公民都能依法参加选举，需作好登记选民的工作，而这必须以人口的登记为依据，4月3日，政务院决定在选举工作的同时，举行全国人口调查登记工作。参加这次调查登记工作的人员有250余万人。经过全国各地认真进行调查登记、复查核对、补登补报等大量工作，截至调查的标准时间1953年6月30日24时，全国人口总数为601938035人。其中，直接调查的人口为574205940人。用其他办法调查的人口有：没有进行基层选举的和交通不便的边远地区8397477人(根据各该地方政府的

◆ 人民代表大会制度是新中国的根本政治制度。为召开第一届全国人民代表大会，1953年到1954年，在全国范围内开展了民主选举活动。

①《周恩来年谱(1949～1976)》上卷，中央文献出版社，1998年版，第283页。

◆ 1954年9月15日，第一届全国人民代表大会第一次会议在北京举行。图为大会执行主席（从左至右）：陈叔通、黄炎培、李济深、宋庆龄、周恩来、毛泽东、刘少奇、郭沫若。

◆ 第一届全国人民代表大会会场外景。

资料)；待解放的台湾省 7591298 人(根据 1951 年台湾公布的数字)；国外华侨和留学生等 11743320 人(根据华侨事务委员会等机关的资料)。[1] 1953 年第一次全国人口调查登记，不仅有利于选举工作的进行，更重要的是为国家的经济、文化建设提供了确实的人口数字。

根据《选举法》的规定，全国建立了乡、县、市、省各级选举委员会，动员了 25 万余名干部参加选举指导工作。各地采取选择不同类型的地区进行基层选举的典型试验，取得经验后再分批展开选举的方法，经过一年多的紧张工作，在 21 万余个基层选举单位，3.23 亿登记选民中进行了基层选举，共选出基层人民代表大会的代表 566 万余名。随后，县、市、省相继召开人民代表大会，选举产生了 1226 名出席全国人民代表大会的代表。选举结果表明，在选举运动和深入进行国家过渡时期总任务的教育后，人民群众的政治觉悟显著提高，"走社会主义的路"成为广大人民群众奋斗的目标，"社会主义带路人"成为挑选代表的主要标准。在此期间，《中华人民共和国宪法(草案)》在毛泽东的亲自主持下起草完成，经反复讨论、修改，通过中央人民政府委员会会议的审议。

在一切准备工作就绪后，1954 年 9 月 15 日，第一届全国人民代表大会第一次会议在北京隆重开幕。出席大会的代表具有广泛的代表性。其中，有中国各民主阶级、民主党派的代表人物，有劳动模范、战斗英雄，有著名的文学、艺术、科学、教育工作者，有工商界、宗教界人士，还有少数民族、海外华侨代表。这样的代表阵容，充分体现了全国各民族、各民主阶级、各民主党派和一切爱国力量在中国共产党领导下的大团结。在 1226 位代表中，中共党员共 668 人，占 54.48%，非共产党人士共 558 人，占 45.52%。这个比例既保证了工人阶级对国家政治生活的坚强领导，又体现了统一战线的广泛性。大会的任务是：制定宪法；制定几个重要的法律；通过政府工作报告；选举新的国家领导工作人员。

毛泽东为大会致开幕词：《为建设一个伟大的社会主义国家而奋斗》。他说，这次会议是标志着我国人民从 1949 年建国以来的新胜利和新发展的里程碑。这次会议所制定的宪法将大大地促进我国的社会主义事业。我们的总任务是，团结全国人民，争取一切国际朋友的支援，为了建设一个伟大的社会主义国家而奋斗，为了保卫国际和平和发展人类进步事业而奋斗。他号召全国人民，应当努力工作，准备在几个五年计划

◆ 1954 年 9 月 15 日，毛泽东在中华人民共和国第一届全国人民代表大会第一次会议上致开幕词。

① 1954 年 11 月 1 日《人民日报》。

◆ 1954年9月15日，刘少奇在大会上作《关于中华人民共和国宪法草案的报告》。

◆ 大会通过了中华人民共和国的第一部社会主义性质的宪法——《中华人民共和国宪法》。

之内，将我们现在这样一个经济上文化上落后的国家，建设成为一个工业化的具有高度文化程度的伟大的国家。毛泽东充满自信地宣布："领导我们事业的核心力量是中国共产党。指导我们思想的理论基础是马克思列宁主义。我们有充分的信心，克服一切艰难困苦，将我国建设成为一个伟大的社会主义共和国。"

刘少奇作《关于中华人民共和国宪法草案的报告》。他回顾了近代中国的宪政史，指出：中国历届反动政府是从来不要宪法的，但当它垂死的时候，也想用一个伪宪来救自己的命，理所当然受到中国人民的反对。中华人民共和国宪法草案，是对于一百多年以来中国人民革命斗争的历史经验的总结，也是对于中国近代关于宪法问题的历史经验的总结，是一部真正代表中国人民利益的宪法。1949年一届政协会议通过的《共同纲领》，起了临时宪法的作用。现在这部宪法草案总结了五年以来国家机关工作的经验和各级人民代表会议的经验，对我们国家的政治制度作出了更加完备的规定。他强调说，中国共产党是我们国家的领导核心，一切共产党员都要同各民主党派、同党外的广大群众团结在一起，为宪法的实施而积极努力。

周恩来作《政府工作报告》。他指出，从1953年起，我国开始了经济建设的第一个五年计划，"经济建设工作在整个国家生活中已经居于首要的地位"。我们的目标是：使我国的国民经济沿着社会主义的道路得到有计划的迅速的发展，建设起强大的现代化的工业、现代化的农业、现代化的交通运输业和现代化的国防。这是中国共产党对我国实现四个现代化目标的最初的概括。周恩来还指出，即将由大会产生的国家行政机关，根据宪法规定的各项原则，依靠全国人民的

◆ 大会一致通过《中华人民共和国国务院组织法》。

◆ 中华人民共和国第一届全国人民代表大会第一次会议一致选举毛泽东为中华人民共和国主席，朱德为副主席，刘少奇为一届人大常委会委员长，宋庆龄等十三人为副委员长。图为大会主席台。左起：董必武、周恩为、李济深、刘少奇、毛泽东、朱德、宋庆龄、张澜、林伯渠。

◆ 在一届人大一次会议上，华侨代表陈嘉庚在投票。

支持和全国人民代表大会的监督，一定能把我国的各项事业推向新的更大的胜利。

大会经过充分讨论，通过了《中华人民共和国宪法》，《中华人民共和国全国人民代表大会组织法》，《中华人民共和国国务院组织法》，中华人民共和国人民法院、人民检察院、地方各级人民代表大会和地方各级人民委员会组织法。代表们在讨论发言中对五年来的政府工作表示满意，大会批准了政府工作报告。

大会依据宪法和有关组织法选举和决定了国家领导工作人员。毛泽东当选为中华人民共和国主席，朱德为副主席。刘少奇当选为全国人民代表大会常务委员会委员长，宋庆龄等13人为副委员长。选举董必武为最高人民法院院长，张鼎丞为最高人民检察院检察长。根据中华人民共和国主席毛泽东的提名，大会通过决定以周恩来为国务院总理。根据周恩来的提名，决定任命陈云、林彪、彭德怀、邓小平、邓子恢、贺龙、陈毅、乌兰夫、李富春、李先念为国务院副总理。9月28日，大会圆满完成了它所担负的各项重大历史任务，胜利闭幕。

从第一届全国人民代表大会开始，我国正式实行人民代表大会制，并把它确定为中华人民共和国的根本政治制度，从而把中国共产党领导全国人民长期为之奋斗的人民民主亦即社会主义民主原则建立在一个更为现实的基础之上。刘少奇在关于宪法草案的报告中说，人民代表大会制度所以能够成为中国适宜的政治制度，就是因为它能够便利人民行使自己的权利，能够便利人民群众经常经过这样的政治组织参加国家的管理，从而得以充分发挥人民群众的积极性和创造性。当然，人民代表大会作为适合于人民群众行使管理国家的权力的新型政治制度，这时还处在它的初创阶段。直接选举人民代表的范围，还限于乡、镇、市辖区及不设区的市等基层政权单位，并且一般采取非秘密投票方式；而在县以上单位则实行间接选举。这种直接选举和间接选举相结合的方式，反映了当时大部分选民对社会政治了解较少，文盲甚多以及城乡就业面狭小、乡村组织程度不高等基本国情。

第一部宪法：结合了原则性与灵活性

第一届全国人民代表大会的一个重大贡献，是通过并颁布实施中华人民共和国第一部宪法。在宪法起草过程当中，中国共产党提出了在过渡

时期的总路线。这个总路线的基本精神作为宪法起草工作总的指导思想，像一条主线贯穿于整部宪法草案之中，形成对建国之初起着临时宪法作用的《共同纲领》的重大修订。

在1953年前，中共中央曾考虑暂缓制定共和国宪法。1952年10月刘少奇出访莫斯科写给斯大林的信中，反映了中共领导人当时的想法：由于中国已经有了一个《共同纲领》，并且它在各阶层人民中均有很好的威信，因而在目前过渡时期以《共同纲领》作为国家的根本大法大体上可以过得去，即便在目前就制订宪法，其绝大部分特别是对资产阶级和小资产阶级的关系方面也还是要重复《共同纲领》的有关规定，基本上不会有什么改变，只不过是把条文的形式及《共同纲领》的名称略加改变而已。因此，倾向于在目前过渡时期暂时不制订宪法，而以《共同纲领》代替宪法，并可以通过全国人民政治协商会议或全国人民代表大会对《共同纲领》加以修改、补充。待到中国目前的阶级关系有了基本的改变以后，即中国在基本上进入社会主义以后，再来制订宪法，而那时则可以在基本上制订一部社会主义的宪法。

到1953年1月，中央人民政府委员会通过《关于召开全国人民代表大会及地方各级人民代表大会的决议》，同时把制定宪法的任务提上日程，并成立宪法起草委员会。6月，毛泽东提出党在过渡时期的总路线，这实际上为宪法的起草工作提出了全新的要求，即不仅要在《共同纲领》的基础上，全面地、规范性地确立人民民主的原则，还必须遵循社会主义的原则，用国家根本大法的形式将过渡时期的总任务肯定下来，以法律来保证我国逐步过渡到社会主义，并与相当长的过渡时期相适应，将原则性和灵活性结合起来，制定一部向社会主义过渡性质的宪法。

中华人民共和国的第一部宪法，是在毛泽东亲自主持下制定的。1953年12月24日，毛泽东率宪法起草小组成员陈伯达、胡乔木、田家英等赴杭州，于1954年1月9日开始起草宪法的工作。为便于中央政治局就宪法问题作充分讨论，毛泽东要求各位中央政治局委员及在京各中央委员抽时间阅看一些主要参考文件：(一)1936年苏联宪法及斯大林报告；(二)1918年苏俄宪法；(三)罗马尼亚、波兰、德国、捷克等国宪法；(四)1913年天坛宪法草案，1923年曹锟宪法，1946年蒋介石宪法（可代表内阁制、联省自治制、总统独裁制三型）；(五)法国1946年宪法（可代表较进步较完整的资产阶级内阁制宪法）。这表明，毛泽东在主持制定新中国第一部宪法时，不仅参照了苏联和东欧社会主义国家立宪的经验，而且注意吸取了西方资本主义国家宪政中值得借鉴的一些积极成果。

2月中旬，宪法起草小组提出宪法草案初稿，毛泽东即派人送回北京，交刘少奇组织在京的政治局委员和中央委员进行讨论，然后将修改意见向他汇报，由毛泽东领导宪法小组进一步研究修

◆ 毛泽东亲自领导了中华人民共和国第一部宪法的起草工作。图为毛泽东在审阅和修改《中华人民共和国宪法草案》。

改。这样几经往复，形成宪法二读稿、三读稿、四读稿。3月上旬，中央政治局连续召开扩大会议，对宪法四读稿进行讨论和修改，并决定由陈伯达、胡乔木、董必武、彭真、邓小平、李维汉、张际春、田家英八人组成宪法研究小组，并聘请周鲠生先生和钱端升先生为法律顾问，叶圣陶先生和吕叔湘先生为语文顾问，负责对草案初稿的修改。

毛泽东自始至终领导和参加宪法起草工作。他不仅提出制定宪法的指导思想和许多条文的内容，而且反复进行文字修改，使草案的表述更臻严整、规范。当时，有人援例苏联1936年宪法被誉为"斯大林宪法"，提议将新中国第一部宪法定名为"毛泽东宪法"。毛泽东断然予以拒绝，并坚持删掉宪法草案中有关他本人的条文。针对有人说宪法草案中删掉个别条文，"是由于毛主席特别谦虚"，毛泽东专门就此作了说明："不能这样解释。这不是谦虚，而是因为那样写不适当，不合理，不科学。在我们这样的人民民主国家里，不应当写那样不适当的条文。不是本来应当写而因为谦虚才不写。科学没有什么谦虚不谦虚的问题。搞宪法是搞科学。我们除了科学以外，什么都不要相信"①。这充分反映了毛泽东作为中华人民共和国的主要缔造者，对制定国家根本大法的科学态度。

3月16日，全国政协全国委员会常务委员会召开第五十三次会议。由周恩来主持，邀请各民主党派500余人，分为17组座谈宪法草案。会议研究了组织讨论宪法草案初稿的准备工作。17日，毛泽东从杭州回到北京。23日，宪法起草委员会在中南海勤政殿召开第一次会议。毛泽东代表中央将宪法草案初稿提交宪法起草委员会讨论，要求大家充分发表意见。在讨论中，毛泽东有许多插话，阐明了宪法草案初稿的基本特征。

当谈到宪法必须根据国家性质和经济关系，充分表达我国逐步过渡到社会主义这一根本要求时，毛泽东说：这个宪法，是以《共同纲领》为基础加上总路线，是过渡时期的宪法，大概可以管15年左右。当谈到采用过渡形式，逐步改造农业、手工业和资本主义工商业，使之向社会主义过渡时，毛泽东说：我们的宪法，是过渡时期的宪法。我国的各种办法，大部分是过渡性质的。人民的权利，如劳动权、受教育权等等，是逐步保证，不能一下子保证。我们的选举，也是过渡性质的选举。普遍，算是普遍了，但也有限制，地主没有选举权，也不完全普遍；平等，城市选的代表多，乡村选的代表少，如完全按人数平等选举，那人民代表大会就几乎成了农民代表大会，工人就变成了尾数；直接，我们只有基层选举是直接的，其余都是间接的；无记名，我们一般是举手，还是有记名。总之，我们的办法不那么彻底，因为是过渡时期。人民的权利和义务，也有过渡时期的特点。支票开得好看，但不能兑现，人民要求兑现，怎么办？还是老实点吧！②宪法起草委员会第一次会议经过充分的讨论，通过宪法草案初稿。

3月25日，中共中央下发《关于讨论中华人民共和国宪法草案初稿的通知》。此后两个月时间里，全国各大行政区、省(市)、自治区和50万人口以上的省辖市，广泛组织对宪法草案初稿的讨论，参加人数达8000多人，共提出5900多条意见。在这个基础上，5月27日至6月11日，宪法起草委员会连续召开六次会议，对宪法草案初稿逐节逐句地进行修改。

6月14日，中央人民政府委员会召开第30

①《毛泽东文集》第六卷，人民出版社，1999年版，第330页。
②《党的文献》，1997年第1期第9～10页。

◆ 1954 年国庆节，首都人民抬着《中华人民共和国宪法》的模型通过天安门检阅台。

次会议，讨论宪法草案的有关问题。毛泽东在会上作《关于中华人民共和国宪法草案》的讲话。他说：这个宪法草案，在全国的广泛讨论中，都表明是比较好的，是得到广大人民的同意和拥护的。这是因为起草宪法采取了领导机关的意见和广大群众的意见相结合的方法的结果。以后一切重要的立法都要采用这个方法。大家拥护宪法草案主要有两条：一条是总结了经验；一条是结合了原则性和灵活性。

第一，这个宪法草案总结了近几年来的革命和建设的经验，总结了无产阶级领导的反对帝国主义、封建主义、官僚资本主义的人民革命的经验，总结了从清朝末年以来关于宪法问题的经验，也参考了苏联和各人民民主国家宪法中好的东西。我们对资产阶级民主不能一笔抹杀，说他们的宪法在历史上没有地位。但是，我们的宪法是新的社会主义类型，不同于资产阶级类型。

第二，宪法草案的原则基本上是两个：民主原则和社会主义原则。我们的民主不是资产阶级的民主，而是人民民主，这就是无产阶级领导的、以工农联盟为基础的人民民主专政。人民民主的原则贯串在整个宪法中。另一个是社会主义原则。我国现在就有社会主义。宪法中规定，一定要完成社会主义改造，实现国家的社会主义工业化。这是原则性。要达到这个原则就要结合灵活性。比如国家资本主义，是讲逐步实行。国家资本主义不是只有公私合营一种形式，而是有各种形式。一个是“逐步”，一个是“各种”，这就灵活了。

毛泽东总结说：一个团体要有一个章程，一个国家也要有一个章程，宪法就是一个总章程，是根本大法。用宪法这样一个根本大法的形式，把人民民主和社会主义原则固定下来，使全国人民有一条清楚的轨道，使全国人民感到有一条清楚的明确的和正确的道路可走，就可以提高全国人民的积极性。[①]

这次会议经过认真的讨论，一致通过《中华人民共和国宪法(草案)》，并予以公布，交付全国人民讨论。宪法草案所规定的基本原则，得到广大人民群众的热烈拥护，同时提出了许多补充修改的意见。这个宪法草案，采取了领导和群众相结合的方法，使中央的意见和全国人民的意见相结合，不仅使我国的宪法内容更臻完备，而且使宪法深入人心，获得最广泛的群众基础。这是我国制宪史上的一项革命。

1954年9月20日，第一届全国人民代表大会第一次会议通过并公布了《中华人民共和国宪法》。这个宪法以1949的《共同纲领》为基础，又在新的形势下对《共同纲领》作了重要的发展。宪法规定：“中华人民共和国是工人阶级领导的、以工农联盟为基础的人民民主国家。”人民民主制度“保证我国能够通过和平的道路消灭剥削和贫困，建成繁荣幸福的社会主义社会。”宪法用法律的形式确定：“从中华人民共和国成立到社会主义社会建成，这是一个过渡时期。国家在过渡时期的总任务是逐步实现国家的社会主义工业化，逐步完成对农业、手工业和资本主义工商业的社会主义改造。”“中华人民共和国依靠国家机关和社会力量，通过社会主义工业化和社会主义改造，保证逐步消灭剥削制度，建立社会主义社会。”这些规定，体现了我国宪法的社会主义原则。

在确立社会主义原则的前提下，宪法承认我国在过渡时期还有多种经济成分，就目前来说，生产资料所有制主要有四种：国家所有制，即全民所有制；合作社所有制，即劳动群众集体所有

①《毛泽东文集》第六卷，人民出版社，1999年版，第325～327页。

制；个体劳动者所有制；资本家所有制。一方面，国家优先发展国营经济，鼓励、指导和帮助合作社经济的发展，另一方面，国家对后两种所有制成分，即非社会主义的经济成分，逐步进行社会主义改造。由于社会主义改造将经过一个相当长期的过程，所以宪法又规定：国家依照法律保护农民的土地所有权和其他生产资料所有权；国家依照法律保护手工业者和其他非农业的个体劳动者的生产资料所有权；国家依照法律保护资本家的生产资料所有权和其他资本所有权。

这些规定，符合于我国经济结构的现状，也反映了我国过渡时期既有社会主义所有制，又有资本主义所有制这一客观存在的矛盾。按照宪法的规定，解决社会主义同资本主义的矛盾的政策，就是一方面允许资本家所有制存在，另一方面限制资本主义工商业不利于国计民生的作用，采用过渡的办法，逐步以全民所有制代替资本家所有制。同时，鼓励个体劳动者根据自愿的原则组织生产合作、供销合作和信用合作。在中国的具体条件下，采取这样的建设社会主义的方针和方法是正确的，具体步骤和具体措施是稳妥的，体现了我国宪法的灵活性。总之，我国过渡时期的宪法，结合了社会主义的原则性和逐步过渡的灵活性，不仅巩固了中国人民革命胜利的历史成果和新中国成立以来政治上、经济上的新胜利，而且在法律上肯定了实际生活中已经发生的重大社会变革，反映了过渡时期国家发展的根本要求和中国人民通过五年的实践形成的建立社会主义社会的共同愿望。

关于人民民主原则，第一部宪法在总结新中国成立五年来国家机关工作的经验的基础上，对人民代表大会制作了比《共同纲领》更加完备的规定。首先，规定中华人民共和国全国人民代表大会是最高国家权力机关，是行使国家立法权的唯一机关，全国人民代表大会常务委员会是它的常设机关，并详细规定由它们分别行使的立法、监督、任免及有关决策的职权。其次，规定国务院即中央人民政府，是最高国家权力机关的执行机关，是最高国家行政机关，国务院对全国人民代表大会负责并报告工作；在全国人大闭会期间，对全国人大常委会负责并报告工作。

这样，就结束了原来中央人民政府委员会为行使国家政权的最高机关，政务院对中央人民政府委员会负责并报告工作的过渡状态，改变了原来中央人民政府下辖政务院的两级政府的过渡体制，明确了最高国家权力机关与最高国家行政机关的相互关系准则，即：国家执行机关，从国务院到地方各级人民政府，一律由全国人民代表大会和地方各级人民代表大会选举产生，接受代表大会的监督，并由它决定罢免。这种以民主集中制为基础的议行合一的人民代表大会制，既有利于人民切实行使自己的权利，又便于人民经常参加国家的管理，能够充分发挥人民群众参与管理国家政治事务和社会经济文化事务的积极性和创造性。与此相适应，宪法规定："中华人民共和国公民在法律上一律平等。"并对公民享有的权利和应尽的义务作了具体规定。

宪法确定的人民民主原则，使人民代表大会制成为我国的根本政治制度。它郑重地表明：凡属中华人民共和国的国家大事，都不是由一个人或少数几个人来决定，一切重大的问题都应当经过人民代表大会讨论，并作出决定——全国性的重大问题，经过全国人民代表大会讨论决定，在它闭会期间，经过它的常务委员会讨论决定；地方性的重大问题，经过地方人民代表大会讨论和决定。这就是说，各级人民代表大会，应该是唯

一能够对于国家各级重大问题作出正式决定并直接监督其实施的国家权力机关。

中华人民共和国第一部宪法的颁布，是中国宪政史上的重要里程碑。它使建国初期草创的主要靠政策来规范群众性阶级斗争的革命法制，开始走向依靠法律保障经济建设和人民民主权利的轨道，使国家生活进入逐步做到"有法可依、有法必依"的法制建设新阶段。正如周恩来在讨论1954年政法工作的主要任务时所说："过渡时期要实现社会主义工业化和社会主义改造，这就使得我国的经济本质发生变化，这就是一个革命。经济基础变了，上层建筑也就随着改变。我们的人民民主法制，也就要随着经济基础的变化、发展而变化发展。"[①]

在全国人大一次会议讨论宪法草案时，罗隆基代表在发言中说：中国人民就要有一部真正民主的宪法了，这是多大的一件喜事。建国初期，我们曾经用政府的政策做政法人员的工作方针。有些下级干部因为对政策体会得不够清楚，所以在贯彻政策的时候，就不免有了些偏差，这是事实。几年来中央人民政府曾经先后制定过一些主要的法律，不过在宣传、解释、执行法律上，有过些缺点，犯过些错误，这是事实。个别的上层负责人，不但不倡导守法精神，反以超越法律的特殊地位自居，这也是事实。这些年来，没有满足人民愿望，完全发扬法治精神，这种缺点，应该承认。罗隆基认为，国家越进步，法治精神就越应该提高。国家马上就有一个根本法了，依据这个根本法制定国家应有的法律，提高国家法治水平，这是最高国家权力机关的责任，也是在座代表的责任。大家必须在中央的领导之下，把这个责任完全担负起来。[②]

根据宪法规定，全国人民代表大会为行使国家立法权的唯一机关。这种国家一级立法体制虽然比较单一，但在当时的条件下，主要是为着集中体现国家法律的严肃性，以示法律既经最高国家权力机关依照程序制定出来，就是国家意志的体现，具有权威的法律效力。根据宪法精神，全国人大一次会议通过了有关国家权力机关、行政机关和司法机关组织法等一批基本法，并在这个基础上制定并发布了另外一些重要法律法规文件，如兵役法、人民解放军军官服役条例、逮捕拘留条例、治安管理处罚条例等。

1955年全国人大二次会议授权人大常委会"依照宪法的精神，根据实际的需要，适时地制定部分性质的法律，即单行法规"，使立法体制具有了某种灵活性，以便根据形势的发展，及时制定有关各方面的法规。这一时期，全国人大常委会还进行了刑法、民法等基本法的起草工作。为了从司法程序上保证刑法将来的正确实施，着手起草刑事诉讼法，并为起草民法做了大量准备工作。这些工作，对于逐渐建立较完善的国家法制具有重要意义。建国初期破坏旧法制之后许多工作感到"无法可依"的状况初步得到改善，这是我国法制初创期的良好开端。

总之，人民代表大会制的实行，为国家的政治民主化进程确定了一种中国式的基本组织形式和总的民主程序。第一部宪法的公布实施，为全国人民展现了一条清晰、明确的通往社会主义的道路，调动了广大人民群众建设社会主义的积极性，有力地推动了社会主义各项事业的蓬勃发展。但是，要在地广人众，经济文化落后的社会条件下，切实保障人民行使当家作主的权利，尚需创造多样化的民主形式和程序；人民代表大会本身的组织结构、工作制度、代表素质等还有待改进和提高，以便更充分地发挥国

①《周恩来年谱(1949～1976)》上卷，中央文献出版社，1998年版，第345页。
②1954年9月19日《人民日报》。

家权力机关的职能作用。人民代表大会作为直接监督的主体，其监督标准、监督程序及实施细则等，有待于制度化、法律化。国家法制建设还有很长的路要走。这表明，健全和完善人民代表大会制度，提高国家的法治水平，在相当长时期内应该成为我国社会主义民主与社会主义法制建设的重要课题。

党和国家领导体制的调整

在准备和召开第一届全国人民代表大会期间，党中央经过慎重研究，对党和国家的领导制度进行了若干调整。首先是调整多层次的行政管理体制。1954 年 4 月，中共中央政治局决定撤销大区一级行政机构，6 月由中央人民政府下达决定予以执行。这项行政体制的调整，结束了建国初期由大行政区一级机构代表中央领导和监督地方政府的过渡状态，在进行有计划经济建设的新条件下，使中央直接领导省市，更切实地了解地方的情况，减少组织层次，提高工作效率，克服官僚主义，由此节省大批负责干部以加强中央，并适应各经济部门、厂矿企业对管理干部的迫切需要。大区行政机构的撤销，还有利于加强省市一级的领导能力和工作责任，提高地方政府的行政管理水平。

与国家大行政区的撤销相适应，中国共产党的中央派出机构也作了重大调整，自革命战争年代延续下来的六个中央局，即中共中央东北局、华北局、华东局、中南局、西南局、西北局也同时撤销。这项调整，加强了中共中央对省、自治区、直辖市党委的直接领导。

在调整中央、地方之间组织层次的基础上，1954 年 9 月，结合召开全国人民代表大会和酝酿新的国家机构组成方案，党政领导体制又作了进一步的调整。

在党的领导体制方面，适应党中央日益繁重的工作需要，建立中央秘书长会议制度。在过渡时期，中共中央书记处仍保持延安时期“五大书记”的格局（成员为毛泽东、刘少奇、周恩来、朱德、陈云），实际上相当于党的八大以后的中央政治局常务委员会，党中央大量的日常工作难于兼顾。为此，决定在中央书记处下设立一个经常的秘书长工作会议，任命邓小平为中央秘书长（原各中央局的一些负责人分任副秘书长），负责协助中央政治局和书记处研究和处理有关方面的日常事务。1956 年召开党的第八次全国代表大会以后，设立中央总书记主持中央书记处会议的工作制度。中央秘书长会议制度随之取消。

国家行政体制的一项重大调整，是确定了国务院即中央人民政府的一级政府体制，改变了原来中央人民政府下辖政务院的两级政府的过渡状态。国务院作为最高国家行政机关，统一领导全国地方各级国家行政机关的工作。地方各级人民委员会即地方各级人民政府，作为国务院统一领导下的国家行政机关，都对本级人民代表大会和上一级国家行政机关负责并报告工作；地方各级人民政府所属各工作部门，都受该级人民委员会的统一领导，并受上一级人民委员会（直至国务院）主管部门领导。这种严格统一的行政领导关系，总的来说有利于减少行政层次，提高行政效率，加强国家行政工作的集中统一领导，是建立严密有效的行政管理体系所必须的。

按照国务院组织法，国务院实行由总理主持国务院全体会议和常务会议的工作制度，负责政府方面的日常领导工作；凡属国家的日常事务，均由国务院会议讨论和决定，并下达指示和命

令，保证其执行。而政府工作的主要方针、主要政策和重大事项，须提到中共中央政治局（或书记处）讨论和决定。

根据宪法的规定，中华人民共和国设立国家主席。国家主席由全国人民代表大会选举。国家主席统率全国武装力量，担任国防委员会主席，同时担任最高国务会议主席。国家主席在认为有必要的时候，有权召开最高国务会议，并将该会议对于国家重大事务的意见提交全国人大及其常委会、国务院或其他有关部门讨论并作出决定。这表明，国家主席实际上是国家的最高代表，行使国家元首职权。当然，国家主席的大部分职权的行使，需根据全国人民代表大会及其常委会的决定，必须以集体决策为基础。从根本上说，国家主席任何时候都不具有超越全国人民代表大会之上的特殊权力。

在国家军事领导体制方面，一届全国人大组成的中央国家机构中，撤销了人民革命军事委员会的设置，改设不具有国家军事统辖职能的国防委员会。党决定在中央政治局和书记处下成立中央军事委员会，来担负国家军事工作的领导。这项设置，体现了自中国人民解放军建军以来党对军队实行绝对领导的原则。

上述党和国家领导体制的调整，进一步加强了执政党对政府工作、中央对地方工作的集中统一领导，对实现党和国家在过渡时期的总任务，对顺利完成第一个五年计划的重点建设和其他各方面的工作任务，起了重要保证作用。

大规模经济建设开始后，国家工作的分工日益细密，各部门的组织机构日益增多，干部队伍迅速扩大，而且大多数干部需要在专业工作中相对稳定下来，不再像过去那样频繁地调动。在新的情况下，单靠党的组织部门来管理包括党政军民学、工交商贸农等门类复杂、为数众多的干部，这样的工作方式已不能完全适应形势发展的需要。为此，中共中央于1953年11月发出《关于加强干部管理工作的决定》，提出改变现行的干部管理办法，逐步建立在中央及各级党委统一领导下，在中央及各级党委的组织部统一管理下的分部分级管理干部的制度。分部管理，就是按照工作的需要，将所有干部划分为军队、文化教育、计划工业、财政贸易、交通运输、农林水利、统一战线、政治法律、党派和群众团体及其他等九类。除军队干部仍由军委有关部门负责管理外，其余八类分别由中央及各级党委的有关部门负责管理。为此，需要在中央及各级党委原有的组织部、宣传部、统战部的基础上，逐步增设工交、财贸、文教、政法等新的工作部门，以分门别类地管理上述各方面的干部。这是采用苏联的办法，实行党与政府对口设部的开端。

分级管理，基本上是仿照苏联建立干部职务名单表的做法，在中央和地方各级党委之间建立分工管理各级干部的制度，即所有干部都按职级开列干部职务名称表，凡属担负全国各个方面重要职务的干部，均由中央负责管理，其他干部则分别由中央局（分局）、省、市及以下各级地方党委分工管理。

逐步建立分部分级管理干部的制度，是中国共产党根据大规模经济建设开始后新形势变化，对革命战争时期沿用下来的干部管理办法的一次重要改革，其目的在于适应形势发展的需要，深入全面地考察了解干部的政治品质和业务能力，并以此为依据来挑选和提拔干部。由此，我国干部人事管理体制基本确定下来。其基本格局是：由党中央及各级党委的工作部门，负责管理政府机关、党群系统和企业事业单位中担任主

要领导职务的干部；由地方各级人民政府的人事机构，协助同级党委各工作部门，综合管理地方政府机关及企业事业单位的一般干部工作；由中央国家机关各部委和企业事业单位中的干部人事机构，负责办理本系统、本部门干部工作方面的具体行政事宜，并按照干部管理权限，在党委(党组)领导下，分管一部分干部。1954年至1955年，分部分级管理干部的制度在我国逐步建立起来，并延续了整个毛泽东时代。

关于国营企业的领导制度，几年来进行了许多探索，其间历经变化。新中国成立之初，根据各地区不同的工作基础、干部条件，曾分别实行党委领导制和厂长负责制。东北老工业基地在全国最早实行厂长负责制，按苏联的习惯称为“一长制”。1953年开始大规模经济建设时，全国大多数国营企业的生产经营都有较大发展和进步；企业内部的民主改革已经完成，在生产改革中又学习了社会主义企业管理的经验，建立了一些新的管理组织和制度，培养了一批新的管理人员和技术人员，一般厂矿基本由党员干部担任厂长。另一方面，鉴于有的地方实行集体领导制，不少企业发生无人负责、工作秩序混乱和职责不明的现象，1953年9月下发的《中共中央关于国营厂矿加强计划管理和健全责任制的指示》提出，要在企业中“建立和健全各种责任制度，特别是厂长负责制和生产调度的责任制”。1954年各地区陆续实行厂长负责制，成为“一长制占优势”的一年。

厂长负责制在推行中遇到两方面的问题：一是许多企业的党组织习惯于党委集体领导的方式，不善于把政治工作同经济工作很好地结合起来，往往包办代替行政工作，使厂长处于有职无权的地位。二是由于对厂长与党委的职权范围缺乏明细的规定，企业中民主管理的组织制度未相应地健全起来，某些企业的行政负责人有忽视党和群众监督的倾向，一些重大问题不经管理委员会讨论即由个人决定。这些问题对厂长负责制的推行产生消极影响，需要妥善解决。

1955年4月，中共中央委托中央书记处第三（工业）办公室对企业领导制度问题集中进行了几个月的调查研究，在行政领导与党委职权的划分及两者的关系上，各地党委和各工业主管部门之间争论不决，未能取得一致认识。10月，中央转发三办《关于厂矿领导问题座谈会的报告》，并在批语中肯定了建立严格的一长制为确立有效的经济秩序和工作秩序所必需，要求企业中的党组织“必须把确立一长制作为自己的一个基本的政治任务”，同时提倡要重视行政与党委互相商量、重大问题一般提交党委讨论的经验。

1956年2月，有关改进国营企业领导的问题提交中共中央政治局研究决定。中央政治局的同志大都不赞成一长制，认为还是要在党委领导下实行分工负责。毛泽东听取了几十个经济部门的工作汇报后，在4月28日中央政治局扩大会议上说，一长制是不能再实行了。中央经过反复研究认为，集体领导与个人负责，两者缺一都完成不好生产任务；企业的生产运行不要个人负责是危险的，但集体领导基础上的个人负责制，是更好的个人负责制。严格执行厂长命令是对的，但有集体领导比没有要好。1956年9月，党的八大正式确定国营企业的领导制度实行党委领导下的厂长负责制。

党和国家领导体制的上述一系列调整，使党中央及各级党委进一步加强了对政府部门和地方工作的集中统一领导，基本上形成执政党在国家生活中的一元化领导格局。在党的一元化领

导方式下，党中央及各级党委对政府、对财经工作、对工业建设的领导关系和领导责任是：(一)一切主要的和重要的方针、政策、计划都必须统一由党中央规定，并由中央制定党的决议、指示，或对各有关机关负责人及党组的建议予以审查批准；各级党委则应坚决保证党中央及中央人民政府一切决议、指示和法令的执行，并于不抵触中央决议、指示和法令的范围内，制定自己的决议或指示，保证中央和上级所给任务的完成；(二)检查党的决议和指示的执行情况。这种领导体制，在基本方面沿用了过去革命战争年代党的一元化领导方式，成为毛泽东时代我国领导制度的一个主要特征。

二、因势利导：国内政治关系的适度调整

毛泽东强调：我们有两个联盟，两种合作

在向社会主义过渡的时期，如何处理同民族资产阶级的关系，成为在新的情况下必须慎重对待的一个新问题。从新中国成立到1952年，中国共产党在以工人阶级为领导的工农联盟的基础上，保持了同民族资产阶级的联盟。关于这项政策和策略的基本出发点，周恩来在1952年6月中共中央统战部召开的全国统战部长会议上说："中国的经济是落后的，要实现工业国有化和农业集体化，还需要一个相当长的时间，还需要动员各方面的力量，要发挥资产阶级的积极性，让它发展有利于国计民生的经济事业，使我们的经济能更快地发展。所以，我们和资产阶级的联合，不仅政治上有可能，经济上也有需要。""只有明确为社会主义而奋斗，我们才能恰当地解决资产阶级问题。这是现在国内生活中的一个重要问题。"[①]

党在过渡时期的总路线，确定要逐步实现对资本主义工商业的社会主义改造，把生产资料的资本家私有制改变为社会主义公有制，最终消灭中国的资产阶级。党的总路线和总任务的历史性转变，使党内一些干部发生某种误解，以为党在处理同资产阶级关系的政策策略已根本改变，因而把同资产阶级团结合作的统一战线看作包袱，主张干脆取消、丢掉。

针对党内这种模糊认识，1953年7月16日中共中央政治局会议进行了讨论。毛泽东在会上指出：当作包袱，干脆取消是不对的，是应该批判的，首先要肯定民主党派、各种上层人物、知识分子和宗教界人士是可以改造的；我们是为了工人阶级自己的利益，而来改造资产阶级的，工人阶级不解放全人类就不能最后地解放自己。由此，毛泽东明确提出在过渡时期存在着两种不同类型的阶级联盟的思想，他指出："我们有两个联盟、两种合作，一种是工人阶级和农民的联盟，就是劳动人民的联盟；一种是工人阶级和剥削者的联盟，跟资产阶级的联盟。头一个联盟为后一个联盟的基础，没有头一个联盟，我们就没有力量。必须有这个联盟，才有力量去联合那些可以合作的剥削者，他们才会来同我们合作。"[②]

中央政治局会议肯定了在过渡时期，工人阶级除主要依靠和加强工农联盟及其他劳动人民的联盟以外，还将同民族资产阶级继续保持经济上、政治上的联盟，直到资产阶级作为中国最后一个剥削阶级归于消灭。这是中国共产党历来处理同资产阶级关系的基本政策，在社会主义革命阶段的一种新的确定。中央强调在过渡时期

①《周恩来统一战线文选》，人民出版社，1984年版，第225页。
②中共中央统战部研究室编：《历次全国统战工作会议概况和文献》，档案出版社，1988年版，第127页。

保持同资产阶级的联盟，决不是为着保存资产阶级，而是为了工人阶级和劳动人民的利益和解放，为了实现国家工业化，为了比较顺利地过渡到社会主义，这就是党的统一战线工作的立场。对此，1953年7月刘少奇在全国统战工作会议的讲话中指出：保持两个联盟的统一战线工作，在今后一个相当长的时期内还是必要的。“统一战线工作对党的总任务、总斗争来讲是配合的，对消灭现存的剥削阶级的方式来讲则可能是主要的。”[①]

对于实行普选和召开全国人民代表大会和地方各级人民代表大会，各界民主人士的基本政治态度是拥护的。但是，也有一些资产阶级代表人物担心普选的结果会使中国共产党和工农群众的代表占压倒多数，他们的政治地位和政治权利得不到应有的保障。有人说，从1953年《人民日报》元旦社论看来，要选“好的”和“必要的”，我们就没有份，只有共产党有份。针对这种思想疑虑，毛泽东在中央人民政府委员会第二十次会议上作了说明：代表名额的分配比例是不是跟过去政协一样？不会完全一样，应该有所变化。它既要照顾多数，又要照顾少数。我们的重点是照顾多数，同时照顾少数。凡是对人民国家的事业忠诚的，做了工作的，有相当成绩的，对人民态度比较好的各民族、各党派、各阶级的代表性人物都有份。他们中间的多数，甚至是大多数、绝大多数，可能是会被人民选举的。总之，凡是爱国者（只要有这个资格）都会一道进入社会主义，我们没有理由不跟他们一道进入社会主义。[②]毛泽东的说明，增强了民主党派和民主人士对实行人民代表大会根本制度的信心。

根据中央的精神，1953年全国统战工作会议认为，人民代表大会制度的实行，决不意味着要削弱统一战线，而是更应使之巩固和加强。在对民主人士的安排上，对于凡是已经同我们合作的，仍应根据具体情况，用各种方式从各个方面分别予以适当安排。对各方面新的代表人物和在工作上有特殊贡献者，应适当提拔。凡有民主人士的地方，自县市以上各级人民代表大会，人民政府，统一战线组织，部分人民团体和其他组织，都要注意做好民主人士的安排工作。为了在实行人民代表大会制时，真正做到各民族、各民主党派、各阶级的代表人物都有份，中央统战部在1953年7月制定了《关于实行人民代表大会制时安排民主人士的意见》和《关于人民代表大会制实行后统一战线组织问题的意见》；1954年1月制定了《关于县、市以上地方各级人民代表大会制实行时安排民主人士和人民代表大会制实行后人民民主统一战线组织问题的补充意见》。这些文件经中央批准，转发各地执行。

一届全国人大召开和《中华人民共和国宪法》颁布后，我国的人民民主统一战线即从建国初的新民主主义政治基础上，逐步转到建立在社会主义的政治基础之上。根据党的两个联盟的政策和宪法的原则，在我国已全面开展社会主义改造的情况下，工人阶级在工农联盟的基础上，仍需保持同民族资产阶级在经济上、政治上的联盟关系，在工人阶级领导的国家政权中，仍需吸收一定数量的民主人士参加对国家事务的管理。这些政策精神，在全国人民代表大会通过的国家机构的组成中基本得到体现。

在第一届全国人大常务委员会的79位常务委员当中，共产党员40人，党外人士39人；在13位人大常委会副委员长当中，共产党员5人，党外人士8人；在新组建的国务院35个部、委的部长、主任当中，共产党员22人，党外人士13人，

①《刘少奇选集》下卷，人民出版社，1985年版，第121页。
②《毛泽东文集》第六卷，人民出版社，1999年版，第260页。

占1/3。这表明，一届全国人大召开后的中华人民共和国政府，仍是中国共产党领导的多党合作的统一战线性质的政府。这不是取决于任何党派或个人的主观意志，而是由中国特定的历史条件以及社会主义建设和改造的现实要求所决定的。

一届全国人大闭幕后，全国政协第二届会议即开始筹备。经各民主党派、人民团体研究协商，一致同意中共中央的建议，即：(一)二届政协的组织形式，由一届政协的全体会议、全国委员会、常务委员会三个层次，改变为全国委员会和常务委员会两个层次，但要适当扩大全国委员会的委员名额；(二)地区和军队由于已选出代表参加全国人大，今后不再参加人民政协；(三)不再制定新的共同纲领，以原组织法为基础，另行起草人民政协章程。经政协常委会多次讨论，决定政协第二届全国委员会由十一个党派、八个人民团体、九个界别单位和一部分特邀人士组成。

在筹备二届政协会议期间，各民主党派对人民政协章程草案作了多次协商讨论，争论比较集中的是关于人民政协的性质、地位和作用问题。一些人对全国人大召开以后，政协是否还有存在的必要抱有怀疑；一些人对政协性质的改变表现出疑虑和不满，觉得从此政协成了"清谈馆"，不会再有多大作用；一些人担心宪法上没有规定人民政协的地位，政协以后如何开展工作没有法律依据；有一些人则认为政协应该具有一定的权力，要求把政协同人大并重。为统一各方面人士的思想，在政协二届一次会议开幕前，1954年12月19日，毛泽东召集参加政协会议的部分党内外人士座谈，对政协的性质和任务谈了他的意见：(一)关于政协存在的必要性。人民代表大会是权力机关，有了人大，并不妨碍我们成立政协进行政治协商。各党派、各民族、各团体的领导人物一起来协商新中国的大事非常重要。宪法草案就是经过协商讨论使得它更为完备的。人大的代表性当然很大，但它不能包括所有的方面，所以政协仍有存在的必要。(二)关于政协的性质。政协不能搞成国家机关，因为人大和国务院是国家权力机关和国家管理机关，如果把政协也搞成国家机关，那就成为二元了，这样就重复了，分散了，民主集中制就讲不通了。政协不仅是人民团体，而且是各党派的协商机关，是党派性的机关。(三)关于政协的任务。一是协商国际问题，如对外发表宣言，反对侵略，保卫和平等。二是协商候选名单。三是提意见。四是调整关系。国家生活存在各种关系，政协主要是调整资本主义工商业社会主义改造中的公私关系。五是学习，即学习马列主义。

毛泽东强调说："为了实现国家工业化和社会主义改造，一定要运用统一战线的武器。中国共产党有自己的主张，但一定要和大家协商，绝不把自己孤立起来，要发挥各民主阶级各人民团体的作用。工农联盟是我们国家的基础，但还要懂得去运用在此基础上的广泛的与非劳动人民的联盟——人民民主统一战线。这样动员起来的力量就会更多了。"毛泽东的意见为大家所接受。各民主党派对实行人民代表大会制后，继续坚持和发展共产党领导的多党合作和政治协商制度，取得了共识。

1954年12月21日至25日，中国人民政治协商会议第二届全国委员会第一次会议在北京举行。参加会议的全国委员会委员，由一届政协时的180名扩大到559名。其中，共产党员的比例占26.8%，党外民主人士的比例达73.2%。周恩来作政治报告，陈叔通作一届政协工作报告，

◆ 毛泽东主持全国政协二届一次会议的开幕式。

◆ 1954 年 12 月，全国政协二届一次会议在北京举行。图为政协主席周恩来在会上作政治报告。

章伯钧对《中国人民政治协商会议章程》草案作了说明。关于政协的性质和任务，《章程》在总纲部分指出，中国人民政治协商会议全体会议代行全国人民代表大会职权的任务已经结束，但是它作为人民民主统一战线的组织在我国政治生活中仍将发挥重大的作用。今后中国人民政治协商会议的性质是"团结全国各民族、各民主阶级、各民主党派、各人民团体、国外华侨和其他爱国民主人士的人民民主统一战线的组织"。它的基本任务是在中国共产党领导下，继续通过各民主党派、各人民团体的团结，更广泛地团结全国各族人民，为贯彻宪法的实施，建设一个伟大的社会主义国家而奋斗。

◆ 周恩来同出席全国政协二届一次会议的代表们交谈。

周恩来在报告中根据政协章程总纲的规定，把今后政协的任务归纳为五点：第一，协商国际问题。第二，对全国人民代表大会代表和地方同级人民代表大会代表的候选人名单以及中国人民政治协商会议各级组织组成人员的人选进行协商。第三，协助国家机关，推动社会力量，解决社会生活中各阶级间相互关系问题，并联系人民群众，向国家有关机关反映群众的意见和提出建议。第四，协商和处理政协内部和党派团体之间的合作问题。第五，在自愿的基础上，学习马克思列宁主义和努力进行思想改造。他相信，根据上述五大任务，中国人民政治协商会议在完成国家过渡时期总任务和反对内外敌人的斗争中，即在完成社会主义改造的任务和解放台湾、保卫和平的斗争中，将要继续发挥它的作用。

会议通过了关于第一届全国委员会工作报告的决议、中国人民政治协商会议章程和中国人民政治协商会议宣言。推举毛泽东为第二届全国政协名誉主席，选举周恩来为主席，宋庆龄等15人为副主席，王芸生等65人为常务委员。全国政协二届一次会议，在人民政协发展史上有着特殊的意义。它解决了全国人民代表大会召开后人民政协的性质、地位、作用和任务的问题；解决了政协与人大、政府机关之间相互配合的关系问题；解决了加强统一战线、人民政协工作的必要性和重要性的问题，为长期坚持共产党领导的多党合作和政治协商制度，奠定了思想基础、政治基础和组织基础。

民族工作新任务和民族关系调整

在国内政治关系的调整中，民族关系是一个重要方面。在开始大规模经济建设和社会主义

改造的新形势下，党的民族工作如何适应过渡时期总任务的要求，确定新的任务，获得新的发展，成为亟待研究解决的问题。

新中国成立以来，中共中央、毛泽东所规定的党在国内民族问题方面的任务、各项民族政策以及在不同民族中不同情况下的各项工作方针与工作步骤，是完全正确的，非常必要的。三四年来我国在解决民族问题方面所获得的成就是显著的，有了一个良好的开端。很多地区执行中央的民族政策基本上是正确的，沟通了同少数民族人民之间的关系，取得了少数民族劳动人民包括一部分上层人物对党和政府的信任，使他们相信党的民族政策对其本民族的发展是有利的，历史上长期形成的民族间的隔阂正在逐步消除。这就为以后做好少数民族工作打下了很好的基础。

从另一方面看，在执行民族政策中也发生过一些错误和缺点，某些地区因为未照中央的民族政策办事，所犯的错误是严重的。对于实行民族区域自治制度，有的汉族干部中存在种种疑惑和顾虑，认为现在民族压迫已经取消，民族平等已经实行，还要实行民族区域自治吗？这样会不会助长狭隘民族主义？会不会妨碍自治区政治、经济、文化事业的发展？少数民族中有些人也存在某些误解，如有人认为区域自治是独立自主，不要上级人民政府的领导；有人认为自治区只要自治，不要民主；有人认为既是自治区，就不要汉人；也有人担心实行区域自治后，现在热忱地帮助他们工作的汉族干部就会走了。这些妨碍区域自治政策推行的思想，需要加强对党的民族政策的学习，进行民族政策执行情况的检查，逐步地加以消除。

1952 年 8 月 18 日，结合中央人民政府公布《中华人民共和国民族区域自治实施纲要》，政务院公布《关于地方民族民主联合政府实施办法的决定》和《关于保障一切散居的少数民族成分享有民族平等权利的决定》，政务院发出《关于学习民族政策的通知》指出，这三个文件是根据少数民族分布情况、共同纲领的民族政策和将近三年来各地民族工作的经验制定的。为了正确实行这三个具有重大历史意义的文件中的各项规定，进一步巩固和发展我国各民族的团结合作，需要在各有关地区开展一个民族政策的学习运动。中共中央转发了政务院的这个通知，请各有关单位的党委注意领导这次学习，并将学习中的问题报告中央。

9 月 16 日，中共中央批转了西北局报送的甘肃定西地委关于靖远县回汉杂居乡民族政策执行情况的检查报告和甘肃省委的批示。毛泽东看到后，引起注意，认为应在全国检查民族政策的执行情况。他在中央批转的电报稿上加写了一段话：“希望西北西南中南每个有少数民族聚居或杂居地区的县及地委都和甘肃靖远县委和定西地委一样，于切实检查所属区乡的工作情况后，向中央写一个报告。”后来，中央又在有关批语中指示，即使在少数民族较少或很少的地区，也都必须进行民族政策执行情况的检查。根据党中央、毛泽东的指示，大部分有关县委、地委、省委、自治区党委都认真进行了此项检查。

各有关地区在民族政策执行情况的检查中，发现不少缺点和错误，引起了党中央的关注。1953 年 3 月 16 日，中共中央发出主要由毛泽东起草的《中央关于批判大汉族主义思想的指示》。

毛泽东写道：“有些地方民族关系很不正常。此种情形，对于共产党人说来，是不能容忍的，必须深刻批评我们党内在很多党员和干部中存在

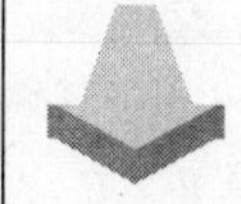

着的大汉族主义思想，即地主阶级和资产阶级在民族关系上表现出来的反动思想，即是国民党思想，必须立刻着手改正这一方面的错误。凡有少数民族存在的地方，都要派出懂民族政策、对于仍然被歧视受痛苦的少数民族同胞怀抱着满腔同情心的同志，率领访问团，前往访问，认真调查研究，帮助当地党政组织发现问题和解决问题，而不是走马看花的访问。根据不少材料看来，中央认为凡有少数民族存在的地方，大都存在着尚未解决的问题。表面上看来平静无事，实际上问题很严重。二三年来在各地所发现的问题，都证明大汉族主义几乎到处存在。如果我们现在不抓紧时机进行教育，坚决克服党内和人民中的大汉族主义，那是很危险的。”[①]中央要求对于在许多地方的党内和人民中，在民族关系上存在的严重的大汉族主义的问题，必须进行认真的教育，以期一步一步地解决这个问题，并在报纸上根据事实，多写文章，进行公开的批判，教育党员和人民。

1953年上半年，中央收到各地党委关于民族政策执行情况检查的报告已达190余份，由中央统战部综合起来，并在这个基础上，写出关于在若干省、自治区执行民族政策情况的检查总结。6月25日至7月22日，中央统战部召开第四次全国统战工作会议，对这个文件进行讨论。这时，党在过渡时期的总路线刚刚提出，新的总任务迫切地摆在面前，党中央和毛泽东非常重视这次统战工作会议。7月16日，中央政治局会议专门讨论了统战工作，包括民族问题。毛泽东在会上说：关于民族工作的这个文件，题目应改为《关于过去几年内党在少数民族中进行工作的主要经验总结》。这个文件很好，讲清了一些思想问题和策略问题，对干部有帮助。这个文件是纲领，又是策略，前面一部分是纲领，中间的几个问题是策略。策略就是政策，它是根据群众在各个时期不同的觉悟程度规定出不同的政策，采取一些步骤，逐步提高群众的觉悟程度来达到战略的目的。在谈到少数民族干部有职有权问题时，毛泽东说，要对汉族干部专门讲一讲这个问题，使他们不要包办代替、搞大民族主义，要让少数民族干部有职有权。在谈到一部分没有进行社会改革的区域的改革方针问题时，毛泽东说，这些地区的改革方针，将来要采取法令形式，不是自下而上发动群众进行斗争，而是由政府宣布法令进行改革，采取自上而下的和平的方法逐步进行改革。这仍然是阶级斗争，并不是恩赐，并不是取消阶级斗争。这是一种比较巧妙、比较温和的特殊形式的阶级斗争。谈到在少数民族中建立党组织的问题时，刘少奇说，在少数民族中发展党员，不要机械地按照党员标准的八项条件办事。文件上要加上这句话。[②]

根据毛泽东等中央领导同志的意见，中央统战部进一步修改了《关于过去几年内党在少数民族中进行工作的主要经验总结》。这个文件分三部分：第一部分是关于过渡时期党在民族问题方面的任务；第二部分是关于民族政策的几个问题，包括推行民族区域自治、少数民族地区的土地改革、在少数民族中建立和发展党的工作、培养少数民族干部、少数民族上层统战工作、少数民族的宗教信仰问题以及处理民族地区的叛乱等七个方面的政策问题；第三部分是关于纠正一部分汉族干部中的大汉族主义、主观主义、命令主义思想作风及防止地方民族主义思想。全国统战工作会议讨论通过了这个文件，明确了过渡时期党在民族工作方面的任务和各项具体政策。

①《毛泽东文集》第六卷，人民出版社，1999年版，第269页。
②《历次全国统战工作会议概况和文献》，中央档案出版社，1988年版，第127～128页。

中央统战部将文件的修正稿报送中央，毛泽东亲自作了几处修改，批给书记处的同志传阅后，中央于1953年9月13日用代电形式发给有关省委、工委研究，让他们提出意见报告中央，再作最后审定。1954年10月24日，中共中央正式批发了这个重要文件，并在批语中指出：这个文件系统地总结了过去几年内党在少数民族中进行工作的主要经验，正确地阐明了过渡时期党在民族问题方面的任务和政策，中央认为是正确的。要求各中央局、分局、省市委认真研究，并依据各有关地区的不同情况，加以执行。

在总结过去几年民族工作的主要经验的基础上，特别是把民族工作与党在过渡时期的总路线、总任务联系起来，中央确定过渡时期党在民族问题方面的任务是："巩固祖国的统一和各民族的团结，共同来建设伟大祖国的大家庭；在统一的祖国大家庭内，保障各民族在一切权利方面的平等，实行民族区域自治，在祖国的共同事业的发展中，与祖国的建设密切配合起来，逐步地发展各民族的政治、经济、文化(其中包含稳步的和必要的社会改革在内)，消灭历史上遗留下来的各民族间事实上的不平等，使落后的民族得以跻于先进民族的行列，过渡到社会主义社会。"① 党在民族问题方面的这个任务，是党在过渡时期的总路线的一个组成部分，而祖国的社会主义工业化则是逐步实现这个任务的基础。

关于我国存在着各民族间事实上的不平等，党内一些同志曾有疑问。中央认为，虽然民族区域自治已经普遍推行，民族平等权利已在各方面实现，但还不等于根本地解决了民族问题。民族问题的根本解决，有待于改变历史上遗留下来的各少数民族在政治上、经济上和文化上的落后状态。这种落后状态，使各少数民族在享受平等权利时，不能不在事实上受到很大的限制。这就是"各民族间事实上的不平等"。要改变这个状态，是一个需要长期努力才能解决的问题，只能逐步地前进，不可要求过高过急。必须有计划有步骤地在政治、经济、文教卫生、培养革命干部、帮助尚无文字的民族创立文字等方面，适合民族情况和迫切要求，做出一定的具体成绩。应把帮助少数民族发展生产的工作提到更高的位置，务使少数民族的农，牧业生产逐步发展起来。同时在有条件的地区，应尽可能地发展交通运输业和地方工业。在向社会主义过渡的时期，实行民族区域自治，仍然是解决中国民族问题的基本政策。事实上，实行这项政策，已经改变了实现区域自治的民族和中央的关系，并开始改变着自治区内政治、经济、文化的面貌，这是过去任何时代所未曾有过的。如果不这样做，就不能建立和巩固中央和边疆各民族间的关系和联系，不能建立各民族间的互相信任，实现聚居的少数民族在各方面的权利，也就无法用事实来说服或驳斥民族分裂主义倾向和打击帝国主义的分裂阴谋。

当国家大规模的经济建设还在开始，社会主义工业化的基础还没有奠定的时候，国家即使不可能有很大的力量来帮助少数民族在经济，文化事业方面迅速地发展，但是根据少数民族目前的情况和条件，在政治、经济、文化方面帮助他们开展若干建设工作，特别是尽可能帮助他们改进农业和畜牧业等生产，逐步地适当地改善少数民族人民的生活，则是能够做得到的，应该做到的。

对少数民族地区的社会改革，仍须坚持慎重稳进的工作方针。但这并不意味着不准备去帮助少数民族人民进行社会改革，也不意味着要勉强去推迟社会改革。过去几年，在社会经济结构和汉族地区相同或大体相同的少数民族地区，已

①《建国以来重要文献选编》第五册，中央文献出版社，1992年版，第650～651页。

◆ 1955 年 9 月 30 日，新疆维吾尔自治区成立。图为 10 月 1 日乌鲁木齐市各族群众在举行庆祝集会游行 。

经完成或开始进行土地改革，尚未进行改革的民族地区社会经济发展更为落后。因此，对于这些地区的社会改革，中央考虑不再采取激烈的阶级斗争方法，而采用比较和平的方法即经过曲折迂回的步骤和更为温和的办法去进行社会改革，以便十分稳妥地推动这些地区向前发展。

我国的少数民族大都信仰宗教，其中，伊斯兰教和佛教在许多少数民族中有广泛和更深入的信仰，成为几乎是全体信奉的宗教。宗教问题不仅是个人信仰问题，而且是整个民族问题不可分离的一个重要部分。因此，对待宗教信仰问题，必须长期地采取十分谨慎的态度，坚决执行信教自由的政策，切忌任何用行政命令办法干涉宗教的错误做法。共产党人是无神论者，是唯物主义者，他们是不信仰宗教的，但是共产党如何使劳动群众也不信仰宗教的办法，不是用行政命

◆ 1956 年 4 月 22 日，西藏自治区筹备委员会成立。图为拉萨市各族群众在布达拉宫前集会庆祝（1965 年 9 月西藏自治区正式成立）。

令去干涉，而主要的是依靠政治、经济、文化教育事业的发展和社会改革的实践，自然地、间接地、迂回曲折地去逐步削弱宗教影响，任何简单急躁的做法都是错误的。

为纠正一部分汉族干部中存在的大汉族主义、主观主义与命令主义的思想作风，中央严格规定，凡有少数民族的地区，各级党、政机关在进行带全局性的工作部署和颁发带全局性的决定或法令时，均应根据各少数民族的不同情况，在政策及工作方法上作必要的或适当的交代，其未作交代者，各少数民族地区一律不得机械执行。

总之，1954 年 10 月中共中央批发的《关于过去几年内党在少数民族中进行工作的主要经验总结》，是中国共产党在多年实践基础上形成的关于我国民族问题的一整套工作方针和具体政策的基本文件。在这个文件的指导下，党的民族工作进入一个发展新阶段。

为保障少数民族人民的民主权利，1953 年中央人民政府委员会通过的《选举法》规定，全国人民代表大会的少数民族代表名额为 150 人，以各少数民族的人口和分布情况为依据来具体分配名额。如有少数民族选民当选为全国人民代表大会的少数民族代表者，不计入 150 人名额之内。依照上述规定，各少数民族有相当数量的代表出席全国人民代表大会。在一届全国人大的 1226 位代表中，少数民族代表有 177 人，约占代表总数的 14.44%。其中，有 150 人是按《选举法》规定具体指定的，另有 27 人为各省、市选举产生。这样，使少数民族的平等权利得到了切实的尊重和保障。

1954 年《中华人民共和国宪法》正式确立民族区域自治为我国的一项基本制度，并根据多年的实践，把自治地方划为自治区、自治州、自治县三级。县以下可设民族乡。按照宪法的规定，国

◆ 1958 年 3 月 5 日，广西壮族自治区成立。图为广西各族群众在集会庆祝。

务院发布指示，将过去各地建立的民族民主联合政府，依照不同情况和条件，逐步改建为自治州、自治县或民族乡，改建工作至1956年完成。在少数民族聚居区较大、聚居人口较多的维吾尔、壮、回、藏等地区，建立省一级自治地方的工作加紧进行。1955年10月1日，新疆维吾尔自治区宣告成立。西藏于1956年4月成立了自治区筹备委员会。经过较长时间的酝酿、协商，1958年3月和10月，广西壮族自治区和宁夏回族自治区相继成立。到1958年底，在全国15个省、区已建立民族自治地方87个。连同最早成立的内蒙古自治区，共有4个省级自治区、29个自治州、54个自治县(旗)，包括35个民族成分。实行自治的民族人口，已占全国有条件建立自治地方的少数民族人口的绝大多数。同时，除西藏以外的民族地区，都根据各地区的具体情况采取适当的方法实行了土地改革和民主改革，人民的经济生活和文化生活得到了一定的改善。至1965年9月，西藏自治区宣告成立。

我国发展国民经济的第一个五年计划，体现了各民族人民长远的最高利益。在五年计划中，不少重大的建设工程，如包头的钢铁企业、新疆的有色金属工业和石油工业等，都分布在少数民族地区。五年计划规定新建的八条铁路干线中，有五条在少数民族地区或直接与少数民族地区相连接，如兰新铁路、集二铁路等。公路修建的重点，相当大部分在西南少数民族地区和边疆地区，如青藏公路、康藏公路等。这些铁路和公路的修建，大大改变了少数民族地区闭塞的状况，增进各地区的物资交流和各民族之间的往来，并为以后经济文化的发展创造了有利条件。当地各族人民也尽一切努力，来支援这些功在当代、利在千秋的建设事业。

在民族关系的调整上，毛泽东不仅经常讲要实行民族平等，而且十分强调汉族要帮助少数民族，少数民族也帮助了汉族。1955年3月31日，毛泽东在党的全国代表会议上所作结论中深刻地指出：要反对大汉族主义。不要以为只是汉族

◆ 1958年10月25日，宁夏回族自治区成立。图为银川市各族群众在集会庆祝。

帮助了少数民族，少数民族也很大地帮助了汉族。有些同志总是在那里吹，我们可帮助了你们，就没有看到没有少数民族是不行的。我国50%到60%的地方是少数民族居住的。那里物产丰富，有很多宝贝。现在，我们帮助少数民族很少，有些地方还没有帮助，而少数民族倒是帮助了汉族。有些少数民族，需要我们先去帮助他们，然后他们才能帮助我们。少数民族在政治上很大地帮助了汉族，他们加入了中华民族这个大家庭，就是在政治上帮助了汉族。少数民族和汉族团结在一起了，全国人民都高兴。所以，少数民族在政治上、经济上、国防上，都对整个国家、整个中华民族有很大的帮助。那种以为只有汉族帮助了少数民族，少数民族没有帮助汉族，以及那种帮助了一点少数民族，就以为了不起的观点，是错误的。①

在党中央、毛泽东确定的过渡时期民族工作的任务和一整套民族工作方针和具体政策的指导下，我国的民族和宗教工作在整个过渡时期进行得比较稳妥，在社会主义改造工作中，基本上正确地贯彻了党的民族政策，从各民族的地区特点和民族特点出发，循序渐进地引导各族农民、牧民、手工业者逐步走上合作化道路，私营工商业者加入公私合营。1956年至1958年，全国少数民族地区（除西藏外）陆续基本完成社会主义改造，没有出现大的社会震动。西藏由于情况特殊，于1961年完成社会改革。

总的来看，中国共产党从多民族统一国家的实际情况出发，领导全国各族人民铲除了旧中国深重的社会灾难和阶级压迫、民族压迫及由此产生的阶级根源和社会根源，使各族人民获得了根本的社会解放，尤其是带领有些少数民族跨越了多个社会历史的不同发展阶段，和全国各民族人民共同逐步地过渡到社会主义，直接跻身于国内先进民族的行列。这就为整个中华民族的团结合作与共同进步展现了光明的前途。

三、文化总动员和思想领域“认真的开火”

迎接文化建设高潮的到来

1949年毛泽东在宣布“占人类四分之一的中国人从此站立起来了”的时候，就满怀信心地预见到：随着经济建设高潮的到来，不可避免地将要出现一个文化建设的高潮。1953年我国开始进行大规模的经济建设，文化、教育、科学、卫生等事业都适应国家建设的新形势，加快了前进的步伐。文化方面的各项建设，着重于提高人民的科学文化素质，促进人民生活中社会主义因素的增长，帮助社会主义基础逐步加强，更好地服务于整个国家的建设和发展。文学艺术事业是和整个国家建设事业的其他部分紧密联系着的。自1949年第一次中国文学艺术工作者代表大会以来，文学艺术工作在毛泽东文艺方针的指导下获得了很大发展。新的人民的文学艺术已基本上代替了旧的、腐朽的、落后的封建阶级和资产阶级的文学艺术。文学家、艺术家努力地在自己的创作中表现工农兵的形象，表现他们的新的面貌和新的品质。歌颂伟大祖国和保卫世界和平的主题，在文艺作品中得到了强烈的鲜明的表现。文学艺术与人民群众进一步相结合，使各种文艺形式的创造获得丰富的源泉。从另一面看，由于革命胜利的新现实是过去时代所未曾遇到的，文艺家需要观察、适应和提高认识，而文艺工作领导上又存在着某些缺点，这使得文学艺术的

①《毛泽东文集》第六卷，人民出版社，1999年版，第405页。

发展同整个国家的事业相比，同人民的需要相比，还是有很大差距。当国家进入大规模经济建设和社会主义改造时期，整个文学艺术事业实际上面临着创建社会主义先进文化的历史任务，这就需要适应新的形势作出相应的部署。

◆ 1953年9月23日，全国文学艺术工作者第二次代表大会在北京召开，会议通过了《中国文学艺术界联合会章程》。图为著名画家徐悲鸿（右一）、齐白石（右三）出席会议。

1953年9月23日至10月6日，中国文学艺术工作者第二次代表大会在北京中南海怀仁堂举行。出席大会的有560位代表，广泛地代表了全国各地的文学、戏剧、电影、音乐、美术、舞蹈、曲艺等各方面的艺术工作者。全国文联主席郭沫若在开幕词中指出：大会的中心任务是总结四年来的工作经验，进一步发展文学艺术的创作事业，鼓励作家和艺术家创造出更多更好的作品，加强文学艺术界更紧密的团结，健全文艺工作者的组织，改进文艺工作的领导，使文学艺术创作能够蓬蓬勃勃地发展起来。周恩来总理莅会作政治报告，阐述了过渡时期总路线问题，执行总路线中目前国内外情况和为总路线而奋斗的文艺工作者的任务。

全国文联副主席周扬作题为《为创造更多的优秀的文学艺术作品而奋斗》的主题报告。报告概述了第一次文代会以后全国文学艺术工作的情况，肯定了文学家、艺术家所创造的一切优秀的艺术作品都迅速地为广大群众所接受，成为他们共同的精神食粮；同时群众又通过多样的活动方式积极地参加了艺术创造的事业。所有这些，都使人民的文化生活得到改善和丰富，并使文学艺术和人民群众有了更进一步的密切的联系。报告肯定了1951年对电影《武训传》的批判，同时批评了文艺工作的领导上所表现的某些粗暴态度，如用简单的行政方式领导创作等现象，提出文学艺术工作的中心任务是进一步发展文学艺术创作，并在现在的基础上沿着社会主义现实主义方向逐步提高。报告还提出系统地整理和研究民族文学艺术遗产，同时必须向外国的先进经验学习，努力创造新的民族风格和进一步加强普及工作等任务。

第二次文代会提出，社会主义现实主义是整个文艺创作和批评的基本准则。五四新文化运动30多年来，中国文化的主导思想就是社会主义现实主义，这是文学艺术的方向。社会主义现实主义不但不束缚作家在选择题材、表现形式和个人风格上的完全自由，而且正是最大限度地保证这种自由，借以发挥作家的创造性和积极性。毛泽东指示戏曲事业要“百花齐放”的原则，应当成为整个文学艺术事业发展的方针。为此，一方

面必须对资产阶级思想的各种表现继续进行斗争；另一方面必须反对文艺创作上的概念化、公式化，以及文艺工作的某些领导者把艺术服从政治的关系简单化、庸俗化的思想。应当更多地依靠作家、艺术家自己的团体来组织他们的创作，发动创作上的自由竞赛，开展批评和自我批评，用正确的社会舆论来推动和指导创作，产生出无愧于伟大时代的作品。

第二次全国文代会，是在我国已经进入大规模有计划的经济建设时期举行的。新的历史时期要求文学艺术工作者用自己的创作积极地参加国家建设，更多地创造有正确思想内容的优秀文学艺术作品，以社会主义的精神教育、鼓舞广大人民为逐步地实现国家工业化和过渡到社会主义社会而奋斗。大会号召全国文学艺术工作者，在中国共产党领导下，掌握为工农兵服务的方向，深入实际生活，提高艺术修养，努力艺术实践，用艺术的武器来参加逐步实现国家的社会主义工业化的伟大斗争。

在为总路线而奋斗的文化动员之中，1953年9月，中央文化部党组向中央报送了《关于文化艺术工作状况和今后改进意见的报告》。1954年1月，中共中央批准了文化部党组的报告，并就加强和改进党对文化艺术工作的领导作了批示，指出：随着我国经济的恢复和发展，人民群众的文化要求已在不断增长，今后通过文学艺术形式向群众进行爱国主义与社会主义教育的任务，将日益重要。文化工作的首要任务是积极地发展适合群众需要的新的文学艺术和电影的创作，同时对民间原有各种艺术和文化娱乐形式应广泛地、正确地加以发掘、利用、改革和发展。由于文化事业所包括的范围和联系的群众十分广泛，中央要求必须加强文化事业发展的计划性，克服盲目性，并加强对每一事业的管理。各级党委宣传部和政府文化主管部门应抓紧对文艺创作（包括文学、戏剧、电影、美术、音乐等）的领导，引导作家按照为工农兵服务的政治方向和社会主义现实主义的创作原则前进；同时克服在领导创作上的简单行政方式和粗暴态度。[①]

第二次文代会对繁荣和发展我国文艺事业产生了积极的影响。在毛泽东题词“百花齐放，推陈出新”方针的指引下，文艺工作与国家建设、人民群众现实生活的联系明显加强，大批作家以更大的主动性深入工矿农村，体验生活，涌现出一批在思想性和艺术性，在反映生活的深度和广度上都很有生气的优秀作品，文艺创作活动呈现出欣欣向荣的景象。

文化部继1952年举办第一届全国戏曲观摩演出大会后，1953年举办了全国第一届民间音乐舞蹈会演。1954年华东地区举办了有35个剧种158个剧目参加的戏曲观摩演出大会。1956年举办的第一届全国话剧观摩演出会，有来自全国41个话剧团体，二千余人参加，共演出50多个剧目。文艺、戏剧、电影等方面都涌现出一批优秀作品，如：小说《铜墙铁壁》、《平原烈火》；通讯集《谁是最可爱的人》；话剧《龙须沟》；电影《白毛女》、《南征北战》等。传统的民族戏曲，经过在内容和舞台形象上的初步改革，创造出昆曲《十五贯》等一批新的优秀剧目，不仅使古典戏曲艺术放出新的光彩，而且很好地发挥了优秀历史剧对现实的教育作用。周恩来称赞《十五贯》是“一出戏救活了一个剧种”。广大文艺工作者创作的优秀文艺作品，鼓舞了全国人民为实现国家工业化而奋斗的劳动热情，丰富了人民群众的文化生活，从而为创造社会主义先进文化打下良好的基础。

①《建国以来重要文献选编》第五册，中央文献出版社，1993年版，第18～21页。

大规模经济建设需要大量的各方面的专门人才，这就为教育事业提出了迅速培养国家建设人才的紧迫任务。1953年1月，政务院文化教育委员会在北京召开大区文教委员会主任会议，提出“整顿巩固、重点发展、提高质量、稳步前进”的文教工作方针。这个方针明确了文教工作的重点是教育，教育工作的重点是高等教育，中心是要培养人才，特别是培养高、中级技术人才。这是必须全力以赴保证完成的。普通教育是高等教育的基础，要整顿巩固中小学，特别要大力整顿小学，把它办好；扫盲工作要贯彻“积极准备，重点推行”的方针，并作为一项长期的任务。关于提高教学质量，明确提出要给学生以“智、德、体、美”的全面教育的方针。

5月17、18日和27日，毛泽东主持中共中央政治局会议讨论教育工作，并就有关问题作出决定：（一）从宣教部门、青年团抽调干部充实大学的领导。几年内由地方逐渐解决中小学的领导骨干。抽调大批干部编教材。（二）允许小学民办，不限定几年。整顿小学，不可能整齐划一，不应过分强调正规化。农村小学应便于农民子女上学。（三）要注意青年健康，对大、中学学生要增加助学金。学生健康不好，要增加营养，搞好卫生，减少负担，克服忙乱现象。（四）要办重点中学。要特别着重培养工人出身的干部。要强调小学、初中毕业生参加生产劳动。

6月5日至22日，教育部在北京召开第二次全国教育工作会议，讨论第一个五年计划期间普通教育和师范教育的工作方针和任务。会议强调，在五年计划中，教育事业必须适应国家建设的需要，正确地有步骤地解决教育事业与国家建设需要及国民经济发展之间的不平衡，教育事业内部存在的各级学校供求关系的不平衡，教师量少、质差与学校发展规模、要求的不平衡等问题。会议规定今后的工作重点，一是加强和发展高等师范教育，一是中等教育，特别是高中。中等师范、小学、工农业余教育等，在整顿巩固的基础上有计划有重点地发展。

高等教育作为整个教育工作的重点，亟待加强。1953年5月，中共高等教育部党组就全国高等教育的基本情况和今后方针向党中央作了报告。报告认为，培养干部应与国家建设特别是工业建设的需要相适应，首先要保证重工业、国防工业及与此密切相联系的地质、建筑等方面的技术干部的供应。高等教育的方针，应以办好高等工业教育和大学理科为重点；兼顾目前需要与长期建设需要，高等工业学校应以本科为主，专科为辅；综合大学是高等教育的基础，必须加强领导，着重发展理科；高等政法、财经学校及社会科学、哲学、文史等科系应适当集中，进行改造，为以后的发展准备条件；建立和加强与科学院的合作，结合学校的教学工作逐步开展科学研究，以提高教学质量和培养科研人才；进一步贯彻向工农开门的方针，吸收优秀的产业工人入学，培养工人出身的专家和工业领导骨干。9月24日，中共中央批准了这个报告。

1953年全国高等学校继续进行院系调整工作。为使高等学校布局更加合理，1955年经国务院批准，决定将沿海地区一些高等学校中的同类专业、系，迁至内地组建新校；或将少数学校全部或部分迁至内地建校；同时加强内地原有学校的建设。经过几年的调整，到1956年，全国高等学校发展到194所，形成了由北京大学、复旦大学、武汉大学等综合性大学，清华大学、哈尔滨工业大学、上海交通大学等多科性工业大学，以及北京航空、钢铁、石油、地质、矿业等专科性学院

组成的比较完备的高等学校体系。高等学校在校学生由1952年的19.1万人上升到40.3万人。各类中等学校在校学生由1952年的441.7万人上升到763.3万人。普通中小学教育都有很大发展。成人教育和职工教育的推广，提高了干部和工人的素质，为各条战线培养了一大批骨干，在不同的工作岗位上发挥了重要作用。

大规模经济建设的开展，向科学工作提出了新的要求和新的任务。1953年11月19日，中共中国科学院党组在《关于目前科学院工作的基本情况和今后的任务给中央的报告》中提出，与当前国家的需要相比，现有科学基础和力量还有相当的距离；在团结现有科学家和培养新生力量方面也存在不足；在贯彻理论联系实际的方针上，有急于求成和片面强调联系实际的倾向等。1954年3月8日，中共中央批准了中国科学院党组的报告并作了重要批示，其要点为：

（一）科学工作对国家建设具有重要意义。要把中国建设成为生产高度发达、文化繁荣的社会主义国家，一定要有自然科学和社会科学的发展。在国家有计划的经济建设已经开始的时候，必须大力发展自然科学，以促进生产技术的不断发展，并帮助全面了解和更有效地利用自然资源。我国科学基础薄弱，而科学研究干部的生长和科学研究经验的积累，都需要相当长的时期，必须发奋努力，急起直追。

（二）团结科学家是党在科学工作中的重要政策。科学家是国家和社会的宝贵财富，必须重视和尊敬他们，争取和团结一切科学家为人民服务。党的知识分子政策的首要任务，在于发挥科学家在科学研究上的积极性，关心与帮助他们的研究工作，为他们的研究工作安排顺利的条件。在某些地方、某种程度上存在的科学家在政治上受到歧视、工作和生活上得不到保证的状况，必须坚决予以改变。

（三）大力培养新生的科研力量，扩大科学研究工作的队伍，是发展我国科学研究事业的重要环节。科学院和高等学校应认真进行培养青年科学研究人员的工作，并建立制度加以保证。应每年选拔一定数量的最优秀的大学毕业生（包括基础科学、技术科学和社会科学）去做科学研究工作。

（四）科学院是全国科学研究的中心，同时必须协助高等学校和各生产部门发展科学研究工作。各方面的科学工作应当有适当的分工，科学院主要是研究基本的科学理论问题和解决对于国民经济具有重要意义的关键性的科学问题。为开展科学研究工作，建立学位制度和奖励制度是必要的。[①]

中央的这个长篇批示，是在进入大规模经济建设和向社会主义过渡的时期，党制定的第一个系统地阐明我国科学研究工作方针和政策的基本文件。它首次提出建设以中国科学院为中心，包括高等学校和各生产部门教学研究机构在内的全国科学研究工作体系的方针，明确了我国科学事业进一步发展的方向，在中国科技政策史上具有奠基性意义。

1954年一届全国人大会通过宪法和国务院组织法以后，中国科学院不再作为政府的一个机构，而是国务院领导下的国家最高学术机关。适应这一变化，中科院的组织形式也作了相应的改变。由于当时设立国际通行的院士制度的条件还不成熟，中央认为分学科成立学部，将有助于更好地团结全国科学家，领导并推进科学事业的发展，通过学部委员制度为向院士制度过渡做准备。

①《建国以来重要文献选编》第五册，中央文献出版社，1993年版，第164～167页。

◆ 1956年2月，毛泽东和生物遗传学家童第周（右二）、语言学家胡愈之（右三）、数学家华罗庚（右四）、社会学家费孝通（右五）等在一起交谈。

的科学技术方面，是有收获的，但也出现照搬苏联以政治干预学术，以哲学代替科学的错误做法。如科学院植物研究所研究员胡先，因批评苏联李森科的所谓物种形成的"新见解"而受到有组织的政治批判，把学术问题上升到"反苏反共"的政治问题。这些错误做法给我国科学事业的发展带来消极的影响。

医疗卫生工作也同其他文教工作一样，必须服从和服务于国家过渡时期的总任务。1953年10月，中共卫生部党组在向中央的报告中提出：根据国家建设的需要和目前的实际情况，今后卫生工作的重

经过积极的筹备，经国务院批准，1955年6月1日至10日，中国科学院举行学部成立大会，共设立四个学部：物理学数学化学部、生物学地学部、技术科学部和哲学社会科学部，首批聘任235位学部委员（陈寅恪等在大陆的60位前中央研究院院士，绝大部分都被聘为学部委员）。各学部的主要任务是：根据国家建设的需要和科学发展的规律，制定科学工作发展的长远计划和目前计划；组织全国的科学力量，充分动用和发挥各单位的特长，将分散的力量集中起来，用以解决国家建设的重要任务。中科院学部的成立，推动全国逐步形成比较健全的科学研究体系，为以后全面发展科学事业，制定科学长远规划奠定了基础。

在这个时期，我国科学工作在学习苏联先进

点首先是加强工业卫生工作和城市医疗工作，继续开展爱国卫生运动，防治对人民群众危害最大的疾病；农村卫生事业应与互助合作运动相结合，有步骤地开展。中共中央于1954年4月批转了这个报告。

医疗卫生工作需要解决的一个问题，是切实贯彻中央关于"团结中西医"的方针，改变长时期来社会上存在的中西医对立和歧视中医的情况。1954年中央提出要大力号召和组织西医学习中医，鼓励那些具有现代科学知识的西医，采取适当的态度同中医合作，向中医学习，整理祖国的医学遗产；纠正对待中医的武断态度和宗派主义情绪，巩固地建立中西医之间相互尊重和团结的关系，使我国固有的医药知识得到发展，并提高到现代科学的水平。根据中央的指示精神，在医药卫生

界对违背党的团结新旧医方针所散布的“旧医是封建医”、要“30年消灭中医”等错误观点和言论，公开进行了批判，指出如何对待中医，首先是一个对待民族文化遗产的问题，同时还是一个关系到广大人民生命健康的问题。为了落实团结中、西医的方针，各有关部门采取了一系列组织措施。

建国几年来，由于人民生活水平提高等因素，我国出现人口增长过快趋势（年均增长率2‰），节制生育问题显得极为迫切。但是，中央卫生部对这一重大问题，没有从思想上、政策上引起重视，未经认真研究便采取了反对节育的政策。中央及时注意到这个问题，1953年8月以后，政务院副总理邓小平一再指示卫生部要加以改正。1954年12月，刘少奇代表党中央召集卫生部等有关方面负责人座谈节制生育问题，明确指出“党是赞成节育的”，“反对的理由都不能成立”[①]。节制生育对国家经济建设，改善人民生活和保护人民健康是有利的，要首先把党内思想统一起来，在医务工作人员中讲清道理，以澄清思想。可以用卫生常识的形式进行宣传指导，并组织好有关药品和器具的生产、供应。

1955年3月1日，中共中央批转卫生部党组关于节制生育问题的报告。该报告认为，中国现在已有6亿以上的人口，而且每年要增加人口1200万到1500万。当然，这并不是坏事，而是好事。但在目前条件下，人口增加过速会使国家和家庭暂时均感困难，应当适当地节制生育；在将来，也不应反对人民群众自愿节育的行为。我们这样主张，和反动的马尔萨斯人口论以及新马尔萨斯主义者毫无共同之点。中央批示指出：“节制生育是关系广大人民生活的一项重大政策性的问题。在当前的历史条件下，为了国家、家庭和新生一代的利益，我们党是赞成适当地节制生育的。各地党委应在干部和人民群众中（少数民族地区除外），适当地宣传党的这项政策，使人民群众对节制生育问题有一个正确的认识。”[②]这是党和政府着眼于国家长远大计对节制生育问题明确作出的正确部署，尽管后来在政策上发生了曲折，但这毕竟为我国逐步确立计划生育的基本国策打下了初步基础。

在过渡时期，我国医药卫生事业取得显著成绩。城乡卫生医疗网初步建立起来。国家公职人员、大学生和工矿企业职工享受到公费医疗和劳动保护。国家采取减免收费的办法，加强对严重危害农民健康的流行性疾病的治疗。烈性传染病、肺结核和性病初步得到控制。1956年由私人开业医生组织起来的农村联合诊所由1950年的803所发展到5.1万所以上。[③]中医在群众医疗保健工作中发挥了重要作用。人民的健康水平有了明显提高。

批判资产阶级唯心主义的斗争

在推动文化建设高潮的同时，党加强了实施总路线的宣传教育工作。1954年5月，中国共产党第二次全国宣传工作会议在北京举行。会议明确提出，在中国革命的现阶段，党的思想工作的根本任务，是要对人民群众进行社会主义思想的教育，鼓舞他们对于社会主义建设的政治积极性和劳动积极性。党的宣传教育工作要为贯彻过渡时期总路线而斗争，要反对资产阶级思想对党的侵蚀，要对党内的个人主义、分散主义、宗派主义倾向和破坏党的集体领导、妨碍党的团结的言论与行动进行批判斗争。作为会议文件发出的中共中央《关于改进报纸工作的决议》和《关于加强党在农村中的宣传工作的指示》，对于在

①《刘少奇选集》下卷，人民出版社，1985年版，第171页。
②《建国以来重要文献选编》第六册，中央文献出版社，1993年版，第56页。
③《当代中国卫生事业》(上)，中国社会科学出版社，1986年版，第13页。

报纸上加强理论宣传，经济建设宣传以及利用报纸进一步开展批评与自我批评，起了积极的推动作用，对于在广大农村中有系统地对农民群众进行社会主义教育，将他们的政治觉悟提高到社会主义水平，也提出了各项具体要求，以便为在农村开展社会主义改造建立必要的思想基础。

这次全国宣传工作会议作为在思想文化战线全面贯彻过渡时期总路线精神的一次重要会议，着重于改变过去几年对资产阶级思想批判不力的状况，强调在党和国家一切环节的思想工作上反对资产阶级思想的极端重要性。会议的报告指出：过去几年党在集中力量于各项民主改革和生产改革时，只能比较着重于民主任务的宣传，而对于社会主义思想的宣传，对于党内和社会上的资产阶级思想所作的斗争在范围上和程度上都比较有限。在党的过渡时期总路线公布和实施以后，情形就根本改变了。今后在思想、宣传工作方面必须结合各项社会主义建设和社会主义改造事业的进行，向全党和全国人民有系统地、经常地、生动地、切合实际需要地灌输工人阶级的社会主义思想，宣传一切为着社会主义工业化和服从国家计划的思想，宣传个人利益与国家利益一致以及个人利益服从国家利益的思想等，同时要向妨碍社会主义建设和社会主义改造的资产阶级思想进行坚决的斗争。为此，会议在总结提纲中明确提出“在社会主义革命阶段必须在全部思想战线上和资产阶级思想进行严肃斗争”的基本任务。

在思想文化战线贯彻过渡时期总路线，一方面是大力宣传辩证唯物主义和历史唯物主义，一方面是组织对资产阶级唯心主义思想的批判。这个批判，最初是由批评俞平伯在《红楼梦》研究中的观点引起的。

《红楼梦》作为中国优秀的古典文学名著，历来受到研究者的关注，不同流派的学术观点形成一门学问——红学。俞平伯作为五四新文学运动后兴起的新红学派的代表人物之一，在红学界颇具影响。1952 年 9 月，俞平伯将他 1922 年写的《红楼梦辨》略加修改，以《红楼梦研究》的书名重新出版。1953 年 5 月，全国文联机关刊物《文艺报》向读者推荐这部著作，给予很高的评价。1954 年 9 月和 10 月 10 日，两位青年学者李希凡、兰翎（杨建中），先后在山东大学学报《文史哲》和《光明日报》发表《关于〈红楼梦简论〉及其他》、《评〈红楼梦研究〉》两篇文章。文章着重批评俞平伯否定《红楼梦》的“反封建倾向”，批评俞的基本观点和方法是“反现实主义的唯心论”。

《文史哲》刊登的文章，在有关方面引起不同凡响。9 月中旬，在文化部文艺处任职的江青，拿着这篇文章到《人民日报》编辑部要求转载。人民日报社及有关方面负责人考虑到党中央机关报刊登这样引起争论的文章不太适宜，经商定改由《文艺报》全文转载。《文艺报》在转载时加了编者按语，指出文章作者是两个在开始研究中国古典文学的青年，他们试着从科学的观点对俞平伯先生的观点提出批评，希望引起大家讨论。同时指出，作者的意见显然还有不够周密和不够全面的地方，但他们这样地去认识《红楼梦》，在基本上是正确的。

这件事引起毛泽东的高度重视。他亲自审阅了上述两篇文章和《文艺报》的编者按语，认为这是一个批判错误思想的重大问题。为此，毛泽东于 10 月 16 日给中央政治局和文艺界负责人写了《关于〈红楼梦〉研究的信》。信中指出：“驳俞平伯的两篇文章，是三十多年以来向所谓红楼梦研究权威作家的错误观点的第一次认真的开火”；是“反对在古典文学领域毒害青年三十余年

的胡适派资产阶级唯心论的斗争”。他批评说：“事情是两个‘小人物’做起来的，而‘大人物’往往不注意，并往往加以阻拦，他们同资产阶级作家在唯心论方面讲统一战线，甘心作资产阶级的俘虏，这同影片《清宫秘史》和《武训传》放映时候的情形几乎是相同的。被人称为爱国主义影片而实为卖国主义影片的《清宫秘史》，在全国放映之后，至今没有被批判。《武训传》虽然批判了，却至今没有引出教训，又出现了容忍俞平伯唯心论和阻拦‘小人物’的很有生气的批判文章的奇怪事情，这是值得我们注意的。”

在毛泽东看来，由批评俞平伯的红学观点所提出来的问题，不仅是如何评价和研究《红楼梦》这部古典文学名著，而且是要对五四新文化运动以来最有影响的胡适派资产阶级学术思想，进行一番清理和批判。毛泽东指出：“俞平伯这一类资产阶级知识分子，当然是应当对他们采取团结态度的，但应当批判他们的毒害青年的错误思想，不应当对他们投降。”①

毛泽东的信，很快在文化工作的领导机关进行传达贯彻。中国作家协会党组紧急召集会议，对照毛泽东的信进行思想检查，布置开展批判运动。中国作协古典文学部迅即召开关于《红楼梦》研究的座谈会，批判在古典文学领域的资产阶级唯心主义思想。从10月底到12月初，中国文联主席团和作家协会主席团连续召开八次扩大的联席会议，对《文艺报》“容忍”资产阶级错误思想、“轻视和压制”马克思主义新生力量的错误问题进行处理，对俞平伯研究《红楼梦》的立场、观点、方法展开批判。

在这场批判运动中，全国报刊就《红楼梦》研究问题发表了数百篇文章，其中绝大多数把本来属于学术观点的问题提到政治的高度来批判，形成对俞平伯的政治围攻。有的文章甚至认为，在党提出过渡时期总路线、宣布对私有制进行社会主义改造的关键时刻，俞平伯抛出资产阶级唯心主义的货色，这是胡适派资产阶级知识分子在意识形态领域配合社会上的资产阶级对社会主义改造的“抗拒”和“反抗”。这种牵强附会、胡乱上纲的批判，将俞平伯在《红楼梦》“辨伪”、“存真”等方面的学术贡献一笔抹煞，造成对老一代学者精神上的伤害，不利于学术研究工作的健康发展。②

为了清除五四以来胡适派资产阶级思想在整个思想界的流毒和影响，中国科学院和中国作家协会举行联席会议，决定联合召开批判胡适思想的讨论会，并以郭沫若为主任组成委员会，从胡适的哲学思想、政治思想、历史观点、文学思想、中国哲学史观点、中国文学史观点及其他等9个方面开展批判和讨论。从1954年12月底到1955年3月，由这个委员会主持的对胡适思想的批判讨论会，共举行了21次。同时，全国各地都有组织地开展了对胡适思想的批判，全国省、市级以上的报纸和学术刊物发表大量批判文章。1955年由三联书店出版的《胡适思想批判论文汇编》共8册，收入文章150多篇，约200多万字。

这些文章集中批判了胡适的实用主义哲学思想，包括他的实用主义世界观和真理论，实用主义的唯心史观及美学、教育学和心理学；批判了胡适的改良主义政治思想和反对人民革命的反动立场；批判了胡适“大胆的假设、小心的求证”的治学方法及其反科学的历史观；批判了胡适的文学思想、文学史观中的虚无主义态度和“全盘西化”的主张，以及繁琐考据造成的危害，

①《毛泽东文集》第六卷，人民出版社，1999年版，第352～353页。

② 1986年1月，中国社会科学院院长胡绳在庆贺俞平伯从事学术活动65周年纪念会上指出，俞平伯早在20年代初对《红楼梦》进行的研究，“具有开拓性的意义”，“对于他研究的方针和观点，其他研究者提出不同的意见或批评本来是正常的事情。但是1954年下半年因《红楼梦》研究而对他进行政治性的围攻，是不正确的”。“党对这类属于人民民主范围内的学术问题不需要，也不应该作出任何‘裁决’。”这是一个公正的历史评价。

等等。这些批判对于清除胡适思想中的毒素在中国文化学术界的影响，有一定积极意义。但是在运动一哄而起，把思想批判确认为“对敌斗争”的政治氛围下，批判斗争的正义性大大超过了应有的科学性，对胡适在中国近、现代思想史、文化史和政治史上的复杂影响和作用，缺乏具体的历史分析，特别是没有把他在学术上的贡献同他的政治立场严格区别开来，从而抹煞了胡适在中国新文化运动中“开风气之先”的“一代宗匠”的历史地位和作用。

应该说，结合实际事例，开展批评和讨论，对学习和宣传历史唯物主义和辩证唯物主义是有其积极作用的。但是，思想问题和学术问题是属于精神世界的很复杂的问题，采取批判运动的办法来解决，容易流于简单和片面，学术上的不同意见难以展开必要的争论。由于过分强调思想文化领域阶级斗争的严重性，对俞平伯的思想批评实际上形成了一场政治围攻，产生了消极影响；对胡适思想的批判，也因过于片面、割断历史等缺陷，把一些不该否定的有价值的思想内容，也统统否定掉了。

为了正确指导反对资产阶级唯心主义思想的斗争，1955年3月1日，中共中央发出《关于宣传唯物主义思想批判资产阶级唯心主义思想的指示》。中央指出，过渡时期党在思想工作中的根本任务，就是宣传唯物主义的思想，反对唯心主义的思想，使党的干部懂得要根据社会现实生活的发展规律来进行工作，同时使广大人民群众脱离资产阶级思想的影响，提高社会主义觉悟。但是，在各个学术和文化领域中清除资产阶级错误思想的任务，是不能在一个短期的运动中解决的，必须以长期的努力，开展学术的批评和讨论，才能达到目的。根据前一阶段开展学术批评的实践，中央提出若干必须坚持的重要原则，其要点如下：

(一)在学术批评和讨论中，任何人都不能有特权。以“权威”自居压制批评，或者对资产阶级错误思想熟视无睹，采取自由主义甚至投降主义的态度，都是不能容许的。(二)学术批评和讨论，应当是说理的，实事求是的。应当以研究工作为基础，反对采取简单、粗暴的态度。应当采取自由讨论的方法，反对采取行政命令的方法。应当容许被批评者进行反批评，而不是压制这种反批评。应当容许持有不同意见的少数人保留意见，而不是实行少数服从多数的原则。(三)应当坚持党的统一战线政策和团结改造知识分子的政策。首先应当分清思想上的敌友我三方，对于虽有错误但倾向于唯物主义的知识分子，应当视为朋友，帮助他们进步；应当分清政治上的反革命分子和学术思想上犯错误的人，对于后者，应当保障他们有可能继续进行对于社会有用的研究，尊重和发挥他们对社会有用的专长，同时鼓励他们实行自我改造。

这些规定基本上是正确的，表明党已经开始初步总结过去开展学术批评工作中的经验教训，旨在纠正和防止学术批评和讨论中的偏差。这实际上为1956年党提出学术上“百家争鸣”的方针作了理论原则上的初步准备。然而，这些正确的指导原则还没有在实际工作中得到贯彻，一场混淆敌友，错误地揭露“胡风反革命集团”的斗争在全国展开，中央有关学术批评的各项指导原则不仅未能执行，甚至被反其道而用之，或者长期被忽视，在思想文化界造成严重不良影响。

应该指出，在20世纪50年代我国向社会主义过渡的时期，国家在文化建设上取得的成绩是显著的，使旧中国文化落后的面貌有了很大改

观。这是国家建设工作的主流和主导方面。但不应忽视的是,这一时期在思想意识形态领域已开始出现“左”的偏差。这主要是突出强调过渡时期交织着无产阶级与资产阶级、社会主义与资本主义的尖锐对抗,在文学艺术界、社会科学界不切实际地估量同资产阶级斗争的严重形势;对于文学艺术上、思想学术上的不同流派,包括受到唯心主义思想影响的理论观点,习惯于从阶级斗争的观念出发,强调必须进行“战斗”,彻底揭露和批判,肃清流毒和影响,而未能依靠广大文艺工作者、科学工作者,通过自由讨论、自由批评,分清是非,求得正确的解决。这些偏差,妨碍了文学艺术事业的繁荣与发展,给我国建立和发展社会主义先进文化带来不利的影响。这是回顾毛泽东时代不应忽视的一个经验教训。

四、执政考验:增强党的团结,制止分裂活动

高岗发难,陈云、邓小平讲了公道话

在贯彻过渡时期总路线,推进有计划经济建设的过程中,党中央高度重视加强对政府工作的领导,反对各级领导机关中存在的官僚主义、命令主义和分散主义。1953年1月,政务院公布实施修正的新税制,在宣传上不合时宜地提出“公私一律平等纳税”的口号,使各地在新税制实行中出现一些混乱现象。毛泽东对此提出批评说:此事既未经中央讨论,又未对各中央局、省市委下达通知,匆促发表,毫无准备,在全国引起波动。毛泽东认为,这件事反映了政府工作中存在着“分散主义”的倾向,责成周恩来、陈云立即采取措施,纠正了新税制中不利于社会主义经济的错误。

为了避免重犯类似的错误,根据毛泽东的意见,中共中央于3月10日作出《关于加强中央人民政府系统各部门向中央请示报告制度及加强中央对于政府工作领导的决定(草案)》,强调今后政府工作中一切主要和重要的方针、政策、计划和重大事项,均须事先请示中央,并经过中央讨论和决定或批准以后,始得执行。同时,决定撤销中央人民政府的党组干事会(周恩来为书记),规定中央政府各部门党组的工作,直接受中央政治局领导。

为了更好地使政府各主要领导人“直接向中央负责,并加重其责任”,中央对政府领导人的分工作了若干调整,决定高岗、李富春、贾拓夫负责国家计划、工业工作;董必武、彭真、罗瑞卿负责政法工作;陈云、薄一波、曾山、叶季壮负责财政、金融、贸易工作;邓小平负责铁路、交通、邮电工作;邓子恢负责农业、林业、水利、供销合作工作;饶漱石负责劳动工作和工资问题;习仲勋负责文教工作;周恩来除对政务院工作负全责外,主要负责外交、对外贸易等工作。上述领导人分工的调整,是中央从加强政府工作的需要出发通盘考虑作出的决定,但在党内高层却触动了个别人的野心和权力欲望。

1952年底1953年初,高岗、饶漱石、邓子恢、邓小平、习仲勋先后从东北、华东、中南、西南、西北党政领导人的岗位调到中央工作。高岗任国家计划委员会主席,以组建“经济内阁”自居,一时有“五马进京,一马当先”之说。饶漱石任中共中央组织部部长,也是重权在握。在此期间,中央批评了新税制工作中的错误,调整了领导人员的分工,随后毛泽东在提出过渡时期总路线时又批评了“确立新民主主义社会秩序”等提法。这

◆ 高 岗
(1902～1954)

◆ 饶漱石
(1903～1975)

些情况在高岗看来，都是针对刘少奇、周恩来的，是削弱他们掌管的权力，意味着刘、周在政治上犯了“分散主义”和“右倾”错误。这种对形势的妄加估计，导致个人野心的膨胀。在1953年6月开始的全国财经工作会议上，高岗以批评中财委副主任薄一波在新税制问题上的错误为幌子，向刘少奇、周恩来发难。

高岗在财经会议上的发言，把新税制问题上纲为“路线”错误，说成是两条路线的斗争，意在“批薄射周”。同时，他又把刘少奇过去说过的一些话，断章取义地安到薄一波头上加以批判，以暗示刘少奇犯有“一贯的、系统的路线错误”。在会外，他散播流言蜚语，诬蔑刘少奇有“圈圈”、周恩来有“摊摊”，煽动有的大区负责人攻击中财委的种种问题。高岗的突然发难，使全国财经会议一度受到干扰，没有按照毛泽东的意图，讨论党在过渡时期的总路线问题。在这样的情形下，主持会议的周恩来很难作结论。毛泽东得知后，向周恩来建议去“搬兵”，请在北戴河疗养的陈云、邓小平回来参加会议。

陈云回到北京后，很快了解了情况。8月6日，他在全国财经会议领导小组会上发言指出：新税制的结果是很明显的，不利于社会主义经济，有利于资本主义经济。这个错误的原因在于当初对税收减少缺乏分析。当初之所以没有过问新税制的制定，是因为要搞出五年计划草案，以便提交中央全会，为此向中央声明过，中财委的工作交薄一波负责。但这不等于说我对新税制的错误没有责任。我的责任在于没有指出1950年调整税制的教训，去提醒薄一波。在几种经济成分同时并存的国家，税制改革影响到各个阶级、各个地区、各个部门相互间的关系，也关系到国家与人民的关系，必须十分慎重。薄一波在中财委做了很多工作，尽管有许多是事务性的，但如果没有人做这些工作，中财委的工作就不可能做好。工作中个别不同意见是有的，但不能说中财委内部有两条路线的问题。

邓小平回京后，也在一次会议上发言说：大家批评薄一波的错误，我赞成。每个人都会犯错误，我自己就有不少错误，在座的其他同志也不能说没有错误。薄一波的错误是很多很多的，但是他的错误再多，也不能说成是路线错误。把他这几年在工作中的这样那样的过错说成是路线错误是不对的，我不赞成。

这时，高岗分裂党的面目尚未完全暴露。陈云、邓小平在财经会议上讲了一番公道话，使会

上批判“路线”错误的调子降了温，前一段不正常的紧张气氛缓和下来，基本排除了高岗的干扰。根据毛泽东的指示，周恩来按照过渡时期总路线的精神，较实事求是地作了会议结论。会后，中央免除薄一波的财政部部长职务，仍留任中财委副主任；任命邓小平任中财委第一副主任兼财政部部长。

当高岗在全国财经会议上兴风作浪的时候，饶漱石同他串通一气，采取行动积极予以配合。在他们看来，除薄一波外，中央组织部副部长安子文也是刘少奇“圈圈”里的人。因此，饶漱石到中组部任部长才几个月，未经中央同意，便在中组部内发动对安子文的斗争。这便是后来毛泽东所讲的“新官上任，刚来即斗”。1953年九十月间，中央召开第二次全国组织工作会议，主要讨论为工业建设统一调配干部、加强干部管理等问题。在会上讨论安子文所作工作报告时，饶漱石和一些人故意夸大中央组织部工作中的某些缺点，无原则地批判安子文，甚至对他进行诬陷，意在“讨安伐刘”。这些破坏团结的活动，干扰了组织工作会议的议程。中央只得暂停会议，先举行领导小组会议，解决中组部内部的团结问题。

全国财经会议结束后，高岗以休假为名，于10月初至11月初“周游”华东、中南地区，向那里的党政军高级领导干部散布他捏造的所谓“军党论”，说中国共产党里有“根据地和军队的党”以及“白区的党”两个部分，并以“根据地和军队的党”的代表自居。他还散布：党的六届七中全会关于历史问题的决议中说刘少奇是“党的正确路线在白区工作的代表”，这个提法不对头，需要重新作出结论。现在党和国家领导机关的权力，是掌握在“白区的党”的人们手里，白区的干部要篡夺党了，应当彻底改组，由他来掌权。

当时，为准备召开全国人民代表大会，中央正在考虑党和国家领导机构设置方案，包括国家最高行政机关是否采取苏联的部长会议形式，党中央是否增设副主席或总书记等。高岗先是不赞成设总书记，后又反对刘少奇任总书记或副主席，实际上想由他来担任党中央副主席或总书记，并担任部长会议主席。这些明目张胆地分裂党的行径，在党的一部分高级干部中造成极恶劣的影响。高岗的分裂活动，首先得到华东局第一书记饶漱石的支持。在南方游说时，又获得中南局第一书记林彪的支持。后来，高岗又私下向西北局第一书记彭德怀做工作，以求得到更多的大区领导人的支持。

高岗回京后，听说毛泽东提出中央领导班子要分一线二线，自己将退居二线。他估计刘少奇可能会被任命为党的总书记或副主席，于是加紧进行活动。他去找邓小平，说刘少奇不成熟，企图争取西南局第一书记邓小平和他一起拱倒刘少奇。邓小平明确表示态度，说刘少奇同志是好的，改变这样一种历史形成的地位不适当。高岗又去找中央书记处书记陈云，提出自己要当副主席，还说“搞几个副主席，你一个，我一个”[①]。这些非组织活动，引起陈云、邓小平的警觉。

12月15日，毛泽东在中央书记处会议上提出他外出休假一段时间，依照前例，提议在他休假期间，由刘少奇主持中央工作。刘少奇表示谦让，提出由书记处的同志轮流主持为好。书记处其他同志都同意由刘少奇主持，不赞成轮流，唯独高岗一再坚持说：“轮流吧，搞轮流好”，意在要使刘少奇降格。会后，高岗又分别找陈云、邓小平，动员他们也赞成轮流。

看到高岗一而再、再而三地反对刘少奇，陈云、邓小平觉得问题严重，他们随即向毛泽东、周

①《邓小平文选》第二卷，人民出版社，1997年版，第293页。

恩来反映了高岗的非组织活动。对于这件事,陈云后来在中央书记处召开的高岗问题座谈会上指出:“我把高岗和我讲的话向党说出来,高岗可能觉得我不够朋友。但我讲出来,是党的原则,不讲出来,是哥老会(封建帮会)的原则。”[①]这段时间,有不少听过高岗散布流言蜚语的同志,陆续向中央报告了高岗的一些情况。毛泽东自己也做了一些调查,找有关同志了解情况。经过调查了解,毛泽东对高岗、饶漱石的一系列不正常举动有了明确的判断。

12月24日,中共中央召开政治局扩大会议。会议决定,毛泽东请假休息一段时间,在休息期间,由刘少奇代理毛泽东主持中共中央工作,由毛泽东着手起草中华人民共和国宪法草案。毛泽东在会上讲话说:“北京有两个司令部,一个是以我为首的司令部,就是刮阳风、烧阳火;一个是以别人为司令的司令部,就是刮阴风、烧阴火,一股地下水”,“其目的就是要刮倒阳风,灭掉阳火,打倒一批人”。毛泽东以这种不点名的方式,向高岗、饶漱石分裂党、严重破坏党的团结的活动发出了警告,实际上揭开了高岗问题的盖子。当晚,毛泽东偕宪法小组成员陈伯达、田家英等乘火车去杭州休假,并在那里主持起草宪法草案。

此前,毛泽东、周恩来在听取陈云、邓小平关于高岗问题的报告后,决定派陈云沿着高岗外出的路线,代表党中央向高岗游说过的干部打招呼。毛泽东特地嘱咐陈云转告在杭州休养的林彪:不要上高岗的当,如果林彪不改变意见,就与他分离,等改了再与他联合。12月19日,陈云离开北京到上海、杭州、广州、武汉等地,向当地大区、中央局、中央分局负责同志通报高岗用阴谋手段反对刘少奇、分裂党的问题。在杭州,陈云向林彪原原本本转达了毛泽东的话,并向他介绍了高岗利用四野的旗帜,在全国财经会议上煽动各大区负责人攻击中财委的种种问题。林彪表示同意不再支持高岗。嗣后,陈云向毛泽东汇报了在各地打招呼的情况。[②]

团结全党为实现总路线而奋斗

在中央政治局扩大会议上,毛泽东之所以不点名地批评高岗,主要是考虑到当前最紧要的是消除一切不利于党内团结的因素,动员全党首先是党的高级干部进一步团结起来,为实现党在过渡时期的总路线和总任务而奋斗。为此,毛泽东提议中央起草一个增强党的团结的决定,政治局同志一致同意,并决定委托刘少奇主持起草这个决定。

1953年12月29日,刘少奇主持中央书记处扩大会议,讨论通过中央关于增强党的团结的决议草案,特派人送往杭州请毛泽东审阅修改并批示。毛泽东和在杭州的同志对决议草案作了修改后,建议召开一次中央全会通过,以示慎重。关于增强党的团结的决议,毛泽东主张“应尽可能做到只作正面说明,不对任何同志展开批评”。为此,他建议刘少奇作报告之后,宜作扼要的、内容适当的自我批评,“不可承认并非错误者为错误”。1954年1月12日,中央政治局会议根据毛泽东的建议,商议召开中共七届四中全会问题,并决定将经毛泽东在杭州修改后的《关于增强党的团结的决议(草案)》提交全会讨论。

就在陈云、邓小平向毛泽东报告高岗的问题后,周恩来受毛泽东的委托,找了一些同志谈话,了解高岗背着党中央搞的种种不正当活动。高岗得知他的地下活动已为中央所了解,表现很慌张。有同志建议高岗找刘少奇谈话,高不愿意。

①《陈云年谱》中卷,中央文献出版社,2000年版,第197页。
②《陈云年谱》中卷,中央文献出版社,2000年版,第192页。

◆ 1954年2月6日至10日召开的中共七届四中全会，批准了中共中央政治局提出的过渡时期的总路线；通过了关于召开中国共产党全国代表会议的决议；揭露和批判了高岗、饶漱石的反党分裂活动，一致通过了《关于增强党的团结的决议》。图为刘少奇代表中共中央作报告。

他考虑再三，给毛泽东写了一封信，想到杭州面谈一次，希望主席出面，帮他在党内“转弯”。高岗的这封信，交中央办公厅主任杨尚昆带到杭州呈毛泽东。1月22日，毛泽东致电刘少奇，认为四中全会召开在即，高岗不宜来杭州，请刘少奇和周恩来或再加邓小平与高岗谈，以便“等候犯错误的同志觉悟”。随后，刘少奇、周恩来和邓小平几次同高岗谈话，敦促他认识错误。

1954年2月6日至10日，中国共产党第七届中央委员会第四次全体会议在北京举行。全会听取并一致同意刘少奇代表中央政治局所作的报告。报告回顾了三中全会以来政治局的工作，建议在年内召开党的全国代表会议，以讨论国家第一个五年计划纲要及其他有关问题。按照毛泽东的意见，刘少奇等领导人在全会上对各自在历史上发生过的缺点错误作了自我批评，以增进党内团结气氛。

全会通过了《中共中央关于增强党的团结的决议》，《决议》仍以不点名的方式揭露、批判了高岗、饶漱石的反党分裂活动，向全党特别是中央委员和党的高级干部，强调增强和维护党的团结的极端重要性；重申党的团结的重要保证之一是严格遵守民主集中制，严格遵守集体领导的原则。《决议》明确规定：全党高级干部的重要的政治活动和政治意见应该向所属的党组织报告和反映，其关系特别重大者，应直接向党中央政治局、书记处或中央主席报告和反映；如果避开党组织和党中央，进行和散布个人或小集团的政治活动和政治意见，这在党内就是一种非法活动，就是违反党的纪律，破坏党的团结的活动，必须加以反对和禁止。

党的七届四中全会对高、饶采取了“团结——批评——团结”的方针，但他们执迷不悟，不愿作深刻检讨，痛改前非。会后，中央书记处分别召开了关于高岗问题和饶漱石问题两个座谈会，继续揭发和核查他们阴谋活动的事实；同时对他们进行教育挽救，等待他们醒悟。但高岗在事实面前拒不认错，直至以自绝于党和人民的方

式相对抗（1954年2月17日自杀未遂，8月17日终以自杀身亡）。饶漱石对自己的错误则采取避重就轻的态度。

2月25日，周恩来在受中央书记处委托主持召开的高岗问题座谈会作总结发言。他从十个方面揭露了高岗的阴谋活动，分析了高岗所犯错误的思想根源、社会根源和历史根源，总结了从高岗事件中应当记取的教训。这个总结发言提纲经毛泽东作个别修改，中央政治局于3月3日批准，转发全国各省军级党组织。

提纲指出：在长期的革命斗争中，高岗虽有其正确的有功于革命的一面，但他的个人主义思想（突出地表现于：当顺利时骄傲自满，狂妄跋扈；而在不如意时，则患得患失，泄气动摇）和私生活的腐化欲长期没有得到纠正和制止，并且在全国胜利后更大大发展了，这就是他的黑暗的一面。高岗的这种黑暗面的发展，使他一步一步地变为资产阶级在我们党内的实际代理人。高岗在最近时期的反党行为，是他黑暗面发展的必然结果，同时也就是资产阶级在过渡时期企图分裂、破坏和腐化我们党的一种反映。这是新中国成立后党的正式文件中第一次使用“资产阶级在党内的代理人”的提法。

1955年3月，中国共产党举行全国代表会议，通过《关于高岗、饶漱石反党联盟的决议》，开除高岗、饶漱石的党籍。吸取高、饶事件的教训，会议通过决议，成立党的中央和地方的各级监察委员会，代替中央和地方各级党的纪律检查委员会，借以加强党的纪律，加强对党员特别是对党的高级干部的监督，反对党员中各种违法乱纪的现象，特别是防止类似高、饶事件的重复发生。

反对高、饶分裂党的活动，是中国共产党在向社会主义过渡的战略转轨的关键时期，为团结全党努力实现党在过渡时期的总路线而进行的一次重要的党内斗争。在这次斗争中，党按照惩前毖后、治病救人的方针，着重从思想上、政治上吸取教训，使全党特别是党的高级干部受到一次现实的党内政治生活的锻炼和考验。对此，中央书记处书记陈云在七届四中全会的发言中有一个深刻的总结：加强党内的马列主义教育，这是肯定的、无疑问的。有毛主席在，野心人物露了头，容易解决，解决得快一些。但历史证明，只靠马列主义的教育，靠有毛主席在，还不能保证党内不出野心家。要防止党内可能出现分裂的危险，可靠的、永久的办法，可传到我们子孙后代的，就是提高高级领导人的革命觉悟和革命嗅觉。关键是在几百个省（市）委书记以上的干部及军队中负责干部。出大乱子，就在这几百个人里面；如果出了野心人物，能否迅速把他揭露，不闹成大乱子，那也决定于这几百个人。只要这几百个人头脑十分清醒，党的团结就会有保证。另外，高级干部还要严守党的制度和党规党法，发扬党的优良作风。高级干部要提高革命警惕，提高革命嗅觉，是我们党的团结的可靠保证，靠别的，都靠不住。[①]

从总的方面看，对于高、饶事件的处理，党中央是比较慎重的，并有意识地保护了一批干部。最重要的是，在向社会主义过渡时期，中国共产党再次经受住执政的考验，清除了党内的野心家和分裂党的活动，党的团结不但没有受到损害，反而进一步加强了。党中央从延安整风和七大以来形成的坚强团结继续保持下来，全党在思想上、政治上、组织上达到高度统一，共同努力去完成社会主义革命阶段的伟大历史任务。

①《陈云文选》第二卷，人民出版社，1995年版，第232～233页。

党内审干和内部肃反运动

高、饶事件的发生及其处理，实际上牵涉到对党的干部队伍的审查问题。在开始大规模有计划的经济建设的时候，中共中央于1953年11月发出《关于审查干部的决定》指出，由于全国解放之后这几年来工作任务十分紧迫，干部调动频繁，各级领导机关还没有来得及对全部干部逐个进行细致的审查，对大部分新干部的全面的真实情况未能切实掌握；在老干部内也还有少数未经过审查，或虽经过审查但还有某些问题尚未弄清。因此，中央认为必须在两三年内对全国干部进行一次细致的审查，以便进一步了解干部，保证国家建设任务的顺利进行。鉴于这次审查干部工作是在第一个五年计划业已开始，各方面的建设任务极为繁重的条件下进行的，中央要求审干工作必须有步骤、有重点地去进行，既不要妨碍当前各项工作，采取运动方式突击进行，也不要因各项工作繁重，而放松进行审干工作。主要应从政治上进行审查，弄清每个干部的政治面目，清除混入党政机关内的反革命分子、阶级异己分子、蜕化堕落分子，以保持干部队伍的纯洁；同时又要多方面地了解和熟悉干部的思想品质、工作才能，以便更有计划地培养干部，正确地使用干部。根据中央的这个决定，党内审查干部的工作在中央及县以上各级党委的统一领导下，由各部分工负责，逐级进行，有准备、有计划、有步骤地开展起来。

1954年2月，党的七届四中全会揭露高、饶事件以后，在对饶漱石的问题作进一步审查中，认为饶漱石在主持华东局工作期间，在镇压反革命问题上犯有右倾错误。这件事把时任上海市公安局副局长的扬帆牵连进来，认为扬帆包庇纵容一大批敌特反革命分子，其错误是系统的和极为严重的，政治上也是值得引起极大怀疑的。1954年12月扬帆被扣押审查；1955年4月被正式逮捕。

对饶、扬在镇压反革命问题上的审查，牵连到中共上海市委第三书记、上海市副市长潘汉年。潘汉年在革命战争年代长期从事党的地下工作和隐蔽战线的斗争。1955年4月初，潘汉年在北京参加党的全国代表会议，主动向组织上交待他在抗日战争期间有一次去敌占区工作时被人挟持到南京会见汪精卫的经过；并向党解释，当时他回到华中局和后来到延安时，正赶上党内整风审干，担心说出此事会被严重怀疑而无法弄清，因而没有向党报告。为此，潘汉年被怀疑为“内奸”而被逮捕关押。由此，就造成了被称为“潘、扬反革命集团”的冤案。①

在潘、扬案件发生的时候，又发生了所谓“胡风反革命集团”案。

胡风，原名张光人，著名文艺理论家、批评家和诗人。早年参加中国共产党领导的左翼文艺运动。抗日战争时期，参加筹建中华全国文艺界抗敌协会，相继创办《七月》和《希望》杂志，发表大量进步作家包括延安等解放区作家的作品，在大后方的进步青年中有相当影响。胡风长期置身于革命文艺运动，形成比较系统、自成一体的文艺思想，在文艺观上同进步文艺界的许多人有分歧。30年代在左翼文联内部、40年代在重庆抗战文艺界以及抗战胜利后的国统区文艺界，胡风的文艺思想多次受到共产党和非党进步作家的批评，被认为是“蓄意标新立异”，“对祖国传统

① 1963年1月，最高人民法院认定潘汉年是“长期暗藏在中国共产党和国家机关内部的内奸分子”，判处有期徒刑15年，剥夺政治权利终身；“文化大革命”中改判无期徒刑。扬帆也以“反革命”罪，于1965年8月被判处有期徒刑16年。中共十一届三中全会以后，中共中央经过全面复查，认为这个冤案，是在当时的历史背景下，严重地忽视了对敌隐蔽斗争的特殊性，混淆了是非界限和敌我界限作出的错误决定。1982年，党中央全面否定了强加给潘汉年的罪名，追认他的历史功绩，公开为他恢复名誉。1983年，扬帆也得到彻底平反，恢复名誉和消除影响。

文化采取虚无主义态度”，在创作上片面夸大“主观精神”的作用，完全是唯心主义的。

1949年，胡风参加筹备第一届全国文学艺术工作者代表大会，出席第一届中国人民政治协商会议，他谱写了《时间开始了》的诗篇，热情讴歌毛泽东时代的到来。1953年胡风在第二次文代会上当选为中国作家协会理事和文联委员，并被选为第一届全国人民代表大会代表。然而，1950年至1953年中共中央宣传部几次开会批评胡风文艺思想，认为有一个以胡风为首的“文艺上的小集团”，“抗拒毛泽东文艺方向”。《文艺报》连续发表署名文章，公开批判胡风文艺思想“是反马克思主义的、反社会主义现实主义的”。对此，胡风始终坚持自我申辩，并写成《关于解放以来的文艺实践情况的报告》，于1954年7月面交中央人民政府文化教育委员会副主任习仲勋，请他转呈中共中央、毛泽东、刘少奇和周恩来。

随着批判俞平伯、胡适资产阶级唯心主义思想斗争的展开，1955年1月21日，中共中央宣传部向中央提出《关于开展批判胡风思想的报告》。这个报告全盘否定了胡风呈交中央的意见书，说他很有系统地、坚决地宣传资产阶级唯心论和反党反人民的文艺思想。报告概述了多年来围绕胡风文艺思想展开的斗争及胡风错误思想在各方面的表现，最后确认胡风的文艺思想是彻头彻尾的资产阶级唯心论的、反党反人民的文艺思想；他的活动是宗派主义小集团的活动，其目的就是要为他的资产阶级文艺思想争到领导地位，反对和抵制党的文艺思想和党所领导的文艺运动，企图按照他自己的面貌来改造社会和国家，反对社会主义建设和社会主义改造。

3月1日，中共中央批准并转发了中宣部的这个报告，并在批语中说：胡风的文艺思想，是资产阶级唯心论的错误思想，他披着“马克思主义”的外衣，在长时期内进行着反党反人民的斗争，对一部分作家和读者发生欺骗作用，因此，必须加以彻底批判。各级党委必须重视这一思想斗争，把它作为工人阶级与资产阶级之间的一个重要斗争来看待。这样，对胡风文艺思想的批判便被赋予两大对抗阶级严重斗争的性质，在全国形成对胡风的围剿。事态的发展很快超出思想范畴而扩展到政治领域。

4月间，有关方面将有人拿出的40年代以来胡风所写的私人信件加以分类整理，在5月13日《人民日报》上以“关于胡风反党集团的一些材料”为题公开发表，以证明十多年来胡风“怎样一贯反对和抵制中国共产党对文艺运动的思想领导和组织领导”；“怎样一贯反对和抵制中国共产党所领导的由党和非党进步作家所组成的革命文学队伍”；“怎样进行了一系列宗派活动”等等。毛泽东为《人民日报》写了编者按语，要求胡风“集团”中的人向政府提供更多的揭露胡风的“材料”，要求“一切和胡风混在一起而得有密信的人也应当交出来”，这是“胡风派每一个人的唯一出路”。

5月初，公安部和中央宣传部组成胡风专案组，分别到全国各地调查胡风等人的历史情况，搜集查抄有关信件。5月17日，经中共中央书记处扩大会议讨论决定，身为第一届全国人大代表的胡风被逮捕，胡风夫人梅志也同时被捕。18日，全国人民代表大会常务委员会补办了批捕胡风的手续。5月25日，中国文联和作协主席团扩大联席会议通过决议，开除胡风的中国作协会籍，撤销他的作协理事、文联委员和《人民文学》编委的职务。

5月24日和6月10日，《人民日报》相继公

布关于"胡风反党集团"的第二、第三批材料。这些材料是根据各方面收缴上来的胡风与他人的私人信函摘编成的。毛泽东为这两批材料写了许多按语，指出胡风这批人不是"单纯的文化人"。他们的人"很不少"，"钻进了政治、军事、经济、文化、教育各个部门里"，"他们的基本队伍，或是帝国主义国民党特务，或是托洛茨基分子，或是反动军官，或是共产党的叛徒，由这些人做骨干组成了一个暗藏在革命阵营的反革命派别、一个地下王国"，它们"是以推翻中华人民共和国和恢复帝国主义国民党的统治为任务的"。6月15日，《人民日报》将前后三批材料汇编成册，定名为《关于胡风反革命集团的材料》公开出版发行。毛泽东为该书写了序言，要求人民从这个事件和材料中学得一些东西，提高辨别能力，把各种暗藏的反革命分子一步一步地清查出来。

把胡风的文艺思想上纲为"反党反人民的文艺思想"，看成是工人阶级与资产阶级现实阶级斗争的重要部分，本身是缺乏根据的。而对胡风的私人书信断章取义、主观臆测用作证据，把胡风和同他有联系的一批文艺工作者(其中有许多共产党员和党外进步作家)当作"反革命集团"来斗争，在全国范围组织对他们的声讨，这样的做法，更是完全混淆了敌我、敌友的界限，混淆了两类不同性质的矛盾，从而酿成建国以后思想文化领域的一大错案。

一个文艺问题的论争演变为揭露"胡风反革命集团"的对敌斗争，揭露高、饶事件又在共产党内牵连出一个所谓潘汉年、扬帆"反革命案件"。这两件事联系在一起，中共中央作出"敌情是严重的"判断，并估计"在很多部门，很多地方，大量的暗藏的反革命分子还没有被揭露和肃清"。于是，在全国范围内"利用胡风事件"，大张旗鼓地开展了一场肃清暗藏的反革命分子运动，史称"内部肃反"。

1955年7月1日，中共中央发出《关于展开斗争肃清暗藏的反革命分子的指示》，指出：随着我国社会主义事业的进展，阶级斗争必然日益尖锐化和复杂化。反革命分子采取最阴险的、隐蔽的斗争方式，就是以两面派手法伪装革命，钻进革命队伍，甚至爬上革命的领导岗位，从革命队伍内部来进行破坏。这种暗藏的反革命分子是革命最危险的敌人。指示认为，暗藏的反革命分子已经在财经、政治、文教、学术思想、统一战线、群众团体以及其他许多机关里和战线上进行阴谋活动，破坏人民民主制度和社会主义事业。中央决定：在全国范围开展一场肃清暗藏反革命分子的运动，教育全党和全国人民，提高对暗藏的反革命分子的警惕性。并作出暗藏反革命分子或其他坏分子约占全国各类机关总人数的5%左右的主观估计，决定各级党委组织5人小组领导这项工作。随后又要求将审干工作同肃反斗争密切结合进行。

这次内部肃反运动，从1955年7月开始，结合审干工作分批进行，到1957年底基本结束。由于对敌情的估计过于严重，把审干和肃反这两件虽有联系但性质不同的事情搅在一起，有些问题的政策界限不清，因而发生斗争面过宽和"逼、供、信"等偏向。中央发现问题后，强调"认真地克服'左'的偏向"，并规定了"有反必肃，有错必纠"等正确方针，肃反运动取得一定成绩。据1957年公布的数字，这次运动在国家机关、人民团体和共产党、各民主党派内部，清查出反革命分子8.1万人，其中现行犯3800多人，还有130多万人弄清了政治历史问题。在运动后期，中央要求对清查对象及时地进行复查，纠正了一批冤假错

案，但仍留有不少后遗症。

例如，在全国清查“胡风反革命集团”的过程中，牵连到《文艺报》主编之一陈企霞和中国作家协会党组书记丁玲。1955年八九月间，中国作家协会党组连续举行十六次扩大会议，对丁玲、陈企霞进行揭发批判，认为已经形成了一个以丁、陈为中心的“反党小集团”，“他们的反党活动实际上与胡风反革命集团的破坏活动起了互相呼应、互相配合的作用”。1955年9月，中国作家协会党组向党中央呈送《关于丁玲、陈企霞等反党小集团活动及对他们的处理意见的报告》，决定对他们的政治历史进行审查。12月，中央批发了这个报告。[①]丁玲是中国左翼文艺运动和解放区最著名的作家之一，在国内外享有盛誉。1955年对丁玲等人的错误批判及其以后的错误处理，在文艺界造成了很坏的影响。

在全国对胡风集团的清查中，共触及2100余人，其中逮捕92人，隔离62人，停职反省73人。不仅胡风本人蒙受不白之冤，遭受长达25年的监禁，还牵涉许多人受到撤销职务、开除公职、劳动教养等不公正处理。这实际上成为后来相当长时期人为地把阶级斗争扩大化的一个先兆。胡风错案直到1978年中共十一届三中全会以后才得到政治上的平反。[②]

五、毛泽东训词：建军已进到掌握现代技术阶段

军队正规化建设的起步

过渡时期国家建设工作不可缺少的组成部分是军队正规化和国防现代化建设。建立巩固的现代化国防，是新中国成立后面临的一项迫切任务。正如毛泽东在一届政协会议上所指出：“我们的国防将获得巩固，不允许任何帝国主义者再来侵略我们的国土。在英勇的经过了考验的中国人民解放军的基础上，我们的人民武装力量必须保存和发展起来。我们将不但有一个强大的陆军，而且有一个强大的空军和一个强大的海军。”[③]中华人民共和国成立后，人民解放军的任务发生了历史性的转变，即由进行军事战争夺取政权，转变为巩固人民民主专政，防御外敌入侵，保卫社会主义革命和建设，保卫国家安全和领土主权的完整。为此，中共中央、毛泽东及时地提出，建设一支正规化、现代化的革命军队，来担负这一光荣的使命，给人民军队的建设指明了正确方向。

人民军队的正规化建设，先是从军队整编入手。新中国成立时，人民解放军总员额已达到550万人，军费开支浩大。随着大陆上军事战争

① 1957年反右派斗争中，丁玲、陈企霞包括被划为这个“反党集团”的冯雪峰、艾青等，被定为右派。丁玲下放北大荒劳动，“文化大革命”中又被关押。中共十一届三中全会以后，1984年中共中央组织部下发《关于为丁玲同志恢复名誉的通知》，指出：1955年、1957年定丁玲为“丁、陈反党集团”、“右派分子”，“都属于错划、错定，不能成立”，当年中央批发中国作协党组关于丁玲、陈企霞“反党集团”的两个报告“应予撤销”，“一切不实之词，应予推倒，消除影响”；“文化大革命”中把丁玲打成“叛徒”，“属于诬蔑不实之词，应予平反”，“彻底恢复名誉”。因丁、陈一案被划为右派的其他人也得到彻底平反。

② 1980年9月，中共中央批转有关部门对胡风问题的复查报告，确认所谓“胡风反革命集团”案，“是在当时的历史条件下，混淆了两类不同性质的矛盾，将有错误言论、宗派活动的一些同志定为反革命分子、反革命集团的一件错案。”中央决定，凡定为“胡风反革命分子”的，一律改正，恢复名誉；凡因“胡风问题”受到株连的，要彻底纠正。同时指出，这种错案的责任在中央。1988年6月18日，中共中央办公厅发出《关于为胡风同志进一步平反的补充通知》，撤销所谓胡风“把党向作家提倡共产主义世界观，提倡到工农兵生活中去，提倡思想改造，提倡民族形式，提倡写革命斗争的重要题材等正确的指导思想，说成是插在作家和读者头上的五把刀子”这种不符合胡风原意的判断；撤销“胡风等少数同志的结合带有小集团性质，进行过抵制党对文艺工作的领导、损害革命文艺界团结的宗派活动”这一政治性结论；撤销“胡风的文艺思想和主张有许多是错误的，是小资产阶级的个人主义和唯心主义世界观的表现”这一论断。中央《通知》指出，从胡风参加革命文艺活动以后的全部历史来看，对这类问题所作的政治性结论必须撤销。至于曾经引起异议的胡风文艺思想和主张，也只能按照宪法的规定以及“百花齐放、百家争鸣”的方针，由文艺界和广大读者通过科学的正常的文艺批评和讨论，求得正确解决。任何方面、任何个人都不应该做出“裁决”。

③《毛泽东文集》第五卷，人民出版社，1999年版，第345页。

的基本结束，1950年5月，中央作出对人民解放军实行整编的决定，计划分期分批地复员或转业百余万兵员，支援国家建设。由于不久后爆发了美国侵朝战争，为服从抗美援朝战争的需要，这个整编计划没有完全实现。1952年1月，根据朝鲜战局的转变，军委重新制定了《军事整编计划》，把国家武装力量划分为国防部队和公安部队。经过整编，国防军步兵部队减员过半，军兵种部队略有扩大，全军总定额保持在300万人左右。地方部队改编为公安部队，经过精简和建设，组织上具有了一定规模，基本上能够担任内卫和边防任务。

1954年，为适应大规模经济建设和军队正规化现代化建设的需要，人民解放军再次进行精简整编。1955年与1952年相比，全军总兵力共精简了23.3%，压缩了军队定额，减少了军费开支，使领导机关和部队更加精干，并向国家各方面的建设输送了大批骨干力量。到1956年，先后集体转入生产建设的部队有31个师零8个团，转业的干部和复员的士兵达500万人。军费支出由1951年占国家总支出的48%降到1956年的19.98%。经过整编，全军统一了编制体制，确定以师为基本独立单位，取消兵团和野战军的机构，步兵部队都实行“三三制”的建制。取消原来按四个等级划分军区的做法，全军改为军区、省军区和军分区体制。省军区、军分区和县(市)人民武装部领导地方武装的工作。

1955年2月，根据中共中央、中央军委对全国战略区的划分，国务院决定：改变原按中共中央局及大行政区设立的东北、华北、华东、中南、西南、西北六大军区，建立沈阳、北京、济南、南京、广州、武汉、昆明、成都、兰州、新疆、西藏和内蒙古12个大军区。1956年4月，为解决华东战区防御正面过宽的问题和加强对福建前线斗争的领导，国务院决定将原属南京军区建制的福建、江西两个省军区划出，组建福州军区。至60年代后期，全国大军区又有个别调整。

在抗美援朝战争的过程中，中央军委系统地总结同高度现代化装备的美军作战的经验，适应现代化战争的要求，开始实行人民解放军由单一兵种向多军兵种的战略转变。1952年7月10日，毛泽东在《对军事学院第一期毕业学员的训词》中明确指出：自从中国人民获得了全国范围的胜利之后，客观情况已经起了基本上的变化，“我们现在已经进到了建军的高级阶段，也就是进到掌握现代技术的阶段”；“与现代化装备相适应的，就是要求部队建设的正规化，就是要求实行统一的指挥、统一的制度、统一的编制、统一的纪律、统一的训练，就是要求实现诸兵种密切的协同动作。……这是建设正规化、现代化的国防部队所不可缺少的重要的条件之一”[①]。毛泽东的这一训词，明确了建设强大的正规化、现代化国防军的历史任务及其基本内容，对加强我军建设具有重要指导意义。

遵照毛泽东主席的训令，军队在精简整编中着力改变过去只有单一步兵的状态，在裁减步兵的同时，加强了各军兵种部队的建设，先后组建了空军、海军、防空军、公安军等军种，组建了炮兵、装甲兵、工程兵、铁道兵、通信兵、防化学兵等兵种的领导机关及其所属部队。在军种建设上，空军组建了航空兵师、空降兵师、机场场站、工程兵总队等，后来又增加了高射炮兵、探照灯兵、雷达兵等部队；海军先后组建了水面舰艇部队、潜艇部队、海军航空兵、海军岸防兵、海军陆战队以及各海军基地等。这样，人民解放军的空军、海军便成为一支既能协同其他诸军种作战，又能独

①《毛泽东文集》第六卷，人民出版社，1999年版，第234页。

立作战，单独执行作战任务的合成军种。这一时期人民解放军的精简整编，不仅使军队建设和国家经济建设密切地配合起来，并且初步完成由以陆军为主体向诸军兵种合成军队的战略转变，从而为建设正规化、现代化的国防军奠定了重要基础。

为适应军队正规化、现代化建设的要求，全军实行了统一制度。1951年，总参谋部颁发了内务条令、队列条令、纪律条令三个草案，在全军试行，作为管理教育，建立良好的内务制度，进行队列训练，维护纪律以及实施奖励和处分的依据。这三个条令草案及其他条令的颁布实行，统一了全军的制度，提高了全军的组织性、计划性、准确性和纪律性。

"治军先治校"。1950年6月，中央军委确定，在战争年代创办的军事院校的基础上，改建、新建一批适应培养现代作战人才的各类院校。1951年1月，中国人民解放军军事学院在南京成立，军委委员刘伯承出任院长。毛泽东称这是中国人民解放军建军史上重大转变的标志之一。1952年5月，成立后勤学院。各军兵种和各大军区相继建立了初、中级军事、政治、文化和技术学校，到年底，全军院校共计200余所。1953年，成立总高级步兵学校，又成立哈尔滨军事工程学院，陈赓任院长。1955年筹建政治学院，总政治部主任罗荣桓兼任院长。1957年，以南京军事学院分出的一部分作基础，在北京成立高等军事学院，刘伯承任院长兼政治委员。为了加强军事科学研究工作，1958年成立以叶剑英为院长兼政治委员的军事科学院。

从1954年至1959年，中央军委根据军队正规化、现代化建设的需要，对全军院校进行调整，撤销大部分文化学校，建立了政治学院、高等军事学院和海军、空军、炮兵、装甲兵、工程兵等军兵种的高等院校。到50年代末，全军各级各类院校共160多所，初步形成了诸军兵种院校齐全的初、中、高级院校相衔接的军官培训体系。全军院校学习苏军办校的经验，贯彻教育与作战相结合的原则，为国防建设培养了大批军政指挥干部和各类专业技术干部。

建设现代国防的开端

抗美援朝战争结束后，人民解放军具备了集中时间进行各项军事建设的有利条件。适应国家在过渡时期总任务的要求，加强军队正规化和国防现代化建设被提到议事日程。

1953年12月7日至1954年1月26日，中央军委在北京召开全国军事系统党的高级干部会议。这次会议以党在过渡时期的总路线、总任务为指针，总结过去几年的工作，确定今后的方针任务，讨论了军队的编制、训练、党委集体领导和首长分工负责制，以及实行义务兵役制、薪金制、军衔制等重大问题。

彭德怀在会上代表中央军委作主报告，阐述了今后军事建设上的几个基本问题。关于建设一支怎样的现代化的国防力量，报告指出：我国的武装力量的总定额，是根据国家工业基础、财力和技术的可能以及苏联可能的援助提出的。一方面必须尽最大的努力来建设我国现代化的军队，同时必须认识，国防现代化必须与国家工业化的水平相适应。我国目前工业基础还很薄弱，同时要照顾到国家在"一五"计划期间集中力量于重工业建设，在财力上有一定的限度，因此，国防建设既不能停步不前，也不能急躁冒进。那种要求过高过急的倾向，是既不利于国家的工业

建设，也不利于国家的军事建设的。国家的武装部队的总数应保持一个适当的数量，既要避免减弱我国的防御力量，又要避免增加国家的财政负担。必须明确，现代化军队的要求，决不是单纯增加数量，首先是在于提高部队的质量。因此，必须进一步加强部队的正规训练，培养足够数量的具有一定文化、科学、技术水平和马列主义基础知识以及能掌握军事业务的干部，培养一定数量的技术兵员。彭德怀强调说，这就是今后军事建设“一切工作的依据和出发点”①。

这次会议提出，要用五到十年左右的时间，逐步达到武器装备现代化，编制体制合理化，干部培养标准化，军事制度和军事训练正规化，为人民解放军的正规化、现代化奠定牢固基础。这个宏伟的长期的奋斗目标，对指导人民解放军实现由低级阶段向高级阶段的伟大转变，加速正规化现代化建设的进程，具有重要意义。但是，由于受当时各方面条件的限制，这个规划没有完全实现。

建设正规化、现代化的人民军队，必须加强党的领导。在新的历史阶段，军队建设的内容变了，但军队的性质并没有改变，解放军仍然是中国共产党绝对领导的人民军队。1954 年 4 月，中共中央、人民革命军事委员会颁布了解放军政治工作条例草案，对军队政治工作的性质、任务、职责、组织形式、工作作风以及各方面的关系，作了明确规定。毛泽东在审批这一条例草案时，特别加写上“中国共产党在中国人民解放军中的政治工作，是我军的生命线”一语。这个条例草案的颁布，对保证党对军队的绝对领导，加强军队政治工作的建设，具有重要意义。

1954 年 9 月，一届全国人大一次会议决定，设立国防委员会和国防部，毛泽东任国防委员会主席，国务院副总理彭德怀兼任国防部长。鉴于新设立的国防委员会是一个咨询性质的机构，9 月 28 日，中共中央政治局会议决定：在中央政治局和书记处之下，成立中央军事委员会，担负全国军事工作的领导。毛泽东任中央军委主席，朱

◆ 1953 年 12 月 7 日至 1954 年 1 月 26 日，中央军委在北京召开全国军事系统党的高级干部会议。会议确定了军队建设的总方针和总任务，还讨论了军队的编制、训练、党委集体领导和首长分工负责制，以及实行义务兵役制、薪金制、军衔制等重大问题。图为彭德怀在会上作报告。

①《建国以来重要文献选编》第四册，中央文献出版社，1992 年版，第 623 页。

◆ 图为出席1954年9月举行的第一次国防委员会会议的委员。前排左起：龙云、张治中、叶剑英、徐向前、邓小平、刘伯承、朱德、毛泽东、彭德怀、贺龙、罗荣桓、聂荣臻、程潜、傅作义。

德、彭德怀、林彪、刘伯承、贺龙、陈毅、邓小平、罗荣桓、徐向前、聂荣臻、叶剑英为委员，由彭德怀主持军委日常工作。

中国人民解放军的总部机关，是根据战略方针、作战任务、军队的现代化程度等因素设置的。在过渡时期，中央军委根据形势和任务的需要，曾多次对解放军领导机关的组织编制进行调整。新中国成立时，中央人民革命军事委员会设有总参谋部、总政治部、总后方勤务部和军委办公厅。1950年9月，为加强对干部工作的统筹管理和准备实行军衔制度，中央军委批准成立总干部管理部(后改称总干部部)。1954年11月，为集中统一管理军械工作，原军委军械部改称中国人民解放军总军械部。1955年4月，为加强对全军军事训练的领导，统一全军军事院校的军事教育，研究和整理全军各个历史时期的作战经验，成立中国人民解放军训练总监部。1955年6月，为便于对军队各方面工作实施及时、严格的检查和监督，中共中央政治局批准成立中国人民解放军武装力量监察部。1955年8月，为通盘计划分配和更有效地使用军费，经国防部批准，原总后勤部的财务部改为中国人民解放军总财务部。

这样，在整个过渡时期，中央军委系统共设立八个总部。这种组织形式，对加快军队正规化、现代化建设和完成各项战备工作等，起过积极作用。但也存在部门多、机构大、分工过细等问题。特别是部门之间的工作缺乏统筹安排，政出多门，造成部队工作忙乱，使部队的建设受到一定影响。鉴于八总部体制在实践中暴露的缺点，1957年5月至1958年12月，中央军委先后撤销了总财务部、总军械部、总干部部、武装力量监察部和训练总监部，恢复了总参谋部、总政治部、总后勤部的三总部体制。这样，就逐步形成具有中国军队特点的、比较完善的科学的领导管理体制和指挥系统。中国人民解放军的三总部，既是中央军委的参谋和战略意图执行机构，又是掌管全军军事、政治、后勤和技术工

◆ 集中人力、物力、财力，合理利用资源，建设重点项目，一些重要的工业部门从无到有地建立起来。1956 年 9 月，中国第一种喷气式歼击机试制成功。图为飞机制造厂的装配车间。

作的最高领导机关。其基本任务是：保障中央军委关于作战和建军的战略决策和各项方针、政策的实现。

为适应抗美援朝战争和建设现代化国防的迫切需要，尽快建设国防工业，以在武器装备方面提高人民解放军的现代化水平，是摆在新中国面前的一项紧迫而又艰巨的任务。建国之初，人民解放军部队的武器装备主要是从敌人手里缴获来的，不仅品种繁杂，而且性能落后。为此，1951年10月中共中央政治局扩大会议决定，集中力量建设重工业、国防工业和其他相应的基础工业。1952年8月，中央人民政府决定成立主管国防工业的第二机械工业部，归口管理兵器、坦克、航空、电信工业，对国防工业实行集中统一管理，开始具体组织国防工业的建设工作。

大规模经济建设开始后，中共中央将国防工业列为国家"一五"计划建设的重点之一，决定集中力量，加快建设步伐。1953年8月，中共中央政治局讨论并审定了国防工业"一五"建设计划的安排，明确了国防工业"一五"建设计划的基本任务是：集中力量按国家规定的项目和进度，在苏联援助下完成国防工业企业的新建和改建任务，完成制式武器的试制和生产任务，完成飞机、坦克、舰艇的修理及部分制造任务，初步改变国防工业的落后面貌，增强国防力量。中央批准"一五"计划期间新建的航空、无线电、兵器、造船等大型骨干工程共44项，改建扩建老厂的大中型工程共51项。"一五"计划期间，苏联援助我国新建、改建和扩建的一批大型军工企业，使我国在常规武器的生产方面具备了一定规模。到1957年，中国不仅已能生产陆军的各种常规武器，而且能够生产飞机、潜水艇、鱼雷快艇和驱逐艇等技术装备。到1959年建国十周年的时候，在天安门广场接受检阅的陆、海、空军的武器装备，全部都是中国自己制造生产的。这标志着人民解放军的武器装备建设进入一个新阶段。

50年代中期，中国的国防工业、基础工业和科学技术有了较快发展。在尖端技术领域，汇集了一些优秀的高水平的科学技术专家，如钱学森、郭永怀、钱三强、王淦昌、赵忠尧、彭桓武等。在原子能科学技术方面，已开展了一些科学实验和理论研究工作；铀矿资源勘探工作已着手进行。在火箭与喷气技术方面，已具有生产喷气式飞机的条件，开展了火箭技术的初步研究，积累了一些经验。同时，苏联政府也表示愿意在原子能及导弹技术方面给予援助。在此情况下，中共中央、毛泽东高瞻远瞩，不失时机地把发展国防尖端技术，提上了国家的议事日程。

1955年1月15日，毛泽东主持召开有刘少奇、周恩来、朱德、陈云、彭真、彭德怀、邓小平、李富春、薄一波等参加的中共中央书记处扩大会议，听取李四光、钱三强及地质部副部长刘杰的汇报，讨论了中国发展原子能事业的问题。毛泽东强调说，我们国家已经知道有铀矿，科学研究也有了一定的基础，现在到时候了，该抓了。认真抓一下，一定可以搞起来。现在有苏联对我们援助，我们一定要搞好！自己干，也一定能干好！这次会议作出发展原子能事业、研制原子弹的决定。为了加强领导，同年7月4日，中共中央指定陈云、聂荣臻、薄一波组成三人小组，负责指导原子能事业的发展工作。

1956年4月，毛泽东在中央政治局扩大会议上说："我们现在已经比过去强，以后还要比现在强，不但要有更多的飞机和大炮，而且还要有原子弹。在今天的世界上，我们要不受人家欺

负，就不能没有这个东西。”[1]同月，中央任命聂荣臻为主任组建领导导弹和航空事业发展的航空工业委员会。10月，中央决定成立导弹研究机构国防部第五研究院；11月，全国人大常委会决定设立第三机械工业部，主管核工业建设和核武器研制工作。

中国的国防尖端技术，坚持“自力更生为主、力争外援和利用资本主义国家已有的科学成果”的方针，从1955年开始起步，到50年代末，已有了一定的技术基础。虽然当时国家的科技和经济基础还很薄弱，建设任务很重，但中共中央把经济建设和国防建设、常规武器和尖端武器之间的关系，作了合理安排，重点突出了尖端技术的发展。实践证明，这是十分必要的和完全正确的。这项有远见、有胆略的战略决策，对于中国国防科技事业发展和国防现代化建设具有重大意义和深远影响。

在向社会主义过渡时期，军队现代化、正规化建设取得重大进展，成绩显著。但是，在工作中也存在一些缺点，主要是在学习苏联的过程中，除学习苏军许多有益的经验以外，也机械地搬用了某些不适合中国情况的东西。1953年12月，彭德怀在全国军事系统党的高级干部会议的报告中，批评了那种不认识已经改变和正在继续改变的主客观条件，企图以不适合今天情况的老一套工作方式来解决新问题的做法，同时批评了急于求成，不考虑主观力量和可能的条件，片面地或局部地提出过高过急的要求的做法，要求加以纠正。1956年党中央、毛泽东提出克服学习马克思列宁主义和外国经验中的教条主义倾向问题，军队各领导机关进一步学习和检查，基本上纠正了军队在学习苏联经验中出现的某些偏差。

◆ 1955年7月，一届全国人大二次会议正式通过《中华人民共和国兵役法》。中国人民解放军开始由志愿兵役制改为义务兵役制。图为国务院副总理兼国防部部长彭德怀在大会上作《关于中华人民共和国兵役法草案的报告》。

在军队建设取得初步成果的基础上，1954年12月，中共中央军委扩大会议决定，为加速我军现代化建设，实行军官薪金制、军衔制、义务兵役制三大制度。1955年2月，一届全国人大常委会通过《中国人民解放军军官服役条例》，规定军队实行军衔制度、军官实行薪金制度，并决定对有功人员颁发勋章、奖章。同年7月，一届全国人大二次会议通过《中华人民共和国兵役法》，规定在全国实行义务兵役制度，以使全国的适龄公民根据宪法规定的公民义务，公平合理地为国家服兵役。我军三大制度的实行，对于确定以军事工作为职业的军官在军队中的

[1]《毛泽东文集》第七卷，人民出版社，1999年版，第27页。

◆ 1955年9月23日，根据全国人大常委会第22次会议的决定，毛泽东发布授予朱德、彭德怀、林彪、刘伯承、贺龙、陈毅、罗荣桓、徐向前、聂荣臻、叶剑英元帅军衔的命令。9月27日，在北京怀仁堂隆重举行中华人民共和国主席授衔、授勋典礼。图为毛泽东授予朱德元帅军衔。

地位和社会上的荣誉，克服单纯志愿兵役制度的某些不利因素，保证全军高度集中统一和提高工作效益，推进军队正规化、现代化建设，具有重大意义。

1955年9月23日，第一届全国人大常委会举行第22次会议，决定授予朱德、彭德怀、林彪、刘伯承、贺龙、陈毅、罗荣桓、徐向前、聂荣臻、叶剑英以元帅军衔；授予粟裕、徐海东、黄克诚、陈赓、谭政、萧劲光、张云逸、罗瑞卿、王树声、许光达以大将军衔等，并决定授予在中国工农红军时期、抗日战争时期、解放战争时期参加革命战争的有功人员，在解放战争时期直接领导国民党军队起义的有功人员，以及和平解放西藏的有功人员以一级“八一勋章”、一级“独立自由勋章”和一级“解放勋章”。9月27日，毛泽东主席在授衔、授勋典礼上，将授予中华人民共和国元帅军衔的命令状，一一授予朱德等10位元帅。随后将一级“八一勋章”、一级“独立自由勋章”、一级“解放勋章”分别授予各有功人员。同日，国务院举行授予中国人民解放军军官将官军衔典礼，周恩来总理分别把授予大将、上将、中将、少将军衔的命令状，一一授予粟裕等在京军官。

1956年3月，中共中央军委举行扩大会议。会议根据国际紧张局势总的趋向缓和，但帝国主义企图发动侵略战争的可能性依然存在的估计，提出在国家军事工作中做好随时应付突然事变的一切准备的积极防御战略，即在战争爆发之前，应该不断地加强我们的军事力量，继续扩大国际统一战线活动，从军事上和政治上制止或推迟战争的爆发；当帝国主义不顾一切后果向我国发动侵略战争的时候，人民解放军要立即给予有力的回击，在预定设防地区阻止敌人的进攻，并适时地组织积极的战略反攻和进攻，以消灭全部进犯之敌，完成战略防御任务。积极防御战略方针的提出，使我国军队正规化和国防现代化的建设工作进入一个新的阶段。

◆ 1955 年 9 月 27 日，在北京怀仁堂隆重举行中华人民共和国主席授衔、授勋的典礼。图为典礼会场。

◆ 1955 年 9 月 27 日，中华人民共和国国务院隆重举行授予中国人民解放军军官将官军衔典礼。

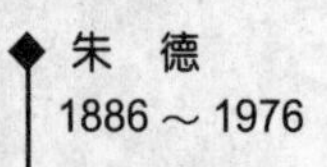

朱 德
1886～1976

彭德怀
1898～1974

林 彪
1907～1971

刘伯承
1892～1986

贺 龙
1896～1969

陈 毅
1901～1972

罗荣桓
1902～1963

徐向前
1901～1990

聂荣臻
1899～1992

叶剑英
1897～1986

粟 裕
1907～1984

徐海东
1900～1970

黄克诚
1902～1986

陈 赓
1903～1961

谭 政
1906～1988

萧劲光
1903～1989

◆张云逸
1892～1974

◆罗瑞卿
1906～1978

◆王树声
1905～1974

◆许光达
1908～1969

MAOZEDONGSHIDAIDEZHONGGUO

第九章

国际舞台 崭露锋芒

第九章
国际舞台 崭露锋芒

朝鲜停战以后，中共中央从战后国际和平民主力量不断壮大，新的世界大战是能够制止的判断出发，要求在外交方面展开积极的活动和斗争，创造更有利的国际和平环境，以便集中力量进行大规模有计划的经济建设。根据这一方针，中国积极参加日内瓦会议、万隆会议等国际会议，努力打开通过大国协商解决国际争端的道路；率先倡导和平共处五项原则，推动有关各方达成缓和国际紧张局势的协议，在全世界面前树立了中华人民共和国崭新的大国形象，并为国内经济建设创设了有利的外部条件。

一、日内瓦开篇：打开协商解决国际争端的道路

周恩来说：唱文戏，要有板有眼，要合拍

1953年7月，美国被迫在《朝鲜停战协定》上签字，中国以抗美援朝、保家卫国的英勇斗争，为维护亚洲和世界和平作出了自己的贡献。朝鲜战争虽然停了下来，但朝鲜问题并未解决。根据《朝鲜停战协定》的规定，在该协定生效三个月内，应召开双方高一级的政治会议，协商从朝鲜撤出一切外国军队及和平解决朝鲜问题等事项。

同年8月24日，周恩来外长就政治会议问题发表声明，提出“政治会议应采取圆桌会议的形式，即朝鲜停战双方在其他相关国家参加之下共同协商的形式，而不采取朝鲜停战双方单独谈判的形式。但会议的任何决议，必须得到朝鲜停战双方的一致同意，才能成立”。朝鲜民主主义人民共和国也发表了同样的声明。然而，联合国大会在美国操纵下通过决议，拒绝圆桌会议形式，并把参加政治会议的成员限于交战双方的国家。后经努力推动，1953年10月，朝中方面代表与美方代表在朝鲜板门店就如何召开政治会议一事进行会谈。但美国根本不想召开政治会议，在会谈中采取种种手法拖延，使会谈陷入僵局。至12月12日，美方无理中断双方会谈。由于美方的一再破坏，《朝鲜停战协定》明文规定的高一级政治会议始终未能召开。

除朝鲜问题外，当时国际争端的另一个焦点是印度支那问题。按照1945年雅尔塔协定的框架，印度支那半岛同朝鲜半岛一样，都处于美苏划分势力范围的边缘地带，成为战后国际问题的热点。1945年8月日本投降后，以胡志明为首的印度支那共产党领导越南全国总起义取得胜利，9月2日，胡志明宣布越南独立，成立越南民主共和国。法国为恢复其原在印度支那的殖民统治，立即派兵利用英军的掩护在越南南方登陆，占领西贡，并逐渐向北推进。1946年12月，法国出动10万军队向越南发动全面进攻，挑起新的殖民战争，先后占领海防、河内等主要城市，控制重要据点，封锁越中边界，使越南民主共和国陷入困难境地。越南人民在胡志明的领导下

进行了一场艰苦卓绝的抗法战争。在老挝和柬埔寨，法国重新建立傀儡政权，恢复其殖民统治。老挝、柬埔寨人民组成抗战力量进行英勇的抗法斗争。

中国人民坚定地支援印度支那三国人民反抗法国殖民统治，争取独立解放的斗争。1950年1月，胡志明主席来到北京，要求中国提供军事援助，帮助越南进行抗法斗争。虽然建国伊始面临种种困难，中共中央仍毅然作出抗法援越的重要决策，先后派遣罗贵波、陈赓、韦国清率军事顾问团、政治顾问团赴越，帮助扫除中越边界地区的法军据点，为越南部队轮流来华休整，中国援越物资输入越南等创造了有利条件。中国军事、政治顾问团帮助越南进行军队建设、党政建设并制定有关政策，开展土地改革，巩固发展解放区；协助制定实施作战计划，接连取得几次战役的重大胜利，为越南北方完全解放和恢复印度支那和平创造了条件。

至1953年，在印度支那三国人民的坚决抗击下，战火绵延数年，法国政府已无力负担庞大的战费开支，陷入进退维谷的境地。而美国早在朝鲜战争之前，就开始插手印度支那事务，一面提供给法国大量军事援助，一面直接派遣军事使团，加强对印支地区的干涉。朝鲜停战以后，美国为从朝鲜战争的被动局面中解脱出来，加紧对亚洲其他国家和地区的控制，尤其是向印支地区渗透，企图取代法国在印度支那的地位。法国、英国则希望通过国际协商来解决棘手的印度支那问题。

1953年9月28日，苏联政府照会法、英、美三国政府，提议召开有中华人民共和国参加的五大国外长会议，审查缓和国际紧张局势的措施。10月8日，周恩来外长发表声明，表示完全赞同苏联政府这一建议，因为在第二次世界大战之后，法、英、美、苏和中华人民共和国五大国，对于解决和平与国际安全的重大问题，负有特别重要的责任。1954年1月9日，周恩来外长再次发表声明，指出：亚洲方面一些迫切的国际问题，正如欧洲方面一些迫切的国际问题一样，已经发展到了必须由各有关大国举行协商来加以审查和解决的阶段。由即将在柏林召开的四国外长会议，导向有中华人民共和国参加的五大国会议，来促进迫切的国际问题的解决，将会有利于缓和国际紧张局势及保障国际和平与安全。

1月25日，苏联外长莫洛托夫在柏林四国外长会议上再次提出召开五大国会议的建议。但美国国务卿杜勒斯却声称：美国不同意参加有中共在内的五大国会议来一般地讨论世界和平问题。当时英、法都希望召开这一会议讨论解决印度支那问题。美国后来不得不改变态度，表示美国政府不赞成同中国谈判有关世界安全或缓和东亚和其他地区的紧张局势的一般问题，但同意讨论特定或特殊的问题，如果有其他有关方面也参加的话。2月18日，柏林四国外长会议达成一致协议：由苏、美、法、英、中华人民共和国、大韩民国、朝鲜民主主义人民共和国及其他参加朝鲜战争并愿意参加会议的国家的代表于1954年4月26日在日内瓦举行会议，“以期对朝鲜问题取得和平解决”。同时，“还要讨论恢复印度支那和平的问题”。中国政府收到邀请后表示：“同意派出全权代表参加日内瓦会议。”

日内瓦会议是中华人民共和国成立以来第一次以五大国的地位参加的重要国际会议，中共中央对此十分重视并做了充分的准备，对有可能或应争取解决的问题及采取何种策略等，都作了专门研究。1954年3月2日，中央书记处会议

原则批准周恩来提出的《关于日内瓦会议的估计及其准备工作的初步意见》。周恩来分析了美英法三国在朝鲜以及在许多国际问题上的意见并非完全一致，有时矛盾很大，其内部困难很多，为此，中国“应该采取积极参加日内瓦会议的方针，并加强外交和国际活动”，打破美国政府的“封锁、禁运、扩军备战的政策，以促进国际紧张局势的缓和”。在日内瓦会议上，即使美国将用一切力量来破坏各种有利于和平事业的协议的达成，“我们仍应尽一切努力务期达成某些可以获得一致意见和解决办法的协议，甚至是临时性的或个别性的协议，以利于打开经过大国协商解决国际争端的道路。”①

3月29日，周恩来同前来北京的胡志明主席商谈了和平解决印度支那问题的方案。4月上旬，周恩来两次赴莫斯科，出席有苏、中、朝、越四国领导人参加的日内瓦会议预备会议，磋商参加会议的方针、策略和谈判方案等问题，进一步明确尽力争取在印度支那实现停战。

4月19日，中央人民政府主席毛泽东任命周恩来总理兼外交部长为出席日内瓦会议的中华人民共和国代表团首席代表，张闻天、王稼祥、李克农为代表。在出国前的准备中，周恩来在中国代表团全体成员会议上说：尽管我们过去在国内谈判有经验，跟美国吵架有经验，但那是野台子戏，那是无法无天，什么也不怕，闹翻了也就那么回事。当然我们谈判不是为了闹翻。就是说，那时我们进行谈判的范围小，有什么就说什么。中国是一个大国，到日内瓦是参加一个正式的国际会议，我们是登国际舞台了，因此要唱文戏，文戏中有武戏，但总归是一个正规戏、舞台戏。有几个兄弟国家参加，要配合，要有板有眼，都要合拍，又是第一次唱，所以还是要本着学习的精神。

4月20日，周恩来率中国代表团赴瑞士参加日内瓦会议。中途飞抵莫斯科短暂停留时，周恩来听取了苏联外长莫洛托夫等介绍外交工作经验，并偕王稼祥同马林科夫、赫鲁晓夫、胡志明进一步商谈越南问题。4月25日，周恩来一行经柏林飞抵日内瓦。周恩来外长在机场发表声明指出：“日内瓦会议将要讨论和平解决朝鲜问题和恢复印度支那和平问题。亚洲这两个迫切问题，如果能够获得解决，将有利于保障亚洲的和平，并进一步缓和国际的紧张局势。”中国代表团“抱着诚意来参加这个会议”，“并热烈地期望着会议的成功”。

◆ 1954年4月，周恩来总理率领中国政府代表团出席在瑞士举行的日内瓦会议。周恩来出现在会场上时，各国人士对之充满了好奇，长期的敌意宣传翳障了他们的眼，可他们从仪态安闲的周恩来身上，领略了中国共产党人的智慧和翩翩风度。

①《周恩来年谱(1949～1976)》上卷，中央文献出版社，1998年版，第356页。

◆ 1954 年 4 月至 7 月，周恩来率中国政府代表团参加日内瓦会议。图为日内瓦会议会场。

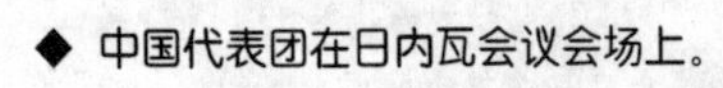

◆ 中国代表团在日内瓦会议会场上。

为和平解决朝鲜问题尽最大的努力

1954年4月26日，日内瓦会议在国际联盟大厦开幕。会议第一阶段讨论朝鲜问题。参加讨论的除五大国和朝鲜南北双方外，还有参加朝鲜战争的澳大利亚、比利时、加拿大、哥伦比亚、埃塞俄比亚、希腊、卢森堡、荷兰、新西兰、菲律宾、泰国和土耳其的代表。讨论持续到6月15日，历时51天。

周恩来总理兼外长率中国代表团出席会议，力求会议对和平解决朝鲜问题取得成果。然而，美国和南朝鲜从会议一开始就采取顽固阻挠会议达成任何协议的立场。会议内外的斗争异常尖锐、复杂。

4月27日，朝鲜民主主义人民共和国外务相南日在发言中提出和平解决朝鲜问题的方案：(一)"举行国民议会的全朝鲜选举，以组成朝鲜统一政府"。(二)"一切外国武装力量，在六个月内撤出朝鲜"。(三)"要创造条件以促使尽速完成以和平方式把朝鲜统一成为一个统一的、独立的、民主的国家的任务"。

南朝鲜代表卞荣泰却提出：由联合国监督，在北朝鲜举行自由选举，选举南朝鲜议会中留给北朝鲜代表约100个席位，并要求美国军队继续留在南朝鲜。这种主张，无异于南朝鲜挟美军武力吞并北朝鲜。

4月28日，周恩来外长发言，全面阐述中国政府对亚洲问题，特别是朝鲜问题和印度支那问题的立场，谴责美国在亚洲的侵略政策和战争政策，支持南日关于恢复朝鲜国家统一的三项建议。周恩来强调说，举行这个会议的本身，就意味着经过和平协商解决国际争端的可能性的增长。中国代表团希望参加这次会议的全体代表都为着实现这一任务作出真诚的努力。美国在亚洲的"侵略行动应该被制止，亚洲的和平应该得到保证，亚洲各国的独立和主权应该得到尊重，亚洲人民的民族权利和自由权利应该得到保障，对亚洲各国内政的干涉应该停止，在亚洲各国的外国军事基地应该撤除，驻在亚洲各国的外国军队应该撤退，日本军国主义的复活应该防止，一切经济封锁应该取消"。"我们尊重各国人民的选择和维护他们自己的生活方式和国家制度而不受外来干涉的权利；同时，我们也要求其他国家用同样的态度对待我们，只要世界各国都遵守这些原则，我们认为，在不同的社会制度下的世界各国是可以和平共处的"。

美国国务卿杜勒斯在发言中，支持南朝鲜的建议，要求实现所谓联合国统一朝鲜问题的决议，即由美国控制的"联合国朝鲜统一复兴委员会"干预朝鲜选举，并反对同时从南北朝鲜撤出一切外国军队。针对美国代表及其追随者的论点，周恩来在5月3日的会议上发言指出：美国发动武装干涉朝鲜的战争后，操纵联合国"非法地追认了美国的这一侵略行动，这就将联合国置于朝鲜战争中交战一方的地位，因而使它失去了公平处理朝鲜问题的资格"。美国代表硬要朝鲜人民执行联合国的非法决议，同意联合国监管朝鲜的选举，"岂非无理之至！"

由于美国坚持无理主张，对朝鲜问题的讨论陷入僵局。从5月8日起，会议开始讨论印度支那问题。尽管如此，中国代表团仍本着寻求协议途径的精神，力求推动会议对解决朝鲜问题有所进展。周恩来反复指出，联合国的非法决议不能作为和平解决朝鲜问题的基础。从朝鲜撤出一切外国军队，是朝鲜人民在全国选举中能自由表

◆ 1954年5月，周恩来总理在出席日内瓦会议期间同英国外交大臣艾登会谈。

示意志而不受任何外国干涉，实现朝鲜统一的先决条件，会议应对此达成适当协议。为打破僵局，周恩来提出补充建议："为了协助全朝鲜委员会根据全朝鲜选举法在排除外国干涉的自由条件下举行全朝鲜选举，成立中立国监察委员会，对全朝鲜选举进行监察。"

尽管中、朝、苏三方继续努力寻求达成协议的共同点，美、英、法三国代表却秘商结束对朝鲜问题的讨论。6月15日，在和平解决朝鲜问题的最后一次全体会议上，中、朝、苏三国代表协同行动，进行最后的努力。南日首先提出保证朝鲜和平状态的六项新建议。周恩来发言表示完全支持，并建议"召开中、苏、英、美、法、朝鲜民主主义人民共和国和大韩民国七国参加的限制性会议，讨论巩固朝鲜和平的有关措施"。苏联外长莫洛托夫提议：由与会各国发表一项共同宣言，同意"在等待朝鲜问题在建立一个统一、独立、民主国家的基础上最后解决期间，不得采取任何可能足以对维持朝鲜和平构成威胁的行动"。中国代表团完全支持苏联的提议。

朝、中、苏三国的新建议，打乱了美国的阵脚。大会主席英国外交大臣艾登立即宣布休会，美国等15国与南朝鲜紧急磋商，讨论对策。复会后，美国副国务卿史密斯发言，带头拒绝朝、中、苏有利于和平解决朝鲜问题的一切建议。接着，由泰国代表旺亲王宣读参加"联合国军"的国家提出的"16国共同宣言"，声称"共产党国家代表拒绝承认联合国在朝鲜的权威与职能并拒绝在联合国的监督下举行自由选举，因此，本会议继续考虑和研究朝鲜问题是不会有什么用处的，并认为应把这个会议进行的情况通知联合国"。

"16国共同宣言"的提出表明，日内瓦会议关于朝鲜问题的讨论面临最后破裂。周恩来第二次发言，对这个"宣言"断然要停止会议表示极大的遗憾，并指出，情况虽然如此，我们仍然有义务对和平解决朝鲜问题达成某种协议，为此建议："日内瓦与会国家达成协议，它们将继续努力以期在建立统一、独立和民主的朝鲜国家的基础上达成和平解决朝鲜问题的协议。关于恢复适当谈判的时间和地点问题，将由有关国家另行商定。"周恩来还说，如果这样一个"两句话"的建议都被"联合国军"的有关国家所拒绝，那么，"这种拒绝协商和解的精神，将为国际会议留下一个极不良的影响。"

周恩来外长的发言打动了比利时外长斯巴克，他表示周恩来的意见中有合理的成分，与"16国共同宣言"的精神并不矛盾，希望今后恢复对朝鲜问题的讨论。周恩来立即抓住机会第三次发言："如果16国宣言和中国代表团的最后建议有着共同的愿望，那么16国宣言只是一方面的宣言，而日内瓦会议却有19个国家参加，我们为什么不可以用共同协议的形式来表示这一共同的愿望呢？"斯巴克起而响应周恩来的建议。苏联代表也表示赞成。会议主席艾登说，如果大家

同意，可否认为这个声明已被会议所普遍接受？在会场短暂寂静，没有人表示反对的情况下，美国代表史密斯仓促发言，说他不准备在未向美国政府请示的情况下同意这个建议。史密斯的发言，最终阻止会议达成即使是最低限度的、最具有和解性的建议。

尽管以周恩来为首的中国代表团和苏联、朝鲜代表团为巩固朝鲜半岛和平及和平解决朝鲜统一问题做了不懈的努力，但由于美国根本不打算从朝鲜撤军，对和平解决朝鲜问题再三进行阻挠，日内瓦会议关于朝鲜问题的讨论在没有达成任何协议的情况下被迫结束。和平解决朝鲜问题因此悬而未决，成为必须坚持为之奋斗的一项长期的任务。从总的方面看，日内瓦会议对朝鲜问题的讨论是有积极作用的。它在全世界人民面前，证明了谁在努力寻求用协商方式缓和国际紧张局势，谁在进行阻挠破坏，继续制造紧张局势。中国代表团特别是周恩来总理兼外长所表现的政治家的宽阔胸怀，合情合理的主张和机智灵活的才干，为中华人民共和国树立了全新的外交形象，给与会者以至国际社会留下极为深刻的印象。

周恩来穿梭斡旋，促成印度支那实现停火

日内瓦会议第二阶段讨论恢复印度支那和平问题。参加讨论的有中、苏、英、法、美、越南民主共和国、越南共和国（即南越）、老挝王国和柬埔寨王国。越南民主共和国范文同外长提出邀请老挝寮国抗战政府和柬埔寨高棉抗战政府派代表参加，得到中国和苏联代表团的支持，其他国家代表团则反对，致使两个抗战政府未能被邀请出席会议。但它们仍各派代表来到日内瓦，在会外积极进行活动。

印度支那问题牵涉的矛盾及各方关系极为复杂。首先是法国同印支三国抗法武装——越南民主共和国人民军、寮国抗战部队和高棉抗战部队之间的矛盾。第二是法国同美国的矛盾，当时法国想体面地摆脱印支战争的泥淖，重返欧洲；美国却鼓动法国接受其直接军事援助，或由美国接过军事指挥权，以便在必要时对中国采取海空军事行动。美国的主张与法国的要求是相矛盾的。英国为保住其在南亚的利益不受美国排挤，基本上与法国采取相同立场。另外，还有印支三国六方之间的矛盾，即作为"法兰西联邦"成员国的越南共和国、老挝王国、柬埔寨王国的政府，分别与越南民主共和国政府及老挝、柬埔寨抗战政府之间的矛盾。这种矛盾属于各该国内部的阶级矛盾，但矛盾各方在争取民族独立问题上又有共同点。中国代表团仔细分析上述各种矛盾，在会议期间积极寻求机会，力争推动在印度支那实现停战。

5月7日，越南人民军在中国军事顾问团的帮助下，取得抗法战争的重大胜利——奠边府大捷，歼灭法军16万余人，给法国以巨大的打击，朝野为之震动。奠边府的解放，迫使法国政府不得不同意从8日开始在日内瓦会议讨论印度支那问题。中国代表团抓住这个有利时机，积极开展双边和多边外交活动，推动有关各方朝着解决问题的方向迈进。

周恩来外长先与越南代表商议，宣布释放奠边府战役中俘获的对方重伤员，以争取谈判的主动；又会见前来拜访的英国外相艾登，阐明印支问题的解决必须对双方都是公平合理和光荣的，希望英国多做些工作，使各方了解谈判必

须是双方平等进行的；并出席中、苏、越三国代表会议，确定讨论有关问题的原则为：(一)必须反对对方将柬埔寨、老挝问题作为单独问题解决；(二)政治问题与停战问题必须同时解决，但可以先讨论停战问题；(三)法国在印度支那停止敌对行动的同时，美国也必须停止运送武器、弹药到印支地区。

然而，要真正实现印度支那的和平还有诸多困难。障碍不仅来自法国主战派，更主要的来自美国的破坏和干扰。美国眼见法国的势力衰退，企图通过参与对印支的武装干涉，逐步取代法国在印度支那的地位，因而不希望日内瓦会议在印支问题上达成协议。在日内瓦会议召开前不久，美国国务卿杜勒斯公开鼓吹对印度支那采取“联合行动”，策动组织东南亚和西太平洋的军事集团，并向中国提出“联合警告”：如果中国不停止对“越盟”的援助，就对中国海岸采取海空军事行动。在日内瓦会议内外，美、法代表互相串连，四处活动，肆意挑拨印支三国的关系，煽动老挝、柬埔寨王国的代表反对越南和中国，致使印支问题讨论了20多天，未能取得实质性进展。

周恩来和中国代表团成员深入分析研究印支形势的变化，认为胡志明领导的越盟经过八年抗战，武装力量不断壮大，较好地体现了民族解放与人民革命两重性的结合；而在老挝和柬埔寨，王国政府仍是大多数人心目中的合法政府，并得到世界30多个国家的承认，人民革命力量较弱。对这两个国家的外交政策，必须掌握既有利于人民抵抗运动，又严守革命不能输出的原则，应鼓励老、柬的中立倾向，团结它们共同反帝。为此，周恩来还亲自宴请老挝和柬埔寨代表团成员，推心置腹地同他们交谈，耐心地解释中国的外交政策和恢复印度支那和平的主张，促使老、柬代表团转变态度，支持中国提出的合理方案。

经与苏联、越南代表团反复研究，周恩来外长在5月27日的会议上，提出中国代表团关于在印度支那停止敌对行动的第一个建议，其核心要点是：(一)交战双方的一切武装力量“在印度支那全境同时实现完全的停火”；(二)双方就各自占领区的区域调整、军队转移及可能发生的其他有关问题，开始谈判；(三)对停止敌对行动协定的履行，由双方司令部代表组成联合委员会进行监督，并应由中立国委员会进行国际监督。

中国代表团的这个建议，促使有关各方求同存异，达成一定谅解，于5月29日形成日内瓦会议的第一个决议：“为了促使敌对行动早日和同时终止”，交战“双方司令部的代表应即在日内瓦会晤”，“研究在停止敌对行动后军队的部署问题”，并“应尽快向会议提出建议和报告”。这一决议的通过，为日内瓦会议处理印度支那问题打下了良好的基础。6月2日，越南人民军总司令部的代表同法国远征军总司令部的代表在日内瓦举行第一次会议。

在关于印度支那问题谈判的75天进程中，主要讨论了停战后交战双方武装力量划分集结区问题；老挝和柬埔寨问题如何同越南问题区别对待问题；停战的监督与保证问题以及印支三国的政治前途等问题。

关于老挝和柬埔寨的停战问题，双方争论的焦点是：越南民主共和国提出，老挝和柬埔寨的问题应作为整个印度支那问题的一部分加以考虑，必须根据同样的原则、方法和程序，同时在印支三国停止敌对行动，恢复和平。中国和苏联同意这个观点。老挝、柬埔寨王国的代表则认为，两国还存在越南军队“入侵”的事实，对这两个国

家的停战问题必须单独处理。老挝王国的代表甚至认为中国支持越南，越南代替中国侵略了他们。为了消除误会，中国代表团特意请来老挝、柬埔寨王国的代表，深入了解他们的看法，及时修改了对策。

在5月27日的会议上，周恩来提出一个折中方案，即：印支三国必须同时停火而没有例外，但"关于双方军队集结地区，也就是双方地区调整问题，印度支那三个国家的情况不完全相同，因而在双方地区调整原则确定之后，还要根据三国的具体情况加以实施，因而解决的办法也会有所不同"。在折中的基础上，会议决定把两个问题分开解决，由越、法双方军事代表谈判越南问题，外长会议继续讨论老挝和柬埔寨问题。

6月16日，周恩来又提出关于老挝和柬埔寨问题的六项建议。这个建议抓住了"撤退一切外国军队"，包括撤退可能进入老挝、柬埔寨的越南军事志愿人员这个关键。就是说，在军事方面，应承认有本地的抵抗部队，也承认过去有越南志愿军在老、柬作战，有的已经撤出，如果现在还有，应按照撤退一切外国军队的办法处理。这样，老挝、柬埔寨便可避免因越南的军事介入而使国内政治问题不能达成协议，使战争继续打下去的危险。中国政府宣示"革命不能输出"的务实态度，有利于化解老、柬王国的误会。同时，也促使印支三国抗法武装力量认识到，当前首要的问题，是通过会议使三国的独立得到国际承认。有了这个前提，即应在不损害根本原则的情况下，尽可能地谋求国内政治的和解，争取国内协议的达成，这是符合印支三国人民根本利益的。

在接下来的会议发言中，除美国代表团外，所有与会国代表团都认为周恩来16日提出的建议是富有建设性和协商精神的。在此基础上，有关各方在老、柬问题上走向和解的最大障碍得到排除。经双方主要国家往返数次协商，在会下就老、柬问题的协议取得一致意见。6月19日，会议达成《关于在柬埔寨和老挝停止敌对行动的协议》。这是日内瓦会议取得的重要的阶段性成果。

关于划分军事集结区问题，由于牵涉到交战双方的战略利益和军队的移动，谈判拖延的时间最长。争论的焦点在于：越南民主共和国主张在北纬13度至14度线之间划界，法国则主张在北纬18度线划界，双方意见相距甚远。

这时，法国因在奠边府战役中遭受惨败，国内反战情绪高涨，在一片反战浪潮之中，主战的拉尼埃—皮杜尔政府倒台，国民议会通过停止印支战争的决议。6月17日，法国民议会授权主和派的孟戴斯—弗朗斯组阁新任总理，他表示"将竭尽一切力量达成印度支那的和平"，并自兼外长率代表团赴日内瓦，寻求法、越直接谈判。英国也表现出积极的和解精神。许多国家尤其是亚洲国家政府表现了对解决印度支那问题的积极态度。

利用法越进行军事谈判和各国外长回国的短暂空隙，周恩来进行了繁忙的穿梭外交。6月23日，周恩来飞到瑞士伯尔尼，同孟戴斯—弗朗斯会晤，询问法国新政府关于实现印度支那停战的方案，并表明：在印度支那问题上，我们的条件就是和平，就是反对美国干涉，不让美国把战争国际化，反对美国在印度支那建立军事基地。除此之外，没有别的条件。两位总理兼外长坦诚交换意见，促进了双方的信任与理解。

6月24日，周恩来应邀访问印度、缅甸，向两国领导人通报了日内瓦会谈的情况，并就如何争取和平广泛地交换了意见。7月3日，周恩来返回国内，在广西柳州同胡志明等越南领导人会

谈，形成关于谈判的底案：(一)在越南的临时军事分界线，可先退让到15度线，力求在16度线上达成协议，如谈判陷于僵持，越方可再作退让。(二)在老挝，争取把靠近中国和越南的两个省划为抗战力量的集结区。(三)政治解决柬埔寨问题。

与胡志明会谈结束后，周恩来于7月7日赶回北京，当晚在毛泽东处召开中央政治局扩大会议。周恩来报告了日内瓦会议及他最近访问印度、缅甸和举行中越两党高级会谈的情况。周恩来说，在日内瓦会议上，我们采取的方针是联合法国、英国、东南亚国家、印度支那三国，即团结一切可以团结的国际力量，孤立美国，并限制和打破美国扩大其世界霸权的计划，其中关键的问题是促进印度支那的和平。两个月来的会议取得了若干成就，使国际紧张形势缓和了一步，使美国扩大世界霸权的计划受到阻碍。照现在的趋势，实现印度支那停战的可能性是大了，是要达成协议的。

毛泽东赞赏周恩来的报告很好，同意他提出的方针并批准过去两个多月的活动。毛泽东说，我们参加这次会议的方针是正确的，活动是有成绩的，该让步的应该让，该坚持的应坚持，就可以达到孤立少数(美国)，团结多数的目的。今后继续这个方针，抓紧问题，估计可以达成协议。刘少奇对周恩来的报告作最后总结，指出中央对周恩来在日内瓦会议上的外交活动表示满意，并应作出决定，批准中国代表团在日内瓦的工作和今后的方针。

7月9日，周恩来乘飞机再赴日内瓦，途经莫斯科，又同苏联领导人进行会谈。双方一致认为，应该提出公平合理的、能够为法国新政府所接受的简单明确的条件，迅速达成恢复印度支那和平的协议。7月12日，周恩来返回日内瓦后，当晚同越南民主共和国代表团举行会谈，以便在谈判立场上达成完全一致。周恩来耐心地劝说范文同，越方在划线问题上要从客观现实出发，特别要考虑到美国的干涉是不可避免的。在16度线附近划界，越方有个向北撤军问题，但和平首先有利于越南北方的经济发展，可以争取法国，争取英联邦各国，争取东南亚各国，削弱好战分子的力量。为了长远的利益，有时不得不牺牲眼前的利益。经过说服，越方同意作出一定的让步。这就为日内瓦会议最后达成和平解决印度支那问题的协议打开了通道。

7月18日至19日，中国代表团与英国代表团交换意见。英国表示：9号公路位于17度线以南不远，是沟通越南中部和老挝的战略通道，法国绝不会放弃；靠近16度线附近的岘港，是重要的军事基地和出海口，法国也坚持不放弃，但孟戴斯—弗朗斯暗示，愿意以越南的普选日期定在1956年内的“政治上让步”作为交换。经过反复协商，越、法关于划分军事集结区的谈判终于在7月20日达成协议，两集结区以北纬17度线南，9号公路北的六滨河(又名贤良河)为界。

以周恩来为首的中国代表团卓有成效的工作，推动会议迈出了具有实质意义的一步。7月21日，日内瓦会议终于达成最后协议，包括九国代表参加的关于恢复印度支那和平的最后宣言和由老挝王国、柬埔寨王国及法国政府分别发表的六个声明作为附件，三国交战双方还在同日发表了停止敌对行动的协定。这一系列文件，规定印支三国实现停火；法国军队限期从印支三国撤走；与会国保证尊重越、老、柬三国的民族独立、主权、统一和领土完整；并在《日内瓦会议最后宣言》中对上述各协定、声明予以确认和支持。从

此，法国在印度支那的殖民统治宣告结束，印度支那三国的民族独立得以实现，印度支那基本恢复和平。

美国政府没有在《日内瓦会议最后宣言》上签字，只是单独发表声明宣称：美国将不使用威胁或武力去妨害这些协定和条款的执行。同时又声称："美国将充分关切地注视违反上述协定的任何侵略的再起，并认为这是严重威胁国际和平和安全的。"美国政府的这个声明，为它以后扩大对印度支那的军事干涉埋下了伏笔。

日内瓦会议的成功，是印度支那三国人民争取民族独立斗争取得的重大胜利。中国代表团为实现印支和平所作的关键性努力，得到各国代表的公认和称赞，中国在协商处理国际事务中的地位和作用得到充分体现和切实加强。印度支那和平的恢复，使国际形势自朝鲜停战后得到进一步缓和，为亚洲与世界和平作出了贡献。同时，也使美国从南部向中国的军事逼近受到挫折，巩固了我国南部国防安全，为我国的经济建设提供了比较有利的国际和平环境。

二、万隆精神：不同的制度是可以和平共处的

首倡建立新型国际关系的五项原则

新中国的建设与发展，需要同周边国家建立友好的睦邻关系。这些邻近国家，大都是第二次世界大战以后新兴的民族独立国家，与中国有过同样的历史命运，都面临着维护本国政治独立，努力发展民族经济的任务。由于意识形态的差异和西方国家的影响，这些国家对选择了社会主义的新中国存有疑惧，有的还与中国存在一些历史遗留问题。为此，中国把改善和发展同新兴民族独立国家的关系，作为外交工作的一项重要任务，注意慎重处理同这些国家关系中现实的与历史的矛盾问题，消除它们对新中国的误解，增进相互间的信任，并在改善与发展相互关系过程中，摸索和总结出一套适合于与不同社会制度国家交往的基本方针和原则。

中国和印度是毗邻的两个亚洲大国，都是通过长期的反帝国主义反殖民主义斗争而获得独立和解放。印度在民族主义国家中第一个同新中国建立外交关系，并在联合国每年都提出恢复中华人民共和国合法席位的提案，认为美国把中国拒于联合国大门之外是错误的。在朝鲜问题、台湾问题及一些重大国际问题上，印度同中国密切配合，一向保持和平中立倾向，不跟美国随波逐流。因此，我国一直把同印度建立和发展长期友好合作关系，作为实行睦邻外交政策的一个重点。

从另一方面看，由于中印两国近代的历史经历不同，社会和政治制度不同，中印关系发展中既有互利合作、互为友好邻邦的一面，又有一些悬而未决的历史遗留问题。印度与中国西藏地区接壤，英国在其长期的殖民统治中，曾以印度为基地向中国西藏地方不断渗透，企图把西藏从中国分裂出去，并在中印边界制造争议地区。印度独立后，曾想继承过去英国在西藏的一些特权，保持在西藏的特殊地位和影响。在中国解放西藏问题上，印度曾采取过反对和阻挠的态度，借机将其北部边界由原争议区不断向西藏境内扩张，企图片面造成既成事实，并照会中国政府要求继承英国以往在西藏地方的所谓权益。对此，中国一方面坚决维护自己的主权和领土完整，另一方面尽力避免损害同印度的友好关系，

致力于在两国之间建立一个双方约定、共同遵守的相互关系的准则。

1952年2月，印度政府向中国政府送交一份《关于印度在西藏利益现状》的备忘录，共开列包括在西藏地方派驻外交使团、商务代表处、开设邮政及电讯机关、驻军和朝圣等七个方面的权利。对于印度开列的这些权益所涉及的一些原则问题，周恩来总理于6月14日向印度驻华大使潘尼迦指出："中国同印度在中国西藏地方关系的现存情况，是英国过去侵略中国过程中遗留下来的痕迹。对于这一切，新的印度政府是没有责任的。英国政府与旧中国基于不平等条约而产生的特权，现在已不复存在了。因此，新中国与新的印度政府在中国西藏地方的关系，要通过协商重新建立起来，这是应该首先声明的一个原则。"随后，印度政府接受中国政府的建议，将印度过去留在拉萨的代表团改变为印度驻拉萨的总领事馆。根据对等的原则，同意中国政府在孟买设立总领事馆。这就为解决双方在中国西藏地方的关系问题迈出了第一步。

1953年朝鲜战争结束后，中国外交政策的侧重点开始转向在不同制度的国家间建立和平共处关系上来。中国政府首先向印度政府建议就中印两国在西藏地方的关系问题在北京举行谈判。12月31日，周恩来在接见印度代表团时指出，新中国成立后就确定了处理中印两国关系的原则，那就是"互相尊重领土主权、互不侵犯、互不干涉内政、平等互惠和和平共处的原则"[①]。周恩来强调说，在两个大国之间，特别是中印这样两个接壤的大国之间，只要根据这些原则，任何业已成熟的悬而未决的问题都可以拿出来谈。这是中国政府在特定的完整意义上，首次提出和平共处五项原则的基本内容。

经过双方的共同努力，中印谈判在1954年4月达成《中印关于中国西藏地方和印度之间的通商和交通协定》及有关换文。在协定的序言中，明确把和平共处五项原则定为指导两国关系的准则。协定和换文清除了过去英国侵略西藏过程中遗留的痕迹，规定印度在亚东和江孜的武装卫队全部撤退；印度在中国西藏地方经营的邮电企业及其设备和驿站移交中国；还确定了依据平等互利的原则促进中国西藏地方和印度之间的通商贸易以及便利两国人民互相朝圣和往来

◆ 中国同印度和缅甸共同倡导和平共处五项原则。图为1954年6月周恩来访问印度时受到热烈欢迎的情景。

①《周恩来选集》下卷，人民出版社，1984年版，第118页。

◆ 1954年6月25日至28日，周恩来应邀访问印度。图为周恩来和前往欢迎的印度总理尼赫鲁(左一)在机场亲切交谈。

的各项具体办法。这样就妥善地解决了中印两国在中国西藏地方所面对的某些历史遗留问题。这是运用和平共处五项原则解决国与国之间问题的第一个范例。

1954年6月25日至29日，周恩来利用日内瓦会议休会时间，先后访问了印度和缅甸，并发表《中印两国总理联合声明》和《中缅两国总理联合声明》。在这两个联合声明中，都明确写入了和平共处五项原则，有关双方一致同意以这些原则作为指导相互关系的原则，并认为在与亚洲以及世界其他国家的关系中“也应该适应这些原则”。对于国家间不同意识形态问题，上述联合声明作了客观的阐释：“各国人民都应该有选择他们的国家制度和生活方式的权利，不应受到其他国家的干涉。革命是不能输出的，同时一个国家的人民所表现的共同意志也不应允许外来干涉。”基于相互达成的共识，联合声明倡议和平共处五项原则“不仅适用于各国之间，而且适用于一般国际关系之中”，这将形成和平和安全的坚固基础，社会制度不同的国家的和平共处就有了保障。

7月7日，在周恩来回到北京向中央政治局报告日内瓦会议及访问印、缅情况的会议上，毛泽东从很广阔的视角阐述国际问题说：现在总的形势是美国相当孤立。东南亚、印度支那的问题解决之后，美国的孤立要继续发展。整个形势比

过去大为好转。缓和紧张局势,不同制度可以和平共处,这些由社会主义国家提出的原则,已逐步被一些西方国家所接受。资本主义世界是很不统一、四分五裂的。美国现在主要的目的还是整从日本到英国这个中间地带,那里的国家被整得哇哇叫。毛泽东指出,现在我们的外交工作不仅是门要关死不可能了,而且需要利用现在有利的局势"走出去",同许多国家,譬如英国、法国等这一类帝国主义国家,印度、缅甸等这一类殖民地国家,甚至于泰国这样的国家进行外交工作。毛泽东还说,不同的制度是可以和平共处的,应该把思想体系上的分歧和政治上的合作分开来,思想体系上的分歧不应该妨碍一国与另一国在政治上的合作。

我国在处理国与国的关系中首倡和平共处五项原则,主要是为了在此基础上发展同世界各国、首先是同新兴民族主义国家的友好合作关系。在二次大战以后及朝鲜战争期间,许多民族主义国家以和平中立立场,形成一种新型国际政治力量。它们一般地承认社会主义国家的存在,并抱有同社会主义国家发展友好关系的愿望。这样,就有了在国际关系中维持和平共处的客观形势。随着日内瓦会议后国际形势由紧张转向缓和,和平共处五项原则在一般国际关系中得到初步运用,并逐渐成为不同社会制度的国家之间的一种共同需要。根据形势的发展,毛泽东在会见不同制度国家访华代表团的谈话中,从多方面阐述了和平共处五项原则,并强调五项原则应推广到所有国家的关系中去。

1954年8月24日,毛泽东在同英国工党代表团的谈话中,针对英国同中国及中国所代表的社会主义能不能和平共处的提问,明确地回答说:我们认为,不同的制度是可以和平共处的。这里发生一个问题,难道只能和这种社会主义共处,不可以和别的事物共处吗?和非社会主义的事物,像资本主义、帝国主义、封建王国等能共处吗?我认为,回答是肯定的,只需要一个条件,就是双方愿意共处。毛泽东进一步阐明:"有两个基本条件使我们完全可以合作:一、都要和平,不愿打仗;二、各人搞自己的建设,因此也要做生意。和平、通商,这总可以取得同意的。"[①]

同年10月,毛泽东在同来华访问的印度总理贾瓦哈拉尔·尼赫鲁的谈话中,强调应当把和平共处五项原则推广到所有国家的关系中去。他指出:我们在合作方面得到一条经验:无论是人与人之间、政党与政党之间、国与国之间的合作,都必须是互利的,而不能使任何一方受到损害。如果任何一方受到损害,合作就不能维持

◆ 周恩来同缅甸联邦总统巴宇(右二)、总理吴努(右一)交谈。

①《毛泽东外交文选》,中央文献出版社,1994年版,第161页。

下去。国与国之间不应该互相警戒，尤其是在友好的国家之间。各国领导人的交往，应该着重的不是思想和社会制度方面的不同，而是双方的共同点。凡是足以引起怀疑、妨碍合作的问题，我们都要来解决，这就能达到五项原则中的平等互利。

12月，毛泽东在会见来访的缅甸总理吴努时指出：五项原则是一个大发展，还要根据五项原则做些工作，我们应该采取些步骤使五项原则具体实现，不要使五项原则成为抽象的原则。现在世界上有两种态度：一种是讲讲算了，另一种是要具体实现。英、美也说要和平共处，但真正要和平共处，它们就不干了。我们认为，五项原则是一个长期方针，不是为了临时应付的。这五项原则是适合我国的情况的，我国需要长期的和平环境。五项原则也是适合亚洲、非洲绝大多数国家的情况的。毛泽东还强调说，国家不应该分大小。我们反对大国有特别的权利，因为这样就把大国和小国放在不平等的地位。这是一个基本原则，不是空话。不论大国小国，互相之间都应该是平等的、民主的、友好的和互助互利的关系，而不是不平等的和互相损害的关系。①

从朝鲜战争结束后中国对外关系的全局来看，和平共处五项原则的提出具有重大的战略意义。它是新中国在国际舞台上开展活动，突破美国的孤立和遏制政策，扩大对外交往的有力武器。从长远发展来看，和平共处五项原则超越社会制度和意识形态，具有法律性和道义性，主张世界各国在相处中互相监督，实行对等的约束和自我约束。它不仅包含了处理国家间政治关系的原则，同时也包含了处理经济关系的内容。从那时起，经过40多年实践的检验，和平共处五项原则不仅成为我国对外政策的基石，也逐渐被国际社会普遍接受。

参加亚非会议和
“克什米尔公主号”事件

和平共处五项原则的精神，在印度支那问题的政治解决中得到一定的体现，从而逐渐为更多的国家所了解和接受。这一发展趋向，在1955年4月召开的第一次亚非会议上得到进一步的引申和弘扬。

亚非会议的发起和召开顺应了历史的潮流。第二次世界大战后，国际形势发生巨大变化的一个重要特征是民族解放运动的勃兴。到20世纪50年代中期，亚洲、非洲已有30个国家相继冲破殖民体系的枷锁而获得独立。亚非国家独立后，迫切需要一个和平的国际环境，以维护各自的独立主权，建设各自的国家，并发展各国间的经济合作与文化交流。因此，增进相互支持和友好往来，成为当时亚非新兴国家的普遍要求。

1954年3月，印度尼西亚总理阿里·沙斯特罗阿米佐约率先提出召开亚非会议的倡议。4月，南亚五国（缅甸、锡兰、印度、印度尼西亚和巴基斯坦）总理在科伦坡举行会议，讨论了印度支那局势和关于召开亚非会议的建议问题。9月，印尼总理先后访问印度和缅甸，三国总理都认为有必要在近期内举行亚非国家代表会议。同年12月，南亚五国首脑在印度尼西亚的茂物再次举行会议，决定由与会五国联合发起召开亚非会议，邀请包括中华人民共和国在内的25个亚非国家参加，并定于1955年4月在印度尼西亚的万隆举行会议。

①《毛泽东外交文选》，中央文献出版社，1994年版，第186～191页。

茂物会议公报提出亚非会议的目的和宗旨是:(一)促进亚非各国的亲善和合作,探讨和促进相互与共同的利益,建立和促进友好与睦邻关系。(二)讨论参加会议各国的社会、经济与文化问题和关系。(三)讨论对亚非国家人民具有特别利害关系的问题,例如有关民族主义的问题和种族主义及殖民主义的问题。(四)讨论亚非国家和它们的人民今天在世界上的地位,以及它们对于促进世界和平与合作所能作出的贡献。南亚五国茂物会议的建议,得到亚非各国的欢迎与支持。除中非联邦外,其余24个国家都接受了邀请。

中国虽然没有直接参加亚非会议的酝酿和筹备,但从一开始就给予积极支持,并做出自己的努力。1954年6月,周恩来总理访问印度和缅甸期间,向两国总理明确表示中国赞同召开亚非会议的计划。随后,毛泽东在会见尼赫鲁和吴努时,都明确表示:亚非会议的宗旨是扩大和平区域和反对殖民主义,我们认为这个宗旨很好,我们支持这个会议,如果各国同意,我们希望参加这个会议。这个会议是为了亚非国家的合作,因此也大大有利于世界和平。在会议筹备期间,中国和印尼双方还通过外交途径就会议问题交换了意见,并建议把和平共处五项原则作为会议的指导思想。

4月4日,周恩来向中共中央提出《参加亚非会议的方案(草案)》。方案指出:"我们在亚非会议的总方针应该是争取扩大世界和平统一战线,促进民族独立运动,并为建立和加强我国同若干亚非国家的事务和对外关系创造条件。"在和平共处和友好合作方面,"我们的主张是:保障世界和平,维护民族独立并为此目的促进各国间的友好合作。友好合作应该以和平共处五项原则和反对侵略、反对战争为基础。""我们主张通过国际协商和缓并消除国际紧张局势,包括台湾地区的紧张局势在内。"在严格区分各国内政和共产主义思想问题上,"亚非会议不讨论共产主义问题是对的,但应在适当场合中,如在仰光会谈中,适当暗示我们赞成不讨论共产主义问题,但并不怕讨论这个问题。应该指出:内政不得干涉,但共产主义思想的影响和传播是无法阻止的,强调革命不能输出,但同时任何一国人民所表现的共同意志也不应允许外来干涉。"[①]

5日,中共中央举行政治局会议讨论通过了周恩来提出的这个方案。6日,国务院第八次会议通过周恩来提出的参加亚非会议的方针和代表团成员名单:周恩来为首席代表,陈毅、叶季壮、章汉夫、黄镇为代表。

亚非会议是由当时几乎所有亚非民族独立国家参加,而第一次没有西方国家参加的国际会议。美国十分惧怕亚非国家与人民的团结和觉醒,极力阻挠亚非会议的召开。在此之前,美国于1954年9月一手策划成立了东南亚条约组织,严重破坏日内瓦会议达成的协议给印度支那地区带来的短暂缓和,把冷战引进东南亚地区。同时,美国还在台湾地区制造紧张局势,加紧同台湾蒋介石当局签订所谓"共同防御条约"的步骤。当茂物会议决定召开亚非会议时,美国又开动宣传机器,故意贬低会议的意义,说这个会议将只是"一个午后的茶会","算不得是一件有重大意义的事件"。此外,美国还利用政治拉拢和经济引诱的办法,对一些与会国施加影响,要他们在会上保护美国的利益及东南亚条约组织军事集团的利益。

为了达到阻止会议召开的目的,美国把攻击

①《周恩来年谱(1949~1976)》上卷,中央文献出版社,1998年版,第460~461页。

◆ 周恩来等在"克什米尔公主号"飞机爆炸事件中遇难烈士遗骨安葬仪式上。

的矛头指向中国，赶在1955年2月完成了批准美蒋条约的立法程序，以此来威胁和遏制中国。同时，美国还在亚非国家中孤立中国，不遗余力地挑拨中国与亚非国家的关系，捏造散布中国要"夺取亚非世界领导权"，已对远东"构成了尖锐、迫切的威胁"等谣言和谬论。在万隆会议的前一天，美国国务卿竟反过来要求会议"设法谴责以武力实现国家野心的做法"。美国的意图是，即使阻止不了亚非会议的召开，也要给会议制造种种麻烦和难题，使其"分裂而瓦解"。

1955年4月7日，周恩来率中国代表团离京赴广州。代表团租用印度航空公司的"克什米尔公主号"客机，准备经由香港赴印度尼西亚。对周恩来率团参加亚非会议一事，台湾蒋介石集团恨之入骨，指使其特务机关密谋暗害周恩来及代表团成员。我情报部门及时获悉国民党特务策划在我代表团乘坐的飞机上放置爆炸物的情况。4月9日，周恩来从广州打电话通知外交部，迅即约见英国代办处参赞，将此情况转告香港当局注意，并对将于11日赴万隆采访亚非会议的中外记者的安全予以保证。然而，台湾国民党驻香港的特务机关还是收买了启德机场地勤人员，在抵达香港的"克什米尔公主号"机翼上秘密放置了定时炸弹。

4月11日12时15分，"克什米尔公主号"载着参加亚非会议的中国代表团工作人员、越南民主共和国代表团工作人员及采访会议的中外记者共11人，由香港启德机场起飞。5个小时之后，当飞越沙捞月西北的海面时，机翼右侧突然爆炸起火，机组人员奋力迫降，但机身坠入海中，机上人员全部遇难，酿成震惊中外的"克什米尔公主号"事件。事发前，周恩来应缅甸总理吴努约请，准备前往仰光同印度总理、埃及总统等领导人会晤，已同陈毅等代表团成员先行飞抵昆明。台湾国民党集团妄图谋害周恩来的阴谋未能得逞。

这一严重事件发生后，中华人民共和国外交部于12日发表声明，指出这绝非一般的飞机失事，而是台湾当局特务机关在美国支持下蓄意制造的谋杀，以实现其破坏亚非会议的阴谋。声明

要求英国政府和香港英国当局对这一事件进行彻底查究，将参与阴谋暗害事件的国民党特务分子逮捕法办，以明责任。同时郑重宣告：中华人民共和国代表团一定要同与会各国代表团一起在亚非会议中为远东和平和世界和平而坚决奋斗。美国和台湾统治集团的卑劣行为，只能加强亚洲、非洲和全世界人民争取和平和自由的共同行动。17日，北京各界举行追悼大会，追悼“四一一”遇难烈士。“克什米尔公主号”事件在中华人民共和国外交史上写下悲壮的一页。

求同存异：周恩来尽展外交风采

“克什米尔公主号”事件增加了亚非会议前的紧张空气。许多友好国家领导人为周恩来的安全担忧，并关心周恩来能否出席会议。飞机失事的消息传到昆明，周恩来十分悲痛。陈毅等代表团成员及云南省党、政、军领导人劝周恩来不要再去万隆。周恩来泰然回答说：我们是为促进世界和平、增强亚非人民对新中国的了解和友谊去的，即使发生了什么意外也是值得的，没有什么了不起！4月12日，周恩来给担心他安全的邓颖超复信说：文仗如武仗，不能无危险，也不能打无准备的仗，一切当从多方考虑，经过集体商决而后行。望你放心。

4月14日，周恩来按照既定日程，乘印度航空公司“空中霸王号”飞机抵达缅甸首都仰光，同缅甸总理吴努及途经仰光的印度总理尼赫鲁、埃及总统纳赛尔、越南民主共和国总理范文同、阿富汗副首相兼外长纳伊姆汗会晤，就如何开好亚非会议彼此交换意见。周恩来建议在亚非会议上不提共产主义问题，以免引起不必要的争论，致使会议无结果。这个建议获得一致赞同。4月16日，周恩来率中国代表团经新加坡飞往印度尼西亚首都雅加达。第二天，到达亚非会议开会地点万隆。在机场，周恩来发表讲话说：亚非会议一定能克服各种破坏和阻挠，并对于促进亚非国家之间的友好和合作，对于维护亚非地区和世界的和平作出有价值的贡献。

事实上，中国代表团到达万隆后，安全问题依然比较严峻。国民党特务机构在制造“克什米尔公主号”暗害事件后，并没有就此罢休，他们继续策划在万隆会议期间，对周恩来和代表团成员进行暗杀。代表团到达万隆的前一天，中国驻印尼大使馆收到一封署名“反省过来的暗杀队员”的告密信，信称：3月初，国民党驻雅加达支部奉国民党总统府之命，组织了28人的敢死暗杀队。参加者都是逃亡到印尼的前国民党军队中的低级军官，准备谋杀周恩来和其他代表团成员。中国大使馆立刻将此情况通知印度尼西亚外交部秘书长。印尼政府随即采取了有力的防卫措施。陈毅闻听这个消息后，在代表团紧急动员会上，要求代表团每一个成员都要对周恩来的安全负责，并说“我也是总理的警卫员”。

印尼华侨支援委员会万隆分会的侨胞心系祖国亲人的安全，为了帮助中国代表团顺利地进行各项活动，他们成立了秘书组、食品采购组、住房组、家具组、车辆组、洗衣组、翻译组和记者组等。每个组都热情、主动、细致、周密地为代表团提供服务。周恩来总理到万隆后，利用开会间隙轮流拜会东道国及各国代表团团长，日理万机，活动频繁，多次发生路上受阻、群众围观的情况。为防止意外，万隆侨报和印尼各城市来的侨报记者主动串联起来，参与保卫周总理。印尼侨胞对祖国亲人的真挚情谊，感人至深。

4月18日，亚非会议在万隆的独立大厦开

幕。参加会议的29个国家中，同中国建交的只有7个，而接受美国援助的有21个。有的国家还加入了美国拼凑的东南亚条约组织、巴格达条约组织和北大西洋公约组织，对中国怀有敌意。由于与会各国的社会制度不同，他们中有不少国家对新中国缺乏了解，心存疑惧。

会议第一阶段是全体会议。从18日下午到19日，先后有22个国家的代表致词，大多数代表的发言都围绕着促进世界和平、经济合作和谴责殖民主义三个题目进行。但是，由于美国在会前、会外进行破坏和干扰活动，与会各国在社会制度和意识形态方面的差异使彼此间存在着分歧，有少数代表的发言偏离大会的宗旨，提出"亚非国家当前面临的问题不是反对殖民主义，而是反对共产主义"，指责共产主义是一种"新式的殖民主义"，是"颠覆性的宗教"，"在阶级和民族之间培育仇恨"，因此，不能和共产主义相处。有的代表对国与国之间历史上留下来的边界问题、民族问题等，算老账，互相指责攻击。也有的代表则提出所谓"颠覆活动"和"宗教信仰自由"等问题，影射、攻击中国。这些言论使会议气氛异常紧张，人们担心会议将陷入无休止的争论而毫无结果。

面对会议出现的复杂情况，中国代表团首席代表周恩来表现出非凡的魄力和大国政治家的气度。他在会上仔细听取各种不同意见，冷静分析，思索应对方法。在19日上午的会议上，周恩来随机应变，临时决定将原来的发言稿改作书面发言，散发给与会各国代表团。书面发言指出：亚非两洲有这么多的国家在一起举行会议，这在历史上还是第一次。现在越来越多的亚非国家摆脱了或正在摆脱着殖民主义的束缚，虽然如此，殖民主义在这个地区的统治并没有结束，而且新的殖民主义者正在谋取旧的殖民主义者的地位而代之。因此，保障世界和平、争取和维护民族独立并以此为目的而促进各国间的友好合作就不能不是亚非各国人民的共同愿望。大多数亚非国家，包括中国在内，由于殖民主义的长期统治，经济上还很落后。因此，我们不仅要求政治上的独立，同时还要求经济上的独立。争取完全独立是我们大多数亚非国家和人民长期奋斗的目标。

上午的会议结束后，周恩来利用午间休会的短暂时间，起草补充发言稿，回答少数代表对中国的造谣中伤，边写边交给工作人员译成外文。在下午的会议上，周恩来注意把握发言的时机，直到所有发言人差不多讲完的时候，才从容地走上讲坛。这时，全场座无虚席，驻印尼的苏联大使、美国大使、荷兰高级专员等许多国家的外交官都前来列席旁听。

周恩来补充发言的第一句话说："中国代表团是来求团结而不是来吵架的。"这句话开宗明义，一下扣住了全场人的心弦，喧嚷的会场顿时鸦雀无声，人们屏息静听。周恩来接着说："我们共产党人从不讳言我们相信共产主义和认为社会主义制度是好的。但是，在这个会议上用不着来宣传个人的思想意识和各国的政治制度。""中国代表团是来求同而不是来立异的。在我们中间有无求同的基础呢？有的。那就是亚非绝大多数国家和人民自近代以来都曾经受过、并且现在仍在受着殖民主义所造成的灾难和痛苦。这是我们大家都承认的。从解除殖民主义痛苦和灾难中找共同基础，我们就很容易互相了解和尊重、互相同情和支持，而不是互相疑虑和恐惧、互相排斥和对立。"[①]人们被周恩来的话深深吸引住了，涌进会场来的人越来越多。

本来，对于美国一手造成的台湾地区的紧张

①《周恩来外交文选》，中央文献出版社，1990年版，第122页。

◆ 周恩来在万隆会议休息期间。

局势，以及中国在联合国所受的不公正待遇，是可以在这里提出谋求解决方案或提出批评的。但是中国并没有这样做，因为这将容易使会议陷入对这些问题的争论而得不到解决。为了解决这个矛盾，周恩来鲜明地提出著名的"求同存异"方针。他切中主题地指出："我们的会议应该求同而存异。同时，会议应将这些共同愿望和要求肯定下来。这是我们中间的主要问题。我们并不要求各人放弃自己的见解，因为这是实际存在的反映。但是不应该使它妨碍我们在主要问题上达成共同的协议。我们还应在共同的基础上来互相了解和重视彼此的不同见解。"这一番话，使两天来笼罩会议的紧张气氛顿时轻松下来。

针对两天来少数代表对中国的误解和指责，周恩来在补充发言中回答和解释了不同的思想意识与社会制度问题，所谓中国没有宗教信仰自由问题以及所谓中国搞"颠覆活动"问题。他指出：首先，在亚非国家中是存在有不同的思想意识与社会制度的，但这并不妨碍我们求同和团结。五项原则完全可以成为在我们中间建立友好合作和亲善睦邻关系的基础。其次，中国是有宗教信仰自由的国家，它不仅有700万共产党员，并且还有以千万计的回教徒和佛教徒，以百万计的基督教徒和天主教徒。我们共产党人是无神论者，但是我们尊重有宗教信仰的人。不同的信仰，并不妨碍中国内部的团结。第三，中国人民为反对殖民主义所进行的斗争超过一百年，进行民族民主革命斗争也经历了近三十年的艰难困苦的过程，最后才选择了这个国家制度和现在的政府。中国革命是依靠中国人民的努力取得胜利的，决不是从外输入的。我们反对外来干涉，为什么会去干涉别人的内政呢？他真挚地欢迎所有到会的各国代表到中国去参观，什么时候去都可以。最后，周恩来用洪亮的声音说：十六万万的亚非人民期待着我们的会议成功。全世界愿意和平的国家和人民期待着我们的会议能为扩大和平区域和建立集体和平有所贡献。让我们亚非国家团结起来，为亚非会议的成功努力吧！

周恩来的发言，入情入理，言真意切，令人折服，获得与会各国代表的普遍赞同，全会响起经久不息的掌声。作为东南亚条约组织成员国的菲律宾外长罗慕洛主动迎上去与周恩来握手，称赞说："这个演说是出色的，和解的，表现了民主精神。"印度总理尼赫鲁说，这是一个很好的演说。缅甸总理吴努说，这个演说是对抨击中国的人的一个很好的答复。美国记者鲍大可在报道中写道："这篇发言最惊人之处就在于它没

有闪电惊雷。周恩来用经过仔细挑选的措辞简单说明了共产党中国对这次会议通情达理、心平气和的态度。他的发言是中国以和解的态度与会的绝好说明。他的发言是前两天公开会议的高潮。各国代表团反应强烈。”正因为如此，中国代表团提出的“求同存异”方针，成为引导会议下一阶段绕过暗礁，消除对立和争吵的一个公认的原则。

全体会议后，从4月20日开始，各国代表分为政治、经济和文化三个委员会，分别进入实质性的讨论阶段。经济、文化委员会很顺利地取得一致意见，政治委员会的争论较大，主要是围绕殖民主义问题及和平共处两个问题。对此，中国代表团充分表现出求同存异的精神。周恩来一方面指出：根据和平共处五项原则，社会制度不同的国家是可以实现和平共处的。在保证实施这些原则的基础上，国际间的争端没有理由不能够协调解决。另一方面又照顾大局，坚持同与会各国平等协商。

在讨论和平共处五项原则时，有人不喜欢某些措词或写法，周恩来表示同意修改。他在政治委员会会议上发言说：在座的有些代表说，和平共处是共产党用的名词。那么我们可以换一个名词，而不要在这一点上发生误会。他主动建议：在联合国宪章的前言中有“和平相处”的名词，这是我们应该能够同意的。我们应该能够站在联合国宪章的立场来谋求和平合作。周恩来还指出，现在赞成和平共处五项原则的国家一天

◆ 1955年4月，亚非会议在印度尼西亚万隆召开。中国代表团本着“求同存异”的方针，同其他国家一起，为会议的成功作出了贡献。图为周恩来在会议上发言。

◆ 1955年4月周恩来总理在亚非会议期间为各界人士签名留念。

天多起来，当然，在座的所有国家的代表不会都同意五项原则的措词和数目。他以和解的态度说：我们认为，五项原则的写法可以加以修改，数目也可以增减，因为我们所寻求的是把我们的共同愿望肯定下来，以利于保障集体和平。

4月23日，周恩来出席各国代表团团长会议，发言说：目前世界的形势的确是紧张的，但是和平并没有绝望。29个亚非国家一致呼吁和平，证明我们所代表的超过世界人口一半以上的人是要和平和团结的，证明和平愿望是得到世界上多数国家和人民支持的，也证明战争是可以推迟和制止的。因此，我们彼此应该撇开不同的思想意识、不同的国家制度和过去、现在由于参加这一方面或那一方面而承担的国际义务，在亚非地区进行国际合作，求得集体和平。

在会上，周恩来提出中国代表团草拟的"和平宣言"议案，采取各代表团提案中大家都能认同的提法，概括了七条原则：(一)互相尊重主权和领土完整；(二)互不采取侵略行动和威胁；(三)互不干涉或干预内政；(四)承认种族的平等；(五)承认一切国家不论大小一律平等；(六)尊重一切国家的人民有自由选择他们的生活方式和政治、经济制度的权利；(七)互不损害。周恩来对这七条逐条做了解释，并指出，如果我们能在这七点基础上，彼此和平相处，就能使和平维持下去。周恩来和中国代表团博采众长、求同存异的真诚精神，赢得了与会国代表们的尊敬，推动了会议顺利进行。

经过与会各国的相互理解与共同努力，亚非会议通过的最后公报提出了关于促进世界和平与合作的十项原则，这实际上是对中、印、缅三国最早倡导的和平共处五项原则的进一步体现和引申。公报对原来五项原则的用词稍加调整，"互相尊重领土主权"改为"互相尊重主权和领土完整"；"平等互惠"改为"平等互利"，形成后来国际通行和公认的表述，即："互相尊重主权和领土完整、互不侵犯、互不干涉内政、平等互利、和平共处"。

亚非会议取得的胜利，是中国进一步发展同亚非国家友好关系的转折点。中国保卫和平、反对战争和大力支持亚非国家正义斗争的立场，“求同存异”、“协商一致”、“不强加于人”的务实态度，为会议所采纳并融为一种万隆精神。在万隆精神鼓舞下，亚非国家作为一支新兴政治力量崛起，在国际事务中日益发挥显著作用，并在战后世界政治格局中，形成由亚非拉美及其他地区100多个发展中国家组成的第三世界，逐渐成为反对霸权主义，维护世界和平的重要力量。

在亚非会议期间，中国代表团会上与会下密切结合，不拘外交规格，同与会各国代表，不管大国还是小国，已经建交的还是尚未建交的，与中国友好的还是彼此发生争论的，都主动地进行接触。除与印度、印度尼西亚、缅甸等代表团经常协商、密切合作外，还同巴基斯坦、阿富汗、尼泊尔、锡兰、也门、埃及、叙利亚、老挝、柬埔寨、日本、泰国、菲律宾、沙特阿拉伯等尚未建交的国家代表会见和交谈，消除误会，建立信任。尤其是周恩来总理以顾全大局的崇高品格、谦逊作风和杰出政治家的博大胸怀所体现出的新中国外交风范，增进了亚非各国对新中国的了解，为后来一批亚非国家同中国建立外交关系，发展中国与亚非各国的友好合作打下了良好的基础。

三、弥足珍贵：中苏友好合作与扩大对外交往

中苏互助合作关系全面发展

1950年《中苏友好同盟互助条约》签订之后，中苏关系进入一个良好发展时期。在政治和国际事务方面，中苏两国一直保持互相支持、密切协调的默契关系。几年来，苏联政府始终在联合国坚持恢复中华人民共和国合法席位的立场，谴责美国武装侵占中国领土台湾的侵略行径，为中国人民抗美援朝战争提供大量武器装备和物资援助，支持中国为反对美台签订“共同防御条约”在台湾地区进行的斗争。同时，在印度支那支持越南的民族独立斗争，在日内瓦会议力促和平解决印支问题，在反对美国单独对日媾和等许多方面，中苏两国都密切配合，协同行动。在世界两大阵营尖锐对立的形势下，中苏同盟对保卫社会主义阵营的安全，反对帝国主义的侵略政策和战争政策，维护亚洲与世界和平起了重大作用。

1954年10月，美、英、法等国签订《巴黎协定》，将联邦德国拉入北大西洋公约组织并允许它建立自己的军队，欧洲局势骤趋紧张。为了维护欧洲的安全与和平，苏联和东欧社会主义国家酝酿缔结友好合作互助条约。11月，苏联、波兰、捷克斯洛伐克、德意志民主共和国、匈牙利、罗马尼亚、保加利亚和阿尔巴尼亚八国领导人，在莫斯科召开会议进行磋商，对这一条约的原则和组织缔约国联合司令部的问题达成一致的看法。中国政府完全赞同条约草案以及会议所拟定的措施。1955年5月，苏联、东欧八国在华沙举行会议，缔结了友好合作互助条约，即华沙条约，并成立武装部队联合司令部和政治协商委员会。中国政府派出国务院副总理兼国防部长彭德怀以观察员身份参加会议。彭德怀在会上发言表示：“亚洲的和平和欧洲的和平与安全是分不开的，中华人民共和国的利益同欧洲爱好和平的国家的利益是分不开的”，“中国政府和六亿人民对于这项条约和建立缔约国武装部队联合司令部的决定给予完全的支持和合作”。

为缓和欧洲局势，苏联于1955年1月宣布

结束对德战争状态，9月同德意志联邦共和国建立了外交关系。中国对此予以响应。同年4月7日，第一届全国人民代表大会常务委员会第九次会议通过决议，由毛泽东主席发布命令宣布：中华人民共和国同德国之间的战争状态从此结束。两国之间的和平关系应当建立起来。命令说：中华人民共和国坚决支持德意志民主共和国和全德人民以及苏联和所有爱好和平的国家和人民为争取德国和平统一，经过对德和约的缔结，保障欧洲集体安全和维护世界和平的斗争。

1953年6月，苏联与南斯拉夫恢复外交关系。1954年7月，周恩来出访莫斯科，苏联领导人赫鲁晓夫向他解释了苏联主动改善苏南关系的政策，承认苏联过去对兄弟党的某些做法不对，并在苏南两党关系问题上作了自我批评。周恩来认为这样做是正确的。嗣后，中国与南斯拉夫于1955年1月建立外交关系，随后又恢复了两党关系。

这一时期，中苏两国在双边友好合作方面取得显著成绩。1952年8月，周恩来总理率领中国政府代表团访问苏联，与苏联领导人举行会谈，讨论了有关中国与苏联两国关系中重要政治与经济问题。通过会谈，双方决定对中长路和旅顺口问题作出处理。按照1950年中苏《关于中国长春铁路、旅顺口及大连的协定》，中长路与旅顺口归还期将于1952年末届满。中苏发表公报，决定苏联于1952年12月31日前将中长路的一切权利无偿地移交给中国政府。1952年底，双方代表在哈尔滨签署了完成移交的议定书。关于旅顺口问题，鉴于美国非法与日本单独媾和签订"美日安全条约"，中国政府于1952年3月向苏方提出延长苏军自旅顺口海军根据地撤退的期限。苏联政府同意中方的要求。同年9月，中苏交换了《关于延长共同使用中国旅顺口海军基地期限的换文》。

1954年10月赫鲁晓夫访华，主动表示将旅顺口海军根据地归还中国，双方为此发表联合公报。公报指出：中苏两国政府鉴于朝鲜战争停止和印支和平恢复以来远东形势的变化，并注意到中国国防力量的巩固和两国日趋加强的友好合作关系，决定苏联军队自共同使用的旅顺口海军根据地撤退，并将该地区的设备无偿地移交中国政府。该项工作于1955年5月31日完成。在移交过程中，基地的设备按照协定是无偿的，中国方面要求留下的炮兵重武器则是有偿的。

关于大连问题，原协定规定于中苏对日和约缔结后再处理。实际上在中方的提议下，中苏已于1950年末签订议定书，苏方将大连的行政管理权于1951年初完全移交给中方，使大连问题的处理提前得到解决。

1950年在斯大林的主持下，中苏还签订了关于第三国公民不得进入双方境内某些地区的秘密补充协定。斯大林逝世后，毛泽东曾几次向来华访问的米高扬表示对这个协定不满。1954

◆ 1954年9月29日至10月12日，苏联政府代表团应邀参加庆祝中华人民共和国成立五周年活动并进行国事访问。图为毛泽东会见苏联代表团团长赫鲁晓夫。

年赫鲁晓夫在北京向中国领导人透露，苏方可以考虑放弃这一协定。1956年5月10日苏联政府正式照会中国政府，认为该补充协定已不符合苏中之间现有的友好关系精神，建议加以废除。5月29日中国复照表示同意。

中国政府本着互通有无和共同繁荣的宗旨，积极发展同苏联在经济和科技领域的互助合作。1950年2月，苏联以年息1%的优惠条件，向中国提供3亿美元贷款，供中国偿付苏联为帮助恢复和发展中国经济而出售给中国的设备和器材，建设第一批50个大型工业项目。根据1950年3月和1951年7月签订的有关创办中苏股份公司的四个协定，在中国境内开办了中苏新疆石油公司、中苏新疆有色和稀有金属公司、中苏民用航空公司和中苏大连造船公司。当时这些合营公司对中国开发矿源、发展冶金、民航和造船事业起到了积极作用。

由于国际市场上的橡胶受英国控制，为缓解苏联橡胶短缺的困难，1951年斯大林向毛泽东提出要求中苏合作在中国建立橡胶园。毛泽东答复说，在目前中国的政治条件下，这一合作不宜按照先前成立的中苏四个合股公司的方式进行，建议由苏方提供贷款及技术，由中方经营，以其产品作为偿付苏联的贷款。按照毛泽东的意见，双方于1952年9月15日签订关于在中国种植橡胶的技术合作协定。协定规定，苏联向中国贷款7000万旧卢布。为偿还贷款，中国在生产出橡胶前，每年为苏联从第三国尽可能购得1.5万吨至2万吨橡胶，并向苏方提供钨、钼、锡、铅、锑等重要战略物资。中国产胶后，向苏方提供橡胶年产量的70%，在1963年以前按国际市场价格计算。当中国大量出胶时，则按低于国际市场价格的8%售予苏方。

在第一个五年计划期间，苏联政府向我国提供了重要的援助。1952年8月周恩来、陈云、李富春访苏期间，斯大林同意对中国给予长期的、全面的经济援助。经后来几个月的具体商谈，1953年5月中苏签订关于苏联援助中国发展国民经济的协定和议定书，苏联承诺援助中国新建和改建91个规模巨大的工程项目，包括钢铁联合企业、有色冶金企业、煤矿、炼油厂、机器制造厂、汽车制造厂、拖拉机制造厂、电力站等。连同

◆ 苏联专家和中国工程技术人员胡冰(左一)等正根据勘探资料研究新疆地区有色金属矿苗的分布。

◆ 在航测地形的飞机上，我国领航员朱向民（左）正在向苏联领航员雅鲁宁学习航测技术。

第一批50个大型工业项目，共141项。

斯大林逝世后，1954年9月苏共中央第一书记赫鲁晓夫首次访华。经两国领导人的会谈，双方签订了《中苏科学技术合作协定》，关于苏联给予中国5.2亿卢布长期贷款的协定，关于苏联政府将中苏合营的石油、金属、造船及民用航空四个公司中的苏联股份出售转让给中国政府的协定，以及关于苏联帮助中国新建15个工业企业和扩大原有协定规定的141项企业设备的供应范围的议定书。至此，苏联向中国提供的援助项目共为156个。到1957年底，有135个已经施工建设，有68个已经全部建成和部分建成投产。这些工程后来都成为中国工业的骨干企业，对奠定中国工业化的初步基础起了重大作用。鉴于中国技术力量十分薄弱，中国政府从苏联聘请了大批专家来华帮助工作。1950年至1956年3月，来华援助中国建设的苏联文职专家总数从234人增加到2115人，增长近10倍。苏联每年还接受近千名中国工人和工程技术人员去苏联实习。

苏联向新中国提供军事技术装备，是中苏经贸合作的重要组成部分。从建国前夕开始，应中方的要求，苏方帮助中国建立空军和海军。在抗美援朝战争时期，苏联对中国提供各方面的大量的武器装备，并协助中国建立制造飞机、坦克、军舰和雷达等军事工厂。苏联向中国提供的军援贷款占苏联对华贷款总额的61.5%；在苏联援建的156个国家大型骨干建设项目中，有航空、兵器、无线电、造船等国防工业建设项目41个；与国防工业有密切关系的能源、交通、钢铁、有色金属、重型机械、化工等基础工业建设项目50个。这些援助促使中国国防力量迅速得到加强。

对苏联提供的经援项目、工业产品和军事援助，包括通过贷款形式提供的所有设备和物资，连同利息在内，中国都是用物资、可以自由兑换的外汇和黄金偿付。在偿付的物资中，有苏联急需的矿产品和农产品。1950年2月，根据苏联要求，中国同意在14年内每年向苏联提供大量的钨、锡、锑矿砂。后还同意向苏联出口其他重要矿产品，包括锂砂、铍砂、钽铌砂、钼砂等，其中不少是发展尖端科学、制造火箭和核武器所必不可少的战略原料。中国还向苏联输出橡胶、农畜产品和日用消费品，从1953年至1957年的5年内共提供1.56亿美元的自由外汇，为苏联的社会主义建设提供了应有的帮助。

中国对苏联经济军事援助的贷款，大都是通过两国每年签订贸易协定的渠道来偿付的。几年来，中苏贸易额呈现逐年增长的势头，苏联成为中国最大的贸易伙伴。中苏贸易额占当年中

国对外贸易总额的比重分别为：1950年为30%，1953年上升到56.3%，1955年为61.9%，1956年比1950年增长6.5倍。为了适应两国经济贸易关系的发展，双方还加强了交通运输合作。1952年9月，中国、苏联、蒙古三国签订了组织铁路联运的协定，决定由三国共同修建集宁—乌兰巴托—乌兰乌德铁路。1954年10月，中苏又签订了关于修建兰州—乌鲁木齐—阿拉木图铁路的协定。后来由于中苏关系恶化，这条铁路没有完成。

为适应中苏经济合作迅速发展的需要，在引进工程项目的同时，中国向苏联申请了大量的技术资料。1950～1954年7月，苏联向中国提供了698套技术资料。1954年10月，两国又签订了科技合作协定，规定双方无偿地互相供应技术资料，交换有关情报，并派遣专家以进行技术援助和介绍两国在科技方面的成就。到1957年8月，苏联向中国提供了3646套技术资料，中国向苏联提供了84套。到1958年底，苏联向中国提供的技术资料总数达4000多项。另外，1955年4月，中苏签订了关于苏联在和平利用原子能方面给中国以帮助的协定，使中国建立起第一个原子能反应堆和回旋加速器。中国还参加了苏联和各人民民主国家在莫斯科成立的国际原子能研究机构，有助于中国建立原子能工业的基础。

中国同苏联的文化交流和友好往来也很频繁。双方签订了文化合作协定，每年都有不少文化、艺术、科学、新闻和教育等代表团和个人进行互访，增进了两国人民的了解和友谊。中苏友好协会与苏中友好协会经常开展多方面的友好活动。双方互派文化艺术团到对方国家进行巡回演出，互相举办介绍经济文化建设成就的展览会、电影周、友好月等交流活动。1952年9月，中苏签订互派留学生协定，中国派往苏联的留学生1953年为583人，以后逐年增加，到1957年达2000余人。这些留学生归国后，大都成为所在行业的业务骨干。从1954年起，苏联也开始派留学生来中国学习。

应该指出，在中苏双边友好合作过程中，苏联方面曾有一些大国主义和民族利己主义表现，中国政府据理予以抵制，要求纠正。例如：中长路和中苏合营股份公司在共同经营中，苏方力求把这些合营企业变成独立于中国主权之外的经济实体，不尊重中国统一的车辆调度制度，随意扩大矿区的开采而拒不追加中方的股权份额，并自行在矿区修建铁路，架设电台，从而引起双方代表的争执。这些问题，直至这些企业归还中国后才得到解决。又如，卢布和人民币的比价很不公平，中苏非贸易支付的清算也很不合理，致使中方明显吃亏。经中方提出改正办法，直到1956年7月，苏方才加以纠正，并将过去多收的款项退还中国。另外，在苏军撤出旅顺口之前，苏联政府决定为纪念苏军战胜日本帝国主义，拟在旅顺修建五个纪念性建筑物。其中，有两个是纪念1904年在帝国主义瓜分中国领土的日俄战争中阵亡的沙皇俄国将领的。对这种伤害中国人民族感情的要求，中国政府提出不同意见。苏联政府考虑了中国政府的意见，决定不再建有关日俄战争的纪念物，并对中国修建苏军烈士塔、中苏友谊塔和中苏友谊纪念碑表示感谢。

总的来看，在20世纪50年代的前半期，中苏友好关系处于全面发展的鼎盛时期。这一时期两国的经济、技术合作，基本上是互利的，援助也是互相的。在我国进行第一个五年计划建设期间，苏联动员了大量的人力、物力帮助我国编制计划、援建项目、供应设备、传授技术、代培人

才、提供低息贷款，并派出数千名专家和顾问来华帮助经济建设。苏联政府向我国提供的援助虽然不是无偿的，却是真诚的。由于苏联的援助是在新中国刚刚成立而又面临西方大国的封锁禁运的背景下提供的，尤其显得弥足珍贵。同样，中国对苏联也提供了尽可能的帮助。根据中苏两国签订的协定，在 1954 年至 1959 年间，中方向苏方提供钨砂 16 万吨、铜 11 万吨、锑 3 万吨、橡胶 9 万吨等重要战略物资，作为对苏联援建基础上的部分补偿，承担了自己应尽的国际主义义务。

总之，中苏友好同盟互助关系的建立和发展，使中苏关系成为 20 世纪 50 年代前半期中国对外关系中最为友好的关系，从而击破了帝国主义对新中国的封锁和禁运政策，为新中国的社会主义建设赢得了一个相对有利的国际环境。同时，它对稳定远东局势和维护世界和平产生了深远的影响。

◆ “一五”计划期间，苏联政府给予中国的经济建设很大的帮助。图为苏联专家在大连造船公司。

拓展同世界各国的友好关系

20 世纪 50 年代前半期，在加强中苏关系的同时，中国同其他社会主义国家的关系也有很大发展。

通过抗美援朝，中国人民加强了同朝鲜人民用鲜血凝成的友谊。朝鲜停战后，中国一面为争取朝鲜问题获得政治解决、使朝鲜实现和平统一而努力，另一面协助朝鲜民主主义人民共和国恢复战争创伤，发展国民经济。1953 年 11 月，金日成首相率领朝鲜民主主义人民共和国政府代表团访问中国，双方签订了经济文化合作协定。中国政府决定将朝鲜战争期间援助朝鲜的一切物资和现金无偿赠予朝方，并在 1954 年至 1957 年 4 年间再赠予人民币 8 亿元，用以供应朝方有关恢复工农业生产和改善人民生活的各种物资。双方还商定：中方协助朝方恢复效能运输；朝方派技工和技师到中国实习，中方派技工和技师去朝协助工作以促进技术合作；中方接受朝鲜学生来华实习等。朝鲜也尽力帮助中国，如利用水丰发电厂向中国东北地区供电，支援东北工业建设。

中国大力支持越南民主共和国反对法国殖民统治和美国军事干涉阴谋的斗争。在 1954 年的日内瓦会议上，中、越、苏共同努力，结束了法国在印度支那进行多年的殖民战争，使越南北半部完全获得解放。1955 年 6 月 25 日至 7 月 7 日，胡志明主席率政府代表团正式访华，双方领导人就两国经济技术合作的各项问题进行了友好会谈。为

◆ 1954年9月28日，毛泽东在北京会见朝鲜民主主义人民共和国政府代表团。左排自左至右：陈云、毛泽东、刘少奇、李富春。右排自右至左：朝鲜最高人民代表会议议长李英、内阁首相金日成，副首相兼民族保卫相崔庸健。

◆ 1955年6月，周恩来、陈云、邓小平等在北京会见胡志明(右三)主席率领的越南政府代表团。

协助越南人民医治长期战争的创伤，恢复和发展国民经济，应越方要求，中方从1955年起5年内无偿赠越8亿元人民币，帮助越方恢复大型企业的生产，改建和新建18个轻工项目，同时还提供工业原料、建筑材料、生产和人民生活各种必需品。中国还向越南提供各种技术援助，派出铁路、公路、航运、邮电、农业、水利、纺织、商业等部门的大批专家、技术人员和技术工人，参加越南的和平建设事业，并接受越南大批实习人员来华，帮助越方培养各类人才。几年来，两国领导人就各项重大问题交换意见，不断增进中越友谊和团结合作。

中国、蒙古的关系也有很好的开展。1952年10月蒙古人民共和国部长会议主席泽登巴尔访问中国，中蒙双方签订了经济文化合作协定。1953年起，中蒙苏三国合作修建从中国内蒙古自治区经蒙古通向苏联的铁路。1955年4月，

◆ 1954年9月，毛泽东主席在北京会见蒙古大人民呼拉尔主席团主席扎·桑布。

根据蒙方的要求，签订了中国派遣工人参加蒙古生产建设的协定。1956年8月又签订了关于中国给蒙古经济技术援助的协定，规定中方帮助蒙方建设一批工业、农业、交通、文化项目，并为参加各个建设项目的职工修建住宅。

新中国同阿尔巴尼亚、保加利亚、捷克斯洛伐克、德意志民主共和国、匈牙利、波兰和罗马尼亚等东欧社会主义国家的关系，当时都处于全面发展时期。中国领导人周恩来、朱德、邓小平、董必武、李先念、彭真、彭德怀、贺龙、陈毅等，相继访问了东欧各国；这些国家的不少领导人也先后访问了中国，并相互签订了经济贸易、文化教育、科技交流等协定。中国同南斯拉夫的关系发生过曲折。双方于1955年初正式建交。1956年9月，毛泽东主席对前来参加中国共产党第八次全国代表大会的南斯拉夫同志说：过去我们听了“共产党和工人党情报局”的话，有对不起你们的地方。中南建交后，双方签订了贸易支付协定、文化合作协定、技术合作协定和邮电协定等，两国党、政、军、工会、青年、妇女等组织之间以及经济、文化等方面的关系，都有所发展。

在和平共处五项原则的指导下，中国同各民族主义国家的关系取得很大进展。在1955年的亚非会议上，以周恩来为首的中国代表团与绝大多数与会国代表团进行了广泛的接触，成功地运用求同存异的方针，通过协商，化解矛盾，求得一致，解决有关各方共同利益的重要问题，生动、具体地体现了新中国在国际交往中相互尊重、平等相待，国家不分大小一律平等，国与国之间的合作必须是互利的等外交原则。从日内瓦会议到亚非会议，中国通过卓有成效的外交活动，推动亚非国家进入一个互相谅解，团结反帝，友好合作，为共同目标而努力奋斗的新时期。这不仅进

◆ 1956年1月，朱德访问捷克斯洛伐克时，与罗别愁大夫（1945年至1946年曾在中国解放区参加医疗救护工作）在卡罗维伐利温泉疗养地合影。

一步加强了同已建交的印度、缅甸、巴基斯坦等国的友好合作关系，而且消除了某些民族主义国家对新中国的误解和疑虑，增进了它们同中国的相互了解和信任。这就为中国同亚非国家建立外交关系和发展友好往来打下了重要基础。

中国旅居国外的侨民遍布世界各大洲，其中绝大多数聚居在东南亚各国。华侨所从事的职业相当广泛，在一些国家的经济生活中占有相当重要的地位。由于一些华侨所在国在国籍问题上遵循与中国不同的立法原则，历史上造成华侨双重国籍的问题。东南亚各国相继独立后，作为主权国家要求解决双重国籍者的法律地位问题。帝国主义势力则利用华侨双重国籍问题挑拨东南亚各国与新中国之间的关系。对此，中国政府一方面坚决保护华侨的正当权利和利益，另一方面要求华侨遵守所在国的法律、法令和社会习惯，同当地人民和睦相处，为促进中国与华侨所在国人民之间的友谊做出贡献。

在亚非会议上，华侨的双重国籍成为一些与会国担心的问题。对于这一问题的解决，中国的基本主张是：不应该有双重国籍，一个华侨要取得所在国国籍，他就必须放弃中国国籍，如果愿意保留中国国籍，他就不再是所在国公民；中国政府希望华侨自愿选择所在国国籍，取得所在国公民资格，完全效忠于所在国，他们同中国的关系，只是亲戚关系。如果他们选择中国国籍，就应当尊重所在国的法律，不参加当地的政治活动，但他们的正当权益应该受到尊重和保护。按照上述原则，周恩来总理在亚非会议期间，以外长身份同印度尼西亚外长签署了《中国和印尼关于双重国籍问题的条约》，这不仅增进了两国人民的友谊，而且为解决同东南亚其他国家间华侨双重国籍问题提供了榜样。此后，中国根据各国的不同情况，通过不同的做法，同一些邻国逐步解决华侨双重国籍问题，着重点是采取各种妥善步骤鼓励华侨自愿选择所在国国籍。

中国同12个国家接壤，历史上与不少邻国存在着悬而未决的边界问题。能否公平合理地解决这个问题，不仅关系到中国主权和领土的完整、边境的安宁以及边境居民的和平生活，而且关系到同邻国的关系，因此，中国政府对待边界问题是极其慎重的。中国一贯主张对历史上遗留下来的边界问题，双方应通过和平谈判，求得友好解决，而不应诉诸武力。在谈判中，既要照顾过去的历史背景，又要照顾已经形成的实际情况，经双方同意也可以做些必要的调整。在解决前，维持边界现状。根据上述方针、政策，中国政府实事求是地区别对待各种不同情况，同一些邻国经过友好协商，互谅互让，逐步公平合理地解决边界问题。

在亚非会议之后，东南亚、西亚、北非地区一些新兴民族国家纷纷表示愿意同我国建立外交关系。遵循和平共处五项原则，按照处理华侨双重国籍和边界问题的原则，中国政府通过领导人互

访和建交谈判，相继与尼泊尔、埃及、叙利亚、也门、锡兰、柬埔寨、伊拉克、阿尔及利亚、苏丹和几内亚等国正式建立外交关系，在发展同亚非国家友好合作关系方面取得显著成绩。同时，中国还突破美国的严重阻挠，初步开展了同墨西哥、阿根廷、智利、巴西等拉丁美洲一些国家的民间友好交往和贸易往来。从而为团结亚、非、拉第三世界国家和人民反对帝国主义的侵略和战争政策，进一步维护世界和平的事业奠立了良好的基础。

这一时期，中国同西方一般资本主义国家的关系有所发展。对于最早与中国建交的北欧四国和西欧的瑞士，中国政府采取依据各国的不同情况，区别对待的方针，继续发展同它们的相互关系。在国际事务方面，争取与支持芬兰、瑞典、瑞士继续保持和平中立，以利维护世界和平；争取丹麦、挪威同美国的侵略和战争政策拉开距离，向和平中立方向发展。同时，争取同它们适当发展政治、经济、文化关系与交流，增进相互合作与了解。对于它们有损于中国的举动，则根据具体情况进行适当的斗争。

这个时期，中国同主要资本主义国家的关系虽然没有重大突破，但各种形式的接触和往来已经开始。英国是最早承认新中国的西方国家之一，并经中国政府同意向北京派驻临时代办谈判建交事宜。但是，英国政府一面表示愿意与中国建交，另一面又在美国的压力下不愿接受中国提出的合理的建交条件，采取两面态度。朝鲜战争爆发后，由于英国参加侵朝战争和对华禁运，致使中英建交谈判陷于停顿。1954年日内瓦会议期间，周恩来总理在与英国外交大臣艾登的会面中，谈及中英关系如何进一步发展问题。尽管当时英国对中国在联合国地位问题的态度并未改变，但是考虑到英国在印度支那问题上采取了不同于美国的立场，中国同意与英国互换代办，并确定代办享有完全的外交待遇，其任务除谈判建交外，还包括处理侨务和商务问题。1954年6月17日，中英双方同时发表公报互换代办，标志着中英关系向前迈进了一步。这是中华人民共和国建交史上的一大创举。

西欧有十多个国家在美国的压力下没有承认中华人民共和国。其中法国、意大利、比利时、西班牙、葡萄牙、希腊等国还同台湾国民党保持外交关系。随着中国国际影响的日益增长，有些国家在没有承认新中国的情况下开始试探同中国建立某种关系，主要是希望建立和发展贸易关系。对此，中国政府的态度是，如谈判建交，则坚持建交原则，即对方必须断绝同国民党集团的关系，在联合国支持恢复中华人民共和国的合法席位。如果这个问题一时难以解决，则可先同这些国家开展民间往来和半官方接触，进行贸易和文化交流，即采取贸易、文化先行，以民促官，逐步推动双方外交关系的建立。

日本作为中国一衣带水的近邻，第二次世界大战后因被美军占领而成为美国的附庸。新中国成立时，日本当局追随美国，采取敌视中国的政策，使中日关系正常化存在严重障碍。尽管日本自近代以来不断发动对中国的侵略战争，给中国人民带来深重的灾难，但中国政府仍然认为，改善中日关系不仅有利于两国人民，而且有利于亚洲和世界的和平与稳定。为此，毛泽东、周恩来多次指示，对日关系要“民间先行、以民促官”。鉴于两国官方关系难有进展，中央决定通过“民间外交”，使中日两国人民在无邦交的情况下，逐步加强友好往来，为两国关系的正常化创造条件。

为了打开中日民间外交的渠道，中国首先在

沟通中日贸易方面采取主动步骤。1952年4月在莫斯科召开国际经济会议期间，中国国际贸易促进委员会主任南汉宸同日本国际经济恳谈会代表高良富等，就在亚洲发展国际贸易、推动国际经济合作等问题进行磋商，双方确定在平等、互利、和平、友好的基本方针下开展中日贸易。5月15日，日方三位代表由苏联来到北京进一步具体商谈。这是新中国成立后第一批前来访问的日本政界和经济界人士。6月1日，双方达成协议，正式签订了第一个中日民间贸易协定。尽管美、日政府对这个协定的执行百般阻挠，致使不少日本货物禁止向中国出口，但中日民间贸易往来的大门还是被打开一个缺口。此后，在日本政界和经济界的强烈要求下，日本政府不得不逐步放宽对华出口的限制。1953年10月，以池田正之辅为团长的日本国会议员促进日中贸易联盟代表团应邀访华，双方在平等互利的基础上签订了每方进出口总额3000万英镑的第二个中日民间贸易协定，在日本引起强烈反响并得到经济界广泛欢迎。由于日本政府追随美国对华禁运政策，该协定总额仅完成38.8%。1955年3月，应日本国际贸易促进会和日本国会议员促进日中贸易联盟的联合邀请，以雷任民为团长的中国贸易代表团访日。尽管美国向日本厂商及日本政府施压，双方经过努力，仍于5月4日签署了第三个中日民间贸易协定，规定每方进出口总额3000万英镑，并规定双方互设民间商务代表机构。这次所签贸易协定实现了民间协议、官方挂钩的目的，为实施协定提供了较为有利的条件，执行结果完成协议额的67%，比前两个协定前进了一大步。中日民间贸易和友好往来得到逐步发展。

在1955年万隆会议期间，周恩来总理会见了日本代表团团长高崎达之助，双方谈到今后要积极发展中日关系。随后，周恩来又在北京分别会见了日本工商界代表团、日本国会议员促进日中贸易联盟代表团及日本商品展览团等，希望在和平共处、友好合作、平等互利的基础上，促进中日两国的关系，真正做到共存共荣。在中国方面和日本友好人士的积极努力下，1956年12月，日本众议院通过促进日中贸易的决议，要求放宽对中国禁运的限制，希望日中互设非政府性的贸易使团，两国缔结直接支付和清算的协定以及扩大贸易量的贸易条约。

这一时期，中国政府还通过民间团体就在华日侨归国的具体事宜达成协议，从1953年3月起分批安排3万余名日侨返回日本。1956年6月，中国政府根据全国人大常委会的决定，对1062名在押的日本战犯进行处理，其中1017名宣布宽大释放，由日本派船接运回国；对45名罪行特别严重的日本战犯进行审判，从宽判处有期徒刑；在服刑期间，允许其家属来中国探视，并受到中国红十字会的协助和照顾。中国政府的这些主动步骤，获得日本政界、经济界、文化界一些有识之士的响应，在日本深得人心。尽管两国关系仍有许多曲折，但随着民间往来的不断扩大，日中友好逐渐在日本形成一个有影响的国民运动。

四、一张一弛：中美关系的折冲

维护台湾主权同美国的斗争

在国际形势由紧张转向缓和的演变中，中美两国关系的折冲格外引人注目。双方斗争围绕的一个焦点是台湾问题。台湾自古以来就是中

国的领土。这对于胜利的中国共产党一方和失败的中国国民党一方，都是不可移易的事实。中华人民共和国成立后，中国共产党和中央人民政府明确提出一定要解放台湾，实现祖国的完全统一是中国人民的神圣事业。国民党迁至台湾时，也一再声称，中国只有一个，台湾是中国不可分割的一部分。

美国对台湾所处的战略地位早有所考虑。其基本点是：1. 美国已经失去利用中国其他地区作为军事基地的可能性，台澎的地位就更加重要，必要时可用作为美国战略空军行动的基地，并据以控制邻近的航道；2. 如果台湾落入"敌对力量"手中，一旦发生战争，敌方就可利用它控制马来西亚到日本的航道，并有更好的机会进而控制琉球群岛及菲律宾；3. 目前台湾是向日本提供粮食和其他物资的主要来源，如果切断了这一供应来源，日本就可能变成美国的负担，而不是资产。因此，美国的基本目标是不让台湾和澎湖列岛落入共产党手中，不惜采用任何手段把这些岛屿同中国大陆隔离开。

1950年6月，美国利用武装干涉朝鲜的时机，命令其第七舰队进入台湾海峡，阻止对台湾的任何攻击。随后，美海军第七舰队的10余艘军舰先后进驻台湾基隆、高雄两港口。7月27日，杜鲁门批准给予蒋介石以广泛的军事援助。7月31日，美国远东军总司令麦克阿瑟到台湾与蒋介石会谈，决定设立美"驻台军事联络组"，美台双方海陆空军归麦克阿瑟统一指挥，共同"防守"台湾。8月4日，美空军第13航空队进占台北空军基地。美国武装封锁台湾海峡，阴谋制造"两个中国"，是对中国主权和领土完整的侵犯。从此，中国为实现自己领土和主权的统一，在台湾问题上同美国展开了长期的斗争。

在朝鲜战争期间，美国不但在台湾设立海、空军基地，训练国民党军队，还给予台湾当局巨额军事和经济援助。据不完全统计，从1950年7月到1954年6月，美援总额超过14亿美元。1953年4月，美国务卿杜勒斯向记者透露，美国政府"正在寻找一个可以保证台湾独立的办法"，"现在正在考虑的一个可能性是由联合国托管这个战略岛屿，最终目标是建立一个台湾共和国"。之后，美国军政要员频繁到台湾活动，进一步加强对台军事援助，并与台湾当局签订"军事协调谅解协定"，规定协调防区包括台湾、澎湖、金门、马祖、大陈等岛屿，并在台北成立"协调参谋部"，由美国主持，加强控制。

1954年日内瓦会议以后，美国一手策划，同英、法、澳大利亚、新西兰、菲律宾、泰国和巴基斯坦在菲律宾首都马尼拉签订"东南亚集体防务条约"，成立了旨在对抗"共产党国家"的军事同盟条约组织，连同其扶持日本，先后在亚洲太平洋地区拼凑的大小共7个军事集团，对新中国形成一个新月形的包围圈。为了"遏制"中国，美国政府通过立法程序，准备同台湾当局签订一项所谓"共同防御条约"，以便维持和冻结它侵占台湾的现状，实施其策划的"两个中国"或"一中一台"的政策方案。同时，美国支持蒋介石集团增加在金门、马祖等沿海岛屿的兵力，加剧对大陆沿海的骚扰与破坏，在台湾海峡制造紧张局势，使台湾地区成为继朝鲜、印度支那之后第三个国际问题的热点。这些牵涉到妨碍实现中国统一的重要动向，引起中国领导人的高度警惕。

为了维护中国的独立、主权和领土完整，实现祖国的统一大业，1954年7月，中共中央政治局会议决定再次提出因抗美援朝战争而暂时搁置的"一定要解放台湾"的任务，并根据这个任

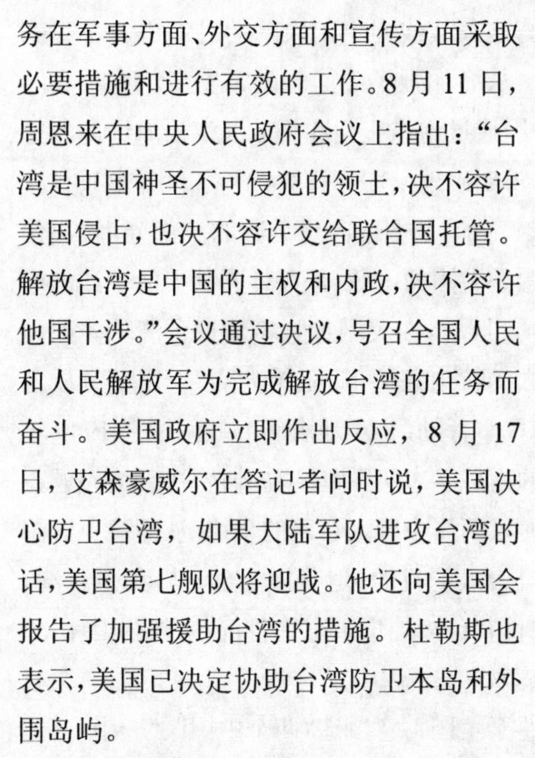
务在军事方面、外交方面和宣传方面采取必要措施和进行有效的工作。8月11日，周恩来在中央人民政府会议上指出：“台湾是中国神圣不可侵犯的领土，决不容许美国侵占，也决不容许交给联合国托管。解放台湾是中国的主权和内政，决不容许他国干涉。”会议通过决议，号召全国人民和人民解放军为完成解放台湾的任务而奋斗。美国政府立即作出反应，8月17日，艾森豪威尔在答记者问时说，美国决心防卫台湾，如果大陆军队进攻台湾的话，美国第七舰队将迎战。他还向美国会报告了加强援助台湾的措施。杜勒斯也表示，美国已决定协助台湾防卫本岛和外围岛屿。

◆ 全国政协第五十八次常委会一致通过了《中华人民共和国各民主党派各人民团体为解放台湾的联合宣言》。

对于美国的军事讹诈，中国人民毫无畏惧。8月22日，中国人民政治协商会议全国委员会和各民主党派各人民团体发表解放台湾联合宣言。宣言指出，为了保障祖国安全和领土完整，为了保障亚洲及世界的和平，中国人民一定要解放台湾。解放台湾，是行使中国的主权，是中国的内政，决不容许任何外国干涉。但是，美国继续采取军事、政治威慑手段，加紧在台湾海峡地区的军事调动，美太平洋舰队出动六艘军舰和大批飞机侵入大陈岛一带海面及上空活动，声称要用海空军“保护台湾和澎湖列岛”。

对于美国以军事力量来阻挠中国人民解放包括台澎在内的沿海岛屿的行动，中国政府予以坚决的回击。9月3日，中央军委命令人民解放军开始炮击金门，并精心部署以解放一江山岛为中心的大陈岛战役，给予国民党军舰、飞机及守岛部队以重创。9月23日，周恩来在一届人大一次会议作《政府工作报告》时说，一切想把台湾交给联合国“托管”或中立国“代管”以及“中立化台湾”和所谓“台湾独立国”的主张都是企图割裂中国的领土，奴役台湾的中国人民，使美国侵略台湾的行为合法化，都是中国人民绝对不能容忍的。再次重申中国人民一定要解放台湾。

12月2日，美国政府一意孤行，同台湾蒋介石集团正式签订所谓“共同防御条约”。该条约共十条，规定美国“维持并发展”台湾的武装力量，“缔约国的领土”遭到“武装攻击”时，双方应采取“共同行动”。“条约”把所谓“缔约国的领土”规定为台湾与澎湖，同时又可扩及除台湾、澎湖以外经美台双方“共同协议所决定的其他领土”。针对美台军事条约的签订，12月8日，周恩来总理兼外长发表声明，严正指出，上述条约根本是非法的、无效的。这是对中华人民共和国和中国人民一个严重的战争挑衅。如果有人硬把战争强加在中国人民头上，中国人民一定要给干涉者和挑衅者以坚决的回击。为了反击美台签订“共同防御条约”，中共中央军委命令中国人民解放军以陆海空军协同作战，于1955年1月

18日，解放了大陈岛外围的一江山岛。这是中国人民在“一定要解放台湾”的旗帜下实施的一个强有力的军事行动。

面对中国人民的坚决回击，美国一方面由参众两院通过“福摩萨决议”，授权美国总统在“必要时”，为“防护和保卫”台湾和澎湖列岛“不受武装进攻”，可以“使用美国武装部队”。另一方面，美国总统艾森豪威尔呼吁联合国进行斡旋，“停止中国沿海的战斗”。周恩来立即发表声明予以驳斥：解放台湾是中国的主权和内政，决不容许他人干涉；联合国或任何外国都无权干涉中国人民解放台湾；中国政府绝对不同意同蒋介石集团实行所谓停火；美国政府策动的所谓停火，实际上就是干涉中国内政，割裂中国领土。基于这一原则立场，中国政府拒绝参加联合国安理会对所谓“在中国大陆沿海某些岛屿地区的敌对行动问题”提案的讨论，指出这显然是干涉中国内政，掩盖美国对中国的侵略行为。

由于中国政府和中国人民的坚决斗争，美国的军事讹诈和外交图谋均告失败，不得不出动大批军舰、飞机，“协助”国民党军队从大陈岛撤退，并将全岛居民劫往台湾。这时，美国一反常态，拒绝了台湾当局要它承担“协防”金门、马祖的义务，并敦促国民党集团撤出沿海岛屿，企图以此来换取中国放弃解放台湾，把台湾问题提交安理会，要求联合国介入，在台湾海峡实现停火，维持两岸分离的现状。美国这种使台湾问题国际化的政策，不仅中国政府一向坚决反对和严正驳斥，而且以蒋介石为首的台湾当局也从“一个中国”的立场出发，持反对和抵制态度。

2月13日，中国人民解放军解放了大陈岛及其外围列岛，拔除了蒋介石集团在浙江沿海进行破坏活动的最大据点。从军事战略上看，美国从台湾这条战线向中国大陆的进逼进一步受到挫折，从而加强了中国的国家安全。更重要的是，中国通过炮击金门和解放浙江沿海诸岛的行动，非常明确地向国际社会宣示了世界上只有一个中国，台湾是中国不可分割的一部分，解决台湾问题是中国的内政，任何外国都不能干涉的坚定立场。同时，在美国加紧策划把台湾从中国分离出去的特定条件下，祖国大陆“一定要解放台湾”的军事行动，客观地表明海峡两岸自1949年以来的内战状态仍在延续，如何解决台湾问题完全是海峡两岸中国人自己的事情，从而避免美国以不可告人的目的，迫蒋撤守金、马，孤悬台湾，再以所谓“台湾地位未定论”将台湾问题国际化，使台湾永久分离中国。

鉴于美国蓄意制造“两个中国”、“一中一台”以至台湾“独立”的图谋，遭到海峡两岸的坚决反对和抵制，中共中央、毛泽东从蒋介石对统一中国这一基本问题的态度上，深刻分析了美蒋的利益冲突和矛盾，认为可以利用美蒋矛盾，探索解决台湾问题的新方式，开始在不承诺放弃武力解决台湾的前提下，寻找和平解决台湾问题的新途径。

直接接触：促成中美“坐下来谈”

“一张一弛，文武之道”。尽管围绕台湾问题中美关系出现持续紧张局面，中共中央和中国政府仍然认为，通过积极的外交活动谋求中美之间关系的和缓，是符合维护亚洲与世界和平的根本利益的。为此，中国主张中美两国应进行接触，寻求机会，通过谈判解决双方关系中的一些问题。

中美之间最初的官方接触，始于1954年日

内瓦会议期间。美国代表团通过英国代表团成员、英国驻华代办杜维廉向中国代表团成员宦乡口头转达：美国愿就在华被扣人员问题和中国在美留学生回国问题进行接触。中国代表团得知这个消息后，周恩来连夜召集会议研究对策，认为我们不应该拒绝和美国接触。在中美关系如此紧张，美国对华政策如此敌对和僵硬的条件下，我们可以抓住美国急于要求在华的被扣人员获释的愿望，开辟接触的渠道。据此，中国代表团告诉杜维廉，现在中美双方都有代表团在日内瓦开会，有关中美双方的问题，可由两个代表团进行直接接触，没有必要通过第三者；同时，中国代表团发言人向记者发表关于美国政府无理扣留中国侨民和留学生的谈话，表示中国愿就被扣人员问题同美国举行直接谈判。通过杜维廉的安排，6月5日至7月21日，中国代表王炳南和美国代表约翰逊共进行了五次接触。美方向中方递交了在中国境内的美国侨民和被中国拘禁的美国军事人员的83人名单，要求中国给予他们早日回国的机会。中方指出，中国对守法的美侨是友好的，并予以保护。他们可以在中国境内居住并从事合法职业。对申请回国的美侨，经过审查没有未了民事、刑事案件的，随时批准他们离开中国。事实上，从新中国成立以来，已经有1485名美国侨民离开了中国。对少数犯法的美国人则根据犯罪事实和服罪情况，量刑处理。判刑以后，如果表现良好，可以考虑减刑或提前释放。中方还表示，对美方交来的名单将予以审查，因犯法而被拘禁的美国侨民以及因侵犯中国领空而被俘房的美国军事人员，可通过中国红十字会转递其家属来往信件或包裹。

同时，中方提出，中国在美国的留学生有5000多人，不少留学生要求回国，但美国移民局却向他们提出“不准离美和试图离美”的命令，违者将被判处5000美元以下的罚金或5年以下的徒刑或同时给予这两种处罚。美国政府应“立即停止拘留中国留学生，并恢复他们随时离开美国返回中国的权利”。至于居留在美国的中国侨民，也同样享有随时回国的权利。

对中方提出的要求，美方承认在朝鲜战争期间，美国政府确实发布命令，规定凡高级物理学家，其中包括受过像火箭、原子能以及武器设计这一类教育的中国人，都不准离开美国。美方强调，阻止申请回国的中国留学生中的120人离美，完全是按美国的法律行事的。对此，中方代表多次提出批驳，要求废除这条无理的规定。中方还主张由双方发表联合公报，宣布住在一方的对方守法侨民和留学生将享有返回祖国的完全自由。并建议在相互平等的基础上，由第三国代管双方侨民和留学生的权益。美方则片面要求中方“释放被扣留在中国的美国人员”，拒不同意中方提出的建议，但同意将建议美国政府对“依法”被阻止离美的120名留学生的情况进行复查。

在7月21日最后一次接触中，双方审核了各自提交的名单。中方通知美国，除6月中旬有两名美侨离华外，中国政府已批准最近申请返美的六名美国人离华；同时要求美方提供在美的中国侨民和留学生的情况，并再次询问美国是否同意中方提出的由第三国外交使团代管双方侨民利益的建议。美方没有进一步提供中国侨民和留学生的新情况，并再次拒绝了由第三国代管双方侨民利益的建议。同日，美国代表团发表声明，宣布对“依法”被阻止离美的15名中国留学生的情况已复查完毕，他们可以自由离美，对其

他希望离开美国返回"共产党中国"的中国留学生的情况尚在复查中，一俟收到关于他们的任何情况将转告中方。

中美最初的接触虽然收效甚微，但美方毕竟有所松动。为了在日内瓦会议闭幕后不使渠道中断，双方商定自1954年9月2日起，在日内瓦举行领事级会谈。中方继续要求美方尊重中国侨民和留学生回国与家人团聚的权利，消除在这方面所设置的障碍。但仍没有被美方接受。在此期间，美方通过中国红十字会转递了给犯法的美侨和被俘的美军人员寄来的包裹和信件。中方还通知美方，有些美国犯人的家属如果想到中国探视犯人，中方可给予签证。但美方答复说："美国政府已决定目前不发护照给任何要去共产党中国访问的美国公民。"在日内瓦进行的中美领事级会谈未取得进展，于1955年7月15日终止。但它成为不久以后中美举行大使级会谈的前奏。

在1955年2月解放浙江沿海岛屿后，中国政府希望进一步和缓亚洲特别是台湾地区的紧张局势，以消除亚非国家的疑虑，制止美国破坏亚非会议的图谋。4月下旬在万隆举行的亚非会议上，有的国家代表提出台湾应该取得独立或由国际托管的问题。周恩来表明中国不能同意这种言论，但不准备展开争论。

4月23日，缅甸、锡兰、中国、印度、印度尼西亚、巴基斯坦、菲律宾、泰国8国代表团团长举行会议，讨论缓和印度支那紧张局势包括台湾地区紧张局势问题。周恩来在会上阐明，在台湾问题上存在着两个性质不同的问题：中国政府与蒋介石集团的关系是内政问题，不容外国干涉；中美之间的关系是国际性问题，中国愿意用和平的方法来解决。为此，周恩来在会上发表了一个言简意赅的声明："中国人民同美国人民是友好的。中国人民不要同美国打仗。中国政府愿意同美国政府坐下来谈判，讨论和缓远东紧张局势的问题，特别是和缓台湾地区的紧张局势问题。"[①]

这个只有69个字的简短声明，立刻震动了万隆，传遍了全世界，博得了广泛的同情与赞赏，打破了美国企图利用它一手造成的台湾地区的紧张局势来影响亚非会议的阴谋。许多国家都希望美国能响应周恩来的建议，同中国直接谈判。英国、印度尼西亚驻华代办表示愿意在中美解决台湾问题时从中进行斡旋。周恩来向他们表示，欢迎任何国家这样做。

5月11日至21日，印度驻联合国代表梅农专程来华为中美会谈进行斡旋。周恩来对梅农为争取中美之间和台湾地区紧张局势缓和的努力表示欢迎，并着重指出：(一)和缓紧张局势必须是双方的。应该促使国民党的武装力量从金门、马祖撤走，如果它这样做，中国可以同意在规定期限内不予还击，让它撤走，以使中国收复这些岛屿。但这个行动绝不意味着，中国同意杜勒斯所说的那个"停火"，同意美国以敦促国民党集团撤出沿海岛屿来换取中国放弃解放台湾的要求和行动。(二)除金门、马祖问题外，中美双方还应在其他问题上采取步骤和缓紧张局势。在美国方面，有两件事应该做：一是取消对中国的禁运；二是允许要求回国的中国留学生和其他中国侨民自由回国。在中国方面，也有两件事可做：一是可以根据中国的法律程序，适当处理美国在中国犯法的人员，包括美军飞行员和侨民；二是可以先以对等方式允许美国友好团体与个人来华访问。

周恩来表示，考虑到梅农先生的要求，第一，

①《周恩来外交文选》，中央文献出版社，1990年版，第134页。

中国愿意先处理侵入中国领空的4个美国飞行人员，判决驱逐他们出境。在美蒋特务制造"克什米尔公主号"惨案尚未解决的时候，中国采取上述行动，表现了主动和缓紧张局势的意愿。第二，中国允许对中国友好的美国团体和个人到中国来访问，虽然这种事应该是对等的，但是中国愿意先开放，让美国人来看看中国究竟是对他们友好，还是要同他们打仗。第三，中国既愿意同美国谈判，也愿意同国民党集团谈判。这两种谈判虽然有联系，但属于不同性质。前一个谈判是国际性的谈判，为的是要美国放弃干涉，从台湾和台湾海峡撤出它的一切武装力量。后一个谈判属于内政，应该谈中国中央人民政府和国民党集团之间的停火问题和中国和平统一问题。过去在国内战争、抗日战争和解放战争三个时期，我们都主动同蒋介石谈。当时蒋介石代表中央政府，我们是地方政府。现在我们代表中央政府，蒋介石只是地方政府。

5月26日，周恩来总理接见英国驻华代办杜维廉，进一步阐明中国对美国谈判问题的看法：中美谈判的主题是和缓和消除台湾地区的紧张局势，至于谈判的方式，可以开多国会议，中美还可以直接谈判，由别的国家从旁赞助，台湾当局则在任何时候、任何情况下，都不能参加上述国际会议。但中国政府不拒绝，相反地建议同台湾当局直接谈判。有两种方式来解放台湾，一种是和平方式，另一种是战争方式，在可能的条件下，我们争取用和平方式解放台湾，这就要同国民党进行谈判。中美之间的国际性谈判和中国中央政府同台湾当局之间的内政性的谈判，可以平行地或者先后地进行。它们彼此间虽有联系，但不能混为一谈。周恩来的上述谈话，既明确了中国同美国进行谈判的原则立场，又向国际社会表明了中国在不放弃武力解放台湾的前提下，将争取用和平的方式解放台湾。

美国从印度、英国方面了解到中国对中美谈判的意愿及对台湾问题的立场。由于在被中国扣押的人员和间谍的问题上，不断受到国内舆论的强烈指责和压力，美国政府也想借此机会缓和中美关系。1955年7月13日，美国政府通过英国政府向中国政府建议，中美双方各派一名大使级代表在日内瓦举行会谈，以便有助于"愿意回到他们各自国家去的平民遣返问题"的解决，并"有利于进一步讨论和解决双方之间目前有争执的某些其他实质问题"。7月15日，中国政府通过英国政府答复美国政府，同意举行大使级会谈。经过磋商，中美双方确定将原来在日内瓦进行将近一年的领事级会谈升格为大使级会谈，并同时发表新闻公报，宣布第一次大使级会谈将于1955年8月1日在华沙举行。中方代表是中国驻波兰大使王炳南，美方代表是美国驻捷克斯洛伐克大使约翰逊。

中国对大使级会谈采取积极的态度，中共中央强调在会谈中既要有坚定的立场，也要有协商的和解的态度，争取通过会谈解决一些问题，并为缓和中美关系、消除台湾地区紧张局势的高一级谈判做准备。为此，中方在会谈开始的前一天采取主动行动，由最高人民法院军事法庭按照中国的法律程序，判决提前释放阿诺德等11名美国间谍，驱逐他们出境。

根据双方的协议，会谈有两项议程，一是关于"双方平民回国问题"；二是关于"双方有所争执的其他实际问题"。经过争论，双方于1955年9月10日就第一项议程达成关于遣返双方平民回国问题的协议，其主要内容是：中美双方承认，在各自国家内的对方平民享有返回的权利，并宣

布已经采取，且将继续采取适当措施，使他们能够尽速行使其返回的权利，中美两国分别委托印度、英国政府协助中美平民返回本国。这是中美大使级会谈达成的惟一的协议。

关于第二项议程，中方提出的议题一是消除禁运问题；二是准备更高一级的中美外长级谈判问题。但美方却要求先讨论所谓"放弃为了达到国家目的而使用武力"问题，并正式建议：中美双方分别发表声明，在台湾地区除防御外不使用武力。和平解决中美之间的争端而不使用武力，这是中国政府的一贯主张。但不能与解放台湾混为一谈。因为中国通过和平方式还是使用武力解放台湾是中国的内政，不应成为中美会谈的议题。中方代表阐明上述立场后，建议两国大使根据联合国宪章有关条款协议一项声明。但美方却要求在声明中写上：一般来说，并特别对于台湾地位来说，"除了单独和集体的自卫外"，中美放弃使用武力。

台湾是中国的领土，美国却要在中国领土上拥有"单独和集体自卫"的权利，这是十分荒谬的，当然不能为中方所接受。但为了争取会谈能有所进展，中方又提出新的声明草案，美方既不表示反对，也不表示同意，直拖到1956年1月才提出一个对案，内容同它前一个草案没有什么差别。关于禁运问题，美方以双方尚未对不使用武力问题达成协议以及美国在华犯人尚未被全部释放为由，拒绝讨论中方建议，使会谈继续陷入僵局。

1957年12月12日，中美大使级会谈已进入到第73次会议，会上美方代表约翰逊宣布，他将撤出会谈，调任驻泰国大使。指定他的副手埃德·马丁（参赞）接替他的工作。美方委派非大使身份的人为代表参加会谈，是降低会谈级别的表示。中方一再催促美方指派大使级代表，美方采取拖延做法，从而使会谈从僵持发展到中断。

虽然这一阶段的中美会谈，除平民回国问题达成协议外，其他涉及中美关系的一切实质问题均无结果，但毕竟在中美没有正式外交途径的情况下，打开了双方接触的一条渠道，并实现了双方一些侨民要求回国的愿望。1955年，因被阻止而滞留美国多年的中国科学家钱学森、赵忠尧、张文裕等相继回到祖国。对此，周恩来评价说，我们要回了一个钱学森，单就这一件事来说，会谈也是有价值的。另外，在华沙会谈期间，中美关系也一度出现和缓，为两国关系的发展在对等接触、坐下来谈判方面打下了初步基础。

总的来说，从1949年至1956年，中国外交在毛泽东、周恩来的直接领导下，经受住了两大阵营冷战时期复杂斗争的严峻考验，顶住了以美国为首的西方阵营对我国孤立、遏制、封锁、禁运的压力，维护了国家的独立、主权和尊严；倡导和坚持和平共处五项原则，同许多亚非国家建立日益密切、日益广泛的友好合作关系，开展经济、贸易、文化往来，为建立新型的国际关系树立了光辉的范例。中国外交遵循国际主义的原则，对世界人民反对殖民主义、帝国主义和霸权主义，争取和维护民族独立，捍卫世界和平，加速经济发展，促进人类进步的事业做出了自己的贡献。中国为恢复和维护在联合国及其他国际组织中的合法地位和权利的斗争，在国际上树立了坚决捍卫独立主权，维护世界和平的鲜明形象，赢得广泛的同情和支持。同时，为我国社会主义基本制度的建立和社会主义建设事业的开展，赢得更为有利的国际环境和条件。

MAOZEDONGSHIDAIDEZHONGGUO

第十章

高潮迭起 计日程功

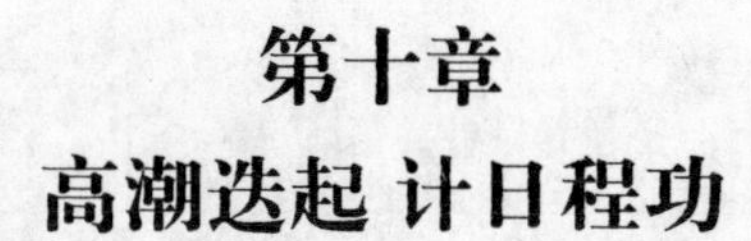

第十章
高潮迭起 计日程功

根据党在过渡时期的总路线，1953 年至 1955 年上半年，我国对农业、手工业、资本主义工商业的社会主义改造工作进展顺利，基本上是积极领导，稳步前进。1955 年夏季以后，在各种因素的综合作用下，农业合作化运动突然提速，从互助组到初级社再到高级社，一浪高过一浪地迅猛发展。随之而来的，是手工业和资本主义工商业改造的速度大大加快，形成席卷全国的社会主义改造群众运动的高潮。至 1956 年，我国生产资料私有制的三大改造毕其功于一役。这个涉及几亿人口的生产关系大变革在短短几年内计日程功，突出展现了毛泽东时代以强大动员体制推进社会变革的一大历史景观。中国共产党领导全国各族人民为之奋斗的进入社会主义社会的目标，大业竟成。

一、一马当先:提早实现农业合作化

毛泽东对农村形势估量的改变

经过 1953、1954 两年的发展，对农业、手工业、资本主义工商业的三大改造中，尤以农业的社会主义改造势头强劲。时间进到 1955 年，农业合作化运动在上半年和下半年，分别经历了迥然而异的进程：从全面整顿收缩，到强烈反弹加速，其势如脱缰的烈马，出现了人们未曾预料的戏剧性场景。这种由放缓到陡起的“V” 字形发展，给历史留下了深长的回味和思索。

1955 年春天，中共中央针对农业合作化工作局部冒进造成农村关系紧张的形势，提出分别不同地区“停止发展，全力巩固，适当收缩，在巩固中继续发展”的方针。当时，毛泽东对农村关系的紧张作了极为清醒的判断，深刻指出：“生产关系要适应生产力发展的要求，否则生产力会起来暴动。”他不仅提出“停、缩、发”三字方针，并且对农业合作化发展计划持慎重态度，认为 5 年实现初级社化的步子太快，到 1957 年入社农户占总农户的三分之一就可以了，不一定要 50%。[1] 5 月 6 日，邓子恢在全国第三次农村工作会议的总结报告说：“主席这样提出很重要”，“我们当时只感到 1955 年计划多了一点，还没有怀疑到 1957 年发展 50%是不可能的”，“可见主席高见”。据此，邓子恢提出今后“要发展一段巩固一段，不要连爬带滚往前进”。

1949
1956

上述情况表明，无论对农村紧张形势的估量，还是对整顿、巩固现有合作社，减缓农业合作化的速度，毛泽东都是赞同和支持的，与邓子恢和中央农村工作部的意见基本上是一致的。然而，大变革时代的事情变化之快，完全出乎人们的意料。正当邓子恢在全国农村工作会议上认真部署贯彻毛泽东的指示精神的时候，毛泽东本人对农村形势的估量已发生改变。就在 1955 年春夏之交，党内在农业合作社发展速度问题上发生方针性的意见分歧，毛泽东关于加快农业合作化步伐的意见占上风，导致农业合作化运动骤然

①《邓子恢传》，人民出版社，1996 年版，第 480 ~ 481 页。

◆ 1955年毛泽东在江苏南京市郊区十月农业生产合作社视察时同农民交谈。

走向急速发展。这一形势的变化，是由4月初毛泽东离京到南方视察开始的。

1955年三四月间，中央关于整顿和巩固农业生产合作社、大力保护耕畜以及粮食定产、定购、定销等一系列措施，在各地得到认真贯彻执行。在合作社发展过猛的浙江等省，各县都派出一批干部深入重点乡，进行巩固和收缩工作的试点，然后由点到面逐步展开。整顿工作着重纠正了侵犯中农利益的错误，中农群众普遍反映对党的政策是满意的，农民的生产情绪开始稳定。在粮食供应方面，全国各省市派出几十万干部，深入到农村、城镇整顿粮食统销工作，使各地粮食销量呈现下降趋势，春季粮食供应紧张的状况正在得到缓解。

在上述整顿工作初见成效的时候，4月6日至19日，毛泽东到武汉、杭州、上海等地视察。一路上，他看到“麦子长得半人深”，说明大部分农民生产并不消极。沿途听到有的地方干部汇报说，春季粮食紧张的情况不都是真实的，有的农户明明有存粮，看到别人向国家买粮，也跟着喊粮食不够；一些富裕中农怕别人说自己销粮过多或前来借粮，故意喊缺粮。又听到汇报说，整

顿收缩合作社工作中，许多本来可以办好的合作社被强行解散了。4月18日毛泽东抵达上海，中共中央上海局书记柯庆施说，他经过调查，在县、区、乡三级干部中，有30%的人反映农民要“自由”的情绪，不愿意搞社会主义。这给毛泽东留下深刻的印象。综合考察的情况，毛泽东认为先前对粮食紧张的估计是言过其实的，不能把农村的紧张情势归咎于合作化搞快了。只要把粮食征购指标压一些，便可缓和同农民的紧张关系，换来农民对社会主义的支持，而不必放慢农业合作化的步伐。

回到北京后，毛泽东于5月5日约见邓子恢，向他讲了视察中了解的情况，批评了对社会主义不热心的现象。针对全国农村工作会议还在部署“少数省县要适当收缩”合作社，毛泽东告诫邓子恢“不要重犯1953年大批解散合作社的那种错误，否则又要作检讨”。

5月9日晚，毛泽东在中南海颐年堂约见李先念、邓子恢、廖鲁言等，谈农村形势和粮食问题。周恩来也在座。毛泽东说：中央认为，下年度粮食征购任务，原定900亿斤，可考虑压到870亿斤，这也是一个让步，粮食征购数字减少一点，换来一个社会主义。他还谈到：今后两三年是农业合作化的紧要关头，必须在这两三年内，打下合作化的基础。他问邓子恢等：1957年农业合作化程度可不可以达到40%？邓子恢回答：上次说三分之一，还是三分之一左右为好。毛泽东接着援引柯庆施的话说：农民对社会主义改造是矛盾的，农民是要“自由”的，党内有一批干部反映农民这种情绪，不赞成搞社会主义。这些谈话，反映了毛泽东要加快农业合作化步骤的意向。随后，毛泽东召集华东、中南各省及有关城市的党委书记到北京开会，重点讨论发展农业合作社的问题。

5月17日下午，15省、市、自治区党委书记会议在中南海颐年堂召开。到会的有邓子恢、廖鲁言、陈毅、李先念等，以及华东、中南各省委书记，京、津、沪、汉市委书记共三十多人。毛泽东在会上首先谈了粮食紧张情况的分析和粮食工作问题，农业合作化工作中的“停、缩、发”等问题。他说：“合作社问题，也是乱子不少，大体是好的。不强调大体好，那就会犯错误。在合作化的问题上，有种消极情绪，我看必须改变。再不改变，就会犯大错误。对于合作化，一曰停，二曰缩，三曰发。缩有全缩，有半缩，有多缩，有少缩。社员一定要退社，那有什么办法。缩必须按实际情况。片面地缩，势必损伤干部和群众的积极性。后解放区就是要发，不是停，基本是发；有的地方也要停，但一般是发。华北、东北等老解放区里面，也有要发的。譬如山东30%的村没有社，那里就不是停，不是缩。那里社都没有，停什么？那里就是发。该停者停，该缩者缩，该发者发。”[①]这个讲话着重批评了农业合作化工作中的消极情绪，基本精神是强调发展。

各省市负责同志在会上发言，表示同意毛泽东提出的方针。有7个省当场自报了1956年春耕前发展农业合作社的计划数字：河南7万个，湖南4.5万个，湖北4.5万个，广东4.5万个，广西3.5万个，江西3.5万个，江苏6.5万个，共报发展34万个社。毛泽东对此表示肯定，他要求新区各省发展合作社的数目都应比上年翻番，并说：发展合作社对国家是有利的，对你们各个地区也有利，如果你们自愿，那就拍板，把这个数字定下来。他还要求东北、西北、西南、华北各省，由林枫、马明方、宋任穷、刘澜涛回去开一个会，把精神传达一下，讨论解决合作社发

①《农业集体化重要文件汇编(1949～1957)》，第331页。

展数字问题。

会上，有的省委书记谈到前一段收缩合作社，引起农村干部和群众很大不满，埋怨中央农村工作部"不放手"，压抑了下面办社的积极性。毛泽东对这些意见很重视，在讲话中批评"中央农村工作部不懂农村，中央卫生部不懂卫生，《人民日报》是秀才办报"。他告诫大家，不要一进了城，就脱离群众，忘了农民。这次会议议定到1956年春要发展到100万个合作社。

会后，毛泽东于6月2日至23日再次离京，到广州、杭州、南昌、长沙、武汉、郑州等地巡视，沿途了解到不少地方办合作社是积极的，大家认为合作社"好得很"，不存在办不下去的情况。联系到各方面对收缩合作社工作的意见和不满，毛泽东完全改变了原来支持整顿合作社的态度，转向批评邓子恢和中央农村工作部对农业合作化的指导不积极，对广大贫农和下中农的社会主义积极性"熟视无睹"。同时，改变了对粮食紧张问题的看法，认为"所谓缺粮，大部分是虚假的，是地主、富农以及富裕中农的叫嚣"，是"资产阶级借口粮食问题向我们进攻"。由此，毛泽东对农村形势的估量上更多地从阶级斗争的观点来看问题，对农业合作化运动更进一步赋予了社会主义同资本主义"谁战胜谁"的严重性质。

速度之争：翻半番还是翻一番

根据15省、市、自治区党委书记会议的精神，中央农村工作部同各省商定了1956年春农业合作社发展到100万个的计划。6月14日，刘少奇主持召开中央政治局会议，听取邓子恢关于全国第三次农村工作会议的汇报，批准了中央农村工作部报送的这个计划。刘少奇在会上说，过去有一段时间发展的劲头不够，在发展合作社的过程中曾有一度动摇。事实证明，过去合作社的发展是健康的，能巩固的。不知哪来一股谣风，冒退了一下。刘少奇强调说，对农业合作化的成绩要有充分估计。上半年对已建立起来的社进行整顿以后，马上就要再前进，到1956年连同原有的社在内发展到100万个。新区老区今后一年都还要发展，不要再停了。

这期间，毛泽东正在外地视察。他沿途召集浙江、江西、湖南、湖北、河南、河北省的负责同志，听取农业合作化进展情况的汇报；并写信给胡乔木，让他将所收集的关于河北、山西两省农业生产合作社的发展情况，包括下面大发展，省委核减数字等，写成简要材料给他。在听取汇报时，毛泽东反复强调：单干是没有出路的，农业合作化是农民走向共同富裕的唯一道路。

6月23日下午，毛泽东回到北京。通过这次视察，他认为农民群众的社会主义积极性正在高涨，中央农村工作部上报的合作社发展计划应作些修改。当晚，毛泽东约邓子恢谈话指出：1956年春耕前合作社发展到100万个，这个数目字同原有65万个社相比较，只翻了半番多一点，偏少了。可能需要翻一番，即增加到130万个左右，基本上使全国二十几万个乡，除了某些边疆地区以外，每乡都有一个至几个小型的半社会主义性质的农业生产合作社，以作榜样。对毛泽东的这个意见，邓子恢表示回去考虑一下。

邓子恢回到部里找互助合作处的同志商量，认为中央政治局批准的发展到100万个社的计划，是派人摸底，并和各省商量定下的，比较牢靠，估计可以超过，还是坚持原计划数字好。第二天，邓子恢去见毛泽东说：上年由11万个社一下子发展到65万个社已经太多了，发生了冒进

的问题，还需要做大量的工作才能巩固；下年发展到100万个社，都要巩固下来，更不容易。如果发展到130万个，那就超出了现有的办社条件许可的程度。还是维持100万个的计划比较好。邓子恢谈了合作社要稳步发展的理由，主要有以下几点：

第一，整个农业合作化的速度应当同国家工业化的进度相适应。“一五”计划只能为工业化打个初步基础，农业技术改造可能刚起步，现在我国的工业还不能对农业的现代化提供相应的技术与机械设备，合作社还只能以手工劳动为主。在这种情况下，要使农业生产有比较显著的发展，超过一般中农的水平，显示出社会主义集体经济的优越性，向农民起到示范作用，就必须把经营管理搞好，特别是做好按劳分配、劳动组织方面的工作。干部的培养和会计人员的培训，也需要时间。在办社的初期阶段，各种条件很差的情况下，过多过猛的发展，是不适当的。

第二，根据各地实际情况反映，现有65万个社中存在的问题很多，巩固工作很繁重，如果再多发展，巩固与发展齐头并进，无论群众觉悟水平和干部领导能力都跟不上去，就可能使巩固和发展两方面的工作都做不好，并会影响生产发展，降低农业合作社在农民中的威信。

第三，1955年至1956年，是为合作化打基础的一年，这一着做好了，对以后实现全盘合作化有重大的意义。在老区，过去几年领导力量主要忙于合作社的发展工作，对巩固工作做得很少，基础很不巩固，极需缓和一下，以便做好巩固工作，在巩固的基础上再前进。新区的主要任务还应当是继续完成布点工作，适当再发展一些，每个乡争取建立若干社，集中力量把它们办好，以便训练干部，示范群众，为以后从点到面的发展打好基础。至于边远地区和少数民族地区，更需要多准备一些时间。

当时，邓子恢刚从匈牙利访问归来，他还向毛泽东谈到苏联、匈牙利农业集体化过急的教训，提出应避免重犯类似的错误。总之，要坚持党历来行之有效的工作方法，由点到面，积极而稳步地分批分期展开。邓子恢认为，这样做，虽然从当前一个具体环节上看，似乎缓慢一些，但从整个合作化来看会是更快一些和更好一些。这次谈话从深夜到次日凌晨，持续了几个小时，关于“翻半番还是翻一番”的问题，没有取得一致意见。7月11日晚，毛泽东再次约见邓子恢、陈伯达、廖鲁言、刘建勋、谭震林、杜润生等中央农村工作部负责人，对收缩合作社的工作提出尖锐的批评，说：浙江办了五万个合作社，就把你们吓破了胆。处理这样大的问题，事先不向中央请示，事后也不报告，这是很不好的。在谈话中，毛泽东重申了农业合作社必须大发展的意见。邓子恢表示，四五月间他对农村情况的分析是“欠全面”的，对“收缩”强调得过分了一点，对新区采取小发展而不是大发展的方针，是“比较消极”的。毛泽东认为邓子恢的态度有所转变，便决定由中央召集各省、市、自治区党委书记到北京开会，解决加快发展农业合作社的问题。

应该说，“翻半番还是翻一番”的争论，是在当时各种主客观因素的交互作用下产生的。毛泽东作为党中央的领导核心，更多地是从农业如何适应工业化需要的角度思考问题。从客观情况看，1954年夏秋，我国长江中游、淮河流域和华北平原地区遭受百年不遇的特大洪涝灾害，农业受灾严重，农业总产值仅比上年增长3.4%，远未完成当年的计划指标。我国工业总产值中以农产品为主要原料的轻工业占80%，农业受灾直

接影响到工业经济的增长，国家不得不靠统购统销政策来调节农产品供求紧张的关系。为此，中央在制定1955年的年度计划时，考虑到农产品原料不足，已将工业增长速度降至7.7%，但实际执行结果只比上年增长5.6%，成为"一五"期间工业增长速度最低的一年。这突出反映了农业滞后对工业发展乃至整个国民经济的瓶颈制约。因此，毛泽东把解决农业落后于工业这个突出矛盾，放到很高的战略地位来考虑，这是他下决心推动农业合作化大发展的一个主要因素。

从主观方面看，1955年春夏之交毛泽东的两次外出视察，是他对农村形势认识改变的一个转折点。他沿途所看到的和听到的，有些是先前不了解的新情况，有些与过去所了解的事实有出入，但确有一些汇报材料是以偏概全，报喜不报忧，并未反映农村复杂形势中更具有本质性的一面。这就妨碍了对农村生产关系变革的表象下掩藏的生产力发展客观要求的深层把握。事实上，像"省、地、县三级干部中有30%的人不愿意搞社会主义"这样的主观臆断，只能妨碍中央对真实情况的全面了解，影响和干扰对形势作出正确的判断，并由此进行科学的决策。

邓子恢作为中央主管农业合作化工作的负责人，对积极引导广大农民走社会主义道路一贯是坚定的。在这个过程中，他十分注重生产关系的变革一定要同生产力发展的要求相适应，强调党在农村的工作部署必须从小农经济的现状出发，照顾农民小生产的特点，坚持典型示范，自愿互利原则，因地制宜，稳步发展。在合作社是加快发展还是稳步发展的问题上，他始终坚持"生产需要、群众觉悟、干部领导能力"这三条办社的基本标准，认为问题不在要不要增加几十万个社，而在于上面不断加码，会形成各级组织的单纯任务观点，势必对农业生产造成损害。后来历史的发展证明，邓子恢关于农业合作社的发展必须注意客观条件提供的可能性的思想是正确的。然而，邓子恢为合作社"翻半番还是翻一番"向毛泽东据理力争，当时被认为是"思想右倾"，对合作化不积极而受到批判。由此，改变了迄止1955年夏季以前农业合作化运动稳步前进的历史进程。

批判"小脚女人"和"右倾保守"思想

1955年7月18日，毛泽东写信给中央农村工作部秘书长杜润生，调阅全国第三次农村工作会议的各项材料，包括报告、各人发言和结论，着手为中央召集的省、市、自治区党委书记会议撰写《关于农业合作化问题》的报告。

7月26日，中央农村工作部二处整理了《农业合作化运动最近简情》(附有一份《全国各省现有社及1956年建社计划表》)报送毛泽东。《简情》所列1955到1956年度的发展计划是，由现有的约65万个社发展到103万余个社，入社户数由1690余万户发展到约2920万户。29日，毛泽东批示将《简情》印发给前来参加省、市、自治区党委书记会议的同志。在所附《计划表》的背面，他针对邓子恢的思想写了很长一段文字，论述了反对右的和"左"的错误观点问题：

1. 在发展问题上，"不进"与"冒进"。目前不是批评冒进的问题，不是批评"超过了客观可能性"的问题，而是批评不进的问题，而是批评不认识和不去利用"客观可能性"的问题，即不认识和不去利用广大农民群众由于土地不足、生活贫苦或者生活还不富裕有一种走社会主义道路的积极性，而我们有些人却不认识和不去利用这种客

◆ 1955年7月31日，毛泽东在省委、市委和自治区党委书记会议上作了《关于农业合作化问题》的报告。图为毛泽东在省委、市委和自治区党委书记会议上。

观存在的可能性。

2.在改变所有制的问题上，即端正政策的问题。"揩油"问题已经发生，应当教育农民不要"揩油"，应当端正各项政策，并以发放贷款的办法去支持贫农，这是一方面。但同时应当教育中农顾全大局，只要能增产，只要产量收入比过去多，小小入社时的不公道，也就算了。要教育两方面的人顾大局，而不是所谓"全妥协"，全妥协就没有社会主义了。"又团结，又斗争"是我们的方针。

3.要有坚定的方向，不要动摇。要别人不动摇，就要自己首先不动摇。要看到问题的本质方面，要看到事物的主导或主流方面，这样才能不动摇。事物的非本质方面，次要方面必须不忽略，必须去解决存在着的一切问题，但不应将这些看成事物的主流，迷惑了自己的方向。

这段文字中，关于要看到问题的本质方面、主导或主流方面，不要迷惑社会主义方向的思想方法，教育贫农不要"揩油"的政策思想，是正确的。但是，合作化局部冒进的余波未平，又把农民群众"走社会主义道路的积极性"当作加快合作化的"客观可能性"；在对待中农问题上反对"全妥协"，要求中农不必计较入社时"小小"的不公道，这实际上在后来合作化的大发展中，为"揩中农油"、侵犯中农利益的"左"的偏向打开方便之门。

7月31日至8月1日，中共中央在北京举行省、市、自治区党委书记会议。毛泽东在会上作题为《关于农业合作化问题》的报告。这个报告概述了我国农业合作化的历史，阐述了党在农业合作化方面的基本指导方针和具体政策，并对我国农业合作化与机械化的关系、社会改革与技术改造的关系等，提出不少深刻的见解。但是，报告的基调是批判合作化运动中的"右倾保守思想"，极力以反对所谓"右的错误"的方法来推动农业合作化的加速发展。

◆ 1955年7月31日，毛泽东在中共中央召集的省、市、自治区党委书记会议上作《关于农业合作化问题》的报告。图为毛泽东在报告中提到的坚持办社的河北省安平县南王庄三户贫农：王玉坤(中)、王小其(左)、王小庞(右)。

报告对当前形势的基本估计是："在全国农村中，新的社会主义群众运动的高潮就要到来。"据此，不点名地批评邓子恢和他领导的中央农村工作部"像一个小脚女人，东摇西摆地在那里走路"，对合作化运动有"过多的评头品足，不适当的埋怨，无穷的忧虑，数不清的清规和戒律"，"老是站在资产阶级、富农或者具有资本主义自发倾向的富裕中农的立场上替少数人打主意，而没有站在工人阶级的立场上替整个国家和全体人民打主意"。报告批评中央农村工作部在浙江省一下子就从5.3万个合作社中解散了1.5万个，包括40万农户的合作社，认为这是很不妥当的。批评"坚决收缩"的方针，"是在一种惊惶失措的情绪支配下定出来的"，是"被胜利吓昏了头脑"，犯了"右的错误"。应该说，这个批评不是实事求是的。它实际上否定了中央关于农村工作要从小农经济的现状出发，照顾小农经济分散的特点的正确指导方针，否定了对群众坚决要求退出、事实上无法办下去的合作社进行适当收缩的正确政策措施。

报告集中论述了加快农业合作化的紧迫性，强调国家工业化对商品粮和工业原料年年增长的需要，同农业主要农作物一般产量很低之间存在着尖锐矛盾，如果不基本解决农业合作化问题，就不能解决这个矛盾，就会使工业化遇到绝大的困难，就不可能完成工业化。报告阐释了农业合作化的步骤应当和工业化的步骤相适应的方针，提出在我国目前还不能向农业提供大量机械的条件下，"必须先有合作化，然后才能使用大机器"的观点，认为只有通过合作化形成大规模经营的农业，才有使用农用机器、化肥、电力的可能。报告认为，无论是为满足工业化对商品粮和工业原料的需求，扩展工业化所需的国内销售市场，还是通过商品交换主要从农业方面积累工业化和农业技术改造的资金，都必须尽快地实现农业合作化。报告确认"农村中不久就将出现一个全国性的社会主义改造的高潮，这是不可避免的"，将党对农业合作化"积极领导，稳步前进"的指导方针，改为"全面规划，加强领导"的方针。

省、市、自治区党委书记会议定下了加快农业合作化步伐的基调。由于把农业合作化步骤和进度上的不同意见，当作"右的错误"来批判，

这次会议助长了党内在农业合作化问题上的急躁冒进情绪，成为1955年夏季以后农业社会主义改造加速进行的一个转折点。会议结束后，各省相继举行省委扩大会议或地、市委书记会议，传达学习毛泽东的报告，批判"小脚女人走路"，批判"右倾保守"的错误思想，加紧修订本省合作社的发展计划。

8月1日，毛泽东在省、市、自治区党委书记会议结束时说：和子恢同志的争论已经解决了。4月间，中央一个意见，子恢一个意见。农村工作部没有执行中央的意见。5月17日(15个省、市、自治区党委书记会议)以前，说新区发展的合作社糟得很。这次会议上大家说好得很。现在证明新区能发展。今冬明春可大发展。准备工作加巩固工作不会冒险。准备工作第一项就是批评错误思想。事实上，这次会议结束后，对邓子恢"右倾思想"的批判不仅没有结束，反而调子越来越高。

8月3日，毛泽东约邓子恢谈话。毛泽东问：你在土地改革中那样坚决，不怕中农害怕，为什么这一次就不坚决了？邓子恢回答：土地改革，中农的土地一般不动，涉及不到中农的经济利益问题。农业合作化则不同。关系到他们的土地、牲口、农具，也关系到他们的生产水平和收入水平。农业生产合作社是贫农、中农的经济联盟，就是贫农的土地、劳力和中农的土地、牲口、农具的结合，没有中农参加不行。合则两利，不合则两伤。但中农有看大势、算利害的特点，所以要半妥协，急了不行，急了他们不来。所以合作化很重要的是解决好中农入社的问题。尽管毛泽东批评了对中农"全妥协"的观点，邓子恢仍主张"要半妥协"解决好中农入社的问题，这反映了他坚持"巩固地团结中农"政策的执着。

8月5日，毛泽东又约见邓子恢，要他按照省、市、自治区党委书记会议"积极领导、全面规划"的方针，修改1956年春发展到103万个社的计划数字。邓子恢再次申述应遵循"生产需要、群众觉悟、干部领导能力"的办社标准。毛泽东认为这是邓子恢固执己见，继续坚持"右的错误"，并立即打电话向中央秘书长邓小平说："看来像邓子恢这种思想，他自己转不过来，要用大炮轰。"毛泽东建议中央召集全国各省、市、自治区党委书记，并扩大到地委书记以至县委书记到北京开会，以便"制定一个切实可行的关于合作化的全面规划"，通过全党大辩论，从根本上解决农业合作化问题。

8月26日，毛泽东在给邓小平、杨尚昆的批示中说，请电话通知中央农村工作部：在目前几个月内，各省市区党委关于农业合作化问题的电报，由中央直接拟电答复；并告批发此类来报的同志，不要批上"请农村工作部办"的字样。这实际上是鉴于邓子恢"坚持错误"，停止了中央农村工作部指导全国农业合作化运动的工作，而改由中央直接指导。

8月间，毛泽东对《关于农业合作化问题》报告稿进行修改，增写了谈建社准备工作、苏联经验和解释工农联盟问题等几段内容，加重了对邓子恢及中央农村工作部的批评。修改稿把在浙江省收缩一批合作社，夸大为让整个合作化运动"赶快下马"，称"下马"和"上马"只有一字之差，却表现了"两条路线的分歧"。修改稿指出：现在农村中存在的是富农的资本主义所有制和像汪洋大海一样的个体农民的所有制。在最近几年中间，农村中的资本主义自发势力一天一天地在发展，新富农已经到处出现，许多富裕中农力求把自己变为富农。许多贫农，则因为生产资料不

足，仍然处于贫困地位，有些人出卖土地，或者出租土地。这种情况如果让它发展下去，农村中两极分化的现象必然一天一天严重起来，工人和农民的联盟就不能巩固。只有逐步地实现社会主义工业化，逐步地实现合作化，在农村中消灭富农经济制度和个体经济制度，使全体农村人民共同富裕起来，工人和农民的联盟才能获得巩固。否则，工农联盟就有被破坏的危险。

8月下旬，中共中央将《关于农业合作化问题》的报告修正本印发给各省市自治区党委，并逐级印发给各级党组、党内干部直至农村党支部。10月17日，报告修正本经毛泽东再次修改后，正式发表在《人民日报》上，使对"右倾思想"的批判从党内扩展到社会范围。这个报告的公开发表，对在全国掀起农业合作化的群众运动高潮起了直接推动作用。

在广大农村"根绝资本主义的来源"

1955年八九月间，毛泽东代中共中央连续批转了十几个省委的报告。这些报告分别通报了各省检查"右倾"思想，批判"小脚女人"，重新修改农业合作社发展规划的情况，浙江省的报告还反映了部分群众对收缩合作社的不满，其中谈到有的群众甚至痛哭说："'坚决收缩'的仇恨，三年也说不完，一世也忘不了。"为避免被批评为"右倾"，各省在报告中都争相表示要提前实现或大大超额完成发展合作社的计划。

为了实现高指标，各省、市、自治区紧急行动起来，迅速从各方面抽调大批干部分别下到农村，充实办社的领导力量，检查敦促合作社的大发展。在"全党办社"、批判"右倾思想"的形势下，农业合作化运动迅猛发展。据统计，从6月到10月，全国新建合作社64万个，使合作社总数接近130万个，仅四个月就基本实现了"翻一番"的高指标。面对合作社急速发展的形势，中共中央决定将原拟召开的省市区党委书记及地委书记会议，改为召开扩大的七届六中全会，以制定和通过关于农业合作化的全面规划。

1955年10月4日至11日，中共七届六中全会（扩大）在北京举行。全会根据毛泽东《关于农业合作化问题》的报告，讨论和通过了全会《关于农业合作化问题的决议》。《决议》确认：在新的革命阶段的农村阶级斗争，主要是农民同富农和其他资本主义因素的斗争，斗争的内容是关于发展社会主义或发展资本主义的两条道路的斗争，要解决的问题是农业合作化的问题。批评党内有些同志看不见农村中两条道路的尖锐斗争，看不见大多数农民群众愿意走社会主义道路的积极性，希望稳定农村的现状，或者认为在农业合作化发展的问题上应该采取特别迟缓的速度。《决议》把邓子恢的"错误"性质进一步升级，指出农业合作化的大发展，事实上"宣告了右倾机会

◆ 农业合作化运动在少数民族地区也发展起来。图为乌鲁木齐市郊区和平乡维吾尔族农民报名入社。

主义的破产，证明了右倾机会主义在实质上只是反映了资产阶级和农村资本主义自发势力的要求”。认为“只有彻底地批判了这种右倾机会主义，才能促进党的农村工作的根本转变”，“这个转变，是保证农业合作化运动继续前进和取得完全胜利的最重要的条件。”①

根据几年来的经验，《决议》就合作化运动中建社的准备和步骤、发展工作同巩固工作的结合、初级社内社员土地和私有财产的处理、股份基金和公积金的筹集和建立、保证增产的措施、国家财政和技术上的援助以及领导的工作方法等问题，做了较详细的规定。按照毛泽东关于把新老中农中间的下中农区分出来，以建立农村无产阶级的优势的政策思想，《决议》强调必须形成坚定的合作化运动的核心力量，即贫农、新老下中农（约占农村人口的60%～70%）中间的积极分子，应当把这几部分经济地位贫穷或者还不富裕的农民首先组织起来，以便作出榜样，说服更多的农民。对于富裕中农（即新老中农中间的上中农），暂时不吸收入社，更不要勉强地把他们拉进来。应该用合作社的优越性去影响他们，等到他们的觉悟程度提高以后，再去吸收他们入社。这些政策措施，是正确、稳妥的。

关于全面规划，《决议》根据不同地区的不同条件，将全国分为三类情况，分别规定了合作化运动发展的速度。除了在某些边疆地方采取比较缓慢的政策外，规定比较先进的地方在1957年春季以前、全国大多数地方在1958年以前，入社农户达到当地总农户的70%～80%，基本上实现半社会主义的合作化。这个新的发展规划，比起毛泽东在省、市、自治区党委书记会议上提出的1958年春季有一半农户加入初级社，1960年以后逐步地分批分期地由半社会主义发展到社会主义的规划，又大大提前了。这样一再提前的计划，势必造成已经超速发展的合作化运动急剧升温。

在会议最后一天，10月11日，毛泽东以《农业合作化的一场辩论和当前的阶级斗争》为题，作会议结论。他说：“我们这次会议，是一场很大的辩论。这是在由资本主义到社会主义过渡时期，关于我们党的总路线是不是完全正确这样一个问题的大辩论。”在这里，毛泽东历来关于“从新民主主义到社会主义”的提法，改变为“由资本主义到社会主义”。这是毛泽东对他创立的新民主主义理论的一个重大修正。这种改变，意味着建国后党领导人民进行新民主主义建设的时期，被视同为资本主义性质。毛泽东关于过渡时期的新提法，后来在1956年党的八大会议上得到确认，“由资本主义到社会主义过渡时期”从此取代了“从新民主主义向社会主义过渡”，一直沿用到毛泽东时代结束。②

毛泽东在报告中着重论述了过渡时期国际国内阶级斗争的尖锐性，包括反唯心论、内部肃反、粮食统购统销、农业合作化在内的许多问题上的斗争，都带有对资产阶级作斗争的性质，给了资产阶级严重的打击，并且将继续给以粉碎性的打击。毛泽东突出地强调：“我们对农业实行社会主义改造的目的，是要在农村这个最广阔的土地上根绝资本主义的来源”，“使资产阶级、资本主义在六亿人口的中国绝种”，使“小生产也绝种”。他说，农业合作化将在社会主义的基础上巩固工农联盟，使资产阶级最后地孤立起来，便于最后地消灭资本主义。

在扩大的七届六中全会上，刘少奇、周恩来、朱德、陈云、彭真、邓小平等80人作了发言，另有167人作了书面发言。这些发言，大都根据《关

①《建国以来重要文献选编》第七册，中央文献出版社，1992年版，第285～286页。

② 1981年6月27日中国共产党第十一届六中全会通过的《关于建国以来党的若干历史问题的决议》，恢复了“从新民主主义到社会主义的转变”的提法，从而澄清了被混淆的社会发展阶段问题。

◆ 毛泽东《关于农业合作化问题》的报告发表后，全国掀起了农业合作化高潮。图为北京市郊南苑区马家堡乡农民积极报名入社。

于农业合作化问题》的报告，集中地批判了农业合作化问题上的所谓右倾错误，批判“小脚女人走路”，批判党内“反映资产阶级、富农和富裕中农的立场”、“同资产阶级共呼吸的人”。邓子恢在会上作了检讨，承认在指导农业合作化运动中犯了“原则性的错误”，主张“小发展”、“先慢后快”的“错误方针”，“是同中央方针完全相反的，是违背中央路线的”。刘少奇在发言中，对自己“几年前以为在土地改革后，除开普遍发展劳动互助组以外，大约还要过一些时候再来普遍组织农业生产合作社的想法”，也作了自我批评。

六中全会对邓子恢一面倒的批判，把党内正常的工作方针上的不同意见上纲为“两条路线的分歧”，不仅损害了党内民主讨论、实事求是的作风，更重要的是助长了党内业已存在的“左”的急躁冒进思想。以错误地批判邓子恢为开端，我国社会主义改造后期开始出现不顾生产力的实际状况，盲目追求生产关系先进性的超越阶段的做法。这就违背了历史唯物论关于生产关系一定要适应生产力发展要求的客观规律，给我国后来的发展遗留了许多问题。这个历史教训是值得深刻记取的。①

七届六中全会结束以后，“关于发展社会主义或发展资本主义的两条道路的斗争”，成为农业合作化运动乃至全部农村工作中的主题。各省、市、自治区在激烈批判“右倾机会主义”的政治氛围下，再次修订加快合作化步伐的规划，使合作化运动形成异常迅猛的发展浪潮。到12月下旬，全国已有7000多万户即60%以上的农户加入了合作社。从新中国成立到1955年6月，四年半多的时间，我国入社农户占总农户的比重是14.2%。而从1955年6月到同年底，仅半年的时间，加入初、高级社的农户占总农户的比重就跃升到63.3%。这样快的发展速度，显然不是经济发展规律作用的结果，而是人为地掀起社会主义改造的高潮。

这时，毛泽东主持选编的《中国农村的社会主义高潮》一书出版。他为这本书写了两篇序言和104条按语，其中有怎样办好合作社的经验总结，有关于党的思想政治工作的论述，包括对农村经济工作、文化教育工作、妇女青年工作等提出不少正确意见。但是，序言和按语的主导思想是“批右”，不仅对合作化运动中的所谓“右倾机会主义”给予更尖锐的批评，而且认为在其他许多方面的工作中也有“右倾保守思想”在“作怪”。毛泽东在序言中，极力地赞扬“群众中蕴藏了一种极大的社会主义的积极性”，并由此推断“只需

①十一届三中全会后，1981年3月9日，中共中央办公厅转发国家农委党组《关于为邓子恢同志平反问题的请示报告》指出：邓子恢和他主持的中央农村工作部，是坚持社会主义，坚持党的路线、方针、政策的，工作成绩是显著的。他对农业集体化运动中一些重要问题所提出的意见，大都是正确的。过去党内对他和中央农村工作部的批判、处理是错误的，应予平反，强加的一切不实之词，应予推倒，恢复名誉。

◆ 1955年下半年，农业合作化运动迅猛发展。1956年，全国农村基本上实现了高级合作化。图为北京市郊区丰台东管头乡农民在报名入社。

要1956年一个年头，就可以基本上完成农业方面的半社会主义的合作化”。

农业合作化是国家为增加农产品以保障工业化的需要，积极引导农民进行的。对于农业合作社建立、巩固、发展的一系列政策问题，1951年、1953年、1955年中央的三个决议及有关指示中，都作了具体、详细、明确的规定。然而，由于过度推崇通过批判“右倾机会主义”发动起来的群众运动，本来一再超前的发展规划已完全失去指导作用，不断被新的发展数字所突破。党关于发展合作社必须坚持自愿互利的原则，决不能侵犯中农的利益、剥夺中农的财产等政策规定，在群众运动高潮中基本失去了约束力。许多地方发生强迫富裕中农入社，目的在打他们的耕畜农具的主意(作价过低，还期过长)，实际上侵犯他们的利益。更有一些地方工作方法粗暴，以入不入社来判定“走社会主义道路还是走资本主义道路”，形成极大的政治压力和紧张气氛。许多农民群众是在“不入社与地主富农在一起，不好过日子”的心理支配下选择入社的，带有很大的外部强制性。这完全违背了自愿互利、进退自由的原则。在强调两条道路斗争的社会大背景下，1955年至1956年一个冬春，农业合作化运动像“大海的怒涛”一样席卷了整个中国农村。

时间进入1956年1月，加入合作社的农户由上年末占总农户的63.3%，猛增到80.3%，全

国基本上实现半社会主义的初级社化的时间，大大提前了。关于向高级形式的合作化转变，1955年10月扩大的七届六中全会提出，在有条件的地方，有重点地试办高级社，为以后几年的并社升级工作创造条件。1956年1月23日，中共中央政治局提出《一九五六年到一九六七年全国农业发展纲要（草案）》，其中强调："对于一切条件成熟的初级社，应当分批分期地使它们转为高级社，不升级就妨碍生产力的发展。"《纲要》要求：合作化基础较好并且已经办了一批高级社的地区，在1957年基本上完成高级形式的合作化。其余地区，则要求在1956年，每区办一个至几个大型（100户以上）的高级社，以作榜样，在1958年基本上完成高级形式的农业合作化。根据农业发展纲要，我国农业合作化运动在大体完成初级社化的基础上，基本没有经过"根据生产需要、群众觉悟程度和当地的经济条件"，有重点地个别试办、由少到多、分批分期地逐步发展的步骤，便迅速转向并社升级大办高级农业生产合作社的阶段。

6月30日，毛泽东以国家主席名义公布《高级农业生产合作社示范章程》，规定高级农业社实行主要生产资料完全集体所有制，社员的土地必须转为合作社集体所有，取消土地报酬；耕畜和大型农具作价入社。这样，一大批刚刚建立的初级社还来不及巩固，社员的土地报酬和生产资料作价等一系列紧迫问题尚无头绪，甚至未能进行生产安排，就被卷入新一轮的并社升级的浪潮。

在毛泽东倾力编辑出版、发行范围甚广的《中国农村的社会主义高潮》一书中，选用了不少如何办高级社的材料，并有毛泽东加写的许多按语，大力宣传高级社的优越性，办高级社利益最大，高级社并不难办等，提出有条件的互助组可以直接进入高级形式，有些地方可以一乡为一个社，少数地方可以几乡为一个社，不但平原地区可以办大社，山区也可以办大社等。所有这些宣传，促使高级社的大发展猝然来临。1956年，各地都有成立时间很短的初级合作社成批地转变为高级农业生产合作社。还有许多互助组，甚至单干农民尚未加入初级社，便直接进入高级社，被喻为"一步登天"。

到1956年底，加入合作社的农户已达全国农户总数的96.3%，其中入高级社的农户占总农户的87.8%。经过一浪高过一浪的群众运动高潮，原定1960年以后才逐步地分批分期地由半社会主义发展到社会主义的全面规划，只用1956年一个年头，就毕其功于一役了。随着从初级形式的农业合作化到高级形式的农业合作化的骤然完成，我国基本上实现了对农民个体私有制的社会主义改造。

初级社向高级社的转变，是一个带根本性质的变化。初级农业生产合作社是带有私有制基础的劳动群众部分集体经济组织，实行按劳分配为主和积累归公，但土地和其他生产资料可以作为股份参加分红，社员入退社自由的政策，合作社的规模也不大，1956年以前平均每社20余户农民，比较易于管理和积累经验。这种股份制形式的经济组织具有半社会主义的性质，基本上是与当时我国农村的生产力水平相适应的。这也是1951年至1955年上半年农业合作社能够稳步发展并巩固的重要原因。我国是一个小农经济的汪洋大海，即使是初级社的推广与普及，客观上也需要一个相当长的过程，需要有一定的社会经济和文化条件。

高级农业生产合作社，在性质上和组织形式

上基本等同于苏联的集体农庄，不仅土地和主要生产资料完全归集体所有，公有化程度大大提高，而且组织规模也扩大了，平均每社拥有200余户农民，完全实行集中生产、统一经营和统一核算。对于缺少文化和合作化经验的农民来说，这种公有化程度过高、规模过大的高级社，必然会在生产经营管理方面带来许多困难和问题，干部和会计的培养远远跟不上。可是，农业合作化运动一两年一个高潮，一种组织形式还没有来得及巩固，很快又变了。从常年互助组到初级社化，只用了三年多时间，普遍办高级社就更加急迫，仅半年多时间就基本完成了高级社化。这种生产关系的过快改变，不能不给农业生产的发展带来不稳定因素和不利影响。

从土地改革在全国范围内基本完成后的历史情况看，我国农村确实需要发展互助合作经济，这不仅是生产关系向社会主义过渡的需要，从发展生产力的角度来说，也是促使我国农业经济走向现代化的一种形式。因此，党提出的农业社会主义改造的方向是正确的。由于我国农村经济的落后和全国经济发展的不平衡，农业的互助合作必须在农民自愿互利的基础上建立和发展，必须是农民在生产过程中根据客观需要和条件成熟的情况，自主地决定选择哪种组织形式，同时也应该允许办得不好的社解散或重组。党在合作化初期的方针政策正是遵循这些原则并取得了较好效果。

但是1955年夏季以后，全国在批判右倾保守的政治压力下掀起合作化高潮，这种生产关系的急剧变化，在很大程度上超越了农村生产力的实际状况，超出了大多数农民的经营管理能力。许多地方没有完全贯彻自愿互利的原则，对农民入社的一些生产资料作价偏低或未能折价偿还，侵犯了部分农民主要是中农的经济利益。尽管我国农业合作化没有像苏联全盘集体化那样，立即造成农业经济的严重滑坡，但是也引起部分农民的不满和生产情绪的波动，导致农业经济效益明显下降。从农业总产值来看，1955年是个丰年，比上年增长7.6%；1956年全国实现了合作化，只比1955年增长5%。1957年，合作化高潮的后滞影响显现出来，各地不同程度地出现农民闹退社的紧张情势，还因并社升级中生产资料作价过低而损失了390万头大牲畜，农业总产值仅比1956年增长3.6%。

在过渡时期，我国农业生产基本上仍使用手工工具，资金、畜力普遍不足，尽管合作社的简单分工协作在兴修水利、季节性抢收抢种中能体现一定的劳动效率，但集中劳动、统一经营的方式，不能适应农业生产的特点和我国农村千差万别的情况，合作社又忽视农民以家庭为单位的经营方式，导致“干活大呼隆，分配大锅饭”的弊病，不能有效地调动农民的生产积极性。在合作社整齐划一的经营管理方式下，原来预期的新的生产力并未形成，农业生产只是在短期内得到有限增长，难以持续增长。因此，我国农村的集体经济究竟应该采取何种生产经营方式，以利于农村生产力的发展和农产品商品率的提高，就成为探索我国农业发展道路需要解决的一个重要问题。

始终站在时代潮头指导中国农村变革的毛泽东，对1955年夏秋以后农业合作化的迅速实现非常感奋。他对秘书田家英说，1949年全国解放时都没有这样高兴过。在毛泽东看来，1949年全国革命胜利是尽在掌握之中，早有准备的，而改造像汪洋大海一样拥有五亿人口的个体农民，则是最艰难的事业，需要花费很长的时间，做许多细致的工作才能完成。然而，一向认为“最

严重的问题是教育农民”这项工作，经过中央的两三次会议，作一两篇报告，就如此迅速、顺利地解决了，这是毛泽东没有预料到的。

对于中国农村的这一重大历史变革，毛泽东当时作过一番评述。他在《中国农村社会主义高潮》的一则按语中，以高屋建瓴的气势说：“1955年，在中国，正是社会主义和资本主义决胜负的一年。这一决战，是首先经过中国共产党中央召集的5月、7月和10月的三次会议表现出来的。1955年上半年是那样的乌烟瘴气，阴霾满天。1955年下半年却完全变了样，成了另外一种气候，几千万户的农民群众行动起来，响应党中央的号召，实行合作化。”“这是大海的怒涛，一切妖魔鬼怪都被冲走了，社会上各种人物的嘴脸，被区别得清清楚楚。党内也是这样。这一年过去，社会主义的胜利就有了很大的把握了。当然还有许多战斗在后头，还要努力作战。”

二、大势所趋：废除私有制的社会景观

毛泽东说，对资改造“锣鼓点子要打紧”

过渡时期总路线公布以后，对资本主义工商业的改造工作一直进展顺利。至1955年3月，中共中央批转第二次全国扩展公私合营工业计划会议的报告，确定采取统筹兼顾、合理安排的方针，在扩展合营的方式上，采取个别合营与按业改造相结合的办法。根据中央批示和会议的精神，1955年上半年，扩展公私合营工作取得新的重要进展。

工业方面，上海市在进行全行业统筹安排中，率先打破所有权的界限，采用“裁、并、改、合”等方式，创造了工业企业合并和合营的经验。1955年5月起，上海酝酿按行业实行公私合营，到同年10月，全市轻纺工业有棉纺、毛纺、麻纺、造纸、卷烟、搪瓷、面粉、碾米等8个行业实行了全行业的公私合营；重工业有船舶、轧钢、机器锻铁、铣床、动力锅炉、电器、机器、汽车配件、水泥、染料、石粉、造漆、电讯等13个行业按行业或按产品实行公私合营。

商业方面，1955年8月，北京市选择在西单区棉布业和东单区百货业进行全行业公私合营的试点。按照行业安排的原则，结合商业网的分布情况，采取“以大带小，以先进带后进”的办法，首先进行私私联营并店，在这个基础上实行全行业公私合营，把调整商业网点和改造所有制结合起来。至1955年底，北京市先后在绸布、百货等26个行业中的1019家实行联营并店；与此同时，在面粉、电机制造、化学制药、机器染布4个行业中，有75家私营工厂按行业实行了公私合营，大大推动了改造进程。

从全国的情况看，到1955年6月底，全国已经实行公私合营的工厂有1900多个，其产值相当于资本主义工业的58%。在商业方面，社会主义成分和国家资本主义成分也大大增加。全国32个大中城市中，国营商业和合作社商业在商品零售总额中的比重，已达52%左右，国家资本主义形式的经销、供销的比重，已达22%左右，纯粹私营的商业只占25%左右。就是说，有四分之三的商业是社会主义和半社会主义的。

根据对资改造工作取得的新进展，1955年10月6日，李维汉向中央报送《关于调查研究方针的请示》报告。报告认为：在工业方面，结合合并、淘汰的全行业公私合营既已获得成功的经验，商业方面也开始出现全业统一合营的新的经验，因此，拟着重研究在工业和商业两方面都采

用基本上实行全行业合营方针的可能性，并研究在第一个五年计划最后两年基本上实现这个方针，以便为下一步以全民所有制代替资本家所有制建立基础。李维汉提出："国家资本主义只是一种过渡形式，它的生命是短暂的、它的内容是不断变化着，我们不可能更不应该让它硬化和停滞起来，而是相反的，应当从内部和外部、内容上和形式上，积极地给以领导和推动，使之按照生产关系必须适合生产力发展的规律，在双重改造的要求上，不断地发生新的变化，为最后实行国有化准备和积累条件。""几年来的事实证明，各种国家资本主义形式能够在不同程度上缓和资本主义生产关系和生产力发展的矛盾，但是由于资本家所有制的存在，经过一定时间的发展，即使是它的高级形式，也必然要变成生产力发展的障碍。"因此，不能"在原地踏步不前"，"现在就应当研究从国家资本主义企业改变为国营企业的条件和开始实行国有化的时机。"[①] 10月18日，中共中央批准了李维汉的请示报告。毛泽东在对农业合作化运动的指导中，始终是把三大改造作为环环相扣、彼此促进的一个整体来进行战略思考的。他在扩大的七届六中全会的结论中，专门论述了只有在农业彻底实行社会主义改造的过程中，工农联盟在社会主义的基础上逐步地巩固起来，才能够彻底地割断城市资产阶级和农民的联系，才能够彻底地把资产阶级孤立起来，才便于我们彻底地改造资本主义工商业。毛泽东深入分析了过渡时期两个联盟的相互关系和作用，指出：我们利用同资产阶级的联盟，来克服农民对于粮食和别的工业原料的惜售行为；同时依靠同农民的联盟，取得粮食和工业原料去制资产阶级。资本家要原料，就得把工业品拿出来卖给国家，就得搞国家资本主义。他们不干，我们就不给原料，横直卡死了。这就把资产阶级要搞自由市场、自由取得原料、自由销售工业品这一条资本主义道路制住了，并且在政治上使资产阶级孤立起来。在这里，毛泽东向全党发出明确的信号：随着农业合作化高潮的到来，中国的情况起了根本的变化，资本主义工商业的社会主义改造也应当跟着加快，争取早一些完成，以适应农业发展的需要。

农业合作化运动一浪高过一浪地迅猛发展，轰动全国，在全社会引起强烈反响。许多资本家预感到改变资本主义私有制的时刻即将到来，形势逼人。他们害怕失去现有的经济利益和社会地位，为自己的前途和命运忧心忡忡，惴惴不安，内心充满矛盾，好比"十五个吊桶打水，七上八下"。为了解除资本家的顾虑，推动资产阶级接受社会主义改造，1955年10月27日，毛泽东在中南海颐年堂约见民主建国会主任委员黄炎培、全国工商联主任委员陈叔通、副主任委员胡子昂等八九位有影响的工商界代表人物谈话，劝导工商业者要掌握自己的命运，走社会主义道路。

关于当前的形势，毛泽东在谈话中指出："现在中国正处在大变革时代，社会动荡不安，农民的个体所有制要变成集体所有制，资本家也要改变其私人所有制，许多人掌握不住自己的命运。其实要掌握是可以掌握的，即要了解社会发展趋势，站在社会主义方面，有觉悟地逐渐转变到新制度去。"针对有人说，现在锣鼓点子打得紧，胡琴也拉得紧，担心搞得太快。毛泽东说：社会主义改造是三个五年计划基本完成，还有个尾巴要拖到15年以后，总之是要瓜熟蒂落、水到渠成。但是否现在锣鼓点子就不打紧了，戏就不唱了？不是的，现在还是劝大家走社会主义道路。他强调说："生产关系、生活方式都要逐步改变，不要

①《中国资本主义工商业的社会主义改造》中央卷(下)，中共党史出版社，1993年版，第895页。

◆ 1955年10月29日，毛泽东邀集全国工商联执委会的委员们座谈私营工商业的社会主义改造问题，希望民族工商业者认清社会发展规律，掌握自己的命运。

突然改变，最后是要改变的，但是要安排好，要使人过得去。一个工作岗位，一个政治地位，都要安排好。”①

为在更大的范围宣讲党对资产阶级的政策，10月29日，毛泽东特意邀集全国工商联执委会的委员们，在中南海怀仁堂座谈私营工商业的社会主义改造问题。参加座谈会的还有中共中央书记处书记，中央政治局委员及在京的中央委员和候补委员；全国人民代表大会常务委员会副委员长，国务院副总理，政协全国委员会副主席，各民主党派，各人民团体，中央人民政府各部门和各企业单位的负责人等，共500多人。

毛泽东在座谈会上讲话，充分评价经过这几年，整个工商界是有进步的，各民主党派的工作是有进步的，基本情况是好的，是向着社会主义改造的道路上前进了一步的。在这个基本估计下，针对有的资本家怕社会主义，怕“共产”（指资本主义工商业实行国有化）的心理，他进一步解释了工商业者如何掌握自己的命运问题。他说：“全国统筹，这个力量大得很。资本主义私有制大大地妨碍统筹兼顾，妨碍国家的富强，因为它是无政府性质的，跟计划经济是抵触的。改变资本主义私有制，这个东西要说开。我们有一个一定的发展方向，有一个社会发展的规律可以把握，应该是心安的。”

毛泽东在讲话中阐明了中国共产党对资产阶级采取的和平赎买政策。他指出：“我们现在对资本主义工商业的社会主义改造，实际上就是运用从前马克思、恩格斯、列宁提出过的赎买政策。它不是国家用一笔钱或者发行公债来购买资本家的私有财产（不是生活资料，是生产资料，即机器、厂房这些东西），也不是用突然的方法，而是逐步地进行，延长改造的时间，比如讲15年吧，在这中间由工人替工商业者生产一部分利

①《毛泽东文集》第六卷，人民出版社，1999年版，第488～491页。

润。这部分利润，是工人生产的利润中间分给私人的部分”。“对资本主义工商业，我们现在采取的这个方法，是经过许多的过渡步骤，经过许多宣传教育，并且对资本家进行安排，应当说，这样的办法比较好。对资本家的安排主要是两个，一个是工作岗位，一个是政治地位，要通统地安排好。”他勉励说，将来资本家的阶级成分要变成工人，这是一个光明的政治地位，光明的前途。工作安排和政治安排，总可以求得解决的，这样大家就可以掌握自己的命运。

毛泽东强调现在要加强对工商界的宣传教育工作，希望每一个大城市有几十个、几百个核心人物，经过他们来教育其他的人，并经过工商联、民建会、各民主党派的工作，增加核心分子，扩大核心集团，慢慢地使社会主义的新制度往大家的脑筋里面钻进去一点，把不安的心理逐步减少，让大家认识到新制度确实可行，确实有益。新制度所以应该采取，就是因为比旧制度有利得多，不是只对少数人有益处，而是对全国人民都有益处。

最后，毛泽东讲了回去传达要注意的问题，他指出：不要搞一阵风，说是要共产了，好像刮台风一样，那样不好。针对李烛尘等提出工商界也要掀起一个改造高潮，毛泽东提醒说：“现在不是讲社会主义高潮吗？我就怕没有准备好，一个高潮来了一阵风。请诸位注意这一点。”“要有秩序有步骤地进行，这样看起来慢，实际上反而快。”“要做到瓜熟蒂落，水到渠成”。“总而言之，社会主义改造要减少损失，要有步骤有秩序地进行，要充分准备，准备工作越充分，这个事情就越能办好。”[①]

毛泽东的这两次讲话，中心的目的是勉励私营工商业者认清社会发展的趋势，主动掌握自己的命运。他深入浅出地阐明了党对民族资产阶级的政策，为资本家指明了社会主义的前进方向和光明前途。毛泽东的讲话精神，经过广泛传达、学习和宣传，在工商界引起很大的反响，对稳定民族资产阶级的人们动荡不安的情绪，加快资本主义工商业的社会主义改造起了重要推动作用。

为了动员工商业者积极地参加到改造的高潮中来，1955 年 11 月 1 日至 21 日，全国工商联第一届执行委员会第二次会议在北京召开。全国工商联主任委员陈叔通作题为《适应国家的经济发展的形势，为进一步推动全国工商业者接受社会主义改造而奋斗》的开幕词，号召一切爱国的工商业者把自己的命运和国家发展的前途统一起来，为适应经济发展的新形势，在现有的基础上进一步接受改造，在伟大祖国的建设事业中继续贡献自己的力量。会议听取了陈云、陈毅两位副总理关于资本主义工商业社会主义改造问题的报告。会议传达了毛泽东同工商界代表座

◆ 1955 年 11 月 21 日，李烛尘副主席在全国工商联第一届执委会第二次会议上致闭幕词。

①《毛泽东文集》第六卷，人民出版社，1999 年版，第 494 ～ 503 页。

谈的讲话，围绕认清社会发展规律，掌握自己的命运进行了深入讨论。通过深入学习和讨论，许多工商业者现身说法，批判自己的剥削发家史，认识到资本主义道路是大鱼吃小鱼，是死路一条，只有下决心走社会主义路，才能掌握自己的命运，获得光明的前途。会议通过《告全国工商界书》，号召工商业者认清社会发展规律，主动地掌握自己的命运，同全国人民一道获得光明幸福的前途。这次会议，是我国工商业者在推动全行业公私合营、消灭资本主义私有制的历史关头，公开表态接受中国共产党的和平改造方针的一次重要会议。全国工商联执委会结束后，11月22日《人民日报》发表题为《统一认识，全面规划，认真地做好改造资本主义工商业的工作》的社论。毛泽东在修改社论时加写了一段重要文字，指出：社会主义的道路，“对于资本家来说，就是放弃资本主义所有制，放弃对工人的剥削，接受社会主义的国有制。资本家真正放弃了剥削，以劳动为生，他们的社会成分就不再是资本家，而是自食其力的劳动者了，他们同工人、农民就没有矛盾了，他们就一身轻快不受社会责备了。”社论号召：一切不反对社会主义改造的爱国的工商业者应该认清这个前途，不但不要徘徊瞻顾，而且要主动地奔赴这个前途，这就是自己掌握了自己的命运，这就不至于皇皇无主，不至于像“十五个吊桶打水，七上八下”。

经过毛泽东主席亲自出面做思想工作，全国工商联第一届执委会第二次会议进行深入讨论和全面动员，进一步明确了党和政府将继续对资本主义工商业实行逐步赎买、和平转变的政策，并将对接受改造的工商界人士给予政治上、工作上的妥善安排，这在很大程度上减轻了民族资产阶级的人们对前途、命运的担忧和疑虑，促使他们中的绝大多数人对进一步的改造工作采取较积极配合的态度。在这样的背景下，我国对资本主义工商业实行全面改造的形势业已形成。

决定性步骤：全行业公私合营浪潮

根据毛泽东的提议，1955年11月16日至24日，中共中央政治局在北京召开有各省、市、自治区党委代表参加的关于资本主义工商业社会主义改造问题会议，对进一步改造资本主义工商业作全面规划和部署。

陈云在会上作《资本主义工商业改造的新形势和新任务》的报告。陈云指出：现在我们已经用各种国家资本主义的方法，把资本主义工业纳入了国家计划的轨道，消灭了生产的无政府状态。同样，在国营商业掌握了货源的主要行业，已经把私商纳入了国家资本主义或者合作化的轨道，制止了私商的投机倒把。新的情况，要求现存的资本主义工业的生产关系向着社会主义更进一步的转变。他阐述了实行这种转变的必要性：一方面，某些小型的、设备落后的私营工厂，担负不了国家分配的生产任务，或者是成本太高、品种规格不符合需要，其生产很难安排好。而在沿海大城市某些行业又出现生产能力过剩情况。为此，必须在大厂与小厂、沿海与内地之间作进一步的生产改组。另一方面，由于加工订货的加工费是按成本计算利润的，致使资本家不愿降低成本，并会提高成本以增加利润，这样，生产的进一步发展是不可能的。所以，必须从加工订货前进一步。

报告就全面改造资本主义工商业提出六条意见：第一，要对各行各业的生产进行全国范围的统筹安排。国营与私营之间、私营与私营之

间、工业与手工业之间、地区之间、行业之间，都需要统筹安排，否则改造是无法进行的。第二，各个行业内部，必须实行或大或小的改组。要国营企业让出生产任务给分散、落后的私营工厂，在经济上是不合理的，因此，要以大带小、以先进带落后，按照社会主义的原则来进行改组。第三，实行全行业的公私合营，这并不是哪个人空想出来的，是经济发展的结果。既然按整个行业来安排生产、实行改组，那么整个行业的公私合营就是不可避免的。全行业公私合营比之单个工厂合营，不仅合营的速度快，而且打破了厂与厂的界限，是一个进步；不仅可以提高生产力，而且便于过渡到完全的社会主义所有制。第四，推广定息的办法，即把原来企业利润"四马分肥"的分配方式，改变为按照固定资产价值付给资本家定额利息，而企业可以在基本上由国家按照社会主义的原则来经营管理。第五，组织各行各业的专业公司，这对于统筹安排生产、行业内部的改组和全行业公私合营，是必需的、重要的组织形式。第六，全面规划，加强领导。[①]

会前一段时间，毛泽东在杭州同陈伯达、柯庆施一道起草这次会议的决议草案。回北京后，于11月24日即会议的最后一天到会并讲话。毛泽东说：帝国主义眼前还不敢发动战争，我们要趁着这个机会，加快社会主义改造，加快经济的发展，并阐述了加快改造的可能性。毛泽东的讲话，从一个重要侧面，道出了中共中央要加快我国社会主义改造进程的原委。

会议着重讨论和通过了准备提交中共七届七中全会通过的《关于资本主义工商业改造问题的决议(草案)》。决议草案确定："我们现在已经有了充分有利的条件和完全的必要把对资本主义工商业的改造工作推进到一个新的阶段，即从原来在私营企业中所实行的由国家加工订货、为国家经销代销和个别地实行公私合营的阶段，推进到在一切重要的行业中分别在各地区实行全部或大部公私合营的阶段，从原来主要的是国家资本主义的初级形式推进到主要的是国家资本主义的高级形式"，"使私营工商业分别地、同时是充分地集中在我们国家和社会主义经济的控制之下，这是资本主义所有制过渡到完全的社会主义公有制的具有决定意义的重大步骤"。在这样的情况下的公私合营企业，"那就已经是四分之三的社会主义了"。

决议草案完整地阐明中国共产党对于资产阶级的政策：第一是用赎买和国家资本主义的方法，有偿地而不是无偿地，逐步地而不是突然地改变资产阶级的所有制；第二是在改造他们的同时，给予他们以必要的工作安排；第三是不剥夺资产阶级的选举权，并且对他们中间积极拥护社会主义改造的代表人物给以适当的政治安排。在资产阶级没有别的出路的条件下，这是他们能够接受的方案。决议草案提出：资本主义工商业按照全行业实行公私合营的改造，在1956年和1957年，争取达到90%左右，并且准备在第二个五年计划期间内，争取逐步地使公私合营企业基本上过渡到国有化。1956年2月24日，中共中央政治局对七届七中全会通过的这个决议草案的修正本作了个别修改，追认为正式决议。

这次会议之后，《人民日报》连续发表社论，论述实行全行业公私合营的必要性，强调工业方面个别合营的方式，显然已不能适应今天全面改造的要求；商业方面只采用经销代销办法，也已经不能适应目前客观形势的需要。只有在统筹安排的基础上，结合全行业的生产改组和经济改组实行全行业的公私合营，才能把工业方面全行

①《陈云文选》第二卷，人民出版社，1995年版，第281～291页。

业的生产和经营完全纳入国家计划的轨道。而在商业方面，通过全行业的公私合营过渡到国营商业，是对资本家零售店进行社会主义改造最好的一种过渡形式。根据中央关于资本主义工商业社会主义改造问题会议的全面规划和部署，按照中央决议（草案）的基本方针和政策，改造资本主义工商业的形势急速发展，很快在全国范围内掀起了全行业公私合营的高潮。

应该说，由单个企业的公私合营发展到全行业公私合营，是建国六年来党和国家对资本主义工商业采取利用、限制、改造政策的必然趋势，同时也是经济运行中计划管理因素不断加强的必然结果。一方面，几年来私营工商业的大部分纳入了国家资本主义的轨道，凡是纳入这个轨道的企业就有希望，没有纳入这个轨道的，原料、生产、销路都有困难。尤其在主要农产品统购统销，广大农民已组织到农业合作社内的形势下，资本家基本失去了原料供应和销售市场，除了接受进一步的社会主义改造以外，别无出路。另一方面，国家只有实行全行业公私合营，才能在全国范围内统筹安排生产计划，保证工业化重点建设。再一方面，党对民族资产阶级的和平赎买政策，促使资产阶级中不仅有相当一批代表人物，而且这个阶级中的绝大多数人，已经公开表示接受社会主义改造的方案。这几方面的因素和条件综合起来，形成了全面改造资本主义工商业的大势所趋。正如周恩来所说："现在资本家一只脚已经踏入社会主义的门槛，另一只脚不跟进来也不行了。"

1956年元旦过后，首都北京率先出现全行业公私合营热潮。1月4日，以市工商联主任委员、同仁堂经理乐松生为首，全市327家国药店

◆ 民族工商业者响应党的号召，走接受社会主义改造之路。图为荣毅仁（右起第四人）和上海市一些工商业者座谈私营工商业的改造问题。

◆ 1956 年 1 月 7 日，北京庆颐堂药店工人张灯结彩，庆祝公私合营。

申请全行业公私合营。在国药业的带领下，许多行业的资本家纷纷提出了公私合营的申请。1月8日，连同国药业在内的20个行业、800多家商店一道被批准实行全行业公私合营。9日、10日两天，有5万多私营企业职工和2万多私方人员敲锣打鼓，燃放鞭炮，结队游行，申请合营。各城区的工商户纷纷在大街小巷挂上“迎接公私合营”、“庆祝公私合营”的红幛。在这样的形势下，1月10日，市人民政府召开资本主义工商业公私合营大会，宣布35个工业行业的3990家工厂和42个商业行业的13973户座商，共17963户全部被批准实行公私合营。

社会主义改造高潮的迅速到来，要求改变过去的工作方法。1月11日，中共北京市委向中央报告说：过去那种由政府派下工作组，一行一业，分期分批实行公私合营的作法已不能与这种形势相适应了，而必须采取由资本家和工人自己组织起来，在党和政府领导下进行公私合营群众运动的办法，即先宣布批准合营，第二步进行清产核资，人事安排和经济改组。这样做可以大大地缩短合营的过程，并且有利于迅速地转入生产经营。党中央同意和批准了这个报告。

从1月11日至14日，在短短四天时间里，北京市基本完成17000多户合营企业的清产核资工作。从核定的结果看，许多资本家在清点估价中表现积极，竞相立功，自报价多数偏低(以后在复查中作了适当调整)。为了“一身轻快不受社会的责备”，有些资本家将企业外财产，自己的房屋、现金、贵重药材、工业原料以及埋在地下多年的金银都拿出来投入企业作为增资，以示接受改造的真诚。在合营高潮的热烈气氛中，一些属于独立劳动者的小商、小贩、小手工业者也积极要求参加公私合营，由于政策界限一时不很明

◆ 1956年1月，北京市手工业者全行业实行合作化。图为市领导人彭真(前左)、张友渔(前中)、刘仁(前右)接见手工业者报喜队。

确，工作过粗，对他们也当作资本主义工商户实行了公私合营。在改造热潮的带动下，北京城区和近郊区的个体手工业者也纷纷加入手工业合作社，基本上实现了手工业的合作化。

1月15日，北京市各界20多万人在天安门广场举行庆祝社会主义改造胜利大会。毛泽东、刘少奇、周恩来等党和国家领导人出席大会，接受了各行各业热情洋溢的喜报。北京市市长彭真在会上宣布：我们的首都已经进入了社会主义社会。1月17日，中共中央向各地批转了北京市委《关于最近资本主义工商业改造情况的报告》，并在批语中指出：“对资本主义工商业的社会主义改造，正在日益普遍地形成一个广大的群众运动”，北京市委及时地“改变了自己的工作规划和常规的作法，采取了对申请合营的迅即宣布批准，先接过来再进行清产核资等工作的积极方针和办法，这是完全正确的和必要的”。

中央批转的北京市委的经验，在全国各大中城市迅速推广。在资本主义工商业最集中的上海，很快批准实现了全市私营工商业的全行业公私合营。1月21日，上海市举行各界人民庆祝社会主义改造胜利大会，大会宣告：“上海已经进

◆ 1956年1月，北京市率先实现资本主义工商业的全行业公私合营。15日，各界群众20余万人在天安门广场举行庆祝大会。图为毛泽东（中）、周恩来（左）、彭真（右）接受群众的喜报。

入社会主义社会了！”随后，其他各大中城市相继跟进，资本家和私营企业职工申请合营的游行队伍络绎不绝，宣布全市实现全行业公私合营的庆祝大会此起彼应。一时间，中国大地上到处张灯结彩、锣鼓喧天，喜报频传，呈现出废除资本主义私有制的社会景象，蔚为壮观，举世为之瞩目。

在全行业公私合营的高潮中，资本家阶级中的进步分子和大多数人在接受改造方面起了有益的配合作用。中国的民族资产阶级总体上是爱国的，他们从新旧中国的比较和自身的经历中深深感到，自己的命运、企业的命运，是与国家和民族的命运联系在一起的，他们希望祖国繁荣富强，并且在党的和平改造政策的感召下，多数人逐渐认识到只有把个人的前途和国家的社会主义前途结合起来，才可以实现个人的光明前途。这就决定了他们在理所必至的历史大趋势下，能够跟着共产党走，接受社会主义改造，不太勉强地交出自己的企业。

曾有中国“煤炭大王”、“火柴大王”之称的民族资本家刘鸿生，真切地谈到自己把2000多万元的企业都拿出来公私合营的感受。他说，西南、西北几个企业由于很早就公私合营了，“发展的速度远远超过了我的梦想”，积几十年的办厂经验，“深知照目前的规模发展，即使我在年轻力

◆ 1956 年 1 月,上海市人民热烈庆祝资本主义工商业社会主义改造的胜利。

◆ 广州市各界 30 万人举行盛大集会和游行,庆祝社会主义改造的伟大胜利。

◆ 为庆祝社会主义改造的伟大胜利,哈尔滨市各界 20 万人举行盛大集会和游行。

◆ 武汉市各界15万人冒雪举行盛大集会和游行，庆祝社会主义改造的伟大胜利。

壮时的精力，要想独自担当下来也有困难”①。武汉的工商资本家陈经畬说：“过去总认为自己的资本是克勤克俭挣来的，解放后才懂得是剥削来的。这笔钱拿在手上，真是如坐针毡，早一天交出，早一天安心。”②

当然，资本家接受社会主义改造的心态是很复杂的。私营大企业的资本家，一般是受政治影响和社会压力，出于“早晚得合营，晚合营不如早合营，越早越主动”、“早上船能有好座位”的心理接受社会主义改造的。而为数众多的中小资本家，企业规模很小，资产和产值并不大，处境却很艰难，能由国家基本包下来实行合营，其实是一种经济上、政治上以至心理上的解脱。对大多数私营企业主来说，基本上是为了摆脱企业的困境而主动要求改造的。事实上，在申请公私合营的滚滚人流中，资本家的内心是矛盾的、痛苦的，既希望有好的政治安排或工作安排，又不愿失去既有的经济利益，他们有的“白天敲锣打鼓，晚上痛哭流涕”，有的写“祭厂文”，有的慨叹“多年心血，一旦付之东流；几声锣鼓，断送家财万贯”，这是很自然的，也是合乎情理的。坚决反对改造的毕竟只是极少数人。因此，我国有可能在阻力较小的道路上逐步地实现资本主义企业的国有化。

据1956年2月的统计，在短短一个月内，全国就有118个大中城市和193个县的私营工商业户，被一次全部批准实行了公私合营。到1956年底，全国原有的8.8万余户私营工厂，有99%实现了所有制的改造。除少数企业转入地方国营工业以外，其余按行业合并组成3.3万多个公私合营企业。与1955年底以前历年公私合营的

①杨友：《民族资本家刘鸿生的自述》，《新观察》1956年第21期。

②熊少华、石柳：《陈经畬与汉昌》，《中国资本主义工商业的社会主义改造·湖北卷（武汉分卷）》，中共党史出版社，1991年版，第436页。

总数相比，猛增十倍之多。在商业方面，全国原有的240万余户私营商业，有82.2%实现了改造，其中除少数转入国营商业和合作社商业以外，其余分别组成公私合营商店、合作商店或合作小组。原定用三个五年计划时期基本上完成资本主义工商业的社会主义改造的规划一再提前，结果在1956年内就提早实现了。

注意纠偏："大部不动，小部调整"的方针

资本主义工商业改造进到全行业公私合营的新阶段，总体上是几年来经济发展的结果，"理有固然，势所必至"，但是形成一个全国性的群众运动浪潮，则在很大程度上是七届六中全会批判"右倾机会主义"所起的推动作用。形势发展如此之快，在中央来说是没有预料到的。

同农村经济相比，城市经济的构造更为复杂，生产改组和经济改组牵涉到公私、劳资、供、产、销、人、财、物等方方面面，有大量繁复细致的准备工作需要周密安排，才能保证在所有制的变革中尽量避免或减少损失。党中央、毛泽东在部署全行业公私合营时曾预先提醒说，"不要搞一阵风"，要充分准备，做到"瓜熟蒂落，水到渠成"。然而，一旦群众运动高潮来临，就很难按照正常的工作程序进行。如同陈云所描述的："他们要求得很厉害，天天敲锣打鼓，迎接公私合营，就只好倒个头，先承认公私合营，再来进行清产核资、生产安排、企业改组、人事安排。"这种工作步骤的调头，易使有关政策要求失去实际约束力，在许多地方的行业改组、企业改造中，不可避免地出现混乱。各地不顾实际情况和条件，纷纷仿效北京市的做法，对行业繁杂、数量众多、情况各异的私营工商业不加区别地宣布实行公私合营，发生了不少影响经济正常运转的问题。

第一，由于缺乏准备、过于匆忙，许多地方在批准合营后，没有按照政策规定的步骤，认真地进行清产核资、生产安排，而是急于进行行业改组，把许多工厂、商店以至小手工作坊、个体的夫妻店统统合并起来，实行集中生产，统一经营，统一核算。原来私营工商业有利于拾遗补缺，适应市场需要灵活经营等优点，在匆忙改组、改造中被改掉了。

第二，行业改组缺乏客观依据，许多不该合并的合并了，不该分开的分开了，有些可以合并的却又合并得过大。如雇4个工人以上企业归属工业，雇4个工人以下的归手工业，致使某些长期形成的行业被人为地割裂了。又如历来有前店后厂传统的服装、鞋帽业，在改组中前面归商业，后面归手工业，把一个作为整体的经营单位割裂开来。这样，就打乱了原有企业长期建立的供销渠道、生产协作和赊销关系，造成供、产、销脱节现象，妨碍了企业的正常生产和经营。

第三，原来遍布城市居民区的商业、饮食网点，修理、服务业，因盲目合并而撤销过多，给人民生活带来了很多不便。许多企业在合营后，失去了原来的产品特色和经营特色，产品的品种和质量均有减少和下降。如北京有名的老字号"东来顺"涮羊肉、"全聚德"烤鸭，由于合营后轻易改变了原来的经营办法和原料供货渠道，涮出的羊肉，烤出的鸭子就不好吃了。

第四，由于对历史形成的经济形式的多样化、复杂性认识不足，许多地方在行业归口改造中，不适当地把没有雇工剥削或仅有轻微剥削的小商、小贩、小手工业者和其他独立劳动者，也纳入了公私合营的范围。

第五，一些地方在合营后，对原私营企业的资方人员的安排和使用欠妥当，名义上安置了，实际工作中还是把他们放在一边。有资方人员反映说："干部昼夜忙，资本家晒太阳，公方是直达快车，私方是虚设一站。"

全行业公私合营中出现的上述问题，引起中共中央、国务院的高度重视。1956年1月25日，陈云在最高国务会议上及时提出了公私合营中应注意的问题：第一，现在全行业公私合营的工作仅仅是开始，先批准合营，等于把清产核资，安排生产，改组企业，安置人员，组织专业公司等工作放到后边去做。这是需要注意的。第二，对商店中不雇店员的小铺子，要继续采取经销、代销的方式，一部分在很长时间里要保留单独经营方式，以免降低他们经营的积极性，给消费者带来不便。第三，私营工商业公私合营以后，原有的生产方法、经营方法，应该在一个时期内照旧维持不变，以防把以前好的东西也改掉了。3月，陈云针对公私合营中盲目合并、改组过多的偏差，提出"大部不动，小部调整"的方针。

1月30日，周恩来在人民政协第二届全国委员会第二次会议上的报告中强调说：在进行清产核资、经济改组、企业改造、生产安排和人事安排等一系列工作的时候，"必须十分注意不要轻易改变原有企业的经营管理办法，并且善于保存原有经营方法中一切好的经验，作为历史遗产加以继承和发扬。对于数量极大、分布极广的小商店，在合营以后应该继续实行代销和拿手续费的办法，代销也可以作为公私合营的一种形式……对于那些分散的肩挑小贩，不要急于发迹他们的经营方式。因为这种经营方式对人民是方便的，也是受人民欢迎的，应该在长时期内将它保留下来。总之，我们对资本主义工商业进行改造的基本目的是为了改变生产关系，解放生产力。它的最终表现是生产的发展和提高。因此，在实行合营的过程中，最重要的问题是保证生产和营业的正常进行，绝不允许在生产和经营上发生混乱现象，造成国家和社会财富的损失。"

针对全行业公私合营浪潮中出现的问题，中央在首先肯定成绩的前提下，及时采取措施，进行调整。1月下旬，中共中央相继发出《关于私营企业实行公私合营的时候对于清产核资估价中若干具体问题的处理原则的指示》、《关于对目前资本主义工商业改造应注意的问题的指示》、《关于公私合营企业私股推行定息办法的指示》等。根据这些指示的精神，国务院于2月8日公布了《关于目前私营工商业和手工业的社会主义改造中若干事项的决定》等几个规范性文件。结合中央的指示和国务院的规定，《人民日报》连续发表《不要轻易改变原有的生产和经营制度》、《慎重地改造城市小商店》、《慎重地从经济上逐步改组公私合营企业》等社论。上述指示、决定和社论，集中纠正公私合营的面过宽、合并改组过多等偏差，并有针对性地提出一些切合实际的解决措施。概括起来，主要有以下几点：

第一，在批准合营后，应对各行各业妥善地进行生产和人事安排及清产核资工作。一般在六个月左右的时间内，应仍然按照原有的生产经营制度或习惯进行生产经营，保持原有的供销协作关系，以利于生产的继续发展，避免把原来生产经营制度中好的东西改掉了。对于企业原有制度中确实需要改变的不合理部分，不能采取群众运动的方式解决，而应经过一定时间的考察研究，进行通盘规划，做好充分准备，在中央和地方统一领导和安排下，有步骤地逐行逐业地进行经济改组、企业改造和商业网点的调整，逐步地加

以解决。为此，中央提出“大部不变，小部调整”的方针。就是说，只能在企业原有的基础上稍微加以改造和合并，并不是每一个工厂都需要改造，也不是所有商店统统需要调整。如果轻率地并厂并店，就会给经济生活带来很多不便。

第二，私营商业中不雇店员的小商店数量很多，就其经济性质来说属于个体经济范畴，必须采取与对资本主义商店相区别的办法，慎重对待。小商店在宣布公私合营后，不宜实行定股定息的固定工资制，而应该继续实行经销、代销的办法，以保持他们分布面广、经营商品零星多样、作息时间灵活、对消费者十分便利等特点。小商店在新形势下实行经销代销，应该看作是公私合营的一种形式。

第三，小摊贩、挑贩等，是商业中的独立劳动者。对他们的改造，应该采取比较简便的方式，使他们在自愿的原则下，分期分批地组成分散经营、各负盈亏的合作小组，并在国营或合作社商业批发店的领导下，同社会主义经济密切联系起来，逐步成为社会主义商业的一个组成部分。至于习惯于走街串巷、流动性很大的部分小商贩，应该长期保留他们单独经营的方式，以保持他们的经营积极性和方便消费者的优点。

第四，要合理使用资方人员。在中国的各阶级中，民族资产阶级是文化程度高、知识分子多的一个阶级。资本家的生产技术和经营管理经验，有相当一部分是好的，是一笔财富。吸收资本家参加工作对生产发展有好处，也利于他们在工作中逐步改造成为自食其力的劳动者。上述方针、政策和措施，从公私合营后应采取什么样的组织形式以适应生产发展的客观需要出发，寻求较好地处理生产关系变革同行业改组、企业改造相结合的问题，对于纠正要求过急、改变过快、工作过粗、形式过于单一的偏差，具有现实的指导意义。党中央、国务院的指示、决定下达后，在一定程度上克服了改造高潮中出现的紊乱现象。但是应该指出，由于干部群众的思想情绪普遍倾向于尽快消灭资本主义私有制，提早进入社会主义，在全国上下忙于企业合并和行业改组的热潮中，上述调整措施很难在实际工作中切实地贯彻执行。因此，改造高潮中出现的合营面过宽，企业合并、改组过多，商业服务网点骤减等许多问题，实际上并未得到有效的纠正。管理体制上对某些行业人为的割裂现象，供销关系和协作关系的脱节，统一经营与单独经营的矛盾等问题，也没有得到合理的解决。

需要说明的是，在社会主义改造后期，有一大批不属于资本家的小商小贩、小手工业者、小业主被卷入公私合营的浪潮，并笼统地划为“私方人员”，在社会上则被错当成资本家对待，后来又长期没有把他们区别出去。这就混淆了阶级界限，挫伤了这部分劳动者的社会主义积极性，给他们的家属和子女后代造成许多不良影响。这个遗留问题，直到中共十一届三中全会以后才得到解决。经过慎重区别，在1956年全国参加公私合营的86万名工商业者中，原为劳动者的有70万人，约占81%。

三、不怕背“包袱”：急促完成手工业改造

刘少奇认为“手工业改造不应比农业慢”

1955年上半年，手工业合作组织在上年发展的基础上，又得到进一步普遍发展，达到近5

万个，人数近 150 万人，发展基本上是健康、稳步的。但是从 1955 年下半年起，农业方面猛烈批判所谓“小脚女人走路”、“右倾保守思想”，迅速掀起农业合作化的高潮，资本主义工商业的改造工作也加快了全面部署。在这种形势下，手工业社会主义改造的步伐也不可避免地急剧加快。

◆ 天津市手工业者为庆祝实现手工业合作化举行集会。

11 月 24 日，中央关于资本主义工商业社会主义改造问题会议刚结束，陈云便向有关部门指示：“手工业改造不能搞得太慢了”，“如果手工业这方面的改造速度慢了，那就赶不上了”。12 月 5 日，中共中央召开座谈会，刘少奇同志传达毛泽东的指示，要求各条战线批判“右倾保守思想”，加快社会主义改造与社会主义建设的步伐。同时，批评手工业社会主义改造“不积极，太慢了”，提出手工业合作化到 1957 年要达到 70%～ 80%。

根据上述指示，中央手工业管理局、全国手工业合作总社筹委会于 12 月 9 日召开全国重点地区手工业组织检查工作座谈会，检查了所谓“与总路线要求不相适应的保守思想”，提出“加快发展，迎接高潮，全面规划，计划平衡”的新的组织任务。接着，12 月 21 日至 28 日，在北京联合召开第五次全国手工业生产合作会议。会前，刘少奇听取手工业管理局负责人的汇报，提出：手工业改造不应比农业慢。与其怕背供销包袱，还不如把供销包袱全部背起来好搞些。他要求手工业合作化在 1956 年、1957 年两年内搞完，说“时间拉长了，问题反多”。12 月 27 日，毛泽东在《中国农村的社会主义高潮》一书的序言中，明确提出：只需要 1956 年一个年头，就可以基本上完成农业方面的半社会主义的合作化。这件事告诉我们，中国的手工业和资本主义工商业的社会主义改造，也应当争取提早一些时候去完成，才能适应农业发展的需要，并说：“手工业的社会主义改造的速度问题，在 1956 年上半年应当谈一谈，这个问题也会容易解决的。”

在这样的形势下，第五次全国手工业生产合作会议着重批判了怕背供销包袱而不敢加快手工业合作化步伐的“右倾保守”思想，研究制定了在第一个五年计划期间，基本上完成手工业社会主义改造的全面规划。这个规划的总要求是：1956 年组织起来的社（组）达到手工业从业人员的 74%，1957 年达到 90%，1958 年全部组织起来。这就大大加快了手工业合作化的进程。根据有利于改造、有利于生产的原则，会议进一步划分了对手工业社会主义改造的范围：

◆ 我国城乡数百万个体手工业者，经由合作化道路进入社会主义。1956 年，手工业的社会主义改造基本完成。图为广东省新会县个体手工业者组织的木器生产合作社。

（一）雇佣工人4至9人的私营小型工业，在全国约有54万人，应当通过公私合营道路进行改造。个别手工业人数很少的行业，一般可结合私营工业进行改造。有些行业主要是手工操作、人数很少的手工业，或从生产协作关系上看不适宜于公私合营的，也可以走合作化道路。

（二）农民兼营商品性生产的手工业，全国约有1000余万人，其中凡本人劳动收入以手工业为主的，由手工业部门改造；凡农业收入与手工业收入接近或手工业收入虽不多但工艺性较大的，农业和手工业可分别建社，社员跨社；凡农业收入大和非商品性的农家副业，由农业方面改造。

（三）凡产区比较集中、技术性高、销路广，以及与国民经济有重大关系的行业，如金属品制造、木材加工、硫磺开采、棉麻毛丝织品、土纸、陶瓷、凉席、特种手工艺等，一般由手工业部门负责改造；凡分散零星、技艺性低、主要依附于农业经济的行业，如粉坊、豆腐坊、油坊、碾米坊等，由农业方面改造。

（四）城市半工半商、工商界限不清的行业，凡以制造产品为主的，通过合作化道路进行改造；凡以贩卖商品为主的，由商业部门改造。

（五）服务性行业，凡利用资金、设备获取利润而工艺性较小的行业，如饮食、屠宰、旅馆、澡塘等，由商业部门改造；凡工艺性较大、商业性较小的行业，原则上由手工业部门改造。

中共中央同意并批转了第五次全国手工业生产会议的报告，并在批语中指出："加快手工业合作化的发展速度，是当前一项迫切的任务。"在农业合作化运动和全行业公私合营浪潮的强烈推动下，刚刚进入1956年，全国范围的手工业社会主义改造高潮就开始出现。1月12日，北京市在批准全市工商业实现全行业公私合营的同时，率先宣布手工业全部实现了合作化。全国各大城市纷纷学习北京的经验，改变原来以区为单位按行业分期、分批、分片改造的办法，采取全市按行业全部组织起来的方法。之后，天津、南宁、武汉、上海等城市也相继实现了手工业合作化。2月底，全国有143个大中城市（占城市总数的88%）和169个县实现了手工业基本合作化，参加手工业合作化的从业人员达300万人。

3月4日，毛泽东听取了手工业管理局负责人的汇报，他指出："个体手工业社会主义改造的速度，我觉得慢了一点。今年1月省市书记会议的时候，我就说过有点慢。1955年以前只组织了200万人，今年头两个月就发展300万人，今年基本上可以搞完，这很好。"贯彻毛泽东的这个意见，全国手工业改造的步伐继续加快。

各地采取直接组织手工业生产合作社的建新社方式，或采取将原来手工业供销生产社或小组并入生产合作社的并社方式，以及将供销生产社改为生产合作社的转社方式，大力扩展手工业生产合作社。到1956年底，全国手工业合作社（组）发展到10.4万余个，社（组）员达到603万余人，占全部从业人员的91.7%。其中，高级形式的手工业生产合作社发展到7.4万余个，社员484万余人，占全部从业人员的73.6%。合作化手工业的产值108亿元，占手工业总产值的92.9%。至此，手工业由个体经济向集体经济的转变基本完成。除了某些边远地区以外，全国已经基本上实现了手工业合作化。

陈云说：并错了的，要分开来，退回去

由于手工业合作化高潮来势迅猛，思想准备

和组织准备不足，尤其对手工业的特点注意不够，以致在手工业内部和外部关系上出现了不少问题。主要是：

（一）错误地认为只有实行集中生产、统一核算的大社才属于社会主义性质，以致出现了一些行业不适当地集中生产和统一核算，造成品种花色减少，产品质量和服务质量下降，影响消费者需要和社员收入等问题。各地盲目办大社、并大社的现象很普遍，有的合作社社员人数竟高达1400余人；有的地方组织的综合社，包括十几个行业，跨区、乡的社纵横达几十公里，发一次工资骑自行车要跑上几天路程。许多城市把遍布居民区的修理服务性行业归类合并，只设少量门市部，给居民带来很多不便。在集中生产、统一经营的方式下，合作社的产品花色品种比自营时大为减少，许多是不受群众欢迎的"大路货"，一些传统的名牌产品也失去了原有的特色。

（二）随着工农业生产的发展，原已暴露的供产销矛盾更加突出。由于手工业合作化后，商业部门对手工业生产采取的加工订货办法未加改进，使手工业合作社在自购自销方面受到某些限制。许多独立手工业者入社后，原来分散经营时的供销协作关系中断了；个人不能接受零散定货，合作社的统一经营一时又建立不起来，致使生产停顿。

（三）由于盲目集中，组织管理混乱，使手工业者本来不多的财产受到损失。统一计算盈亏，也使一部分技术高的社员降低了劳动收入。手工业合作化后，约有20%的社员收入比入社前有所减少，约有5%的社员生活比较困难。不论新社或老社，社员工资中的平均主义都较为普遍。师傅带徒弟一般未给予报酬。劳保福利差的问题，由于积累少也无力解决。北京、天津、上海等地出现了少数社员退社的现象。

（四）合作化后，对一些特种工艺的手工业者和民间老艺人照顾不够，原有的师徒关系淡薄了甚至割断了，不利于传统行业技艺的传授。

（五）在改造工作归口管理方面，出现同一行业中工场手工业从业人员实行公私合营，个体手工业者走上合作化道路，一个行业被人为地割裂开来的现象。在改造高潮中，有相当一批小手工业随同资本主义工业一起实行公私合营，这些手工业者本来属于劳动人民范畴，却被当作"资产阶级工业户"对待。

上述手工业改造高潮中出现的问题，主要是指导思想上急于求成，盲目求纯，忽视手工业分散生产、独立经营的特点造成的。党中央、国务院发现并注意到这些问题，要求予以纠正。1956年1月30日，周恩来在全国政协第二届第二次全体会议上指出："必须掌握手工业各种不同的复杂情况，正确地执行对手工业社会主义改造的政策"；"在合作化以后，凡是不宜于集体生产的，就应保持分散生产的形式。"

2月8日，国务院在《关于目前私营工商业和手工业的社会主义改造中若干事项的决定》中明确规定：参加合作社的个体手工业户，必须保持他们原有的供销关系，一般应该在一定的时间内暂时在原地生产，不要过早过急地集中生产和统一经营。手工业中的某些分散、零星的修理业和服务业，应该长期保留他们原有的便利群众、关心质量的优点。某些具有优良历史传统的特殊工艺，必须加以保护。某些适合于个体经营的，应该维持他们原有的单独经营方式。

3月4日，毛泽东听取中央手工业管理局负

责人员的汇报，听说修理和服务行业集中生产，撤点过多，群众不满意，他指出："提醒你们，手工业中许多好东西，不要搞掉了。王麻子、张小泉的剪刀一万年也不要搞掉。我们民族好的东西，搞掉了的，一定要来一个恢复，而且要搞得更好一些。"[①]

3月30日，陈云在全国工商业者家属和女工商业者代表会议的讲话中指出："有些工厂和商店并得对，应该并。但也有很多是并得不对的，其中数量最大的是手工业，因为他们没有什么机器，门面不大，并起来很方便，就并了。"例如，北京有四五十万辆自行车，修理自行车的也很多，每条马路都有，很方便。后来认为一家一家干是低级的，合起来才是高级的，统统合并起来，高级化了，结果老百姓很不方便。这种合并是不合理的合并，或者叫做盲目的集中，盲目的合并。主要原因是做管理工作的人，只考虑合在一起容易管理，而没有考虑应不应该合并。陈云明确提出："并错了的怎么办呢？要分开来，退回去。"[②]

为了研究解决手工业合作化高潮中出现的问题，中央手工业管理局、全国手工业合作总社筹委会及时进行了调查研究，于3月15日至4月9日先后召开全国城市和农村手工业社会主义改造座谈会。在此基础上，于8月11日又召开全国手工业社会主义改造工作汇报会议。会议对集中生产和分散生产问题、供产销脱节问题、社员的工资福利问题、加强对手工业的领导问题等，提出了一些改进措施。7月，中共中央批转了中央手工业管理局、全国手工业合作总社筹委会党组《关于当前手工业合作化中的几个问题的报告》。根据中央有关指示，各地对手工业改造中的一些问题进行了纠正和调整。盲目合并起来的手工业合作社很大一部分改成了合作小组，在管理体制上对手工业合作组织的供产销实行了按行业归口管理，改变了过去生产时断时续的境况，使手工业生产有了较大提高。1956年，手工业合作社（组）产值为76亿元，提前一年完成"一五"计划指标；人均年产值1702元，比1955年提高33.5%。新社员同入社前比较，老社员同1955年比较，有90%增加了收入，劳动条件也得到改善。

应该指出，手工业社会主义改造后期出现的缺点和偏差，当时得到一定程度的纠正，但在手工业改造的指导思想上，仍存在忽视手工业的特点及其重要性的观念，认为合作化一定高于个体，合作社愈大，集体化程度愈高，手工业改造的方向是加快半机械化、机械化的速度，"将欲取之，必先与之"，相当一部分合作组织要逐步地由集体所有制发展为全民所有制。从这些固定概念出发，手工业合作化在形式上是完成了，但随之出现盲目并社升级，产品质量下降，品种减少，丢失民族工艺特色等种种流弊。正当手工业集体所有制需要加以调整、稳定的时候，大批手工业生产合作社逐步转为地方国营工业，致使在国民经济中占有重要地位的传统手工业日渐萎缩，给经济生活带来很多不便，并在原料供应、产品销售等方面给国家增加了包袱。

四、奠基立业：前所未有的深刻社会变革

社会主义基本制度在中国的建立

1956年基本完成生产资料私有制的社会主义改造，是中国有史以来最深刻的社会变革。这

①《毛泽东文集》第七卷，人民出版社，1999年版，第12页。
②《陈云文选》第二卷，人民出版社，1995年版，第299页。

◆ 私营商业是通过经销代销、公私合营等形式进行社会主义改造的。图为上海信大祥绸布商店职工庆祝公私合营。

一变革，在中国最后消灭了资本主义剥削制度。实行全行业公私合营后，对民族资本的赎买采取定息制度，即国家按照清产核资核定的私股股金，在一定时期内付给资本家定额利息。据 1956 年底估算，全国公私合营的私股为 24 亿元人民币，其中工业 17 亿元，商业 6 亿元，交通运输业 1 亿元。1956 年 7 月，国务院决定全国公私合营企业的定息户，不分工商、不分大小、不分盈亏户、不分地区、不分行业，统一规定年息率为五厘，即 5%。自 1956 年 1 月 1 日起计算，国家给 114 万户私股股东发放定息，每年定息额为 1.2 亿余元。原定定息 7 年不变，1962 年延长为 10 年，至 1966 年 9 月取消定息。

经过社会主义改造，原来的资本家私有制改变为公私共有制。资本家虽有私股，但已不起资本的作用，它与生产资料已经分离，只在一定时

期内起领取定息凭证的作用。除留有定息的尾巴外，资本家已不再是企业的占有者，而是按照他们的能力被企业接受为管理人员或技术人员。原为资本家所有的生产资料已转归国家统一使用、管理和支配，企业基本上可以按照社会主义的原则进行生产经营。在我国的情况下，这种公私共有制经济，实质上具有了国家所有制即全民所有制的性质。与此同时，农民、手工业者劳动群众个人所有的小私有制，基本上转变为劳动群众集体所有制。由此，中国经济的所有制结构就发生了根本性变化。

社会主义改造的基本完成，使全民所有制和劳动群众集体所有制这两种社会主义公有制形式，在整个国民经济中占据绝对优势地位。反映在国民收入的结构上，1956年同1952年相比，国营经济的比重由19.1%上升到32.2%。合作社经济由1.5%上升到53.4%；公私合营经济由0.7%上升到7.3%。与此相对应，个体经济由71.8%下降到7.1%，纯粹资本主义经济由6.9%下降到接近于零。社会主义性质的公有制经济在国民收入中的比重，总计已达到92.9%。

从工业总产值来看，1956年同1952年相比，社会主义国营工业的比重由56%上升到67.5%，国家资本主义工业由26.9%上升到32.5%，资本主义工业则由17.1%下降到接近于零。在社会商品零售总额中，国营商业和供销合作社商业所占比重由42.6%上升到68.3%，国家资本主义商业和由原来小私商组成的合作化商业由0.2%上升到27.5%，纯粹私营商业由57.2%下降到4.2%。这些情况表明，以社会主义改造基本完成为重要标志，以生产资料公有制占绝对优势的社会主义经济制度在中国初步建立起来了。

随着生产资料私有制的社会主义改造基本完成，我国的社会阶级结构发生了重大变化。帝国主义的工具——官僚买办资产阶级以及封建地主阶级，已经在中国大陆上消灭了；富农阶级正在消灭中。在企业改造与个人改造相结合的政策下，民族资产阶级分子正处在由剥削者变为自食其力的劳动者的转变过程中。广大的农民阶级和其他个体劳动者，已经变为社会主义的集体劳动者。工人阶级作为国家的领导阶级，它的队伍不断扩大。原私人企业的工人摆脱了雇佣劳动者的地位，和国营企业的工人一样，成为企业的主人，整个工人阶级队伍的觉悟程度和文化技术水平有了很大提高。这一社会阶级结构的变化，决定着我国过渡时期的主要矛盾即工人阶级同资产阶级之间的矛盾已经基本解决，从资本主义生产关系的束缚下解放了这一部分社会化的生产力。

在社会主义经济基础建立过程中，我国人民民主专政的国家制度逐步健全，社会主义政治制度、文化制度基本成型。

——以人民民主原则和社会主义原则为特点的《中华人民共和国宪法》颁布实施，普选的人民代表大会制度在国家生活中正式确立，共产党领导的多党合作的政治协商制度继续发展，在统一的国家内实行民族区域自治成为一项国家制度。工人阶级在整个国家的领导地位不断加强，工农联盟以及工人阶级同其他劳动人民的联盟在新的社会主义基础上进一步巩固。这些制度性因素的总合，构成了我国社会主义政治制度的基础框架，为把我国建设成为具有健全民主与法制的社会主义国家开辟了道路。

——以社会主义工业化建设为中心，民族的大众的科学的文化建设在逐步繁荣发展中，体现着社会主义先进文化的前进方向。中国共产党

作为领导社会主义事业的核心力量，巩固了马克思主义、毛泽东思想在全国的指导思想地位，广大人民中间逐渐树立起明确的社会主义意识，爱国主义、集体主义、为人民服务等共同价值观，与此相适应的社会道德规范，在越来越多的社会成员中得到崇尚。社会主义新型的社会关系和人与人的关系，正在形成之中。

经济是社会生产力和生产关系的矛盾运动在物质文明层面上的一种集中反映，是整个社会的政治法律上层建筑、精神文化与观念形态赖以树立其上的物质基础。伴随着以生产资料公有制为主体的新的经济基础的建立，社会主义经济体制、政治体制、教育科学文化体制基本形成，整个国家的政治、文化、社会及精神文明领域的建设，从各个方面适应、服从和服务于社会主义经济制度的建立和逐步完善。所有这些基本因素综合在一起，形成历史合力，决定了社会主义基本制度在中国初步建立起来，从而为社会主义在中国的全面发展奠定了制度基础。

从总体上看，从1949年中华人民共和国成立到1956年社会主义改造基本完成，是中国共产党领导中国人民实现由新民主主义到社会主义转变的过渡时期。但这七年的历史发展，是划分阶段的。

第一阶段，从1949年到1952年：依照中国共产党完整提出的、中国各民主党派和人民团体一致同意而制定的建国纲领，中国各社会阶层、各民族人民在中国共产党的领导下，运用人民民主专政的国家政权力量，取消帝国主义在中国的特权，消灭地主阶级和官僚资产阶级的剥削和压迫，改变买办的封建的生产关系，从根本上解放被严重束缚的社会生产力，以恢复和发展生产为中心，推动整个国家在经济、政治、文化和社会生活等各方面的重新整合。经过建国头三年的艰苦努力，成功地完成了由半殖民地半封建中国到新民主主义中国的伟大历史转变。

由落后的农业国向先进的工业国转变，由新民主主义社会向社会主义社会转变，这是中华人民共和国建国方略的题中之义。关键在如何为中国逐步走向社会主义前途创造必要的条件。建国头三年的新民主主义建设，不仅建立和巩固了以人民民主专政为核心的政治上层建筑，更重要的是通过解放生产力，发展新民主主义经济，促进经济结构中社会主义因素的不断增长，国营经济领导整个国民经济的物质力量不断壮大，国家对经济社会运行的控制力不断加强，同时，以大机器生产为代表的现代工业在国民经济中的比重有了逐年增长。这个历史进程，为整个国家和社会逐步过渡到社会主义创造了必要的、基本的物质条件。从这个意义上说，中华人民共和国不是也不可能在半殖民地半封建的废墟上起步向社会主义过渡。

第二阶段，从1953年到1956年：依据新民主主义革命胜利和建设成就所创造的经济、政治条件，中国共产党根据毛泽东的建议，制定了一条向社会主义过渡时期的总路线，实行以第一个五年计划为核心内容的大规模工业化建设和对农业、手工业、资本主义工商业的社会主义改造同时并举的发展战略，采取和平转变的方式，创造一系列适合中国情况的由低级到高级的具体过渡形式，在没有大的社会震动的情况下，逐步地实现了对生产资料私有制的社会主义改造，在中国这样一个经济文化还很落后的国家初步建立起崭新的社会主义制度，实现了从新民主主义到社会主义的历史转变。这的确是一个具有决定性意义的伟大胜利，是为中华人民共和国的国

家发展和社会进步奠基立业的重要里程碑。

我国消灭生产资料私有制的社会变革，是在基本上保证国民经济稳定发展，并且得到各阶层人民普遍拥护的情况下完成的。在社会主义改造中，党和政府适时进行政策调整，对生产和流通上的许多环节实行统筹安排，不但避免了通常情况下生产关系急剧变革引起的对生产力的破坏，而且基本保证了工农业生产的增长。到1956年，我国工农业总产值从1952年的810亿元增加到1252亿元，4年间增长了54.5%。其中，工业总产值从1952年的349亿元增加到642亿元，增长了83.9%；农业总产值从1952年的461亿元增加到610亿元，增长了32.3%，工农业生产的增长，促进了整个国民经济的发展。

在向社会主义过渡的方法上，中国共产党创造了一系列适合中国情况的过渡形式。对个体农业的改造，采用了以初级农业生产合作社为中心环节的多种互助合作形式，使农民的个体私有制逐步转变为社会主义集体所有制。对个体手工业，也采用了类似的改造方法。对资本主义工商业的改造，创造了委托加工、计划订货、统购包销、经销代销、公私合营等多种国家资本主义的过渡形式，使资本家私有制逐步转变为社会主义公有制。

在消灭资本主义剥削制度的过程中，党继续保持了同民族资产阶级的联盟，坚持对资本家实行赎买政策，创造了不由国家付出大批赎金，而是在相当一段时期内让资本家继续从企业分得一部分红利和股息的赎买办法，有效地减少了资本家对私有制变革的抵抗。资产阶级中的进步分子和大多数人也对社会主义改造起了有益的配合作用。把这两方面结合起来，我国成功地实现了马克思、列宁曾经设想的对资产阶级的和平赎买，以新的经验丰富了马克思主义的科学社会主义理论。这是中国共产党的一个伟大创造。1956年6月，陈云在第一届全国人民代表大会第三次会议的发言中评价说："企业的私有制向社会主义所有制的改变，这在世界上早已出现过，但是采用这样一种和平的方法使全国工商界如此兴高采烈地来接受这种改变，则是史无前例的。"①

1956年是我国执行第一个五年计划的第四个年头。"一五"计划的基本任务，包括发展生产力和变革生产关系两个方面。按照过渡时期总路线的构想，变革生产关系的任务，需要三个五年计划即15年，加上3年经济恢复，大约18年左右的时间，在"一五"计划期间只能完成一些初步的工作，如将私营工业的大部分、私营商业的一半以上转变为各种形式的国家资本主义。可是，到1956年，农业、手工业、资本主义工商业三大改造毕其功于一役，实际上仅用7年时间，大大提前完成了生产关系变革的任务。

关于发展生产力的任务，到1956年，我国提前完成了"一五"计划所规定的发展经济的一些主要指标，例如：基本建设方面，1953年到1956年，完成基本建设投资额366.3亿元，即完成五年计划投资额的86%左右，为1957年按期或超额完成"一五"计划基本建设指标打好了基础。1956年开始施工和继续施工的限额以上的工业建设单位共有625个（已经全部投入生产的有89个），比五年计划规定的1956年施工的建设单位增加了135个。新建和改建的限额以上的工业企业建设完工，大大提高了我国工业生产能力，创立了一些新的工业部门，革新了一些原有的部门，开始改变原来工业极端落后的面貌。同时，也开始改变工业地区分布的极不平衡状况。中

①《陈云文选》第二卷，人民出版社，1995年版，第310页。

◆ 内地工业开始发展起来，初步改变了旧中国工业集中于沿海、沿江少数城市的局面。图为甘肃省永登水泥厂。

国已经有了自己的飞机制造业、汽车制造业、拖拉机制造业、发电设备制造业、高级合金钢冶炼业等新的工业部门。除了沿海地区外，在内蒙古、西北、华北各地，开始出现新的工业城市。

工业生产方面，1953年到1956年，工业总产值平均每年增长19.2%，超过五年计划规定的14.7%的速度。主要工业产品的产量，在列入“一五”计划的46种主要工业产品中，钢、生铁、钢材、水泥、纯碱、客车、棉纱、棉布等27种产品的产量已达到或超过计划所规定的1957年的指标。工业在国民经济中的地位和工业的内部结构有所改善。1956年，工业总产值在社会总产值(包括农业、工业、建筑业、运输业、商业)中的比重，由1952年的34.4%提高到39.2%；现代工业在全部工业中的比重，由1952年的64.2%提高到71.6%；重工业总产值在工业总产值中的比重，由1952年的35.5%提高到42.2%。中国已经开始用自己制造的技术设备去装备工业、农业及其他国民经济部门和巩固国防。这些重要成就，为奠定我国工业化的初步基础提供了有利条件。

农业生产由于受到自然灾害困扰、生产方式落后、经济变革过快等因素的影响，增长速度远低于工业。1953年、1954年许多地区受到较大的自然灾害，这两年没有全部完成农业生产计划，但是粮食产量仍比丰收的1952年有所增加，农业总产值分别比上年增长3.1%和3.4%。1955年是个好年景，农产品丰收，农业总产值比上年增长7.6%。1956年又遭受洪涝、干旱等自然灾害，某些农作物特别是棉花受到一定损失，农村合作化高潮对农业生产也发生一定影响，农业总产值只完成年计划的96%，比上年增长5%，大豆、花生、油菜籽、黄麻、洋麻的产量和某些牲畜的数量都没有完成当年计划。

商业方面，社会主义商业的领导地位日益巩固，一个有计划有组织的国内市场逐渐形成。1956年，国内社会商品零售总额为461亿元，比1952年增长66.5%，比上年增长17.5%。这为1957年完成和超额完成第一个五年计划所规定的498亿元的任务打好了基础。1956年，对外贸易进出口为108.7亿元，比1952年增长68.2%，提前完成了五年计划规定的增长66.5%的指标。国内商业的发展，保证了人民生活必需品的供应，基本上保持了物价稳定，促进了工农业生产的发展和人民生活的改善。

历史地看，在20世纪50年代的国际国内环境和社会历史条件下，我国主要依靠人民民主制度，依靠国家机关和社会力量，通过社会主义工业化建设和社会主义改造，逐步消灭剥削制度，比较顺利地进入了社会主义社会。在变革生产关系的同时，解放和发展了生产力，“一五”计划建设取得显著的成绩。但是，由于我国经济的底子薄，刚刚建立的社会主义的物质基

◆ 1956 年 7 月，“解放牌”汽车在长春第一汽车制造厂试制成功，随即投入批量生产。

础还很不充分，很不稳固，尤其是 1956 年“一五”计划规定的重点建设项目大部分没有完成，有的尚未开工，我国仍缺乏门类比较齐全，工业品的产量和品种能基本满足人民生活和社会发展需要的相对独立的工业体系，换句话说，过渡时期总路线规定的社会主义工业化的主体任务远未完成。即使按照当时的估计，至少还需要经过两个五年计划的时间才能为国家工业化真正打下一个基础。

上述客观历史进程表明，1956 年社会主义改造基本完成后，我国在发展生产力方面还有很长的路要走，由三大改造所建立的新的生产关系，还要适应生产力发展的要求不断进行调整，社会主义上层建筑中不适应经济基础的部分，也需要进行调整和改革。所以，我国在 20 世纪 50 年代中期只是进入了很不成熟的社会主义。后来经过复杂的历史曲折，中国共产党确认：“50 年代中期我国进入社会主义初级阶段。”①就是说，我国基本完成社会主义改造以后，必须经过一个继续实现工业化和经济的社会化、市场化、现代化的相当长的历史阶段，才能把我国建设成为一个伟大的社会主义强国。

中国社会制度的变迁

1949 年到 1956 年，中国结束半殖民地半封建社会，经过新民主主义社会过渡到社会主义社会，这是中国历史上一场革命性的社会制度变迁。这一历史变迁的第一阶段，主要以激烈的革命方式进行，基本上是以突变的形式完成的；第

①江泽民：《在中国共产党第十五次全国代表大会上的报告》(1998 年 9 月 12 日)。

二阶段，则主要通过和平转变的方式进行，除社会主义改造后期外，大体上以渐变的形式完成。这是由中华人民共和国成立所开辟的毛泽东时代推进中国社会制度变迁的一个重要特征。

在以毛泽东为领导核心的中国共产党领导下，六亿人口的中国在短短七年时间里实现了堪称"改天换地"的深刻社会变革，尽管在经济结构发生根本性改变的最后阶段，一度出现"社会动荡不安"的形势，但向社会主义过渡的总体进程，基本上是循序渐进的，没有发生大的社会震动和对社会生产力的破坏。中国社会制度的历史性变迁，在中国社会现代化史上具有重大转折意义：一方面，中华人民共和国的成立标志着中国社会现代化实现了由被动到主动的伟大转折，中国社会自鸦片战争百余年来在帝国主义炮舰政策下的被动现代化形态，一转为在中国共产党领导下主动现代化的开端；另一方面，在向社会主义过渡的历史实践中，实现了中国社会现代化的目标模式的转换，即初步确立了社会主义现代化的目标模式。

应该指出，我国是在20世纪50年代初特定的国内国际环境下，开始向社会主义过渡的。如同中华人民共和国建国伊始，首先要确定新民主主义的经济结构和照顾四面八方的基本经济政策一样，社会主义作为一种新型的社会制度，应该建立在怎样的经济结构上，采取怎样的经济发展模式，这取决于执政的中国共产党对"什么是社会主义，怎样建设社会主义"问题的认识。而这个认识，是不可能超越那个时代的历史局限的。

——关于过渡到社会主义所建立的经济结构。

按照过渡时期党对社会主义的认识，生产资料的公有制体现了社会主义生产关系的本质要求，并且是衡量社会主义制度建立的最直接的标准。因此，将社会主义公有制迅速扩大到全社会范围，成为过渡时期总路线所要达到的首要目标。党关于向社会主义过渡的理论指导，包括实践的发展，都偏重于生产关系的变革。在对总路线的宣传上，认为现有生产资料私人所有制同国家有计划的经济建设之间的矛盾是不可克服的，必须使它们转变为社会主义所有制，才能提高生产力，完成国家工业化的任务。为此，特别强调"党在过渡时期的总路线的实质，就是使生产资料的社会主义所有制成为我国国家和社会的唯一的经济基础"；"由目前复杂的经济结构的社会过渡到单一的社会主义经济结构的社会"。

这里突出的"唯一性"和"单一性"，就是要改变原来经济结构中多种经济成分并存的格局。这个目标的选择，一方面源于对马克思主义经典论述的理解，即社会主义就是废除私有财产制，建立生产资料公有制；另一方面是"以俄为师"，学习和认同苏联实现社会主义的目标体系。这在当时的认识条件下是顺理成章，毫无疑义的，但从我国生产力的多层次结构来看，忽视了必须建立与之相适应的多种所有制形式的客观要求。

基于上述认识，尽管总路线提出后，仍承认过渡时期需要5种经济成分"均衡发展"，也要求对非公有制经济的生产经营进行统筹安排，但随着大规模有计划经济建设的开展，资源物力日益进入紧张运行状态，私营企业的原材料供应和销售市场愈来愈难于保证，各地盲目排挤私商的现象十分普遍，以致造成新的失业现象，私营商业零售额急剧下降，城乡交流不畅等紊乱情况。农村工作中忽视小生产的特点，不从小农经济的现状出发，盲目扩展合作社的情况也很严重，引起

农民杀猪宰牛伐树，“生产力起来暴动”等紧张情势。经过调整和整顿，公私关系与城乡关系紧张的局面有所缓解，但很快又在1955年夏季以后掀起农业合作化高潮，接着一举实现了资本主义工商业的全行业公私合营，大大加快了向单一公有制目标演变的进程。

考察社会主义改造后期要求过急、改变过快的认识根源，最重要的就在于把着眼点摆在生产关系方面，认为“中国只有在社会经济制度方面彻底地完成社会主义改造”，才能提高生产力，所以要集中全力推进三大改造，迅速建立起以社会主义公有制为唯一基础的经济制度。历史的发展证明，不是从生产力发展的不同阶段的要求出发，而过于急促、过于彻底地改变生产关系，只能给生产力发展带来诸多不利的影响。

在三大改造中，党领导人民创造出一系列由低级到高级的过渡形式，这是我国的独创性经验。但随着实践的发展，指导思想上越来越把这些过渡形式看作是单纯的改造手段，而没有充分发挥它们在渐变过程中对发展生产力的促进作用。如把公私合营作为改变资本家私有制的最好形式，而忽视加工订货、经销代销等初级形式在维持生产和满足军需民用方面的积极作用。实际上，国家资本主义的各种组织形式，是私营经济沿着新民主主义轨道发展到一定阶段的产物，它们分别与生产力的不同层次相适应，可以使私人资本主义这部分生产力在所有制变革中不致遭受大的破坏，并保持一定的发展。在农业方面，互助组和以土地分红为特征的初级社，也是小农经济在国家扶助下发展到一定阶段的生产组织形式，它在农村生产关系变革中，能维持农业生产发展，避免农作物减产，并有利于发展商品经济。手工业方面情况也大体相同。

上述这些保留了某些私有基础的过渡形式，基本适合我国生产力的多层次状况和发展不平衡的特点，需要有一个相对巩固和完善的发展时期，以确保工农业生产的持续增长，使社会经济不致因生产关系的变革而停滞不前。而在改造后期，却在理论和实践两方面忽视了各种过渡形式的作用重要作用，只是把它们看作是单纯的改造手段。如建国初期曾有广泛发展的农村供销合作社和信用合作社，因为接触及小私有基础，后来未得到积极的提倡。这种农民自愿联合、自主经营和为商品生产提供社会化服务的组织形式未能得到充分发展，应该说是我国农业合作化运动的一个缺憾。另外，忽视了国家资本主义的初级形式对生产力状况的适应性，在它们所包含的所有制关系还能容纳生产力的发展的时候，轻易地对它们实行改变。

这种战略目标上的认识误区，导致了社会主义改造操作层面上的急于求成，以致提出一些超越生产力实际状况而盲目追求生产关系的先进性的要求，各种初级组织形式在很短时间内，“一步登天”地完成了向高级形式的转变。不仅在经济结构上形成单一的公有制，而且在生产流通领域形成组织形式过于单一的局面。原来有利于商品生产和流通的多种组织形式，大都被集中生产、统一经营、统一核算的组织形式所取代，无法继续发挥繁荣市场、拾遗补缺、方便人民生活的优点和特点，社会经济生活中留下了许多空白有待填补。全民所有制经济占绝对优势和垄断地位以后，由于没有其他经济成分同它进行比较和竞争，又缺乏灵活多样的组织形式，从而降低了社会主义经济的活力。实践证明，所有制结构的单一，包括生产组织形式的单一，不适合我国生产力结构的多层次性和发展不平衡的状况，给我

国经济的长期发展遗留了许多结构性问题。

——关于过渡到社会主义所采取的经济模式。

在过渡时期对社会主义认识的观念体系中，另一个关节点，是把全面实行计划经济看作是社会主义的基本特征之一。根据这一认识，我国在社会主义改造过程中，逐渐形成高度集中的计划经济体制。这种体制在很大程度上仿效了苏联的经济模式，它的逐步形成，反过来又加速了我国所有制结构向单一化的演变。

关于新中国成立后如何组织和管理全国性经济的问题，党一开始就明确：要“在可能和必要的限度内”，把整个社会的生产和分配有步骤地加以组织，“一步一步地使之成为具有计划性的经济”①。《共同纲领》关于新民主主义经济政策的基本精神，也是“在逐步地实现计划经济的要求下，使全社会都能各得其所，以收分工合作之效”②。在建国之初，首先在国营经济中实行直接计划；对合作社经济和国家资本主义经济在不同环节上实行间接计划；对私营经济和个体经济则承认和利用市场机制的调节作用，同时不断增强国民经济的计划性，使市场机制因素的作用范围逐渐缩小。

1953 年开展大规模有计划的经济建设以后，国家对国民经济的计划管理开始向更大范围和更高程度扩展。通过统购统销政策对主要农产品实行计划管理，使粮食、油料、棉花等主要农产品基本脱离了市场。提前实现对私营大批发商的改造，基本上将私商经营的大宗农产品工业原料的货源掌握在国家手中。对于工业品中的生产资料，建立了中央、部门、地方三级物资统配制度，凡重要工业产品基本都纳入了中央统一计划分配的轨道。此外，通过扩大加工订货、统购包销，将私营企业的大部分工业产品间接纳入计划分配范围，等等。历史地看，在我国建设资金匮乏，经济资源短缺，国民经济部门的构成尚不繁多很复杂的条件下，计划管理方式对合理配置资源，保证重点工业建设，妥善安排人民生活，基本满足社会需要，起到了不可替代的重要作用。非如此，不可能迅速建立国家工业化的初步基础，提高国家的综合实力，巩固国家的独立和安全，有效地对付帝国主义对我国的封锁包围和战争威胁。

另一方面，随着有计划经济建设的开展，市场调节愈来愈被赋予资本主义生产的无政府性质，在有关国计民生的重要领域和生产流通的重要环节上，不断排斥市场机制因素，使市场调节作用的范围愈来愈缩小。有关资料表明，1953 年到 1955 年，在流通领域，自由市场占社会商品零售额的比重，由 42%、28% 下降到 22.9%，明显逐年递减。在生产领域，私营工业自产自销部分的比重，由 33.1% 骤降至 9.2%。在短短几年内，市场调节因素受到了很大的削弱。

统购统销政策是为保证初期工业化的急需所采取的必要措施，但它在经济运行中也产生了某些负面影响。首先，它中止了市场机制对粮棉油等主要农产品生产的调节作用，农民对自己的产品没有处理的自主权，即使有余粮也难于在市场上出卖，实际上被割断了同市场的联系，价值规律对农业生产的刺激作用被大大削弱了。其次，粮食等农副产品一向在私营商业的经营中占很大份额，统购统销的实行，使私商失去了在这方面的重要活动领域而难以维持；以轻纺工业为主的私营工业，一向对农产品市场依赖程度很高，至此也同农产品市场脱离了联系。

此外，1952 年底提前实现私营金融业的公

①《刘少奇论新中国经济建设》，中央文献出版社，1993 年版，第 30、32 页。
②《周恩来选集》上卷，人民出版社，1984 年版，第 370 页。

私合营，割断了资本主义工商业同金融市场的联系，使资金的运动脱离了市场调节而完全掌握在国家计划机关手中。另一个重要变化是农民和手工业者被大批组织到合作社内，私营工商业通过各种形式被间接纳入计划轨道之后，它们原先作为独立的市场主体的特征发生蜕变，愈来愈缺乏自身独立的经济利益。私商被严禁收购国家统购的农产品，合作社也失去了在市场上销售主要农产品的自主权。随着国家统配物资的品种不断增加，企业依据市场需要自产自销的部分逐渐减少，生产资料市场日益萎缩。国家对越来越多的商品价格实行统一管理，价格机制的作用受到限制，加上商品流通逐渐归于按计划“三级批发、多环节经营”的单一形式，使商品市场趋于呆滞，其运转机制失去了原有的灵活性。

总的来看，随着整个国民经济逐渐走向计划经济轨道，私营经济同市场的联系被割断，原有的市场体系逐渐萎缩，市场网络不断缩小。这就从根本上动摇了私营经济赖以生存的基础。尽管有关计划部门要求统筹安排私营工商业的生产和经营，但既然被割断同资金市场、原料市场和销售市场的联系，私营经济也就不可能依据市场需要在生产、购销方面有所作为了。它们对发展生产、繁荣经济的作用日渐式微，除了接受进一步改造，服从国家统一的计划安排以外，别无他途。从社会主义改造的战略指导上看，资本主义私有制“是无政府性质的，跟计划经济是抵触的”，因此必须从原料和市场两头“横直卡死”，堵住资产阶级要搞自由市场、自由取得原料、自由销售工业品的路。这对消灭资本主义私有制当然是最成功的战略，但存在认识上的误区。

应该看到，有计划经济建设开展以来，计划与市场的矛盾冲突在若干大中城市的确表现尖锐，但社会主义与私人资本主义的竞争在经济上仍是必要的。这时，私人资本主义同农民的联系，实际上已不单纯是一般意义上的资本主义联系了，它们在很大程度上是在社会主义经济有效控制下的商品经济联系，或者是有一定计划性的市场联系。事实上，当时在广大农村，包括内地许多中小城市，社会主义经济还远远不能满足生产和交换的需要，私人资本主义和个体经济仍是国营经济不可缺少的补充，它们在一定范围内的继续存在，仍有利于社会生产力的发展。根据过去的经验，由此产生的计划与市场的矛盾，是有可能通过国家的宏观政策获得适当调节的。但是，当时从计划经济一定要覆盖全社会范围的理念出发，试图经过社会主义改造群众运动，把全部的农业、手工业和私营工商业都纳入国家直接计划的轨道，这是不符合我国需要商品经济的较大发展以使落后的生产力提高一步的客观要求的。改造高潮中对小私营工商户和一批手工业者采取包下来的政策，也使国家背上了很大的就业包袱。历史地看，毛泽东时代对社会主义单一化目标和苏联式计划经济模式的选择，是难以避免的。它决定了我国在基本完成社会主义改造之后，形成了过于单一的公有制结构以及国家无所不包、实际上又包不下来的计划经济的一统天下。基于当时对“什么是社会主义”的认识，我国在向社会主义过渡中过分强调了生产关系标准，没有牢固树立起“生产力为第一标准”的观念，未能在适当范围内保留有利于生产力发展但带有某种私有基础的所有制关系，从而使新建立的社会主义制度的物质基础无论在生产力水平上，还是在商品经济的发展程度上都很不充分。

对于改造后期要求过急、改变过快、工作过粗、形式过于单一等偏差，党中央、国务院当时在

不同程度上已经注意到了，并及时发出不要轻易改变原有的生产和经营制度等一系列指示和规定，就是力求纠正这些偏差的应急措施，以避免给社会主义经济的发展带来不利影响。1956年9月，中国共产党第八次全国代表大会初步总结了社会主义改造基本完成后的新问题，陈云有针对性地提出“三个主体、三个补充”的改进方案，即在生产经营方面，国家经营和集体经营是工商业的主体，一定数量的个体经营是补充；在生产的计划性方面，计划生产是工农业生产的主体，按照市场变化而在国家计划许可范围内的自由生产是补充；在社会主义的统一市场里，国家市场是主体，一定范围内国家领导的自由市场是补充。这种“主体—补充”模式，虽然没有突破单一公有制和计划经济的框架，但符合经济发展和人民生活的需要，有利于商品流通的扩大。这是中国共产党以发展生产力为标准来处理所有制关系、计划与市场关系问题的有益探索。可惜，随着八大以后国际、国内形势的急剧变化，有关改进经济结构、经济体制的初步探索，未能坚持下去。

历史的发展表明：无论把生产资料的社会主义公有制当作国家和社会的唯一的经济基础，还是搞由国家全部包下来、覆盖全社会的计划经济，都与照搬苏联的经验，把别国的社会主义模式当作样板分不开，是不合乎中国国情的。这既不利于根据中国的实际来创造性地探索中国自己的向社会主义过渡的具体道路，也不利于探索中国自己的实现社会主义的具体目标和模式。社会主义改造基本完成后的客观形势，要求党和政府认真研究和把握中国国情，根据生产力发展和社会生活的需要，根据人民群众的愿望，对生产关系不适应生产力状况的某些环节进行调整和改革，以便推动生产力的发展，巩固和加强新建立的社会主义经济基础。这就提出了探索中国自己的社会主义建设道路的历史新任务。

总观1949年至1956年这一历史时段，好比是毛泽东时代在中国拉开序幕，奏响序曲，上演了第一乐章。经过短短几小节的铺垫之后，恢宏宽广的华彩乐章便响彻960万平方公里的中国大地，浑厚的交响直奔主题，毫无间歇地进入高潮：革命—改组—重建，一个快板接着一个快板。创业—变革—奠基，回荡着一个又一个高亢的旋律。

——在战争废墟上重建家园创造了经济恢复的奇迹。

——荡涤旧社会的污泥浊水使国家面貌焕然一新。

——各类新型社会组织把所有的社会成员都聚合其中。

——上下贯通的社会动员体制显示着强政府的控制力。

——对外来威胁的果敢抗击令整个世界刮目相看。

——国际舞台上初试锋芒一展东方大国的崭新形象。

——大规模的经济建设开始了向国家工业化的进军。

——国家生活的民主建设迈进到实施宪政的门槛。

——祖国大家庭熔炼着中华民族的亲和力与凝聚力。

——精神文化与观念形态在新旧交替中经历着嬗变。

——生产关系大变革在全国城乡锻造着新制度的基石……

这一连串震撼人心的旋律，无不联通着一个全中国家喻户晓、妇孺皆知的名字——毛泽东！因为毛泽东以他远见卓识的战略眼光，道出了那个时代的意志，毫无旁顾地专心于一个目的，运筹全局地指挥了一部洗雪中国百年屈辱，跻身于世界民族之林的时代交响。用黑格尔《哲学史讲演录》中的比喻说，毛泽东既是那个时代意志的体现者，又是推动时代意志实现的"世界历史个人"。

这是一个非凡的时代。这是一个意气风发、凯歌行进的时代。这又是一个激情澎湃、充满理想、一往无前的时代。

亿万中国人摆脱了昔日的苦难，掌握了自己的前途和命运，相信国家的兴盛是可以计日程功的。"苏联老大哥"的榜样就摆在面前，无数劳动者憧憬着早日过上"楼上楼下，电灯电话"的幸福生活。为了实现社会主义的理想，全国上下万众一心，热情高涨，艰苦奋斗、勤俭建国、忘我工作、甘愿奉献的故事到处传扬。

大凡从旧中国时代经历过来的人，对新社会、新国家、新事物应接不暇，总在努力以小自我来适应大时代的急剧变化和要求。即便是领导者也总觉得跟不上，往往一个新变化还来不及着手巩固，下一个变革又接踵而至。这个大变革时代，造就了一代情愿为国家的繁荣富强牺牲个人利益、放弃个人理想的中国人。

抗美援朝战争胜利，使西方侵略者几百年来只要在东方一个海岸上架起几尊大炮就可霸占一个国家的时代一去不复返了。中国人多少世代对民族复兴的强烈向往，汇成一股时不我待的历史紧迫感，催促社会各阶层的人们朝着社会主义的目标迅跑。当历史的火车头拉着"不断革命"的列车呼啸前行的时候，不免会压倒道旁的花朵而无暇顾及；在为社会主义大厦奠基而匆忙绘制的草图上，总会留下设计者的粗疏和罅漏……

从 20 世纪 50 年代中国经济和中国发展的全局看，中华人民共和国对社会主义的选择反映了历史的必然。在毛泽东的旗帜下，崭新的社会主义制度终究在有着几千年文明史的中国比较顺利地建立起来了。它为中国走向社会主义现代化之路开辟了广阔而现实的前程。

MAOZEDONGSHIDAIDEZHONGGUO

MAOZEDONGSHIDAIDEZHONGGUO